U0163983

歷代散文選

編輯大意

一、本書諸篇，選自歷代聖哲著述中，足以表章中國文化、激發民族精神、鼓舞人性情操、而文字精鍊、章法嚴密之代表作品，俾教學之際達到語文訓練、精神陶冶及文藝訓練等三項目標。

二、本書選歷代範文一百二十篇，依其體裁，分爲論辨、奏議、書說、雜記、傳誌、序跋、贈序、哀祭等八類。

三、本書各篇之編次，先依其體裁，再循作者時代，其同時代者，又依出生先後爲序。

四、本書各篇範文，除分段外，並備列注釋、作者、說明、批評等項。注釋部分：用淺近文言注解字詞之義，疑難字詞則加注國音，其重要典故、成語，並注明出處及其喻意，而力求簡要。作者部分：介紹作者姓名、字號、籍貫、生卒年、重要生平事蹟、文學觀及其重要著作。同一作者各篇，但於首篇介紹作者生平，其後各篇從略，而注明「見本書第×篇作者欄」字樣。說明部分：說明本篇出處、體裁、題意、主旨及段落大意。批評部分：簡要評述本文在思想、組織結構上之特點，並酌錄前人之評語，以爲參考。

五、本書所選範文，供大學、獨立學院及師專之散文選、歷代文選、各體文選教學之用。

六、本書各篇由王熙元、王冬珍、余培林、李國英、徐文助、張學波、許錟輝、楊宗瑩、廖吉郎、劉本棟、黎建寰、蔡信發等十二位教授負責選文及分段、注釋。唯疏漏之處，在所難免，尚祈博雅君子惠予諟正。

歷代散文選

目錄

論辨類

一、敬姜論勞逸……國語……一
二、養生論……嵇康……六
三、博奕論……韋曜……一五
四、運命論……李康……二一
五、後漢書逸民傳論……范曄……三五
六、慕賢……顏之推……四一
七、桐葉封弟辨……柳宗元……五〇
八、駁復讎議……柳宗元……五四
九、封建論……柳宗元……五八

一〇、原毀……韓愈……六八
一一、雜說四……韓愈……七三
一二、爭臣論……韓愈……七五
一三、朋黨論……歐陽修……八三
一四、辨姦論……蘇洵……八九
一五、管仲論……蘇洵……九三
一六、心術……蘇洵……九八
一七、鼂錯論……蘇軾……一〇二
一八、賈誼論……蘇軾……一〇六
一九、論項羽范增……蘇軾……一一一
二〇、鄭伯克段于鄢……呂祖謙……一一六
二一、深慮論……方孝孺……一二一

奏議類

二二、宮之奇諫假道……左傳……一二六

二三、邵公諫厲王止謗……國語……一三〇
二四、治安策㈠……賈誼……一三三
二五、諫伐閩越書……劉安……一四三
二六、諫獵書……司馬相如……一五五
二七、賢良對策㈢……董仲舒……一五九
二八、謝上表……元結……一六八
二九、奉天論奏當今所切務狀……陸贄……一七二
三〇、論兩河及淮西利害狀……陸贄……一七九
三一、諫佛骨表……韓愈……一九一

書說類

三二、呂相絕秦……左傳……一九六
三三、范雎說秦王……戰國策……二〇四
三四、報燕惠王書……樂毅……二〇九
三五、獄中上書……鄒陽……二一五

三六、諫吳王書……枚乘……一二五
三七、報任安書……司馬遷……一三一
三八、答蘇武書……李陵……一四七
三九、報孫會宗書……楊惲……一五六
四〇、爲幽州牧與彭寵書……朱浮……一六二
四一、與山巨源絕交書……嵇康……一六八
四二、與韓荊州書……李白……一七六
四三、與韓愈論史官書……柳宗元……一八二
四四、答李翊書……韓愈……一八九
四五、上宰相書……韓愈……一九三
四六、與元九書……白居易……二〇二
四七、答韶州張殿丞書……王安石……二二一
四八、上田正言書……王安石……二二五
四九、答陳丞相書……朱熹……二二九

五〇、上丞相書……眞德秀……三三三
五一、與趙甬江司空書……唐順之……三四〇
五二、與友人論學書……顧炎武……三四四
五三、與友人論門人書……顧炎武……三五一
五四、與當事論出處書……李顒……三五五
五五、與友人論師書……錢大昕……三六一
五六、與友人論文書……錢大昕……三六六
五七、復魯絜非書……姚鼐……三六九
五八、復陳太守寶箴書……曾國藩……三七四

雜記類

五九、虞師晉師滅夏陽……穀梁傳……三八〇
六〇、捕蛇者說……柳宗元……三八四
六一、永州八記……柳宗元……三八八
六二、畫記……韓愈……四〇八

六三、黃州新建小竹樓記……王禹偁……四一二
六四、桐廬郡嚴先生祠堂記……范仲淹……四一七
六五、相州晝錦堂記……歐陽修……四二一
六六、豐樂亭記……歐陽修……四二六
六七、襄州穀城縣夫子廟記……歐陽修……四三〇
六八、通鑑曹爽之難……司馬光……四三四
六九、通鑑赤壁之戰……司馬光……四四五
七〇、宜黃縣縣學記……曾鞏……四五六
七一、喜雨亭記……蘇軾……四六二
七二、石鐘山記……蘇軾……四六六
七三、東軒記……蘇轍……四七一
七四、說居庸關……龔自珍……四七六

傳誌類

七五、蘇秦以連橫說秦……戰國策……四八一

七六、史記李將軍列傳……司馬遷……四八九
七七、郭有道林宗碑并序……蔡邕……五〇五
七八、五柳先生傳……陶潛……五一一
七九、范滂傳……范曄……五一四
八〇、梓人傳……柳宗元……五二三
八一、種樹郭橐駝傳……柳宗元……五二九
八二、箕子碑……柳宗元……五三二
八三、平淮西碑并序……韓愈……五三六
八四、圬者王承福傳……韓愈……五四八
八五、柳州羅池廟碑……韓愈……五五二
八六、柳子厚墓誌銘……韓愈……五五六
八七、毛穎傳……韓愈……五六四
八八、長恨歌傳……陳鴻……五七〇
八九、虬髯客傳……杜光庭……五八〇

九〇、石曼卿墓表……歐陽修……五九二
九一、方山子傳……蘇軾……五九七
九二、秦士錄……宋濂……六〇〇
九三、徐文長傳……袁宏道……六〇六
九四、五人墓碑記……張溥……六一二
九五、費宮人傳……陸次雲……六一七

序跋類

九六、史記項羽本紀贊……司馬遷……六二四
九七、史記游俠列傳序……司馬遷……六二七
九八、史記貨殖列傳序……司馬遷……六三三
九九、史記酷吏列傳序……司馬遷……六三八
一〇〇、史記孔子世家贊……司馬遷……六四一
一〇一、蘭亭集序……王羲之……六四三
一〇二、春夜宴從弟桃花園序……李白……六四七

一〇三、愚溪詩序……柳宗元……六四九
一〇四、五代史伶官傳序……歐陽修……六五三
一〇五、五代史宦者傳論……歐陽修……六五七
一〇六、梅聖俞詩集序……歐陽修……六六〇
一〇七、戰國策目錄序……曾鞏……六六四
一〇八、讀孟嘗君傳……王安石……六六九

贈序類

一〇九、叔向賀貧……國語……六七一
一一〇、送董邵南序……韓愈……六七四
一一一、送孟東野序……韓愈……六七七
一一二、送李愿歸盤谷序……韓愈……六八二
一一三、送浮屠文暢師序……韓愈……六八六
一一四、送徐無黨南歸序……歐陽修……六九〇
一一五、送石昌言使北引……蘇洵……六九四

一一六、日　喩……蘇　軾……六九八
一一七、送姚姬傳南歸序……劉大櫆……七〇一

哀祭類

一一八、弔古戰場文……李　華……七〇六
一一九、祭田橫墓文……韓　愈……七一一
一二〇、祭石曼卿文……歐陽修……七一四

一、敬姜論勞逸

公父文伯①退朝，朝其母②，其母方績③。文伯曰：「以歜之家，而主④猶績，懼干季孫之怒⑤也；其以爲歜不能事主乎？」其母歎曰：「魯其亡乎！使僮子備官⑥而未之聞耶？居，吾語女⑦：「昔聖王之處民⑧也，擇瘠土而處之，勞其民而用之，故長王天下。夫民，勞則思，思則善心生；逸則淫，淫則忘善，忘善則惡心生。沃土之民不材，淫也；瘠土之民，莫不嚮義，勞也。

「是故天子大采朝日⑨，與三公九卿祖識地德⑩；日中考政，與百官之政事，師尹惟旅牧相⑪，宣序民事⑫；少采夕月⑬，與大史司載⑭糾虔天刑⑮；日入，監九御⑯，使潔奉禘郊之粢盛⑰，而後卽安⑱。諸侯朝修天子之業命⑲，晝考其國職⑳，夕省其典刑㉑，夜儆百工㉒，使無慆淫㉓，而後卽安。卿大夫朝考其職，晝講其庶政，夕序其業，夜庀㉔其家事，而後卽安。士朝受業，晝而講貫㉕，夕而習復㉖，夜而計過，無憾，而後卽安。自庶人以下，明而動，晦而休，無日以怠。王后親織玄紞㉗；公侯之夫人，加之以紘綖㉘；卿之內子爲大帶㉙；命婦成祭服㉚；列士㉛之妻，加之以朝服㉜；自庶士㉝以下，皆衣其夫㉞。社而賦事㉟，蒸而獻功㊱，男女效績㊲，愆則有辟㊳，古之制也。君子勞心，小人勞力，先王之訓也。自上以下，誰敢淫心舍力㊴？

「今我寡也，爾又在下位，朝夕處事，猶恐忘先人之業；況有怠惰，其何以避辟？吾冀而㊵朝夕修㊶我，曰：『必無廢先人！』爾今曰：『胡不自安？』以是承君之官，余懼穆伯之絕祀也！」

仲尼聞之，曰：「弟子志㊷之：季氏之婦不淫矣㊸！」

【注釋】

①公父文伯　魯大夫，名歜，季悼子之孫，公父穆伯之子。

②朝其母　朝，謁見尊長也。其母，穆伯之妻敬姜。

③績　捼麻成線。

④主　家主。

⑤干季孫之怒　干，觸犯也。季孫，名肥，謚康，即季康子，時任魯正卿，敬姜爲其從叔祖母。

⑥僮子備官　僮，同童，未冠者之稱。童蒙無知之意。備官，備員充數，不能稱職也。

⑦居，吾語女　居，坐也。語，告也。

⑧處民　治民。

⑨大采朝日　大采，五采之服。朝日，古天子祭日之禮，春分拜日於東門之外。事見禮記玉藻篇。

⑩祖識地德　祖，學習也。地德，地之功能，謂生長百物，養育人民，於人有德。

⑪師尹惟旅牧相　師尹，官名。惟，與也。旅，衆士也。牧，州牧也。相，國相也。

⑫宣序民事　宣，遍也。序，次第也。謂遍布而次第推行之也。

⑬少采夕月　少采，三采之服。古者天子以秋分夕時祭月於西郊，因謂之夕月。

⑭大史司載　大史，即太史。三代時爲史官及曆官之長。司載，司天文之記載，以預測災祥。

⑮糾虔天刑　糾，察看。虔，敬也。刑，天法。

⑯監九御　監，監視。九御，九嬪之官，主管祭品祭服者。

⑰禘郊之粢盛　禘，大祭，祭其祖之所自出。郊，祭天之禮。粢，黍、稷。盛，黍稷在器之稱。粢盛統指祭品。

⑱安　休息也。

⑲業命　業，事業。命，命令。

⑳國職　國事。

㉑典刑　常法。

㉒夜儆百工　儆，警戒。百工，百官。

㉓慆淫　怠慢放蕩。

㉔庀　音ㄆㄧˇ，治理。

㉕講貫　講習。

㉖習復　復，反覆。猶言復習。

㉗玄紞　玄，黑色。紞，音ㄉㄢˇ，冕冠懸瑱之繩，用雜綵線織之，垂於冠之兩旁以障耳。

㉘紘綖　紘，音ㄏㄨㄥˊ，冠冕之系，自頷下屈，上連於兩旁。綖，音ㄧㄢˊ，冕上覆之版。上黑下淺紅，以布爲之。

㉙卿之內子爲大帶　卿之嫡妻曰內子。大帶，

緇帶，合黑帛爲之。

㉚命婦成祭服　命婦，婦人受封號者，此指大夫之妻。祭服，祭祀時所穿之服，黑衣淺赤裳。

㉛列士　元士，上士。

㉜朝服　君臣朝會之服。天子之士，皮弁素積（皮弁，白鹿皮帽。素積，白裳），諸侯之士，玄端委貌（玄端，黑色齋服。委貌，冠名，狀如覆杯，前高廣，後卑銳。）

㉝庶士　下士。

㉞衣其夫　爲其夫製衣。

㉟社而賦事　社，土神。古春分祭社。賦事，頒布農桑之事。

㊱蒸而獻功　蒸，亦作烝，冬祭。獻功，報告五穀成熟，布帛完工。

㊲效績　效，效力。績，功也。

㊳愆則有辟　愆，過失。辟，刑罰。

㊴淫心舍力　謂放逸其心，捨棄其力而不用。

㊵而　通爾，汝也。

㊶儆　儆惕。

㊷志　記也。

㊸不淫　行爲過度曰淫。不淫，不放縱也。

【作　者】

國語一書，爲我國最早之國別史。司馬遷報任安書、漢書司馬遷傳贊，皆以爲左丘明所作。其書采錄春秋周、魯、齊、晉、鄭、楚、吳、越八國之事，起自周穆王十二年（西元前九九〇年），終於周貞定王十六年（魯悼公十五年，西元前四五三年）。漢書藝文志列於六藝略之春秋類，漢書律曆志、王充論衡案書篇、韋昭國語解敍，並稱之爲春秋外傳。韋昭曰：「其文不主於經，故號曰外傳。」今本二十一卷，三國吳韋昭注。

【說　明】

本文選自國語魯語。體裁屬論辨類。敬姜，春秋時魯公父穆伯之妻，公父文伯之母。賢而守禮，勤於治家，爲魯正卿季康子所重。本篇爲敬姜於魯定公五年，訓戒其子公父文伯之言。主旨在闡明勤勞與治國之關係，戒其子朝夕自修，勤於處事，以承君之官，保先人之業。文分四段：首段言公父文伯勸其母勿績，敬姜因論勞逸有關治道之理。二段列擧古天子王后以至庶人，無不勞心勞力以爲說。三段囑文伯愼勿怠惰，無廢祖先基業。四段引孔子贊敬姜之語作結。

【批　評】

林西仲曰：「通篇握定一個勞字，生出無數議論。」全文以「勞」字爲主，闡明勤勞與修身、齊家、治國之關係，文中不帶一言之判斷，而以仲尼之贊語收束，自然而有力。

二、養生論

嵇康

世或有謂神仙可以學得，不死可以力致者；或云上壽①百二十，古今所同，過此以往，莫非妖妄者。此皆兩失其情，請試粗論之。夫神仙雖不目見，然記籍所載，前史所傳，較②而論之，其有必矣；似特受異氣，稟之自然，非積學所能致也。至於導養得理，以盡性命，上獲千餘歲，下可數百年，可有之耳；而世皆不精，故莫能得之。何以言之？

夫服藥求汗，或有弗獲，而愧情一集，渙然流離。終朝未餐，則囂然③思食；而曾子銜哀，七日不飢④。夜分而坐，則低迷思寢；內懷殷憂，則達旦不瞑⑤。勁刷理鬢，醇醴⑥發顏，僅乃得之；壯士之怒，赫然殊觀，植髮衝冠⑦。由此言之，精神之於形骸，猶國之有君也，神躁於中，而形喪於外，猶君昏於上，國亂於下也。

夫為稼於湯之世，偏有一溉之功者，雖終歸燋爛，必一溉而後枯，然則一溉之益，固不可誣也⑧。而世常謂一怒不足以侵性，一哀不足以傷身，輕而肆⑨之，是猶不識一溉之益，而望嘉穀於旱苗者也。

是以君子知形恃神以立，神須形以存，悟生理之易失，知一過之害生，故脩性以保神，安心以全身，愛憎不棲於情，憂喜不留於意，泊然⑩無感，而體氣和平。又呼吸吐納，服食養身，使形神相親，表裡俱濟也。

夫田種者，一畝十斛，謂之良田，此天下之通稱也。不知區種⑪，可百餘斛。田種一也，至於樹養不同，則功收相懸，謂商無十倍之價，農無百斛之望，此守常而不變者也。且豆令人重，榆令人瞑⑫，合歡蠲忿⑬，萱草忘憂⑭，愚智所共知也；薰辛害目⑮，豚魚不養，常世所識也；蝨處頭而黑，麝食柏而香，頸處險而癭⑯，齒居晉而黃⑰。推此而言，凡所食之氣，蒸性染身，莫不相應，豈惟蒸之使重而無使輕，害之使闇而無使明，薰之使黃而無使堅，芬之使香而無使延⑱哉！故神農曰：「上藥養命，中藥養性⑲」者，誠如性命之理，因輔養以通也。

而世人不察，惟五穀是見，聲色是耽，目惑玄黃，耳務淫哇⑳；滋味煎其府藏㉑，醴醪鬻㉒其腸胃，香芳腐其骨髓，喜怒悖其正氣，思慮銷其精神，哀樂殃其平粹。夫以蕞爾㉓之軀，攻之者非一塗，易竭之身，而外內受敵，身非木石，其能久乎？其自用甚者，飲食不節，以生百病，好色不倦，以致乏絕，風寒所災，百毒所傷，中道夭於衆難，世皆知笑悼，謂之不善持生也。

至于措身失理，亡之於微，積微成損，積損成衰，從衰得白，從白得老，從老得終，悶若無端，中智以下，謂之自然；縱少覺悟，咸歎恨於所遇之初，而不知愼衆險於未兆，是由㉔桓侯抱將死之疾，而怒扁鵲之先見㉕，以覺痛之日，爲受病之始也。害成於微，而救之於著，故有無功之治；馳騁常人之域，故有一切之壽㉖；仰觀俯察，莫不皆然，以多自證，以同自慰，謂天地之理，盡此而已矣。縱聞養生之事，則斷以所見，謂之不然；其次狐疑雖少，庶幾莫知所由；其次自力服藥，半年一年，勞而未驗，志以厭衰，中路復廢；或益之以畎澮，而泄之以尾閭㉗，欲坐望顯報者；或抑情忍欲，割棄榮願，而嗜好常在耳目之前，所希在數十年之後，又恐兩失㉘，內懷猶豫，心戰於內，物誘於外，交賒相傾，如此復敗者。

夫至物微妙，可以理知，難以目識，譬猶豫章生七年，然後可覺㉙耳。今以躁競之心，涉希靜㉚之塗，意速而事遲，望近而應遠，故莫能相終。

夫悠悠者既以未效不求，而求者以不專喪業，偏恃者以不兼無功，追術者以小道自溺，凡若此類，故欲之者萬，無一能成者也。善養生者則不然矣，清虛靜泰，少私寡欲，知名位之傷德，故忽而不營，非欲而彊禁也；識厚味之害性，故棄而弗顧，非貪而後抑也。外物以累心不存，神氣以醇白獨著㉛，曠然無憂患，寂然無思慮；又守之以一㉜，養之以和，和理日濟，同乎大順㉝。然後蒸以靈芝，潤以醴泉㉞，晞以朝陽，綏㉟以五絃，無為自得，體妙心玄㊱；忘歡而後樂足，遺生而後身存。若此以往，恕㊲可與羨門㊳比壽，王喬㊴爭年，何為其無有哉！

〔注釋〕

①上壽　上壽之說甚多，左傳僖公三十二年：「爾何知？中壽，爾墓之木拱矣」。疏：「上壽百二十歲，中壽百，下壽八十。」與此說同。

②較　明也。

③囂然　囂，音ㄒㄧㄠ。文選李善注：「囂然，飢意也。」

④曾子銜哀，七日不飢　禮記檀弓篇：「曾子謂子思曰：伋，吾執親之喪也，水漿不入口

者七日。」

⑤瞑　古眠字。

⑥醇醲　醇，厚酒也。醲，酒一宿熟也。

⑦植髮衝冠　植髮，毛髮豎立也。植髮衝冠，喻怒甚。駱賓王易水送別詩：「此地別燕丹，壯士髮衝冠。」

⑧爲稼於湯之世，偏有一溉之功者，雖終歸燋爛，必一溉而後枯，然則一溉之益，固不可誣也　李善曰：「言種穀於湯之世，値七年之旱，終歸是死，而彼一溉之苗，則在後枯，亦猶人處於俗，同皆有死，能操生者，則後終也。」漢書食貨志：「故堯禹有九年之水，湯有七年之旱，而國亡捐瘠者，以畜積多而備先具也。」

⑨肆　恣也。

⑩泊然　靜默貌。

⑪區種　區，音ㄡ。文選李善注引氾勝之田農書曰：「上農區田，大區方深各六寸，相去七寸，一畝三千七百區，丁男女治十畝，至

秋收，區三升粟，畝得百斛也。區音鄔侯切。一曰：謂區隴而種，非漫田也。」

⑫豆令人重，榆令人瞑　博物志：「食豆三年，則身重行止難。」又曰：「啖榆則瞑，不欲覺也。」

⑬合歡蠲忿　蠲，音ㄐㄩㄢ，除也。崔豹古今注：「合歡樹似梧桐，枝葉繁，互相交結，每一風來，輒自相離，了不相牽綴，樹之堦庭，使人不忿。」

⑭萱草忘憂　詩經衞風伯兮篇：「焉得萱草，言樹之背。」傳：「萱草，令人忘憂。」

⑮薰辛害目　薰同葷。薰辛，有葷味及辣味之食物。李善引養生要曰：「大蒜多食，葷害目。」

⑯頸處險而癭　李善曰：「謂人居於山險，樹木瘤臨其水上，飲此水則患癭。」

⑰齒居晉而黃　爾雅翼：「晉人好食棗，久之齒皆黃。」

⑱芬之使香而無使延　李善曰：「方言曰：延

，年長也。」黃侃曰：「李引方言爲釋，未諦。延當爲脡之殘字，說文脡，生肉醬也。集韻二仙尸連切，與羴羶同音。此文蓋借以爲羴羶。」

⑲上藥養命，中藥養性　本草：「上藥一百二十種，爲君，主養命，以應天；無毒，久服不傷人，輕身益氣，不老延年。中藥一百二十種，爲臣，主養性，以應人。」

⑳淫哇　哇，淫聲也。法言吾子篇：「中正則雅，多哇則鄭。」

㉑府藏　指五臟六腑。

㉒鬻　同煮。

㉓蕞爾　蕞，音ㄗㄨㄟˋ。蕞爾，小貌。

㉔由　同猶。

㉕桓侯抱將死之疾，而怒扁鵲之先見　韓非子喻老篇：「扁鵲見蔡桓公，立有閒，扁鵲曰：君有疾在腠理，不治將恐深。桓侯曰：寡人無疾。扁鵲出，桓侯曰：醫之好治不病以爲功。居十日，扁鵲復見，曰：君之病在肌膚，不治將益深。桓侯不應，扁鵲出，桓侯又不悅。居十日，扁鵲復見，曰：君之病在腸胃，不治將益深。桓侯又不應，扁鵲出，桓侯又不悅。居十日，扁鵲望桓侯而還走。桓侯故使人問之，扁鵲曰：疾在腠理，湯熨之所及也。在肌膚，鍼石之所及也。在腸胃，火齊之所及也。在骨髓，司命之所屬，無奈何也。今在骨髓，臣是以無請也。居五日，桓侯體痛，使人索扁鵲，已逃秦矣。桓侯遂死。」

㉖一切之壽　近人黃侃以爲「一切」猶「不定」也。

㉗益之以畎澮，泄之以尾閭　畎澮，田間水道也。尾閭，泄海水之所也。莊子秋水篇：「北海若曰：天下之水，莫大於海，萬川歸之，不知何時止而不盈，尾閭泄之，不知何時已而不虛。」謂雖日謀養身，而聲色過度，所養盡爲所耗也。

㉘兩失　指養生與榮願二事。

㉙豫章生七年，然後可覺　史記司馬相如傳正義曰：「豫，今之枕木也。章，今之樟木也。二木生至七年，枕、樟乃可分別。」

㉚希靜　老子：「聽之不聞，名曰希。」

㉛醇白獨著　莊子人間世篇：「虛室生白。」向秀曰：「虛其心，則純白獨著。」

㉜守之以一　老子：「聖人抱一，爲天下式。」王弼曰：「一，少之極也。式，猶則也。」

㉝大順　老子：「玄德深矣、遠矣，與物反矣。乃至大順。」河上公曰：「大順者，天理也。」

㉞醴泉　美泉狀如醴酒也。

㉟綏　安也。

㊱體妙心玄　老子：「玄之又玄，衆妙之門。」

㊲恕　黃侃曰：「恕，庶也。」

㊳羨門　古仙人，名子高。

㊴王喬　列仙傳：「王子喬者，周靈王太子晉也。道人浮丘公接以嵩高山。」

〔作　者〕

嵇康，字叔夜，晉譙國銍（今河南長邑附近）人。竹林七賢之一，生於魏文帝黃初四年，卒於魏常道鄉公景元三年，（西元二二三－二六二年）年卜四。

康早孤，有奇才，遠邁不羣；身長七尺八寸，美詞氣，有風儀。天質自然，恬靜寡欲，含垢匿瑕，寬簡有大量。以與魏宗室婚，拜中散大夫。與東平呂安善，安嫡兄遜淫安妻徐氏，安欲告遜遺妻，以咨於康，康喻而抑之，遜內不自安，陰告安不孝，時遜善於鍾會，鍾會有寵於大將軍司馬文王，遂繫安獄，辭相證引，復收康。將刑東市，大學生三千人請以爲師，文帝弗許。死時年四十，海內之士，莫不痛之。

康學無師承，博覽無不該通，長好老莊，常修養性服食之事，又妙解音律，彈琴詠詩以足懷。嘗游于洛西，暮宿華陽亭，有自謂古人者授之廣陵散，聲調絕倫，誓不傳人，康死，廣陵散於今絕矣。康性愼言行，王戎與康居山陽，二十年未嘗見其喜慍之色，而竟以縲紲死，命也乎！

康善談理，又能屬文，所著有養生論、與山巨源絕交書、聖賢高士傳贊、太師箴、聲無哀樂論等。

〔說　明〕

本文選自昭明文選。體裁屬論辨類。康好老莊，性喜服食，以為神仙稟之自然，非積學所得；至於導養得理，則安期、彭祖之倫可及。主旨在論養生之道，可分內養外養，並論及世人不善養生之故。全文分八段：首段言神仙雖不可得，導養得理，可延壽上千。二段言誠於內必形於外，外不易有功於內，故內不可不養。三段言初養便異於不養，以見養生之重要。四段論形神內外需交養，養外可以有助於內。五段言服食之重要，以申外養之說。六段言不善養生者內外俱失。七段分類說明世人不善養生之理。八段總論養生之道，內外兼養，先求無慮無思，同乎大順，再應之以服食，則庶幾可也，以申上意。

〔批　評〕

嵇康論養生，分內養、外養，內養即養心；外養則全以服食為事，與老子：「夫惟無以生者，是賢於貴生。」及莊子達生篇：「棄事則形不勞，遺生則精不虧，夫形全精復，與天為一。」之養形說不同，蓋刻意求生，則生豈可得耶？此康所以不得終壽之故歟？且老莊之道，貴在「和其光，同其塵」，莊子養生主曰：「爲善無近名，爲惡無近刑，緣督以爲經，可以保身，可以全生，可以養親，可以盡年。」而康傲物受刑，絕司馬氏之辟，非湯武而薄周孔，致身陷囹圄，年僅不惑，讀其文想見其爲人，能無憾哉！

此文首段，以駁世人之論爲始，使全文主旨更爲確切明白。二、三、四、五段就內養、外養分別敍論；六、七兩段，證以世人養生之誤；末段以正確養生之道爲合。「養」字爲全文眼目，「導養得理」爲全文綱領，結構尚稱緊密，章法照應亦佳，驟視雖覺其漫羨，細按之，條理仍自井然。

王世貞曰：「嵇叔夜土木形骸，不事雕飾，想於文亦爾。如養生論、絕交論，類信筆成，或遂重犯，或不相續，然獨造之語，自是奇絕超逸。」

三、博奕論

韋曜

蓋君子恥當年而功不立，疾沒世而名不稱①，故曰：「學如不及，猶恐失之②。」是以古之志士，悼年齒之流邁，而懼名稱之不建也。勉精厲操，晨興夜寐，不遑寧息，經之以歲月，累之以日力③，若甯越之勤④，董生之篤⑤，漸漬⑥德義之淵，棲遲⑦道藝之域；且以西伯之聖，姬公之才，猶有日昃待旦之勞⑧，故能隆興周道，垂名億載，況在臣庶而可以已乎？

歷觀古今功名之士，皆有積累殊異之迹，勞神苦體，契闊⑨勤思，平居不惰其業，窮困不易其素，是以卜式立志於耕牧⑩，而黃霸受道於囹圄⑪，終有榮顯之福，以成不朽之名，故山甫勤於夙夜⑫，而吳漢不離公門⑬，豈有遊惰哉？

今世之人，多不務經術，好翫⑭博弈，廢事棄業，忘寢與食，窮日盡明，繼以脂燭。當其臨局交爭，雌雄未決，專精銳意，神迷體倦，人事曠而不脩，賓旅闕而不接，雖有太牢之饌⑮，韶、夏之樂⑯，不暇存也。至或賭及衣物，徙棊易行，廉恥之意弛，而忿戾之色發，然其所志不出一枰⑰之上，所務不過方罫⑱之間，勝敵無封爵之賞，獲地無兼土之實，技非六藝，用非經國，立身者不階其術，徵選者不由其道。求之於戰陣，則非孫、吳之倫⑲也；考之於道藝，則非孔氏之門也；以變詐爲務，則非忠信之事也；以刼殺爲名，則非仁者之意也；而空妨日廢業，終無補益，是何異設木而擊之，置石而投之哉？

且君子之居室也，勤身以致養；其在朝也，竭命以納忠；臨事且猶旰食⑳，而何暇博奕之足耽？夫然，故孝友之行立，貞純之名章也。方今大吳受命，海內未平，聖朝乾乾㉑，務在得人。勇略之士，則受熊虎之任；儒雅之徒，則處龍鳳之署㉒；百行兼苞，文武並騖。博選良才，旌簡髦俊，設程試之科，垂金爵之賞，誠千載之嘉會，百世之良遇也！當世之士，宜勉思至道，愛功惜力，以佐明時，使名書史籍，勳在盟府㉓，乃君子之上務，當今之先恥也。

夫一木之枰，孰與方國之封？枯棊三百㉔，孰與萬人之將？袞龍之服㉕，金石之樂，足以兼棊局而貿㉖博奕矣。假令世士移博弈之力，用之於詩書，是有顏、閔㉗之志也；用之於智計，是有良、平㉘之思也；用之於資貨，是有猗頓㉙之富也；用之於射御，是有將帥之備也；如此則功名立而鄙賤遠矣！

〔注釋〕

①疾沒世而名不稱　疾，猶患也。語見論語衛靈公篇。

②學如不及二句　語見論語泰伯篇。

③日力　時日餘裕，作事始生效力，故謂光陰爲日力。孟子公孫丑篇：「去則極日之力。」

④甯越之勤　呂氏春秋博志：「甯越，中牟之鄙人也，苦耕稼之勞，謂其友曰：何爲而可以免此苦耕也？其友曰：莫如學；學三十歲，則可達矣！甯越曰：請以十五歲。人將休，吾將不休；人將臥，吾將不敢臥。十五歲而周威王師之。」

⑤董生之篤　董生，謂董仲舒。漢書董仲舒傳：「董仲舒，廣川人也。少治春秋，孝景時爲博士，下帷講誦，弟子傳以久相授業，或莫見其面，蓋三年不窺園，其精如此！」

⑥漸漬　漬，音ㄗˋ。漸漬，猶浸潤也。

⑦棲遲　猶遊息也。

⑧且以西伯之聖三句　西伯，謂周文王也，蓋文王在殷時爲西伯。姬公，謂周公也，蓋周公姓姬。昗，音ㄗㄜˋ，同昃，日西傾也。書經無逸篇載周公曰：「(文王)自朝至于日中昗，不遑暇食，用咸和萬民。」又孟子離婁篇：「周公思兼三王，以施四事，其有不合者，仰而思之，夜以繼日；幸而得之，坐以待旦。」

⑨契闊　猶辛苦也。

⑩卜式立志於耕牧　卜式，漢河南人，以田畜爲事，入山牧十餘年，羊致千餘頭。事見漢書卜式傳。

⑪黃覇受道於囹圄　黃覇，字次公，漢淮陽陽夏人也。與夏侯勝俱繫獄中，覇因從勝受尚書。事見漢書循吏傳。

⑫山甫勤於夙夜　山甫，即仲山甫，周宣王時人。詩經大雅烝民篇：「肅肅王命，仲山甫將之。」又曰：「夙夜匪懈，以事一人。」

⑬吳漢不離公門　吳漢，字子顏，漢南陽人。文選李善注引東觀漢記曰：「鄧禹及諸將多漢擧者，再三召見，其後勤勤不離公門。」

⑭翫　音ㄨㄢˋ，同「玩」，貪好也。

⑮太牢之饌　牛羊豕三牲俱備曰太牢。饌，音ㄓㄨㄢˋ，陳設之食物也。

⑯韶、夏之樂　韶，舜樂。夏，禹樂也。

⑰枰　博局也，今曰棋盤。

⑱方罫　界畫爲方目者曰方罫，俗曰格子。字彙：「罫，棊局線間方目也。」

⑲孫、吳之倫　倫，猶類也，輩也。孫謂孫武，吳謂吳起，皆古兵法家。漢書藝文志著錄孫子兵法八十二篇，吳起三十八篇。

⑳旰食　旰，音ㄍㄢˋ，晚也。旰食，後時而食也。

㉑乾乾　謂勤心不倦，自強不息也。

㉒勇略之士四句　文選李善注云：「熊虎猛捷，故以譬武；龍鳳五彩，故以喻文。」

㉓勳在盟府　王功曰勳。盟府，保存盟約、紀錄功勳之處。

㉔枯棊三百　文選李善注引邯鄲淳藝經曰：「棊局縱橫各十七道，合二百八十九道，白黑棊子各一百五十枚。」

㉕袞龍之服　天子之禮服也。有蟠屈之龍繡於下裳，故曰袞龍之服。

㉖貿　易也。

㉗顏、閔　謂顏淵、閔子騫，皆孔子弟子，以德行見長。

㉘良、平　謂張良、陳平也。皆長於智計。

㉙猗頓　猗，音一，姓也。猗頓，春秋魯人，由鹽起家，與王者埒富。

〔作　者〕

韋曜，本名昭，史爲晉諱改曜，字弘嗣，三國吳郡雲陽（今江蘇丹陽縣）人。生年不詳，卒於晉武帝泰始十年（西元二七四年）。少好學，能屬文。歷遷太子中庶子，孫皓立爲侍中，領國史，以持正，爲皓所殺。著有孝經論語注、國語注等書。

〔說　明〕

本文選自昭明文選。體裁屬論辨類。三國志吳志言弘嗣爲太子中庶子時，蔡穎亦在東宮，性好博奕，太子和以爲無益，令曜論之，即本文是也。全篇主旨在論析博弈無益於正業，不如移其力於有用之事，以成功名。文分五段：首段言古之志士，莫不勤勉於道德學藝，以期建功立名。次段歷觀古今功名之士，類皆勞苦勤思，堅守素業，未嘗遊惰。三段言時人多不務經術，好玩博弈，廢事棄業，一無裨益。四段言朝廷需才，勉士人愛功惜力，以佐明時。末段謂世士若移博弈之力於詩書、智計等有用之事，則功名自立。

〔批　評〕

書經旅獒云：「玩物喪志。」博弈之爲物，若曠時廢業，躭溺其中，亦足喪失人之壯志。大抵一切嗜欲，莫不如此，苟能知所節制，略一涉獵，未嘗無益；或雖常近之，而不致荒怠正務，亦無大礙。本篇之作，旨在針砭時弊，發端即以孔子語，透出後文立名、勉學二意；漸次剖析躭溺之無益，歷舉聖賢學士，見其功名成就在於「勤」，以反覆勸人勤勉於道德學藝，以期功名之立。義旨明確，語語發人深省，自當有功於教化也。

四、運命論

李康

夫治亂運也，窮達命也①，貴賤時也。

故運之所隆，必生聖明之君；聖明之君，必有忠賢之臣。其所以相遇也，不求而自合；其所以相親也，不介而自親。唱之而必和，謀之而必從，道德玄同②，曲折合符③，得失不能疑其志，讒構不能離其交，然後得成功也。其所以得然者，豈徒人事哉！授之者天也，告之者神也，成之者運也。

夫黃河清而聖人生，里社鳴而聖人出④，羣龍見而聖人用。故伊尹有莘氏之媵臣也，而阿衡於商⑤。太公渭濱之賤老也，而尙父於周⑥。百里奚在虞而虞亡，在秦而秦霸⑦，非不才於虞而才於秦也。張良受黃石之符，誦三略之說⑧，以遊於羣雄，其言也如以水投石，莫之受也；及其遭漢祖也，其言也如以石投水，莫之逆也，非張良之拙說於陳、項⑨，而巧言於沛公也。然則張良之言一也，不識其所以合離，合離之由，神明之道也。故彼四賢者，名載於籙圖⑩，事應乎天人，其可格⑪之賢愚哉！

孔子曰：「清明在躬，氣志如神，嗜慾將至，有開必先，天降時雨，山川出雲⑫。」詩云：「惟嶽降神，生甫及申，惟申及甫，惟周之翰⑬。」運命之謂也。豈惟興主，亂亡者亦如之焉，幽王之惑褒女也，祅始於夏庭⑭；曹伯陽之獲公孫彊也，徵發於社宮⑮；叔孫豹之暱豎牛也，禍成於庚宗⑯。吉凶成敗，各以數至，咸皆不求而自合，不介而自親矣。

昔者聖人受命河洛⑰曰：以文命者七九而衰，以武興者六八而謀⑱。及成王定鼎於郟鄏⑲，卜世三十，卜年七百，天所命也。故自幽、厲之閒，周道大壞⑳；二霸之後，禮樂陵遲㉑；文薄之弊，漸於靈、景㉒；辯詐之僞，成於七國㉓；酷烈之極，積於亡秦；文章之貴，棄於漢祖㉔。雖仲尼至聖，顏、冉大賢，揖讓於規矩之內，誾誾於洙、泗之上㉕，不能遏其端。孟軻、孫卿，體二希望㉖，從容中道，不能維其末，天下卒至於溺而不可援。

夫以仲尼之才也，而器不周於魯、衞；以仲尼之辯也，而言不行於定、哀；以仲尼之謙也，而見忌於子西㉗；以仲尼之仁也，而取讎於桓魋㉘

；以仲尼之智也，而屈厄於陳、蔡㉙；以仲尼之行也，而招毀於叔孫㉚。夫道足以濟天下，而不得貴於人；言足以經萬世，而不見信於時；行足以應神明，而不能彌綸於俗，應聘七十國，而不一獲其主，驅驟於蠻夏之域，屈辱於公卿之門，其不遇也如此。及其孫子思，希聖備體而未之至㉛，封已養高㉜，勢動人主，其所遊歷諸侯，莫不結駟而造門，雖造門猶有不得賓者焉。其徒子夏，升堂而未入於室者也，退老於家，魏文侯師之，西河之人肅然歸德，比之於夫子㉝，而莫敢閒其言。故曰：治亂運也」，窮達命也，貴賤時也。而後之君子，區區於一主，歎息於一朝，屈原以之沈湘㉞，賈誼以之發憤㉟，不亦過乎？然則聖人所以爲聖者，蓋在乎樂天知命矣。故遇之而不怨，居之而不疑也，其身可抑而道不可屈，其位可排而名不可奪。譬如水也，通之斯爲川焉，塞之斯爲淵焉，升之於雲則雨施，沈之於地則土潤，體清以洗物，不亂於濁，受濁以濟物，不傷於清，是以聖人處窮達如一也。

夫忠直之迕於主，獨立之負於俗，理勢然也。故木秀於林，風必摧之；堆出於岸，流必湍㊱之；行高於人，衆必非之；前監不遠，覆車繼軌。然而志士仁人，猶蹈之而弗悔，操之而弗失，何哉？將以遂志而成名也。求遂其志，而冒風波於險塗，求成其名，而歷謗議於當時，彼所以處之，蓋有筭㊲矣。

子夏曰：「死生有命，富貴在天㊳。」故道之將行也，命之將貴也，則伊尹、呂尙之興於商、周，百里、子房之用於秦、漢，不求而自得，不徼而自遇矣。道之將廢也，命之將賤也，豈獨君子恥之而弗爲乎？蓋亦知爲之而弗得矣。

凡希世苟合㊴之士，蘧蒢戚施㊵之人，俛仰尊貴之顏，逶迤㊶勢利之閒，意無是非，讚之如流；言無可否，應之如響，以闚看爲精神，以向背爲變通，勢之所集，從之如歸市㊷；勢之所去，棄之如脫遺。其言曰：名與身孰親也？得與失孰賢也？榮與辱孰珍也？故遂絜其衣服，矜其車徒，冒㊸其貨賄，淫其聲色，脉脉然㊹自以爲得矣。蓋其見龍逢、比干之亡其身㊺，而不惟飛廉、惡來之滅其族㊻也；蓋知伍子胥之屬鏤於吳㊼，而不戒費無忌之誅夷於楚㊽也；蓋譏汲黯之白首於主爵㊾，而不懲張湯牛車之禍㊿也；蓋笑蕭望之跋躓於前[51]，而不懼石顯之絞縊於後[52]也，故夫達者之筭也，亦各有盡矣。

曰：凡人之所以奔競於富貴何爲者哉？若夫立德必須貴乎？則幽、厲之爲天子，不如仲尼之爲陪臣[53]也。必須勢乎？則王莽、董賢之爲三公[54]，不如揚雄、仲舒之闃其門[55]也。必須富乎？則齊景之千駟，不如顏回、原憲之約其身也。其爲實乎？則執杓而飲河者，不過滿腹；棄室而灑雨者，不過濡身；過此以往，弗能受也。其爲名乎？則善惡書於史册，毀譽流於千載，賞罰懸於天道，吉凶灼乎鬼神，固可畏也。將以娛耳目樂心意乎？譬命駕而遊五都之市，則天下之貨畢陳矣；褰[56]裳而涉汶陽[57]之丘，則天下之稼如雲矣；椎紒[58]而守敖庾、海陵之倉[59]，則山坻[60]之積在前矣；扱衽而登鍾山、藍田之上，則夜光璵璠之珍可觀[61]矣。夫如是也，爲物甚衆，爲己甚寡，不愛其身，而嗇[62]其神，風驚塵起，散而不止，六疾[63]待其前，五刑[64]隨其後，利害生其左，攻奪出其右，而自以爲見身名之親踈，分榮辱之客主哉！

天地之大德曰生，聖人之大寶曰位，何以守位曰仁，何以正人曰義。故古之王者，蓋以一人治天下，不以天下奉一人也。古之仕者，蓋以官行其義，不以利冒其官也。古之君子，蓋恥得之而弗能治也，不恥能治而弗得也。原乎天人之性，核乎邪正之分，權乎禍福之門，終乎榮辱之筭，其昭然矣。故君子舍彼取此[65]。若夫出處不違其時，默語不失其人，天動星迴，而辰極猶居其所[66]，璣旋輪轉，而衡軸猶執其中[67]，既明且哲，以保其身，貽厥孫謀，以燕翼子[68]者，昔吾先友[69]，嘗從事於斯矣。

〔注釋〕

①窮達命也　窮，困阨也。達，得志也。命，天所令也。言困阨與得志，皆由天所令也。

②玄同　謂與人大同而又無迹可尋。老子第五十六章：「和其光，同出塵，是謂玄同。」

③合符　謂如符契之相合。

④里社鳴而聖人出　里社，里民所立社也。文選李善注：「春秋潛潭巴曰：里社鳴，此里有聖人出，其呴，百姓歸，天辟亡。」

⑤伊尹有莘氏之媵臣也，而阿衡於商　伊尹，商之賢相。初耕於有莘氏之野，湯三以幣聘之，始往就湯。湯伐桀，滅夏，遂王天下，伊尹之功爲多，湯尊之爲阿衡。文選呂向注：「阿依平衡也，言商有伊尹，倚以萬事，

平於天下也。」

⑥太公渭濱之賤老也，而尙父於周　呂尙，周東海人，本姓姜氏，其先封於呂，從其封姓，故曰呂尙，字子牙，年老隱於釣，文王出獵，遇於渭水之陽，與語大悅，曰：「吾太公望子久矣。」因號太公望，世遂稱太公。載與俱歸，立爲師，爲文王四友之一，武王尊爲師尙父；武王滅紂，有天下，尙謀居多，封於齊營丘，得專征伐，爲大國，世傳其兵書有六韜六卷。

⑦百里奚在虞而虞亡，在秦而秦霸　百里奚，春秋虞人，字井伯，少貧，流落不偶，事虞公，爲大夫。晉滅虞被虜，將以爲秦穆公夫人媵，奚恥之。走宛，楚鄙人執之。穆公聞其賢，以五羖羊皮贖之，授以國政，相秦七年而霸，人號五羖大夫。

⑧張良受黃石之符，誦三略之說　張良，漢韓人，字子房，其先五世相韓，秦滅韓，良悉以家財求客爲韓報仇，得力士，狙擊始皇於博浪沙，誤中副車，乃更姓名，亡匿下邳，尋受兵法於黃石公，佐漢高祖滅項羽，定天下，封留侯。晚好黃老，學神仙辟穀之術，卒諡文成。三略，凡三卷，舊題黃石公撰，云即圯上以授張良者。但觀其文不似晚周，或後人依託。

⑨張良之拙說於陳、項　李善注：「漢書張良乃說項梁立韓成爲韓王。而漢書張良無說陳涉，今此言之，未詳其本也。」

⑩彼四賢者！名載於籙圖　四賢，指伊尹、太公、百里奚、張良四人。籙圖，如後世讖緯之書。名載於籙圖，李善注：「春秋考異郵曰：稽之籙圖，參於泰古。易坤靈圖曰：湯臣伊尹振鳥陵。春秋命歷序曰：文王受丹書，呂望佐昌發。春秋保乾圖曰：漢之一師爲張良，生韓之陂，漢以興。春秋感精記曰：西秦東關，謀襲鄭伯，晉戎同心，遮之殽谷，反呼老人百里子，哭語之：不知泣血何益？」

⑪格　量度也。

⑫孔子曰：「清明在躬，氣志如神，嗜慾將至，有開必先，天降時雨，山川出雲。」　見禮記孔子閒居篇，鄭玄曰：「清明在躬，氣志如神，謂聖人也；嗜慾將至，謂其王天下之期將至也；神有以開之，必先爲之生賢智之輔佐，若天將降時雨，山川爲之出雲也。」

⑬詩云：「惟嶽降神，生甫及申，惟申及甫，惟周之翰。」　見詩經大雅崧高篇。甫，甫侯，周穆王之臣，爲司寇。申，申伯，周宣王母舅，爲周賢卿士。翰，幹也。言周道將興，五嶽爲之生佐，仲山甫及申伯爲之幹臣也。

⑭幽王之惑褒女也，祅始於夏庭　祅，通「妖」，怪異也。夏后氏之時，有神龍止於帝庭，夏后取其漦而藏之。傳及殷周。厲王之末，發而觀之，漦流於庭，入於後宮，有童妾遭之而生女，怪棄於市，即褒似也。後幽王發褒，褒獻此女，幽王嬖之，遂至失國。事見史記周本紀。

⑮曹伯陽之獲公孫彊也，徵發於社宮　曹伯陽，春秋曹君，悼公之孫。初，曹人或夢衆君子立於社宮而謀亡曹，曹叔振鐸請待公孫彊，許之。及曹伯陽即位，好田弋，鄙人公孫彊亦好田弋，且言田弋之說，悅之。因訪政事，使爲司城以聽政。彊說曹伯背晉奸宋，宋人伐之，晉人不救，宋滅曹，執曹伯及公孫彊以歸，殺之。事見左傳哀公七年。

⑯叔孫豹之暱豎牛也，禍成於庚宗　叔孫豹，春秋魯大夫，得臣之子，謚穆子。暱，親也。豎牛，公孫豹之子。豎、小臣。牛，其號。初，魯大夫叔孫豹入齊，過庚宗婦人宿，遂有子。在齊夢天壓己，弗勝，有一人號之曰牛，助己，乃勝之。後還魯過庚宗婦人，見所有之子，狀如夢中者，因呼曰牛。歸魯，寵而親之，使爲豎。後豹病，豎牛將爲亂，羣臣有進食者，豎牛皆不進，覆之以返空

器，叔孫遂餓死。事見左傳昭公四年。

⑰河洛　河圖洛書也。

⑱以文命者七九而衰，以武興者六八而謀　李善注：「文謂文德，即文王也。武謂武功，即武王也。言以文德受命者，或七世九世而漸衰微。以武功興起者，或六世八世而謀也。」

⑲郟鄏　今河南省洛陽縣西。

⑳幽、厲之閒，周道大衰　李善注：「言自成王至厲王，凡八世，即應七而衰也。」

㉑二霸之後，禮樂陵遲　陵遲、衰微也。李善注：「二霸，齊桓、晉文也。自厲王至二霸之卒，凡有九世，即應九而衰也。」

㉒文薄之弊，漸於靈、景　文薄，文德之澆薄也。靈景，東周靈王、景王。李善曰：「有二霸之卒，至于景王，凡有六世，即應六而謀也。」

㉓辯詐之僞，成於七國　七國，戰國之世。李善曰：「自景王至於七國，凡有八世，即應八而謀也。」

㉔文章之貴，棄於漢祖　賈爲太中大夫，賈時時前說稱詩書，高帝罵之曰：「乃公居馬上得之，安事詩書。」事見漢書陸賈傳。漢仲長統，昌言曰：「漢祖輕文學而簡禮義。」

㉕誾誾洙、泗之上　誾，音一ㄣˋ。誾誾，中正之貌。洙、泗，魯二水名，孔子設教於此。

㉖孟軻、孫卿，體二希聖　張銑曰：「孟孫二子，體法顏冉，故云體二；志望孔子之道，故云希聖。」

㉗見忌於子西　楚令尹，諫楚昭王迎孔子，封書社地，非楚之福。事見史記孔子世家。

㉘取讎於桓魋　宋司馬桓魋，嘗見孔子與弟子習禮於宋之大樹下，欲殺之。事見史記孔子世家。

㉙屈厄於陳、蔡　陳、蔡之大夫嘗以兵距孔子往楚拜禮，致孔子在陳、蔡絕糧七日，外無所通，藜羹不充。事見孔子家語。

㉚招毀於叔孫　叔孫，即叔孫武孫，魯大夫，名曰仇，謚曰武。事見論語子張篇。

㉛及其孫子思，希聖備體而未之至　子思，名伋，孔子之孫。體，喻德也。言子思望先聖之道，欲先聖之德，而未至聖道也。

㉜封己養高　封，厚也。言其厚已能養高名也。

㉝其徒子夏六句　事見禮記檀弓篇。

㉞屈原以之沈湘　屈原，戰國楚人，忠心被讒，放逐江南，自沈汨羅江。

㉟賈誼以之發憤　賈誼，漢洛陽人。文帝任以公卿之位，絳侯、灌嬰之屬毀之，謫以為長沙王太傅。及渡湘水，為賦以弔屈原。後為梁懷王太傅。懷王以墮馬死，誼自傷為傅無狀，哭泣歲餘，亦死。發憤，心求通而自奮也。

㊱湍　急流也，引伸有沖擊意，作動詞用。

㊲筭　計也。

㊳子夏曰三句　見論語顏淵篇。

㊴希世苟合　希世，阿徇世俗也。苟合，不以道義為依歸，苟相附合也。

㊵蘧蒢戚施　蘧蒢，音ㄑㄩˊ　ㄔㄨˊ，同籧篨。爾雅釋訓：「籧篨，口柔也。」意為觀人顏色而為辭佞者也。戚施，爾雅釋訓：「戚施，面柔也。」謂以柔媚之容伺人顏色者也。

㊶逶迤　從容自得之貌。

㊷歸市　市為衆人之所歸。此喻歸附之疾也。

㊸冒　貪也。

㊹脉脉然　相視貌。

㊺龍逢、比干之亡其身　龍逢，夏之賢人，即關龍逢，桀為酒池，龍逢進諫曰：「為人君，身行禮義，愛民節財。」桀因囚拘之而死。比干，商紂之諸父，紂淫亂，比干諫之，三日不去，紂謂聖人心有七竅，遂剖觀其心。

㊻飛廉、惡來之滅其族　飛廉，亦作蜚廉，紂諛臣。孟子滕文公篇：「驅飛廉海隅而戮之。」惡來，商紂之臣，飛廉之子，有力，武王伐紂，死牧之野。

㊼伍子胥之屬鏤於吳　伍子胥，春秋楚人，名員，父奢兄尚為平王所殺，子胥奔吳，仕行人，佐吳王闔廬伐楚，入楚都郢，鞭平王屍

，報父兄仇。夫差立，伐越，大破之，越王句踐請和，未差許之，子胥諫不聽，其後屢請謀越，亦不納，太宰嚭讒之，夫差賜屬鏤之劍以死。屬鏤，寶劍名，此作動詞用，謂以屬鏤劍自刎也。

㊽費無忌之誅夷於楚　費無忌，春秋楚大夫。善讒，嘗讒蔡大夫朝吳，出蔡侯朱。譖太子建，殺連尹伍奢。其後又讒左尹郤宛於令尹囊瓦，人謗令尹，沈尹戌言於瓦，謂其讒自危，瓦於是殺無忌，滅其族，謗乃止。

㊾汲黯之白首於主爵　汲黯，漢濮陽（今河南濮陽縣）人，字長孺，性倨傲，尚氣節，景帝時，爲太子洗馬。武帝時遷東海太守，政尚清靜，邑稱大治。歲餘，召爲主爵都尉；直諫廷諍，擧朝肅然，帝稱爲社稷之臣，然卒見憚於朝，出爲淮陽太守以終。

㊿張湯牛車之禍　張湯，漢杜陵（今陝西長安縣東南）人。武帝時拜太中大夫，與趙禹共定諸律令，遷御史大夫，治獄務深文刻酷，後爲朱買臣等所構，自殺。昆弟欲厚葬之，母曰：「湯爲天子大臣，被惡言而死，亦何厚葬，載以牛車，有棺而無槨。」

51蕭望之跋躓於前　蕭望之，漢蘭陵（今山東嶧縣）人，徙杜陵，字長倩，好學多聞，射策甲科爲郎。宣帝時仕至太子太傅，帝疾篤，受遺詔輔幼主。事君能導以古制，多所匡正，後爲石顯等所陷，飲鴆自殺。跋躓，即跋前躓後，言進退不得自由也。躓，同疐。詩經豳風狼跋面：「狼跋其胡，載疐其尾。」傳：「跋，躐；疐，跆也。老狼有胡，進則躐其胡，退則跆其尾，進退有難。」

52石顯之絞縊於後　石顯，漢濟南（今山東歷城縣東）人。字君房。坐法受腐刑，爲中黃門。元帝時代弘恭爲中書令。帝病，政事無大小，因顯自決，貴幸傾朝，以殺蕭望之，衆論洶洶，因薦貢禹事之。成帝即位，遷長信中太僕，失權，丞相御史條奏顯舊惡，免官徙歸故郡，不食，道病死。絞縊，絞首也。石顯病死，此云紋縊，殆誤。

(53)陪臣　諸侯之臣。

(54)王莽、董賢之爲三公　王莽，漢東平陵（今山東歷城縣東）人，字巨君，本孝元皇后姪，永始元年封新都侯，後爲大司馬。董賢，漢雲陽人，字聖卿，爲哀帝所幸，封高安侯，年二十二官至大司馬，衞將軍，帝崩，爲王莽所劾，罷歸自殺。大司馬，三公之一。

(55)揚雄、仲舒之闃其門　揚雄，漢成都人，字子雲。嘗自序曰：「雄家代素貧，嗜酒，人希至其門。」董仲舒，漢廣川人，爲博士，下帷講誦，弟子傳以文，自授業，或莫見其面。闃，靜也。

(56)褰　音ㄑㄧㄢ，摳衣。

(57)汶陽　地名，春秋屬魯，今山東省寧遠縣北。

(58)椎紒　紒，同髻。椎紒，髻形如椎也。

(59)敖庾、海陵之倉　敖，古地名，今河南省成皋縣西北。秦置倉於此，因曰敖倉。庾，倉無屋者也。海陵，縣名，今江蘇之泰縣。

(60)坻　音ㄉㄧˇ，阪也。

(61)扱衽而登鍾山、藍田之上，則夜光璵璠之珍可觀　扱，音ㄔㄚ，插也。扱衽，將前襟繫於腰帶上。鍾山，崑崙山，出玉。藍田，山名，在陝西省藍田縣東南，出美玉。夜光，珠玉名。璵璠，音ㄩˊ　ㄈㄢˊ，美玉也。

(62)嗇　愛也。惠也。

(63)六疾　因滋味聲色過度而發生之六種疾病。左傳昭公元年：「天有六氣……淫生六疾……陰淫寒疾，陽淫熱疾，風淫末疾（末，四肢也。）雨淫腹疾，晦淫惑疾，明淫心疾。」

(64)五刑　古謂墨、劓、剕，宮、大辟爲五刑。

(65)舍彼取此　言舍欲利而取仁義也。

(66)辰極猶居其所　辰極，北辰也。言君子中心不改其操，如北辰常居其所而不改也。

(67)璣旋輪轉，而衡軸猶執其中　璣，旋璣。文選呂向注：「旋璣謂北斗柄也，逐四時以指四方，而衡星在七星之中不遷其處也，有如車軸不轉而輪動焉。故云執其中也。」此喻聖賢雖遇時各異，而志節不改。

(68)貽厥孫謀，以燕翼子　語見詩經大雅，文王有聲篇，貽作詒。貽，遺也。厥，其也。孫，同遜，順也。燕，安也。翼，敬也。言遺其順天下之謀，以安敬其子孫也。

(69)昔吾先友　老子，姓李，名耳，字聃，乃李康之先也，與孔子同志爲友，吾先友即稱孔子也。

〔作者〕

李康，字蕭遠，中山人也，生卒年不詳。性介立，不能和俗。著遊仙九吟，魏明帝異其文，遂起家爲尋陽長，政有美績，病卒。

〔說明〕

本篇選自昭明文選。體裁屬論辨類。運，李善曰：「運謂五德更運，帝王所稟以生也。」五德者，金木水火土五行之德也。古以五行生剋，爲帝王嬗代之應。朱熹注中庸曰：「命，天所令也。」是命得之於天也。本文主旨在說明治亂、窮達、貴賤，莫不由運命也。是以聖人樂天知命，窮達如一。全文分十一段：首段言治亂由運，窮達由命，貴賤由時。次段言運之所隆，聖君賢臣不求自合，不介自親。三段言聖人之生，必有先兆，且引伊尹、太公、百里奚、張良之窮達貴賤，不在己而在所遇也，所遇者，神明之道也。四段言聖人欲王天下，神必爲之先生賢智之輔佐，而亂亡之君亦先有遇合也。五段言運命已定，聖賢亦無力挽回。六段據孔子爲例，申明治亂、窮達、貴賤莫不由運、命、時，是以聖人樂天知命，窮達如一。七段言忠直之士，常冒風波，受謗譏而不悔者，在遂其志，成其名也。八段言道之將行，命之將貴，則不求自得，不徼自遇；反之，則爲之亦弗得。九段言希世苟合之人，僅見忠臣因忠心而亡身；却不知以一時弄權而卒喪身者爲戒。十段言凡奔競於富貴者，終無所獲，反不如修身立德。末段言古之君子舍欲利而取仁義，故能出處不違其時，默語不失其人。

〔批　評〕

全文一氣呵成，局法嚴密，運、命、時乃一篇之柱。首言國家治亂，個人窮達，莫不由運命。次以孔子爲例，歷歷辨來，無不令人口服心服。末言惟聖人能樂天知命，窮達如一。

運命本不足信者，然又不能不信，吾人惟居仁由義，盡力而爲，窮達貴賤或有時而來，但志節絕不可改，正如孟子所謂：「富貴不能淫，貧賤不能移，威武不能屈。」

五、後漢書逸民傳論

范　曄

易稱「遯之時義大矣哉①」。又曰：「不事王侯，高尙其事②。」是以堯稱則天③，不屈潁陽之高④；武盡美矣⑤，終全孤竹⑥之絜。自茲以降，風流彌繁⑦，長往⑧之軌未殊，而感致之數匪一。或隱居以求其志，或囘避以全其道⑨，或靜己以鎭其燥⑩，或去危以圖其安，或垢俗以動其槩⑪，或疵物以激其清⑫。然觀其甘心畎畝⑬之中，憔悴⑭江海之上，豈必親魚鳥樂林草哉？亦云性分所至而已。故蒙恥之賓，屢黜不去其國⑮；蹈海之節，千乘莫移其情⑯。適使矯易去就⑰，則不能相爲矣。彼雖硜硜⑱有類沽名者，然而蟬蛻⑲囂埃之中，自致寰區⑳之外，異夫飾智巧以逐浮利者乎！荀卿有言曰：「志意脩則驕富貴，道義重則輕王公㉑」也。

漢室中微，王莽篡位㉒，士之蘊藉㉓義憤甚矣。是時裂冠毀冕，相攜持而去之者，蓋不可勝數。揚雄㉔曰：「鴻飛冥冥，弋者何篡焉㉕？」言其違患之遠也。光武側席幽人㉖，求之若不及，旌帛蒲車㉗之所徵賁㉘，相望於巖中矣。若薛方㉙、逢萌㉚聘而不肯至，嚴光㉛、周黨㉜、王霸㉝至而不能屈。羣方咸遂㉞，志士懷仁，斯固所謂「舉逸民，天下歸心㉟」者乎！肅宗㊱亦禮鄭均㊲而徵高鳳㊳，以成其節。自後帝德稍衰，邪孽㊴當朝，處子㊵耿介，羞與卿相等列，至乃抗憤而不顧㊶，多失其中行㊷焉。蓋錄其絕塵㊸不反㊹，同夫作者㊺，列之此篇。

〔注　釋〕

①遯之時義大矣哉　遯，隱退逃避也。謂隱者能因時制宜而避世，非常人所能及也。語出周易遯卦彖辭。

②不事王侯，高尚其事　周易蠱卦上九爻辭。

③則天　法天也。

④不屈穎陽之高　穎陽，指許由。謂堯不能屈許由隱居之志。

⑤武盡美矣　武，謂武王樂。盡美，言樂聲容之盛已至極也。論語八佾篇：「子謂武，盡美矣，未盡善也。」

⑥孤竹　謂伯夷、叔齊也。

⑦風流彌繁　謂隱居之流漸多也。

⑧長往　謂隱居也。

⑨回避以全其道　謂回避濁世以全至道也。

⑩靜己以鎮其躁　靜即隱退也。謂隱退以鎮壓心之躁動也。

⑪垢俗以動其槩　垢，穢也。動，感發也。謂垢穢時俗以感發其節操也。

⑫疵物以激其清　疵，病也。謂以萬物皆有疵病以激發其清高也。

⑬甽畝　謂耕稼之事。

⑭憔悴　枯槁也。

⑮蒙恥之賓，屢黜不去其國　蒙，被覆也。黜

，退也。蒙恥之賓，指柳下惠。此言柳下惠雖屢遭貶黜而不去其國。列女傳：「柳下惠死，其妻誄之曰：蒙恥救人，德彌大兮。雖遇三黜，終不敝兮。」

⑯蹈海之節，千乘莫移其情　蹈海，指魯仲連。謂雖封以千乘之爵，亦不能移其隱居之志也。事見史記魯仲連傳。

⑰矯易去就　矯，直也。謂直易二人之性，使去就相反。

⑱硜硜　鄙賤貌。

⑲蟬蛻　蛻，去皮也。此以蟬蛻喻隱者之去塵俗也。

⑳寰區　國之封域也。

㉑志意脩二句　見荀子修身篇。

㉒王莽簒位　王莽，字巨君，漢東平陵人。本孝元皇后姪，永始元年封新都侯。謙恭下士，得一時人望，後爲大司馬，秉政。弒平帝，簒位自立，改國號曰新。世稱新莽。在位十四年，爲淮陽王劉玄所滅。

㉓蘊藉　寬和貌。

㉔揚雄　字子雲，漢成都人。博學深思，以文章名世。成帝時召對，奏甘泉、長楊、河東等賦，後薄詞賦而不爲，作太玄，法言。

㉕鴻飛冥冥，弋者何簒焉　簒，取也。謂鴻高飛冥冥薄天，雖有弋人，何施巧而取也。喻賢者隱處，不遭暴亂之害也。

㉖側席幽人　側席謂不正坐，所以待賢良也。幽人，幽居之人，謂隱者也。

㉗旌帛蒲車　旌，招賢之表識。帛，束帛也。蒲車，以蒲裹輪，取其安。謂招隱之車也。

㉘徵賁　徵，求也。賁，飾也。

㉙薛方　字子容，王莽以安車迎方，方因使者辭謝曰：「堯舜在上，下有巢許，今明主方隆唐虞之德，亦猶小臣欲守箕山之節也。」使者以聞，莽說其言，不强致也。世祖即位，徵方，於道病卒。

㉚逢萌　字子康，漢北海人也。王莽殺其子宇。萌將家屬入海，客於遼東。光武即位，徵

萌，託以老耄，迷路東西。語使者曰：「朝廷所以徵我者，以其有益於政，尚不知方面所在，安能濟時乎？」即便駕歸。連徵不起，以壽終。

㉛嚴光　字子陵，一名遵，漢會稽人。與光武同遊學。及光武即位，聘之，三反而後至。舍於北軍，帝幸其館，光臥不起，帝即其臥所，撫光腹曰：「咄咄子陵，不可相助爲理耶？」光又眠不應。良久乃張目熟視曰：「昔唐堯著德，巢父洗耳。士故有志，何至相迫乎！」帝嘆息而去。耕於富春山，年八十，終於家。

㉜周黨　字伯況，漢太原人。王莽簒位，託疾杜門，建武中，徵爲議郎，以病去職，遂將妻子居黽池。復被徵，不得已，乃著短布單衣，穀皮綃頭，待見尚書。及光武引見，黨伏而不謁，自陳願守所志，帝乃許焉。

㉝王霸　字儒仲，漢太原人。及王莽簒位，棄冠帶，絕交宦。建武中，徵到尚書，拜稱名，不稱臣。有司問其故，霸曰：「天子有所不臣，諸侯有所不友。」隱居守志，連徵不至，以壽終。

㉞羣方咸遂　羣方，諸方也，亦即天下。謂天下太平。

㉟舉逸民，天下歸心　見論語堯曰篇。

㊱肅宗　漢孝章皇帝，名炟，在位十三年。

㊲鄭均　字仲虞，漢東平任城人。建初六年，公車特徵，再遷尚書，數納忠言，肅宗敬重之，以疾乞骸骨。

㊳高鳳　字文通，漢南陽人，建初中，將作大匠任隗舉鳳直言，到公車，託病逃歸。隱身漁釣，終於家。

㊴邪孽　謂閹宦之屬。

㊵處子　謂隱居不仕者。

㊶抗憤而不顧　抗，抵也。敵也。言以道與世抗。憤，憤怒也。謂高尚其志，以與世抗衡，憤然而不顧流俗。

㊷中行　能得其中者也。

㊸絕塵　言不可及也。莊子田子方篇：「顏回問於仲尼曰：夫子步亦步，夫子趨亦趨，夫子馳亦馳，夫子奔軼絕塵，則回瞠若乎後矣！」

㊹不反　韓詩外傳曰：「山林之士，往而不能反。」

㊺作者　起而隱去者也。論語憲問篇：「賢者避代，其次避地，其次避色，其次避言。子曰：作者七人矣。」

〔作　者〕

范曄，字蔚宗，南朝宋順陽人。生於晉安帝隆安二年，卒於宋文帝元嘉二十二年（西元三九八——四四五年），年四十八。

曄少好學，博涉經史，善爲文章。年十七，州辟主簿不就。後任彭城王劉義康參軍，累遷至尚書吏部郎。宋文帝元嘉元年（西元四二四年），因事觸怒劉義康，左遷宣城太守，乃刪衆家後漢書爲一家之作。後官至左衛將軍，太子詹事。曄爲孔熙先所惑，密謀擁立劉義康，徐湛上表舉發，遂以謀反伏誅。

曄性精微有思致，觸類多善，衣裳器服，莫不增損制度，世人皆法學之。所著後漢書一書，自謂：「吾雜傳論，皆有精意深旨，至於循吏以下，及六夷諸序論，筆勢縱放，實天下之奇作。其中合者，往往不減過秦論，嘗共比方班氏所作，非但不愧之而已。」其書凡本紀十，列傳八十，志八。曄撰是書，以志屬謝瞻，曄敗後，瞻悉蠟以覆車，遂無傳本，今所傳八志三十卷爲司馬彪所作。蓋彪嘗撰續漢書八十三卷，今本遂以其志移置於此。今合爲一百二十卷傳於世。

〔說　明〕

本篇節錄自後漢書逸民傳，乃該傳之序文。體裁屬論辨類。逸民，乃節行超逸，懷道不見，王侯不能臣，榮利不能動者也。逸民傳所載，皆此類也。本文主旨在贊美隱者之高潔。文分二段：首段泛論隱逸之道多端，而其志則一。次段敍後漢之隱者，及光武側席幽人事。

〔批　評〕

子曰：「天下有道則見，無道則隱。」王莽篡位，則士之裂冠毀冕也宜矣！至若光武中興，則當投竿釋褐，翻然來歸，何乃徵而不至，至而不屈耶？就光武言，朝庭濟濟多士，當較短量長，因材器使。不必捨近求遠，汲汲欲徵隱士。徵而不就，反成其高潔之名，致後世有以終南爲捷徑者，不亦過乎？

六、慕　賢

顏之推

古人云：「千載一聖，猶旦暮①也；五百年一賢，猶比髆②也。」言聖賢之難得疏闊③如此。儻遭不世④明達⑤君子，安可不攀附景仰⑥之乎？吾生於亂世，長於戎馬⑦，流離播越⑧，聞見已多。所值⑨名賢，未嘗不心醉魂迷向慕之也。

人在少年，神情⑩未定，所與款狎⑪，熏漬陶染⑫，言笑舉動，無心於學，潛移暗化⑬，自然似之。何況操履⑭藝能⑮，較明易習者也？是以與善人居，如入芝蘭之室，久而自芳也⑯；與惡人居，如入鮑魚之肆，久而自臭也⑰。墨翟悲於染絲⑱，是之謂矣。君子必愼交遊焉！孔子曰：「無友不如己者⑲。」顏、閔⑳之徒，何可世得？但優於我，便足貴之。

世人多蔽㉑，貴耳賤目㉒，重遙輕近。少長周旋㉓，如有賢哲，每相狎侮㉔，不加禮敬。他鄉異縣，微藉風聲㉕，延頸企踵㉖，甚於飢渴。校其長短㉗，覈其精麤㉘，或彼不能如此矣。所以魯人謂孔子爲東家丘㉙。

昔虞國宮之奇，少長於君，君狎之，不納其諫，以至亡國㉚，不可不留心也。

用其言，弃其身㉛，古人所恥。凡有一言一行取於人者，皆顯稱之。不可竊人之美，以爲己力。雖輕雖賤者，必歸功焉。竊人之財，刑辟㉜之所處㉝；竊人之美，鬼神之所責。

梁孝元㉞前在荆州㉟，有丁覘㊱者，洪亭㊲民耳。頗善屬文㊳，殊工草隸㊴。孝元書記，一皆使之。軍府輕賤，多未之重，恥令子弟以爲楷法㊵。時云：「丁君十紙，不敵王褒㊶數字。」吾雅㊷愛其手迹㊸，常所寶持。孝元嘗遣典籤惠編㊹，送文章示蕭祭酒㊺。祭酒問云：「君王比㊻賜書翰㊼及寫詩筆㊽，殊爲佳手。姓名爲誰？那得都無聲問？」編以實答。子雲歎曰：「此人後生無比，遂㊾不爲世所稱，亦是奇事。」於是聞者少復刮目㊿；稍仕至尙書儀曹郎(51)，末爲晉安王(52)侍讀(53)，隨王東下。及西臺陷沒(54)，簡牘湮散(55)，丁亦尋卒於揚州。前所輕者，後思一紙，不可得矣。

侯景[56]初入建業[57]，臺門雖閉，公私草擾[58]，各不自全。太子左衞率[59]羊侃[60]，坐東掖門[61]，部分經略[62]，一宿皆辦，遂得百餘日抗拒兇逆。於時城內四萬許人，王公朝士，不下一百，便是恃侃一人安之，其相去如此。古人云：「巢父、許由，讓於天下[63]。」市道小人，爭一錢之利，亦已懸矣。

齊文宣帝[64]卽位數年，便沈湎縱恣[65]，略無綱紀；尚能委政尚書令[66]楊遵彥[67]，內外淸謐[68]，朝野晏如[69]，各得其所，物無異議，終天保[70]之朝。遵彥後爲孝昭[71]所戮，刑政於是衰矣。斛律明月[72]，齊朝折衝[73]之臣，無罪被誅，將士解體[74]，周人[75]始有吞齊之志。關中[76]至今譽之。此人用兵，豈止萬夫之望[77]而已也？國之存亡，係其生死。張延雋[78]之爲晉州[79]行臺左丞[80]，匡維[81]主將，鎭撫疆埸[82]，儲積器用，愛活黎民，隱若敵國[83]矣。羣小不得行志[84]，同力遷[85]之。旣代[86]之後，公私擾亂。周師一舉，此鎭先平，齊亡之迹[87]，啓於是矣。

〔注　釋〕

①千載一聖，猶旦暮也　旦暮，喻時間之短暫。謂千年始出一聖，而其在世又爲時甚短。典見孟子外書性善辨篇。

②五百年一賢，猶比髆也　比，音ㄅㄧˋ，並也。髆，音ㄅㄛˊ，肩胛也。比髆，並肩而過。狀失之易也。謂五百年始出一賢，而其在世又極易爲人所失。典見鬻子四。

③疏闊　狀時間相隔之久。

④不世　猶言非常也。

⑤明達　明智通達也。

⑥攀附景仰　追隨仰慕也。

⑦戎馬　喻混亂不安之時局。

⑧流離播越　轉徙離散，居無定所也。

⑨值　遇也。

⑩神情　心志。

⑪款狎　眞誠親近而相交往。

⑫熏漬陶染　即熏漬陶染，受其影響之意。

⑬潛移暗化　意同「潛移默化」。謂不知不覺中受其遷移變化。

⑭操履　謂平日所操守及履行之事也。

⑮藝能　技藝才能也。

⑯與善人居，如入芝蘭之室，久而自芳也　芝，芝草。蘭，蘭花也。芳，香也。謂與善人相處，猶入滿布芝蘭之屋，日久而自香也。典見孔子家語六本篇。

⑰與惡人居，如入鮑魚之肆，久而自臭也　鮑魚，腐臭之魚。肆，市場。謂與惡人相處，猶入臭魚之市場，日久而自臭也。典與上同。

⑱墨翟悲於染絲　謂墨翟見絲染於蒼則蒼，染於黃則黃而悲。此以言交友不可不愼。典見淮南子說林訓，而淮南子之典，本諸墨子所染篇，唯稍有差異。

⑲無友不如己者　友，結交。語見論語學而篇。

⑳顏、閔　顏回、閔損。二賢並孔子高足，以德行見稱。

㉑蔽　蒙蔽也。

㉒貴耳賤目　貴、重並動詞。謂重視耳所聞者，輕視目所睹者。

㉓周旋　相處也。

㉔狎侮　輕狎侮慢也。

㉕微藉風聲　微，稍也。藉，憑也。風聲，傳聞也。

㉖延頸企踵　延，伸也。企，舉也。踵，脚跟也。狀渴望之甚。

㉗校其長短　校，較也。長短，猶優劣也。

㉘覈其精麤　覈，音ㄏㄜˊ，考驗也。麤，同粗。

㉙魯人謂孔子爲東家丘　孔子名丘，里人不識其爲聖人，稱爲東家丘，有輕蔑之意。事見孔子家語。

㉚昔虞國宮之奇，少長於君，君狎之，不納其諫，以至亡國　謂虞大夫宮之奇自小與虞君同長大，虞君輕慢之，而不納其諫，遂亡己國。事見左僖公二、五年傳。即晉二次假道於虞以伐虢，滅虢後，旋亡虞。

㉛弃其身　弃，同棄。謂不表彰其人也。

㉜辟　法也。

㉝處　理也。

㉞梁孝元　蕭繹，字世誠，梁武帝第七子，初封湘東王，侯景作亂，梁武帝崩後二年，蕭繹即位於江陵，年號承聖，在位三年。

㉟前在荆州　荆州，今湖北一帶。梁武帝普通七年，蕭繹爲使持都節督荆湘郢益寧南梁六州諸軍事西中郎將荆州刺史。

㊱丁覘　梁洪亭人，擅長書法，尤工草書與眞書，與僧智永齊名，世稱「丁眞永草」。官至晉安王侍讀。著有夢書一秩十卷、千字文注等書。

㊲洪亭　地名，不詳。

㊳屬文　屬，音ㄓㄨˇ，連綴也。屬文，作文也。

㊴草隸　東晉以後，稱當時之楷書（眞書）爲隸書，與漢之隸書不同。詳見法書通釋。

㊵楷法　楷模法式也。

㊶王褒　字子淵，南北朝琅邪臨沂人。工書，善草隸。文與庾信齊名。

㊷雅　甚也。

㊸手迹　指親書之字。

㊹典籤惠編　典籤，官名，職掌文書。惠編，人名，不詳。

㊺蕭祭酒　祭酒官名，爲國子祭酒之省。蕭祭酒，指蕭子雲，字景喬，南朝人，官至國子祭酒，特善草隸，有名於當世。

㊻比　音ㄅㄧˋ，近日也。

㊼書翰　書札也。

㊽詩筆　詩篇與文章。

㊾遂　竟也。

㊿刮目　謂不當以舊時之眼光看待也。

51尚書儀曹郎　尚書，官省名；儀曹郎，官名。尚書儀曹郎，掌禮儀制度。

52晉安王　梁武帝第三子蕭綱，天監五年封爲晉安王。

53侍讀　官名。

54西臺陷沒　南朝稱皇宮禁城爲臺城，或稱西臺。梁武帝太清二年，侯景反；三年，攻陷臺城，武帝崩。

55簡牘湮散　書於竹曰簡，版曰牘。簡牘，書籍也。湮散，湮沒分散也。

56侯景　字萬景，南北朝朔方人，或云鴈門人。太清三年，陷臺城，梁武帝崩，立簡文帝，又弒之，自立爲漢帝，後被王僧辯等討平。詳見梁書侯景傳、南史賊臣傳。

57建業　即今南京。時爲梁之國都。

58草擾　紛亂不安也。

59太子左衞率　梁代官名，爲東宮屬官之一，掌東宮兵仗、儀衞及門禁等事。

60羊侃　字祖忻，梁泰山梁甫人，官至都官尚書。侯景圍建業時，侃助宣城王都督城內，獨力支撐四月餘，後病死於臺城內。事見梁書本傳。

61東掖門　禁宮東邊之門。

(62)部分經略　部分，部署分配。經略，經營策畫。

(63)巢父、許由，讓於天下　巢父、許由皆堯時之賢士。

(64)齊文宣帝　高洋，字子進，廢東魏孝靜帝自代，建國號曰齊，史稱北齊。改元天保，自矜功業，縱酒肆欲，在位九年而崩。

(65)沈緬縱恣　沈溺酒色，放縱玩樂也。

(66)尚書令　官名。尚書省之長。

(67)楊遵彥　名愔，字遵彥，小名秦王，北齊弘農華陰人。才情出衆，精明而識大體，誠以待人，深得物望。官至尚書令。後爲孝昭帝所殺。詳見北齊書本傳。

(68)謐　靜也。

(69)晏如　安定貌。

(70)天保　北齊文宣帝之年號。

(71)孝昭　高演，字延安，文宣帝之母弟。文宣帝崩，廢帝而自立，改元皇建，在位不及一年。

(72)斛律明月　斛律光之字。精騎射，北齊大將，爲流言所中，陰謀被害而死。詳見北齊書本傳。

(73)折衝　禦敵也。

(74)解體　喻軍心渙散，失卻鬭志。

(75)周人　指北周。

(76)關中　今陝西省之地。以其東有函谷，南有武關，西有散關，北有蕭關，故稱關中。

(77)萬夫之望　萬夫所仰望。

(78)張廷雋　北齊大將。生平不詳。

(79)晉州　即今山西省臨汾縣治。

(80)行臺左丞　官名。魏晉以後，有尚書不在中臺，而派駐在外郡縣之制度，謂之行臺。每專爲征討而設，並非常置者。北齊之行臺，亦兼統民事。其下有左、右丞，輔佐行臺尚書管理軍政事務。

(81)匡維　匡正維繫也。

(82)埸　音一，界也。

(83)隱若敵國　隱，威重貌。敵，當也。謂形勢威重，似可相當於一國也。語見後漢書吳漢傳。

84 行志　實現願望也。

85 遷　調徙。

86 代　更代也。

87 迹　迹象也。

〔作　者〕

顏之推，字介，南北朝時琅邪臨沂人，梁武帝中大通三年（西元五三一年）生。其先祖從晉元帝東渡，遂居江南。世治周官、左氏之學。之推早傳家業，自幼博覽羣籍，無不賅洽。善文辭，尤工書牘，博識有才辯，應對閑明，惟性嗜飲，多任縱，不修邊幅，人每以此少之。初仕梁，後入北齊，文宣帝深器之，即置左右，頗被顧眄，歷事武成帝、後主，備受恩遇，亦以此見嫉於諸勳要，幸皆以聰穎機敏免禍。及北周滅北齊，又仕爲御史上士。隋開皇中，太子召爲學士，禮重有加，尋以疾終，卒時年約六十。著有文集三十卷、家訓二十篇。

〔說　明〕

本文選自顏氏家訓。體裁屬論辨類。爲政之道，貴在得人，而得人之道，由慕賢始，進而思與相齊。世人慕賢，蔚然成風，則賢者當路，國勢必增。全文凡分七段：首段言聖賢難遇，當留心向慕之。次段言友朋感染力之大，不可不愼擇而相交。三段言世人每狎侮賢哲，不加禮敬。四段言慕賢之道，在顯稱其言行。五段以丁覘爲例，以言失賢之痛。六段舉羊侃爲例，以言賢與不肖之別者。七段言北齊失賢，慘遭見滅。

〔批　評〕

議論之文，貴在組織綿密，本文有之；重在例證周詳，本文有之。是其根已固，原已浚。又其首尾呼應，諸段緊扣，無不縱論慕賢之是，失賢之非。是其枝葉已茂，水流已暢。根固葉茂，原浚流暢，宜乎伏案展讀，發人之思甚深矣。

七、桐葉封弟辨

柳宗元

古之傳者①有言：「成王②以桐葉與小弱弟戲③，曰：『以封汝。』周公入賀。王曰：『戲也。』周公曰：『天子不可戲。』乃封小弱弟於唐④。」

吾意不然⑤。王之弟當封邪？周公宜以時言於王，不待其戲，而賀以成之也；不當封邪？周公乃成其不中之戲，以地與人，以小弱弟者為之主，其得為聖乎？

且周公以王之言，不可苟焉而已，必從而成之邪？設有不幸，王以桐葉戲婦寺⑥，亦將舉而從之乎？凡王者之德，在行之何若。設未得其當，雖十易之不為病；要於其當，不可使易也，而況以其戲乎？若戲而必行之，是周公教王遂⑦過也。

吾意周公輔成王，宜以道，從容優樂，要歸之大中⑧而已。必不逢其失而為之辭；又不當束縛之，馳驟之，使若牛馬然，急則敗矣。且家人父子，尙不能以此自克，況號爲君臣者邪！是直小丈夫趹趹⑨者之事，非周公所宜用，故不可信。

或曰：『封唐叔，史佚⑩成之。』

〔注　釋〕

①古之傳者　指史記晉世家及說苑君道篇。

②成王　武王子，名誦，即位時年幼，周公旦攝政，制禮樂，立制度，營東都洛邑，定鼎郟鄏，七年歸政，在位三十七年崩，諡曰成。

③以桐葉與小弱弟戲　史記晉世家：「周公誅滅唐，成王與叔虞戲，削桐葉爲珪，以與叔虞，曰：以此封若。史佚因請擇日立叔虞。成王曰：吾與之戲耳。史佚曰：天子無戲言。於是遂封叔虞於唐。」說苑君道篇則謂周公請之。

④唐　今山西省冀城縣南。叔虞傳至子燮，徙居晉水旁，故稱晉，並理故唐城。

⑤吾意不然　謂以吾意忖度之，必無此事也。

⑥婦寺　寺，近也。侍也。此謂婦人與宦官也。

⑦遂　成也。

⑧大中　至中正也。

⑨趹趹　趹，音ㄑㄩㄝ。趹趹，小智也。

⑩史佚　周太史尹佚。

〔作　者〕

柳宗元，字子厚，唐河東解縣（今山西省解縣）人。生於代宗大曆八年，卒於憲宗元和十四年（西元七七三——八一九年），年四十七。

子厚少精敏，無不通達。德宗貞元九年，擧進士，時年二十一。十四年，中博學宏詞，授集賢殿正字。十九年，拜監察御史。順宗即位，王叔文當政，奇其才，擢禮部員外郎。永貞元年八月，憲宗即位，王叔文被貶，九月，子厚坐王叔文黨貶邵州刺史，未至，道貶永州司馬。子厚既遭竄斥，地又荒癘，因自放山澤間。居閒，益自刻苦，務記覽爲詞章，汎濫停蓄，爲深博無涯涘。憲宗元和九年，召至京師，執政有憐其才欲用之者，諫官爭言其不可，上亦惡之。十年三月，以爲柳州刺史，官雖進而地益遠。子厚至柳州，頗有善政，爲文益進，世號柳柳州，十四年，卒於柳州，民爲祠奉之。

子厚病革時，留書劉禹錫曰：「我不幸卒以謫死，以遺草累故人。」劉遂編次爲三十卷（後人增爲四十五卷），題柳河東集，又有龍城錄，並傳於世。

自韓愈提倡古文，力排駢儷，古文乃大行於時。子厚爲韓之有力支援者。故世人以「韓柳」並稱。柳倡言「文以明道」，爲文不以辭工爲能，而以五經爲取道之原，至於作文之道，則「參之穀梁以厲其氣，參之孟荀以暢其支，參之老莊以肆其端，參之國語以博其趣，參之離騷以致其幽，參之太史公以著其潔。」其文以在永州所作諸遊記最爲傑出，韓愈稱其「雄深雅健，似司馬子長。」

〔說　明〕

本文選自柳河東集。體裁屬論辨類。史記晉世家謂成王與幼弟戲，削一桐葉爲珪與之，曰：「以此封若。」史佚曰：「天子無戲言。」遂封其弟於唐。說苑亦載其事，惟不提史佚，而周公入賀。本文即爲辨此事之虛妄不實而作。本文主旨，言人臣輔佐君主，當以中正之道，不宜掩其過失。全文共分五段：首段敍周公賀成王事。次段論周公賀成王之不當。三段再論周公賀成王之不當。四段言人臣輔佐君主應有之道。五段言賀成王者非周公。

〔批　評〕

本文首以「古之傳者有言」，已斷定此事之不足信矣。次言「吾意不然」，更斷必無此事。入後則反覆辨駁，皆中要害，誠辨體中之第一篇文字。吳楚材曰：「前幅連設數層翻駁，後幅連下數層斷案。俱以理勝，非尚口舌便便也。讀之反覆重疊愈不厭，如眺層巒，但見蒼翠可愛耳。」

八、駁復讎議

柳宗元

臣伏見天后①時，有同州下邽②人徐元慶者，父爽，爲縣尉趙師韞所殺，卒能手刃父讎，束身歸罪③。當時諫臣陳子昂④，建議誅之而旌其閭，且請編之於令，永爲國典。臣竊獨過之。

臣聞禮之大本，以防亂也；若曰無爲賊虐，凡爲子者殺無赦。刑之大本，亦以防亂也；若曰無爲賊虐，凡爲治者殺無赦。其本則合，其用則異；旌與誅莫得而並焉。誅其可旌，玆謂濫；黷⑤刑甚矣。旌其可誅，玆謂僭；壞禮甚矣。果以是示于天下，傳于後代，趨義者不知所以向，違害者不知所以立；以是爲典可乎？蓋聖人之制，窮理以定賞罰，本情以正褒貶，統於一而已矣。嚮使刺讞其誠僞，攷正其曲直，原始而求其端，則刑禮之用，判然離矣。

何者？若元慶之父，不陷於公罪；師韞之誅，獨以其私怨；奮其吏氣，虐於非辜；州牧不知罪，刑官不知問，上下蒙冒，籲⑥號不聞；而元慶能以戴天⑦爲大恥，枕戈⑧爲得禮，處心積慮，以衝讎人之胸，介然⑨自克，卽死無憾，是守禮而行義也。執事者宜有慚色，將謝之不暇，而又何誅焉？其或元慶之父，不免於罪；師韞之誅，不愆於法。是非死於吏也，是死於法也。法其可讎乎？讎天子之法，而戕奉法之吏，是悖驁而陵上也。執而誅之，所以正邦典，而又何旌焉？

且其議曰；「人必有子，子必有親；親親相讎，其亂誰救？」是惑於禮也甚矣！禮之所謂讎者，蓋其寃抑沈痛而號無告也；非謂抵罪觸法，陷於大戮。而曰：「彼殺之，我乃殺之。」不議曲直，暴寡脅弱而已。其非經背聖，不亦甚哉！周禮調人⑩，掌司萬人之讎。凡殺人而義者，令勿讎；讎之則死。有反殺者，邦國交讎之。又安得親親相讎也？春秋公羊傳⑪曰：「父不受誅，子復讎可也。父受誅，子復讎，此推刄⑫之道；復讎不除害⑬。」今若取此以斷兩下相殺，則合於禮矣。

且夫不忘讎，孝也；不愛死，義也。元慶能不越于禮，服孝死義，是必達理而聞道者也。夫達理聞道之人，豈其以王法爲敵讎者哉？議者反以爲戮，黷刑壞禮，其不可以爲典明矣。請下臣議附于令：有斷斯獄者，不宜以前議從事！謹議。

〔注釋〕

①天后　武則天皇后。

②同州下邽　同州，州名，在今陝西省。下邽，縣名，在今陝西南鄭縣。本屬同州，武后則天皇帝垂拱元年改屬華州。唐書地理志屬華州。

③東身歸罪　元慶父爽爲趙師韞所殺，元慶變姓名爲驛家保。久之，師韞以御史舍亭下，元慶手殺之，自囚詣官。時議者以元慶孝烈，宜捨其罪。武后欲赦其死，左拾遺陳子昂以爲國法專殺者死，元慶宜正國法，題旌其閭墓，以褒其孝義可也。議者以子昂爲是。

④陳子昂　字伯玉，射洪人。苦節讀書，尤善屬文。唐初，文章承徐庾之餘風，子昂始歸於正。著有陳拾遺集。

⑤黷　汙也。

⑥籲　呼也。

⑦戴天　禮記曲禮篇：「父之讎，弗與共戴天。」

⑧枕戈　謂報父母之讎，情至殷切，雖在寢睡，尚枕兵戈，以圖報殺。

⑨介然　特異貌。

⑩調人　周官名，掌萬民之難而諧和之。

⑪公羊傳　見定公四年。

⑫推刃　謂以手進刃也。後引申爲報讎之意。

⑬復讎不除害　復讎者不得因其子之欲害己而先除之。

〔作　者〕

見本書第七篇作者欄。

〔說　明〕

本文選自柳河東集。體裁屬論辨類。唐武后時，同州下邽人徐元慶之父爽，爲縣尉趙師韞所殺。後師韞爲御史，元慶變姓名，於驛家傭力。久之，師韞以御史舍亭下，元慶手刃之，自囚詣官。時議者以元慶孝烈，欲捨其罪。陳子昂建議以爲國法專殺者死，元慶宜正國法，題旌其閭墓。議者以子昂爲是，宗元特駁其議。全文以旌誅不可並行爲主旨，凡分五段：首段敍其事作案，最後總駁一句。次段言旌誅不可並行，行則刑禮俱失，不可爲訓。三段申論旌之不宜誅，誅之不宜旌之理。四段引周禮、公羊以明殺人不義與不受誅者，皆可復讎。末段就元慶立論，所以重許之，而深抑當時之所以議誅者。

〔批　評〕

劉海峯曰：「子厚此等文雖精悍，然失之過密，神氣拘滯，少生動飛揚之妙。」

過商侯曰：「只旌誅莫得而並一句，便已駁倒。以下設爲兩段議論，深明旌誅所以不可並處更明白痛快。蕭、曹恐亦無此卓議。」

九、封建論

柳宗元

天地果無初乎？吾不得而知之也。生人①果有初乎？吾不得而知之也。然則孰為近？曰：有初為近。孰明之？由封建而明之也。彼封建者，更古聖王堯、舜、禹、湯、文、武而莫能去之；蓋非不欲去之也，勢不可也。勢之成，其生人之初乎？不初，無以有封建。封建，非聖人意也。

彼②其初與萬物皆生。草木榛榛③，鹿豕狉狉④，人不能搏噬，而且無毛羽，莫克自奉自衞；荀卿有言，必將假物以為用⑤者也。夫假物者必爭，爭而不已，必就其能斷曲直者而聽命焉。其智而明者，所伏⑥必眾。告之以直而不改，必痛之⑦而後畏，由是君長刑政生焉。故近者聚而為羣。羣之分，其爭必大，大而後有兵。有德又有大者，眾羣之長又就而聽命焉，以安其屬。於是有諸侯之列，則其爭又有大者焉。德又大者，諸侯之列又就而聽命焉，以安其封。於是有方伯、連帥⑧之類，則其爭又有大者焉。德又大者，方伯、連帥之類又就而聽命焉，以安其人。然後天下會於一。是故有里胥⑨而後有縣大夫，有縣大夫而後有諸侯，有諸侯而後有方伯、連帥，有方伯、連帥而後有天子。自天子至於里胥，其德在人者，死必求其嗣而奉之。故封建，非聖人意也，勢也。

夫堯、舜、禹、湯之事遠矣，及有周而甚詳。周有天下，裂土田而瓜分之，設五等邦，羣后布履星羅⑩，四周于天下，輪運而輻集⑪。合爲朝覲會同⑫，離爲守臣扞城。然而降于夷王，害禮傷尊，下堂而迎覲者。歷于宣王，挾中興復古之德，雄南征北之威，卒不能定魯侯之嗣⑬。陵夷迄於幽、厲，王室東徙，而自列爲諸侯矣。厥後問鼎之輕重⑭者有之，射王中肩⑮者有之，伐凡伯⑯、誅萇弘⑰者有之。天下乖盭，無君君之心。余以爲周之喪久矣，徒建空名於公侯之上耳。得非諸侯之盛強，末大不掉⑱之咎歟？遂判爲十二⑲，合爲七國，威分于陪臣之邦⑳，國殄於後封之秦。則周之敗端，其在乎此矣。

秦有天下，裂都會而爲之郡邑，廢侯衞㉑而爲之守宰，據天下之雄圖，都六合之上游，攝制四海，運於掌握之內，此其所以爲得也。不數載而天下大壞，其有由矣：亟役萬人，暴其威刑，竭其貨賄。負鋤梃謫戍之徒㉒，圜視而合從，大呼而成羣。時則有叛人，而無叛吏；人怨於下，而吏畏於上，天下相合，殺守劫令而並起。咎在人怨，非郡邑之制失也。

漢有天下，矯秦之枉，徇周之制，剖海內而立宗子，封功臣。數年之間，奔命扶傷而不暇。困平城㉓，病流矢㉔，陵遲不救者三代㉕。後乃謀臣獻畫㉖，而離削自守矣。然而封建之始，郡邑居半，時則有叛國而無叛郡。秦制之得，亦以明矣。繼漢而帝者，雖百代可知也。

唐興，制州邑，立守宰，此其所以爲宜也。然猶桀猾㉗時起，虐害方域者，失不在於州而在於兵。時則有叛將而無叛州，州縣之設，固不可革也。

或者曰：「封建者必私其土，子其人，適其俗，脩其理，施化易也。守宰者，苟其心，思遷其秩而已，何能理乎？」余又非之。

周之事跡，斷可見矣：列侯驕盈，黷貨事戎，大凡亂國多，理國寡。侯伯不得變其政，天子不得變其君。私土子人者，百不有一。失在於制，不在於政，周事然也。

秦之事跡，亦斷可見矣：有理人之制，而不委郡邑是矣；有理人之臣，而不使守宰是矣。郡邑不得正其制，守宰不得行其理，酷刑苦役，而萬人側目㉘。失在於政，不在於制，秦事然也。

漢興，天子之政，行於郡，不行於國；制其守宰，不制其侯王。雖亂，不可變也；國人雖病，不可除也。及夫大逆不道，然後掩捕而遷之，勒兵而夷之耳。大逆未彰，姦利浚㉙財，怙勢作威，大刻于民者，無如之何。及夫郡邑，可謂理且安矣。何以言之？且漢知孟舒於田叔㉚，得魏尚於馮唐㉛，聞黃霸之明審㉜，覩汲黯之簡靖㉝，拜之可也，復其位可也，臥而委之以輯一方可也。有罪得以黜，有能得以賞。朝拜而不道，夕斥之矣；夕受而不況，朝斥之矣。設使漢室盡城邑而侯王之，縱令其亂人，戚之而已，孟舒、魏尚之術莫得而施，黃霸、汲黯之化莫得而行。明譴而導之，拜受而退已違矣。下令而削之，締交合從之謀，周於同列，則相顧裂眦，勃然而起。幸而不起，則削其半；削其半，民猶瘁矣，曷若舉而移之以全其人乎？漢事然也。

今國家盡制郡邑，連置守宰，其不可變也固矣。善制兵，謹擇守，則理平矣。

成者又曰：「夏、商、周、漢封建而延，秦郡邑而促。」尤非所謂知理者也。魏之承漢也，封爵猶建；晉之承魏也，因循不革。而二姓陵替㉞，不聞延祚。今矯而變之，垂二百祀㉟，大業彌固，何繫於諸侯哉？

或者又以爲殷、周聖王也，而不革其制，固不當復議也。是大不然。夫殷、周之不革者，是不得已也。蓋以諸侯歸殷者三千㊱焉，資以黜夏，湯不得而廢。歸周者八百㊲焉，資以勝殷，武王不得而易。徇之以爲安，仍之以爲俗，湯、武之所不得已也。夫不得已，非公之大者也，私其力於己也，私其衞於子孫也。秦之所以革之者，其爲制，公之大者也；其情，私也，私其一己之威也，私其盡臣畜於我也。然而公天下之端自秦始。

夫天下之道，理安斯得人者也。使賢者居上，不肖者居下，而後可以理安。今夫封建者，繼世而理；繼世而理者，上果賢乎？下果不肖乎？則生人之理亂，未可知也。將欲利其社稷，以一其人之視聽，則又有世大夫，世食祿邑，以盡其封略。聖賢生於其時，亦無以立於天下，封建者爲之也，豈聖人之制使至於是乎？吾固曰：非聖人之意也，勢也。

〔注釋〕

①生人　即生民，避唐太宗諱改。

②彼　指上之「生人」。

③榛榛　榛，音ㄓㄣ。榛榛，草木叢蕪貌。

④狉狉　狉，音ㄆㄧ。狉狉，羣獸奔走貌。

⑤假物以爲用　荀子勸學篇：「君子生非異也，善假於物也。」謂假借別物爲自己所用。

⑥所伏　所能制伏之人。

⑦痛之　使之受創痛。

⑧方伯、連帥　皆周代諸侯之長也。禮記王制篇：「千里之外設方伯，五國以爲屬，屬有長；十國以爲連，連有帥。」

⑨里胥　即里長。

⑩布履星羅　所分佈及所踐履之界，如星辰羅列。

⑪輪運而輻集　輻，車輪中直木也。此喻天子推行政令，而衆諸侯皆聽之，猶衆輻之湊集軸心也。

⑫朝覲會同　周禮春官：「春見曰朝，夏見曰宗，秋見曰覲，冬見曰遇，時見曰會，殷見曰同。」朝覲會同，皆諸侯朝見天子之禮也。

⑬不能定魯侯之嗣　史記魯世家：「武公九年春，武公與長子括少子戲西朝周宣王，宣王愛戲，欲立戲爲魯太子。周之樊仲山父諫宣王曰：廢長立少，不順……。宣王弗聽，卒立戲爲魯太子。夏，武公歸而卒，戲立，是爲懿公，懿公九年，懿公兄括之子伯御，與魯

人攻弒懿公而立伯御。」

⑭問鼎之輕重　楚莊王伐戎，至于洛，觀兵於周。周定王使王孫滿勞楚子，楚子問鼎之輕重大小，王孫滿對以周德雖衰，天命未改；鼎之輕重，未可問也。蓋楚莊王之問鼎，實有取代周之居心也。事見左傳宣公三年。

⑮射王肩　周桓王以鄭莊公不朝，率蔡人、衛人伐鄭，戰于繻葛，王卒大敗，祝聃射王中肩。事見左傳桓公五年。

⑯伐凡伯　左傳隱公七年：「初，戎朝于周，發幣于公卿，凡伯弗賓。多，王使凡伯來聘，還，戎伐之于楚丘以歸。」

⑰誅萇弘　萇弘，周敬王大夫，孔子嘗就問樂，晉汜中行氏之難與焉，晉人以讓周，周人爲之殺萇弘。事見左傳哀公三年。

⑱末大不掉　左傳昭公十一年：「末大必折，尾大不掉。」

⑲判爲十二　謂魯、齊、晉、秦、楚、宋、衛、陳、蔡、曹、鄭、燕十二諸侯。

⑳陪臣之邦　卿大夫對天子自稱陪臣。戰國時，由陪臣執國命者有齊、韓、趙、魏等國。

㉑侯衛　侯衛，諸侯也。諸侯乃保衛天子者也，故云。

㉒負鋤梃謫戍之徒　梃，杖也。負鋤梃，指農人。謫戍之徒，被謫貶戍邊之罪人。

㉓困平城　漢高祖七年，韓王信與匈奴反，高祖被困平城七日，用陳平計始脫出。

㉔病流矢　淮南王英布反，高祖擊布時，爲流矢所中，行道病，呂后迎良醫，高祖拒醫，遂病死長樂宮。

㉕陵遲不救者三代　陵遲，猶陵夷，慢慢衰敗之意。三代指高祖後之惠帝、呂后、文帝等三代。

㉖謀臣獻畫　賈誼、主父偃、鼂錯等皆有削奪諸侯權力之策略。

㉗桀猾　桀傲狡猾之徒，如安祿山、史思明等。

㉘側目　怒恨之狀。史記汲黯傳：「忿發罵曰

：天下謂刀筆吏不可以爲公卿，果然，必湯也。令天下重足而立，側目而視矣。」

㉙浚　取也。

㉚漢知孟舒於田叔　史記田叔傳：「孝文既立，召田叔問之曰：公知天下長者乎？對曰：臣何足以知之。上曰：公長者也，宜知之。叔頓首曰：故雲中守孟舒，長者也。是時孟舒坐虜大入塞，盜刼雲中尤甚免。上曰：先帝置孟舒雲中十餘年矣，虜曾一入，孟舒不能堅守，士卒戰死者數百人，長者固殺人乎？公何以言孟舒爲長者也？叔叩頭對曰：……孟舒知士卒罷敝，不忍出言，士爭臨城死敵，如子爲父，弟爲兄，以故死者數百人，孟舒豈故驅戰之哉？是乃孟舒所以爲長者也。於是上曰：賢哉孟舒！復召孟舒以爲雲中守。」

㉛得魏尙於馮唐　史記馮唐傳記文帝與馮唐談戰國良將廉頗、李牧之爲人，文帝歎曰：「嗟乎！吾獨不得廉頗、李牧時爲吾將，吾豈憂匈奴哉！」唐曰：「陛下雖得廉頗、李牧，弗能用也。」上怒，唐因說魏尙爲雲中守，得軍心，匈奴入侵，魏尙率部擊之，所殺甚衆，後以報功與所斬敵人數目不符，下吏削爵，足見法太明，賞太輕，罰太重。文帝說，乃令馮唐援節赦魏尙，復爲雲中守，拜唐爲車騎都尉。

㉜黃霸之明審　黃霸字次公，陽夏人，宣帝聞其賢，召以延尉正，官至潁川太守，徵守京兆尹，爲人外寬內明，得吏民心，官至丞相，封建成侯。

㉝汲黯之簡靖　史記汲黯傳：「黯學黃老之言，治官理民好清靜，擇丞吏而任之，其治責大指而已，不苛小。黯多病，臥閨閤內不出，歲餘，東海大治稱之。」

㉞二姓陵替　二姓指曹氏及司馬氏。陵替，陵夷替廢，慢慢衰敗之意。

㉟祀　年也。

㊱諸侯歸殷者三千　馬端臨文獻通考封建考：

「塗山之會，諸侯執玉帛者萬國；及其衰也，遭桀行暴，諸侯相兼；逮湯受命，其能存者三千餘國。」

㊲歸周者八百：史記周本紀：「是時諸侯不期而會盟津者八百諸侯，諸侯皆曰：紂可伐矣。」

〔作者〕

見本書第七篇作者欄。

〔說明〕

本文選自柳河東集。體裁屬論辨類。封建者，古王者以爵土分封諸侯，而使之建國於封定之區域也。始於黃帝畫野分州，得百里之國萬區。周時，定公、侯、伯、子、男五等之爵，制度始臻完備。秦時設郡縣而廢之，漢又兼采之，其後屢興屢廢，以迄於唐。據唐書蕭瑀傳及資治通鑑唐紀太宗貞觀五年，太宗令羣臣議封建，魏徵、李百藥皆反對設封建（李百藥亦有封建論一文，見唐書本傳），中書侍郎顏師古則主削其權力，與州縣雜錯而居。太宗折衷之，下詔曰：「皇家宗室及勳賢之臣，宜令作鎭藩部，貽厥子孫，非有大故，毋或黜免，所司明爲條例，定等級以聞。」此藩鎭之始也。安史亂後，藩鎭坐大，封建之議復起。本文主旨在就歷代政治得失，論封建之弊及郡縣之利。謂封建起於時勢，非起於聖人之意；時勢不同，封建自可廢，亦無違聖人之意也。全文分十四段：首段總論封建始於生民之初，勢所成也，非始於聖人。二段承上勢字，論封建自里胥至天子之分等，乃人類求生存之勢所然也。三段論周之敗，乃封建制度破產，上下悖亂之故，故尾大不掉，實封建制度之致命傷也。四段論秦雖敗亡，咎在人怨，非關郡縣制度。五段論漢行封建郡縣並行制，而有叛國無叛郡，則可證封建之弊及郡縣之利。六段論唐設州邑制，而其敗則在兵不在州，則州縣之設，亦無可非議。七段以設問法擧相反意見，謂封建有私土，子其人、施化易之利政以發端。八段擧周封建之失以駁之。九段論秦不行封建，而亦敗亡，其失在政，以駁封建利於政之說。十段論漢行郡國，郡邑理且安，而侯王却亂不能除，以爲七段反證。十一段就八、九、十三段作總結，謂今制郡邑廢封建，乃必然之理。十二段駁行封建國延祚，行郡邑而國促之說。十三段駁或以爲聖人不革封建，今人不當復議之說。十四段論封建使聖賢不得立，故知非聖人之意也，勢也。應首段總起爲收。

〔批　評〕

本文旨在說明封建之弊及郡縣之利，而以首段「封建，非聖人之意也，勢也。」爲全文總樞紐，以下列述周、秦、漢、唐政治之得失，足見封建之弊及郡縣之利。第七段起，另生他意，別出蹊徑，反覆說明廢封建之必要，其內容在在不出「勢」字。末兩段以「聖人不廢封建，勢也。」呼應第一段作結。全文雖篇幅長，分段細，而首尾一貫，章法緜密，中間數段，反覆說明，更有波瀾壯闊，變化萬千之概也。宗元此論，與近世社會學者由圖騰而酋長，由酋長而君主之說合，故此論一出，而論封建諸說廢矣。

一〇、原毀

韓愈

古之君子，其責己也重以周，其待人也輕以約①。重以周，故不怠；輕以約，故人樂爲善。

聞古之人有舜者，其爲人也，仁義人也。求其所以爲舜者，責於己曰：「彼人也，予人也；彼能是，而我乃不能是。」早夜以思，去其不如舜者，就其如舜者。聞古之人有周公者，其爲人也，多才與藝②人也。求其所以爲周公者，責於己曰：「彼人也，予人也；彼能是，而我乃不能是。」早夜以思，去其不如周公者，就其如周公者。

舜，大聖人也，後世無及焉；周公，大聖人也，後世無及焉。是人也，乃曰：「不如舜，不如周公，吾之病也。」是不亦責於身者重以周乎？其於人也，曰：「彼人也，能有是，是足爲良人矣；能善是，是足爲藝人矣。」取其一，不責其二；即其新，不究其舊③：恐恐然④惟懼其人之不得爲善之利。一善易修也，一藝易能也；其於人也，乃曰：「能有是，是亦足矣。」曰：「能善是，是亦足矣。」不亦待於人者輕以約乎？

今之君子則不然。其責人也詳，其待己也廉⑤；詳，故人難於爲善；廉，故自取也少。己未有善，曰：「我善是，是亦足矣。」己未有能，曰：「我能是，是亦足矣。」外以欺於人，內以欺於心，未少有得而止矣，不亦待其身者已廉乎？其於人也，曰：「彼雖能是，其人不足稱也。彼雖善是，其用不足稱也。」舉其一，不計其十⑥；究其舊，不圖其新；恐恐然惟懼其人之有聞也，是不亦責於人者已詳乎？夫是之謂不以衆人待其身，而以聖人望於人，吾未見其尊己也。

雖然，爲是者，有本有原⑦，怠與忌之謂也。怠者不能修，而忌者畏人修。吾常試之矣。嘗試語於衆曰：「某良士，某良士。」其應者，必其人之與也；不然，則其所疏遠，不與同其利者也；不然，則其畏也。不若是，强者必怒於言，懦者必怒於色矣。又嘗語於衆曰：「某非良士，某非良士。」其不應者，必其人之與也；不然，則其所疏遠，不與同其利者也，不然，則其畏也。不若是，强者必說於言，懦者必說於色矣。是故事修而謗興，德高而毀來。

嗚呼！士之處此世，而望名譽之光，道德之行，難已！將有作於上者，得吾說而存之，其國家可幾而理歟！

〔注釋〕

①其責己也重以周，其待人也輕以約　重，嚴也。周，密也。輕，薄也。約，簡也。二「以」字皆「而」也。語本論語衞靈公篇。

②藝　技能也。

③即其新，不究其舊　新，指現在。舊，指過去。謂僅論其現在不追究其過去。

④恐恐然　驚惶貌。

⑤廉　本謂分辨不苟取，今以言其少也。

⑥舉其一，不計其十　言僅舉其一端，不計其他也。

⑦有本有原　本，根也。猶言原因。

〔作者〕

韓愈，字退之，唐河南河陽（今河南省孟縣西）人。生於代宗大曆三年，卒於穆宗長慶四年（西元七六八——八二四年），年五十七。

愈生三歲而孤，嫂鄭氏撫之成立。德宗貞元八年，登進士第，時年二十五。十九年，任監察御史，以疏諫宮市之弊，貶陽山令。憲宗元和元年，召還，拜國子博士。六年，遷職方員外郎。七年，以疏華陰令柳澗事，復爲博士，乃作進學解以自喻，執政者奇其文。十二年，受知於宰相裴度，從征淮西，有功，升刑部侍郎。十四年，因上疏極諫迎佛骨，貶潮州刺史。穆宗立，召拜國子祭酒，長慶二年，宣撫鎮州，說叛將王庭湊有功，調吏部侍郎。四年八月，以病免。十二月，卒於長安。追贈禮部尚書，謚文，世稱韓文公。宋神宗時，封昌黎伯，故亦稱韓昌黎。

唐初文章，猶尚駢體，愈力主「文以載道」之說，以復古明道自任。高揭古文運動之大纛，以散文代替駢體之時文，影響當時及後世甚鉅。愈之友柳宗元，亦素尚古文，互爲呼應，於是有唐文風丕變，而古文一派遂以大盛。至宋，歐陽修力尊韓文，曾鞏、王安石及三蘇繼起，古文遂成文章之宗。後世選家錄韓、柳、歐、曾、王、三蘇八家之文，習文之範本，號稱唐宋八大家，而以愈爲首。所著有昌黎先生集四十卷、外集十卷、附錄一卷行世。

〔說　明〕

本文選自韓昌黎全集。體裁屬論辨類。原，本也；毀，謗訾也。謗訾者，道人之短也；而所以道人之短者，怠與忌也，是故怠與忌誠毀之本矣。本文主旨謂人人若以重而周責己，輕而約待人，則必國治天下平。文分六段：首段就古之君子責己與待人之不同，引出議論。次段舉舜與周公爲例，謂古之君子責己重而周。三段舉例說明「責己重以周」，「待人輕以約」之意。四段言今之君子其責人也詳，其待己也廉。五段言今之人「責人詳，待己廉」，乃忌與怠所使然，且亦毀之本也。末段點出主旨作結。

〔批　評〕

全文氣勢逼人，局法亦奇，責己待人乃一篇之柱。首寫古之君子作兩扇是賓，次寫今之君子作兩扇是主，而怠忌二字則切中今人之病痛，亦毀之本根也。良士一段乃主中之賓，非良士一段乃主中之主。而於篇末始點出主旨，使人慨然有餘思。

過商侯曰：「看來似兩扇文字，亦似八股文字，責己待人，是一篇之柱。故詳與廉，毀之枝葉；怠與忌，毀之本根。全文不說毀，而毀意自見。末幅結到國家，此是文公立言主意，即君子器使魯元公無求備之心與！」

一一、雜說四

韓愈

世有伯樂①，然後有千里馬。千里馬常有，而伯樂不常有。故雖有名馬，祇辱於奴隸人之手，駢②死於槽櫪③之間，不以千里稱也。馬之千里者，一食或盡粟一石，食馬者不知其能千里而食也；是馬也，雖有千里之能，食不飽，力不足，才美不外見，且欲與常馬等不可得，安求其能千里也！

策④之不以其道，食之不能盡其材，鳴之而不能通其意，執策而臨之曰：「天下無馬！」嗚呼！其眞無馬邪？其眞不知馬也！

〔注　釋〕

①伯樂　姓孫，名陽。善相馬。
②駢　並也。
③槽櫪　馬槽也。
④策　馬箠也。以策策馬也。

〔作　者〕

見本書第一〇篇作者欄。

〔說　明〕

本文選自韓昌黎全集。體裁屬論辨類。主旨：以馬爲喻，慨嘆知遇之難。全文分爲三段：首言千里馬多，而識馬之伯樂不多，以故千里馬皆被埋沒。二段謂千里馬食量較普通馬大，食千里馬如普通馬，則千里馬不能日行千里矣。末段慨嘆無人識千里馬作結，點出題旨。

〔批　評〕

過商侯曰：「看其凡提倡千里馬者七樣，轉變便有七處，風雲倏忽，起伏無常，詞短勢長，文之極有含蓄者。」

一二、爭臣論

韓愈

或問諫議大夫陽城①於愈，可以爲有道之士乎哉？學廣而聞多，不求聞於人也；行古人之道，居於晉之鄙②。晉之鄙人，薰其德③而善良者幾千人。大臣聞而薦之天子，以爲諫議大夫；人皆以爲華④，陽子不色喜。居於位五年矣，視其德如在野，彼豈以富貴移易其心哉！愈應之曰：「是易所謂恆其德貞，而夫子凶⑤者也。惡得爲有道之士乎哉！在易蠱之上九⑥云：『不事王侯，高尚其事⑦。』蹇之六二⑧，則曰：『王臣蹇蹇，匪躬之故⑨。』夫亦以所居之時不一，而所蹈⑩之德不同也。若蠱之上九，居無用之地，而致匪躬之節；以蹇之六二，在王臣之位，而高不事之心。則冒進⑪之患生，曠官⑫之刺興；志不可則⑬，而尤不終無⑭也。今陽子在位，不爲不久矣；聞天下之得失，不爲不熟矣；天子待之，不爲不加矣；而未嘗一言及於政，視政之得失，若越人視秦人之肥瘠⑮，忽焉不加喜戚於其心。問其官，則曰諫議也；問其祿，則曰下大夫⑯之秩也；問其政，則曰我不知也；有道之士，固如是乎哉？

且吾聞之：『有官守者，不得其職則去；有言責者，不得其言則去⑰。』今陽子以爲得其言乎哉？得其言而不言，與不得其言而不去，無一可者也。陽子將爲祿仕乎？古之人有云：『仕不爲貧，而有時乎爲貧⑱。』謂祿仕者也，宜乎辭尊而居卑，辭富而居貧，若抱關擊柝⑲者可也。蓋孔子嘗爲委吏⑳矣，嘗爲乘田㉑矣，亦不敢曠其職。必曰：『會計當而已矣。』必曰：『牛羊遂㉒而已矣。』若陽子之秩祿，不爲卑且貧，章章明矣；而如此，其可乎哉？」

或曰：「否！非若此也。夫陽子惡訕上㉓者；惡爲人臣招㉔其君之過，而以爲名者。故雖諫且議，使人不得而知焉。書曰㉕：『爾有嘉謨嘉猷㉖，則入告爾后㉗于內，爾乃順㉘之於外。曰：斯謀斯猷，惟我后之德。』夫陽子之用心，亦若此者。」愈應之曰：「若陽子之用心如此，滋所謂惑者矣！入則諫其君，出不使人知者，大臣宰相者之事，非陽子之所宜行也。夫陽子本以布衣隱於蓬蒿之下㉙，主上嘉其行誼，擢在此位。官以諫為名，誠宜有以奉其職，使四方後代，知朝廷有直言骨鯁㉚之臣，天子有不僭賞㉛從諫如流之美。庶巖穴之士，聞而慕之，束帶結髮，願進於闕下而伸其辭說，致吾君於堯舜，熙鴻號㉜於無窮也。若書所謂，則大臣宰相之事，非陽子之所宜行也。且陽子之心，將使君人者惡聞其過乎？是啓之㉝也！」

或曰：「陽子之不求聞而人聞之，不求用而君用之，不得已而起，守其道而不變，何子過㉞之深也？」愈曰：「自古聖人賢士，皆非有求於聞用也。閔其時之不平，人之不乂㉟；得其道㊱，不敢獨善其身，而必以兼濟天下也。孜孜矻矻㊲，死而後已。故禹過家門不入，孔席不暇暖㊳，而墨突不得黔㊴。彼二聖一賢者，豈不知自安佚之為樂哉？誠畏天命而悲人窮也。夫天授人以賢聖才能，豈使自有餘而已，誠欲以補其不足者也。耳目之於身也，耳司聞而目司見，聽其是非，視其險易，然後身得安焉。聖賢者，時人之耳目也；時人者，聖賢之身也。且陽子之不賢，則將役於賢，以奉其上矣；若果賢，則固畏天命而閔人窮也，惡得以自暇逸乎哉？」

或曰：「吾聞君子不欲加㊵諸人，而惡訐以爲直者㊶。若吾子之論，直則直矣；無乃傷於德而費於辭乎！好盡言以招人過，國武子之所以見殺於齊也㊷，吾子其亦聞乎？」愈曰：「君子居其位，則思死其官；未得位，則思修其辭，以明其道。我將以明道也，非以爲直而加人也。且國武子不能得善人，而好盡言於亂國，是以見殺。傳㊸曰：『惟善人能受盡善。』謂其聞而能改之也。子告我曰：『陽子可以爲有道之士也。』今雖不能及㊹已，陽子將不得爲善人乎哉？」

〔注　釋〕

①陽城　字亢宗，唐北平人。好學，家貧不能得書，乃求爲集賢殿書寫吏，竊官書讀之，晝夜不出，六年乃無所不通。及進士第，乃去隱中條山，遠近慕其德，多從之學。閭里相訟者，不詣官府，詣城請決。李泌聞其名，造訪與語，大悅，薦之於朝，召爲著作佐郎，城稱病不赴。後德宗召爲諫議大夫。城親赴闕辭讓未果，遂就任。惟日與其二弟延賓客飲酒，雖聞政治得失，迄無一言進諫。

②晉之鄙　晉，今山西省。鄙，邊境也。陽城所隱中條山，即在山西省。

③薰其德　謂受其德行感化也。

④華　榮也。

⑤恆其德貞，而夫子凶　恆，久也。貞，正也。言以柔順從人，而常久不易其德，可謂正矣，然乃婦人之道，非丈夫之宜也。易經恆卦：「六五恆其德貞，婦人吉，夫子凶。」

⑥蠱之上九　蠱，音ㄍㄨˇ，易經卦名。上九即該卦之第六爻為陽爻，在一卦之最上，故稱上九。

⑦不事王侯，高尚其事　蠱上九爻辭。言不臣事王侯，不復以世事為心，惟自尊高，慕尚其清虛之事而已。

⑧蹇之六二　蹇，音ㄐㄧㄢˇ，易經卦名。六二即該卦之第二爻為陰爻。

⑨王臣蹇蹇，匪躬之故　蹇，難也。匪，同非。躬，身也。言王臣當不避艱險，以匡濟王室，非為其身之故也。意謂陽城今應「王臣蹇蹇」，不應如昔時之「高尚其志」也。

⑩蹈　踐也。

⑪冒進　妄求仕進也。

⑫曠官　曠，空也，廢也。書經皐陶謨篇：「莫曠庶官。」正字通：「官不稱職曰曠官。」

⑬志不可則　蠱上九象辭曰：「不事王侯，志可則也。」此言志不可則，意謂陽城隱居時却致力王事，此之謂冒進，其志不可取法也。

⑭尤不終無　蹇六二象辭曰：「王臣蹇蹇，終無尤也。」此言尤不終無，意謂陽城方仕時，却高尚其事，不問政事，此為曠官，終不能無過也。

⑮越人視秦人之肥瘠　秦在西北，越居東南，相距甚遠。秦人土地之肥瘠，越人視之漠不相關。

⑯下大夫　古時，大夫分上、中、下三級，唐之諫議大夫，秩為正四品。

⑰有官守者四句　見孟子公孫丑篇。

⑱仕不為貧二句　見孟子萬章篇。

⑲抱關擊柝　抱關，司門。擊柝，司更。皆小吏也。

⑳委吏　主倉廩者。

㉑乘田　乘，音ㄕㄥˋ。乘田，主苑囿芻牧之吏也。

㉒遂　長成也。

㉓訕上　訕，音ㄕㄢˋ，謗毀也。論語憲問篇：「惡居下流而訕上者。」

㉔招　音ㄑㄧㄠˊ，揭舉以示人也。

㉕書曰　見書經君陳篇。

㉖猷　音ㄧㄡˊ，謀也。

㉗后　君也。

㉘順　遵行也。

㉙蓬蒿之下　指草野田間。

㉚骨鯁　忠言逆耳，如魚骨之鯁在喉間，以喻正直也。

㉛僭賞　僭，差也。謂濫行賞賜也。左傳襄公二十六年：「賞不僭而刑不濫。」

㉜熙鴻號　熙，廣也。鴻號，大名也。

㉝啓之　謂開啓君上文過之端也。

㉞過　責也。

㉟乂　音ㄧˋ，治也。

㊱得其道　見孟子盡心篇。

㊲孜孜矻矻　孜，音ㄗ。孜孜，勤勉不怠也。

矻，音ㄎㄨˋ。矻矻，勞苦至極貌。

㊳孔席不暇暖　孔子坐席不及溫，又遊他國。

㊴墨突不得黔　突，竈額。黔，黑也。言墨子竈額不及黑，即又他適。

㊵加　陵駕也。

㊶惡訐以爲直者　訐，音ㄐㄧㄝˊ，攻發人之陰私也。謂憎惡揭發別人陰私却自以爲直率者。語見論語陽貨篇。

㊷國武子所以見殺於齊也　國武子，名佐，武子乃其諡，春秋時爲齊卿。魯成公十七年，柯陵之會，單襄公見國武子其言盡，襄公曰：「齊國子立於淫亂之國，而好盡言以招人過，怨之本也。唯善人能受盡言，齊其有乎？」次年，齊殺其大夫國佐。事見國語周語。

㊸傳　指國語周語。

㊹不能及　謂不得爲有道之士也。

〔作　者〕

見本書第一〇篇作者欄。

〔說　明〕

本文選自韓昌黎全集。體裁屬論辨類。爭臣，即諫諍之臣也。唐德宗時，陽城拜諫議大夫，居位五年，雖聞政治得失，而無一言進諫，視其德與在野無異。故愈作此論以諷之。全文四問四答，主旨在諷陽城當盡言責也。文分五段：首段問者稱頌陽子之德，可爲有道之士也。愈則以爲陽子處諫位而不諫，不得爲有道之士。二段愈申言陽子若爲祿而仕，當辭尊居卑，不宜居諫職也。三段問者言陽子惡訐其君之過，故雖諫而人不得知也。愈以爲諫官當直言進諫，致君於堯舜，不當使君文過飾非。四段問者言陽子雖仕，而守不求聞用之道，無可深責。而愈以爲聖賢得道，當兼善天下，豈可守不求聞用之道哉！五段問者轉而攻愈，以爲愈不宜盡言以取怨。愈言已乃修辭以明道也，末許陽子爲善人，期能受盡言而改過。

〔批　評〕

姚姬傳曰：「此文風格蓋出於左、國。」

曾滌生曰：「逐節根據經義，故盡言而無客氣。」

林西仲曰：「按陽城爲李鄴侯所薦，其始受職，史稱諸諫官紛紛言事，天子厭之，而城獨與二弟及客日夜痛飲。昌黎作論，城亦不以屑意，其爲有待而發無疑。及裴延齡進用，陸贄坐貶，罪在不測。諸諫官皆結舌，城獨毅然以死爭之，名震天下。余以爲古今諫官知大計者莫如城，蓋國家治亂，無過任相一節，城一言而贄不死，延齡不相，天下不受小人之禍，足矣！無俟乎多言也。是篇與歐陽上范司諫書，可以爲諫官常法，而獨不可以律城。然段段純用激法，筆力縱橫，無堅不破，宜其家傳而戶誦也。」

吳楚材曰：「陽城拜諫議大夫，聞得失熟，猶未肯言，故公作此論譏切之。是箴規攻擊體，文亦擅世之奇。截然四問四答，而首尾關應如一線。時城居位五年矣，後三年而能排擊裴延齡，或謂城蓋有待，抑公有以激之歟？」

一三、朋黨論

歐陽修

臣聞朋黨之說，自古有之，惟幸人君辨其君子小人而已。大凡君子與君子，以同道爲朋；小人與小人，以同利爲朋，此自然之理也。

然臣謂小人無朋，惟君子則有之，其故何哉？小人所好者，祿利也；所貪者，財貨也。當其同利之時，暫相黨引以爲朋者，僞也；及其見利而爭先，或利盡而交疎，則反相賊害，雖其兄弟親戚，不能相保。故臣謂小人無朋，其暫爲朋者，僞也。君子則不然。所守者道義，所行者忠信，所惜者名節。以之修身，則同道而相益；以之事國，則同心而共濟，終始如一：此君子之朋也。故爲人君者，但當退小人之僞朋，用君子之眞朋，則天下治矣。

堯之時，小人共工、驩兜等四人爲一朋①；君子八元、八凱②十六人爲一朋。舜佐堯，退四凶小人之朋③，而進元凱君子之朋④，堯之天下大治。及舜自爲天子，而皋、夔、稷、契等二十二人⑤，並立于朝，更相稱美，更相推讓，凡二十二人爲一朋，而舜皆用之，天下亦大治。書曰：「紂有臣億萬，惟億萬心；周有臣三千，惟一心⑥。」紂之時，億萬人各異心，可謂不爲朋矣，然紂以亡國。周武王之臣三千人爲一大朋，而周用以興。後漢獻帝時，盡取天下名士囚禁之⑦，目爲黨人；及黃巾賊起，漢室大亂，後方悔悟，盡解黨人而釋之，然已無救矣。唐之晚年，漸起朋黨之論⑧，及昭宗時，盡殺朝之名士，咸投之黃河，曰：「此輩淸流，可投濁流⑨。」而唐遂亡矣。

夫前世之主，能使人人異心不爲朋，莫如紂；能禁絕善人爲朋，莫如漢獻帝；能誅戮淸流之朋，莫如唐昭宗之世；然皆亂亡其國。更相稱美推讓而不自疑，莫如舜之二十二臣；舜亦不疑而皆用之。然而後世不誚⑩舜爲二十二人朋黨所欺，而稱舜爲聰明之聖者，以能辨君子與小人也。周武之世，舉其國之臣三千人共爲一朋，自古爲朋之多且大莫如周；然周用此以興者，善人雖多而不厭也。

夫興亡治亂之迹，爲人君者可以鑒矣。

〔注　釋〕

①小人共工、驩兜等四人爲一朋　有小人共工、驩兜、三苗、鯀等四人結成一黨。共工，官名，淫辟不稱職。驩兜，音ㄏㄨㄢ　ㄉㄡ，好行凶德，與共工比周爲惡。

②八元、八凱　元，善也。凱，音ㄎㄞˇ，和也。此指堯時之十六賢臣也。左傳文公十八年：「昔高陽氏有才子八人：蒼舒、隤敳、檮戭、大臨、尨降、庭堅、仲容、叔達，天下之民謂之八愷。高辛氏有才子八人：伯奮、仲堪、叔獻、季仲、伯虎、仲熊、叔豹、季貍，天下之民謂之八元。」

③退四凶小人之朋　四凶，即共工、驩兜、三苗、鯀。左傳文公十八年：「舜臣堯，流四凶族，投諸四裔，以禦螭魅。」又書經堯典：「流共工於幽州，放驩兜於崇山，竄三苗於三危，殛鯀於羽山，四罪而天下咸服。」

④進元凱君子之朋　元凱，即八元八愷。左傳文公十八年：「舜臣堯，舉八愷，使主后土，以揆百事，莫不時序，地平天成。舉八元，使布五教於四方，父義、母慈、兄友、弟恭、子孝，內平外成。」

⑤皐、夔、稷、契等二十二人　皐，即皐陶，掌司法。夔，音ㄎㄨㄟˊ，即后夔，樂官。稷，即后稷，農官。契，音ㄒㄧㄝˋ，爲司徒。二十二人，指四岳九官十二牧也。四岳、官名，掌四方之事。九官，即禹、稷、契、皐陶、伯益、后夔、伯夷、垂、龍是也。十二牧，十二州之牧守也。

⑥書曰四句　見泰誓篇。原文「紂」作「受」，「周」作「予」。

⑦後漢獻帝時，盡取天下名士囚禁之　靈帝建寧二年（西元一六九年），曾大捕天下名士，目爲黨人，此作「獻帝」時，誤。後漢書黨錮傳載其事云：桓帝時，宦官擅權，名士大臣皆羞與爲伍，雙方交惡。名臣李膺爲河南尹時，有妖人張成交援宦官，縱子殺人，膺便捕成子以抵命。成之弟子遂上書誣指其

收買太學生，結黨危害朝廷。桓帝震怒，捕膺下獄，更令行郡國，搜捕黨人，株連者二百餘人。靈帝即位，宦官又奏請逮捕黨人，天下名士因死獄中，或遭禁錮者幾有千人。及黃巾賊起，靈帝懼黨人與鉅鹿張角之徒合謀，始下詔赦罪，誅徙之家，皆歸故郡，然黨錮之禍，前後已二十餘年，朝野崩離，紀綱蕩然，東漢遂亡。

⑧唐之晚年，漸起朋黨之論。自穆宗長慶元年（西元八二一年）起，即有牛僧孺與李德裕之所謂牛、李黨爭，李黨多君子，牛黨多小人，互相傾軋，歷四十年之久。

⑨此輩清流，可投濁流　清流，指德行高潔之士。唐昭宗天復四年（西元九〇四年），昭宗為朱全忠所弒，次年，朱全忠謀士李振，因屢舉進士不第，深疾搢紳之士，遂言於全忠曰：「此輩常自謂清流，宜投之黃河，使為濁流。」全忠笑而從之，一夕屠殺朝官三十餘人，投尸於河。詳通鑑卷二百六十五唐紀及五代史李振傳。此為昭宣帝天祐二年事，作「昭宗時」者，或以昭宣帝未改元之故。復二年，全忠又殺昭宣帝，唐亡。

⑩誚：音ㄑ一ㄠ丶，責備。

〔作　者〕

歐陽修，字永叔，晚號六一居士，北宋吉州廬陵（今江西吉安縣，一云永豐縣）人。生於眞宗景德四年，卒於神宗熙寧五年（西元一〇〇七——一〇七二年），年六十六。宋史有傳。

修四歲喪父，母鄭氏親自授讀，家貧無紙筆，常以荻畫地學書。仁宗天聖八年（西元一〇三〇年），舉進士甲科，時年二十四歲。慶曆初，召知諫院，改右正言，知制誥。時杜衍、韓琦、范仲淹、富弼等相繼罷去，修上疏極諫，貶知滁州（今安徽滁縣），在滁自號醉翁。徙知揚州，潁州（今安徽阜陽），還爲翰林學士，奉敕重修唐書。嘉祐二年（西元一〇五七年），知貢舉，拔取蘇軾、曾鞏等，使當時文風一變。五年，拜樞密副使。六年，參知政事，與韓琦同心輔政。神宗初，出知亳州（今安徽亳縣），轉青州（今山東益都）、蔡州（今河南汝南），以太子少師致仕，歸隱於潁州。卒諡文忠。

修博極群書，早年讀昌黎文集，苦心探索，遂倡爲古文，以明道致用爲主旨，天下翕然師尊之，曾鞏、王安石、蘇洵、蘇軾、蘇轍，其尤著者也，後世並目爲古文大家。修文造語平易，情韻縣遠，詩詞亦清新婉約，著有文忠集、新五代史、毛詩本義、集古錄，及與宋祁合纂之新唐書等。

〔說　明〕

本文選自文忠集。體裁屬論辨類。宋史曾予節錄，收入本傳。朋黨，猶今言黨派也。古朝野之士，或以講學相親，或以私恩相結，各立門戶，稱爲朋黨。宋仁宗時，杜衍、富弼、韓琦、范仲淹等，皆一代名臣，並在朝執政，歐陽修、余靖、王素、蔡襄等，亦知諫院，盡欲革除弊政，共致太平。陳執中、章得象、王拱辰、魚周詢等人不悅，謀傾陷君子。杜、富、韓、范遂相繼罷去，小人更創朋黨之說，欲盡害之，歐陽修憂之，既上疏論杜等之公忠愛國，又上此論，以破邪說，仁宗因而感悟。全文旨在申論爲人君者，當進君子之眞朋，而退小人之僞朋。可分爲五段：首言有君子之朋，有小人之朋。二段續辨小人之暫爲朋者，僞也，君子則不然，爲人君者，當能退小人之僞朋，用君子之眞朋。三段舉歷代治亂之迹，以明君子之朋於國家興亡之重要。四段論善人雖多，不厭也。末段言欲爲人君者，宜能取鑒古事。

〔批　評〕

本文反覆曲暢，婉切近人。由小人無朋、君子則有一意，更引證古事，以明國家能用君子之朋，則天下治；否則必亂亡矣。故過商侯曰：「朋字說得開天闢地，而小人曾不得一側足其間。此正破漢、唐、宋黨錮之禍，無足爲君子病，而反足爲君子重。立論亟是有識，宜仁宗之終爲感悟也。」

一四、辨姦論

蘇洵

事有必至，理有固然。惟天下之靜者，乃能見微而知著。月暈而風，礎潤而雨，人人知之。人事之推移，理勢之相因，其疏闊而難知，變化而不可測者，孰與天地陰陽之事？而賢者有不知，其故何也？好惡亂其中，而利害奪其外也。

昔者山巨源見王衍①曰：「誤天下蒼生者，必此人也！」郭汾陽見盧杞②曰：「此人得志，吾子孫無遺類矣！」自今而言之，其理固有可見者。以吾觀之，王衍之爲人，容貌言語，固有以欺世而盜名者，然不忮不求③，與物浮沉，使晉無惠帝，僅得中主，雖衍百千，何從而亂天下乎？盧杞之姦，固足以敗國；然而不學無文，容貌不足以動人，言語不足以眩世，非德宗之鄙暗，亦何從而用之？由是言之，二公之料二子，亦容有未必然也。

今有人，口誦孔、老之言，身履夷、齊之行，收召好名之士，不得志之人，相與造作言語，私立名字，以爲顏淵、孟軻復出；而陰賊險狠，與人異趣，是王衍、盧杞合而爲一人也，其禍豈可勝言哉！夫面垢不忘洗，衣垢不忘澣，此人之至情也。今也不然，衣臣虜④之衣，食犬彘之食，囚首喪面⑤而談詩書，此豈其情也哉？凡事之不近人情者，鮮不爲大姦慝，豎刁、易牙、開方是也。以蓋世之名，而濟其未形之患，雖有願治之主，好賢之相，猶將舉而用之，則其爲天下患，必然而無疑者，非特二子之比也。

孫子曰：「善用兵者，無赫赫之功⑥。」使斯人而不用也，則吾言爲過，而斯人有不遇之歎，孰知禍之至於此哉！不然，天下將被其禍，而吾獲知言之名，悲夫！

〔注釋〕

①山巨源見王衍　山巨源，名濤，晉人。王衍，字夷甫，晉惠帝時人。衍少聰慧，山濤見之，歎曰：「何物老媼，生此寧馨兒，然誤天下蒼生者，必此人也。」寧馨兒，晉宋時俚語，猶言如此之兒也。

②郭汾陽見盧杞　郭汾陽，即郭子儀，唐華州人，封汾陽郡王。盧杞，唐滑州人，貌醜，有才辯，時郭子儀每見賓客，姬妾不離側，惟杞至，子儀悉屏侍妾，或問其故，對曰：「杞貌醜而心險，婦人見之必笑，他日杞得志，吾族無遺類矣。」

③不忮不求　忮，害也。求，貪求。謂不害人不貪求也。

④臣虜　臣僕也。

⑤囚首喪面　謂髮蓬亂如囚徒，面不洗如居喪。

⑥善用兵者，無赫赫之功：赫赫，盛大貌。將有功則傷人必多，以無事爲善。故善於用兵之將，無盛大之功也。

〔作　者〕

蘇洵，字明允，宋眉州眉山（今四川眉山縣）人。生於眞宗大中祥符二年，卒於英宗治平三年（西元一〇〇九——一〇六六年），年五十八。

明允少時不喜讀書，年二十七，始發憤爲學。歲餘應試不第，乃悉焚所爲文，閉戶勤奮讀書，遂通六經百家之說，下筆頃刻數千言。仁宗嘉祐元年（西元一〇五六年），與二子軾、轍同至京師。時歐陽修有文名，得明允所著權書、衡論等二十二篇，甚愛之，以爲賈誼、劉向不能過，一時士大夫爭相傳誦。宰相韓琦奏於朝，召試舍人院校書郎，因疾未至，乃除秘書省。後與姚闢同修建隆以來禮書，爲太學因革禮一百卷。書成而卒。

明允所爲古文，議論精於物理，文章不爲空言；古勁簡質，有先秦之風。曾子固蘇明允哀詞曰：「蓋少或百字，多或千言，其指事析理，引物託喻，侈能盡之斂，遠能見之近，大能使之微，小能使之著，煩能不亂，肆能不流，其雄壯俊偉，若挾江河而下也；其輝光明白，若引星辰而上也。」曾氏之說，的是正論。明允雄視千秋，鼓舞文風，影響後世文壇，至深且鉅。著有謚法、嘉祐集等書。

〔說　明〕

本篇選自老泉先生全集。體裁屬論辨類。姦，同奸，暗指王安石。明允斯篇之作，衆說紛紜。宋人葉夢得之說，最爲可信，其石林避暑錄云：「蘇明允本好言兵，見元昊叛，西方用事久無功，天下事有當改作，因挾其所著書，嘉祐初來京師，一時推其文章。王荆公爲知制誥，方談經術，獨不喜之，屢詆於衆，以故明允惡荆公甚於仇讎。會張安道亦爲荆公所排，二人素相善，明允作辨姦論一篇，以荆公比王衍、盧杞，而不以示歐陽文忠公。荆公後微聞之，因不樂子瞻兄弟，兩家之隙，遂不可解。」明允斯篇，當係爲此而作。本篇文分四段：首段隱言安石必亂天下，但其姦未著耳。次段引用王衍、盧杞貽害蒼生之往事，以作佐證。三段言王安石陰賊險狠，與人異趣，其禍不可勝言；且其凡事不近人情，爲害天下，非王、盧二子之所能比。四段寄望時君見微知著，擯棄安石不用，篇末並以慨嘆作結。

〔批　評〕

林西仲曰：「老泉料荆公，止在不近人情處看出，以豎刁、易牙、開方爲比。要知此三人之不近情，止是圖利，而荆公却是圖名。原其始，亦非以禍人爲心者。但以自許太過，而新法試行於鄞邑，又頗有效，以故執持愈堅，不知天下非一邑可概，且奉行之人，又未必人人如我。蓋緣平日未嘗向人情物理上細心體貼，以致如此，便是不近人情的流弊。豎刁輩是甘爲眞小人，猶盜賊手挾刀劍，戮殺人者；荆公是要作僞君子，猶庸醫苦泥方書，藥殺人者。不可謂盜賊是殺，庸醫非殺也。奸慝之名，宜不能免。文中推見至隱，燮時之意，直與洛陽聞鵑同調，其先幾特識，更堪雙絕千古矣。」

一五、管仲論

蘇洵

管仲相桓公，霸諸侯，攘戎狄，終其身，齊國富强，諸侯不叛。管仲死，豎刁①易牙②開方③用。桓公薨於亂，五公子爭立④，其禍蔓延，訖簡公，齊無寧歲⑤。夫功之成，非成於成之日，蓋必有所由起；禍之作，不作於作之日，亦必有所由兆。則齊之治也，吾不曰管仲，而曰鮑叔。及其亂也，吾不曰豎刁、易牙、開方，而曰管仲。何則？豎刁、易牙、開方三子，彼固亂人國者，顧其用之者桓公也。夫有舜而後知放四凶⑥，有仲尼而後知去少正卯⑦；彼桓公何人也？顧其使桓公得用三子者，管仲也。

仲之疾也，公問之相？當是時也，吾以仲且舉天下之賢者以對，而其言，乃不過曰：「豎刁、易牙、開方三子，非人情不可近」而已⑧。嗚呼！仲以為桓公果能不用三子矣乎？仲與桓公處幾年矣，亦知桓公之為人矣乎！桓公聲不絕乎耳，色不絕乎目，而非三子者，則無以遂其欲。彼其初之所以不用者，徒以有仲焉耳。一日無仲，則三子者可以彈冠⑨相慶矣。

仲以爲將死之言，可以縶桓公之手足邪？夫齊國不患有三子，而患無仲；有仲，則三子者，三四夫耳。不然，天下豈少三子之徒？雖桓公幸而聽仲，誅此三人，而其餘者，仲能悉數而去之邪？嗚呼！仲可謂不知本者矣。因桓公之問，舉天下之賢者以自代，則仲雖死，而齊國未爲無仲也。夫何患三子者？不言可也。

五霸莫盛於桓、文。文公之才，不過桓公，其臣又皆不及仲。靈公⑩之虐，不如孝公之寬厚。文公死，諸侯不敢叛晉，晉襲文公之餘威，得爲諸侯之盟主者百有餘年。何者？其君雖不肖，而尙有老成人焉。桓公之薨也，一亂塗地，無惑也。彼獨恃一管仲，而仲則死矣。夫天下未嘗無賢者，蓋有有臣而無君者矣。桓公在焉，而曰天下不復有管仲者，吾不信也。

仲之書⑪，有記其將死，論鮑叔、賓胥無⑫之爲人，且各疏其短；是其心以爲是數子者，皆不足以託國；而又逆知其將死⑬，則其書誕謾不足信也。

吾觀史鰍以不能進蘧伯玉而退彌子瑕，故有身後之諫⑭；蕭何且死，擧曹參以自代⑮。大臣之用心，固宜如此也。夫國以一人興，以一人亡。賢者不悲其身之死，而憂其國之衰。故必復有賢者，而後可以死。彼管仲者，何以死哉？

〔注釋〕

①豎刁　桓公之宦官。

②易牙　名巫，善烹飪，桓公用爲雍人，又稱雍巫。

③開方　桓公之寵臣。

④五公子爭立　桓公三夫人皆無子，六如夫人皆生子，即無詭、元、昭、潘、商人、雍。其中公子昭立爲太子。桓公病，五公子各樹黨爭立；及死，五公子互相攻伐，易牙與豎刁，因內寵殺群吏，擁立無詭，太子昭奔宋。見史記齊太公世家。

⑤其禍蔓延，訖簡公，齊無寧歲　無詭立三月，宋襄公率諸侯兵送齊太子昭而伐齊，齊遂殺無詭。其餘四公子與宋戰而敗，太子昭乃立，是爲孝公。孝公十年卒，開方殺孝公子而立公子潘，是爲昭公。昭公十九年卒，其子舍立，公子商人弒舍自立，是爲懿公，四年被殺，公子元立，是爲惠公。此後歷頃公、靈公、莊公、景公、悼公五朝而至簡公，內亂無已時。見齊太公世家。

⑥四凶　指共工、驩兜、三苗、鯀。見書經堯典。

⑦少正卯　春秋魯大夫，心逆而險，行僻而堅，言僞而辨，記醜而博，順非而澤，孔子攝魯相，以其亂政，誅之。

⑧仲之疾也……非人情不可近而已　史記齊世家：「管仲病，桓公問曰：群臣誰可相者？管仲曰：知臣莫如君。公曰：易牙如何？對

曰：殺子以適君，非人情，不可。公曰：開方如何？對曰：倍親以適君，非人情，難近。公曰：豎刁如何？對曰：自宮以適君，非人情，難親。管仲死，而桓公不用管仲言，卒近用三子，三子專權。」

⑨彈冠　謂將入仕而先整潔其冠也。

⑩靈公　名夷臯，晉襄公之子，文公之孫，暴虐無道爲臣下所弒。

⑪仲之書　此指管子之書。

⑫賓須無　齊之大夫。

⑬逆知其將死　其，指隰朋。管仲言隰朋亦將隨己而亡。

⑭史鰍以不能進蘧伯玉而退彌子瑕，故有身後之諫　史鰍，或作史鰌，字子魚，亦稱史魚，春秋衞大夫。蘧伯玉，名瑗，孔子弟子。彌子瑕、衞靈公之幸臣。衞靈公不用蘧伯玉而任彌子瑕，史魚數諫不從，病將卒，命其子曰：「吾生不能正君，死無以成禮，置屍牖下。」靈公往弔，怪而問之。其子以告。公愕然曰：「寡人之過也！」於是進伯玉而退子瑕。孔子聞之，曰：「直哉史魚！既死，猶以屍諫。」事見孔子家語困誓篇及韓詩外傳。

⑮蕭何且死，舉曹參以自代　蕭何、曹參，皆沛人也。西漢名相。史記蕭相國世家：「何病，孝惠自臨視相國病，因問曰：君即百歲後，誰可代君者？對曰：知臣莫如主。孝惠曰：曹參何如？何頓首曰：帝得之矣，臣死不恨矣。」

〔作　者〕

見本書第一四篇作者欄。

〔說　明〕

本篇選自嘉祐集。體裁屬論辨類。管仲，名夷吾，字仲，春秋潁上（今安徽省潁上縣）人也。少與鮑叔牙爲友，嘗曰：「吾與叔牙分財多取，不以我爲貪，知我貧也；謀事困窮，不以我爲過，知時不利也；三仕三退，不以我爲不肖，知我不遇時也；一戰三敗，不以我爲怯，知我有老母也；生我者父母，知我者鮑子也。」初事公子糾，後相齊桓公，富國强兵，攘夷尊王，九合諸侯，一匡天下。孔子嘗贊之曰：「微管仲，吾其被髮左衽矣。」桓公尊之爲仲父。事見史記管晏列傳。蓋管仲嘗薦隰朋於桓公，而桓公不能用；老泉明知而作此論，殆有感而發歟？葉夢得石林燕語嘗云：「歐公初薦明允，便欲朝廷不次用之，時富公韓公當國，韓公亦以爲然，獨富公持之不可，曰姑少待之，故止得試銜初等官，明允不甚滿意。」老泉斯篇，當係爲此而作。本篇文分五段：首段言管仲死後，齊國禍亂蔓延，管仲不能辭其咎。次段言管仲疾病時，不向桓公舉賢自代，以致桓公用三子而亂國。三段言管仲死後，齊國未有賢者在位，是以齊國大亂，天下不復宗齊。四段言管子一書，記其將死之言，誕謾不足信也。五段言古之史鰌、蕭何，臨死猶不忘薦賢，而管仲則不能如是，故管仲不得稱爲賢者也。

〔批　評〕

林西仲曰：「責管仲臨死不舉賢自代，以致威公(指桓公，下同)用三子以亂國，持論似正。若論管子天下才，施伯決其得志於未用之先，諸葛武侯以古今有數人物，亦取以自比；乃欲其臨死再舉一仲，談何容易！且仲治齊時，嚴蔽明蔽賢之戒，故曰匹夫有善，可得而舉，何嘗不以舉賢爲心，但未得有如仲者出耳。況威公末年，政事怠荒，仲既言三子不可近而竟用之，即薦有賢如仲者以自代，亦未必用也。開元天寶，總一明皇，用姚、宋而治，用李、楊而亂，宰相豈甘受不舉賢之罪乎！蘇家立論，多自騁筆力，未必切當事情；惟文字高妙，層層翻駁不窮，確是難得。」

一六、心術

蘇洵

為將之道，當先治心。泰山崩於前而色不變，麋鹿興於左而目不瞬，然後可以制①利害，可以待敵。凡兵上義②；不義，雖利勿動。非一動之為害，而他日將有所不可措手足也。夫惟義可以怒士；士以義怒，可與百戰。

凡戰之道：未戰養其財，將戰養其力，既戰養其氣，既勝養其心。謹烽燧③，嚴斥堠④，使耕者無所顧忌，所以養其財；豐犒而優游之，所以養其力；小勝益急，小挫益厲，所以養其氣；用人不盡其所欲為，所以養其心。故士常蓄其怒，懷其欲而不盡；怒不盡，則有餘勇；欲不盡，則有餘貪。故雖并天下，而士不厭兵，此帝黃之所以七十戰而兵不殆也。不養其心，一戰而勝，不可用矣。

凡將欲智而嚴，凡士欲愚；智則不可測，嚴則不可犯；故士皆委己而命聽。夫安得不愚？夫惟士愚，而後可與之皆死。凡兵之動，知敵之主，知敵之將，而後可以動於險。鄧艾縋兵於穴中⑤，非劉禪之庸，則百萬之師，可以坐縛：彼固有所侮而動也。故古之賢將，能以兵嘗敵⑥，而又以敵自嘗，故去就可以決。

凡爲將之道：知理而後可以舉兵，知勢而後可以加兵，知節而後可以用兵。知理則不屈，知勢則不沮，知節則不窮。見小利不動，見小患不避；小利小患，不足以辱吾技也，夫然後可以支大利大患。夫惟養技而自愛者，無敵於天下。故一忍可以支百勇，一靜可以制百動。兵有長短，敵我一也。敢問：「吾之所長，吾出而用之，彼將不與吾校；吾之所短，吾蔽而置之，彼將强與吾角，奈何？」曰：「吾之所短，吾抗而暴之⑦，使之疑而卻；吾之所長，吾陰而養之⑧，使之狎而墮其中。此用長短之術也。」

善用兵者，使之無所顧，有所恃。無所顧，則知死之不足惜；有所恃，則知不至於必敗。尺箠當猛虎，奮呼而操擊；徒手遇蜥蜴⑨，變色而卻步：人之情也。知此者，可以將矣。袒裼⑩而按劍，則烏獲⑪不敢逼；冠胄衣甲，據兵而寢，則童子彎弓⑫殺之矣。故善用兵者以形固；夫能以形固，則力有餘矣。

〔注釋〕

①制　裁斷也。

②上義　言崇尚正義。

③烽燧　烽火也。

④斥堠　軍隊中探望敵情之尖兵。

⑤鄧艾縱兵於穴中　鄧艾，字士載，三國魏棘陽人，佐司馬懿拒蜀有功，爵關內侯。後遷征西將軍。蜀漢炎興元年，艾率兵入蜀，自陰平行無人之地七百餘里，鑿山通道，造作橋閣，山高谷深，至爲艱險；鄧艾以氈自裹，推轉而下，將士皆攀木緣崖，魚貫而進，至江油，守將馬邈降；至成都，蜀後主劉禪出降，遂滅蜀。事見三國志鄧艾傳。

⑥嘗敵　謂試探敵人。

⑦抗而暴之　抗，舉也。暴，暴露。故意暴露之也。

⑧陰而養之　言隱密而培養之也。

⑨蜥蜴　爬蟲類，形似蛇而有脚。俗稱四脚蛇。

⑩袒裼　露臂也。

⑪烏獲　古之勇士。

⑫彎弓　引滿弓也。

〔作　者〕

見本書第一四篇作者欄。

〔說　明〕

本篇選自嘉祐集。體裁屬論辨類。孫子計篇曰：「將者，智、信、仁、勇、嚴也。」荀子非相篇曰：「相形不如論心，論心不如擇術；形不勝心，心不勝術；術正而心順之，則形相雖惡而心術善，無害爲君子也；形相雖善而心術惡，無害爲小人也。」明允斯篇乃參酌其義，論將兵作戰之道。文分五段：首段言爲將當先治心，養士尚義。次段言作戰之道，必先充實戰力，培養士氣。三段言凡將欲智而嚴，凡士欲愚。四段言用兵須有忍靜之心，且須知用長短之術，方能無敵於天下。五段以用兵須有堅强信心作結。

〔批　評〕

吳楚材曰：「此篇逐節自爲段落，非一片起伏首尾議論也；然先後不紊，由治心而養士，由養士而審勢，由審勢而出奇，由出奇而守備。段落鮮明，井井有序，文之善變化也。」

一七、鼂錯論

蘇軾

天下之患，最不可爲者，名爲治平無事，而其實有不測之憂。坐觀其變，而不爲之所①，則恐至於不可救。起而強爲之，則天下狃②於治平之安，而不吾信。唯仁人君子，豪傑之士，爲能出身爲天下犯大難，以求成大功。此固非勉强朞月之閒，而苟以求名者之所能也。

天下治平，無故而發大難之端。吾發之，吾能收之，然後能勉難於天下。事至而循循焉欲去之，使他人任其責，則天下之禍，必集於我。

昔者鼂錯③盡忠爲漢，謀弱山東之諸侯。諸侯並起，以誅錯爲名。而天子不察，以錯爲說。天下悲錯之以忠而受禍，而不知錯之有以取之也。

古之立大事者，不唯有超世之才，亦必有堅忍不拔之志。昔禹之治水，鑿龍門④，決大河，而放之海。方其功之未成也，蓋亦有潰冒衝突可畏之患。唯能前知其當然，事至不懼，而徐爲之所，是以得至於成功。夫以七國⑤之彊，而驟削之，其爲變豈足怪哉！錯不於此時捐其身、爲天下當大難之衝，而制吳、楚之命；乃爲自全之計，欲使天子自將，而已居守。且夫發七國之難者誰乎？已欲求其名，安所逃其患？以自將之至危，與居守之至安，已爲難首，擇其至安，而遺天子以至危。此忠臣義士所以憤惋而不平者也。當此之時，雖無袁盎⑥，錯亦未免於禍。何者？已欲居守，而使人主自將，以情而言，天子固已難之矣，而重違其議。是以袁盎之說，得行於其間。使吳、楚反，錯以身任其危，日夜淬厲，東向而待之，使不至於累其君，則天子將恃之以爲無恐。雖有百袁盎，可得而間哉！

嗟夫！世之君子欲求非常之功，則無務爲自全之計。使錯自將而擊吳、楚，未必無功；唯其欲自固其身，而天子不悅，姦臣得以乘其隙。錯之所以自全者，乃其所以自禍歟！

〔注　釋〕

①所　處置也。

②狃　習也。

③鼂錯　漢潁川人，景帝立，爲御史大夫，主議削七國。七國反，斬於東市。

④龍門　山名，在陝西韓城縣東北。

⑤七國　吳、楚、趙、膠東、膠西、菑川、濟南。

⑥袁盎　字絲，其父楚人，徙安陵。盎素不好鼂錯。七國反，盎諫景帝急斬錯以謝吳，則

兵可罷。

〔作　者〕

蘇軾，字子瞻，一字和仲，宋四川眉山（今四川眉山縣）人。生於仁宗景祐三年十二月十九日，卒於徽宗建中靖國元年七月二十八日（西元一〇三六——一一〇一年），年六十六。

軾自幼聰慧，由母程氏親授經史。嘗讀後漢書范滂傳，請於母曰：「軾若爲滂，母許之邪？」母深許其言。比冠，博通經史。仁宗嘉祐二年，年二十二，試禮部，主考歐陽修擢置進士第二。後以春秋對策列第一，簽署鳳翔府判官。是年四月母逝世，奔喪丁憂三年。嘉祐四年，授河南府福昌縣主簿，後調鳳翔府判官。英宗時直史館。神宗熙寧四年，王安石創行新法，以上書言不便忤安石，遂請外通判杭州，改知密州，徙徐州湖州。元豐二年，言者摭其詩語以爲訕謗，逮赴臺獄，欲置之死。鍛鍊久不決。神宗特命以黃州團練副使安置。在黃州五年，軾築室於黃州之東坡，因自號東坡居士。旋移汝州。哲宗元祐中知登州，召爲禮部郎中。旋以龍圖閣學士知杭州。召爲翰林承旨，累官至端明殿翰林、侍讀兩學士。卒於常州，年六十六，諡文忠。

軾與弟轍，同以父洵爲師。初好賈誼、陸贄書，既而嗜莊子。故其爲文，涵渾奔放，汪洋縱恣。詩詞書畫，冠絕一時。策議論辯之作，尤所擅長。著有易傳、論語說、唐書辨疑、東坡全集、仇池筆記、東坡志林等。

〔說　明〕

本文選自東坡全集。體裁屬論辨類。漢景帝時，鼂錯爲御史大夫，主議削諸侯之地，因而激起吳楚七國之亂，以殺錯爲名。袁盎請斬錯以謝七國，帝從之，錯遂見殺。世人多悲錯忠而見殺，而不知錯之死，乃咎由自取。本文直自景帝隱衷切入，說明錯之死乃在自固其身而遺人主以危難。文分四段：首段泛論天下事，是冒。次段暗說鼂錯之事，是承。三段引入錯之事，說明錯之被殺，乃在欲使天子自將而己居守。末段收結前文。

〔批　評〕

宋人作論，起首每泛論事理，以作總冒。本文尤足見其藝巧。全篇「以情而言」，反復申論，頗出人意表。

林西仲曰：「鼂錯以袁盎之讒受誅。帝嗣聞鄧公言，曰：吾亦恨之。似帝知盎害錯也。及盎至吳，而吳兵不罷，盎獨不誅，則是帝罪錯激變，欲殺之久矣，不特行盎之讒也。至議出軍事，又欲令上自將兵而身居守，愈增其所忌。此論直從景帝隱衷勘入，斷錯之失策，史眼如炬。其行文起處最寬，接處最緊，頓處最健，轉處最捷，則又擧業之金鍼矣。」

吳楚材曰：「此篇先立冒頭，然後入事，又是一格。鼂錯之死，人多嘆息。然未有說出被殺之由者。東坡之論，發前人所未發。有寫錯罪狀處，有代錯畫策處，有爲錯致惜處。英雄失足，千古興嗟。任大事者，尚其思堅忍不拔之義哉！」

一八、賈誼論

蘇　軾

非才之難，所以自用者實難。惜乎賈生①王者之佐，而不能自用其才也。夫君子之所取者遠，則必有所待；所就者大，則必有所忍。古之賢人，皆有可致之才，而卒不能行其萬一者，未必皆其時君之罪，或者其自取也。

愚觀賈生之論，如其所言，雖三代何以遠過？得君如漢文②，猶且以不用死。然則是天下無堯舜，終不可以有所爲耶？仲尼聖人，歷試於天下③，苟非大無道之國，皆欲勉强扶持，庶幾一日得行其道；將之荊④，先之以冉有，申之以子貢⑤。君子之欲得其君，如此其勤也。孟子去齊，三宿而後出晝⑥，猶曰：「王其庶幾召我。」君子之不忍弃其君，如此其厚也。公孫丑問曰⑦：「夫子何爲不豫⑧？」孟子曰：「方今天下，舍我其誰哉？而吾何爲不豫？」君子之愛其身，如此其至也。夫如此而不用，然後知天下果不足與有爲，而可以無憾矣。若賈生者，非漢文之不能用生，生之不能用漢文也。夫絳侯⑨親握天子璽，而授之文帝。灌嬰⑩連兵數十萬，以決劉呂之雄雌，又皆高帝之舊將，此其君臣相得之分，豈特父子骨肉手足哉？

賈生，洛陽之少年，欲使其一朝之間，盡棄其舊而謀其新⑪，亦已難矣。爲賈生者，上得其君，下得其大臣，如絳、灌之屬，優游浸漬⑫而深交之，使天子不疑，大臣不忌，然後舉天下而唯吾之所欲爲，不過十年，可以得志，安有立談之間，而遽爲人痛哭⑬哉？觀其過湘⑭，爲賦以弔屈原⑮，紆鬱⑯憤悶，趯⑰然有遠擧之志。其後卒以自傷哭泣，至於夭絕⑱，是亦不善處窮者也。夫謀之一不見用，安知終不復用也？不知默默以待其變，而自殘至此。嗚呼！賈生志大而量小，才有餘而識不足也。

古之人有高世之才，必有遺俗⑲之累。是故非聰明睿哲不惑之主，則不能全其用。古今稱苻堅得王猛於草茅之中⑳，一朝盡斥去其舊臣，而與之謀㉑；彼其匹夫，略有天下之半，其以此哉！

愚深悲賈生之志，故備論之；亦使人君得如賈誼之臣，則知其有狷介㉒之操，一不見用，則憂傷病沮㉓，不能復振；而爲賈生者，亦愼其所發㉔哉！

〔注 釋〕

①賈生　指賈誼。

②漢文　即漢文帝，名恆，高祖之子。仁慈恭儉，以德化民，在位二十三年（西元前一七九——西元前一五七年），天下大治。

③歷試於天下　指孔子之周遊列國，以求用世行道之機會。

④荊　即楚國。

⑤先之以冉有，申之以子貢　冉有，字子有，魯人，孔子弟子。申，繼也。子貢，當作子夏。禮記檀弓篇：「昔者夫子失魯司寇，將之荊，蓋先之以子夏，又申之以冉有。以斯知不欲速貧也。」子夏，姓卜，名商，孔子弟子。

⑥晝　齊邑，在今山東臨淄縣。

⑦公孫丑問曰　公孫丑，姓公孫，名丑，齊人，孟子弟子。事詳孟子公孫丑下篇，然問者乃充虞。

⑧豫　樂。

⑨絳侯　即周勃，漢沛（今安徽省宿縣西北）人，佐高祖定天下，封絳侯。呂氏之亂，勃平諸呂，迎文帝立之。文帝拜爲右丞相。

⑩灌嬰　漢睢陽（今河南商丘縣南）人，從高祖累著功績，封潁陰侯。與周勃等誅諸呂，立文帝，以功進太尉，勃免相，嬰代之。

⑪盡弃其舊而謀其新　賈誼年少英發，嘗以爲漢興至孝文二十餘年，天下和洽，固當改正朔、易服色、法制度、定官名、興禮樂，乃草具儀法，文帝奇其才，欲任爲公卿，周勃、灌嬰、張相如、馮敬等忌毀之。

⑫優游浸漬　優游，委從也。浸漬，漸進也。

⑬爲人痛哭　漢書賈誼傳載其上疏陳政事首即言：「臣竊惟事勢，可爲痛哭者一，可爲流涕者二，可爲長太息者六，若其它背理而傷道者，難徧以疏舉。」

⑭湘　湖南湘水。

⑮爲賦以弔屈原　漢書賈誼傳：「誼既以適去，意不自得，及度湘水，爲賦以弔屈原。屈

原，楚賢臣也，被讒放逐，作離騷賦，其終篇曰：已矣，國亡人，莫我知也！遂自投江而死。誼追傷之，因以自諭。」賈誼之弔屈原賦，中有「已矣，國其莫吾知兮，子獨壹鬱其誰語，風縹縹其高遊兮，夫固自引而遠去」句。

⑯紆鬱　縈結於心。

⑰趯　音ㄊㄧˋ，躍也。

⑱自傷哭泣，至於夭絕　誼為梁懷王太傅。梁王墜馬死，誼自傷為傅無狀，哭泣歲餘，亦死。

⑲遺俗　謂不合時俗，見棄於人也。

⑳苻堅得王猛於草茅之中　苻堅，晉時前秦之主，為五胡中最強盛者。王猛，字景略，晉北海（今山東省益都縣以東至掖縣一帶）人，博學知兵，嘗隱於華山。苻堅遣呂婆樓招之，一見大悅，與語廢興大事，遂以國事任之，若玄德之遇孔明也。草茅，在野之稱。

㉑一朝盡斥去其舊臣，而與之謀　晉書載記稱：苻堅任王猛以國事，權傾內外，宗戚舊臣，皆害其寵。尚書仇騰、丞相長史席寶數譖毀之，堅大怒，黜騰、寶等。爾後上下咸服，莫有敢言。頃之，遷尚書令、太子太傅，加散騎常侍。

㉒狷介　耿介自持，不與人苟合。

㉓沮　音ㄐㄩˇ，失意頹廢。

㉔愼其所發　發，發其喜怒哀樂之情思。謂望其所發皆能中節也。

〔作　者〕

見本書第一七篇作者欄。

〔說　明〕

本文選自東坡全集。體裁屬論辨類。賈誼，漢洛陽人，生於高祖七年，卒於文帝十二年（西元前二〇〇——一六八年），年三十三。少通諸家之書，文帝召爲博士，超遷至太中大夫，爲西漢有名之政論家。嘗上書請改正朔，易服色，正制度，定官名，興禮樂，悉更秦之法。文帝初即位，謙讓未遑，遂未見用，周勃、灌嬰等復讒毀之。於是出爲長沙王太傅，渡湘水，爲賦以弔屈原，蓋以自況也。尋遷梁懷王太傅，疏陳政事，頗得治體。懷王墜馬死，誼自傷無狀，歲餘亦卒。東坡此文，即在論辨賈誼所以未大用之由，使人君得如賈生之臣，當知其有狷介之操守；而爲賈生者，亦應謹其所發。文分五段：首段言賈誼之懷才不遇，乃咎由自取。次段論賈誼之不能用漢文，非漢文之不用賈生。三段評賈誼之志大量小，才有餘而識不足。四段借苻堅之能用王猛，歸過文帝之不能用賈誼。文意一轉，發人深思。五段總論爲君爲臣之道，蓋一篇之主眼。

〔批　評〕

作者以史論之筆，品評歷史人物，而借以爲前車，寄意深遠，令人低迴。林西仲曰：「賈生病源，全在取忌絳、灌，漢文勢難獨任，正是不能用漢文處。篇中層層責備，卻帶悲惜意，筆力最高。」可謂的論。

一九、論項羽范增

蘇　軾

漢用陳平①計，間楚君臣②，項羽疑范增與漢有私，稍奪其權。增大怒曰：「天下事大定矣，君王自爲之，願賜骸骨歸卒伍③。」未至彭城④，疽發背死⑤。

蘇子曰：「增之去，善矣；不去，羽必殺增。獨恨其不早爾！」「然則當以何事去？增勸羽殺沛公，羽不聽⑥，終以此失天下，當以是去耶？」曰：「否。增之欲殺沛公，人臣之分⑦也；羽之不殺，猶有君人之度也；增曷爲以此去哉？易曰：『知幾其神乎⑧！』詩曰：『如彼雨雪，先集維霰⑨。』增之去，當於羽殺卿子冠軍⑩時也。」

陳涉之得民也，以項燕⑪；項氏之興也，以立楚懷王孫心⑫；而諸侯之叛之也，以殺義帝⑬。且義帝之立，增爲謀主矣；義帝之存亡，豈獨爲楚之盛衰，亦增之所與同禍福也；未有義帝亡而增獨能久存者也。羽之殺卿子冠軍也，是殺義帝之兆也；其殺義帝，則疑增之本⑭也；豈必待陳平哉！物必先腐也，而後蟲生之⑮；人必先疑也，而後讒入之；陳平雖智，安能間⑯無疑之主哉？

吾嘗論義帝，天下之賢主也：獨遣沛公入關，而不遣項羽⑰；識卿子冠軍於稠人⑱之中，而擢爲上將；不賢而能如是乎？羽既矯⑲殺卿子冠軍，義帝必不能堪，非羽殺帝，則帝殺羽，不待智者而後知也。增始勸項梁⑳立義帝，諸侯以此服從；中道而弒之，非增之意也。夫豈獨非其意，將必力爭而不聽也。不用其言，而殺其所立，羽之疑增，必自此始矣。

方羽殺卿子冠軍，增與羽比肩而事義帝㉑，君臣之分㉒未定也。爲增計者，力能誅羽則誅之，不能則去之，豈不毅然大丈夫也哉？增年七十，合則留，不合卽去；不以此明去就之分㉓，而欲依羽以成功，陋矣。

雖然，增，高帝之所畏也，增不去，項羽不亡，亦人傑也哉！

〔注釋〕

①陳平　字孺子，漢陽武人。佐劉邦定天下，屢出奇計，離間范增，即其一也。後封爲曲逆侯，官至丞相。史記有陳丞相世家。

②間楚君臣　間，離間。楚君臣，指項羽及范增。據史記項羽本紀云：漢之三年，漢王請

和，項王欲聽之，爲范增諫止，項王乃與范增急圍滎陽，漢王患之，乃用陳平，計間項王…項王使者來，爲具太牢，擧欲進之，見使者，佯驚愕以爲亞父使者，遂改以惡食待之，使者歸報項王，項王乃疑范增與漢有私，稍奪之權，范增遂大怒請去，未至彭城，疽發背而死。

③願賜骸骨歸卒伍　意即請准辭官。

④彭城　地名，今江蘇銅山縣。

⑤疽發背死　因背疽發作而死。疽，音ㄐㄩ，毒瘡。

⑥增勸羽殺沛公，羽不聽　此指鴻門宴事。增曾以玉玦示羽者三，羽不聽，又使項莊舞劍，項伯與之對舞，翼蔽沛公，詳見史記項羽本紀。沛公，即漢高祖。劉邦起兵於沛，衆立爲沛公。

⑦分　音ㄈㄣˋ，本分。即指分內之事。

⑧知幾其神乎　引見易經繫辭。言能預知事之幾微者，其爲神也。幾，音ㄐㄧ，事之預兆。

⑨如彼雨雪，先集維霰　引見詩經小雅頍弁篇。謂天將下雪，必先集結小雪珠。雨，音ㄩˋ，下。霰，音ㄒㄧㄢˋ，雪之始凝者。人之去就，貴能知幾，此引詩、易之語，以說范增之不知幾也。

⑩卿子冠軍　即宋義。義帝命爲上將，號爲卿子冠軍，後爲項羽斬於帳中。

⑪陳涉之得民也，以項燕　陳涉，漁陽守邊卒也。項燕，楚將，即項羽之祖，數有功，愛士卒，秦攻楚，燕在圍城中自殺，或以爲未死，楚人憐之，陳涉初起兵，乃借其名相號召，從民望也。

⑫項氏之興也，以立楚懷王孫心　以楚懷王客死於秦，楚人憐之，故項梁之起兵，范增乃勸其立楚之後代以相號召，而求得懷王之孫，名心，於民間立之，亦稱楚懷王，後項羽尊爲義帝。

⑬殺義帝　秦亡，項羽自立爲西楚霸王，都彭

城，乃使人徙義帝於長沙郴縣，又陰令人擊殺於江中。

⑭本　始也。

⑮物必先腐，而後蟲生之　此以喻羽疑在先，陳平因得以行間矣。

⑯間　音ㄐㄧㄢˋ，疏離。

⑰獨遣沛公入關，不遣項羽　蓋一仁一暴不同，而義帝能知之，東坡是以稱其賢也。

⑱稠人　衆人。

⑲矯　僞造妄託。

⑳項梁　項燕之子，項羽之叔父。

㉑增與羽比肩而事義帝　比肩，並肩也。按時宋義爲上將，項羽爲次將，范增爲末將。

㉒分　音ㄈㄣˋ，名分。

㉓分　音ㄈㄣ，分際。

〔作　者〕

見本書第一七篇作者欄。

〔說　明〕

本文選自東坡全集。體裁屬論辨類。范增（西元前二七五——前二〇四年），秦末居巢人，好奇計，年七十，佐項梁起兵，助項羽成霸業，羽尊爲亞父。項羽與劉邦會於鴻門時，增曾勸羽殺邦，羽不聽。及漢用反間計，羽竟疑增與漢有私，稍奪之權，增怒而辭去，事詳史記項羽本紀。本文即論此事，以爲范增之去，當在羽殺卿子冠軍時。全文可分爲六段：首段取范增之請賜歸骸骨爲本文立案。次段即言增之去，當於羽殺卿子冠軍時。三段析論增與義帝之關係，以此知增之被疑，不待陳平之離間也。四段再辨羽之疑增，必自殺義帝始。五段惜范增之失策。六段稱增之亦不失爲人傑也。

〔批　評〕

本文取史記項羽本紀所記之一段史實，借范增之不能早去項羽，而以對話方式，引出一篇見解，既從實處發論，更就虛處設想，層層切入，段段迴環，末又以數語叫轉作結，明范增亦人傑也，誠所謂抑揚有致，東坡行文之曲折細膩，於此可見一斑。過商侯曰：「大意論增之去，當于羽殺卿子冠軍時，一句可了却，不便一口斷盡，忽橫插陳平一段，故作留頓，然後轉入不用其言，而殺其所立，羽之疑增，必自是始，作明白收拾，而前波後瀾，皆從此意申出。」文有所謂一意盤旋者，其斯之謂歟！

二〇、鄭伯克段于鄢

呂祖謙

釣者負①魚，魚何負於釣？獵者負獸，獸何負於獵？莊公負叔段②，叔段何負於莊公？且爲鉤餌以誘魚者，釣也；爲陷阱以誘獸者，獵也。不責釣者，而責魚之吞餌；不責獵者，而責獸之投阱，天下寧有是耶？

莊公雄猜陰狠，視同氣如寇讎③，而欲必致之死；故匿其機而使之狎④，縱其欲而使之放，養其惡而使之成。甲兵之强，卒乘之富⑤，莊公之鉤餌也；百雉之城⑥，兩鄙⑦之地，莊公之陷阱也。彼叔段之冥頑不靈，魚爾！獸爾！豈有見鉤餌而不吞，過陷阱而不投者哉？導之以逆而反誅其逆，教之以叛而反討其叛，莊公之用心亦險矣。

莊公之心，以爲亟⑧治之，則其惡未顯，人必不服；緩治之，則其惡已暴，人必無辭。其始不問者，蓋將多叔段之罪而斃之也。殊不知叔段之惡日長，而莊公之惡與之俱長；叔段之罪日深，而莊公之罪與之俱深。人徒見莊公欲殺一叔段而已，吾獨以爲封京之後，伐鄢之前，其處心積慮、曷嘗須臾⑨而忘叔段哉？苟興一念，是殺一弟也；苟興百念，是殺百弟也。莊公之罪，顧⑩不大於叔段耶？

吾嘗反覆考之：然後知莊公之心，天下之至險也。祭仲之徒⑪，不識其機，反諫其都城過制，不知莊公正欲其過制；諫其厚將得衆，不知莊公正欲其得衆。是舉朝之卿大夫，皆墮其計中矣。鄭之詩人，不識其機，反刺其不勝其母以害其弟，不知莊公正欲得不勝其母之名；刺其小不忍以致大亂⑫，不知莊公正欲行小不忍之名。是舉國之人，皆墮其計中矣。

莊公之機心，猶未已也。魯隱之十一年，莊公封許叔⑬，而曰「寡人有弟，不能和協，而使餬其口⑭於四方，其況能久有許乎？」其爲此言，是莊公欲以欺天下也。魯莊之十六年，鄭公父定叔⑮出奔衞，三年而復之。曰：「不可使共叔無後於鄭。」則共叔有後於鄭，舊矣！段之有後，是莊公欲以欺後世也。既欺其朝，又欺其國，又欺其天下，又欺後世。噫嘻！岌岌⑯乎險哉，莊公之心歟！

將欲欺人，必先欺其心。莊公徒⑰喜人之受吾欺者多，而不知吾自欺其心者亦多。受欺之害，身害也；欺人之害，心害也。哀莫大於心死，而身死次之⑱。受欺者，身雖害而心自若⑲，彼欺人者，身雖得志，其心固已澌喪⑳無餘矣。在彼者所喪甚輕；在此者所喪甚重。是釣者之自吞鉤餌，獵者之自投陷阱也。非天下之至拙者，詎㉑至此乎？故吾始以莊公爲天下之至險，終以莊公爲天下之至拙。

〔注釋〕

①負　虧欠，猶口語「對不起」。

②莊公負叔段　莊公，即鄭莊公，武公子，名寤生。曾爲平王卿士。叔段，莊公弟。

③視同氣如寇讎　同氣，兄弟。寇讎，猶仇敵。

④匿其機而使之狎　匿，隱。其，指叔段。下二句亦然。機，反叛之心。狎，輕忽。

⑤甲兵之強，卒乘之富　甲，甲衣。兵，兵器。卒，步兵。乘，車乘。左傳隱公元年：「太叔完聚，繕甲兵，具卒乘，將襲鄭。」

⑥百雉之城　百雉，方丈曰堵，三堵曰雉。百雉，三百丈。百雉之城，指叔段所居之京城。

⑦兩鄙　鄙，邊邑。兩鄙，指西鄙、北鄙。叔段收此二地爲己邑。

⑧亟　音ㄐㄧˊ，急也。

⑨須臾　俄頃。

⑩顧　豈。

⑪祭仲之徒　指祭仲、公子呂。祭，音ㄓㄞˋ。祭仲，字仲足，鄭大夫。

⑫鄭之詩人，不識其機，反刺其不勝其母以害其弟，不知莊公正欲得不勝其母之名，刺其小不忍以致大亂　詩經鄭風將仲子兮序曰：「刺莊公也。不勝其母以害其弟，弟叔失道

而公弗制，祭仲諫而公弗聽，小不忍以致大亂焉。」

⑬許叔　許，國名，姬姓，戰國初年爲楚所滅。許叔，許國之君。

⑭糊其口　糊，粥。糊其口，謂以粥食口，猶言寄食。

⑮公父定叔　共叔段之孫。

⑯岌岌　危貌。

⑰徒　僅。

⑱哀莫大於心死，而身死次之　莊子田子方篇：「夫哀莫大於心死，而人死亦次之。」

⑲自若　如常

⑳斲喪　猶言戕賊。

㉑詎　何。

〔作　者〕

呂祖謙，字伯恭。宋金華人，世稱東萊先生。舉隆興進士，復中博學宏詞，官至直秘閣著作郎，國史院編修。卒年四十有五，諡成。其學以關洛爲宗，而旁稽載籍。主張治經史以致用，不規規於性命之說，遂開浙東一派之先聲。時與朱熹、張栻齊名，稱爲東南三賢。著有古周易，東萊左氏博議，東萊集等書。

〔說　明〕

本文選自東萊左氏博議。書凡廿五卷，簡稱東萊博議，乃祖謙爲諸生課試而作，故議論宏深，文采斐然。本篇乃其中第一篇，體裁屬論辨類。鄭伯乃鄭莊公，叔段乃其弟。莊公即位，封叔段於京。叔段謀叛，其母姜氏並將於城內啓之。莊公聞其期，遂帥師伐京。叔段入於鄢，公又伐諸鄢，叔段遂出奔共。事見左傳隱公元年。本文即就此事發爲議論。全文主旨在深責莊公未盡兄長之道而有意引誘叔段叛逆，然後乃以叛逆之名討之，可謂險詐之尤。全文可分六段：一段藉釣者負魚、獵者負獸以引出莊公之負叔段。二段述莊公教叔段叛逆，而反誅其叛逆，用心陰險。三段述莊公於封京之後，早欲殺段，但苦無藉口。故其罪實大於叔段。四段述莊公既欺其舉朝之卿大夫，又欺其全國之人。五段述莊公既欺天下人，又欺後世人，其用心陰險之極。六段以受欺之害乃身害，欺人之害乃心害，以證成莊公之受害實於叔段，而為天下之至拙。

〔批　評〕

全文評論莊公，只在一「險」字。步步緊逼，層層深入，使人如見其肺肝然。雖有儀秦之辯，亦無所置其喙。而比喻之精妙，文字之謹嚴，皆足為議論文之典範。

二、深慮論

方孝孺

慮天下者，常圖其所難，而忽其所易；備其所可畏，而遺其所不疑。然而禍常發於所忽之中，而亂常起於不足疑之事。豈其慮之未周與？蓋慮之所能及者，人事之宜然；而出於智力之所不及者，天道也。

當秦之世，而滅六諸侯①，一天下；而其心以爲周之亡，在乎諸侯之强耳。變封建而爲郡縣②，方以爲兵革可不復用，天子之位可以世守；而不知漢帝起隴畝③之匹夫，而卒亡秦之社稷。漢懲④秦之孤立，於是大建庶孽⑤而爲諸侯，以爲同姓之親，可以相繼而無變；而七國⑥萌篡弒之謀。武宣以後，稍剖析之而分其勢⑦，以爲無事矣；而王莽卒移漢祚⑧。光武之懲哀平⑨，魏之懲漢⑩，晉之懲魏⑪，各懲其所由亡而爲之備；而其亡也，皆出其所備之外。唐太宗聞武氏之殺其子孫，求人於疑似之際而除之⑫；而武氏⑬日侍其左右而不悟。宋太祖見五代方鎮⑭之足以制其君，盡釋其兵權，使力弱而易制；而不知子孫卒困於夷狄⑮。此其人皆有出人之智，負蓋世之才，其於治亂存亡之幾⑯，思之詳而備之審矣；慮切於此，而禍興於彼，終至於亂亡者，何哉？蓋智可以謀人，而不可以謀天。良醫之子，多死於病；良巫之子，多死於鬼；彼豈工於活人而拙於活己之子哉？乃工於謀人而拙於謀天也。

古之聖人，知天下後世之變，非智慮之所能周，非法術之所能制；不敢肆其私謀詭計，而惟積至誠、用大德，以結乎天心；使天眷其德，若慈母之保赤子而不忍釋。故其子孫，雖有至愚不肖者足以亡國，而天卒不忍遽亡之，此慮之遠者也。夫苟不能自結於天，而欲以區區之智，籠絡當世之務，而必後世之無危亡，此理之所必無者也，而豈天道哉？

〔注　釋〕

①六諸侯　戰國時之齊、楚、燕、韓、魏、趙六國。

②變封建而爲郡縣　黃帝畫野分州，得百里之國萬區，爲我國封建之始。至周定五等之爵，分封天下，制度於是大備。秦始皇統一中國後，廢封建，置郡縣，分海內爲三十六郡。

③隴畝　田畝也。

④懲　戒也。

⑤庶孽　庶子也。

⑥七國　指孝景帝時，吳王濞、楚王戊、趙王

遂、膠西王卬、濟南王辟光、菑川王賢、膠東王雄渠七國。

⑦武宣以後，稍剖析之而分其勢　武帝從主父偃之議，使諸侯王得以食邑分封子弟，其勢遂弱。昭、宣以後，均承襲此政策。

⑧王莽卒移漢祚　王莽，字巨君，漢東平陵人。本孝元皇后姪。後爲大司馬，秉政。平帝時。，以女爲后，獨攬朝政，號安漢公，加九錫。旋弒平帝，立孺子嬰，居攝踐祚，稱假皇帝。尋篡位自立，改國號曰新，世稱新莽。

⑨光武之懲哀平　哀平，哀帝、平帝也。光武懲王莽之禍，躬攬魁柄，防閑姻戚，不任三公以事，而政歸于臺閣，其後遂成宦寺之禍。貴戚樊氏（光武母家）、郭氏、陰氏（皆后家），雖多位列通侯，然不居權要。

⑩魏之懲漢　曹丕以漢多外戚之禍，黃初三年下詔，羣臣不得奏事太后，后族之家，不得當輔政之任，又不得橫受茅土之爵。

⑪晉之懲魏　司馬炎代魏而有天下，鑒於魏之孤立，大封宗室於要地，致肇八王之亂。又去州郡武備，召五胡之禍。

⑫求人於疑似之際而除之　唐太宗貞觀二十二年，民間傳秘記云：「唐三世之後，女主武王代有天下。」上惡之。密問太史令李淳風秘記所云信有之乎，對曰：「臣仰稽天象，俯察曆數，其人已在陛下宮中爲親屬，自今不過三十年，當王天下，殺唐子孫殆盡，其兆既成矣。」上曰：「疑似者盡殺之何如？」對曰：「天之所命，人不能違也。王者不死，徒多殺無辜。」上乃止。事見資治通鑑唐紀十五。

⑬武氏　武則天，唐太宗才人；太宗崩，出爲尼。高宗立，復入宮，尋立爲皇后。高宗崩，中宗立，后臨朝稱制；尋廢中宗，立睿宗；又廢睿宗而自立稱帝，改國號曰周。

⑭方鎭　統領兵權，駐節州郡。

⑮子孫卒困於夷狄　北宋爲遼夏所侵凌，年賄金帛以求和平。欽宗靖康二年，金兵陷汴京

，擄徽、欽二帝北去。南宋對金稱臣稱侄，屈辱尤甚。最後爲蒙古所滅。

⑯幾——細微。

〔作者〕

方孝孺，字希直，一字希古，明寧海（今浙江省寧海縣）人。生於元惠宗至正十七年，卒於明惠帝建文四年（西元一三五七——一四〇二年）。年四十六。

孝孺幼警敏，雙眸炯炯，讀書日盈寸，鄉人目爲小韓子。二十遊京師，從太史宋濂學，濂返金華，孝孺從之，先後凡六載，盡傳其學。太祖洪武二十五年，除漢中教授，日與諸生講學不倦，蜀獻王聞其賢，聘爲世子師，每見陳說道德，王尊以殊禮，名其讀書之廬曰正學，學者稱正學先生。及惠帝即位，召爲翰林侍講。明年，遷侍講學士，國家大政事輒咨之。帝好讀書，每有疑，即召使講解。時脩太祖實錄及類要諸書，孝孺皆爲總裁。燕兵起，建議討之，詔檄皆出其手。建文四年六月，燕兵入南京，帝自焚，孝孺被執下獄。成祖即位，召使草詔，孝孺投筆於地，且哭且罵曰：「死即死耳，詔不可草。」成祖怒，命磔諸市。其親族友生牽連坐罪死者一百四十七人。福王時追諡文正。

孝孺工文章，醇深雄邁，頗出入於東坡、龍川之間。每一篇出，海內爭相傳誦。永樂中，藏孝孺文者罪至死，門人王稌潛錄爲侯城集，故後得行於世。然孝孺末視文藝，固以明王道、致太平爲己任也。著有遜志齋稿、侯城集、希古堂稿。

〔說明〕

本文選自遜志齋稿。體裁屬論辨類。孝孺申明治國之道，作深慮論十篇，此其第一篇也。主旨在說明有天下者應積至誠、用大德以保社稷，不可徒恃智術，籠絡天下。文分三段：首段言慮能及於人事，而不及於天道。二段歷舉秦、漢、魏、晉、唐、宋之事爲證，以見智可以謀人，不可以謀天。三段言積至誠、用大德，以結乎天心，是乃慮遠之道。

〔批　評〕

全篇以「天道」爲綱領，反復申論配應天道之要，而歸到積至誠，用大德，以自結於天，正與大學修齊治平之道相合。

林西仲曰：「篇中歷敘處，胷有全史，末歸本於至誠大德以結天心，雖出於智慮窮竭無可如何之說，亦千古治天下者不易之正理，舍是徒勞更無益也。正學先生之文，正大罕匹，此尤其醇乎醇者。」

二二、宮之奇諫假道

左傳

僖公五年秋，晉侯復假道於虞以伐虢①。

宮之奇諫曰：「虢，虞之表②也。虢亡，虞必從之。晉不可啓，寇不可翫③！一之爲甚，其可再乎？諺所謂『輔車相依，脣亡齒寒④』者，其虞虢之謂也。」公曰：「晉，吾宗也，豈害我哉？」對曰：「大伯、虞仲，大王之昭也⑤，大伯不從，是以不嗣⑥。虢仲、虢叔，王季之穆也⑦，爲文王卿士，勳在王室，藏於盟府，將虢是滅，何愛於虞⑧？且虞能親於桓、莊乎？其愛之也⑨？桓、莊之族何罪，而以爲戮，不唯偪乎？親以寵偪，猶尙害之，況以國乎⑩？」公曰：「吾享祀豐潔，神必據⑪我。」對曰：「臣聞之：鬼神非人實親，惟德是依。故周書曰：『皇天無親，惟德是輔。』又曰：『黍稷非馨，明德惟馨。』又曰：『民不易物，惟德繄物⑫。』如是，則非德，民不和，神不享矣。神所憑依，將在德矣。若晉取虞，而明德以薦馨香，神其吐之乎？」弗聽，許晉使。宮之奇以其族行，曰：「虞不臘⑬矣，在此行也！晉不更舉矣。」

冬，晉師滅虢，師還，館於虞。遂襲虞，滅之，執虞公。

〔注釋〕

①晉侯復假道於虞以伐虢　晉，叔虞之後。晉侯，獻公也。虞，仲雍之後。虢，王季之後。同出於周，皆姬姓宗國也。言復者，僖公二年，獻公已假道於虞以滅虢之夏陽，至此又借道也。

②表　猶言外屏。

③晉不可啓，寇不可翫　啓，開也。翫，同玩，狎也。言晉人貪得無厭，不可輕啓其貪害之心，晉與虞、虢，本同姓宗國，今則寇仇，寇仇已成，豈可玩狎。

④輔車相依，脣亡齒寒　兩旁夾車之木謂之輔。喻虢之於虞，如車之夾木，齒之外脣，虢存則輔車相依，虢亡則脣亡齒寒，休戚與共，關係至爲密切也。

⑤大伯、虞仲，大王之昭也　大伯、虞仲，皆大王之子。昭，宗廟之次。古者天子七廟，三昭三穆，與太祖之廟而七。太廟居中，二世、四世、六世居於左，謂之昭；三世、五世、七世居於右，謂之穆。大王於周爲穆，穆生昭，故大王之子爲昭。

⑥大伯不從，是以不嗣　時商道衰，大王因有翦商之意，而大伯不從，遂與虞仲俱遜國而奔吳，故遂不嗣於周。

⑦虢仲、虢叔，王季之穆也　虢仲、虢叔，皆王季之子，文王之弟也。仲封東虢，叔封西虢。王季，名季歷，武王有天下時追遵爲王季。王季於周爲昭，故王季之子爲穆。

⑧將虢是滅，何愛於虞　言虢之始祖與晉之始祖乃同祖之親，以宗統而論，虢比虞於晉又近一世，晉既滅虢，何愛於虞，而反不滅乎？

⑨且虞能親於桓、莊乎？其愛之也　晉桓叔封於曲沃，莊伯其子也。獻公爲桓叔曾孫，莊伯之孫。言桓、莊之族，乃獻公同祖兄弟，而晉與虞不過同宗，虞豈能親於桓、莊之族，而反愛之乎？

⑩親以寵偪，猶尚害之，況以國乎　偪，同逼。言至親如桓、莊之族，因恃寵逼近，猶且殺害之，況虞恃有一國，獻公豈肯相容乎！

⑪據　猶依也，佑護之意。

⑫民不易物，惟德繄物　易，改也。繄，助詞。言祭者不改易享神之物，而神惟享用有德者之物。

⑬臘　古歲終合祭衆神之祭曰臘。

〔作　者〕

左傳，春秋三傳之一，舉其全稱，則爲春秋左氏傳。春秋時魯國太史左丘明撰，史記十二諸侯年表序云：「孔子西觀周室，論史記舊聞，興於魯而次春秋，上起隱，下至哀之獲麟。約其辭文，去其煩重，以制義法，王道備，人事浹。七十子之徒，口受其傳指，爲有所刺譏褒諱挹損之文辭，不可以書見也，魯君子左丘明懼弟子人人異端，各安其意，失其眞，故因孔子史記，具論其語，成左氏春秋。」左傳編年紀事，皆以魯史爲中心，起自魯隱公元年，迄於哀公二十七年（西元前七二二—四六八年），歷述隱、桓、莊、閔、僖、文、宣、成、襄、昭、定、哀十二公，二五五年間事，旁及同時代周、齊、晉、秦、楚、宋、鄭、衞……等國事。晉杜預作春秋左氏經傳集解，始以傳附經。今十三經注疏中之左傳爲晉杜預注，唐孔穎達疏。

〔說　明〕

本篇選自左傳。體裁屬奏議類。先是僖公二年，晉獻公用荀息計，以垂棘之璧、屈產之乘，假道於虞以伐虢。宮之奇諫不聽，晉滅夏陽。今再假道，宮之奇復極陳虞虢相依爲命，不可啓晉覦寇而自滅，虞公仍不聽，虞終以亡。全文分三段：首段言晉復假道於虞。二段敍宮之奇力諫道不可假。先以勢言滅虢所以自滅，復據情依理剖析同宗之誼，享祀豐潔，並不可恃以自保，而獻公終不悟。宮之奇知虞必亡，乃以其族行。三段言晉卒一舉而滅虢虞，應前作結。

〔批　評〕

林西仲曰：「晉伐虢必假道者，以虞爲虢蔽，不可飛越而往也。虢既就滅，但問晉豈能越國鄙遠，時時假道于虞以往治其民乎？雖至愚者亦知虞必不免矣。吾宗、享祀二語，總爲璧馬所迷，以國殉貨，故作此支飾之詞。宮之奇語語破的，無奈不悟，所謂不仁者不可以言，豈宮之奇之儒哉！」

吳楚材曰：「宮之奇三番諫諍，前段論勢，中段論情，後段論理，層次井井，激昂盡致，奈君聽不聽，終尋覆轍，讀竟爲之掩卷三嘆！」

一三、邵公諫厲王止謗

國語

厲王①虐，國人謗王。邵公②告曰：「民不堪命矣！」王怒，得衞巫③，使監謗者。以告，則殺之。國人莫敢言，道路以目④。

王喜，告邵公曰：「吾能弭謗矣。乃不敢言。」邵公曰：「是障之也。防民之口，甚於防川。川壅而潰⑤，傷人必多；民亦如之。是故爲川⑥者，決之使導⑦；爲民者，宣之使言。故天子聽政，使公卿⑧至於列士⑨獻詩⑩，瞽獻曲⑪，史獻書⑫，師箴⑬，瞍賦⑭，矇誦⑮，百工諫⑯，庶人傳語⑰，近臣盡規⑱，親戚補察⑲，瞽史敎誨，耆艾修之⑳，而後王斟酌焉；是以事行而不悖。民之有口，猶土之有山川也，財用於是乎出；猶其原隰之有衍沃㉑也，衣食於是乎生。口之宣言也，善敗於是乎興。行善而備敗㉒，其所以阜㉓財用衣食者也。夫民慮之於心而宣之於口，成而行之，胡可壅也？若壅其口，其與能幾何㉔？」

王不聽，於是國人莫敢出言。三年，乃流王於彘㉕。

〔注　釋〕

①厲王　周夷王子，名胡，秉性暴虐，謚曰厲。

②邵公　即穆公虎，邵公之後，爲厲王卿士。

③衛巫　衛國之巫。

④道路以目　路人不敢發言，但以目相視示意而已。

⑤川壅而潰　壅，塞也。潰，旁決。

⑥爲川　治理河川。

⑦導　通暢。

⑧公卿　三公九卿。周以太師、太傅、太保爲三公，以少師、少傅、少保、冢宰、司徒、宗伯、司馬、司寇、司空爲九卿。

⑨列士　上士。

⑩獻詩　獻詩以勸善規過。

⑪瞽獻曲　瞽，樂官，古時樂官多以無目者爲之，故名。獻曲，獻樂歌，以辨其邪正。

⑫史獻書　史，太史，掌史書。獻書，陳古今史事，以爲鑑戒。

⑬師箴　師，少師。箴，規諫。

⑭瞍賦　瞍，無眸子者。賦，歌誦詩。瞍歌誦公卿列士所獻之詩。

⑮矇誦　矇，有瞳子而不見者，即今之青盲。矇主弦歌諷誦箴諫之語。

⑯百工諫　百工，百官。諫，就所見以進言。

⑰庶人傳語　庶人卑賤，見時得失不得直言，間接聞於王。

⑱近臣盡規　近臣，左右侍從之臣。盡規，盡力規諫。

⑲親戚補察　親戚，指父族、母族、妻族與王同休戚者。補察，補救過失及察辨是非。

⑳耆艾修之　耆艾，老者之稱，此指師傅。禮記曲禮篇：「五十曰艾，六十曰耆。」荀子致士篇：「耆艾而信，可以爲師。」修之，整理各方文獻以聞於王。

㉑原隰之有衍沃　原，平原。隰，低下之濕地。衍沃，平坦肥美也。

㉒行善而備敗　善者行之，惡者備之。

㉓皁　豐富。

㉔其與能幾何　「其能幾何與」之倒裝句。與，語助詞。

㉕流王於彘　流，放逐。彘，晉地，今山西霍縣。國人叛厲王，故出奔於彘。

〔作　者〕

見本書第一篇作者欄。

〔說　明〕

本文選自國語周語上。體裁屬奏議類。主旨在記邵穆公虎諫周厲王止謗始末。文分三段：首段敍厲王使衞巫監謗，國人莫敢言。二段記邵公諫辭，言聽政全賴斟酌衆言以考正得失，實宜使民宣其言而不可壅之。三段敍厲王勿聽，終至流亡失國。

〔批　評〕

全文僅中間一段正講君子爲政之大義，前後俱是設喻。前以川壅而潰，傷民必多，喻防民之口有大害；後以山川出財用，衍沃出衣食，喻宣民之言有大利。正意喻意夾和成文，氣勢雄渾，筆意縱橫。

二四、治安策㈠

賈誼

夫樹國固，必相疑之勢①。下數被其殃，上數爽其憂②，甚非所以安上而全下也。今或親弟謀爲東帝③，親兄之子西鄉而擊④，今吳又見告⑤矣。天子春秋鼎盛⑥，行義⑦未過，德澤有加焉，猶尚如是；況莫大諸侯，權力且十此者虖！然而天下少安，何也？大國之王幼弱未壯，漢之所置傅相，方握其事。數年之後，諸侯之王，大抵皆冠⑧，血氣方剛，漢之傅相，稱病而賜罷，彼自丞、尉以上，偏置私人，如此有異淮南、濟北之爲邪？此時而欲爲治安，雖堯、舜不治。黃帝曰：「日中必熭，操刀必割⑨。」今令此道順而全安甚易，不肯早爲，已迺墮⑩骨肉之屬而抗⑪剄之，豈有異秦之季世虖？

夫以天子之位，乘今之時，因天之助，尚憚以危爲安，以亂爲治；假設陛下居齊桓之處，將不合諸侯，而匡天下乎？臣又以知陛下有所必不能矣。假設天下如曩時：淮陰侯尚王楚⑫，黥布王淮南⑬，彭越王梁⑭，韓信王韓[15]，張敖王趙，貫高爲相[16]，盧綰王燕[17]，陳豨在代[18]，令此六七公者皆亡恙，當是時而陛下卽天子位，能自安乎？臣有以知陛下之不能也。天下殽[19]亂，高皇帝與諸公併起，非有仄室之勢，以豫席[20]之也。諸公幸者，迺爲中涓[21]其次廑得舍人[22]，材之不逮至遠也。高皇帝以明聖威武，卽天子位，割膏腴之地，以王諸公，多者百餘城，少者乃三四十縣，悳至渥[23]也，然其後十年之閒，反者九起。陛下之與諸公，非親角[24]材而臣之也，又非身封王之也，自高皇帝不能以是一歲爲安，故臣知陛下之不能也。

然尙有可諉者，曰疏。臣請試言其親者：假令悼惠王王齊，元王[25]王楚，中子[26]王趙，幽王[27]王淮陽，共王[28]王梁，靈王[29]王燕，厲王[30]王淮南，六七貴人皆亡恙，當是時，陛下卽位，能爲治虖？臣又知陛下之不能也。若此諸王，雖名爲臣，實皆有布衣昆弟之心[31]，慮亡不帝制而天子自爲者，擅爵人，赦死罪，甚者或戴黃屋[32]。漢法令非行[33]也，雖行不軌如厲王者，令之不肯聽，召之安可致乎？幸而來至，法安可得加？動一親戚，天下圜視而起㉞。陛下之臣，雖有悍如馮敬㉟者，適啓其口，匕首已陷其匈㊱矣。陛下雖賢，誰與領㊲此？故疏者必危，親者必亂，已然之效也。其異姓負彊而動者，漢已幸勝之矣；又不易其所以然。同姓襲是跡而動，既有徵矣；其勢盡又復然㊳。殃旤㊴之變，未知所移，明帝處之，尚不能以安，後世將如之何？

屠牛坦㊵一朝解十二牛，而芒刃不頓者，所排擊剝割，皆衆理解㊶也。至於髖髀㊷之所，非斤則斧。夫仁義恩厚，人主之芒刃也；權勢法制，人主之斤斧也。今諸侯王，皆衆髖髀也；釋斤斧之用，而欲嬰㊸以芒刃，臣以爲不缺則折。胡不用之淮南、濟北？勢不可也。臣竊跡前事，大抵彊者先反：淮陰王楚最彊，則最先反；韓信倚胡，則又反；貫高因趙資㊹，則又反；陳豨兵精，則又反；彭越用梁，則又反；黥布用淮南，則又反；盧綰最弱，最後反；長沙迺在二萬五千戶㊺耳，功少而最完，勢疏而最忠，非獨性異人也，亦形勢然也。曩令樊、酈、絳、灌㊻據數十城而王，今雖以殘亡，可也；令信、越之倫，列爲徹侯㊼而居，雖至今存可也。然則天下之大計可知已。

欲諸王之皆忠附，則莫若令如長沙王；欲臣子之勿菹醢㊽，則莫若令如樊、酈等；欲天下之治安，莫若衆建諸侯而少其力。力少，則易使以義；國小，則亡邪心。令海內之勢，如身之使臂，臂之使指，莫不制從㊾。諸侯之君，不敢有異心，輻湊㊿並進，而歸命天子。雖在細民，且知其安，故天下咸知陛下之明。割地定制，令齊、趙、楚各爲若干國，使悼惠王、幽王、元王之子孫，畢以次各受祖之分地，地盡而止，及燕、梁它國皆然。其分地衆而子孫少者，建以爲國，空而置之，須其子孫生者，舉使君之。諸侯之地，其削頗入漢者，爲徙其侯國，及封其子孫也，所以數償之。一寸之地，一人之衆，天子亡所利焉，誠以定治(51)而已，故天下咸知陛下之廉。地制壹定，宗室子孫，莫慮不王，下無倍畔之心，上無誅伐之志，故天下咸知陛下之仁。法立而不犯，令行而不逆，貫高、利幾(52)之謀不生，柴奇、開章(53)之計不萌，細民鄉(54)善，大臣致順，故天下咸知陛下之義。臥赤子(55)天下之上而安，植(56)遺腹，朝委裘(57)，而天下不亂，當時大治，後世誦聖。壹動而五業附[58]，陛下誰憚而久不爲此？

天下之勢，方病大瘇[59]。一脛之大幾如要[60]，一指之大幾如股。平居不可屈信[61]，一二指搐，身慮亡聊[62]。失今不治，必爲錮疾[63]，後雖有扁鵲[64]，不能爲已。病非徒瘇也，又苦蹠盭[65]。元王之子，帝之從弟也；今之王者，從弟之子也。惠王，親兄子也；今之王者，兄子之子也[66]。親者或亡分地，以安天下；疏者或制大權，以偪[67]天子；臣故曰：「非徒病瘇也，又苦蹠盭。」可痛哭者，此病是也。

〔注釋〕

①樹國固，必相疑之勢　所封建之諸侯過於險固、強大，則必與天子有相疑之勢。

②下數被其殃，上數爽其憂　數，音ㄕㄨㄛˋ，屢也。殃，害也。爽，傷也。謂上疑下，則必加討伐，下即屢受其害；下疑上，則必會反叛，上即屢爲憂慮所傷。

③親弟謀爲東帝　此指漢文帝弟淮南厲王劉長謀反事。劉長爲劉邦少子，文帝六年，據淮南謀反，徙蜀，死途中。淮南在長安東，故稱東帝。

④親兄之子西鄉而擊　鄉，同向。此指濟北王劉興居謀反事。劉興居，文帝兄齊悼惠王劉肥之子。帝幸太原之時，興居舉兵西取滎陽，事敗自殺。

⑤吳又見告　吳王劉濞，劉邦兄子，不遵法度，爲人告發。景帝時率七國之兵反，敗死。

⑥春秋鼎盛　鼎，方也。謂正當壯年。

⑦行義　行誼。⑧冠　謂成年也。

⑨日中必熭，操刀必割　熭，音ㄨㄟˋ，曝曬之也。謂日正盛烈時，必使曝曬之；手方操刀，則宜斷物也。如日中不熭，是謂失時；操刀不割，失利之期。言當及時也。黃帝書早佚，此二句見於太公六韜所引。

⑩隳　毀也。⑪抗　舉也。

⑫淮陰侯尚王楚　淮陰侯即韓信，漢淮陰人。滅項羽，立爲楚王。嘗被告謀反，高祖僞遊雲夢，將其逮捕，赦爲淮陰侯。後爲呂后所殺。

⑬黥布王淮南　黥布，即英布，漢六人，曾坐法黥，因稱黥布。以從高祖破項羽於垓下，封淮南王。及彭越、韓信見誅，懼禍及己，謀反敗死。

⑭彭越王梁　彭越，漢昌邑人，爲劉邦大將，收魏，定梁，滅楚，屢建奇功，封爲梁王。後以不從命，爲高祖所殺，封地改予高祖子恢。

⑮韓信王韓　韓信，戰國韓襄王之裔孫，高祖略定韓地，立爲韓王。後結匈奴叛漢，高祖遣人擊斬之。

⑯張敖王趙，貫高爲相　張敖，張耳之子。張耳佐劉邦平趙地，立爲趙王。耳死，敖嗣立，尚高祖長女魯元公主。高祖幸趙，駡詈張敖，趙相貫高怒，謀刺高祖，事洩被殺，貶張敖爲宣平侯。

⑰盧綰王燕　盧綰，漢豐人。與高祖同里，從高祖起兵，極見寵信，官至太尉，因平燕有功，封爲燕王。陳豨反，以帝疑其與之通，遂逃入匈奴。

⑱陳豨在代　陳豨，漢宛朐人，高祖時以郎中封列侯，統趙代邊兵。被告有異圖，帝召，遂反，自稱代王。高祖親征，擊殺之。

⑲殽　雜也。

⑳非有仄室之勢，以豫席　仄室，即側室，衆子也，以爲卿大夫之副貳。席，藉也。謂非有副貳之勢以爲憑藉也。

㉑中涓　內侍之官，主居中掃潔。
㉒廑得舍人　廑，同僅。舍人，近侍之官。謂
纔得舍人之官。
㉓悳至渥　悳，古德字。渥，厚也。
㉔角　較也。
㉕元王　即楚元王劉交，高祖弟。
㉖中子　即趙隱王劉如意。高祖子。先爲代王
，張敖貶爲宣平侯後，改立爲趙王。
㉗幽王　即趙幽王劉友。高祖子。初立爲淮陽
王，如意死，惠帝徙之爲趙王。
㉘共王　即趙共王劉恢。高祖子。彭越伏誅，
立爲梁王。趙幽王死，呂后徙爲趙王。
㉙靈王　即燕靈王劉建，高祖子。盧綰逃匈奴
後，立爲燕王。
㉚厲王　即淮南厲王劉長，高祖子。
㉛皆有布衣昆弟之心　自以爲於天子爲昆弟，
而不論君臣名分。
㉜黃屋　天子所乘之車，以黃繒爲車蓋之裏
。

㉝非行　猶言不行。
㉞圜視而起　猶言相顧而起。
㉟馮敬　文帝時爲御史大夫，奏淮南厲王反，
爲刺客所殺。
㊱匈　胸。
㊲領　治也。
㊳其勢盡又復然　謂與異姓諸王之叛，如出一
轍。
㊴旤　古禍字。
㊵屠牛坦　古之善屠牛者，名坦。
㊶衆理解　循筋肉諸文理而支解之。
㊷髖髀　音ㄎㄨㄢ　ㄅㄧˋ。髀上曰髖，兩股間
也。髀，股骨也。
㊸嬰　觸也。
㊹資　憑藉。
㊺長沙迺在二萬五千戶　在，通纔。謂長沙王
吳芮所轄，僅二萬五千戶耳。吳芮，秦番陽
令，號番君。諸侯起兵叛秦，舉兵應之。高
祖定天下，因封爲長沙王。

㊻樊、酈、絳、灌　指舞陽侯樊噲、曲周侯酈商、絳侯周勃、穎陰侯灌嬰，皆從高祖定天下之功臣。

㊼徹侯　秦置爵二十級，以賞羣臣異姓有功者，最上爲徹侯，漢因之，後避武帝諱，改曰通侯，或曰列侯。

㊽菹醢　音ㄐㄩ　ㄏㄞˇ。殺人而碎其骨肉爲醬。

㊾制從　從其節制也。

㊿輻湊　湊，聚也。謂如車輻之聚於車轂。

(51)定治　謀致安泰。

(52)利幾　項羽將。羽敗，利幾降高祖，封于穎川。帝之雒陽，舉通侯籍召之，利幾疑懼，遂反，高祖擊破之。

(53)柴奇、開章　皆與淮南厲王劉長謀反者。

(54)鄉　同向。

(55)赤子　謂幼君。

(56)植　立也。

(57)朝委裘　委，垂也。謂垂先帝裘衣而朝之。

(58)壹動而五業附　一舉而能成就五種功業。五業，指明、廉、仁、義、聖也。

(59)瘇　腫足。

(60)要　同腰。

(61)信　伸也。

(62)一二指搐，身慮亡聊　搐，動而痛也。亡，通無。聊，賴也。

(63)錮疾　痼疾。

(64)扁鵲　古之良醫。

(65)蹠盭　音ㄓˊ　ㄌㄧˋ。蹠，脚掌。盭，古戾字，乖背。脚掌痙攣反戾不可行也。

(66)今之王者，兄子之子也　惠王子哀王，於文帝元年薨，子文王則嗣，故如是云也。

(67)偪　通逼。

〔作　者〕

賈誼，西漢洛陽（今河南省洛陽縣）人，生於高祖七年，卒於文帝十二年（西元前二〇〇——前一六八年），年三十三。少通諸子百家之書，文帝遂召爲博士，是時年二十餘。每詔令議下，諸老先生未能言，誼盡爲之對，文帝悅之，一歲中超遷至太中大夫。

誼以爲漢興二十餘年，天下和洽，宜當改正朔，易服色，法制度，興禮樂，乃草具儀法，帝欲任爲公卿，周勃、灌嬰、張相如、馮敬等讒之，曰：「洛陽之人，年少初學，專欲擅權，紛亂諸事。」於是出爲長沙王太傅。誼既以謫去，意不自得，及渡湘水，乃爲賦以弔屈原。後遷爲梁懷王太傅。時匈奴侵邊，天下初定，制度疏闊，諸侯王僭越，地過古制，淮南濟北王皆爲逆謀，誼數上疏陳政事，多所匡建，惜乎文帝之不聽也。居數年，梁懷王墜馬死，誼自傷爲傅無狀，哭泣歲餘，亦死。

誼所作辭賦，如弔屈原、惜誓、鵩鳥賦等，上承屈、宋，下開枚、馬，於漢賦發展史上，占有極重要之地位。所上治安策，爲漢人奏議中第一長篇文字，蓋後世萬言書之祖也。著作今傳新書十卷，出於後人輯附。

〔說　明〕

本文選自漢書賈誼傳。體裁屬奏議類。乃賈誼在漢文帝時陳政事諸疏之一。策者，文體之一種，臣民陳述政事計劃於朝廷者也。治安策，即謀求天下長治久安之計劃書也。時外有匈奴之侵邊，內有諸王之逆謀，誼乃提出削弱諸侯之建議，所謂衆建諸侯而少其力者，即爲本文主旨所在。全文分爲六段：首言封建諸侯，如過分強大，非所以安上全下之策，故宜早作謀畫。二段言文帝之處境，實有不能自安者矣。三段言疏者必危，親者必亂，不易其所以然之故也。四段言鑑往觀今，當可知天下之大計。五段言衆建諸侯而少其力，乃天下治安之大計。末言天下之勢，非徒病瘇，又苦蹠盭，失今不治，必爲痼疾，此爲可痛哭者也。

〔批　評〕

此文以淮南、濟北之爲逆謀，上疏言事。以致患之由，爲防患之計。文字脫胎於戰國之縱橫家言，筆力矯健，層層推進，實可爲後世政論之典範。

林西仲曰：「賈太傅政事疏，語語皆可誦法。其最切於漢朝國勢之大者，莫如痛哭一策：劈頭云樹國固必相疑之勢一句，是其利病關頭；中段云衆建諸侯而少其力一句，是其處置要着。人亦知之，但其行文反覆處，曲折盡態，讀者多誤認爲異姓同姓之國一齊變置，不知孝文時異姓封王已盡，僅存長沙，至七年靖王產來朝薨無子國除，其年表可考也。侯國如樊、酈、絳、灌皆非强大，此策專爲同姓僭制者起見，故始以淮南濟北引起，終言割地定制，亦擧齊、趙、楚、燕、梁之國，皆屬同姓。祇因同姓之變乃將然之徵，而異姓之反，爲已然之事，不得不借其因强而反，因反而誅，做箇榜樣，見得異姓如此，同姓可知，以致患之由，爲防患之計，無不曲當矣。然後以明、廉、仁、義、聖五業歆動之，以鼓其憚而不爲之氣。末以病瘇蹠盭爲親疏失當之喻作結，剴切絕倫。惜漢文不能用，不再世而有七國之禍，未始非養癰所致。至主父偃拾其餘論以行於孝景，則知此策爲千古不易之讜言矣，惜哉！」

一二五、諫伐閩越書

劉　安

陛下臨天下，布德施惠，緩刑罰，薄賦歛，哀鰥寡①，恤孤獨②，養耆老③，振匱乏。盛德上隆，和澤下洽，近者親附，遠者懷德，天下攝④然。人安其生，自以沒身不見兵革，今聞有司擧兵，將以誅越，臣安竊爲陛下重⑤之。

越方外之地，劗⑥髮文身之民也，不可以冠帶之國⑦法度理也。自三代之盛，胡、越不與受正朔⑧，非彊弗能服，威弗能制也；以爲不居之地，不牧之民⑨，不足以煩中國也。故古者封內甸服⑩，封外侯服⑪，侯衞賓服⑫，蠻夷要服⑬，戎狄荒服⑭，遠近異勢也。

自漢初定以來，七十二年，吳、越人相攻擊者，不可勝數，然天子未嘗擧兵而入其地也。

臣聞越非有城郭邑里也，處谿谷之間，篁竹⑮之中，習於水鬬，便於用舟，地深昧而多水險，中國之人，不知其勢阻而入其地，雖百不當其一，得其地，不可郡縣也，攻之不可暴⑯取也。以地圖察其山川要塞，相去不過寸數，而間獨數百千里，險阻林叢，弗能盡著⑰。視之若易，行之甚難。天下賴宗廟之靈，方內大寧，戴白之老，不見兵革。民得夫婦相守，父子相保，陛下之德也。越人名爲藩臣，貢酎⑱之奉，不輸大內，一卒之用，不給上事，自相攻擊，而陛下發兵救之，是反以中國而勞蠻夷⑲也。且越人愚戇⑳輕薄，負約反覆，其不用天子之法度，非一日之積㉑也。壹不奉詔，舉兵誅之，臣恐後兵革無時得息也。

間者數年，歲比不登，民待賣爵贅子㉒，以接衣食，賴陛下德澤賑救之，得毋轉死溝壑。四年不登，五年復蝗，民生未復，今發兵行數千里，資衣糧，入越地，輿轎而隃領㉓，拕㉔舟而入水，行數百千里，夾以深林叢竹，水道上下擊石，林中多蝮㉕蛇猛獸。夏月暑時，歐泄霍亂之病相隨屬也。曾未施兵接刃，死傷者必衆矣。前時南海王反，陛下先臣㉖使將軍間忌㉗，將兵擊之。以其軍降，處之上淦㉘。後復反，會天暑多雨，樓船卒水居擊櫂，未戰而疾死者過半，親老涕泣，孤子謕㉙號，破家散業，迎尸千里之外，裹骸骨而歸，悲哀之氣，數年不息，長老至今以爲記，曾未入其地而禍已至此矣。

臣聞軍旅之後，必有凶年㉚。言民之各以其愁苦之氣，薄㉛陰陽之和，感天地之精，而災氣爲之生也。陛下德配天地，明象日月，恩至禽獸，澤及草木，一人有飢寒，不終其天年而死者，爲之悽愴於心。今方內㉜無狗吠之警，而使陛下甲卒死亡，暴露中原，霑漬山谷。邊境之民，爲之早閉晏開㉝，鼂㉞不及夕，臣安竊爲陛下重之。

不習南方地形者，多以越爲人衆兵彊，能難邊城㉟。淮南全國之時，多爲邊吏㊱。臣竊聞之，與中國異，限以高山，人迹所絕，車道不通，天地所以隔外內也。其入中國，必下領水㊲，領水之山峭峻，漂石破舟㊳，不可以大船載食糧下也。越人欲爲變，必先田餘干界中㊴，積食糧，迺入伐材治船，邊城守候誠謹，越人有入伐材者，輒收捕焚其積聚，雖百越奈邊城何?且越人緜力㊵薄材，不能陸戰，又無車騎弓弩之用，然而不可入者，以保地險，而中國之人不能其水土也。臣聞越甲卒不下數十萬，所以入之，五倍迺足。輓車奉饟㊶者，不在其中。南方暑濕，近夏癉熱㊷，暴露水居，蝮蛇蠚㊸生，疾癘多作，兵未血刃，而病死者什二三，雖擧越國而虜之，不足以償所亡。

臣聞道路言閩越王，弟甲弒而殺之㊹，甲以誅死，其民未有所屬，陛下若欲來內㊺，處之中國，使重臣臨存㊻，施德垂賞，以招致之，此必攜幼扶老，以歸聖德。若陛下無所用之，則繼其絕世，存其亡國，建其王侯，以爲畜越㊼，此必委質㊽爲藩臣，世共㊾貢職。陛下以方寸之印，丈二之組㊿，塡撫方外，不勞一卒，不頓一戟，而威德並行。今以兵入其地，此必震恐，以有司爲欲屠滅之也，必雉兎逃入山林險阻，背而去之，則復相羣聚，留而守之，歷歲經年，則士卒罷勌，食糧乏絕。男子不得耕稼種樹，婦人不得紡績織紝；丁壯從軍，老弱轉餉；居者無食，行者無糧；民苦兵事，亡逃者必衆，隨而誅之，不可勝盡，盜賊必起。臣聞長老言：秦之時，嘗使尉屠睢[51]擊越，又使監祿[52]鑿渠通道。越人逃入深山林叢，不可得攻。留軍屯守空地，曠日持久，士卒勞倦，越迺出擊之，秦兵大破，迺發適戍[53]以備之。當此之時，外內騷動，百姓靡敝[54]。行者不還，往者莫反，皆不聊生，亡逃相從，羣爲盜賊，於是山東之難始興。此老子所謂師之所處，荆棘生之[55]者也。兵者凶事，一方有急，四面皆從，臣恐變故之生，姦邪之作，由此始也。周易曰：「高宗伐鬼方，三年而克之[56]。」鬼方，小蠻夷；高宗，殷之盛天子也。以盛天子伐小蠻夷，三年而後克，言用兵之不可不重也。

臣聞天子之兵，有征而無戰，言莫敢挍[57]也。如使越人蒙[58]死徼幸，以逆執事之顏行[59]，廝輿之卒[60]，有一不備而歸者，雖得越王之首，臣猶竊爲大漢羞之。陛下以四海爲境，九州爲家，八藪[61]爲囿，江漢爲池，生民之屬，皆爲臣妾，人徒之衆，足以奉千官[62]之共；租稅之收，足以給乘輿之御。玩心神明，秉執聖道，負黼依[63]，馮玉几，南面而聽斷，號令天下，四海之內，莫不嚮應。陛下垂德惠以覆露之[64]，使元元之民[65]，安生樂業，則澤被萬世，傳之子孫，施之無窮，天下之安，猶泰山而四維之也。夷狄之地，何足以爲一日之閒[66]，而煩汗馬之勞[67]乎？詩云：「王猶允塞，徐方既來⑱。」言王道甚大，而遠方懷之也。

臣聞之：農夫勞而君子養焉，愚者言而智者擇焉。臣安幸得爲陛下守藩，以身爲障蔽，人臣之任也。邊境有警，愛身之死，而不畢其愚，非忠臣也。臣安竊恐將吏之以十萬之師爲一使之任⑲也。

〔注釋〕

①哀鰥寡　哀，憐也。鰥，老而無妻者。寡，老而無夫者。

②恤孤獨　恤，憂也。孤，幼而無父者。獨，老而無子者。

③耆老　耆，亦老也。禮記曲禮篇：「六十曰耆。」

④攝　音ㄋㄧㄝˋ，安也。

⑤重　難也。

⑥劗　音ㄐㄧㄢˇ，與翦通。

⑦冠帶之國　冠帶，頂冠束帶，皆服物也。此喻習於禮教之國，別於夷狄而言。

⑧不與受正朔　與，音ㄩˋ，參與也。正朔，正月一日也。古時王者易姓，有正朔之事。尚書大傳略說篇：「夏以十三月（孟春建寅之月）爲正，以平旦爲朔；殷以十二月（季冬建丑之月）爲正，以鷄鳴爲朔；周以十一月（仲冬建子之月）爲正，以夜半爲朔。」自漢武帝以後，直至清末，皆從夏正。此言不守中國禮法。

⑨不居之地，不牧之民　謂地不可居，民不可牧養也。

⑩封內甸服　封內，封圻千里之內也。甸服，主治王田以供祭祀。

⑪封外侯服　封外，千里之外也。侯，候也，爲王者斥候。斥候者，軍隊中稱伺望敵兵之

人也。錢大昭曰：「此用國語文，避高祖諱，故作封。」

⑫侯衞賓服　侯服之外，猶有衞服。賓，賓見於王也。

⑬蠻夷要服　蠻夷，又在侯衞之外，而居九州之地也。要，音一幺，邀也，言以文德要來之耳。

⑭戎狄荒服　此在九州之外，荒忽絕遠也。

⑮篁竹　篁，竹田也。篁竹，謂竹叢也。

⑯暴　猝也。

⑰弗能盡著　謂不可盡載於地圖也。

⑱酎　音ㄓㄡˋ，三重之醇酒也，謂用酒爲水釀之，是再重之酒也，次再用再重之酒爲水釀之，是三重之酒也。

⑲以中國勞蠻夷　言疲勞中國之人於蠻夷之地也。

⑳愚戇　戇，亦愚也，急直也。

㉑積　久也。

㉒賣爵贅子　賣爵，王先謙曰：「文紀後六年夏，大旱，蝗，發倉庾以振民，民得賣爵。蓋即武紀所謂移賣也。」贅子，如淳曰：「淮南俗賣子與人作奴婢，名爲贅子，三年不能贖，遂爲奴婢。」韓愈柳子厚墓誌銘曰：「柳州俗以男女質錢，約不時贖，子本相貿，則沒爲奴婢。」

㉓輿轎而隃領　輿轎，竹輿車也。隃，與踰同，越也。領，嶺也。言乘竹輿越山嶺也。

㉔拕　拖本字。

㉕蝮　惡蛇也。

㉖先臣　淮南厲王長也。

㉗間忌　漢書淮南王傳作簡忌。中尉將也。

㉘上淦　淦，水名，在江西省清江縣境，源出縣東南離山，北流經紫淦山入贛江。上淦，謂置諸淦水之上。

㉙謕　古啼字。

㉚軍旅之後，必有凶年　老子第三十章：「大軍之後，必有凶年。」言大戰之後，水旱蟲役並生，必會產生荒年。

㉛薄　迫也。

㉜方內　中國四方之內也。

㉝早閉晏開　晏，晚也。言有兵難，故邊城早閉晚開也。

㉞鼂　古朝字。

㉟能難邊城　爲邊城作難也。

㊱淮南國之時，多爲邊吏　言淮南未分爲三之時，邊吏多與越接境，故知其地形也。

㊲下領水　沈欽韓曰：「下領水，蓋由貢水上流入贛江，此閩越之徑也。」

㊳漂石破舟　言水流湍急，石爲之漂轉觸破舟船也。

㊴必先田餘干界中　餘干，漢稱餘汗，今江西省餘干縣。言越人必先於餘干縣接界之地治田。

㊵緜力　緜，弱也。言力量薄弱也。

㊶輓車奉饟　輓，音ㄨㄢˇ，引車也。饟，音ㄒㄧㄤˇ，同餉，軍用之銀糧也。言拉車運輸軍糧。

㊷癉熱　癉，音ㄉㄢˋ。癉熱，盛熱也。

㊸蠚　音ㄏㄜˋ，毒也。

㊹弟甲弒而殺之　王先謙曰：「顧炎武云：即下文所云閩越王弟餘善殺王以降者也。當淮南王上書時，不知其名，故謂之甲，猶某甲耳。」

㊺來內　內，與納同。來內，猶言招納。

㊻存　省問之也。

㊼畜越　畜養越國也。

㊽委質　質，形體也。拜則屈膝而委形體於地，以明效忠敬奉之也。

㊾共　供也。

㊿組　印綬也。

(51)尉屠睢　尉，郡都尉也，姓屠名睢。

(52)監祿　秦御史監祿也。寰宇記：「昔秦命御史監祿，自零陵鑿渠至桂林。」淮南子人間訓云：「使監祿轉餉，以卒鑿渠通糧道。」注云：「鑿通湘水離水之渠。」

(53) 適戍　適，同謫。職官因罪革職，遣戍遠方者。
(54) 靡敝　靡，散也；敝，凋敝也。言人民離散，財物凋敝。
(55) 師之所處，荆棘生之　老子第三十章：「師之所處，荆棘生焉。」言軍隊所到之處，耕稼廢弛，遍地荆棘。
(56) 周易曰：高宗伐鬼方，三年而克之　易經既濟九三爻辭。高宗，名武丁。殷自盤庚中興，至其弟小乙立，復衰。再傳至武丁，三年不言，政事決於冢宰，後以夢求得傅說，以爲相，國大治。伐鬼方，大彭、豕韋，俱克之。氐羌來賓，殷乃復興，在位五十九年。鬼方，爲西戎，地在今青海境。
(57) 莫敢挍　挍，計也。言伐罪而弔其民，故莫敢計。
(58) 蒙　犯也。
(59) 顏行　在前行也。管子輕重甲篇：「士爭前戰爲顏行。」後世遂謂戰士在前者爲顏行也。
(60) 廝輿之卒　廝，析薪者。輿，主駕車者。此皆言賤役之人。
(61) 八藪　謂魯大野、晉大陸、秦陽汙、宋孟諸、楚雲夢、吳越之間具區、齊海隅、鄭圃田。
(62) 千官　猶百官也。
(63) 負黼依　負，背也。黼，白與黑畫爲斧文謂之黼。依，同扆，形如屏風而曲之，畫以黼文張於戶牖之間者。儀禮覲禮篇：「天子設斧扆於牖戶之間。」
(64) 覆露之　覆，覆蓋之也。露，謂使民沾潤澤也。或覆或露，皆養育人民也。
(65) 元元之民　庶民也。國策趙策：「制海內，子元元，臣諸侯。」注：「元，善也，民之類善，故稱元。」
(66) 夷狄之地，何足以爲一日之閒　郭嵩燾曰：「閒，隙也。有隙則兩相間隔。言天下大安，閩越相攻，不足爲中國間隙。」

⑰汗馬之勞　戰時馬疾馳而汗出，因謂有戰績曰汗馬之勞。

⑱王猶允塞，徐方既來　見詩經大雅常武篇。猶，道也。允，信也。塞，滿也。徐方，淮夷之一。既，盡也，言王道信充滿於天下，則徐方淮夷盡來服也。

⑲以十萬之師爲一使之任　言漢派一使鎮撫，則越人賓服，可抵十萬之師也。

〔作　者〕

劉安，淮南厲王長之長子，高祖之庶孫也，生於漢文帝元年（西元前一七九年）。厲王因驕盈，圖不軌，被廢，徙蜀，道中以不食死。文帝憐之，八年封安爲阜陵侯，十六年進爲淮南王，都於壽春（今安徽壽縣）。安爲人好書，鼓琴，不喜弋獵狗馬馳騁。亦欲以行陰德，拊循百姓，流譽天下。時時怨望厲王死時欲畔逆未有因也。武帝建元二年（西元前一三八年）入朝，武安侯以今上無大子說以大事，王乃陰結賓客，爲畔逆事。建元六年彗星見，或謂天下兵當大起，王愈益治器械，積錢財，謀逆滋甚。武帝元朔五年，太子遷與雷被戲劍，誤中太子，被恐，告以願往奮擊匈奴，被斥免拘禁。後被亡之長安，上書自明，事下廷尉，武帝赦之，削封土兩縣。安甚耻之，爲反謀益甚，日夜與左吳等按輿地圖，部署兵所從入。安后荼生太子遷，甚見寵。孽子不害最長，不害子建，材高有氣，常怨望太子不省其父，欲害太子，以父代之，數捕繫笞建，建乃使所善壽春嚴正，上書天子，告以淮南王陰事。漢乃窮治其事，坐與淮南王謀反治罪之列侯、官吏、豪傑達數千人。上使宗正以符節治王，未至安自刑殺，是年爲元狩元年（西元前一二二年），年五十八。

安嘗招致賓客方術之士數千人，研討學術，編纂書籍。時武帝方好藝文，以安辯博善爲文辭，甚尊重之；每爲報書及賜，常召司馬相如等視草迺遣。上嘗使爲離騷傳，旦受詔，食時上。又獻頌德及長安都國頌，每宴見，談說得失，及方技賦頌，昏暮然後罷。元朔二年（西元前一二七年），賜几杖不朝。

安之著作，漢書本傳記「作爲內書二十一篇，外書甚衆。又有中篇八卷，言神仙黃白之術，亦二十餘萬言。」漢志雜家有淮南內二十一篇，外三十三篇。又詩賦有淮南王二十九篇，羣臣賦四十四篇，淮南歌詩四篇，天文有淮南雜子星十九卷。淮南子一書，由安之高才門客所纂，與呂不韋之呂氏春秋，如出一轍。惟全書組織完整，文體一貫，當有總其成者。清王世貞藝苑巵言云：「淮南鴻烈雖似錯雜，而氣法如一，當由劉安手裁。」是安於本書非徒尸空名也。

〔說　明〕

本文選自漢書嚴助傳。體裁屬奏議類。漢武帝建元三年（西元前一三七年），閩越舉兵圍東甌（今浙江省永嘉縣西南三十里），東甌告急於漢。時武帝年未二十，以問太尉田蚡，蚡以爲越人相攻擊，其常事，又數反覆，不足煩中國往救也，自秦時已棄不屬。於是嚴助詰蚡，謂患力不能救，德不能覆，誠能何故棄之。且小國以窮困來告急，天子不振尙安所愬，又何以子萬國？上乃與之計，謂己新即位，不欲出虎符，發兵郡國，遂遣助以節發兵會稽。會稽守欲距法不爲發，助迺斬一司馬諭意指，遂發兵浮海救東甌。未至，閩越引兵罷。後三年，閩越復興兵擊南越，南越守天子約，不敢擅發兵，而上書以聞，上多其義，大爲發興，遣兩將軍將兵誅閩越，淮南王安上此書諫之。適會閩越王弟餘善殺王以降，漢兵罷，上且嘉淮南之意。閩越，今福建地。本文主旨：言閩越不足伐，自古已然。因天時地利人和，無一可操勝算者也。且釁端一啓，後患無已。文分十段：首段言武帝臨天下，行仁政，民自以沒身不見兵革，今舉兵誅越，恐甚難也。次段引古以證越不足伐。三段言漢初吳越相攻，亦未嘗舉兵入其地。四段言越地勢不便，得之不可郡縣，攻之不可暴取，且釁端一啓，後患無已。五段言天時地利人和無可操勝算者，且引漢舉兵討伐南海王事爲例以證之。六段言戰爭之後，必有凶年，宜以民生爲重。七段駁當時謂越人衆兵强，能難邊城之謬說：且復申越地勢不便，氣候盛熱，疾癘多作，即得之，亦不足償所亡。八段言宜使重臣臨存，施德重賞以招致之。若兵入其地，則外患未靖，內憂反起。且舉秦伐越，高宗伐鬼方以證之。九段言天子之兵，有征無戰，亦自無讎。末段言已爲守藩，忠於朝廷，望皇上採納其言。

〔批　評〕

漢承戰國之餘風，故文章雄偉，歷代莫及。一王之法既定，經術興而橫議息，其醇雅雄厚，又非晚周人所能及。淮南此文，以「越不足伐，不可伐」之旨，貫串全篇，援古證今，反覆說明。且淮南鄰越，敷陳情形，自然切實，而文亦疏爽通暢，層次秩然，尤其結尾「將吏之以十萬之師爲一使之任」一語，更爲雋永，誠西漢中之異樣文字。

二六、諫獵書

司馬相如

臣聞物①有同類而殊能者，故力稱烏獲②，捷言慶忌③，勇期賁、育④。臣之愚，竊以爲人誠有之，獸亦宜然。今陛下好陵⑤阻險，射猛獸。卒然遇軼材之獸⑥，駭不存之地⑦，犯屬車之淸塵⑧，輿不及還轅，人不暇施巧，雖有烏獲、逢蒙⑥之伎，力不得用，枯木朽株，盡爲害⑩矣。是胡越起於轂下⑪，而羌夷接軫⑫也。豈不殆哉？

雖萬全而無患，然本非天子之所宜近也。且夫淸道而後行，中路而馳，猶時有銜橛之變⑬。況乎涉豐草，騁丘虛⑭，前有利獸⑮之樂，而內無存變之意，其爲禍也，不亦難矣！

夫輕萬乘之重，不以爲安，而樂出於萬有一危之塗以爲娛，臣竊爲陛下不取也。蓋明者遠見於未萌，而智者避危於無形。旣⑯固多藏於隱微，而發於人之所忽者也。故鄙諺曰：「家累千金，坐不垂堂⑰。」此言雖小，可以喩大。臣願陛下之留意幸察。

〔注　釋〕

①物　兼指人與獸而言。

②烏獲　秦武王時人，力能舉鼎。

③慶忌　吳王僚之子，闔閭欲殺之，嘗以馬逐之江上，而不能及。

④賁、育　賁，孟賁，古之勇士，水行不避蛟龍，陸行不避虎狼。育，夏育，亦古勇士。

⑤陵　作動詞用，踰越之意。

⑥卒然遇軼材之獸　卒，音ㄘㄨˋ，同「猝」。軼材，材過於衆也。軼材之獸，指最兇猛之獸。

⑦不存之地　不安全之地，或曰不測之地。

⑧犯屬車之清塵　屬車，副車，隨從之車也。此言犯清塵，實指觸犯天子，不敢指斥之也。

⑨逢蒙　逢，音ㄆㄥˊ。逢蒙，古之善射者。

⑩害　災害也。

⑪胡越起於轂下　胡，北方匈奴。越，南方百粵之地。轂，車輪中央容軸之處。此喻禍起於不遠。

⑫羌夷接軫　羌夷，謂西羌與東夷，皆外族名。軫，車後橫木。此亦喻禍之不遠。

⑬銜橛之變　銜，馬勒也。橛，車鉤心木也。此言馬勒或斷，鉤心或出，則車傾覆也。

⑭涉豐草，騁丘虛　豐，茂盛也。騁，馳馬也。虛，同「墟」，大丘也。二句或作「涉乎蓬蒿，騁乎丘墳。」

⑮利獸　利，猶貪也。利獸，指獵獲之物。

⑯旤　「禍」之古字。

⑰家累千金，坐不垂堂　累，音ㄌㄟˇ，積也。垂，近也。堂，指堂門外屋簷下，蓋恐簷瓦墜下傷人。此言富家之子，則自愛深也。

〔作　者〕

司馬相如，字長卿，漢蜀郡成都（今四川成都）人。生於文帝元年，卒於武帝元狩六年（西元前一七九——一一七年），年六十三。少好書，學擊劍，慕藺相如之爲人，口吃而善著書。景帝時，爲武騎常侍，以病免。武帝時，以獻賦爲郎。通西南夷有功，尋拜孝文園令，又以病免。所作有子虛、上林、大人、長門、美人、哀二世諸賦，詞藻瑰麗，氣韻排宕，爲漢代詞宗。

〔說　明〕

本文選自史記司馬相如傳。體裁屬奏議類。相如嘗從武帝至長楊宮行獵，時武帝方好自擊熊豕，馳逐野獸，目睹驚險之狀，因上此疏進諫。全篇主旨在勸諫武帝當以萬乘之主爲重，勿輕易冒險行獵。文分三段：首段言不宜自射猛獸於險阻之地。次段言陵險阻，即不遇猛獸，亦不免於禍。末段勸武帝當以至尊爲重，以避危禍。

〔批　評〕

林西仲曰：「此全爲陵阻險、射猛獸而發，說得悚然可畏，絕不提出從獸荒禽、廢事失德腐語，對英主言，自當如此。」

吳楚材曰：「卒然遇獸一段，寫獸之駭發；淸道後行一段，寫人之不意；末復反覆申明之，悚然可畏之中，復委婉易聽，武帝所以善之也。」

過商侯曰：「通篇只是輕萬乘之重一句作主，見武帝長楊射獵，眞輕萬乘者也。相如不敢斥言博浪之椎，但出色寫獸之駭發而不虞，竊發之奸，躍然言外，所指者一，而所諷者百也。意思婉轉，深屬可思。」

二七、賢良對策(三)

董仲舒

制曰：「蓋聞善言天者，必有徵於人；善言古者，必有驗於今。故朕垂問乎天人之應，上嘉唐、虞，下悼桀、紂，寖①微寖滅、寖明寖昌之道，虛心目改。今子大夫明於陰陽所目造化，習於先聖之道業，然而文采未極，豈惑虖當世之務哉！條貫靡竟，統紀未終，意朕之不明與？聽若眩②與？夫三王之教，所祖不同，而皆有失。或謂久而不易者，道也，意豈異哉！今子大夫既已著大道之極，陳治亂之端矣，其悉之究之，孰之復之，詩不云虖：『嗟爾君子，毋常安息；神之聽之，介③爾景④福。』朕將親覽焉，子大夫其茂明之。」

仲舒復對曰：「臣聞論語曰：『有始有卒者，其惟聖人虖！』今陛下幸加惠，留聽於承學之臣，復下明册，目切其意，而究盡聖聽，非愚臣之所能具也。前所上對，條貫靡竟，統紀不終，辭不別白，指不分明，此臣淺陋之罪也。

「册曰：『善言天者，必有徵於人；善言古者，必有驗於今。』臣聞天者，羣物之祖也，故徧覆包函而無所殊，建日月風雨㠯和之，經陰陽寒暑㠯成之。故聖人法天而立道，亦溥愛而亡私，布德施仁㠯厚之，設誼立禮㠯導之。春者，天之所㠯生也；仁者，君之所㠯愛也。夏者，天之所㠯長也；德者，君之所㠯養也。霜者，天之所㠯殺也；刑者，君之所㠯罰也。繇此言之，天人之徵，古今之道也。孔子作春秋，上揆之天道，下質諸人情，參之於古，考之於今，故春秋之所譏，災害之所加也；春秋之所惡，怪異之所施也。書邦家之過，兼災異之變，㠯此見人之所爲，其美惡之極，迺與天地流通，而往來相應，此亦言天之一端也。古者修敎訓之官，務㠯悳善化民；民已大化之後，天下常亡一人之獄矣。今世廢而不脩，亡㠯化民；民㠯故棄仁誼而死財利，是㠯犯法而罪多，一歲之獄，㠯萬千數，㠯此見古之不可不用也。故春秋變古，則譏之。天令之謂命，命非聖人不行；質樸之謂性，性非敎化不成；人欲之謂情，情非度制不節。是故王者上謹於承天意，㠯順命也；下務明敎化民，㠯成性也；正法度之宜，別上下之序，㠯防欲也；修此三者而大本舉矣。人受命於天，固超然異於羣生，入有父子兄弟之親，出有君臣上下之誼，會聚相遇，則有耆⑤老長幼之施，粲然有文㠯相接，驩然有恩㠯相愛，此人之所㠯貴也。生五穀以食之，桑麻㠯衣之，六畜㠯養之，服牛乘馬，圈豹檻虎，是其得天之靈，貴於物也。故孔子曰：『天地之性，人爲貴。』明於天性，知自貴於物；知自貴於物，然後知仁誼；知仁誼，然後重禮節；重禮節，然後安處善；安處善，然後樂循理；樂循理，然後謂之君子。故孔子曰『不知命，亡㠯爲君子。』此之謂也。

「册曰：『上嘉唐、虞，下悼桀、紂，寖微寖滅、寖明寖昌之道，虛心㠯改。』臣聞衆少成多，積小致鉅，故聖人莫不㠯晻⑥致明，㠯微致顯。是㠯堯發於諸侯，舜興虖深山⑦，非一日而顯也，蓋有漸㠯致之矣。言出於己，不可塞也；行發於身，不可掩也；言行，治之大者，君子之所㠯動天地也。故盡小者大，愼微者著，詩云：『惟此文王，小心翼翼⑧。』故堯兢兢⑨日行其道，而舜業業⑩日致其孝，善積而名顯，德章而身尊，此其寖明寖昌之道也。積善在身，猶長日加益，而人不知也；積惡在身，猶火之銷膏，而人不見也；非明虖情性，察虖流俗者，孰能知之？此唐、虞之所目得令名，而桀、紂之可為悼懼者也。夫善惡之相從，如景鄉⑪之應形聲也，故桀紂暴謾，讒賊並進，賢知隱伏；惡日顯，國日亂，晏然自目如日在天，終陵夷而大壞。夫暴逆不仁者，非一日而亡也，亦目漸至。故桀、紂雖亡道，然猶享國十餘年，此其寖微寖滅之道也。

「册曰：『三王之教，所祖不同，而皆有失。或謂久而不易者，道也，意豈異哉！』」臣聞夫樂而不亂，復而不厭者，謂之道。道者，萬世亡弊；弊者，道之失也。先王之道，必有偏而不起之處，故政有眊⑫而不行，舉其偏者，目補其弊而已矣。三王之道，所祖不同，非其相反，將目捄⑬溢扶衰，所遭之變然也。故孔子曰：『亡為而治者，其舜虖！』改正朔，易服色，目順天命而已。其餘盡循堯道，何更為哉！故王者有改制之名，亡變道之實。然夏上忠，殷上敬，周上文者，所繼之捄，當用此也。孔子曰：『殷因於夏禮，所損益可知也；周因於殷禮，所損益可知也；其或繼周者，雖百世可知也。』此言百王之用，㠯此三者矣！夏因於虞，而獨不言所損益者，其道如一，而所上同也。道之大原出於天，天不變，道亦不變，是㠯禹繼舜，舜繼堯，三聖相受而守一道，亡救弊之政也，故不言其所損益也。繇是觀之，繼治世者，其道同；繼亂世者，其道變。今漢繼大亂之後，若宜少損周之文，致用夏之忠者。陛下有明悳嘉道，愍世俗之靡薄⑭，悼王道之不昭，故舉賢良方正之士，論誼考問，將欲興仁誼之休德，明帝王之法制，建太平之道也。

「臣愚不肖，述所聞，誦所學，道師之言，廑能勿失耳。若迺論政事之得失，察天下之息耗⑮，此大臣輔佐之職，三公九卿之任，非臣仲舒所能及也。然而臣竊有怪者，夫古之天下，亦今之天下；今之天下，亦古之天下；共是天下，古亦大治，上下和睦，習俗美盛，不令而行，不禁而止，吏亡姦邪，民亡盜賊，囹圄⑯空虛，德潤草木，澤被四海，鳳凰來集，麒麟來游，㠯古準今，壹何不相逮之遠也？安所繆盭⑰而陵夷若是！意者有所失於古之道與？有所詭⑱於天之理與？試迹之古，返之於天，黨可得見乎！夫天亦有所分予⑲，予之齒者去其角，傅⑳其翼者兩其足，是所受大者不得取小也。古之所予祿者，不食於力，不動於末，是亦受大者不得取小，與天同意者也。夫已受大，又取小，天不能足，而況人乎！此民之所㠯囂囂㉑苦不足也。身寵而載高位，家溫而食厚祿，因乘富貴之資力，㠯與民爭利於下，民安能如之哉！是故衆其奴婢，多其牛羊，廣其田宅，博其產業，畜其積委，務此而亡已，㠯迫蹵民。民日削月朘㉒，寖㠯大窮，富者奢侈羨㉓溢，貧者窮急愁苦；窮急愁苦而上不救，則民不樂生；民不樂生，尚不避死，安能避罪？此刑罰之所㠯蕃，而姦邪不可勝者也。故受祿之家，食祿而已，不與民爭業，然後利可均布，而民可家足，此上天之理，而亦太古之道，天子之所宜法㠯爲制，大夫之所當循㠯爲行也。故公儀子㉔相魯，之其家，見織帛，怒而出其妻；食於舍而茹葵，慍而拔其葵，曰：『吾已食祿，又奪園夫、紅女利虖』？古之賢人君子在列位者，皆如是。是故下高其行，而從其敎；民化其廉，而不貪鄙。及至周室之衰，其卿大夫緩於誼而急於利，亡推讓之風，而有爭田之訟，故詩人疾而刺之曰；『節㉕彼南山，惟石巖巖㉖；赫赫㉗師尹，民具爾瞻。』爾好誼，則民鄉仁而俗善；爾好利，則民好邪而俗敗。

「由是觀之，天子大夫者，下民之視效，遠方之所四面而內望也。近者視而放之，遠者望而效之，豈可㠯居賢人之位而爲庶人行哉！夫皇皇㉘求財利，常恐乏匱者，庶人之意也；皇皇求仁義，常恐不能化民者，大夫之意也。易曰『負且乘，致寇至。』乘車者，君子之位也；負擔者，小人之事也；此言居君子之位而爲庶人之行者，其患禍必至也。若居君子之位，當君子之行，則舍公儀休之相魯，亡可爲者矣。春秋大一統者，天地之常經，古今之通誼也。今師異道，人異論，百家殊方，指意不同，是㠯上亡㠯持一統；法制數變，下不知所守。臣愚㠯爲諸不在六藝之科、孔子之術者，皆絕其道，勿使並進。邪辟之說滅息，然後統紀可一，而法度可明，民知所從矣。」

〔注釋〕

①寖 漸也。
②眩 惑也。
③介 助也。
④景 大也。
⑤耆 六十曰耆。
⑥晻 晦也。
⑦深山 指歷山。
⑧翼翼 敬肅貌。
⑨兢兢 戒懼貌。
⑩業業 危懼貌。
⑪景鄉 景，同影。鄉，同響。
⑫眊 音ㄇㄠˋ，不明也。
⑬捄 古救字。
⑭靡薄 靡，散也。薄，輕也。
⑮息耗 贏虧也。
⑯囹圄 音ㄌㄧㄥˊㄩˇ，監獄也。
⑰繆盭 盭，音ㄌㄧˋ。繆盭，猶繆戾，違反也。
⑱詭 違也。
⑲予 賜也。
⑳傅 附著也。
㉑囂囂 衆怨愁聲。
㉒朘 音ㄐㄩㄢ，剝削。
㉓羨 饒也。
㉔公儀子 公儀休，魯穆公時人。
㉕節 高峻貌。
㉖巖巖 積石貌。
㉗赫赫 顯盛貌。
㉘皇皇 急速貌。

〔作者〕

董仲舒，漢廣川（今河北棗強縣東北）人。生於文帝元年，卒年不詳。（西元前一七九——？年）。

仲舒少治春秋，景帝時爲博士，下帷講授，三年不窺園，學士皆師尊之。武帝時，屢對策，爲帝所重，尋以爲江都相，坐事廢爲中大夫。復因言災異，下獄論死，尋獲赦。後爲膠西王相，以病免。

仲舒獨崇儒術，罷黜百家，學有原委，嘗言：「仁人者，正其誼不謀其利，明其道不計其功。」爲漢醇儒。劉向稱之有王佐之才，伊，呂無以加，管、晏之屬所弗及。免官居家，朝廷有大議，輒遣使就其家問之。以年老終於家。有春秋繁露，董子文集。

〔說　明〕

本文選自漢書董仲舒傳。體裁屬奏議類。仲舒賢良策共三篇，此其第三篇。全文主旨在諫武帝法天爲道，治政乃昌。文分七段：首爲皇帝制文，有問於仲舒者。次段言辭不別白，指不分明，罪在己身。三段言天人之應。四段言昌明微滅，俱以漸。五段言三王之敎雖有不同，而行萬世無敝者，循道勿失也。六段言治政當法天道，已受大，不取小，不與民爭利。七段言欲一統天下，當罷黜百家，而獨崇儒術。

〔批　評〕

朱文公曰：「仲舒識得本源，如云：正心可以正朝廷。如說：仁義禮樂皆其具。此等說話皆好。若陸宣公之論事，卻精密，第恐本源處不如仲舒。」

胡文定公曰：「董仲舒，名儒也。多得春秋要義，所對切中當世之病，如罷出百家，表章六經，其功不在孟子下，何謂緩而不切乎？劉蕡雖直，非其目也。」

方望溪曰：「古文之法，首尾一線，惟對策最難，以所問本叉牙而難合也。惟董子能依問條對，事雖不一，而義理自相融貫；且大氣包舉，人莫窺其鎔鑄之迹，良由其學深造自得，故能左右逢源也。」又曰：「條舉所問以爲界畫，因制策詰以詞不別白，指不分明故也。唐宋以後，遂用此爲式。」

一八、謝上表

元結

臣某言：去年九月，勑①授道州②刺史，屬西戎侵軼③。至十二月，臣始於鄂州④授勑牒⑤，卽日赴任。臣州先被西原賊屠陷⑥，節度使⑦已差官攝⑧刺史，兼又聞奏。臣在道路待恩命者三月；臣以五月⑨二十二日到州上訖⑩。

耆老⑪見臣，俯伏而泣；官吏見臣，已無菜色⑫。城池井邑⑬，但生荒草；登高極望，不見人煙。嶺南整州⑭，與臣接近，餘寇蟻聚，尙未歸降。臣見⑮招輯流亡，率勸貧弱，保守城邑，畬種⑯山林，冀望秋後，少可全活⑰。臣愚以爲：今日刺史，若無武略，以制暴亂；若無文才，以救疲弊；若不清廉，以身率下；若不變通，以救時須，一州之人不叛，則亂將作矣。豈止一州者乎？臣料今日州縣，堪征稅者無幾，已破敗者實多；百姓繼墳墓⑱者蓋少，思流亡者乃衆；則刺史宜精選愼擇以委任之，固不可拘限官次⑲，得之貨賄，出之權門⑳者也。凡授刺史，特望陛下：一年問其流亡歸復幾何？田疇墾闢幾何？二年問畜養比初年幾倍？可稅比初年幾倍？三年計其功過，必行賞罰。則人皆不敢冀望僥倖，苟有所求。

臣實孱弱㉑，辱陛下符節㉒。陛下必當愼擇；臣固宜廢歸山野，供給井稅㉓。臣不任懇款㉔之至！謹遣某官奉表陳謝以聞。

〔注釋〕

①勑　同勅。皇帝諭告臣下之文書及頒賜爵位之詔令皆曰勑。

②道州　今湖南道縣。

③屬西戎侵軼　屬，適也。西戎。謂吐蕃，唐時雄霸西土。屢爲邊患。代宗廣德元年九月吐蕃寇涇州，十月犯京畿，西北數十州相繼淪沒。侵軼。侵犯。

④鄂州　今湖北武昌縣。是時作者侍親歸樊上，在今鄂城縣西北，屬鄂州。

⑤授勑牒　授，通受。牒，唐制詔令之一種。

⑥西原賊屠陷　新唐書南蠻傳：「西原蠻居廣、容之南，邕、桂之西。」（唐廣州，今廣東番禺縣。容州，今廣西北流縣。邕州，今廣西武鳴縣。桂州，今廣西桂林縣。）新唐書元結傳：「初，西原蠻掠居人數萬去，遺戶裁四千。」

⑦節度使　謂荊南節度使衞伯玉。道州于唐肅宗上元二年屬荊南節度使領，代宗廣德二年改屬湖南觀察使。此指未改隸前。

⑧攝　代也。

⑨五月　指廣德二年五月。

⑩上訖　謂上任接事畢。

⑪耆老　謂父老。禮記曲禮篇：「六十曰耆。」

⑫菜色　禮記王制篇：「民無菜色。」鄭注：「菜色，食菜之色。」陳澔集說：「飢而食菜則色

病，故云菜色。」

⑬井邑　謂市井及縣邑也。

⑭嶺南數州　嶺南，唐道名，以在五嶺之南，故名。有今兩廣及越南之地。與道州接近之數州，指賀州、詔州等。

⑮見　通現。

⑯畬種　即耕種之意。畬，音ㄩˊ，二歲治由也。禮記坊記篇：「易曰：不耕穫，不菑畬，凶。」鄭注：「田一歲曰菑，二歲曰畬，三歲曰新田。」畬，又音ㄕㄜ，火耕也。廣韻九麻：「畬，燒榛種田。」

⑰少可全活　少可，猶言稍可。全活，謂保全活者使得以存活。

⑱戀墳墓　戀先人之墳墓，則不肯捨去其鄉里也。

⑲不可拘限官次　謂宜破格拔用眞才，而不必拘限官階之次序也。

⑳出之權門　謂由權貴所援引。

㉑孱弱　謂懦弱無能。

㉒辱陛下符節　猶言辱陛下之任命也。

㉓井稅　謂田稅。

㉔懇款　懇切忠誠也。

〔作　者〕

元結，字次山，唐河南（今河南洛陽縣）人。生於唐玄宗開元十一年，卒於代宗大曆七年（西元七二三——七七二年），年五十。

結少不羈，十七乃折節向學，舉天寶進士，旋中制科。乾元二年史思明攻河陽，肅宗召詣京師，上時議三篇，帝悅之。累遷水部員外郎，兼殿中侍御史、荆南節度使判官，佐呂諲幕，又參與山南東道來瑱幕府。代宗立，授著作郎，以侍親歸樊上，著書自娛。後拜道州刺史，爲民營舍，給田地，免徭役，流亡歸者萬餘家，民皆樂其敎焉。進授容管經略使，親入獠洞，諭撫蠻豪，綏靖諸州。大曆四年，加左金吾衞將軍兼御史中丞，七年還京，方將加位，遇疾卒，贈禮部侍郎。結性耿介，有憂道憫世之意。其文章戛戛獨造，變排偶綺靡之習，寄託深遠。俊雄剛健，唐文在韓愈以前毅然自爲者自結始。著有次山集十二卷，又編有沈千運、王季友等七人詩爲篋中集。

〔說 明〕

本文選自次山集。體裁屬奏議類。是乃元結到任道州刺史後謝皇帝之奏表。文分三段：首段述赴任經過。二段陳到任後見道州經賊攻掠殘破之情況，及所采之應急措施，並兼陳選吏及課吏之法。末段表示受份謝恩之意。

〔批 評〕

自來謝上表多爲受恩感激之詞，次山此表，不但謝上，且能極論民窮吏惡，而勸天子精擇州牧。剴切眞摯，不事華藻，而自然動人，是世間有用文字。宋洪邁容齋隨筆稱爲「自謝表以來，未之有也。」信然。

二九、奉天論奏當今所切務狀

陸贄

隱朝①昨日奉②宣聖旨：逆賊③雖退，猶未收城，令臣審思，當今所務，何者最切，具條錄奏來者。

伏④以初經大變，海內震驚，無論順逆賢愚，必皆企竦⑤觀聽。陛下一言失則四方解體，一事當則萬姓屬心，動關安危，不可不慎。臣謂當今急務，在於審察羣情。若羣情之所甚欲者，陛下先行之；羣情之所甚惡者，陛下先去之。欲惡與天下同，而天下不歸者，自古及今，未之有也。夫理亂之本，繫於人心，況乎當變故動搖之時，在危疑向背之際，人之所歸則植⑥，人之所去則傾。陛下安可不審察羣情，同其欲惡，使億兆歸趣⑦，以靖邦家乎？此誠當今之所急也。

然尚恐爲之不易者，蓋以朝廷播越⑧，王命未行，施之空言，人或不信。何以言其然？今天下之所欲者，在息兵，在安業；天下之所惡者，在斂重，在法苛。陛下欲息兵，則寇孽⑨猶存，兵固不可息矣。欲安業，則征徭[10]未罷，業固未可安矣。欲薄斂，則郡縣懼乏軍用，令必不從矣。欲去苛，則行在[11]素霽[12]威嚴，言且無驗矣。此皆勢有所未制[13]，意有所未從。雖施於德音[14]，足慰來蘇之望[15]，而稽諸事實，未符悔禍[16]之誠。且動人以言者，其感不深；動人以行者，其應必速。蓋以言因事而易發，行違欲而難成；易發，故有所未孚[17]；難成，故無思不服[18]。今陛下將欲平禍亂，拯阽[19]危，恤烝黎，安反側，既未有息人之實，又乏於施惠之資，唯當違欲以行己所難，布誠以除人所病，乃可以彰追咎之意，副惟新[20]之言。若猶不然，未見其可。

頃者竊聞輿議，頗究羣情；四方則患於中外意乖，百辟[21]又患於君臣道隔，郡國之志不達於朝廷，朝廷之誠不升於軒陛[22]；上澤闕於下布，下情壅[23]於上聞，實事不必[24]知，知事不必實，上下否隔[25]於其際，眞僞雜糅於其間；聚怨囂囂，騰謗籍籍[26]，欲無疑阻，其可得乎？物論則然，人心可見。蓋謂含宏聽納[27]，是聖主之所難；鬱抑猜嫌，是衆情之所病。伏惟陛下神無滯用，鑒必窮微，愈其病而易其難，如淬鋒潰疣[28]，決防注水耳。可以崇德美，可以濟艱難，陛下何慮不行，而直爲此懍懍㉙也？臣謂宜因文武羣官入參之日，陛下特加延接，親與敍言，備詢禍亂之由，明示咎悔之意，各使極言得失，仍㉚令一一面陳。軍務之際，到卽引對，不拘時限，用表憂勤。周公勤握髮吐餐㉛，而天下歸心，則此義也。又當假㉜之優禮，悅以溫顏。言切而理愜㉝者必賞，導以盡其情；識寡而辭拙者，亦容恕以嘉其意。有諫諍無隱者，願陛下叶成湯改過之美，褒其直而勿吝其非㉞；有謀猷㉟可用者，願陛下體大禹拜言㊱之誠，獎其能而亟行其策。至於匹夫片善，采錄不遺；庶士傳言，聽納無倦，是乃總天下之智，以助聰明；順天下之心，以施教令，則君臣同志，何有不從？遠邇歸心，孰與爲亂？化疑梗爲訢合㊲，易怨謗爲謳歌，浹辰之間㊳，可使丕變。

陛下儻行之不厭，用之得中，從義如轉圜㊴，進善如不及，推廣此道，足致和平。其於昭德塞違㊵，恐不止當今所急也。慮有愚而近道，事有要而似迂，冀垂睿思，反覆詳覽；必或無足觀採，捨棄非遙。謹奏。

〔注釋〕

①隱朝　人名，指傳送詔書者。

②奉　同捧。

③逆賊　指朱泚等人。朱泚，唐昌平人，代宗時爲盧龍節度使朱希彩部將，希彩爲部下所殺，泚代領其衆，後入朝。德宗立，拜太尉，涇原節度使姚令言在京作亂，帝奔奉天，令言奉泚稱帝。李晟收復京師，泚逃往彭原，爲部將所殺。

④伏　人臣之謙詞。

⑤企竦　企，舉踵而望也。竦，企立也。謂引領舉踵以示關注也。

⑥植　樹立也。喻穩定興盛。

⑦歸趣　歸，歸附。趣，通趨，趨向也。歸趣，猶歸附也。

⑧播越　言流亡在外，失其所居也。後漢書袁術傳：「天子播越。」注：「播，遷也，越，逸也，言失所居。」

⑨寇孽　謂亂黨之災禍。

⑩征徭　征，行也。徭，役也。謂軍旅或勞役之徵用。

⑪行在　天子巡幸所在之地。時德宗避難於奉天。

⑫霽　本雨止也，引伸有消失、喪失之意。

⑬勢有所未制　制，止也，引伸有穩固意。此謂情勢尙未穩固。

⑭德音　本有道者之言，見詩經大雅皇矣篇。後專指君王之言，至唐則曉諭全國上下之文字，咸謂之德音。

⑮來蘇之望　來蘇，「后來其蘇」之省，語見書經仲虺之誥篇。

⑯悔禍　改過。唐德宗嘗下詔罪己。

⑰孚　信也。

⑱無思不服　思，語中助詞。語見詩經大雅文王有聲篇。

⑲阽　危也。

⑳副惟新　副，符合也。惟，通維。惟新，改革舊法而行新政也。語出詩經大雅文王篇。

㉑百辟　百官也。百辟本指諸侯，釋詁：「辟，君也。」諸侯各君其國，故云百辟。

㉒軒陛　高階也。

㉓雍　通壅，塞也。

㉔不必　未必也。

㉕否隔　否，同閉。否隔謂閉塞阻隔。

㉖籍籍　語聲喧聒也。籍爲諎之借字。諎，大聲也。

㉗含宏聽納　包涵寬宏，廣聽博納。

㉘淬鋒潰疣　淬，淬礪也。疣，音ㄧㄡˊ，皮膚上所長之膿疱也。意謂淬礪刀鋒，刺破膿疱，喻其易也。

㉙懍懍　畏懼也

㉚仍　因而。

㉛周公勤握髮吐餐　周公輔成王，勤國事，於沐髮進餐時，凡人求見，咸握髮吐餐以見。史記魯世家：「周公一沐三握髮，一飯三吐哺。」

㉜假　與也。

㉝愜　足也。

㉞勿吝其非　吝，恨也。謂不可恨諫諍者之直言。

㉟謀猷　猷，亦謀也。此謂謀畫策略。

㊱大禹拜言　孟子公孫丑篇：「禹聞善言則拜。」

㊲訢合　訢，音ㄒㄧ。訢合，感通也。

㊳浹辰之間　十二日也。語出左傳成公九年。浹，周匝也。辰，古以子丑寅卯等十二地支紀日謂之辰。浹辰，即自子日至亥日一周匝，計十二日也。

㊴轉圜　喻事便易也。漢書梅福傳：「昔高祖納善若不及，從諫若轉圜。」

㊵昭德塞違　彰明聖德，阻塞違逆。

〔作　者〕

陸贄，字敬輿，唐蘇州嘉興（今浙江省嘉興縣）人。生於玄宗天寶十三年（西元七五四年），十八第進士，中博學宏辭，調鄭尉，罷歸，壽州刺史張鎰，有重名，贄往見，語三日，奇之，請為忘年交。既行，餉錢百萬，曰：請為母夫人一日費。贄不納，止受茶一串。德宗為太子時，已聞其名。及即位，召為翰林學士，甚為親信，雖有宰相，然定謀略，參決議，悉聽於贄，時號「內相」。建中時，朱泚叛亂，贄隨德宗避禍奉天、時天下多事，機務繁瑣，一日之內，詔書數百，而贄揮翰起草，文思如泉注，無不曲盡事情，中於機會，羣臣推服，德宗但呼其行輩而不名，足見愛重之甚。亂既平，累遷中書侍郎同平章事，以本性忠藎嚴正，疾惡如仇，而忤佞臣竇參、裴延齡等，遂遭讒毀，貶忠州（今四川忠縣）別駕，幾遭不測。或勸其勿太鋼銳，贄曰：「吾上不負朝廷，下不負所學，不恤其它！」順宗（李誦）立（西元八〇五年），特詔起之，詔未至而卒，年五十二，謚曰宣。

贄幼喜儒學，才華穎出，操守堅貞，議論端實，素以忠誠事主，故所作議論文字，非但有補於當時，亦足傳聞於後世。朱熹謂其根於仁義，學問純粹；後人又以唐代名相房玄齡、魏徵、姚崇、宋景比之，洵非溢美。其文搉古揚今，雄深嚴密，調婉而直，理順而明，輕重利害，一目了然。雖近於駢儷，而明潔條暢，委宛達意，尤以波濤迴合，氣勢之渾融見長。後之習為議理論事之文者，莫不宗之，有陸宣公翰苑集二十二卷傳世，其奏議尤著。

〔說　明〕

本文選自陸宣公翰苑集。體裁屬奏議類。唐德宗李適初立，勵精圖治，藩鎭敬畏，然其志大才疏，且用人不當，以盧杞爲相，致使政治日非，反爲藩鎭所輕，相繼叛亂。建中四年（西元七八三年）多十月，涇原（今甘肅涇川縣）節度使原姚令言奉詔東討叛賊，至京師，以賞賜薄而反，德宗避亂奉天（今陝西省乾縣），涇原亂兵擁朱泚爲大秦皇帝，改元應天，國號漢，兵逼奉天，情勢危急。十一月李懷先率兵至，泚敗危解，其時德宗以陸贄爲謀士，赦他鎭之叛亂，而以平朱泚收京師爲急務。朱泚雖敗，然京師未復，故德宗以當今急切之務詢之，贄因而上此書。凡陳述事實之文字曰狀，本文乃上奏皇上者。本文主旨係陳明開誠佈公，含宏聽納之重要。文分五段：首段言所奉聖旨之內容。次段言當今急務，在審察羣情，同其欲惡。三段言羣情之欲惡，以當時之情勢，恐不易爲之；惟當違欲以行己所難，布誠以除人所病，始可彰追咎之意，副惟新之言。四段言若開誠佈公，含宏聽納，始可上下情通，遠邇歸心。末段言若從義如轉圜，進善如不及，必可獲致和平；而以冀垂睿思，反覆詳覽作結。

〔批　評〕

全文明潔條暢，委宛達意，而所論「審察羣情，同其欲惡」，不止當時之所務，亦千秋不易之至理。尤其惓惓忠愛之意，見於言表，無怪武夫悍卒，無不感泣。

曾國藩曰：「陸敬興事多疑之主，馭難馴之將，燭之以至明，將之以至誠；譬若御駑馬，登峻坂，縱橫險阻，而不失其馳，何其神也」！

三〇、論兩河及淮西利害狀

陸贄

臣本書生，不習戎事，竊惟霍去病①，漢將之良者也，每言行軍用師之道，顧方略何如耳，不在學古兵法。是知兵法者無他，見其情而通其變，則得失可辯，成敗可知；古人所以坐籌樽俎②之間，制勝千里之外者，得此道也。

臣才不逮古人，而頗窺其意，是敢承詔不默，輒陳狂愚：伏以尅敵③之要，在乎將得其人；馭將之方，在乎操得其柄。將非其人者，兵雖衆不足恃；操失其柄者，將雖材不爲用。兵不足恃，與無兵同；將不爲用，與無將同。將不能使兵，國不能馭將，非止費財翫寇④之弊，亦有不戢自焚之災⑤。自昔禍亂之興，何嘗不由於此？

今兩河、淮西爲叛亂之帥者，獨四五凶人而已，尚恐其中或有傍遭詿誤⑥，內蓄危疑，蒼黃失圖，勢不得止；亦未必皆是處心積慮，果爲姦逆，以僭帝稱王者也。況其餘衆，蓋並脅從，苟知全生，豈願爲惡？若招攜以法，悔禍以誠，使來者必安，安者必久，斯道積著，人誰不懷？縱有野心難馴，臣知其從化者必過半矣！舞干苗格⑦，豈獨虛言？假使四五兇渠⑧，俱稟鴟梟⑨之性；其下同惡，復有十百相從；是皆卒伍庸流，闒茸⑩下品。其志好不過聲色財貨之樂；其材用不過蹴踘距踴⑪之能。其約從⑫締交，則迭相侮詐以爲智謀；其御衆使人，則例質妻孥以爲術數；斯乃盜竊偷安之伍，非有姦雄特異之資。以陛下英神，志期平壹⑬，君臣之勢不類，逆順之理不侔，形勢之大小不倫，師徒之衆寡不敵，然尙曠歲持久，師老費財，加算不止於舟車，徵卒殆窮於閭、濮⑭，笞肉捶骨⑮，呻吟里閭，送父別夫，號呼道路，杼軸⑯已空，輿發已殫，而將帥者尙曰財不足、兵不多，此微臣所以千慮百思而不悟其理也，未審陛下嘗徵其說、察其由乎？股肱之臣，日月獻納，復爲陛下察其事乎？臣愚無知，實所深感。遂乃過爲臆度，輒肆討論。以爲尅敵之要，在乎將得其人；馭將之方，在乎操得其柄。將非其人者，兵雖衆不足恃；操失其柄者，將雖材不爲用。今以陛下効其明聖，羣帥畏威，雖萬無此虞，然亦不可不試省察也。陛下若謂臣此說蓋虛體耳，不足徵焉，臣請復爲陛下效其明徵，以實前說。田悅唱亂⑰之始，氣盛力全，恆、趙、青、齊⑱，迭爲脣齒，陛下特詔馬燧⑲，委之專征。抱眞、李芃⑳，聲勢相援，于時士吏畏法，將帥感恩，俱蘊勝殘盡敵之誠，未有爭功邀利之釁，故能累摧堅陣，深抵窮巢，元惡幸脫於俘囚，兇徒幾盡於鋒刃。臣故曰：剋敵之要，在乎將得其人；馭將之方，在乎操得其柄；此其明效也。

田悅既敗，力屈勢窮，且皆離心，莫有固志，乘我師勝捷之氣，蹦亡虜傷夷之餘，比於前功，難易百倍。既而大軍遂駐，遺孽㉑復安，其後餽運日增，師徒日益，于茲再稔㉒，竟不交鋒。量兵力，則前者寡而今者多；議軍資，則前者薄而今者厚；論氣勢，則前者新集而今者乘勝；度攻具，則前者草創而今者繕完㉓；計兇黨，則前者盛而今者殘；揣敵情，則前者銳而今者挫。然而勢因時變，事與理乖，當易而反難，當進而中止，本末殊趣，前後易方，順理之常，必不如此。臣故曰：將非其人者，兵雖衆不足恃；操失其柄者，將雖材不爲用。此自昔必然之効，但未審今茲事實，得無近於此乎？在陛下熟察而亟救之耳，固不在益兵以生事，加賦以殄人㉔，無紓目前之虞㉕，或興意外之患。

人者邦之本也，財者人之心也，兵者財之蠹㉖也。其心傷，則其本傷；其本傷，則枝幹顛瘁，而根柢蹶拔矣！惟陛下重愼之，愍惜之。今師興三年，可謂久矣；稅及百物，可謂繁矣；陛下爲之宵衣旰食㉗，可謂憂勤矣；海內爲之行齎居送㉘，可謂勞弊矣；而寇亂有益，翦滅無期，人搖不寧，事變難測，是以兵貴拙速，不貴巧遲，速則乘機，遲則生變，此兵法深切之誡，往事明著之驗也。

夫投膠以變濁，不如澄其源而濁變之愈也；揚湯以止沸，不如絕其薪而沸止之速也。是以勞心於服遠者，莫若修近而其遠自來；多方以救失者，莫若改行而其失自去。若不靖於本，而務救於末，則救之所爲，乃禍之所起也。修近之道，改行之方，易於擧毛，但在陛下然之與否耳。

儻或重難易制，姑務持危，則當校禍患之重輕，辯攻守之緩急。臣謂幽、燕、恆、魏之寇，勢緩而禍輕；汝、洛、滎、汴之虞，勢急而禍重。緩者宜圖之以計，今失於屯戍太多；急者宜備之以嚴，今失於守禦不足。何以言其然也？自胡羯稱亂，首起薊門㉙，中興已來，未暇芟蕩㉚，因其降將，卽而撫之，朝廷置河朔於度外，殆三十年，非一朝一夕之所急也。田悅累經覆敗，氣沮勢羸，偸全餘生，無復遠略。武俊蓄種㉛，有勇無謀；朱滔卒材[32]，多疑少決；皆受田悅誘陷，遂爲猖狂出師，事起無名，衆情不附，進退惶惑，內外防虞，所以纔至魏郊，遽又退歸巢穴，意在自保，勢無他圖，加以洪河、太行[33]禦其衝，并、汾、洺、潞[34]壓其腹，雖欲放肆，亦何能爲？又此郡兇徒，互相劫制，急則合力，退則背憎，是皆苟且之徒，必無越軼之患，此臣所謂幽、燕、恆、魏之寇，勢緩而禍輕；希烈[35]忍於傷殘，果於吞噬，據蔡、許富全之地，益鄧、襄鹵獲之資，意殊無厭，兵且未戢[36]，東寇則轉輸將阻，北窺則都城或驚，此臣所謂汝、洛、滎、汴之虞，勢急而禍重；代、朔、邠、靈之騎士，自昔之精騎也，上黨、盟津之步卒，當今之練卒也，悉此彊勁，委之山東，勢分於將多，財屈於兵廣，以攻則曠歲不進，以守則數倍有餘，各懷顧瞻，遞欲推倚，此臣所謂緩者宜圖之以計，今失於屯戍太多；李勉以文吏之材，當浚郊奔突之會，哥舒曜以烏合之衆，扞襄野豺狼之羣，陛下雖連發禁軍[37]，以爲繼援，累勅諸鎮，務使協同，睿旨殷憂，人思自効，但恐本非素習，令不適從，奔鯨[38]觸羅，倉卒難制，首鼠[39]應敵，因循莫前，此臣所謂急者宜備之以嚴，今失於守禦不足。陛下若察其緩急，審其重輕，使懷光⑳帥師，救襄城之圍，李尤還鎮，爲東都之援，汝、洛既固，梁、宋亦安，是乃取有餘，救不足，罷關右賦車籍馬㊶之擾，減山東飛芻輓粟㊷之勞，無擾則禍亂不生，息勞則物力可濟，非止排難於變切，亦將防患於未然。徵發既停，守備且固，足得徐觀事勢，更選良圖，此於紓亂解紛，抑亦計之次也。

議者若曰：「河朔羣盜，尚未殲夷，儻又減兵，必更生患。」此蓋好異不思之說耳，臣請有以詰之：前歲伐叛之初，唯馬燧、抱眞、李芃三帥而已，以攻必克，以戰必殭，是則力非不足明矣！洎㊸遲留不進，乃請益師，於是選神策銳卒以繼之，而李晟㊹往矣；猶曰未足，復請益師，於是徵朔方全軍以赴之，而懷光往矣；幾遣加半之戍，竟無分寸之功，是則師不在衆又明矣！然而，可託以爲解者必曰：「王師雖益，賊黨亦增，曩獨田悅、寶臣，今兼朱滔、武俊。」臣請再詰以塞其辭，曩之田悅、寶臣，皆蓄銳養謀，劇賊之方殭者也；尋而田悅喪敗，寶臣殲夷，雖復朱滔、武俊加於前，亦有孝忠、日知㊺乘其後；是則賊勢不滋於曩日，王師有益於昔時，又明矣！曩以太原、澤潞、河陽三將之衆，當田悅、朱滔、武俊三寇之兵，今朱滔遁歸，武俊退縮，唯此田悅，假息危城，設使我師悉歸，彼亦纔能自守，況留抱眞、馬燧，足得觀釁討除，是則減兵東征，勢必無患，又明矣！留之則彼爲冗食㊻，徙之則此爲長城，化危爲安，息費從省，舉一而兼數利，惟陛下圖之，謹奏。

〔注釋〕

①霍去病　漢平陽（今山西臨汾）人，善騎射。武帝時，前後凡六擊匈奴，遠涉沙漠，封狼居胥山而還，拜驃騎將軍。

②樽俎　樽，盛酒器。俎，音ㄗㄨˇ，古宴享時用以載牲之具。

③尅敵　尅，音ㄎㄜˋ，同剋，勝也。尅敵，謂戰勝敵人。

④翫寇　翫，音ㄨㄢˋ，同玩，狎習也。左傳僖公五年：「寇不可翫。」

⑤不戢自焚之災　戢，音ㄐㄧˊ，斂藏也。不戢自焚之災，謂不斂藏干戈，則反爲戰火自焚之災害。

⑥詿誤　詿，音ㄍㄨㄚˋ，欺也。詿誤，欺蒙牽累他人犯罪也。

⑦舞干苗格　苗，古三苗之國，在今江西西北、湖南東北一帶。格，來也。書經大禹謨篇：「帝乃誕敷文德，舞干羽于兩階，七旬，有苗格。」孔傳：「干，楯。羽，翳也。皆舞者所執。修闡文敎，舞文舞于賓主階間，抑武事。」孔穎達疏：「帝舜乃大布文德，舞干羽于兩階之間，七旬而有苗自服來至。

言主聖臣賢，御之有道也。」

⑧兇渠　渠，帥也。兇渠，謂叛軍兇惡之統帥。

⑨鴟梟　音ㄔ　ㄒㄧㄠ，惡鳥也，與鴟鴞同，以喻兇殘。

⑩闒茸　音ㄊㄚˋ　ㄖㄨㄥˊ，新方言釋言：「闒爲小戶，茸爲小草，故並擧以狀微賤也。」

⑪蹴踘距踴　蹴，音ㄘㄨˋ，蹋也，踢也。踘，音ㄐㄩˊ，同鞠，皮球也，以韋爲之，實以柔物。蹴踘，踢蹴皮球以爲戲，其制與近世之踢足球相類。踴，音ㄩㄥˇ。距踴，跳躍也。

⑫約從　從，音ㄗㄨㄥ，同縱。約從，相約以合縱之策。

⑬平壹　壹，同一。平壹，平定四方，統一天下。

⑭閩、濮　皆古種族名。閩在今福建省及浙東一部之地，說文稱東南越，古時南蠻之別支。濮，即百濮之族，無君長統領，各以邑落自聚，故稱百濮，約居今江漢之間。

⑮笞肉捶骨　笞，音ㄔ，鞭笞也。捶，音ㄔㄨㄟˊ，捶打也。鞭肉捶骨，言以鞭笞擊士卒之肉體，以杖捶打其筋骨也。

⑯杼軸　音ㄓㄨˋ　ㄓㄨˊ。軸，通柚。土作謂之杼，木作謂之柚，見揚雄方言。

⑰田悅唱亂　田悅，唐盧龍（今河北撫寧縣東）人，從父承嗣，嘗爲安祿山將，累官天雄軍節度使，封雁門郡王。悅剽悍善鬪，承嗣愛其才，將死，命悅知節度事，代宗因詔悅爲節度使。德宗立，不假借方鎮，諸藩帥懼，悅遂合謀同叛，國號魏，僭稱王。唱，通倡。

⑱恆、青、趙、齊　恆，指恆州，唐時成德節度使所治。青，指淄青。田悅初倡亂，嘗與成德節度使李寶臣子惟岳，淄青節度使李正己子納，同謀叛逆。後悅僭稱王，王武俊稱趙王，李納稱齊王。趙、齊當指此。

⑲馬燧　字洵美，屢破李靈耀，又平李懷光有

功，累官河東節度使，同中書門下平章事，封北平郡王。

⑳抱眞、李芃　抱眞，唐將李抱眞也，字太玄。歷官澤、懷二州刺史，澤懷潞觀察留後，德宗時，領昭義軍，破朱滔有功。李芃，趙州人，字茂初。德宗時，爲河陽節度使，與馬燧等破田悅，官至檢校尚書左僕射。

㉑遺孽　謂遺留之臣民也。

㉒再稔　稔，音ㄖㄣˇ，穀一熟曰稔。再稔，二年也。

㉓繕完　謂修治也。

㉔殄人　殄，音ㄊㄧㄢˇ，絕也，病也。殄人，使民勞瘁也。

㉕無紓目前之虞　紓，音ㄕㄨ，緩也。虞，憂也。

㉖蠹　音ㄉㄨˋ，木中蟲也，俗稱蛀蟲。

㉗宵衣旰食　旰，音ㄍㄢˋ，晚也。宵衣旰食，天未明而衣，日既昃而食，言天子盡心勤勞政事也。

㉘行齎居送　齎，音ㄐㄧ，持贈也。行齎居送，謂行者居者持送飲食之物也。

㉙薊門　地名，亦名薊丘，在北平德勝門外西北。

㉚芟蕩　芟，音ㄕㄢ，削除也。芟蕩，謂芟除掃蕩也。

㉛武俊蕃種　古稱化外之民族曰蕃，王武俊係契丹人，故稱蕃種。武俊字元英，初爲李寶臣裨將，寶臣歸唐，德宗授武俊恆冀觀察使。武俊心不平，與朱滔共反，屢破王師，自稱王，國號趙。後李抱眞遣客說之，約去僞號。官至檢校太尉，卒謚忠烈。

㉜朱滔卒材　言朱滔係士卒之材，非將帥之材也。滔初爲朱希烈主帳下，後與王武俊等僭立國號，爲盟主。

㉝洪河、太行　洪河，大河，即黃河也。行，音ㄏㄤˊ。太行，山名，起自河南，北入山西及河北省境。

㉞并、汾、洺、潞　四州名，故地在今山西、

河北一帶。

㉟希烈　李希烈，遼西人。德宗時，拜淮西節度使，進南平郡王。

㊱衂　衄之俗字。衄，音ㄋㄧㄡˋ，折傷也。

㊲禁軍　唐天子之衞兵，以守京師、備征戍，曰禁軍。

㊳奔鯨　逃逸之鯨魚，喻不義之人。

㊴首鼠　謂遲疑也，見爾雅釋訓。埤雅釋蟲曰：「鼠性疑，出穴多不果，故持兩端者，謂之首鼠。」

㊵懷光　唐靺鞨人，本姓茹，賜姓李。德宗時，以戰功爲都虞侯，旋爲寧慶、晉絳等州節度使，又以破朱泚功，進副元帥

㊶賦車籍馬　賦車，貢賦之車。籍馬，謂稅民之財，使備車馬也。

㊷飛芻輓粟　輓，音ㄨㄢˇ，行車也。飛芻輓粟，謂運送糧草穀物，令其速至也。芻曰飛，粟曰輓，互文見義。

㊸洎　音ㄐㄧˋ，及也。

㊹李晟　字良器，唐臨潭（今甘肅臨洮縣南）人。德宗時，平朱泚，收復京師，解帝奉天之圍，以功官至司徒，封西平王，卒謚忠武。

㊺孝忠、日知　孝忠，張孝忠。天寶末爲安祿山偏將，常爲前鋒。史朝義敗，自歸，授左領軍將軍，歷成德軍節度使。性樸誠勇敢，貞元中，累官檢校司空，卒謚貞武。日知，康日知。德宗時，官趙州刺史，深州觀察使，奉誠軍節度使，檢校尚書左僕射，封會稽郡王。

㊻冗食　冗，音ㄖㄨㄥˇ，同宂。冗食，謂無事而食也。

〔作　者〕

見本書第二九篇作者欄。

〔說　明〕

本文選自陸宣公翰苑集。體裁屬奏議類。唐德宗時，兩河、淮西一帶，將帥興兵叛亂，朝廷靖亂之兵，曠歲持久，師老費財，作者因上此疏，剴切剖析當時形勢之緩急輕重，以明利害。全文主旨，在陳述用兵之道，在通達人情之變，欲德宗感化賊衆，減兵東征，冀一擧而兼數利。文分十段：首段論用兵之道，在通人情之變。次段論尅敵之要，在乎將得其人；馭將之方，在乎操得其柄。三段論兩河、淮西叛亂者，宜招携感化，而不宜曠時費財，使民衆受戰亂之苦。四段擧田悅始亂時之明徵，以證實前文「尅敵之要，在乎將得其人；馭將之方，在乎操得其柄」二語。五段復擧田悅既敗後之事勢，以證「將非其人者，兵雖衆不足恃；操失其柄者，將雖材不爲用」二語，冀君熟察而亟救之。六段申論兵貴拙速，不貴巧遲之理。七段申論靖本救末之道。八段言當校禍患之重輕，辨攻守之緩急。九段分析當時叛軍形勢，以明緩急輕重，欲德宗察其緩急，審其輕重而用兵，以求無擾與息勞。末段層層剖析：力非不足，師不在衆，且賊勢不滋於曩日，王師有益於昔時，以減兵東征，勢必無患，擧一而兼數利作結。

〔批　評〕

陸宣公，唐之名臣也，其論諫數十百篇，皆本乎仁義，譏陳時政，炳若丹青。宋蘇軾於元祐八年進呈宣公奏議於哲宗云：「伏見唐宰相陸贄，才本王佐，學爲帝師，論深切於事情，言不離於道德。智如子房，而文則過；辯如賈誼，而術不疎；上以格君心之非，下以通天下之志。但其不幸，仕不遇時，德宗以苛刻爲能，而贄諫之以忠厚；德宗以猜疑爲術，而贄勸之以推誠；德宗好用兵，而贄以消兵爲先；德宗好聚財，而贄以散財爲急。至於用人聽言之法，治邊馭將之方，罪己以收人心，改過以應天道，去小人以除民患，惜名器以待有功，如此之流，未易悉數，可謂進苦口之藥，鍼害身之膏肓，使德宗盡用其言，則貞觀可得而復。」評論詳明深切。本文於用兵之道，尅敵之要，馭將之方，皆有精到之論；尤於時勢利害，層層剖析，無不剴切著明，深中事理；而招携賊衆、欲求無擾息勞諸節，又純本於仁者之懷，以天下蒼生爲念，此宣公奏議之所以獨垂千古也；至於文理之密，文氣之暢，與夫章法之工，辭義之高，猶其餘事也。

三一、諫佛骨表

韓　愈

臣某言：伏以佛者，夷狄之一法耳。自後漢時流入中國，上古未嘗有也。

昔者黃帝①在位百年，年百一十歲。少昊②在位八十年，年百歲。顓頊在位七十九年，年九十八歲。帝嚳③在位七十年，年百五歲。帝堯④在位九十八年，年百一十八歲。帝舜⑤及禹⑥年皆百歲。此時天下太平，百姓安樂壽考，然而中國未有佛也。其後殷湯⑦亦年百歲。湯孫太戊在位七十五年，武丁在位五十九年，書史不言其年壽所極，推其年數，蓋亦俱不減百歲。周文王年九十七歲，武王年九十三歲，穆王⑧在位百年，此時佛法亦未入中國，非因事佛而致然也。漢明帝⑨時，始有佛法，明帝在位，纔十八年耳。其後亂亡相繼，運祚不長。宋、齊、梁、陳、元魏以下，事佛漸謹，年代尤促。惟梁武帝⑩在位四十八年，前後三度，捨身施佛，宗廟之祭，不用牲牢；晝日一食，止於菜果。其後竟爲侯景所逼，餓死臺城⑪，國亦尋滅。事佛求福，乃更得禍。由此觀之，佛不足事，亦可知矣！

高祖始受隋禪，則議除之⑫，當時羣臣材識不遠，不能深知先王之道，古今之宜，推闡聖明，以救斯弊，其事遂止，臣常恨焉。伏惟睿聖文武皇帝陛下，神聖英武，數千百年以來，未有倫比。卽位之初，卽不許度人爲僧尼道士，又不許創立寺觀，臣常以爲高祖之志，必行於陛下之手；今縱未能卽行，豈可恣之轉令盛也？

今聞陛下令羣僧迎佛骨於鳳翔⑬，御樓以觀，舁入大內，又令諸寺遞迎供養。臣雖至愚，必知陛下不惑於佛，作此崇奉，以祈福祥也。直以年豐人樂，徇⑭人之心，爲京都士庶設詭異之觀，戲翫之具耳。安有聖明若此，而肯信此等事哉？然百姓愚冥，易惑難曉，苟見陛下如此，將謂眞心事佛。皆云天子大聖，猶一心敬信，百姓何人，豈合更惜身命？焚頂燒指，百十爲羣，解衣散錢，自朝至暮，轉相倣效，惟恐後時。老少奔波，棄其業次。若不卽加禁遏，更歷諸寺，必有斷臂臠身，以爲供養者，傷風敗俗，傳笑四方，非細事也。

　　夫佛本夷狄之人，與中國言語不通，衣服殊製。口不言先王之法言，身不服先王之法服，不知君臣之義，父子之情。假如其身至今尙在，奉其國命，來朝京師，陛下容而接之，不過宣政⑮一見，禮賓一設⑯，賜衣一襲，衞而出之於境，不令惑衆也。況其身死已久，枯朽之骨，凶穢之餘，豈宜令入宮禁！孔子曰：「敬鬼神而遠之。」古之諸侯，行弔於其國，尙令巫祝先以桃茢祓除不祥⑰，然後進弔。今無故取朽穢之物，親臨觀之，巫祝不先，桃茢不用，羣臣不言其非，御史不舉其失，臣實恥之。

　　乞以此骨付之有司，投諸水火，永絕根本。斷天下之疑，絕後代之惑。使天下之人，知大聖人之所作爲，出於尋常萬萬也，豈不盛哉！豈不快哉！佛如有靈，能作禍祟，凡有殃咎，宜加臣身。上天鑒臨，臣不怨悔。無任感激，懇悃之至！謹奉表以聞。臣某誠惶誠恐。

〔注　釋〕

①黃帝　姓公孫，長於姬水，又姓姬，生於軒轅之丘，故曰軒轅氏。

②少昊　亦作少皞，黃帝子，名摯。

③帝嚳　黃帝曾孫，名夋，受封於辛，號高辛氏。

④堯　帝嚳次子，稱伊耆氏，又稱陶唐氏，號曰堯，史稱唐堯，又稱放勳。

⑤舜　姓姚，名重華，受堯禪即帝位，曰有虞氏。

⑥禹　夏朝開國之君，顓頊孫，姓姒氏，其號曰禹，亦曰文命。堯之時，治水有功，後受舜禪爲天子。史稱夏禹，又稱夏后氏。

⑦湯　商朝開國之君，姓子，名履，初居亳，爲夏方伯，專征伐，夏桀無道，湯興兵伐之，放桀於南巢，遂有天下。

⑧穆王　名滿，即位後，乘八駿馬西征，樂而忘返，諸侯多朝於徐。王恐，長驅而歸，使楚滅徐。

⑨明帝　東漢光武帝第四子，名莊，嘗遣使至天竺求佛法，得沙門迦葉摩騰，竺法蘭，並佛經還京師，佛敎始入中國。

⑩梁武帝　蕭衍，字叔達，篡齊稱帝。篤奉佛敎，捨身同泰寺爲奴，敕宗廟祭祀以麪爲犧牲。後爲侯景所逼，餓死臺城。

⑪臺城　晉宋間謂朝廷禁省爲臺，故稱禁城曰臺城。在今南京城內。

⑫議除之　唐高祖即位，太史令傅奕上疏請除佛法，帝命有司沙汰天下僧尼道士女冠，其精勤練行者，遷居寺觀，庸猥粗穢者，悉令罷遣，勒還鄉里。京師留寺三所，觀二所，諸州各留一所，餘皆罷之。

⑬鳳翔　今陝西鳳翔縣。

⑭徇　從也。

⑮宣政　殿名。唐時四夷入朝貢者，皆引見於宣政殿。

⑯禮賓一設　唐有禮賓院，凡胡客入朝，設宴於此。

⑰以桃茢祓除不祥　茢，音ㄌㄧㄝˋ，苕帚也，可掃除不祥。禮記檀弓篇：「君臨臣喪，以巫祝桃茢執戈，惡之也。」注：「爲有凶邪之氣在側。桃，鬼所惡，茢，萑苕，可掃不祥。」祓，除也。

〔作　者〕

見本書第一〇篇作者欄。

〔說　明〕

本文選自韓昌黎全集。體裁屬奏議類。唐憲宗元和十四年（西元八一九年），憲宗遣使者率衆僧往鳳翔法門寺，迎佛指骨至京師，留禁中三日，乃歷送諸寺。王公士民瞻奉捨施，惟恐弗及，有竭產充施者，有然香臂頂供養者。時愈爲刑部侍郎，聞而惡之，乃上表切諫。本文主旨在扶正道，闢異端，以起憲宗之惑也。文分六段：首段敍佛法來歷。二段先舉古帝王爲例，言未事佛而多壽考；再舉後世人主事佛而反得禍之例，以明佛不足事。三段敍唐高祖曾議除佛法，憲宗即位之初，亦不惑於佛。四段敍迎佛骨事，因論事佛流弊。五段痛陳迎佛骨之不當。末段言處置佛骨之法。

〔批　評〕

林西仲曰：「昌黎此表，亦不辨佛骨是眞是僞，止把古帝王未事佛，與後世人主事佛禍福較論一番，而以崇奉失當處，層層翻駁，冀得省悟，可謂明切。至投諸水火數語，分明是雲門一棒，打殺丹霞，燒出舍利之意。謂其有功吾道可也，即謂其有功佛法，亦無不可也。若謂不言法言，不服法服，不知君臣父子，則深中佛氏膏肓；然佛不如此，又不能空諸所有，以成其爲佛。治天下者所謂道不同不相爲謀矣。」

三二、呂相絕秦

左傳

夏四月戊午，晉侯①使呂相絕秦，曰：「昔逮我獻公②及穆公③相好，戮力④同心，申之以盟誓，重之以婚姻⑤。天禍晉國⑥，文公如齊，惠公如秦。無祿⑦，獻公卽世。穆公不忘舊德，俾我惠公，用能奉祀于晉⑧。又不能成大勳⑨，而爲韓之師⑩。亦悔于厥心⑪，用集我文公⑫，是穆之成也。文公躬擐甲冑⑬，跋履山川，踰越險阻，征東之諸侯，虞、夏、商、周之胤⑭，而朝諸秦，則亦既報舊德矣。

鄭人怒君之疆埸⑮，我文公帥諸侯及秦圍鄭⑯。秦大夫不詢于我寡君，擅及鄭盟，諸侯疾之，將致命于秦⑰。文公恐懼，綏靜⑱諸侯。秦師克還無害，則是我大有造于西⑲也。無祿，文公卽世，穆爲不弔，蔑死我君⑳，寡我襄公㉑，迭我殽地㉒，奸絕我好㉓，伐我保城㉔，殄滅我費滑㉕，散離我兄弟㉖，撓亂我同盟，傾覆我國家。我襄公未忘君之舊勳㉗，而懼社稷之隕，是以有殽之師㉘。猶願赦罪于穆公㉙。穆公弗聽，而卽楚謀我㉚。天誘其衷㉛，成王隕命㉜。穆公是以不克逞志㉝于我。

穆、襄卽世㉞，康、靈㉟卽位，康公我之自出㊱，又欲闕翦㊲我公室，傾覆我社稷，帥我蝥賊㊳以來，蕩搖我邊疆，我是以有令狐㊴之役。康猶不悛㊵，入我河曲㊶，伐我涑川㊷，俘我王官㊸，翦我羈馬㊹，我是以有河曲之戰㊺。東道之不通㊻，則是康公絕我好也。

及君㊼之嗣也，我君景公㊽引領西望曰：『庶撫我乎？』君亦不惠稱盟㊾，利吾有狄難㊿，入我河縣(51)，焚我箕、郜(52)，芟夷我農功(53)，虔劉我邊陲(54)，我是以有輔氏之聚(55)。君亦悔禍之延，而欲徼福(56)于先君獻、穆，使伯車(57)來命我景公曰：『吾與女同好弃惡，復脩舊德，以追念前勳。』言誓未就，景公卽世，我寡君(58)是以有令狐之會。君又不祥(59)，背弃盟誓。白狄(60)及君同州，君之仇讎，而我之婚姻(61)也。君來賜命曰：『吾與女伐狄！』寡君不敢顧婚姻，畏君之威，而受命于使。君有二心於狄(62)曰：『晉將伐女。』狄應且憎，是用告我。楚人惡君之二三其德(63)也，亦來告我曰：『秦背令狐之盟，而來求盟于我，昭(64)告昊天上帝、秦三公(65)、楚三王[66]，曰：「余雖與晉出入[67]，余唯利是視。」不穀惡其無成德，是用宣[68]之，以懲不壹[69]。』諸侯備聞此言，斯是用痛心疾首，暱[70]就寡人。寡人帥以聽命，唯好是求。君若惠顧諸侯，矜哀寡人，而賜之盟，則寡人之願也。其承寧諸侯以退[71]，豈敢徼亂？君若不施大惠，寡人不佞，其不能以諸侯退矣。敢盡布之執事，俾執事實圖利之[72]！」

〔注釋〕

①晉侯　晉厲公，名州蒲，景公之子。

②獻公　晉獻公，名詭諸，文公之父，周惠王元年（西元前六七六年）即位，在位二十六年。

③穆公　秦穆公，名任好，康公之父，周惠王十八年（西元前六五九年）即位，在位三十九年。

④戮力　併力也。

⑤重之以婚姻　重，加也。秦穆公夫人，即晉獻公之女。此言兩國結爲婚姻，使彼此關係更加親密。

⑥天禍晉國　指獻公殺世子申生，公子重耳、夷吾逃亡國外事。

⑦無祿　無福也，猶言不幸。

⑧俾我惠公，用能奉祀于晉　俾，使也。奉祀，奉行社稷宗廟之祭祀，指繼位而言。周襄王元年，里克殺奚齊，夷吾重賂秦以求入，秦伯許之，二年，秦助夷吾回國即位，是爲惠公。

⑨不能成大勳　意即爲德不卒，未能完成幫助晉國之功。

⑩韓之師　周襄王七年（西元前六四五年）秦伐晉，戰於韓原，獲惠公以歸。

⑪悔于厥心　言秦穆公既執惠公，亦有歉疚於其心也，故釋惠公以歸，而以惠公之子圉爲質。

⑫用集我文公　集，成也。周襄王十五年，晉惠公卒，公子圉立，是爲懷公。懷公與秦不和。適公子重耳至秦，秦穆公助其回晉，殺懷公，即位爲文公。此言穆公助重耳回國，成就其君位。

⑬躬擐甲冑　擐，音ㄏㄨㄢˋ，穿著也。在身曰甲，在首曰冑。此言親著戎裝也。

⑭虞、夏、商、周之胤　胤，音ㄧㄣˋ，後裔也。東之諸侯，陳乃虞舜之後，杞乃夏禹之後，宋乃商後，曹衞皆周文王之後。

⑮鄭人怒君之疆埸　怒，犯也。疆埸，即邊境。此言鄭人侵犯秦之邊境。杜注：「晉自以鄭貳於楚，故圍之，鄭非侵秦也。晉以此誣秦，事在僖三十年。」

⑯圍鄭　秦晉圍鄭事，見左傳僖公三十年。

⑰致命於秦　言拚死命而討秦。

⑱綏靜　安撫也。

⑲有大造於西　造，成就也。西，指秦國。言我有大功於秦。

⑳蔑死我君　蔑，音ㄇㄧㄝˋ，輕也。死我二字當倒。死君，即先君。此言輕慢我先君也。

㉑寡我襄公　寡，弱也。襄公，名驩，文公之子。此言以我襄公幼弱可欺也。

㉒迭我殽地　迭，通軼，侵襲也。殽，山名，在今河南省縣陝與洛寧縣之間。

㉓奸絕我好　奸，同扞，音ㄏㄢˋ，拒扞也。此言秦扞然斷絕與我之友好關係。

㉔保城　保，小城也。又都邑之城謂之保。保城蓋近滑之城也。

㉕殄滅我費滑　殄，音ㄊㄧㄢˇ，絕也。滑國都於費（音ㄅㄧˋ），地在今河南省偃師縣緱氏城。僖公三十三年，秦襲鄭無功，滅滑而還。

㉖兄弟　鄭滑皆晉之同姓，又爲同盟之國，故言兄弟，同盟。

㉗舊勳　指穆公助文公回晉事。

㉘殽之師　指秦晉殽之戰。見左傳僖公三十三年。

㉙願赦罪于穆公　言願穆公赦免晉罪。案秦晉殽之戰，秦軍大敗，晉擄秦三帥以歸，以文公夫人之請，釋還。

㉚即楚謀我　即，就也。楚大夫鬬克被囚於秦，秦敗於殽後，使之歸楚，與楚謀和圖晉。

㉛天誘其衷　誘，開也。衷，內心。意指上天之心，不願秦晉兩國再有戰爭。

㉜成王隕命　楚成王爲太子商臣所弒。事見左傳文公元年。

㉝逞志　猶言快意。

㉞穆、襄即世　秦穆公、晉襄公皆歿於周襄王三十一年。

㉟康、靈　康，秦康公，名罃，穆公太子。靈，晉靈公，名夷皐。

㊱康公我之自出　康公之母伯姬，乃晉獻公女，故云。

㊲闕翦　削弱。損害。

㊳蟊賊　食禾稼蟲名，以喻公子雍。案公子雍，文公子，襄公弟，寄居秦。晉襄公卒，晉人欲立公子雍，使迎於秦，秦康公送公子雍於晉。襄公夫人穆嬴日抱太子以啼於朝，諸大夫患之，乃立靈公以禦秦師。事見左傳文公六年七年。是呂相指公子雍爲蟊賊，指秦欲覆晉，實誣秦罪也。

㊴令狐　今山西省猗氏縣西，有令狐村。

㊵悛　音ㄑㄩㄢ，改悔也。

㊶河曲　晉地名，故城在今山西省永濟縣東南。

㊷涑川　水名，源出山西省絳縣，西經聞喜縣，至永濟縣入黃河。

㊸俘我王官　俘，取也。王官，晉地名，在今山西猗氏縣南。

㊹羈馬　晉地名，在今山西省永濟縣南。

㊺河曲之戰　事見左傳文公十二年。此戰雖交綏，秦伯夜遁，則晉以勝歸也。
㊻東道之不通　晉在秦東，故言東道。此指兩國邦交斷絕。
㊼君　指秦桓公。
㊽景公　名據，襄公弟成公之子，於周定王七年即位。
㊾不惠稱盟　稱，音ㄔㄥˋ。此言不肯稱晉望而締盟約。
㊿利吾有狄難　狄謂赤狄潞氏。晉滅潞氏時，秦來圖敗晉功，故云。
(51)河縣　指濱河之縣邑，如下文之箕、郜、輔氏是。
(52)箕、郜　今山西省蒲縣東北有箕城，即春秋時晉之箕邑。郜在今山西省祁縣西七里。
(53)芟夷我農功　芟，音ㄕㄢ，本指除草，引申爲割除之意。夷，傷也。農功指農作物。此言秦人割除損傷晉人之農作物。
(54)虔劉我邊陲　虔、劉，皆殺也。邊陲，邊境也。此言秦殺戮晉邊境之人民。
(55)輔氏之聚　輔氏，地名。在今陝西朝邑縣西北。聚，聚衆也。此言晉聚衆於輔氏以拒秦師。
(56)徼福　徼，求也。徼福，猶言求福。
(57)伯車　秦桓公之子。
(58)寡君　指晉厲公。
(59)君又不祥　祥，善也。此言秦桓公又萌不善之心也。
(60)白狄　種族名，在今山西省汾陽縣西至陝西膚施縣一帶。與秦同居於雍州界內。
(61)我之婚姻　指季隗嫁重耳事。
(62)君有二心於狄　言秦君又對狄表示友好。
(63)二三其德　三心二意，反覆無常。
(64)昭　明也。
(65)秦三公　指秦穆公、康公、共公。
(66)楚三王　指楚成王、穆王、莊王。
(67)出入　猶往來。
(68)宣　揭露也。

⑲不壹　指用心不專之人也。

⑳暱　音ㄋ一ˋ，親近也。

㉑承寧諸侯以退　此言秦如允訂盟約，則晉當承受秦君之命，以寧靜諸侯而退兵。

㉒實圖利之　秦唯利是視，故俾其圖其所利也。

〔作　者〕

見本書第二二篇作者欄。

〔說　明〕

本文選自左傳成公十三年。體裁屬書說類。呂相，人名，晉大夫魏錡之子，因食邑於呂，遂稱呂相。絕秦，與秦絕交也。案左傳成公十一年，晉厲公與秦桓公將會於令狐。晉侯先至，秦伯不肯涉河，使使盟晉侯於河東，秦伯歸而背盟。後秦反結狄楚以伐晉，晉厲公怒，十三年夏四月使呂相使秦，歷數秦自穆公以來違信背約之罪，迫其反省，與晉言和，否則即與斷絕邦交。是年五月，晉以諸侯之師伐秦，戰於麻隧（今陜西省涇陽縣），秦師敗績。文中所舉秦之罪狀，亦有誣枉不實者，已開戰國縱橫家游說之辭及後世論辯書信之先河。

本文主旨在數秦之罪，以明絕交之由。文分五段：首段敍秦晉先世相好，而秦之惠，晉亦已報。二段歷數秦穆之罪。三段歷數秦康之罪。四段歷數秦桓之罪。五段申明和戰惟秦自擇之。

〔批　評〕

林西仲曰：「秦桓公既與晉爲令狐之盟，又召狄與楚，欲道以伐晉，則絕之有辭矣！使當日呂相止將後段背棄盟誓，二心於狄，求盟於楚二意，以大義責之秦，豈有不媿服受盟乎！乃溯自獻穆以來，多端開列，若平情而論，止有穆公擅及鄭盟，與襲鄭滅滑二事，是其本罪，餘皆互相報復，曲直相當。至於晉迎公子雍，又敗秦於令狐，則晉曲甚矣！顧盡摭撿張皇，以爲秦非，所謂能勝人之口，不能服人之心，雖欲不爲麻隧之戰，其可得乎？夫以力勝人，何如以理服人，此馳辭之巧而實拙者也。」

吳楚材曰：「秦晉權詐相傾，本無專直，但此文飾辭駕罪，不肯一句放鬆，不使一字置辯，深文曲筆，變化縱橫，讀千遍不厭。」

三三、范睢說秦王

范睢①至秦，王②庭迎范睢，敬執賓主之禮。范睢辭讓。是日，見范睢，見者無不變色易容者。秦王屏左右，宮中虛無人。秦王跪而請曰：「先生何以幸教寡人？」范睢曰：「唯唯③。」有間④，秦王復請。范睢曰：「唯唯。」若是者三。

秦王跽⑤曰：「先生卒不幸⑥教寡人乎？」范睢謝曰：「非敢然也。臣聞始時呂尙⑦之遇文王也，身爲漁父，而釣於渭⑧陽之濱耳。若是者，交疏也，已一說而立爲太師⑨，載與俱歸者，其言深也。故文王果收功於呂尙，卒擅天下，而身立爲帝王。卽使文王疏呂尙而弗與深言，是周無天子之德，而文、武無與成其王也。今臣羈旅之臣⑩也，交疏於王，而所願陳者，皆匡⑪君臣之事，處人骨肉之間⑫，願以陳臣之陋忠，而未知王心也，所以王三問而不敢對者是也，臣非有所畏而不敢言也。知今日言之於前，而明日伏誅於後，然臣弗敢畏也。大王信行臣⑬之言，死不足以爲臣患；亡不足以爲臣憂；漆身而爲厲⑭，被髮而爲狂，不足以爲臣恥。五帝⑮之聖而死；三王⑯之仁而死；五霸⑰之賢而死；烏獲⑱之力而死；賁、育⑲之勇焉而死。死者，人之所必不免也。處必然之勢，可以少有補於秦，此臣之所大願也。臣何患乎？伍子胥橐⑳載而出昭關，夜行而晝伏，至於菱水㉑，無以餌其口。坐行蒲伏，乞食於吳市，卒興吳國，闔廬㉒爲霸。使臣得進謀如伍子胥，加之以幽囚，終身不復見，是臣說之行也。臣何憂乎？箕子、接輿㉓，漆身而爲厲，被髮而爲狂，無益於殷、楚，使臣得同行於箕子、接輿，可以補所賢之主，是臣之大榮也。臣又何恥乎？臣之所恐者，獨恐臣死之後，天下見臣之盡忠而身蹶㉔也，是以杜口裹足㉕，莫肯卽秦耳！足下上畏太后㉖之嚴，下惑姦臣之態，居深宮之中，不離保傅㉗之手，終身闇惑㉘，無與昭姦㉙，大者宗廟滅覆，小者身以孤危，此臣之所恐耳。若夫窮辱之事，死亡之患，臣弗敢畏也。臣死而秦治，賢於生也。」

秦王跽曰：「先生是何言也？夫秦國僻遠，寡人愚不肖。先生乃幸至此，是天以寡人慁㉚先生，而存先王之廟也！寡人得受命於先生，是天所以幸先王而不棄其孤也！先生奈何而言若此？事無大小，上及太后，下至大臣，願先生悉以教寡人，無疑寡人也！」范雎再拜，秦王亦再拜。

〔注釋〕

①范雎　戰國魏人。善口辯，初事魏中大夫須賈，以事笞逐，乃易名張祿，至秦說昭王。

②秦王　指秦昭王。

③唯唯　恭應之辭也。

④有間　猶言有頃。謂不多時也。

⑤跽　長跪也。

⑥不幸　猶言不屑。

⑦呂尙　即太公望。本姓姜，其先封於呂，從其封姓，故曰呂尙，字子牙。年老隱於鈎，文王出獵，遇於渭水之陽，與語大悅曰：「吾太公望子久矣。」因號太公望。

⑧渭　水名。

⑨太師　三公之一。呂尙爲武王之師，故有此稱。

⑩羈旅之臣　羈，寄也。旅，客也。羈旅之臣，猶言客卿。

⑪匡　正也，助也。

⑫處人骨肉之間　謂處理骨肉之間事。骨肉之間，暗指昭王與宣太后及穰侯之間。穰侯，即魏冉，宣太后異父弟。昭王初立，年少，太后自治，任冉爲政，封於穰，四登相位，權重一時。

⑬行臣　猶言羈旅之臣。

⑭漆身而爲厲　漆身，以漆塗其身也。厲，癩之叚借。

⑮五帝　上古之帝也。即伏羲、神農、黃帝、少皞、顓頊。

⑯三王　禹、湯、文武，三代開國之君也。

⑰五霸　謂齊桓公、晉文公、秦穆公、宋襄公、楚莊王。

⑱烏獲　古之力士。

⑲賁、育　孟賁、夏育，皆古之勇者。

⑳槖　囊袋。

㉑蔆水　即溧水。在今江蘇溧陽縣。

㉒闔廬　或作闔閭。春秋吳王，名光。

㉓箕子、接輿　箕子，紂時太師，諫紂被囚，佯狂為奴。接輿，春秋楚人，姓陸名通，佯狂避世。

㉔厥　斃也。

㉕杜口裹足　閉口不言，止足不前。

㉖太后　指宣太后。

㉗保傅　女保女傅。

㉘闇惑　昧於事理而被人所惑也。

㉙姦　同奸，指穰侯。

㉚慁　辱也。

〔作　者〕

戰國策，所載皆戰國游士謀策之事，非一時一地一人之作。各篇作者漢時已不可考。劉向以前，爛脫錯亂，名稱紛歧，或曰國策，或曰國事，或曰短長，或曰事語，或曰長書，或曰修書，迨劉向典校中秘書，始定名戰國策。

戰國策經劉向編錄，去其重複，得三十三篇。漢魏以後，頗有散佚，至宋曾鞏采求訂正，而後復完。是書所載，上繼春秋，下迄楚漢，凡二周、秦、齊、楚、趙、魏、韓、燕、宋、衞、中山等十二國，二四五年間事。太史公作史記，多采其說。注戰國策者，以後漢高誘為最先，然亡佚過半。宋紹興時，剡川姚宏續注；括蒼鮑彪重加校注；元泰定中，金華吳師道又取姚宏續注與鮑注參校，雜引諸書補正之，稱為最善。

〔說　明〕

本文選自戰國策秦策。體裁屬書說類。記范雎說秦昭王事。雎自魏至秦，欲以客卿之位，奪得秦國執政大權，況太后之弟穰侯為相，功重於秦，豈是易事？雎乃以交疏言深為說，昭王終免穰侯相位而用雎。全文分為三段：首段言范雎至秦，昭王跪而求教，三次相問，范雎皆漫應之以「唯唯」。二段述昭王長跪不起，范雎始以交疏言深為辭，再言盡忠，死不足患；亡不足憂；狂不足恥，翻覆而言，款款陳辭，以探昭王之心。復以宗廟滅覆，身以孤危之利害為言，以聳昭王之聽。三段記昭王自明己心之誠，再拜受教。

〔批　評〕

過商侯曰：「當時太后用事，穰侯弄權，雎意非排擊其骨肉，必不能容於秦。然又恐交疏言深，一時拏捉不住，倘不見信，禍不旋踵。故先作欲言不言之態，以餂昭王之情。不知不覺，王已為秦所賣。可謂破天關乎，摹寫曲至，直令奸雄心事，千載如見。」

三四、報燕惠王書

樂毅

臣不佞①，不能奉承先王②之教，以順左右之心，恐抵斧質③之罪，以傷先王之明，而又害於足下之義④，故遁逃奔趙。自負以不肖之罪，故不敢爲辭說。今王使使者數⑤之罪，臣恐侍御者⑥之不察先王之所以畜幸⑦臣之理，而又不白於臣之所以事先王之心，故敢以書對。

臣聞賢聖之君，不以祿私其親，功多者授之；不以官隨其愛，能當者處之。故察能而授官者，成功之君也；論行而結交者，立名之士也。臣以所學者觀之，先王之舉錯⑧，有高世之心，故假節於魏王⑨，而以身得察⑩於燕。先王過舉，擢之乎賓客之中，而立之乎羣臣之上，不謀於父兄⑪，而使臣爲亞卿，臣自以爲奉令承教，可以幸無罪矣，故受命而不辭。

先王命之曰：「我有積怨深怒於齊⑫，不量輕弱，而欲以齊爲事。」臣對曰：「夫齊，霸國之餘教⑬也，而驟勝⑭之遺事也；閑⑮於兵甲，習於戰攻。王若欲伐之，則必舉天下而圖之；舉天下而圖之，莫徑⑯於經趙矣。且又淮北、宋地，楚、魏之所同願⑰也，趙若許約，楚、趙、宋盡力，四國攻之⑱，齊可大破也。」先王曰：「善」。臣乃口受令⑲，具符節，南使臣於趙。顧反命⑳，起兵隨而攻齊。以天之道，先王之靈，河北之地㉑，隨先王舉而有之於濟上㉒。濟上之軍，奉令擊齊，大勝之。輕卒銳兵，長驅至國㉓。齊王㉔逃遁走莒㉕，僅以身免。珠玉財寶，車甲珍器，盡收入燕。大呂㉖陳於元英㉗，故鼎㉘反乎歷室㉙，齊器設於寧臺㉚，薊邱之植，植於汶篁㉛。自五伯以來，功未有及先王者也。先王以爲慊其志，以臣爲不頓命㉜，故裂地而封之㉝，使之得比乎小國諸侯。臣不佞，自以爲奉令承教，可以幸無罪矣，故受命而弗辭。

臣聞賢明之君，功立而不廢，故著於春秋㉞；蚤知㉟之士，名成而不毀，故稱於後世。若先王之報怨雪恥，夷㊱萬乘之强國，收八百歲之蓄積㊲，及至棄羣臣之日，遺令詔後嗣之遺義，執政任事之臣，所以能循法令，順庶孽㊳者，施及萌隸㊴，皆可以教於後世。臣聞善作者，不必善成；善始者，不必善終。昔伍子胥㊵說聽乎闔閭，故吳王遠跡至於郢。夫差㊶

弗是也，賜之鴟夷㊷而浮之江。故吳王夫差不悟先論之可以立功，故沉子胥而不悔；子胥不蚤見主之不同量，故入江而不改㊸。夫免身全功，以明先王之迹者，臣之上計也。離㊹毀辱之非㊺，墮㊻先王之名者，臣之所大恐也。臨不測之罪，以幸爲利㊼者，義之所不敢出也。

臣聞古之君子，交絕不出惡聲。忠臣之去也，不潔其名㊽。臣雖不佞，數奉教於君子矣。恐侍御者之親左右之說，而不察疏遠之行也，故敢以書報。唯君之留意焉！

〔注　釋〕

①不佞　不才。自謙之詞。

②先王　指燕昭王，姓姬名平，即惠王父。

③斧質　斧，斧鉞，古時軍中戮人所用。質，同鑕，椹也，斬斫時所藉之物。斧質，皆古時刑人之具。

④害於足下之義　足下，稱惠王。義，應該。毅若回燕，必被惠王所殺。無罪而殺毅，非義也，故曰害於足下之義。

⑤數　音ㄕㄨˇ，責也。

⑥侍御者　王左右侍從之人，實指惠王。不敢斥言惠王，故云。

⑦畜幸　畜，音ㄒㄩˋ，養也。幸，親愛之也。

⑧擧錯　錯，同措。擧錯即擧動，行爲。

⑨假節於魏王　假節，持節。古使臣出行，持符節以示信。魏王，魏昭王。時毅爲魏昭王使於燕。

⑩察　至也。

⑪父兄　指宗室大臣。

⑫積怨深怒於齊　積怨深怒，深仇大恨。周赧王元年（西元前三一四年），燕內亂，齊湣王舉兵伐燕而大破之，殺燕王噲及相子之。後燕人叛齊復國，立太子平爲昭王。昭王即位後，志在復仇。

⑬霸國之餘教　言齊嘗霸天下，其餘威猶存。

⑭驟勝　屢勝也。

⑮閑　熟習也。

⑯徑　捷便也。

⑰淮北、宋地，楚、魏之所同願　淮北，淮河以北。宋地，齊滅宋所取之地。楚欲得淮北，魏欲得宋地，時皆屬齊。

⑱楚、趙、宋盡力，四國攻之　史記作「而約四國攻之」。史記燕世家：「（樂毅）與秦楚三晉合謀以伐齊，齊兵敗，湣王出亡於外，燕兵獨追北，入至臨淄。」當從史記。四國，指秦、楚、韓、魏。

⑲口受令　親受先王面諭。

⑳顧反命　言回燕復命。

㉑河北之地　黃河以北，謂燕地。

㉒濟上　濟水之西，齊界也。

㉓長驅至國　國，指齊之國都臨淄。此言攻入臨淄。

㉔齊王　齊湣王，名田遂。

㉕莒　音ㄐㄩˇ，今山東莒縣。

㉖大呂　齊鐘名。

㉗元英　燕宮名。

㉘故鼎　齊伐燕所得燕鼎。

㉙歷室　燕宮名。

㉚寧臺　燕國臺名。

㉛薊邱之植，植於汶篁　薊邱，燕都。上植字指植物，下植字乃動詞，栽種也。汶，水名，在齊境。篁，竹田也。言薊邱之植物，移種於汶上之竹田。

㉜順命　辱命。

㉝裂地而封之　封毅爲昌國君。今山東淄川縣

有昌國故城。

㉞春秋　泛指史書。

㉟蚤知　先見也。

㊱夷　平也，征服也。

㊲收八百歲之蓄積　齊自太公至湣王，八百餘年，其蓄積之富，悉爲昭王所有。

㊳順庶孽　新立之君，皆患庶孽之亂，昭王能預順之。

㊴萌隸　百姓也。

㊵伍子胥　名員，春秋楚人。父兄爲楚平王所殺，子胥奔吳，說吳王闔閭伐楚，攻陷郢都。

㊶夫差　闔閭之子。

㊷鴟夷　革囊也。夫差殺子胥，盛以鴟夷而投之江。

㊸不改　言不他去。

㊹離　遭也。

㊺非　史記作「誹謗」。

㊻墮　同隳。敗壞也。

㊼以幸爲利　言幸趙伐燕以爲利也。

㊽不潔其名　言不毀其君而自潔也。

〔作　者〕

樂毅，戰國人，其先祖樂羊爲魏文侯將，伐取中山，文侯封樂羊於靈壽（今河北靈壽縣）。樂羊死，葬於靈壽，子孫因家焉。毅賢好兵，聞燕昭王欲報齊而屈身下士，以招賢者，於是爲魏昭王使於燕，燕王以客禮待之，遂委質爲臣，昭王以爲亞卿。毅爲昭王連五國之兵以攻齊，下齊七十餘城，昭王封樂毅於昌國，號爲昌國君。會燕昭王死，子惠王立，惠王自爲太子時，嘗不快於樂毅，及即位，齊之田單乃縱反間於燕，言樂毅欲連兵留齊，南面而王，齊之所患，唯恐他將之來。於是惠王乃使騎劫代將，而召樂毅，毅畏誅，遂西降趙，趙封毅於觀津（今山東觀城縣西），號曰望諸君。後卒於趙。

〔說　明〕

本文選自戰國策燕策。體裁屬書說類。燕惠王使騎劫代將，樂毅奔趙。後騎劫兵敗，田單復收七十餘城以復齊。惠王悔，懼樂毅乘燕之敝，助趙伐燕，乃使人讓之。毅即獻此書報燕王。力陳所以奔趙緣由，並表明心迹，義不助趙謀燕。惠王乃以其子樂閒襲封昌國君。文分五段：首段敍奔趙之故及獻書之由。次段泛論聖君用人之道，以明得事先王之由。三段敍爲燕報齊之功。四段敍先王善作善始，而嗣君不必善成善終，故己幾不免於罪，並剖明心迹，義不伐燕。末段引古語以結出報書之意以與首段相應。

〔批　評〕

王文濡曰：「極寫先王之明與先王之立功，便暗中襯出惠王之暗與惠王之致敗，文能自佔身分，又復婉而多風，故佳。」

鄒東廓曰：「毅此一書自陳其功罪，意思委曲，而詞氣謙遜，眞得奏書之體。熟此而行文自無躁率簡略之患。」

李性學曰：「樂毅報燕惠王書，諸葛亮出師表，不必言忠，讀之者可想見其忠。李令伯陳情表，不必言孝，讀之者可想見其孝。」

三五、獄中上書

鄒陽

臣聞忠無不報，信不見疑，臣常以爲然，徒虛語耳。昔者荆軻慕燕丹之義，白虹貫日，太子畏之①。衞先生爲秦畫策長平之事，太白蝕昴，而昭王疑之②。夫精變③天地，而信不喩④兩主，豈不哀哉！今臣盡忠竭誠，畢議願知⑤；左右不明，卒從吏訊，爲世所疑。是使荆軻、衞先生復起，而燕、秦不悟也。願大王孰察之！

昔卞和獻寶，楚王刖之⑥；李斯竭忠，胡亥極刑⑦。是以箕子佯狂⑧，接輿辟世⑨，恐遭此患也。願大王孰察卞和、李斯之意，而後楚王、胡亥之聽！無使臣爲箕子、接輿所笑！

臣聞比干剖心⑩，子胥鴟夷⑪，臣始不信，乃今知之。願大王孰察，少加憐焉！

諺曰：『有白頭如新，傾蓋如故⑫。』何則？知與不知也。故昔樊於期逃秦之燕，藉荆軻首，以奉丹事⑬；王奢去齊之魏，臨城自剄，以卻齊而存魏⑭。夫王奢、樊於期，非新於齊、秦，而故於燕、魏也；所以去二國，死兩君者，行合於志，而慕義無窮也。是以蘇秦不信於天下，而爲燕尾生⑮；白圭戰亡六城，爲魏取中山⑯。何則？誠有以相知也。蘇秦相燕，燕人惡之於王，王按劍而怒，食以駃騠⑰。白圭顯中山，人惡之於魏文侯，文侯投⑱之以夜光之璧。何則？兩主二臣，剖心析肝相信，豈移於浮辭哉？

故女無美惡，入宮見妒；士無賢不肖，入朝見嫉。昔者司馬喜臏脚於宋，卒相中山⑲；范雎摺脅折齒於魏，卒爲應侯⑳。此二人者，皆信必然之畫，捐朋黨之私，挾孤獨之位，故不能自免於嫉妒之人也。是以申徒狄自沈於河㉑，徐衍㉒負石入海，不容於世，義不苟取，比周㉓於朝，以移主上之心。故百里奚乞食於路，繆公委之以政㉔；甯戚飯牛車下，而桓公任之以國㉕。此二人者，豈素宦於朝，借譽於左右，然後二主用之哉？感於心，合於行，親於膠漆，昆弟不能離，豈惑於衆口哉？

故偏聽生姦，獨任成亂。昔者魯聽季孫之說，而逐孔子㉖；宋信子罕之計，而囚墨翟㉗。夫以孔、墨之辯，不能自免於讒諛，而二國以危。何則？衆口鑠金，積毀銷骨也。是以秦用戎人由余而霸中國㉘，齊用越人蒙㉙而彊威、宣。此二國豈拘於俗，牽於世，繫阿偏之辭哉？公聽並觀，垂名當世。故意合則胡、越爲昆弟，由余、越人蒙是矣，不合則骨肉出逐不收，朱、象、管、蔡㉚是矣。今人主誠能用齊、秦之義，後宋、魯之聽，則五伯不足稱，三王易爲也。

是以聖王覺寤，捐子之之心㉛，而能不說於田常之賢㉜；封比干之後㉝，修孕婦之墓㉞。故功業復就於天下。何則？欲善無厭也。夫晉文公親其讎㉟，彊霸諸侯；齊桓公用其仇㊱，而一匡天下。何則？慈仁慇勤，誠加於心，不可以虛辭借也。

至夫秦用商鞅之法，東弱韓、魏，兵强天下，而卒車裂之㊲；越用大夫種之謀，禽勁吳而霸中國，而卒誅其身㊳。是以孫叔敖三去相而不悔㊴，於陵子仲辭三公，爲人灌園㊵。今人主誠能去驕傲之心，懷可報之意，披心腹，見情素，墮㊶肝膽，施德厚，終與之窮達，無愛於士。則桀之犬可使吠堯，而蹠㊷之客可使刺由㊸，況因萬乘之權，假聖主之資乎？然則荊軻之湛七族㊹，要離之燒妻子㊺，豈足道哉？

臣聞明月之珠，夜光之璧，以闇投人於道路，人無不按劍相眄㊻者。何則？無因而至前也。蟠木根柢㊼，輪囷離奇㊽，而爲萬乘器㊾者，何則？以左右先爲之容也。故無因至前，雖出隋侯之珠㊿，夜光之璧，猶結怨而不見德；故有人先談，則以枯木朽株樹功而不忘。今夫天下布衣窮居之士，身在貧賤，雖包(51)堯、舜之術，挾伊、管(52)之辯，懷龍逢(53)、比干之意，欲盡忠當死之君，而素無根柢之容，雖竭精思，欲開忠信，輔人主之治，則人主必有按劍相眄之迹。是使布衣不得爲枯木朽株之資也。

是以聖王制世御俗，獨化於陶鈞(54)之上。而不牽於卑亂之語不奪於衆多之口。故秦皇帝任中庶子蒙嘉之言，以信荆軻之說，而匕首竊發(55)。周文王獵涇、渭，載呂尙而歸，以王天下(56)。故秦信左右而殺，周用烏集(57)而王。何則？以其能越攣拘之語，馳域外之議，獨觀於昭曠之道也。今人主沈於諂諛之辭，牽於帷裳之制(58)，使不羈(59)之士，與牛驥同皂(60)，此鮑焦所以忿於世，而不留富貴之樂也(61)。

臣聞盛飾入朝者，不以利汚義；砥礪名號者，不以欲傷行。故里名勝母，而曾子不入⑫；邑號朝歌，而墨子迴車⑬。今欲使天下寥廓之士，攝於威重之權，主於位勢之貴，回面汚行⑭，以事諂諛之人，而求親近於左右，則士有伏死堀⑮穴巖藪之中耳，安肯有盡忠信而趨闕下者哉？

〔註釋〕

①昔者荊軻慕燕丹之義，白虹貫日，太子畏之　荊軻，戰國衛人，為燕太子丹赴秦刺秦王政，事不成而死。燕丹，燕太子丹。白虹，白氣如虹也。太子畏之，謂太子丹疑軻畏懼而遲其行也。

②衛先生為秦畫策長平之事，太白蝕昴，昭王疑之　太白，星名。蝕，猶犯也。昴，二十八星宿之一。白起為秦伐趙，破長平軍，欲遂滅趙，遣衛先生說昭王，益兵糧，為應侯所害，事用不成，其精誠上達於天，故太白為之食昴。

③變　動也。

④喻　曉也。

⑤畢議願知　盡其計議，願王知之。

⑥昔卞和獻寶，楚王刖之　楚人卞和得璞玉於荊山中，以獻厲王，王以為誑，刖其左足。武王即位，復獻之，又以為誑，刖其右足。事見韓非子和氏篇。

⑦李斯竭忠，胡亥極刑　秦始皇以李斯為丞相。始皇崩，胡亥立，斯具五刑。事見史記李斯傳。

⑧箕子佯狂　箕子，商紂諸父，名胥餘，為太師，封子爵，國於箕。紂淫亂不止，箕子懼，乃佯狂為奴。事見史記殷本紀。

⑨接輿辟世　接輿，楚之狂者。辟，通避。典

見論語微子篇。

⑩比干剖心　比干，商紂之諸父。紂淫亂不止，比干强諫，紂怒而剖其心。事見史記殷本紀。

⑪子胥鴟夷　子胥，春秋吳大將伍員之字。鴟夷，或作鴟鴺，革囊也。吳王夫差賜子胥死。子胥自刎後，夫差盛其尸以鴟鴺，投之於江。事見國語吳語。

⑫有白頭如新，傾蓋如故　傾蓋，猶交蓋駐車也。謂人不相見，自少至老，其猶新知；情若相得，傾蓋之間，如同故友。

⑬樊於期逃秦之燕，藉荆軻首，以奉丹事　樊於期，秦大將，後得罪秦始皇，奔燕，燕太子丹收容之。藉，假也。事見戰國策燕策、史記刺客列傳。

⑭王奢去齊之魏，臨城自剄，以卻齊而存魏　王奢，齊臣也。奢自齊亡之魏，其後齊伐魏，奢登城，謂齊將曰：「今君之來，不過以奢故也。義不苟生，以爲魏累。」遂自刎。

⑮蘇秦不信於天下，爲燕尾生　蘇秦，東周雒陽人，倡合縱以抗强秦。尾生，即微生高，信直之士。蘇秦長於辯論之術，不信于天下，而獨至於燕，則守尾生之信。事見史記蘇秦列傳。

⑯白圭戰亡六城，爲魏取中山　白圭爲魏取中山事，不見史册，殆鄒陽用典之誤。

⑰食以駃騠　食，音ㄙˋ，以食與人也。駃騠，駿馬也。謂膳蘇秦以珍奇之味也。

⑱投　漢書鄒陽傳作「賜」，義較此明而長。

⑲昔者司馬喜髕脚於宋，卒相中山　髕，音ㄆㄧㄣˋ，古五刑之一，去膝蓋骨也。司馬喜，戰國策中山策作「司馬憙」。司馬喜三相中山，事見戰國策中山策；髕脚事，則不見典册。

⑳范雎摺脅折齒於魏，卒爲應侯　摺，音ㄓㄜˊ，敗也。事見史記范雎列傳。

㉑申徒狄　古之高士，身世不詳。

㉒徐衍　周之末世人。

㉓比周　比，近也。周，密也。

㉔百里奚乞食於路，繆公委之以政　百里奚，春秋虞大夫。繆公，或作穆公，爲春秋秦國之英主，五霸之一。謂百里奚聞秦繆公賢，欲往干之，貧而無資，乞食於路。此與史記秦本紀所記不一。

㉕甯戚飯牛車下，而桓公任之以國　謂甯戚爲人飯牛，齊桓公夜出，戚扣角而歌，桓公聞之，擧以爲相。典見呂覽擧難篇。

㉖魯聽季孫之說，而逐孔子　指齊人婦女樂，季桓子故使定公受之，欲令孔子去也。

㉗宋信子罕之計，而囚墨翟　不詳所出。

㉘秦用戎人由余而霸中國　由余，其先本晉人，亡入戎，能晉言，爲戎王使秦。穆公與語，賢之，以計間戎王；戎王疑由余，由余遂降秦。秦用由余謀，伐戎王，益國十二，開地千里，遂霸西戎。事見史記秦本紀。

㉙越人蒙　不詳所出。

㉚朱、象、管、蔡　朱，堯之子丹朱也。象，舜異母弟名。管，管叔鮮。蔡，蔡叔度。二者並周文王子而武王弟也。

㉛捐子之之心　燕王噲讓國於其相子之，齊因伐燕。燕王噲死，子之亦誅。事見史記燕世家。

㉜不說田常之賢　田常，即陳恆。齊簡公悅田常，常後弒簡公而立平公。平公即位，常爲相。五年，齊國之政，皆歸常。事見史記田世家。

㉝封比干之後　不見所出。唯「封比干之墓」，則散見古籍。

㉞修孕婦之墓　紂剖孕婦事，見書經泰誓篇。至修孕婦之墓，則不見所出。

㉟讎　指寺人披。初晉文公出亡時，披曾奉獻公命，殺文公，唯事不成。文公歸國，披求見，文公納之，披告以呂甥、郤芮之謀逆，文公遂得脫險。事見左傳僖公二十四年。

㊱仇　指管仲。齊桓公於歸國途中曾遭管仲箭射，中鉤。

㊲秦用商鞅之法，東弱韓、魏，兵强天下，而卒車裂之　商鞅，戰國衞人，亦稱衞鞅。秦孝公用商鞅變法，行之十年，國富兵强，後爲秦惠王所車裂。事見史記商君列傳。

㊳越用大夫種之謀，禽勁吳而霸中國，而卒誅其身　大夫文種助勾踐復國後，被讒賜死。事見史記越世家。

㊴孫叔敖三去相而不悔　孫叔敖，楚之處士也。虞丘相進孫叔敖於楚莊王，其後三爲令尹，三去令尹，並不喜不悔。事見史記循吏列傳。

㊵於陵子仲辭三公，爲人灌園　於陵子仲，陳姓，字子終。即陳仲子，齊之廉士。楚王欲以於陵子仲爲相，於陵子仲乃與妻逃，爲人灌園。事見列士傳。

㊶墮　輸也。

㊷蹠　或作跖。指盜蹠。

㊸由　指許由，堯時之高士。

㊹荆軻之湛七族　湛，隱沒也。七族，上至高祖，下至曾孫。

㊺要離之燒妻子　吳王闔閭欲殺王子慶忌，要離詐以罪亡，令吳王燒其妻子，要離走見慶忌，以劍刺之。

㊻眄　音ㄇㄧㄢˇ，斜視也。

㊼蟠木根柢　蟠，音ㄆㄢˊ，曲也。柢，音ㄉㄧˇ，根也。

㊽輪囷離奇　委曲盤戾也。

㊾萬乘器　天子車輿之屬也。

㊿隋侯之珠　隋，漢東之國，姬姓諸侯也。隋侯見大蛇傷斷，以藥傳而塗之，後蛇於大江中銜珠以報之，因曰隋侯之珠。見淮南子覽冥訓高誘注。

51包　猶受也。

52伊、管　伊尹、管仲也。

53龍逢　關龍逢之省，夏之賢臣。桀作酒池糟丘，爲長夜飲，龍逢數强諫，遂見殺。

54陶鈞　陶，窰竈也。鈞，模範也。

55故秦皇帝任中庶子蒙嘉之言，以信荆軻之說，而匕首竊發中庶子，官名。事見戰策燕策。史記刺客列傳。

(56)周文王獵涇、渭，載呂尚而歸，以王天下　涇、渭，二水名，涇濁而渭清。呂尚，精通兵法，助武王伐紂，後封於齊之營邱。事見史記齊世家，唯不及涇、渭二水。

(57)烏集　謂呂尚塗覯卒遇，共成王功，若烏鳥之暴集也。

(58)帷裳之制　帷裳，喻臣妾也。制，牽也。

(59)不羈　謂才行高遠，不可羈繫也。

(60)皁　櫪也。

(61)此鮑焦所以忿於世，而不留富貴之樂也　鮑焦，周之介士也。謂鮑焦怨世不用，採蔬於道，抱木而死，而不留連於富貴之歡樂也。

(62)縣名勝母，而曾子不入　曾子以孝聞，故不入以勝母為名之縣。

(63)邑號朝歌，而墨子迴車　墨子主張非樂，故見以朝歌為名之邑而轉車。

(64)回面污行　回，轉也。謂轉易其向，而污穢其行也。

(65)堀　音ㄎㄨ，同窟。

〔作　者〕

鄒陽，漢齊人。為人有智略，慷慨不可苟合。景帝時，與枚乘、嚴忌仕吳，以文辯知名。吳王陰有邪謀，陽上書諫，不聽，去之梁，從孝王遊，為羊勝等所譖下獄，上書自陳，王出之，待為上客。史記有傳。

〔題　解〕

本文選自史記鄒陽傳。體裁屬書說類。鄒陽從梁孝王遊，介于羊勝、公孫詭之間，勝等疾陽，惡之孝王。孝王怒，下陽獄。陽乃從獄中上書。本文即作於此時。文分十一段：首段言一己下獄之寃。二段以卞和、李斯自況，表明忠心。三段言己以忠信下獄，願王熟察其心，勿置之死。四段言主臣相信之極，則不爲浮辭所移。五段言士雖不苟合，而人主用人，亦不借私交之口。六段言用人不可偏聽獨任，當公聽並觀，而意氣之投合與否，不在親疏遠近。七段言人主不當信讒。八段言所以能用人之法，因梁王貴盛能待士而及之。九段言士之見用與否，全在乎人主左右之口。十段言士之進退，盡由左右，非聖人用人之道。十一段明己雖爲羊勝、公孫詭所讒，終不肯降志求合。

〔批　評〕

過商侯曰：「向讀太史公贊，謂陽辭雖不遜，其比物連類，有足悲者。予正病其比物連類，未免用事太多。然其論讒毀之禍，最爲痛切，學者但取其所長，未可以少疵短之也。」

三六、諫吳王書

枚　乘

臣聞得全者昌，失全者亡①。舜無立錐之地②，以有天下；禹無十戶之聚③，以王諸侯。湯武之土，不過百里，上不絕三光之明④，下不傷百姓之心者，有王術⑤也。故父子之道，天性也⑥；君臣不避重誅以直諫，則事無遺策，功流萬世。臣乘願披腹心而效愚忠⑦，唯大王少加意念惻怛⑧之心於臣乘言。

夫以一縷之任⑨，係千鈞⑩之重，上縣無極之高，下垂不測之淵，雖甚愚之人，猶知哀其將絕也。馬方駭鼓⑪而驚之，係⑫方絕又重鎮⑬之，係絕於天，不可復結；隊入深淵，難以復出。其出不出，間不容髮⑭。能聽忠臣之言，百舉必脫⑮。必若所欲爲，危於累卵⑯，難於上天；變所欲爲，易於反掌，安於泰山。今欲極⑰天命之壽，敝⑱無窮之樂，究⑲萬乘之勢，不出反掌之易，以居泰山之安，而欲乘累卵之危，走上天之難，此愚臣之所以爲大王惑也。

人性有畏其景而惡其跡⑳者，卻背而走，迹愈多，景愈疾，不知㉑就陰而止，景滅迹絕。欲人勿聞，莫若勿言；欲人勿知，莫若勿爲。欲湯之滄㉒，一人炊之，百人揚㉓之，無益也，不如絕薪止火而已。不絕之於彼，而救之於此，譬猶抱薪而救火㉔也。養由基㉕，楚之善射者也。去楊葉㉖百步，百發百中。楊葉之大㉗，加百中焉，可謂善射矣。然其所止㉘，迺百步之內耳。比於臣乘，未知操弓持矢㉙也。

福生有基㉚，禍生有胎㉛；納㉜其基，絕其胎，禍何自來？泰山之霤穿石㉝，單極之綆斷幹㉞。水非石之鑽，索非木之鋸，漸靡㉟使之然也。夫銖銖㊱而稱之，至石必差；寸寸而度之，至丈必過。石稱丈量，徑而寡失。夫十圍之木，始生如蘖㊲，足可搔而絕，手可擢㊳而拔，據㊴其未生，先其未形也。磨礱底厲㊵，不見其損，有時而盡；種樹畜養，不見其益，有時而大；積德累行，不見其善，有時而用；棄義背理，不知其惡，有時而亡。臣願大王孰㊶計而身行之，此百世之道也。

〔注釋〕

①得全者昌，失全者亡　謂一國之制度、君臣之禮完備，而獲得全體人民之擁護，必可昌隆；反之，必將一亡。

②舜無立錐之地　錐，銳器，如針之屬。此極言舜土之小。文選李善注引韓子曰：「舜無置錐之地於後世而德結。」國策趙策、史記蘇秦傳俱作：「舜無咫尺之地，以有天下。」

③禹無十戶之聚　顏師古注：「聚，聚邑也。」此極言禹戶口之少。趙策、史記蘇秦傳俱作：「禹無百人之聚。」

④不絕三光之明　不絕，合法度也。三光，日、月、星辰也。顏注：「德政和平，上感天象，則日月星辰無有錯謬，故言不絕三光之明。」

⑤王術　王道之治術也。

⑥父子之道，天性也　李善注：「父子、喻君臣也。」語出孝經。

⑦披腹心而效愚忠　披，表露也。腹心，喻眞摯、誠心也。

⑧惻怛　悲憂也。

⑨任　承擔也。

⑩係千鈞　係，通繫，縛也。鈞，三十斤。喻一縷所繫之重，甚可危也。

⑪駭鼓　駭，驚也，鼓，擊也。

⑫係　同繫。繩索也。

⑬重鎭　鎭，亦重也。亦當「壓」一解。

⑭其出不出，間不容髮　間不容髮，以喻相距至近，即細如一根頭髮，其間亦不能容。此處意謂取禍得福，祗在一念之差。顏注引蘇林曰：「改計取禍，正在今日，言其激切甚急也。」

⑮百舉必脫　脫者免於禍也。百，虛數。

⑯危於累卵　喻極其危險也。文選李善注：「說苑曰：『晉靈公造九層台，荀息聞之，求見曰：臣能累十二博棊，加九雞卵棊上，公曰：危矣。』」

⑰極　至也，窮盡也。

⑱敝　盡也。

⑲究　竟也。

⑳人性有畏其景而惡其跡　景，通影。事見莊子漁父篇。

㉑不知　文選作「不如」。王念孫謂作「不如」與下文兩「莫若」，一「不如」文同一例，可從。

㉒滄　與滄通，寒也。

㉓揚　揮扇也。

㉔抱薪而救火　喻本欲除其害，反助其勢也。史記魏世家：「且夫以地事秦，譬猶抱薪救火，薪不盡，火不滅。」

㉕養由基　國策西周策：淮南說山篇高誘注並云：「養姓，由基名。」梁玉繩人表考曰：「養，邑名，其地見水經汝水注，續志潁川郡。蓋由基以邑爲氏，其後有養由氏。」

㉖楊葉　楊，戰國策西周策，史記周本紀，並作「柳」。爾雅說文皆以楊爲蒲柳，蒲柳即水楊，故古人所言之楊皆水楊也。

㉗楊葉之大　言其至小也。

㉘止　目標也。

㉙未知操弓持矢　謂由基僅精於射技，且在百步之內，比之於乘，則未曉射擊之道也。顏師古注：「乘自言所知者遠，非止見百步之中，故謂由基爲不曉射也。」

㉚基　本義爲牆始。引伸凡始均曰基。

㉛胎　始也。

㉜納　受也。

㉝泰山之霤穿石　霤，屋水流也。此當流水，滴水講。謂泰山之水久流則能穿石。

㉞單極之絖斷幹　單，一也。極，屋梁也。一梁，謂井轆轤也。絖，音ㄍㄥˇ，古綆字。綆，汲索也。意謂井欄之梁，久汲則爲汲索所鍥斷也。

㉟漸靡　漸漬也。靡與磨同。漸承上泰山句，靡承上單極句。

㊱銖　古衡名。漢書律曆志：「一籥容一千兩百黍，重十二銖，二十四銖爲兩，十六兩爲

斤。」是一銖當百黍之重。而荀子富國篇「錙銖」注：「十黍之重爲銖。」二說各異，然均極小之單位則一也。

㊲蘖　音ㄋㄧㄝˋ，旁出嫩枝也。

㊳擢　音ㄓㄨㄛˊ，拔也。

㊴據　趁也。

㊵磨礱底厲　磨、礱，均爲研穀之磨。底、厲，均爲磨刀之石，與砥礪同。此皆作動詞用。

㊶孰　同熟。

〔作　者〕

枚乘，字叔，淮陰人。生年不詳，卒於漢景帝後元三年（西元前一四一年）。初爲吳王濞郎中。吳王之初怨望謀逆，乘上書進諫，不聽。遂去而之梁，從孝王遊。景帝時，吳王約六國謀反，乘復說吳王，王不用。其後吳果亡國。漢旣平七國，乘由是知名。景帝召拜爲弘農都尉。乘久爲大國上賓，與英俊並遊，不樂郡吏。以病去官，復遊梁。及孝王薨，乘歸淮陰。武帝自爲太子時，已聞乘名。及即位，乃以安車蒲輪徵乘，死于道中。

乘善屬辭賦，其在梁時，賓客皆工，惟乘尤高，然其著作以諫吳王書最著，但影響不大。乘嘗作七發，始創「七」體，後之文士，仿作者甚衆。漢書藝文志載有枚乘賦九篇，今僅存三篇，爲七發（見文選）、柳賦（見西京雜記）及梁王菟園賦（見古文苑及藝文類聚）。又有臨霸池遠訣賦一篇（文選王粲七哀詩注引），僅存其名，而全篇已佚。乘之辭賦氣勢浩大，文句宏麗，自具風格，最負盛名之古詩十九首，玉台新詠以其中八首爲乘所作（未足全信），更顯出乘在當時詩壇上之偉大。

〔說　明〕

本文選自漢書枚乘傳。體裁屬書說類。吳王濞，漢高祖兄劉仲之子。高祖立仲爲代王，匈奴攻，仲不能守，棄國走雒陽，自歸天子，天子不忍致法，廢爲郃陽侯。子濞封爲沛侯。高祖十一年秋，淮南王英布反，高祖自將往擊之，濞年十二，以騎將從破布軍有功，荆王劉賈爲布所殺，無後，乃王濞於沛，是爲吳王。孝文帝時，其子入見得侍皇太子（即景帝）飲博，爭道不恭爲太子引博局擊殺，而遣其喪歸葬吳，吳王怒，曰：「天下同宗，死長安即葬長安，何必來葬爲！」復遣喪至長安葬。吳王由是懷怨望之心，謀爲逆也。乘知之，乃上書勸諫。本文主旨即勸說吳王勿生背異之心。文分四段：首段言不避重誅而直諫，願王察納忠言。次段言安危繫於一念，願吳王幡然改悟，舍難就易。三段言有迹必露，當不可掩，已見微知著，勸吳王速絕薪止火，自求多福。末段言禍福之來，必有其因，未雨綢繆，防微杜漸，禍患自去；積德累行，克盡臣職，乃求福求善之道。

〔批　評〕

吳王之謀，甚是秘密，此時欲諫，一字着迹不得，初以道理虛起，以開其心；再言反事必不可爲；中言反謀未有不露，末言轉禍爲福，在於早改前非，層層托之譬語，使吳王會意，高絕。

過商侯曰：「字字縝密，言言危警，接連十四五喻，正不提起吳王何事，只是心急瞀亂，連瑣自說，愈出愈奇，愈轉愈醒，與鄒陽獄中書可稱雙璧。」

三七、報任安書

司馬遷

太史公牛馬遷再拜言①，少卿足下：曩者辱賜書，教以愼於接物②，推賢進士爲務；意氣勤勤懇懇③，若望④僕不相師用，而流俗人⑤之言。僕非敢如是也；雖罷駑⑥，亦嘗側聞⑦長者遺風矣。顧自以爲身殘處穢，動而見尤⑧，欲益反損；是以抑鬱而無誰語。諺曰：「誰爲爲之？孰令聽之？」⑨蓋鍾子期死，伯牙終身不復鼓琴⑩。何則？士爲知己用，女爲說己容⑪。若僕大質⑫已虧缺，雖材懷隨、和⑬，行若由、夷⑭，終不可以爲榮，適足以發笑而自點⑮耳。書辭宜答，會東從上來⑯，又迫賤事，相見日淺，卒卒⑰無須臾之間⑱，得竭指意⑲。今少卿抱不測罪⑳，涉旬月㉑，迫季冬㉒，僕又薄從上雍㉓，恐卒然不可諱㉔，是僕終已不得舒憤懣以曉左右，則長逝者魂魄私恨無窮。請略陳固陋。闕然不報，幸勿過！

僕聞之，脩身者，智之府㉕也；愛施者，仁之端也；取予者，義之符也㉖；恥辱者，勇之決也；立名者，行之極也；士有此五者，然後可以託於世，列於君子之林矣。故禍莫憯㉗於欲利，悲莫痛於傷心，行莫醜於辱先，而詬莫大於宮刑㉘。刑餘之人，無所比數㉙，非一世也，所從來遠矣。昔衞靈公與雍渠載，孔子適陳㉚；商鞅因景監見，趙良寒心㉛；同子參乘，袁絲變色㉜；自古而恥之。夫中材之人，事關於宦豎㉝，莫不傷氣㉞，況忼㉟慨之士乎！如今朝庭雖乏人，奈何令刀鋸之餘㊱，薦天下豪儁哉？僕賴先人緒業，得待罪輦轂㊲下二十餘年矣。所以自惟：上之，不能納忠效信，有奇策材力之譽，自結明主；次之，又不能拾遺補闕，招賢進能，顯巖穴之士㊳；外之，不能備行伍，攻城野戰，有斬將搴旗㊴之功；下之，不能累日積勞，取尊官厚祿，以爲宗族交遊光寵。四者無一遂，苟合取容，無所短長㊵之效，可見於此矣。鄉者，僕亦常厠下大夫之列㊶，陪外廷末議㊷，不以此時引維綱㊸，盡思慮，今已虧形，爲掃除之隸，在闒茸㊹之中，迺欲卬首信眉㊺，論列是非，不亦輕朝廷、羞當世之士邪？嗟乎！嗟乎！如僕尚何言哉！尚何言哉！

且事本末未易明也。僕少負不羈之材㊻，長無鄉曲之譽，主上幸以先人之故，使得奉薄技㊼，出入周衞㊽之中。僕以爲戴盆何以望天㊾，故絕賓客之知，忘室家之業，日夜思竭其不肖之材力，務壹心營職，以求親媚於主上，而事迺有大謬不然者夫。僕與李陵㊿，俱居門下(51)，素非相善也，趣舍異路(52)，未嘗銜盃酒，接殷勤之歡。然僕觀其爲人，自奇士：事親孝，與士信，臨財廉，取予義，分別有讓，恭儉下人，常思奮不顧身，以徇(53)國家之急。其素所畜積(54)也，僕以爲有國士(55)之風。夫人臣出萬死不顧一生之計，赴公家之難，斯已奇矣。今舉事壹不當，而全軀保妻子之臣，隨而媒孽(56)其短；僕誠私心痛之！且李陵提步卒不滿五千，深踐戎馬之地，足歷王庭(57)，垂餌(58)虎口，橫挑(59)彊胡，卬(60)億萬之師，與單于連戰十餘日，所殺過當(61)。虜救死扶傷不給，旃裘之君長(62)咸震怖，迺悉徵左右賢王(63)，舉(64)引弓之民，一國共攻而圍之。轉鬬千里，矢盡道窮，救兵不至，士卒死傷如積。然李陵一呼勞軍(65)，士無不起躬流涕，沬血(66)飲泣，張空弮(67)，冒白刃，北首(68)爭死敵。陵未沒(69)時，使有來報，漢公卿王侯皆奉觴上壽⑦〇。後數日，陵敗書聞，主上為之食不甘味，聽朝不怡，大臣憂懼，不知所出。僕竊不自料其卑賤，見主上慘悽怛悼㉑，誠欲効其款款⑦②之愚，以為李陵素與士大夫絕甘分少⑦③，能得人之死力，雖古名將不過也。身雖陷敗，彼觀⑦④其意，且欲得其當⑦⑤而報漢；事已無可奈何，其所摧敗，功亦足以暴於天下。僕懷欲陳之，而未有路，適會召問，卽以此指，推言陵功，欲以廣主上之意，塞睚眦之辭⑦⑥，未能盡明。明主不深曉，以為僕沮貳師⑦⑦，而為李陵游說，遂下於理⑦⑧，拳拳⑦⑨之忠，終不能自列。因為誣上，卒從吏議⑧〇。家貧，財賂不足以自贖，交遊莫救；左右親近不為壹言。身非木石，獨與法吏為伍，深幽囹圄⑧①之中，誰可告愬者！此正少卿所親見，僕行事豈不然邪？李陵既生降，隤其家聲，而僕又茸以蠶室⑧②，重為天下觀笑。悲夫！悲夫！事⑧③未易一二為俗人言也。

僕之先人非有剖符丹書⑧④之功，文史、星歷，近乎卜祝之閒⑧⑤，固主上所戲弄，倡優畜之，流俗之所輕也。假令僕伏法受誅，若九牛亡一毛，與螻蟻⑧⑥何異？而世又不與能死節者⑧⑦，特以為智窮罪極，不能自免，卒就死耳。何也？素所自樹立使然。人固有一死，死有重於泰山，或輕於鴻毛，用之所趨異也。太上不辱先，其次不辱身，其次不辱理色[88]，其次不辱辭令，其次詘體[89]受辱；其次易服[90]受辱，其次關木索[91]，被箠楚[92]受辱，其次鬄毛髮[93]，嬰金鐵[94]受辱，其次毀肌膚，斷支體[95]受辱，最下腐刑極矣。傳曰：「刑不上大夫[96]。」此言士節不可不厲也。猛虎處深山，百獸震恐，及其在穽檻之中，搖尾而求食；積威約之漸[97]也。故士有畫地爲牢勢不入，削木爲吏議不對；定計於鮮[98]也。今交手足，受木索，暴肌膚，受榜箠，幽於圜牆之中，當此之時，見獄吏則頭槍地[99]，視徒隸則心惕息[100]，何者，積威約之勢[101]也。及已至此，言不辱者，所謂彊顏耳，曷足貴乎？且西伯，伯也，拘牖里[102]；李斯，相也，具五刑[103]；淮陰，王也，受械於陳[104]；彭越[105]、張敖[106]，南鄉稱孤，繫獄具罪；絳侯[107]誅諸呂，權傾[108]五伯，囚於請室[109]；魏其[110]，大將也，衣赭[111]關三木[112]，季布爲朱家鉗奴[113]；灌夫受辱居室[114]。此人皆身至王侯將相，聲聞鄰國，及罪至罔[115]加，不能引決自財[116]，在塵埃之中，古今一體，安在其不辱也？由此言之，勇怯，勢也；彊弱，形也。審矣，曷足怪乎？且人不能蚤自財繩墨(117)之外，已稍陵夷(118)，至於鞭箠之間，迺欲引節(119)，斯不亦遠乎？古人所以重施刑於大夫者，殆爲此也。夫人情莫不貪生惡死，念親戚，顧妻子；至激於義理者不然，迺有不得已也。今僕不幸，蚤失二親，無兄弟之親，獨身孤立，少卿視僕於妻子何如哉？且勇者不必死節，怯夫慕義，何處不勉焉。僕雖怯耎欲苟活，亦頗識去就之分矣，何至自湛溺累紲(120)之辱哉！且夫臧獲婢妾(121)，猶能引決，況若僕之不得已乎！所以隱忍苟活，函(122)糞土之中而不辭者，恨私心有所不盡，鄙(123)沒世而文采不表於後也。

古者富貴而名摩滅，不可勝記，唯俶儻(124)非常之人稱焉。蓋西伯拘而演周易(125)；仲尼厄而作春秋(126)；屈原放逐，迺賦離騷；左丘失明，厥有國語(127)；孫子臏脚，兵法修列(128)；不韋遷蜀，世傳呂覽(129)；韓非囚秦，說難、孤憤(130)；詩三百篇，大氐賢聖發憤之所爲作也。此人皆意有所鬱結，不得通其道，故述往事，思來者(131)。及如左丘明無目，孫子斷足，終不可用，退論書策，以舒其憤，思垂空文以自見。僕竊不遜，近自託於無能之辭，網羅天下放失舊聞，考之行事，稽其成敗興壞之理，凡百三十篇，亦欲以究天人之際，通古今之變，成一家之言。草創未就，適會此稿，惜其不成，是以就極刑而無慍色，僕誠已著此書，藏之名山，傳之其人⑬²，通邑大都；則僕償前辱之責，雖萬被戮，豈有悔哉，然此可為智者道，難為俗人言也。

且負下未易居⑬³，下流多謗議⑬⁴，僕以口語遇遭此禍，重為鄉黨戮⑬⁵笑，汚辱先人，亦何面目復上父母之丘墓乎，雖累百世，垢彌甚耳。是以腸一日而九回，居則忽忽若有所亡，出則不知所如往，每念斯恥，汗未嘗不發背霑衣也！身直為閨閤之臣⑬⁶，寧得自引深藏巖穴邪！故且從俗浮湛，與時俯仰，以通其狂惑。今少卿迺教之以推賢進士，無迺與僕之私指謬乎！今雖欲自彫瑑曼辭⑬⁷以自解，無益，於俗不信，祇取辱耳。要之死日，然後是非迺定。書不能盡意，故略陳固陋。

〔注　釋〕

①太史公牛馬走司馬遷再拜言　太史公，司馬遷自稱。走，猶僕。牛馬走，謂掌牛馬之僕此自謙之辭。此十二字漢書本無，然古人書信必先具名，文選即有之，足證原書有此十二字，而為漢書所刪略。今據文選補。

②接物　待人處事。

③勤勤懇懇　忠誠貌。

④望　怨。

⑤而流俗人　而，如。流俗人，世俗人。

⑥罷駑　罷，同疲。駑，劣馬。罷駑，喻才能庸劣。

⑦側聞　聞也。加側者，謙辭。

⑧尤　責。

⑨孰為為之，孰令聽之　孰為（ㄨㄟˋ），為孰。孰令，令孰。

⑩鍾子期死，伯牙終身不復鼓琴　鍾子期、伯牙，均春秋楚人，伯牙善鼓琴，志在高山，鍾子期曰：「巍巍乎若泰山」。志在流水，鍾子期曰：「湯湯乎若流水。」鍾子期死，伯牙破琴折絃，終身不復鼓琴。事見呂氏春秋本味篇及列子湯問篇。

⑪事為知己用，女為說己容　語見戰國策趙策，惟「用」作「死」。

⑫大質　軀體。

⑬隨和　隨，指隨侯珠。和，指和氏璧。二者皆天下至寶。

⑭由夷　由，指許由。夷，指伯夷。二人皆古之高士。

⑮點　通玷，汚辱。

⑯會東從上來　會，適。上，指天子。征和二年（西元前九一年）七月，戾太子舉兵時，武帝在甘泉宮，旋東返長安。

⑰卒卒　同猝猝，匆忙。

⑱間　空隙。

⑲指意　心意。

⑳不測之罪　不可測度之刑罪，指死罪。戾太子因巫蠱事矯詔殺奸臣江充，任安曾受太子

命令，故有不測之罪。

㉑涉旬月　涉，歷。旬月，滿一月。

㉒迫季多　迫，逼近。季多，農曆十二月。季多爲漢行刑之期。按任安於次年正月腰斬。

㉓薄從上雍　薄，近。雍，見本書李將軍傳注釋(128)。此書作於征和二年季多之前，三年正月，武帝至雍郊祀。按漢書原文作「薄從上上雍」，當衍一「上」字。今據文選刪。

㉔不可諱　指死。難言其死，故曰不可諱。

㉕府　府庫。引伸有積蓄之意。

㉖符　徵驗。

㉗憯　同慘，痛也。

㉘宮刑　一名腐刑，古五大刑之一。男子割勢，女子幽閉，使永失生殖能力。

㉙比數　數，音ㄕㄨˇ，計也。比數，比較。

㉚衞靈公與雍渠載，孔子適陳　衞靈公與夫人同車，宦者雍渠參乘，使孔子爲次乘。招搖過市，孔子恥之，遂去衞適陳。事見孔子世家。

㉛商鞅因景監見，趙良寒心　商鞅，衞人。自衞亡秦，因宦者景監見孝公，變法强秦，封於商，號商君。趙良說商君曰：「今君之見秦王也，因嬖人景監以爲主，非所以爲名也。」事見史記商君傳。

㉜同子參乘，袁絲變色　同子，漢文帝宦者趙談，與遷父同名，因避父諱，改稱同子。袁盎，字絲。漢文帝出，趙談參乘，袁盎伏車前阻諫，文帝遂令談下車。事見史記袁盎傳。

㉝宦豎　詆辱宦者之辭。豎字有輕賤之意，如賈豎，豎儒是。

㉞傷氣　氣短。

㉟忼　同慷。

㊱刀鋸之餘　刑餘之人。語見袁盎傳。

㊲輦轂　天子之車駕，習用以稱京師。

㊳巖穴之士　隱逸高士。

㊴搴　音ㄑㄧㄢ，拔也。

㊵短長　長也。

㊶廁下大夫之列　廁，間。太史令秩六百石，故云下大夫。

㊷陪外廷末議　外廷，外朝。漢制：大司馬、侍中、散騎常侍爲中朝，丞相以下至六百石爲外朝。末議，陳說議論自謙之辭。

㊸維綱　國家法度。

㊹闒茸　闒，音ㄊㄚ，下也。茸，音ㄖㄨㄥˊ，細毛。闒茸，卑賤。

㊺卬首信眉　卬，同仰。信，同伸。

㊻不羈之材　才質高遠，不可拘限。

㊼薄技　微能。

㊽周衞　侍衞周密，指宮禁。

㊾戴盆何以望天　戴盆不能望天，望天則不能戴盆，喻事宜專任而不可兼施。

㊿李陵　字少卿，漢隴西成紀人，李廣之孫，武帝時率領步卒五千人，與匈奴十餘萬人戰，矢盡援絕，被俘而降。

(51)俱居門下　李陵少爲侍中，遷自敍嘗爲郎中，皆可出入宮門，故云俱居門下。

(52)趣舍異路　趣舍，同取舍，好惡也。李陵好武，子長著文，好尚不同，故云趣舍異路。

(53)徇　同殉，從也。

(54)畜積　畜同蓄。畜積，抱負。

(55)國士　全國推崇仰望之人。

(56)媒孽　漢書李陵傳作媒糵。媒，酒酵，孽通糵，麴也。媒孽，構陷。

(57)王庭　匈奴單于所居之處。

(58)垂餌　以自身爲餌，引誘敵人。

(59)挑　挑戰。

(60)卬　補注引李慈銘曰：「卬，即迎之省。」

(61)過當　當，相稱。過當，超越相當之數。

(62)旃裘之君長　旃，同氈。旃裘，匈奴人所著之皮衣。君長，匈奴各部落酋長。

(63)左右賢王　匈奴單于以下，置左右賢王，相當於漢代左右丞相。

(64)舉　發。

(65)勞軍　慰勉激勵軍隊。

(66)沬血　沬，音ㄏㄨㄟˋ，古頮字，洗面也。沬血，血流滿面。
67弮　音ㄑㄩㄢ，弓也。
68北首　北向。
69沒　敗。
70上壽　祝賀。
71慘悽怛悼　憂傷愁苦。
72款款　忠誠貌。
73絕甘分少　味雖甘而拒食，物雖少而與衆共。
74彼觀　觀彼之倒裝。
75當　適當之機會。
76塞睚眦之辭　睚眦，音一ㄞˊㄗˋ，怒目相視貌。全句謂堵塞怨家誣陷之言。
77沮貳師　沮，毀壞。貳師，本西域大宛城名，武帝命寵姬李夫人兄李廣利伐大宛，入貳師，因拜之爲貳師將軍。及征匈奴，貳師將三萬餘騎爲主力。陵將五千步兵爲游擊。陵軍苦戰，廣利未遇敵，故武帝疑遷隱謗貳師。

78理　獄官。
79拳拳　懇摯貌。
80吏議　法吏之論處。
81囹圄　監獄。
82茸之蠶室　茸，推致。蠶室，施宮刑之密室。養蠶之室，必溫而且密，宮刑畏風，故稱施宮刑之所爲蠶室。
83事　指下文所述忍恥偷生之故。
84剖符丹書　漢初封功臣，必剖符節之半與之以爲信，或頒之鐵券丹書。
85文史、星曆，近乎卜祝之間　文史、星曆，皆太史公所掌。卜祝，卜人與祝官。
86螻螘　螻，螻蛄。俗名土狗。螘，同蟻。
87後人又不與能死節者　與，猶謂也。全句謂世人不謂我能死節者，特謂我罪固當死，無可解免耳。「者」下原有「比」字，疑後人所加，今據王念孫說及文選李善本刪。
88理色　理，肌膚之文理。色，顏色。荀子正名「形體色理以自異。」

⑧⑨詘體　詘同屈。詘體，如長跪叩頭等。

⑨⓪易服　易著赭色囚衣。

⑨①關木索　關，貫穿。木，械。索，繩。

⑨②被箠楚　箠，杖。楚，荆木。被箠楚，謂受刑杖。

⑨③鬄毛髮　鬄，俗作剃。鬄毛髮，指髡刑。

⑨④嬰金鐵　嬰，纏繞。嬰金鐵，指鉗刑。

⑨⑤毀肌膚，斷肢體　前者如黥刑，後者如刖刑。

⑨⑥刑不上大夫　語見禮記曲禮篇。

⑨⑦積威約之漸　威，威力。約，約束。全句謂乃由人之威力約束積漸而成。

⑨⑧定計於鮮　鮮，爾雅釋詁：「善也。」定計於鮮，謂定計完善，自裁而不遭刑辱。

⑨⑨槍地　槍，同搶，觸也。搶地，謂匍匐乞哀。

⑩⓪惕息　恐懼喘息。

⑩①積威約之勢　謂乃由威力約束積久而成之形勢。

⑩②西伯，伯也，拘牖里　西伯，文王姬昌，紂時爲西伯。伯，音ㄅㄚˋ，諸侯之長。牖，作羑，音ㄧㄡˇ，其地在今河南省湯陰縣北九里。文王因崇侯虎之譖，而被拘於牖里。

⑩③李斯，相也，具五刑　李斯，楚上蔡人。秦始皇時爲丞相。五刑，墨、劓、剕、宮、大辟，秦二世時，趙高用事，誣李斯子由與關東盜匪通，李斯遂被腰斬於咸陽市，故云具於五刑。

⑩④淮陰，王也，受械於陳　韓信初封齊王，改封楚王。或告信反，高祖用陳平計，僞遊雲夢，信謁高祖於陳（今河南淮陽）。高祖執之，赦封淮陰侯。

⑩⑤彭越　漢初封爲梁王，或告其反，高祖捕之，囚於洛陽，後被殺。

⑩⑥張敖　趙王張耳子，妻高祖長女。趙臣貫高等謀殺高祖，事洩，敖與之俱被捕，送長安。

⑩⑦絳侯　周勃封絳侯，曾平諸呂之亂，迎立文

帝，位丞相。後有人告勃謀反，遂被捕下廷尉獄。

⑩⑧傾　壓倒，超越。

⑩⑨請室　請罪之室也。

⑪⓪魏其　即竇嬰，景帝時平七國之亂有功，封魏其侯。後坐灌夫駕丞相田蚡不敬罪，被逮，斬首棄市。

⑪⑪赭　音ㄓㄜˇ，紅色。此指囚服。

⑪⑫三木　刑具。即頭枷，足桎，手梏。

⑪⑬季布為朱家鉗奴　季布為項羽將，數窘高祖，羽滅，高祖懸千金求布，布乃髡鉗自賣於大俠朱家為奴。

⑪⑭灌夫受辱居室　灌夫，潁陰侯灌嬰舍人張孟之子，因冒姓灌氏。吳楚軍時，夫有戰功，以勇名聞天下。後因在丞相田蚡席上使酒罵坐，被繫居室。居室，即保宮，囚禁犯人之所。

⑪⑮罔　同網，法網也。

⑪⑯財　同裁。

⑪⑰縲墨　法度。

⑪⑱陵夷　卑下。

⑪⑲引節　守節自裁。

⑫⓪湛溺累紲　湛，同沈。累紲，拘罪人之黑索。

⑫⑪臧獲婢妾　臧獲。奴婢，見方言三。妾，亦婢也。

⑫⑫函　當作臽，形近而譌。臽，今作陷，墜也。

⑫⑬鄙　恥。

⑫⑭俶儻　俶，同倜。俶儻，卓異。

⑫⑮西伯拘而演周易　文王拘於羑里，乃重八卦為六十四卦，並作卦辭、爻辭。

⑫⑯仲尼戹而作春秋　戹，同厄，困窮。孔子周遊列國，不得行其道，乃據魯史而作春秋。

⑫⑰左丘失明，厥有國語　左丘，即左丘明，魯人。作國語與左傳。失明，謂目盲也。

⑫⑱孫子臏脚，兵法修列　孫臏，齊人，與龐涓俱學於鬼谷子，涓自知不及。後涓為魏將，召臏至魏，而斷其兩足。臏所著兵法，久已

失傳，其殘編今尚可見。舊疑十三篇（孫武著），爲贗所著，實誤。

(129) 不韋遷蜀，世傳呂覽　呂不韋，秦陽翟人。始皇時爲相國，乃集門客撰呂氏春秋，內分八覽、十二紀、六論，故又稱呂覽。後因罪遷蜀，畏罪自殺。

(130) 韓非囚秦，說難孤憤　韓非，韓之諸公子，與李斯俱事荀卿。非見韓日削弱，屢以書諫韓王。王不能用，退而作孤憤、說難等十餘萬言。秦王政見其書，乃急攻韓以求非，非至秦，即爲李斯所讒殺。

(131) 述往事，思來者　謂傳述往古之史實，思垂見於後世。

(132) 其人　顏師古注：「謂能行其書者。」

(133) 負下未易居　下，恥辱。居，生活。謂曾遭受刑辱，生活不易。

(134) 下流多謗議　論語子張篇：「是以君子居下流，天下之惡皆歸焉。」

(135) 戮　辱。

(136) 閨閤之臣　宦閹。

(137) 彫瑑曼辭　瑑，音ㄓㄨㄢˋ，刻也。曼辭，美辭。

〔作　者〕

司馬遷，字子長，西漢左馮翊夏陽（今陝西省韓城縣）人。生於景帝中元五年（西元前一四五年）。父談，官太史令。遷少從孔安國誦古文書，長遊四方，博涉山川，足跡徧中國。武帝元封元年，父卒，受遺命撰史。三年，繼任爲太史令，始紬石室金匱之書，論次其文。太初元年，奉敕與公孫卿，壺遂等改定律曆。天漢三年，以論李陵敗降事忤上意，下獄治以腐刑，憤而述作益勤，迨征和二年輟筆，距元封三年屬稾，計歷十八寒暑，復經刪削改定，前後凡二十餘載成史記百三十卷。遷卒年不詳，約在武帝之末。或昭帝之初（西元前八六年左右），年約六十歲。其書至遷死後始稍出，遂盛傳至今。

〔說　明〕

本文選自漢書司馬遷傳，並據王念孫讀書雜記及昭明文選參考訂正。體裁屬書說類。任安，字少卿，漢滎陽人。武帝時，爲大將軍衞青舍人。後使護北軍，爲益州刺史。征和二年（西元前九一年）秋，戾太子據，爲江充所譖，殺充，發兵入丞相府，召監北軍使者任安發兵，安拜受節，閉門不應。武帝聞之，以安坐觀成敗，有二心，下吏腰斬。時遷任中書令，尊寵任職，任安以與遷有舊，與書責以進賢之義，而隱表求援之意。遷以此書報之。本文旨在申明不得推賢進士，藉伸援手之隱衷，實亦借題抒發，自寫胸中塊壘。全文共分六段：首段言承書受教，因略陳身殘處穢，鬱悒誰語之意。次段言刑餘之人，不足以薦天下豪俊。三段敍昔嘗推賢賈禍之由，乃爲暢言李陵降敵始末，以見事之是非，而家貧數語憤懣殊深。四段申論古重施刑，以勉士節，故凡受械受辱，莫不傷氣，而已之不能自裁，實以私心有所未盡也。五段敍古人發憤而有述作，故隱忍苟活撰成史記，蓋欲以盡其私心也。末段重申斯恥縈廻於心，遂從俗浮沉，歸結於不得推賢進士之微意，以與首段相應。

〔批　評〕

林西仲曰：「是書反覆數千百言，其敍受刑處，只點出僕沮貳師四字，是非自見　詣舒憤懣以曉左右者此也，結穴在受辱不死著書自見上。通篇淋漓悲壯，如泣如訴，自始至終，似一氣呵成。蓋緣胷中積憤不能自遏，故借少卿推賢進士之語，做個題目耳。讀者逐段細繹，如見其悽慨激烈，鬚眉欲動，班掾譏其不能以智自全，猶是流俗之見也夫！」

吳楚材曰：「此書反覆曲折，首尾相續，敍風明白，豪氣逼人。其感慨嘯歌，大有燕趙烈士之風；憂怨幽思，則又直與離騷對壘，文情至此，極矣。」

三八、答蘇武書

李陵

子卿足下①：勤宣令德，策名清時，榮問休暢②，幸甚幸甚！遠託異國，昔人所悲；望風懷想，能不依依？

昔者不遺，遠辱還答，慰誨懃懃③，有踰骨肉，陵雖不敏，能不慨然？自從初降，以至今日，身之窮困，獨坐愁苦，終日無覩，但見異類④。韋韝毳幙⑤，以禦風雨；羶肉酪漿⑥，以充飢渴。舉目言笑，誰與爲歡？胡地玄冰⑦，邊土慘裂，但聞悲風蕭條之聲。涼秋九月，塞外草衰；夜不能寐，側耳遠聽，胡笳⑧互動，牧馬悲鳴，吟嘯成羣，邊聲四起。晨坐聽之，不覺淚下。嗟乎子卿！陵獨何心，能不悲哉？

與子別後，益復無聊。上念老母，臨年被戮⑨；妻子無辜，並爲鯨鯢⑩；身負國恩，爲世所悲。子歸受榮，我留受辱，命也如何？身出禮義之鄉，而入無知之俗，違弃君親之恩，長爲蠻夷之域，傷已！令先君⑪之嗣，更成戎狄之族，又自悲矣！功大罪小，不蒙明察，孤負陵心區區之意⑫

，每一念至，忽然忘生。陵不難刺心以自明，刎頸以見志，顧國家於我已矣，殺身無益，適足增羞，故每攘臂忍辱，輒復苟活。左右之人，見陵如此，以爲不入耳之歡[13]，來相勸勉，異方之樂，祇令人悲，增忉怛[14]耳。

嗟乎子卿！人之相知，貴相知心。前書倉卒，未盡所懷，故復略而言之。

昔先帝[15]授陵步卒五千，出征絕域，五將失道[16]，陵獨遇戰。而裹萬里之糧，帥徒步之師，出天漢[17]之外，入强胡之域。以五千之衆，對十萬之軍；策疲乏之兵，當新羈之馬[18]。然猶斬將搴旗，追奔逐北[19]，滅跡掃塵，斬其梟帥[20]，使三軍之士，視死如歸。陵也不才，希當[21]大任；意謂此時，功難堪矣。匈奴既敗，舉國興師，更練精兵，强踰十萬；單于[22]臨陣，親自合圍。客主之形，既不相如；步馬之勢，又甚懸絕，疲兵再戰，一以當千，然猶扶乘創痛，決命爭首[23]。死傷積野，餘不滿百，而皆扶病，不任干戈。然陵振臂一呼，創病皆起，舉刃指虜，胡馬奔走。兵盡矢窮，人無尺鐵，猶復徒首[24]奮呼，爭爲先登。當此時也，天地爲陵震怒，戰士爲陵飲血㉕。單于謂陵不可復得，便欲引還，而賊臣教之㉖，遂便復戰，故陵不免耳。

昔高皇帝以三十萬衆困於平城，當此之時，猛將如雲，謀臣如雨，然猶七日不食，僅乃得免。況當陵者，豈易爲力哉！而執事者云云㉗，苟怨陵以不死。然陵不死，罪也；子卿視陵，豈偷生之士而惜死之人哉？寧有背君親、捐妻子、而反爲利者乎？然陵不死，有所爲也，故欲如前書之言㉘，報恩於國主耳。誠以虛死不如立節，滅名不如報德也。昔范蠡不殉會稽之恥㉙，曹沫不死三敗之辱㉚，卒復勾踐之讎，報魯國之羞。區區之心，竊慕此耳。何圖志未立而怨已成，計未從而骨肉受刑。此陵所以仰天椎心而泣血也！

足下又云：「漢與㉛功臣不薄。」子爲漢臣，安得不云爾乎？昔蕭、樊囚縶㉜，韓、彭葅醢㉝，鼂錯受戮㉞，周、魏見辜㉟；其餘佐命㊱立功之士，賈誼、亞夫㊲之徒，皆信命世㊳之才，抱將相之具，而受小人之讒，並受禍敗之辱，卒使懷才受謗，能不得展。彼二子之遐舉㊴，誰不爲之痛心哉？陵先將軍功略蓋天地，義勇冠三軍，徒失貴臣㊵之意，剄身絕域之表。此功臣義士所以負戟而長歎者也。何謂不薄哉？

且足下昔以單車之使，適萬乘之虜；遭時不遇，至於伏劍不顧㊶，流離辛苦，幾死朔北之野。丁年奉使，皓首而歸㊷。老母終堂，生妻去帷㊸。此天下所希聞，古今所未有也。蠻貊之人，尚猶嘉子之節，況為天下之主乎？陵謂足下當享茅土之薦㊹，受千乘之賞㊺。聞子之歸，賜不過二百萬㊻，位不過典屬國㊼，無尺土之封，加子之勤。而妨功害能之臣，盡為萬戶侯㊽，親戚貪佞之類，悉為廊廟宰㊾。子尚如此，陵復何望哉？

且漢厚誅陵以不死，薄賞子以守節，欲遠聽之臣望風馳命，此實難矣，所以每顧而不悔者也。陵雖孤恩，漢亦負德。昔人有言：「雖忠不烈，視死如歸。」陵誠能安，而主豈復能眷眷乎？男兒生以不成名，死則葬蠻夷中，誰復能屈身稽顙㊿，還向北闕(51)，使刀筆之吏，弄其文墨邪？願足下勿復望陵。

嗟乎子卿！夫復何言？相去萬里，人絕路殊，生為別世之人，死為異域之鬼，長與足下生死辭矣！幸謝故人，勉事聖君。足下胤子[52]無恙，勿以為念，努力自愛。時因北風，復惠德音。李陵頓首。

〔注　釋〕

①子卿足下　子卿，蘇武字。足下，稱同輩之敬詞，事物紀原：「異苑曰：介之推逃祿，抱樹燒死，文公拊木哀嗟，伐而製屐，每懷其功，俯視其屐曰：悲乎足下！足下之稱，當緣此爾。」

②勤宣令德，策名清時，榮問休暢　宣，明也。策，立也。問，「通聞」，作「名」解。休暢，美善通達之意。

③懃懃　或作勤勤，殷勤也，即情意厚重之意。

④異類　指匈奴，因不同於漢人，故稱異類。

⑤韋韝毳幙　韋，柔皮也。韝，音ㄍㄡ，衣袖。毳，音ㄘㄨㄟ丶，鳥獸之細毛，此謂氈也。幙，即「幕」字，帳也。此言居處之異。

⑥羶肉酪漿　羶，音ㄕㄢ，羊臭。酪，音ㄌㄨㄛ丶。酪漿，指牛羊馬之乳汁。此言飲食之異。

⑦玄冰　玄，黑色。冰厚則色黑。

⑧胡笳　匈奴樂器，形如笛。

⑨臨年被戮　臨年，臨老之年。武帝以陵降匈奴，殺其母妻，事見漢書李陵傳。

⑩鯨鯢　海中大魚，雄曰鯨，雌曰鯢。以其吞食小魚，故代稱不義之人。此處謂妻兒無辜，亦被視為不義之人而遭殺戮。左傳宣公十二年：「取其鯨鯢而用之，以為大戮。」此用其語。

⑪先君　即先父。陵父名當戶，李廣長子。

⑫孤負陵心區區之意　孤負，即辜負。區區之意，微意也，即下文所言「圖報國主」之意。

⑬不入耳之歡　謂胡人勸其投降匈奴，可享富貴歡樂，此語陵聽不入耳。

⑭忉怛　音ㄉㄠ　ㄉㄚˊ，憂愁悲愴之意。

⑮先帝　指武帝。此時武帝已崩，昭帝在位。

⑯五將失道　謂五軍將與己約期會師，屆時未至，故曰失道。

⑰天漢　武帝年號，漢人用以自稱本國。

⑱新羈之馬　羈，馬絡頭。新羈之馬，謂新訓練成之馬。

⑲北　師敗曰北。此指敗北之匈奴兵馬。

⑳梟帥　勇猛之將帥。

㉑希當　猶言難當。此蓋謙辭也。

㉒單于　音ㄔㄢˊ　ㄩˊ，匈奴對其君長之稱。

㉓決命爭首　謂士卒用命，皆爭為先首而與敵死戰。

㉔徒首　徒，空也。徒首，頭上無盔。

㉕飲血　血，血淚也。飲血，即飲泣，謂含悲忍淚，憤慨至極。

㉖賊臣教之　賊臣，指漢奸管敢。敢於陵軍中為軍候，因被校尉所辱，逃降匈奴，具言陵軍無援，攻之可破，匈奴遂進兵，漢兵大敗，弓矢皆盡，陵遂投降，事見漢書蘇武傳。

㉗執事者云云　執事者，指羣臣。云云，謂議論紛紜。

㉘前書之言　文選注引陵前與武書云：「陵前為子卿死之計，所以無者，冀其驅醜虜，翻然南馳，故且屈以求伸。若將不死，功成事立，則將上報厚恩，下顯祖考之明也。」

㉙范蠡不殉會稽之恥　范蠡，春秋越國賢臣。殉，死也。越王勾踐為吳王夫差圍於會稽，國亡無日，君臣未殉國恥。後七年，用范蠡計，遂破吳復仇，事見國語越語。

㉚曹沬不死三敗之辱　曹沬，春秋魯國軍將。與齊三戰皆敗，喪失國土，忍辱不死，後魯至齊盟，曹沬以匕首劫桓公於壇上，要挾歸還侵魯之地，桓公許之，卒雪前恥，事見史記刺客列傳。

㉛與　猶待也。

㉜蕭、樊囚縶　蕭，蕭何。樊，樊噲。皆漢開國功臣。縶，拘繫。二人皆因微事觸高祖怒而下獄，事見史記蕭相國列傳及樊噲傳。

㉝韓、彭葅醢　韓，韓信。彭，彭越。葅醢，音ㄐㄩ ㄏㄞˇ，剁成肉醬。二人皆助高祖成就帝業之功臣，後均爲呂后所殺，事見史記淮陰侯列傳及彭越傳。

㉞鼂錯受戮　鼂錯，漢文帝賢臣。景帝時，因患諸侯强大，請削吳、楚等七國封地，七國藉口反叛，遂被殺，事見史記鼂錯傳。

㉟周、魏見辜　周，周勃。魏，魏其侯竇嬰。見辜，謂受罪被刑。勃以迎立文帝有功，後因人誣告其反而下獄。辜以平七國亂有功，景帝時因得罪丞相田蚡而被殺。事見史記絳侯世家及竇嬰傳。

㊱佐命　謂輔佐王者創業。王者創業，天子受命於天，故開國諸臣，統稱佐命。

㊲賈誼、亞夫　賈誼，文帝時官大中大夫，正欲任爲公卿，爲讒言所阻，出爲長沙王太傅，悒鬱以終。亞夫，周勃之子。景帝時爲大將軍，平七國之亂，擢爲丞相，後因得罪梁孝王下獄，不食而卒。

㊳命世　命，名也。命世，名高一世之意。

㊴二子之遐舉　二子，指賈誼、周亞夫。遐舉，遠去也，引申爲棄置不用之意。

㊵貴臣　指大將軍衞青。

㊶伏劍不顧　蘇武使匈奴，漢降臣衞律勸武降，武引佩刀自刺，衞律大驚，自抱持武，武氣絕，半日復甦。事見漢書蘇武傳。

㊷丁年奉使，皓首而歸　丁年，謂丁壯之年。皓首，白頭。武留匈奴十九年，始以强壯出，及還，鬚髮皆白。

㊸老母終堂，生妻去帷　母居北堂，故稱母死曰終堂。婦居閨帷，故稱妻嫁曰去帷。

㊹享茅土之薦　謂封爲諸侯。天子封五色土爲社，將封諸侯，則取各方色土，以白茅包束予之，使歸以立社。

㊺受千乘之賞　亦謂封爲諸侯。蓋諸侯大國，

有兵車千乘也。

㊻二百萬　謂錢二千貫。

㊼典屬國　漢官名，掌蠻夷降者，秩中二千石。

㊽萬戶侯　漢制，列侯大者食邑萬戶。

㊾廊廟宰　謂朝廷大臣。

㊿稽顙　音ㄑㄧˇ ㄙㄤˇ。稽，猶叩也。顙，額也。下拜以額觸地曰稽顙。

51 北闕　宮殿以北所建之闕觀，漢書高帝本紀注：「尚書奏事，謁見之徒，皆詣北闕。」

52 胤子　胤，音ㄧㄣˋ，後嗣也。胤子，指武於匈奴娶胡女所生之子，名通國。

〔作　者〕

李陵，字少卿，漢成紀（今甘肅秦安縣北）人。生年不詳，卒於昭帝元平元年（西元前七四年）。陵爲名將李廣之孫，善騎射。武帝時拜騎都尉，將步卒五千，與匈奴戰，以寡擊衆，矢盡力竭而降。匈奴單于立爲右校王，武帝怒，誅其家屬。司馬遷爲之申援，因亦獲罪。陵留居匈奴二十餘年卒。

〔說　明〕

本文選自昭明文選。體裁屬書說類。藝文類聚及全漢文均收入，惟不見史記、漢書中之李陵傳，故唐劉知幾、宋蘇軾、清章學誠等均疑爲後人僞作。

蘇武，字子卿，漢杜陵（今陝西長安縣東南）人。武帝時，以中郎將使匈奴，單于脅降不屈，遂被囚繫。後徙北海，使牧羊，仍持漢節。昭帝與匈奴和親，始還歸，留匈奴凡十九年。李陵降胡後，單于曾迫其勸蘇武降，武峻拒，後武歸國，陵曾爲餞行。本文係假藉李陵語氣，答覆蘇武之贈信，主旨在爲己辨白，並咎漢室負功，以抒孤憤之懷。全文共分九段：首段爲頌揚問候之語。二段敍降後生活之窮困愁苦，居處飲食、耳目聽聞之異，以抒悲懷。三段歷數己受辱之事，並陳忍辱苟活之由。四段追敍當年奮戰之苦況，及矢盡力竭而不免於敗之經過。五段辨已不死固罪，然非偷生，蓋欲有所爲，而報恩於國主耳。六段歷言漢功臣遇禍之事，以證漢與功臣實薄。七段敍蘇武節義之高，而賞賜低微，漢亦負德，故決心死葬蠻夷。末段述彼此將生死相辭，並抒關愛之情。

〔批　評〕

全篇文情激壯，氣勢尤暢，層層辯白，莫不入情入理，故自古推爲名作。

吳楚材曰：「文情感憤壯烈，幾於動風雨而泣鬼神，除子卿自己，更無餘人可以代作，蘇子瞻謂齊、梁小兒爲之，未免大言欺人。」

過商侯曰：「擊節悲壯，大有英雄失勢，無可奈何光景。讀項羽紀，頓令人氣鬱；讀答蘇武書，頓令人氣伸。昔人疑其贋作，必天下更有李陵之遇者，始寫得李陵心事出。然天下若更有李陵之遇，又當別爲一李陵心事，何必借之以爲美談哉？眞作無疑。」

三九、報孫會宗書

楊惲

惲材朽行穢，文質無所底①。幸賴先人餘業②，得備宿衞③，遭遇時變，以獲爵位④。終非其任，卒與禍會⑤。足下哀其愚蒙，賜書教督⑥，以所不及，慇懃⑦甚厚。然竊恨足下不深維其終始⑧，而猥隨俗之毀譽也⑨。言鄙陋之愚心，則若逆指而文過⑩；默而息⑪乎，恐違孔氏各言爾志之義⑫。故敢⑬略陳其愚，惟⑭君子察焉！

惲家方隆盛時，乘朱輪⑮者十人。位在列卿⑯，爵為通侯⑰，總領從官⑱，與聞政事。曾不能以此時有所建明⑲，以宣德化；又不能與羣僚同心幷力，陪輔⑳朝廷之遺忘，已負竊位素餐㉑之責久矣。懷祿貪勢，不能自退；遂遭變故，橫被口語㉒，身幽北闕㉓，妻子滿獄。當此之時，自以夷滅不足以塞責㉔，豈意得全首領㉕，復奉先人之丘墓㉖乎！

伏惟聖主之恩，不可勝量。君子游道㉗，樂以忘憂；小人全軀，說以忘罪㉘。竊自思念：過已大矣，行已虧矣，長為農夫以沒世矣！是故身率妻子，勠力㉙耕桑，灌園治產，以給公上㉚。不意當復用此爲譏議也。夫人情所不能止者，聖人弗禁。故君父至尊親㉛，送其終也，有時而既㉜。臣之得罪，已三年矣！田家作苦，歲時伏、臘㉝，亨羊炰羔㉞，斗酒自勞。家本秦也㉟，能爲秦聲㊱；婦趙㊲女也，雅㊳善鼓瑟；奴婢歌者數人：酒後耳熱，仰天拊缶㊴，而呼嗚嗚。其詩曰：「田㊵彼南山，蕪穢不治㊶。種一頃豆，落而爲萁㊷。人生行樂耳；須㊸富貴何時！」是日也，拂㊹衣而喜，奮袖低昂㊺，頓足起舞。誠淫荒無度，不知其不可也。

惲幸有餘祿，方糴㊻賤販貴，逐什一之利㊼。此賈豎㊽之事，汙辱之處，惲親行之。下流之人，衆毀所歸㊾，不寒而栗㊿。雖雅知惲者，猶隨風而靡，尚何稱譽之有？董生(51)不云乎：「明明求仁義，常恐不能化民者，卿大夫之意也；明明求財利，常恐困乏者，庶人之事(52)也。」故道不同，不相爲謀；今子尚安得以卿大夫之制而責僕哉(53)？

夫西河魏土(54)，文侯(55)所興，有段干木、田子方(56)之遺風，漂然皆有節槩(57)，知去就之分(58)。頃者，足下離舊土，臨安定(59)；安定山谷之間，昆戎(60)舊壤，子弟貪鄙；豈習俗之移人哉？於今迺睹子之志矣。方當盛漢之隆，願勉旃(61)！毋多談！

〔注釋〕

①厎　音ㄓˇ，致也。至也。成也。

②先人餘業　楊惲父敞曾爲丞相。詳見漢書楊敞傳。

③得備宿衞　備，充任也。宿衞，直宿禁闥，當警衞之任也。

④遭遇時變，以獲爵位　霍光子禹，與其姪山、雲等謀反，惲先聞知，因侍中金安上以聞，召見言狀，霍氏伏誅，惲封爲平通侯。詳見漢書霍光傳及楊惲傳。

⑤卒與禍會　指太僕戴長樂上書告惲誹謗當世，以主上爲戲語，無人臣禮，而被免爲庶人。詳見楊惲傳。

⑥督　正也。

⑦懇懃　深切關懷也。

⑧不深維其終始　維，思也。謂不深思其事之始末也。

⑨猥隨俗之毀譽也　猥，曲也。謂曲從流俗之毀譽也。

⑩逆指而文過　指，意也。文，音ㄨㄣˋ，飾也。謂違逆足下之意而文飾己過也。

⑪息　止也。

⑫恐違孔氏各言爾志之義　典見論語公冶長篇。謂己不得不言。

⑬敢　猶敬也。

⑭惟　希望之詞。

⑮朱輪　華麗之車也。漢制二千石始得乘朱輪。

⑯位在列卿　漢以太常、光祿勳、衞尉、太僕、廷尉、大鴻臚、宗正、大司農、少府爲九

卿。惲嘗任光祿勳。

⑰爵爲通侯　通侯，本作「徹侯」，爲避武帝諱而改。

⑱從官　天子侍從之官也。指宿衞之士。

⑲建明　表現也。

⑳陪輔　陪，助也。輔，正也。

㉑竊位素餐　竊，偸也。素，空也。謂不稱其職，空食祿也。

㉒横被口語　横，音ㄏㄥˋ，不順理而行也。此有「亂」意。口語，指戴長樂所告也。

㉓身幽北闕　幽，囚也。北闕，獄名也。

㉔夷滅不足以塞責　夷，殺也。滅，滅絕宗族也。塞責，抵罪也。

㉕首領　頭頸也。指頭。

㉖丘墓　墳墓也。

㉗游道　學道也。

㉘說以忘罪　說，悅也。謂以悅而忘昔日之罪也。

㉙勠力　努力也。

㉚以給公上　謂充縣官之賦斂也。

㉛君父至尊親　謂父至親，君

㉜送其終也，有時而旣　終，死也。旣，盡也。隱言臣之見逐，其罪亦有窮盡之時也。

㉝伏、臘　皆祭名也。伏，時在六月。臘，時在十二月。

㉞炰羔　炰，音ㄆㄠˊ，肉不去毛而炙之也。羔，小羊也。

㉟家本秦也　惲爲華陰人，今陝西省華陰縣，戰國屬秦地。

㊱秦聲　秦樂也。秦腔也。

㊲趙　今河北省南部與山西省東部、河南省黃河以北之地屬之。

㊳雅　甚也。下同。

㊴拊缶　拊，擊也。缶，瓦器也。

㊵田　音ㄉㄧㄢˊ，耕作也。

㊶治　音ㄔˊ，理也。

㊷萁　音ㄑㄧˊ，豆莖也。

㊸須　待也。

㊹拂　提也。

㊺奮袖低昂　奮，舉也。謂舉袖高低揮舞也。

㊻糴　音ㄉㄧˊ，買入米穀也。

㊼逐什一之利　逐，追也。什一，十分之一也。

㊽賈豎　賈，音ㄍㄨˇ，商人也。豎，小人也。

㊾下流之人，衆毀所歸　下流，地形卑下之處也。典見論語子張篇。

㊿栗　通慄。

(51)董生　董仲舒，漢廣川（河北棗强）人。主張罷黜百家，獨尊儒術，武帝采之。著有春秋繁露等書。詳見史記本傳。

(52)明明求仁義……庶人之事也　漢書董仲舒傳對策作「夫皇皇求財利，常恐乏匱者，庶人之意也；皇皇求仁義，常恐不能化民者，大夫之意也。」

(53)今子尙安得以卿大夫之制而責僕哉　謂今我行賈豎之事，安得責我卿大夫之制邪？

(54)西河魏土　西河，漢郡。今山西省西北部及綏遠省南隅，在河套間，戰國屬魏。會宗爲西河人。漢之西河郡與子夏所居、吳起所守之魏地西河不同。魏西河有今陝西省華陰、華縣、白水、澄城等地。惟漢之西河郡亦戰國魏地。

(55)文侯　魏文侯，名斯，禮賢下士，有名於時。詳見史記魏世家。

(56)段干木、田子方　段干木，晉人，魏文侯請爲相，不就。田子方，魏人，魏文侯師事之。二者，並高士也。

(57)漂然皆有節槩　漂然，高遠貌。節槩，節操器量也。

(58)知去就之分　去就，去留也。分，界限也。

(59)臨安定　安定，漢郡。即今甘肅舊平涼府及固原州、涇州之地，西漢治高平，即今甘肅固原，境有汧山、烏山。會宗此時爲安定太守。

(60)昆戎　西戎也。

(61)旃　之也。

〔作　者〕

楊惲，字子幼，漢華陰（今陝西華陰縣）人。宣帝時，任爲郎。性刻害，好發人陰伏，霍氏謀反，惲密以奏聞，霍氏誅，遷中郎將，封平通侯。後爲怨家所告，免爲庶人，復坐怨懟伏誅，其子孫避仇改姓惲。

〔說　明〕

本文選自漢書楊惲傳。體裁屬書說類。孫會宗，西河（今山西西北部及綏遠南隅）人，安定太守。惲自與太僕戴長樂相失，坐事免爲庶人，遂歸家閑居，自治產業起室，以財自娛。孫氏乃與書戒惲，言大臣廢退，當杜門惶懼，爲可憐之意，不當治產業，通賓客，有稱譽。惲乃作書報之。文分五段：首段言其所以答書之因。二段自陳所以受榮得罪之由。三段言所以行樂之故。四段言已已廢爲庶人，會宗不得以卿大夫化民之制相責。五段言己事可不勞措意，無庸多談。

〔批　評〕

過商侯曰：「同一罷黜耳，彼多買園田，日飲醇醪者，何反以彌禍，而惲獨不免哉？無他，亦迹同而心殊也。蓋惲內懷憤懣觖望之心日久，則無此書，亦當以他事傷之，而況適逢其會乎？人謂讀此書全氣無怨望之語，而不知句句引過，即是句句怨望；然文之感慨淋漓，正足令人振衣起舞。」

四〇、爲幽州牧與彭寵書

朱浮

蓋①聞智者順時而謀，愚者逆理而動。常竊悲②京城太叔，以不知足而無賢輔，卒自棄於鄭③也。伯通以名字典郡④，有佐命之功⑤；臨民親職，愛惜倉庫，而浮秉征伐之任，欲權時救急⑥。二者皆爲國耳。卽疑浮相譖，何不詣闕自陳⑦，而爲族滅⑧之計乎？

朝廷⑨之於伯通，恩已厚矣。委以大郡，任以威武⑩；事有柱石⑪之寄，情同子孫之親，匹夫媵母，尙能致命一餐⑫；豈有身帶三綬⑬，職典大邦，而不顧恩義，生心外叛者乎？伯通與吏民語，何以爲顏？行步拜起，何以爲容？坐臥念之，何以爲心？引鏡窺景，何以施眉目？擧厝⑭建功，何以爲人？惜乎！棄休令⑮之嘉名，造梟鴟⑯之逆謀；捐傳葉⑰之慶祚⑱，招破敗之重災。高論堯、舜之道，不忍桀、紂之性。生爲世笑，死爲愚鬼，不亦哀乎？

伯通與耿俠遊⑲，俱起佐命，同被國恩。俠遊謙讓，屢有降挹⑳之言；而伯通自伐㉑，以爲功高天下。往時遼東㉒有豕，生子白頭，異而獻之；行至河東㉓，見羣豕皆白，懷慚而還。若以子之功，高論於朝廷，則爲遼東豕也。今乃愚妄，自比六國㉔。六國之時，其勢各盛，廓土數千里，勝兵將百萬㉕，故能據國相持，多歷年所㉖。今天下幾里？列郡幾城？奈何以區區㉗漁陽，而結怨天子？此猶河濱之民，捧土以塞孟津㉘，多見其不知量也㉙。

今天下適定，海內願安，士無賢不肖，皆樂立名於世。而伯通獨中風狂走，自捐盛時。內聽嬌婦之失計，外信讒邪之諛言㉚。長爲羣后惡法㉛，永爲功臣鑒戒。豈不誤哉？

定海內者無私讎，勿以前事自疑。願留意顧老母少弟，凡舉事無爲親厚者所痛，而爲見讎者所快㉜！

〔注釋〕

①蓋　提起發語詞。

②竊悲　竊，私也。竊悲，私心惋惜也。

③京城太叔，以不知足而無賢輔，卒自棄於鄭　「春秋初，鄭莊公弟封於京城，謂之京城太叔。後欲襲鄭，莊公伐之，太叔出奔共」

。事見左傳隱公元年。

④以名字典郡　名字，謂聲譽遠聞也，典，主其事也。典郡，謂爲太守也。

⑤有佐命之功　佐命，謂輔佐王者創業。蓋古以王者創業，承受天命，故開國諸臣，統稱佐命。此指光武初鎭河北，寵遣吳漢等發步兵三千人先歸光武。及圍邯鄲，寵轉食前後不絕。

⑥權時救急　權時，猶言暫時也。謂所以廣招賓客者，爲救一時之急也。

⑦即疑浮相譖，何不詣闕自陳　譖，誣訴也。寵疑浮誣告己，旣上疏自陳，又與吳漢、蓋延等書陳情。詣，往也。闕，門觀也，指天子之所居。

⑧族滅　叛逆大罪，犯者誅及親戚。

⑨朝廷　君王視朝之所，因用爲天子代詞。

⑩任以威武　威武，聲勢盛也。光武賜寵號大將軍，故云任以威武也。

⑪柱石　喻大臣負國之重任，如梁之有柱，柱之承以石也。漢書霍光傳：「將軍爲國柱石。」

⑫匹夫媵母，尚能致命一餐　匹夫、媵母，皆指卑賤無識之人。媵母，指隨嫁之卑。趙盾田於首山見靈輒餓。問之，曰：「三日不食矣。」食之。後晉靈公欲殺趙盾，輒爲公甲士，倒戟以禦公徒，而免盾。事見左傳宣公二年。又楚王伐中山，中山君亡，有二人荷戈而從之，中山君顧二人曰：「子何爲者？」對曰：「昔臣之父，嘗餓且死，君捨餐以餔臣父。臣之父且死曰：中山君有事，汝必赴之，是以來死君之難。」事見戰國策中山策。媵母事未詳。

⑬身帶三綬　綬，組也，以承受印環者。古者兼官，一官一綬。寵時爲漁陽太守，建忠侯，大將軍，故帶三綬。

⑭舉厝　厝，同措。舉措，猶進退行事也。

⑮休令　皆美也。

⑯梟鴟　即鴟梟也，其子適大，還食其母。

⑰傳葉　葉，世也，代也。後漢書作傳世。寵父宏，哀帝時爲漁陽太守，建忠侯可傳子孫，故云傳葉。

⑱慶祚　祚，福也，國運也。慶祚，猶言福祉或祿位。

⑲耿俠遊　耿況，字俠遊，爲上谷太守，初與寵結謀，共歸光武。以功封隃麋侯，卒謚烈。

⑳降挹　挹，通抑，損也。降挹，謙遜也。

㉑自伐　自矜其功也。

㉒遼東　郡名，秦置，今遼寧省東南部遼河以東之地屬之。

㉓河東　河東郡，秦漢均置。今山西省境黃河以東之地，古稱河東。

㉔六國　指戰國時，齊、楚、燕、韓、趙、魏六國。

㉕廓土數千里，勝兵將百萬　廓，開也。勝，强也。將，近也。

㉖年所　猶言年次，年數。

㉗區區　小也。

㉘塞孟津　孟津，渡口名，今稱河陽渡，在河南孟縣南。黃河自孟津而上，爲羣山所拘。至孟津，地平土鬆，故多潰決。塞孟津，謂堵決口也。

㉙多見其不自量　言適足以見其不知度德量力。語見論語子張篇。

㉚內聽嬌婦之失計，外信讒邪之諛言　嬌，後漢書作驕。失計，錯誤之計謀。諛言，曲意奉承之言論。後漢書彭寵傳謂其妻素剛，不堪抑屈，固勸勿受召，而其親信亦懷怨於浮，莫有勸行者。又東觀漢記：「浮密奏寵上徵之。寵既自疑，其妻勸寵勿應徵；今漁陽大郡，兵馬衆多，奈何爲人所奏而棄此去？寵與所親信吏計議，吏皆怨浮，勸寵止不應徵。」

㉛長爲羣后惡法　后：君也。古代以稱諸侯，後世以稱官吏。惡法，惡榜樣也。

㉜爲見雠者所快　言爲叛逆，當被誅，爲雠者所快也。後漢書本傳：「寵獨在便室，蒼頭奴子密等三人因寵臥寐，共縛著牀；又以寵命呼其妻，妻入大驚。昏夜後，解寵手，令作記告城門將軍，云：遣子密等至子后蘭卿所，速開門，勿稽留之！書成，即斬寵及妻頭置囊中，便持記馳出城，因以詣闕，封爲不義侯。」

〔作　者〕

朱浮，字叔元，東漢沛國蕭（今江蘇蕭縣）人。約自西漢哀帝建平初年至東漢明帝永平中年間在世（西元前六——西元漢六六年左右）。有才能，光武時拜大司馬主簿，遷偏將軍。從破邯鄲後，拜大司馬幽州牧，守薊城（今河北薊縣），與漁陽太守彭寵有隙，爲寵所攻，入爲執金吾，尋進大司空，封新息侯。好陵轢同列。永平中，爲人所告，賜死。浮之著作並見後漢書本傳中，僅與彭寵一書，亦載於文選。

〔說　明〕

本文選自昭明文選。體裁屬書說類。朱浮，年少有才能，爲幽州牧，頗欲厲風迹，收士心。辟召州中名宿涿郡王岑之屬，以爲從事，及王莽時故吏二千石，皆引置幕府。乃多發諸郡倉穀，贍其妻子。漁陽太守彭寵以爲天下未定，師旅方起，不宜多置官屬，以損軍費，不從其令，浮密奏寵，恃功怨望，遣吏迎妻而不迎母；又受貨賄，殺害友人；多聚兵穀，意計難量。建武二年（西元二十六年）詔徵寵入朝。寵以浮賣己，請與浮俱徵，不聽；寵遂舉兵反，攻浮；浮以此書責之。彭寵，字伯通，南陽苑（今河南南陽）人。更始時拜偏將軍，行漁陽太守事，後歸光武，封建忠侯，賜號大將軍。寵既攻浮，浮遁走，薊城降寵，寵自立爲燕王。後寵及妻爲其奴子密等所殺。見後漢書彭寵傳。幽州治薊，在今河北大興縣西南。漁陽郡治漁陽縣，故城在今密雲縣西南。本文主旨在說彭寵毋爲反謀，爲親厚所痛，而爲見讎所快。文分五段：首段泛論逆理而動爲不智，並舉例以戒寵，何可爲滅族之計。二段責寵身受朝廷深恩，竟生心外叛，生死無措，寧可不可哀？三段責寵自伐及不度德之愚妄。四段責寵中風狂走，內聽驕婦，外信讒邪，貽誤無窮。末段言光武不計私怨，望寵爲老母幼弟顧念。

〔批　評〕

此書先虛起大意，語語爲下文伏脈。繼以寵與己並提，言雖有疑浮，寵不當反；次敍朝廷之恩厚，亦不當反；又歷詰問以愧之；再言功不爲奇，地不可恃；末聽信嬌婦失計，讒邪諛言；又以老母幼弟動之。書中雖帶有矜急之氣，然亦是忠告之言，奈何寵卒不悟，以致有蒼頭子密之禍，至今讀之、猶不免慨然。

林西仲曰：「朱浮爲幽州牧，守薊城，先是帝追銅馬至薊，彭寵上謁，浮即論其負功失望，則有夙隙久矣。玆又以發廩贍士，彼此爭執，密奏其議計難量，帝徵之，遂擧兵攻浮。侯霸奏浮構成寵罪，失城不死，罪當伏誅，上雖不忍，然其議明不可易。漢書稱浮矜急自多，寵亦很強自負，嫌怨轉積，此等人總不可使共事一方也。是書中亦帶矜急之氣。」

四一、與山巨源絕交書

嵇康

康白：足下昔稱吾於潁川，吾常謂之知言①；然經怪此意尚未熟悉，於足下何從便得之也？前年從河東還，顯宗②、阿都③說足下議以吾自代，事雖不行，知足下故不知之。足下傍通，多可而少怪；吾直性狹中，多所不堪，偶與足下相知耳。間聞足下遷，惕然不喜，恐足下羞庖人之獨割，引尸祝以自助④，手薦⑤鸞刀⑥，漫之羶腥，故具爲足下陳其可否。

吾昔讀書，得并介之人⑦，或謂無之，今乃信其眞有耳。性有所不堪，眞不可强。今空語同知有達人無所不堪，外不殊俗而內不失正，與一世同其波流，而悔吝不生耳。老子、莊周，吾之師也，親居賤職；柳下惠、東方朔，達人也，安乎卑位；吾豈敢短之哉。又仲尼兼愛，不羞執鞭⑧；子文無欲卿相，而三登令尹⑨；是乃君子思濟物之意也，所謂達能兼善而不渝，窮則自得而無悶。以此觀之，故堯舜之君世，許由之巖栖；子房之佐漢，接輿之行歌；其揆一也。仰瞻數君，可謂能遂⑩其志者也。故君子百行，殊塗而同致[11]，循性而動，各附所安。故有處朝廷而不出，入山林而不反之論。且延陵高子臧之風[12]，長卿慕相如之節[13]，志氣所託，不可奪也。吾每讀尚子平[14]、臺孝威[15]傳，慨然慕之，想其爲人。

少加孤露，母兄見驕；不涉經學，性復疏嬾；筋駑肉緩，頭面常一月、十五日不洗；不大悶癢，不能休也；每常小便，而忍不起，令胞[16]中略轉乃起耳；又縱逸來久，情意傲散；簡與禮相背，嬾與慢相成，而爲儕類見寬，不攻其過。又讀莊、老，重增其放，故使榮進之心日頹，任實之情轉篤。此由禽鹿少見馴育，則服從教制；長而見羈，則狂顧頓纓[17]，赴湯蹈火；雖飾以金鑣[18]，饗以嘉肴，逾思長林而志在豐草也。阮嗣宗[19]口不論人過，吾每師之而未能及，至性過人，與物無傷，唯飲酒過差耳；至爲禮法之士所繩，疾之如讎，幸賴大將軍保持之耳。吾不如嗣宗之賢，而有慢弛之闕；又不識人情，闇於機宜；無萬石[20]之慎，而有好盡[21]之累；久與事接，疵釁日興，雖欲無患，其可得乎！

又人倫有禮，朝廷有法。自惟至熟，有必不堪者七、甚不可者二：臥喜晚起，而當關㉒呼之不置，一不堪也；抱琴行吟，弋釣草野，而吏卒守之，不得妄動，二不堪也；危坐一時，痺不得搖，性復多蝨，把搔無已，而當裹以章服㉓，揖拜上官，三不堪也；素不便書，又不喜作書，而人間多事，堆案盈机，不相酬答，則犯教傷義，欲自勉强，則不能久，四不堪也；不喜弔喪，而人道以此爲重，已爲未見恕者，所怨至欲見中傷者，雖瞿然自責，然性不可化，欲降心順俗，則詭故不情，亦終不能獲無咎，無譽如此，五不堪也；不喜俗人，而當與之共事，或賓客盈坐，鳴聲聒耳，囂塵臭處，千變百伎，在人目前，六不堪也；心不耐煩，而官事鞅掌㉔，機務纏其心，世故繁其慮，七不堪也。又每非湯、武而薄周、孔，在人間不止此事，會顯世教所不容，此甚不可一也；剛腸疾惡，輕肆直言，遇事便發，此甚不可二也。以促中小心之性，統此九患，不有外難，當有內病，寧可久處人閒邪？又聞道士遺言，餌木黃精，令人久壽，意甚信之；遊山澤，觀魚鳥，心甚樂之。一行作吏，此事便廢，安能舍其所樂而從其所懼哉？

夫人之相知，貴識其天性，因而濟之，禹不偪伯成子高，全其節也；仲尼不假蓋於子夏，護其短也；近諸葛孔明不偪元直㉕以入蜀，華子魚不强幼安以卿相㉖，此可謂能相終始，眞相知者也。足下見直木必不可以爲輪，曲者不可以爲桷㉗，蓋不欲以枉其天才，令得其所也。故四民有業，各以得志爲樂，唯達者爲能通之，此足下度內耳，不可自見好章甫，强越人以文冕也；己嗜臭腐，養鴛雛以死鼠也。

吾頃學養生之術，方外榮華，去滋味，游心於寂寞，以無爲爲貴。縱無九患，尙不顧足下所好者，又有心悶疾，頃轉增篤，私意自試，不能堪其所不樂，自卜已審，若道盡塗窮則已耳。足下無事寃之，令轉於溝壑也。吾新失母兄之歡，意常悽切；女年十三，男年八歲，未及成人；況復多病，顧此悢悢㉘，如何可言！今但願守陋巷，敎養子孫，時與親舊敍闊，陳說平生，濁酒一盃，彈琴一曲，志願畢矣。

足下若嬲㉙之不置，不過欲爲官，得人以益時用耳。足下舊知吾潦倒麤疎，不切事情，自惟亦皆不如今日之賢能也。若以俗人皆喜榮華，獨能離之，以此爲快，此最近之，可得言耳。然使長才廣度，無所不淹，而能不營，乃可貴耳。若吾多病困，欲離事自全，以保餘年，此眞所乏耳，豈可見黃門㉚而稱貞哉！若趣欲共登王塗，期於相致，時爲懽益，一旦迫之，必發狂疾，自非重怨，不至於此也。野人有快炙背而美芹子㉛者，欲獻之至尊，雖有區區之意，亦已疏矣，願足下勿似之。其意如此，既以解足下，並以爲別。嵇康白。

〔注　釋〕

①足下昔稱吾於潁川吾常謂之知言　張銑曰：「山嶔爲潁川太守時，山濤謂嶔曰：康性不堪職任。愜康之志，故以爲知言。」潁川，郡名，漢治陽翟，即會河南禹縣。晉移治許昌，即今許昌縣。

②顯宗　公孫崇，字顯宗。

③阿都　呂仲悌。

④羞庖人之獨割，引尸祝以自助　莊子逍遙遊篇：「庖人雖治庖，尸祝不越樽俎而代之矣。」呂向曰：「言恐山濤羞爲獨割，引我以爲尸祝之助也。」

⑤薦　執也。

⑥鸞刀　或作鑾刀，有鈴之刀也。

⑦并介之人　李善曰：「并謂兼善天下，介謂自得無悶也。」劉良曰：「并謂兼利天下，介謂孤介自守也。」

⑧仲尼兼愛，不羞執鞭　論語述而篇：「子曰：富而可求，雖執鞭之士，吾亦爲之。」

⑨子文無欲卿相，而三登令尹　論語公冶長篇

：「令尹子父，三仕爲令尹，無喜色；三已之，無慍色。」

⑩遂　從也。

⑪致　歸也。

⑫延陵高子臧之風　左傳襄公十四年：「吳子諸樊既除喪，將立季札，季札辭曰：曹宣公之卒也，諸侯與曹人不義曹君，將召子臧，子臧去之，遂弗爲也。……札雖不才，願附於子臧。」

⑬長卿慕相如之節　司馬相如，字長卿，本名犬子，慕藺相如之爲人，更名相如。

⑭尙子平　尙子平，有道術，爲縣功曹。休歸，自入山擔薪賣以供食飲。

⑮臺孝威　臺佟，字孝威，隱於武安山，鑿穴爲居，採藥爲業。

⑯胞　脬之假借。說文：「脬，膀胱。」

⑰頓纓　絕纓。

⑱鑣　馬銜也。

⑲阮嗣宗　阮籍，字嗣宗，竹林七賢之一。

⑳萬石　石奮與四子官俱二千石，漢景帝號爲萬石君，皆以謹愼著稱。

㉑好盡　好盡發人之事機。

㉒當關　漢置當關之職，天欲曉，即至門呼人使起。

㉓章服　冠衣也。

㉔鞅掌　秧穰之假借，禾葉多也，引申爲衆多貌。

㉕元直　徐庶，字元直，曹操拘庶母而逼之，庶乃去蜀入魏。

㉖華子魚不强幼安以卿相　華歆，字子魚。三國魏高唐(今山東高唐縣)人。管寧，字幼安，三國魏朱虛（今山東臨朐縣東）人。華歆擧寧，寧遂將家屬浮海還郡。詔寧爲太中大夫，固辭不受。

㉗桷　椽也。

㉘悢悢　悲也。

㉙嬲　音ㄋㄧㄠˇ，相擾也。

㉚黃門　閹人也。
㉛快炙背而美芹子　列子楊朱篇：「宋國有田夫……夫獻曝於君，里之富室告之曰：『昔人有美……戎菽甘枲莖芹萍子者，對鄉豪稱之，鄉豪取而嘗之，蜇於口，慘於腹，衆哂之而怨之，其人大慚，子之類也。』」芹子，水草也。

〔作者〕

嵇康，字叔夜，三國魏銍（今安徽宿縣）人。生於魏文帝黃初四年，卒於魏景元三年。（西元二二三——二六二年），年四十。

康丰姿俊逸，博覽多通，好老莊導氣養性之術，著有養生篇。善鼓琴，工書畫，爲竹林七賢之一。仕爲中散大夫。東平呂安與康友善，安爲兄巽所誣，下獄，康力辯其寃。司隸校尉鍾會與巽相交，惡康及安，遂進讒言，謂二人將不利於司馬氏，司馬昭信之，坐以言論放蕩，非毀典謨，因被害。有嵇中散集十五卷。

〔說明〕

本文選自嵇中散集。體裁屬書說類，山濤，字巨源。景元中，濤爲吏部郎，欲擧康自代，康怨濤不知己，故作此書拒之。文分七段：首段言濤昔稱己不堪職任，而今欲擧己自代，非眞相知也。次段言己好隱逸，不喜任職。三段言己性疏嬾，好黃老，不堪職任。四段擧九患之不能任職。五段言人之相知，貴識天性，不可以己度人。六段言己頃學養生之術，但求得天倫之樂而已。末段言若逼之太甚，必發狂疾，並以爲別。

〔批　評〕

叔夜爲文放蕩不拘，如其爲人。然此篇文意，由淺入深，層層辨析，語勢一貫，風韵天成，雖雜以恢諧，不礙其雅正。東坡云：「雖嬉笑怒駡之辭，皆可書而誦之。」其可謂此乎！

四二、與韓荊州書

李白

白聞天下談士①相聚而言曰：「生不用封萬戶侯②，但願一識韓荊州。」何令人之景慕，一③至於此耶？豈不以有周公之風，躬吐握④之事，使海內豪俊奔走而歸之。一登龍門，則聲譽十倍⑤；所以龍盤鳳逸⑥之士，皆欲收名定價於君侯。君侯不以富貴而驕之，寒賤而忽之，則三千⑦賓中有毛遂⑧。使白得脫穎而出⑨，卽其人焉。

白隴西⑩布衣，流落楚漢⑪。十五好劍術，徧干⑫諸侯。三十成文章，歷抵卿相。雖長不滿七尺，而心雄萬夫⑬。王公大臣，許與氣義。此疇曩心跡，安敢不盡於君侯哉？

君侯制作侔⑭神明，德行動天地。筆參造化⑮，學究天人。幸願開張心顏，不以長揖⑯見拒。必若接之以高宴，縱之以清談，請日試萬言，倚馬⑰可待。今天下以君侯爲文章之司命⑱，人物之權衡。一經品題，便作佳士。而君侯何惜階前盈尺之地，不使白揚眉吐氣，激昂青雲耶？

昔王子師爲豫州⑲，未下車⑳，卽辟㉑荀慈明㉒。旣下車，又辟孔文舉㉓。山濤作冀州㉔，甄拔㉕三十餘人，或爲侍中尙書，先代所美。而君侯亦一薦嚴協律㉖，入爲秘書郞㉗。中間崔宗之、房習祖、黎昕、許瑩之徒㉘，或以才名見知，或以淸白見賞。白每觀其銜恩撫躬，忠義奮發。自以此感激，知君侯推赤心㉙于諸賢之腹中，所以不歸他人，而願委身於國士㉚。儻急難有用，敢效微軀！且人非堯舜，誰能盡善？白謨猷籌畫，安敢自矜？至於制作，積成卷軸，則欲塵穢視聽。恐雕蟲小技㉛，不合大人。若賜觀芻蕘㉜，請給紙墨，兼之書人。然後退掃閒軒，繕寫呈上。庶青萍㉝、結綠㉞，長價於薛卞㉟之門。幸惟下流，大開獎飾㊱，唯君侯圖之。

〔注釋〕

①談士　工於談論之士也。

②萬戶侯　食邑萬戶之侯。漢制，列侯大者食邑萬戶；小者五、六百戶。

③一　猶乃也。

④吐握　吐哺握髮也。史記魯世家：「周公戒伯禽曰：我一沐三握髮，一飯三吐哺，起以待士，猶恐失天下之賢人。」

⑤一登龍門，則聲譽十倍　一經名人推薦，或與名人接近，則聲譽驟高。登龍門，語見後漢書李膺傳。

⑥龍盤鳳逸　喻非凡之才也。

⑦三千　三千食客也。史記孟嘗君傳：「食客三千人，邑入不足以奉客。」

⑧毛遂　戰國時，趙平原君三千食客之一。初無表現，後自薦隨平原君至楚，定約立功。

⑨脫穎而出　喻有機自顯其才。穎，刀錐之末也。戰國時，秦圍趙邯鄲，趙使平原君求救於楚，毛遂自薦請從。平原君曰：「夫士之處世，譬猶錐處囊中，其末立見。」毛遂曰：「使遂得早處囊中，乃脫穎而出，非特其末見而已。」事見史記平原君傳。

⑩隴西　縣名，唐時沒入吐蕃，故城在今甘肅隴西縣東北。

⑪楚漢　即荊州古號。

⑫干　犯也。

⑬心雄萬夫　雄，強也，勝也。言志之大勝過萬人。

⑭侔　齊等也。

⑮筆參造化　參，參與，深入也。造化，創造化育者，與「自然」略同，意謂其文筆入神。

⑯長揖　士有氣節者，見公卿長揖不拜。漢書高帝紀：「酈生不拜，長揖。」

⑰倚馬　喻作文敏捷也。晉桓溫北征，命袁宏倚馬前作露布文，手不停輟。俄成七紙，王東亭嘆為奇才。事見世說新語文學篇。

⑱文章之司命　司文章之命脈也。

⑲王子師為豫州　王子師，東漢人。豫州，今河南省。時師為豫州州牧。

⑳下車　官吏到任之別稱。

㉑辟　徵召也。

㉒荀慈明　名爽，淑之子，為荀氏八龍之一。

㉓孔文舉　名融，孔子二十世孫。獻帝時，為北海相，故又稱孔北海。立學校，表儒術，後拜太中大夫，為曹操所殺。

㉔山濤作冀州　山濤，晉人，字巨源，性好老莊，常隱身自晦，爲竹林七賢之一。武帝時爲吏部尚書，清儉無私。甄拔人物，皆一時之選。冀州，古九州之一，包括今河北山西二省，及河南黃河以北，遼寧遼河以西之地。山濤嘗爲冀州刺史。

㉕甄拔　甄，察也。言甄別人材而薦擧之也。

㉖嚴協律　協律，官名，用以調協新聲。嚴協律，名未詳。

㉗秘書郎　官名，掌圖書。

㉘中間崔宗之、房習祖、黎昕、許瑩之徒　中間，猶言其間也。此四人皆韓荊州所援引之後進。

㉙推赤心　赤心，猶眞心也。心色赤，故云。後漢書光武紀：「蕭王（劉秀）推赤心置人腹中，安得不投死乎？」

㉚國士　指韓荊州。言其才德爲全國所重，所謂國士無雙也。

㉛雕蟲小技　揚雄法言：「雕蟲篆刻，壯夫不爲。」後人言作文之事，恒引此語爲謙詞。

㉜芻蕘　刈草曰芻，析薪日蕘。謂草野之人也。

㉝青萍　寶劍名。抱朴子博喩篇：「青萍豪曹，剡鋒之精絕也。」

㉞結綠　美玉名。史記范睢傳：「周有砥砈，宋有結綠。」

㉟薛卞　薛，薛燭也，春秋時越人，善相劍。卞，卞和也，春秋楚人，得玉璞。此謂賞識之眞也。

㊱奬飾　嘉奬而藻飾之也。

〔作　者〕

李白，字太白，唐隴西成紀（今甘肅秦安縣東）人；其先世隋末流寓西域，武后時，徙居昌明（今四川鹽源縣西南）青蓮鄉，因自號青蓮居士。又嘗寓居山東，故亦稱山東人。生於武后長安元年，卒於肅宗寶應元年（西元七〇一——七六二年），年六十二。

天寶初，至長安，賀知章見其文，嘆爲謫仙，薦於玄宗，召爲翰林供奉，甚見愛重，數宴見。嘗沉醉殿上，引足令高力士脫靴。力士恥之，摘白所作清平調句以激楊貴妃遂輒阻其官。白自知不爲所容，乞歸，帝賜金帛放還。後因附永王璘，長流夜郎，遇赦還。卒於當塗。

白賦性倜儻，才情豪邁，飄然有超世之心。喜縱橫術，擊劍任俠，輕財樂施。所作詩文，灑落豁達，尤長於詩。其詩高妙清逸，以天才勝，從容法度之中，而不必假乎繩墨，故自成一體，與杜甫齊名，世稱詩仙。有李太白集行世。

〔說　明〕

本文選自李太白集。體裁屬書說類。韓朝宗，唐人，思復子。歷左拾遺，累遷荆州刺史。開元二十二年轉襄州刺史。襄州有昭王井，傳言汲者必死；朝宗移書諭神，自是飲者無恙，人號韓公井。天寶初，自京兆尹出爲高平太守，時訛言兵當興，多潛避。朝宗亦廬終南山。玄宗怒，貶吳興別駕，卒。朝宗喜識拔後進，當時士咸歸重從之。李白與書云：「生不用封萬戶侯，但願一識韓荆州！」其稱慕如此。時朝宗爲荆州刺史，故以此稱之。本文主旨在言明個人對韓氏之景慕，個人之才能，望其識拔援引，增長聲價，使揚眉吐氣，平步青雲。文分四段：首段言天下人對韓氏景仰之由，且自比毛遂，將能脫穎而出。次段言自己之生平志趣。三段言韓氏乃文章之司命，且請對己一試。末段以先人及韓氏薦擧事例，點出作者願入韓氏門下之由，並自薦其文章作結。

〔批評〕

過商侯曰：「人謂白一生負才使氣，未免粗豪，然觀其不敢爲黃鶴樓詩，乃是天下第一虛心人。能識郭子儀於行伍，乃是天下第一有眼人。即如此書，雖有一段强項不服處，然畢竟眼中知有荆州，並未曾有目空天下之想。故必有李太白之虛心隻眼，然後可以爲狂爲傲，人固可負才使氣哉！」

吳楚材曰：「本是欲以文章求知於荆州，却先將荆州人品極力抬高，以見國士之出不偶，知己之遇當急，至于自述處，文氣騷逸，詞調豪雄，到底不作寒酸求乞態，自是青蓮本色。」

四二、與韓愈論史官書

柳宗元

正月二十一日，某頓首十八丈退之侍者：前獲書，言史事，云具與劉秀才書，及今乃見書藁，私心甚不喜，與退之往年言史事甚大謬。

若書中言，退之不宜一日在館下，安有探宰相意，以爲苟以史筆榮一韓退之①耶？若果爾，退之豈宜虛受宰相榮己，而冒居館下，近密地，食奉養，役使掌固②，利紙筆爲私書，取以供子弟費？古之志於道者，不若是。

且退之以爲紀錄者有刑禍③避不肯就，尤非也！史以名爲褒貶，猶且恐懼不敢爲，設使退之爲御史中丞大夫，其褒貶成敗人，愈益顯，其宜恐懼尤大也，則又揚揚④入臺府，美食安坐，行呼唱於朝廷而已耶？在御史猶爾，設使退之爲宰相，生殺出入，升黜天下士，其敵益衆，則又將揚揚入政事堂，美食安坐，行呼唱於內庭外衢而已耶？何以異不爲史而榮其號利其祿者也。

又言不有人禍，則有天刑，若以罪夫前古之爲史者，然亦甚惑。凡居其位，思直其道，道苟直，雖死不可回也。如回之，莫若亟去其位。孔子之困于魯、衞、陳、宋、蔡、齊、楚者，其時暗，諸侯不能以也。其不遇而死，不以作春秋故也。當其時，雖不作春秋，孔子猶不遇而死也。若周公、史佚⑤雖紀言書事，猶遇且顯也，又不得以春秋爲孔子累。范曄悖亂，雖不爲史，其宗族亦赤⑥；司馬遷觸天子喜怒⑦；班固不檢下⑧；崔浩⑨沽其直以鬬暴虜，皆非中道。左丘明以疾盲，出於不幸，子夏不爲史亦盲⑩；不可以是爲戒。其餘皆不出此。是退之宜守中道，不忘其直，無以他事自恐。退之之恐，唯在不直，不得中道，刑禍非所恐也。

凡言二百年文武士多⑪，有誠如此者。今退之曰：「我一人也，何能明？」則同職者，又所云若是，後來繼今者，又所云若是，人人皆曰我一人，則卒誰能紀傳之耶？如退之但以所聞知，孜孜⑫不敢怠，同職者、後來繼今者，亦各以所聞知，孜孜不敢怠，則庶幾不墜，使卒有明也。不然，徒信人口語，每每異辭，日以滋久，則所云磊磊軒天地者⑬，決必沉沒，且亂雜無可考，非有志者所忍恣也。果有志，豈當待人督責迫蹙⑭，然後爲官守邪？

又凡鬼神事⑮，眇茫荒惑，無可準，明者所不道，退之之智，而猶懼於此！今學如退之，辭如退之，好議論如退之，慷慨自爲正直行行⑯焉如退之，猶所云若是，則唐之史述其卒無可託乎？明天子賢宰相得史才如此，而又不果，甚可痛哉！

退之宜更思，可爲速爲，果卒以爲恐懼不敢，則一日可引去，又何以云行且謀⑰也！今當爲而不爲，又誘館中他人及後生者⑱，此大惑已。不勉已而欲勉人，難矣哉！

〔注　釋〕

①苟以史筆榮一韓退之　韓愈答劉秀才論史書云：「僕年志已就衰退，不可自敦率。宰相知其無他才能，不足用，哀其老窮，齟齬無所合，不欲令四海內有戚戚者，猥言之上，苟加一職榮之耳。」

②掌固　太史官屬，主故事者也。固，當作故。

③紀錄者有刑禍　韓愈答劉秀才論史書云：「孔子，聖人，作春秋，辱於魯、衞、陳、齊、楚，卒不遇而死；齊太史兄弟幾盡；左丘明紀春秋時事，以失明；司馬遷作史記，

刑誅；班固瘐死；陳壽起又廢，卒亦無所至；王隱謗退死家；習鑿齒無一足；崔浩、范曄亦誅；魏收夭絕；宋孝王誅死；足下所稱吳兢，亦不聞身貴，而令其後有聞也。夫爲史者，不有人禍，必有天刑，豈可不畏懼而輕爲之哉！」

④揚揚　得意貌。

⑤史佚　謂周太史也。

⑥其宗族亦赤　赤，誅滅也。范曄，字蔚宗，南朝宋順陽人。刪衆家後漢書爲一家之作。宋文帝元嘉二十二年，以謀反罪，族誅。

⑦觸天子喜怒　天漢三年，司馬遷以辯李陵降匈奴之寃，忤武帝意，被刑下獄。

⑧班固不檢下　漢和帝永元四年，竇憲以外戚與宦官爭權，坐罪被誅，固因免官，爲洛陽令种兢捕繫，下獄而死。

⑨崔浩　字伯淵，北魏清河人。通經史百家，歷官著作郎。以作國書三十卷，爲國人所構，伏誅。

⑩子夏不爲史亦盲　子夏哭其子而喪其明。

⑪凡言二百年文武士多　韓愈答劉秀才論史書云：「唐有二百年矣，聖君賢相相踵，其餘文武之士，立功名跨越前後者，不可勝數，豈一人卒卒能紀而傳之耶？」

⑫孜孜　孜，音ㄗ。孜孜，勤勉不怠。

⑬所云磊磊軒天地者　愈答劉秀才書云：「夫聖唐鉅跡，及賢士大夫事，皆磊落軒天地，決不沉沒。」

⑭待人督責迫蹙　愈答劉秀才書云：「宰相……猥言之上，苟加一職榮之耳，非必督責迫蹙，令就功役也。」

⑮凡鬼神事　愈答劉秀才書云：「且傳聞不同，善惡隨人所見，甚者附黨，憎愛不同，巧造言語，鑿空構立善惡事跡，於今何所承受取信，而可草草作傳記令傳後世乎？若無鬼神，豈可不自心慚愧！若有鬼神，將不福人。僕雖騃，亦粗知自愛，實不敢率爾爲也。」

⑯行行　行，音ㄏㄤˋ，與[illegible]通。行行，剛强貌。

⑰行且謀　愈答劉秀才書云：「宰相……苟加一職榮之耳，非必……令就功役也。賤不敢逆盛指，行且謀別去。」

⑱又誘館中他人及後生者　誘，一作諉。愈答劉秀才書云：「今館中非無人，將別有作者，勤而纂之，後生可畏，安知不在足下，亦宜勉之！」

〔作　者〕

見本書第七篇作者欄。

〔說　明〕

本文選自柳河東集。體裁屬書說類。唐大曆貞元間，多尚古學，效揚雄、董仲舒之述作，愈乃銳意鑽仰，欲自振於一代。洎舉進士，投文於公卿間，由是知名於時，尋登進士第。愈發言眞率，無所畏避，操行堅正，拙於世務，嘗上章數千言，極論時弊，又以妄論華陰令柳澗事，屢遭貶謫，遂作進學解以自喻。執政覽其文而憐之，以其有史才，改比部郎中史館修撰，時在憲宗元和八年六月也。

愈以文雄於世，亦嘗有意修史，欲求國家之遺事，考賢哲之終始，而誅姦諛於既死，發潛德之幽光也，其志可謂壯矣。是爲史館修撰後，似可稍伸其志，同時之賢者，謂愈有史筆，亦以此期之，而愈竟不然。有劉秀才者，勉以所宜務，愈之答劉秀才論史書，竟舉孔子、齊太史兄弟、左丘明、司馬遷、班固、陳壽、王隱、習鑿齒、崔浩、范曄、魏收、宋孝王、吳兢諸人之或不遇，或廢死，而謂爲史者，不有人禍，必有天刑。至以爲其年志已衰退，宰相知其無他才能，哀其老窮，齟齬無所合，苟加一職榮之耳，非必督責迫蹙，今就功役也，故不敢逆盛旨，行且謀別去，而將唐二百年之史事，期之於他人。其志意之頹唐，前後誠判若兩人矣。宜乎柳宗元見而不以爲然，遂起而駁之。此書作於正月二十一日，則當於元和九年之春歟。

本文旨在就愈之答劉秀才論史書，一一駁斥其非。文分七段：首段言見所與劉秀才書，私心甚不喜。次段以爲不宜虛受史職，冒居館下。三段論不當以紀錄者有刑禍，而避不肯就。四段明退之當思直其道，無以他事自恐。五段勉當以所聞知，孜孜於唐二百年之事。六段嘆得史才如此，而又不果。七段冀退之能翻然改思，否則即宜引去。

〔批　評〕

唐書本傳謂：「時謂愈有史筆，及撰順宗實錄，繁簡不當，敍事拙於取捨，頗爲當代所非。」章學誠上朱大司馬論文云：「昌黎之於史學，實無所解，即其敍事之文，亦出辭章之善，而非有比事屬辭，心知其意之遺法也。」又云：「昌黎善立言而又優於辭章，無傷其爲山斗也，特不深於春秋，未優於史學耳！」李慈銘之閱韓文公順宗實錄，亦以爲所敍次有未合其體裁者。可謂議者不息，是史才豈其難遇耶？

愈之受命主修順宗實錄，始於元和八年十一月，時方任事不久。順宗，德宗子，在位八月，已有實錄三卷，云未周悉，愈等乃爲之增削，忠良姦佞，莫不備書。然呈進之後，僅數日，即重令刊正，又以言禁中事，頗爲切直，宦官惡之，屢言不實，故穆宗、文宗又嘗詔史臣添改。是愈之答劉秀才論史書，作如是云者，是有所激而云然也。幸踰歲，遂轉考功郎中，知制誥，拜中書舍人。

金靜庵中國史學史云：「今觀宗元所駁，無一語不搔着癢處，可謂痛快淋漓矣。尋愈之論旨有二：其一曰，爲史者不有人禍，必有天刑；其二曰，將必有作者勤而纂之。蓋一則懼禍而不肯爲，一則蘄他人爲之而無與於己，所見甚陋，非學如愈者所應言，宗元駁之是也。抑吾謂愈之論旨，乃在傳聞不同，善惡隨人所見，甚者附黨，憎愛不同，巧造言語，鑿空構立善惡事迹，數語，正如劉知幾所謂館中作者，多士如林，皆願長喙，無聞齰舌，言未絕口，而朝野具知，筆未栖毫，而縉紳咸誦，取嫉權門，見讎貴族。是則愈發爲此論，蓋有所激而云然。且考昌黎集中所撰順宗實錄，固爲史之一種，其他碑誌傳狀諸文，殆居其半，皆關涉一代政治人物之業績，可以被金石傳奕禩者，謂其無意修史，夫豈其然。總之，設局修史，作者如林，忌諱既多，難於下筆，雖賢如愈，能文如愈，而終不得申其志，此唐宋以來官修諸史之通病，賢者所不能革，是以宗元持論雖正，終無以回愈之心而翻然改轍也。」其言洵然。

四四、答李翊書

韓　愈

六月二十六日，愈白李生足下：

生之書辭甚高，而其問何下而恭也！能如是，誰不欲告生以其道①？道德之歸也有日矣，況其外之文乎？抑愈所謂望孔子之門牆而不入於其宮②者，焉足以知是且非邪？雖然，不可不爲生言之。

生所謂立言③者，是也；生所爲者與所期者，甚似而幾矣。抑不知生之志，蘄④勝於人而取於人⑤邪？將蘄至於古之立言者邪？蘄勝於人而取於人，則固勝於人而可取於人矣；將蘄至於古之立言者，則無望其速成，無誘於勢利；養其根而竢⑥其實，加其膏而希其光。根之茂者其實遂⑦，膏之沃者其光曄⑧；仁義之人，其言藹如⑨也。

抑又有難者：愈之所爲，不自知其至猶未也。雖然，學之二十餘年矣。始者非三代、兩漢之書不敢觀，非聖人之志不敢存；處若忘，行若遺⑩，儼乎⑪其若思，茫乎其若迷。當其取於心而注於手也，惟陳言之務去，戞戞乎⑫其難哉！其觀於人，不知其非笑之爲非笑也。如是者亦有年，猶不改。然後識古書之正僞，與雖正而不至焉者，昭昭然白黑分矣；而務去之，乃徐有得也。當其取於心而注於手也，汩汩然⑬來矣。其觀於人也，笑之則以爲喜，譽之則以爲憂，以其猶有人之說者存也。如是者亦有年，然後浩乎其沛然矣。吾又懼其雜也，迎而距之⑭，平心而察之；其皆醇⑮也，然後肆⑯焉。雖然，不可以不養也。行之乎仁義之途，游之乎詩書之源，無迷其途，無絕其源，終吾身而已矣。

氣，水也；言，浮物也。水大，而物之浮者大小畢浮。氣之與言猶是也，氣盛，則言之短長與氣之高下者皆宜。雖如是，其敢自謂幾於成乎？雖幾於成，其用於人也，奚取焉？

雖然，待用於人者，其肖於器⑰邪？用與舍屬諸人。君子則不然，處心有道，行己有方；用則施諸人，舍則傳諸其徒，垂諸文而爲後世法；如是者，其亦足樂乎，其無足樂也？有志乎古者希矣！志乎古，必遺乎今，吾誠樂而悲之。亟稱其人，所以勸之，非敢褒其可褒，而貶其可貶也。問於愈者多矣，念生之言不志乎利，聊相爲言之。愈白。

〔注釋〕

①道　指道德、學問之修養而言。

②望孔子之門牆而不入於其宮　此作者自謙之語。論語子張篇：「夫子之牆數仞，不得其門而入，不見宗廟之美，百官之富。」

③立言　言，指文章著作。立言，謂著書立說，以流傳後世。左傳襄公二十四年：「大上有立德，其次有立功，其次有立言，雖久不廢，此之謂不朽。」

④蘄　音ㄑㄧˊ，同「祈」，祈求也。

⑤取於人　意謂爲人所取，見用於人。

⑥竢　音ㄙˋ，同「俟」，等待也。

⑦遂　長成也。

⑧曄　音ㄧㄝˋ，明亮也。

〔作者〕

見本書第一〇篇作者欄。

⑨藹如　猶藹藹然，和易可親貌。

⑩處若忘，行若遺　謂出處之間，忽忽若有所遺忘，而不能釋然也。

⑪儼乎　猶儼然，莊敬貌。

⑫戛戛乎　戛，音ㄐㄧㄚˊ。戛戛乎，猶戛戛然，難合貌。

⑬汩汩然　汩，音ㄍㄨˇ。汩汩，波浪湧起也。汩汩然，言文思敏捷，如波浪之自然湧起貌。

⑭迎而距之　距，同「拒」。迎而拒之，謂善者迎受，否則拒棄之也。

⑮醇　醇厚、純正之意。

⑯肆　謂放筆爲文，無所顧忌。

⑰肖於器　肖，像也。器，器具

〔說　明〕

本文選自韓昌黎全集。體裁屬書說類。原題下注云：「貞元十八年，陸傪佐主司權德輿於禮部，公以李翊薦於傪，用是其年登第。」故本文當作於德宗貞元十七年（西元八〇一年）左右。李翊，生平不詳，就本文稱謂及語氣觀之，當係韓愈之後輩。本文係答覆李翊之書信，主旨在說明自己之寫作經驗與心得，兼論文章氣勢。文分五段：首段謙言當答李生之問。次段言古之立言者用功之道，取效之則。三段述己學古立言用功之經過。四段以水爲喩，論文章氣勢之重要。五段感慨古文無用於今，而以「志」字作結。

〔批　評〕

林西仲曰：「李生以立言問於昌黎，不過欲求其文之工而已，初未嘗必以古之立言爲期也，昌黎却就其所問，詰其所志，把求用於人而取於人伎倆，閣置一邊，而以古人立言不朽處，用功取效，說過一番，然後把自己一生工夫，層層敍出，其曰二十年、亦有年、終其身等語，是無望速成註脚；其曰不知爲非笑、笑則喜、譽則悲等語，是無誘勢利註脚。至得手之後，尤須養氣，探本溯源，所謂仁義之人，其言藹如，有自然而然之妙矣！末段以樂、悲二意，見得學古立言，必不能蘄用於人而取於人，耐得悲過，方期得樂來，原不敢以此加褒貶於其間，使世人必從事乎此，但論其人之志何如耳，此一篇之大旨也。其行文曲折無數，轉換不窮，盡文章之致矣！」

過商侯曰：「李生以道與文爲問，昌黎把自己一生用功工夫，由淺入深，逐層指點，是大有益於文學者，不可輕易讀過。」

四五、上宰相書

韓　愈

正月二十七日，前鄉貢進士①韓愈，謹伏光範門②下，再拜獻書相公③閣下④：詩之序曰⑤：「菁菁者莪，樂育材也。君子能長育人材，則天下喜樂之矣。」其詩⑥曰：「菁菁者莪，在彼中阿。既見君子，樂且有儀。」說者曰：「菁菁者，盛也。莪，微草也。阿，大陵也。言君子之長育人材，若大陵之長育微草，能使之菁菁然盛也。既見君子，樂且有儀云者，天下美之之辭也。」其三章⑦曰：「既見君子，錫我百朋⑧。」說者曰：「百朋，多之之辭也。言君子既長育人材，又當爵命之，賜之厚祿以寵貴之云爾。」其卒章⑨曰：「汎汎楊舟，載沈載浮。既見君子，我心則休。」說者曰：「載，載也。沈浮者，物也。言君子之於人才，無所不取，若舟之於物，浮沈皆載之云爾。既見君子，我心則休云者，言若此，則天下之心美之也。君子之於人也，既長育之，又當爵命寵貴之，而於其才無所遺焉。」孟子曰⑩：「君子有三樂，王天下不與存焉。」其一曰：

「樂得天下之英才而教育之。」此皆聖人賢士之所極言至論⑪，古今之所宜法者也。

然則孰能長育天下之人材，將非吾君與吾相乎？孰能教育天下之英才，將非吾君與吾相乎？幸今天下無事，小大之官，各守其職，錢穀甲兵之問，不至於廟堂⑫，論道經邦⑬之暇，捨此宜無大者焉。今有人生二十八年⑭矣，名不著於農工商賈之版⑮，其業則讀書著文，歌頌堯舜之道，雞鳴而起，孜孜⑯焉亦不爲利。其所讀，皆聖人之書，楊墨釋老之學，無所入於其心；其所著，皆約六經之旨而成文，抑邪與⑰正，辨時俗之所惑。居窮守約，亦時有感激怨懟奇怪之辭，以求知於天下，亦不悖於教化，妖淫諛佞譸張⑱之說，無所出於其中。四舉於禮部⑲，乃一得；三選於吏部⑳，卒無成。九品㉑之位其可望？一畝之宮㉒其可懷？遑遑㉓乎四海無所歸，恤恤㉔乎飢不得食，寒不得衣。濱於死而益固㉕，得其所者爭笑之。忽將棄其舊而新是圖，求老農老圃而爲師。悼㉖本志之變化，中夜㉗涕泗交頤㉘。雖不足當詩人孟子之謂，抑長育之使成材，其亦可矣；教育之使成材，其亦可矣。抑又聞：古之君子，相其君也，一夫不獲其所，若己推而內之溝中。今有人生七年，而學聖人之道，以修其身，積二十年，不得已，一朝而毀之，是亦不獲其所矣。伏念今有仁人在上位，若不往告之而遂行，是果[29]於自棄，而不以古之君子之道待吾相也。其可乎？寧[30]往告焉。若不得志，則命也，其亦行矣。

洪範[31]曰：「凡厥庶民，有猷[32]、有爲、有守，汝則念之。不協[33]于極[34]，不罹于咎，皇[35]則受之，而康而色[36]。曰：『予攸好德。』汝則錫之福。」是皆與善之辭也。抑又聞：古之人，有自進者，而君子不逆之矣。曰予攸好德，汝則錫之福之謂也。抑又聞：上之設官制祿，必求其人而授之者，非苟[37]慕其才而富貴其身也，蓋將用其能，理不能，用其明，理不明者耳。下之修己立誠，必求其位而居之者，非苟沒於利而榮於名也，蓋將推己之所餘，以濟其不足者耳。然則上之於求人，下之於求位，交相求而一其致[38]焉耳。苟以是而爲心，則上之道不必難其下，下之道不必難其上，可舉而舉焉，不必讓其自舉也；可進而進焉，不必廉[39]於自進也。抑又聞：上之化下，得其道，則勸賞不必徧加乎天下，而天下從焉，因人之所欲爲而遂推之之謂也。今天下不由吏部而仕進者幾希矣，主上感傷山林之士有逸遺者，屢詔內外之臣，旁求於四海，而其至者葢闕焉。豈其無人乎哉？亦見國家不以非常之道禮之而不來耳。彼之處隱就閒者亦人耳，其耳目鼻口之所欲，其心之所樂，其體之所安，亦豈有異於人乎哉？今所以惡㊵衣食，窮體膚，麋㊶鹿之與處，猨狖㊷之與居，固自以其身不能與時從順俯仰，故甘心自絕而不悔焉；而方聞國家之仕進者，必舉於州縣，然後升於禮部、吏部，試之以繡繪雕琢之文，考之以聲勢之逆順，章句之短長，中㊸其程式㊹者，然後得從下士之列；雖有化俗之方，安邊之畫㊺，不繇是而稍進，萬不有一得焉。彼惟恐入山之不深，入林之不密，其影響昧昧㊻，惟恐聞於人也。今若聞有以書進宰相而求仕者，而宰相不辱㊼焉，而薦之天子，而爵命之，而布其書於四方，枯槁㊽沈溺㊾魁閎㊿寬通之士，必且洋洋(51)焉動其心，峩峩(52)焉纓其冠(53)，于于(54)焉而來矣。此所謂勸賞不必徧加乎天下，而天下從焉者也，因人之所欲爲而遂推之之謂者也。

伏惟覽詩書孟子之所指，念育才錫福之所以55，考古之君子相其君之道，而忘自進自舉之罪，思設官制祿之故，以誘致山林逸遺之士，庶天下之行道者56知所歸焉。小子不敢自幸57，其嘗所著文，輒采其可者若干首，錄在異卷，冀辱賜觀焉。干瀆58尊嚴，伏地待罪。愈再拜。

〔註釋〕

①鄉貢進士　唐制取士之科，多因隋舊，由學館者，曰生徒，由州縣者，曰鄉貢，皆升于有司而進退之。其科之目有：秀才、明經、俊士、進士等。見唐書選舉志。

②光範門　在宣政殿西南，通中書省。

③相公　此指宰相。

④閣下　因卑達尊，故不敢直斥其名也。

⑤詩之序曰　見小雅、南有嘉魚之什、菁菁者莪篇。孔穎達疏謂：作菁菁者莪詩者，樂育材也。言君子之爲人君，能教學而長育其國人，使有材而成秀進之士，至於官爵之。能如此，則爲天下喜樂矣，故作詩以美之。又謂子弟入學，由秀士，而漸至於進士，進士，可進受爵祿。司馬論進士之賢者以告於王，論定然後官之，任官然後爵之，如是從鄉人中教之爲秀士，是教學之從秀士漸至於進士，是養之以漸之也。進士論材任官而又爵之，是至於官爵之也，是長育人材也。

⑥詩　指菁菁者莪篇之首章。孔疏云：「言菁菁然茂盛者，蘿蒿也。此蘿蒿所以得茂盛者，由生在阿中，得阿之長養，故茂盛，以

興德盛者，是學士也。此學士所以致德盛者，由升在彼學中，得君之長育，故使德盛。人君既能長育人材，敎學之，又能官而用之，故此學士，既見君子，則心喜樂，且又有禮儀見接也。又君子能養材與官，又接之以禮，故下所以歌之也。」

⑦三章　即菁菁者莪篇之三章。

⑧賜我百朋　鄭箋云：「古者貨貝，五貝爲朋。賜我百朋，得祿多，言得意也。」

⑨卒章　即菁菁者莪篇之卒章。孔疏云：「言汎汎然楊木之舟，則載其沈物，則載其浮物，俱浮水上。以興當時君子用其文者，又用其武者，俱致在朝。言君子於人，唯才是用，故既見君子，而得官爵，我心則休休然而美。」載，則。休，美。

⑩孟子曰　見孟子盡心篇。

⑪聖人賢士之所極言至論　極言，盡言也。呂氏春秋先識篇：「國之興也，天遺之賢人與極言之士。」至論，精闢之論也。

⑫廟堂　此指朝廷。

⑬論道經邦　論道以經緯國事。語見書經周官篇。

⑭生二十八年　韓愈以唐代宗大曆三年（西元七六八年）生，至德宗貞元十一年（西元七九五年），凡二十八年也。

⑮版　册籍。

⑯孜孜　勤勉不怠。

⑰與　助。

⑱譸張　譸，音ㄓㄡ。譸張，欺誑也。

⑲四舉於禮部　四試於禮部。

⑳三選於吏部　三應吏部之選。

㉑九品　最下之級。

㉒一畝之宮　禮記儒行篇：「儒有一畝之宮。」孔疏謂：「若折而方之，則東西南北各十步爲宅也。」

㉓遑遑　心不定貌。

㉔恤恤　憂貌。

㉕固　堅定。

㉖悼　音ㄉㄠˋ，悲傷。

㉗中夜　半夜。

㉘頤　面頰。

㉙果　眞。

㉚寧　願。

㉛洪範　書經篇名。

㉜猷　音ㄧㄡˊ，道也。

㉝協　合。

㉞極　中正之德。

㉟皇　大也。

㊱而康而色　而，汝。康，安。色，面容。

㊲苟　音ㄐㄧˊ，急也。

㊳致　旨趣。

㊴廉　不貪。

㊵惡　音ㄜˋ，粗劣。

㊶麋　音ㄇㄧˊ，獸名，似鹿而大。

㊷猨狖　猨，同猿。狖，音ㄧㄡˋ，獸名。玉篇：「狖，黑猿。」

㊸中　音ㄓㄨㄥˋ，合也。

㊹程式　立一定之準式以爲法則。

㊺畫　一作「策」。

㊻影響昧昧　影響，相應。昧昧，幽暗不明。此言國家如能以非常之道禮之，則山林之士，自能若影之隨形，響之應聲，受詔而來也。今不然，故云影響昧昧，惟恐聞於人也。

㊼辱　汚損。

㊽枯槁　憔悴受困。

㊽沈溺　猶言陷於困厄也。

㊿魁閎　奇偉傑出。

(51)洋洋　流動貌。

(52)峩峩　高貌。

(53)纓其冠　纓，冠系。係於冠，捲結於頤下者也。此謂因急於戴冠以行，不暇整束，故使纓纏繞之而與冠並加於頭也。

(54)于于　行貌。

(55)所以　原故。

⑯行道者　踐行其德術者。

⑰幸　希冀。

⑱干瀆　干求而慢瀆之也。瀆，音ㄉㄨˊ，同瀆，不敬也。

〔作　者〕

見本書第一〇篇作者欄。

〔說　明〕

本文選自韓昌黎全集。體裁屬書說類，上於唐德宗貞元十一年（西元七九五年）。據新唐書德宗本紀所載，貞元八年，尙書左丞趙憬、兵部侍郎陸贄爲中書侍郎，同中書門下平章事。九年，義成軍節度使賈耽爲尙書左僕射，尙書右丞盧邁同中書門下平章事。十年，貶陸贄爲太子賓客。則是時之宰執有趙憬、賈耽、盧邁也。其後，十九日，以無回音，愈復上宰相書，三月十六日，又上宰相書，旨皆在干求宰相之薦舉也。本文凡分四段：首段引詩經及孟子之言，以明長育人材之盛事。次段敍其讀書著文，居窮守約，而遑遑乎無所歸往之情狀。三段請能以非常之道，薦之天子，而爵命之。末段總收前文作結，並採附其所著文若干，錄在異卷，蓋欲以爲進身之階也。

〔批　評〕

孟子盡心篇嘗云：「說大人，則藐之，勿視其巍巍然。」是韓愈之所以能暢所欲言，蓋有以也。本文因其失意，而抒其懷抱，筆力樸健；由聖人賢士之所極言至論，轉入其主旨所在，立意層出，才思橫溢；至所謂饑不得食，寒不得衣，忽將棄其舊而圖新，誠似悲似戚也；若謂天下之率由吏部而仕進，中其程式者，然後得從下士之列，雖有化俗之方，安邊之策，不由是而稍進，萬不有一得焉，則又頗能點中用人之時弊。愈以英年，而有此閎識奇志，雖或有欠裁鍊處，亦難能也。

四六、與元九書

白居易

月日，居易白，微之足下：

自足下謫江陵①至於今，凡枉贈答詩僅百首。每詩來，或辱序，或辱書，冠於卷首，皆所以陳古今歌詩之義，且自敍爲文因緣，與年月之遠近也。僕既愛足下詩，又諭②足下此意，常欲承答來旨，粗論歌詩大端③，幷自述爲文之意，總爲一書，致足下前。累歲已來，牽故少暇，間有容隙，或欲爲之，又自思所陳，亦無出足下之見，臨紙復罷者數四④，卒不能成就其志，以至於今。今俟罪潯陽⑤，除盥櫛⑥食寢外無餘事。因覽足下去通州⑦日所留新舊文二十六軸⑧，開卷得意，忽如會面。心所畜者，便欲快言，往往自疑，不知相去萬里也。既而憤悱⑨之氣，思有所洩，遂追就前志，勉爲此書。足下幸試爲僕留意一省！

夫文尚矣，三才⑩各有文：天之文，三光⑪首之；地之文，五材⑫首之；人之文，六經首之。就六經言，詩又首之。何者？聖人感人心而天下和平。感人心者，莫先乎情，莫始乎言，莫切乎聲，莫深乎義。詩者，根情、苗言、華[13]聲、實義。上自聖賢，下至愚騃[14]，微及豚魚，幽及鬼神，羣分而氣同，形異而情一，未有聲入而不應，情交而不感者。聖人知其然，因其言，經之以六義[15]；緣其聲，緯之以五音[16]。音有韻，義有類。韻協則言順，言順則聲易入；類舉則情見，情見則感易交。於是乎孕大含深，貫微洞密；上下通而一氣泰[17]，憂樂合而百志熙[18]。五帝三皇[19]所以直道而行，垂拱而理[20]者，揭此以爲大柄，決此以爲大寶也。故聞「元首明，股肱良」之歌[21]，則知虞道昌矣；聞五子洛汭之歌[22]，則知夏政荒矣。言者無罪，聞者足戒[23]；言者聞者，莫不兩盡其心焉。

洎[24]周衰秦興，採詩官[25]廢，上不以詩補察時政，下不以歌洩導人情，乃至於諂成之風動，救失之道缺。于時六義始刓[26]矣。國風[27]變爲騷辭[28]，五言始於蘇、李[29]。蘇、李騷人，皆不遇者，各繫其志，發而爲文。故河梁之句[30]，止於傷別；澤畔之吟[31]，歸于怨思。彷徨抑鬱，不暇及他耳。然去詩未遠，梗概尚存。故興離別，則引雙鳧一鴈[32]爲喻；諷君子小人，則引香草惡鳥[33]爲比；雖義類不具，猶得風人之什二三焉。于時六義始缺矣。晉、宋已還，得者蓋寡。以康樂[34]之奧博，多溺於山水[35]；以淵明[36]之高古，偏放於田園。江、鮑[37]之流，又狹於此。如梁鴻五噫[38]之例者，百無一二焉。於時六義寖微[39]矣！陵夷[40]矣！至於梁、陳間，率不過嘲風雪，弄花草而已。噫！風雪花草之物，三百篇中豈捨之乎？顧所用何如耳。設如「北風其涼[41]」，假風以刺威虐也；「雨雪霏霏[42]」，因雪以愍征役也；「棠棣之華[43]」，感華以諷兄弟也；「釆釆芣苢[44]」，美草以樂有子也：皆興發於此，而義歸於彼。反是者，可乎哉？然則「餘霞散成綺，澄江淨如練[45]」、「離花先委露，別葉乍辭風」[46]之什[47]，麗則麗矣，吾不知其所諷焉。故僕所謂嘲風雪，弄花草而已。於時六義盡去矣。唐興二百年，其間詩人，不可勝數。所可舉者：陳子昂[48]有感遇詩二十首，鮑舫[49]有感興詩十五首。又詩之豪者，世稱李、杜[50]。李之作，才矣，奇矣，人不逮矣；索其風雅比興，十無一焉。杜詩最多，可傳者千餘首。至於貫穿今古，覼縷[51]格律，盡工盡善，又過於李。然撮其新安吏[52]、石壕吏[53]、潼關吏[54]、塞蘆子[55]、留花門[56]之章，「朱門酒肉臭，路有凍死骨[57]」之句，亦不過十三四。杜尚如此，況不逮杜者乎？

僕常痛詩道崩壞，忽忽憤發；或食輟哺，夜輟寢，不量才力，欲扶起之。嗟乎！事有大謬者，又不可一二而言；然亦不能不粗陳於左右。僕始生六七月時，乳母抱弄於書屏下。有指「無」字、「之」字示僕者，僕雖口未能言，心已默識；後有問此二字者，雖百十其試，而指之不差。則僕宿習之緣，已在文字中矣。及五六歲，便學爲詩。九歲，諳識聲韻[58]。十五六，始知有進士，苦節讀書。二十已來，晝課賦，夜課書，間又課詩，不遑寢息矣，以至於口舌成瘡，手肘成胝[59]，既壯而膚革不豐盈，未老而齒髮早衰白，瞥然[60]如飛蠅垂珠在眸子中者，動以萬數。蓋以苦學力文所致，又自悲矣。家貧多故，年二十七，方從鄉試；既第之後，雖專於科試，亦不廢詩；及授校書郎[61]時，已盈三四百首。或出示交友，如足下輩，見皆謂之工，其實未窺作者之域耳。自登朝來，年齒漸長，閱事漸多，每與人言，多詢時務；每讀書史，多求理道[62]。始知文章合爲時而著，歌詩合爲事而作。是時皇帝㊸初卽位，宰府有正人㊹，屢降璽書，訪人㊺急病。僕當此日，擢在翰林，身是諫官，月請諫紙，啓奏之外，有可以救濟人病，裨補時闕，而難於指言者，輒詠歌之。欲稍稍遞進聞於上，上以廣宸聽㊻，副憂勤；次以酬恩獎，塞言責；下以復吾平生之志。豈圖志未就而悔已生，言未聞而謗已成矣！

又請爲左右終言之：凡聞僕賀雨詩㊼，衆口籍籍㊽，已謂非宜矣；聞僕哭孔戡詩㊾，衆面脈脈㊿，盡不悅矣；聞秦中吟(71)，則權豪貴近者，相目而變色矣；聞樂遊園(72)寄足下詩，則執政柄者扼腕(73)矣；聞宿紫閣村詩(74)，則握軍要者切齒矣。大率如此，不可偏舉。不相與(75)者，號爲沽譽，號爲詆訐(76)，號爲訕謗；苟相與者，則如牛僧孺之戒(77)焉；乃至骨肉妻孥，皆以我爲非也。其不我非者，舉世不過三兩人。有鄧魴者，見僕詩而喜；無何而魴死(78)。有唐衢者，見僕詩而泣；未幾而衢死(79)。其餘卽足下；足下又十年來困躓若此(80)。嗚呼！豈六義四始(81)之風，天將破壞，不可支持耶？抑又不知天之意不欲使下人之病苦聞於上耶？不然，何有志於詩者不利若此之甚也？然僕又自思，關東㊷一男子耳，除讀書屬文外，其他懵然㊸無知，乃至書畫碁博，可以接羣居之歡者，一無通曉；卽其愚拙可知矣。初應進士時，中朝無緦麻之親㊹，達官無半面之舊，策蹇步㊺於利足之途，張空弮㊻於戰文之場。十年之間，三登科第㊼；名入衆耳，迹昇清貫㊽；出交賢俊，入侍冕旒㊾。始得名於文章，終得罪於文章，亦其宜也。

日者，又聞親友間說禮吏部㊿擧選人，多以僕私試賦判(91)傳爲準的；其餘詩句，亦往往在人口中。僕恧然(92)自媿，不之信也。及再來長安，又聞有軍使高霞寓(93)者，欲聘倡妓，妓大誇曰：「我誦得白學士長恨歌(94)，豈同他妓哉！」由是增價。又足下書云：「到通州日，見江館柱間有題僕詩者。」復何人哉？又昨過漢南(95)日，適遇主人集衆樂，娛他賓。諸妓見僕來，指而相顧曰：「此是秦中吟、長恨歌主耳。」自長安抵江西，三四千里，凡鄉校、佛寺、逆旅(96)、行舟之中，往往有題僕詩者；士庶、僧徒、孀婦(97)、處女之口，每每有詠僕詩者。此誠雕蟲之戲(98)，不足爲多；然今時俗所重，正在此耳。雖前賢如淵、雲[99]者，前輩如李、杜者，亦未能忘情於其間哉！古人云：「名者公器，不可多取[100]。」僕是何者，竊時之名已多。既竊時名，又欲竊時之富貴，使己爲造物者[101]，肯兼與之乎？今之迍窮，理固然也。況詩人多蹇[102]：如陳子昂、杜甫，各授一拾遺[103]，而屯剝[104]至死；李白[105]、孟浩然[106]輩，不及一命[107]，窮悴終身。近日孟郊[108]六十，終試協律[109]；張籍[110]五十，未離一太祝[111]。彼何人哉！彼何人哉！況僕之才，又不逮彼。今雖謫佐遠郡，而官品至第五[112]，月俸四五萬。寒有衣，饑有食，給身之外，施及家人，亦可謂不負白氏子矣！微之！微之！勿念我哉！

僕數月來，檢討囊帙中，得新舊詩，各以類分，分爲卷目。自拾遺來[113]，凡所遇所感，關於美刺興比者，又自武德[114]訖元和[115]，因事立題，題爲「新樂府」者共一百五十首，謂之「諷諭詩」；又或退公獨處，或移病閑居，知足保和，吟翫性情者一百首，謂之「閑適詩」；又有事物牽於外，情理動於內，隨感遇而形於歎詠者一百首，謂之「感傷詩」；又有五言、七言、長句、絕句，自一百韻至兩韻者四百餘首，謂之「雜律詩」；凡為十五卷，約八百首。異時相見，當盡致於執事⑯。微之！古人云：「窮則獨善其身，達則兼濟天下⑰。」僕雖不肖，常師此語。大丈夫所守者道，所待者時。時之來也，為雲龍，為風鵬，勃然突然，陳力⑱以出；時之不來也，為霧豹，為冥鴻，寂兮寥兮，奉身而退。進退出處，何往而不自得哉！故僕志在兼濟，行在獨善。奉而始終之則為道，言而發明之則為詩。謂之「諷諭詩」，兼濟之志也；謂之「閑適詩」，獨善之義也。故覽僕詩，知僕之道焉。其餘雜律詩，或誘於一時一物，發於一笑一吟，率然成章，非平生所尚者。但以親朋合散之際，取其釋恨佐懽。今詮次⑲之間，未能刪去，他時有為我編集斯文者，略之可也。微之！夫貴耳賤目，榮古陋今，人之大情也。僕不能遠徵古舊，如近歲韋蘇州⑳歌行，才麗之外，頗近興諷。其五言詩，又高雅閑澹，自成一家之體。今之秉筆者，誰能及之？然當蘇州在時，人亦未甚愛重，必待身後然人貴之。今僕之詩，人所愛者，悉不過雜律詩與長恨歌已下耳。時之所重，僕之所輕。至於諷諭者，意激而言質，閑適者，思澹而辭迂，以質合迂，宜人之不愛也。今所愛者，並世而生，獨足下耳。然百千年後，安知復無足下者出而知愛我詩哉？

故自八九年來，與足下小通⑫則以詩相戒，小窮則以詩相勉，索居則以詩相慰，同處則以詩相娛。知吾罪吾，率以詩也。如今年春遊城南時，與足下馬上相戲，因各誦新豔小律，不雜他篇。自皇子陂⑫歸昭國里⑫，迭吟遞唱，不絕聲者二十里餘。樊⑫、李⑫在旁，無所措口。知我者以爲詩仙，不知我者以爲詩魔。何則？勞心靈，役聲氣，連朝接夕，不自知其苦，非魔而何？偶同人當美景，或花時宴罷，或月夜酒酣，一詠一吟，不知老之將至。雖驂⑫鸞鶴，遊蓬、瀛⑫者之適，無以加於此焉，又非仙而何？微之！微之！此吾所以與足下外形骸，脫蹤迹，傲軒鼎⑫，輕人寰⑫者，又以此也。

當此之時，足下興有餘力，且欲與僕悉索還往中詩，取其尤長者，如張十八⑬古樂府，李二十⑬新歌行，盧⑬、楊⑬二祕書律詩，竇七⑬、元八[135]絕句，博搜精掇，編而次之，號元白往還詩集。衆君子得擬議於此者，莫不踴躍欣喜，以爲盛事。嗟乎！言未終而足下左轉[136]，不數月而僕又繼行。心期索然[137]，何日成就？又可爲之太息矣！

又僕常語足下，凡人爲文，私於自是，不忍於割截，或失於繁多。其間妍媸[138]，益又自惑。必待交友有公鑒無姑息者，討論而削奪之，然後繁簡當否，得其中矣。況僕與足下爲文，尤患其多。己尚病之，況他人乎？今且各纂詩筆[139]，粗爲卷第，待與足下相見日，各出所有，終前志焉。又不知相遇是何年，相見是何地？溘然而至[140]，則如之何？

微之！微之！知我心哉！潯陽臘月[141]，江風苦寒。歲暮鮮歡，夜長少睡。引筆鋪紙，悄然燈前，有念則書，言無次第。勿以繁雜爲倦，且以代一夕之話也。微之！知我心哉！樂天再拜。

〔註釋〕

①謫江陵　因罪貶官曰謫。元稹任監察御史，劾河南尹房式。詔薄式罪，召稹還京。行至敷水驛，與內官劉士元爭驛廳，被擊傷面。宰相以稹年少乖張，失憲臣體，元和五年，貶江陵士曹參軍。江陵府治即今湖北江陵縣。

②諭　明也。

③大端　大要

④數四　猶言再四。爲約略計數之辭。

⑤俟罪潯陽　元和十年，居易以太子左贊善對盜刺武元衡事有所建議，爲當道所忌，誣以浮華無行，貶江州司馬。江州治潯陽，即今江西省九江縣。

⑥盥櫛　盥，洗手。櫛，梳髮。

⑦通州　即今四州達縣治。元和十年春，稹自江陵士曹參軍，移通州司馬。

⑧軸　猶卷。唐時，書籍多鈔寫成卷，中心有軸，故曰軸，或曰卷。

⑨憤悱　憤，心求通而未得之意。悱，口欲言而未能之貌。

⑩三才　謂天、地、人。

⑪三光　謂日、月、星。

⑫五材　金、木、水、火、土。

⑬華　花之本字。

⑭騃　音ㄞˊ，無知貌。

⑮六義　詩大序：「詩有六義焉：一曰風，二曰賦，三曰比，四曰興，五曰雅，六曰頌。」

⑯五音　宮、商、角、徵、羽。

⑰泰　通也。

⑱熙　和也。

⑲五帝三皇　五帝指黃帝、顓頊、帝嚳、堯、舜。三皇，白虎通號篇：「三皇者何謂也？伏羲、神農、燧人也。」

⑳垂拱而理　垂衣拱手而天下治平。

㉑「元首明，股肱良」之歌　舜臣皐陶所歌。元首，喻君也。肱，音ㄍㄨㄥ，臂也。股肱喻輔佐大臣也。語見書經益稷篇。

㉒五子洛汭之歌　即書經五子之歌。洛汭，洛水隈曲之處，舊在河南省鞏縣。書序：「太康失邦，昆弟五人須於洛汭，作五子之歌。」

㉓言者無罪，聞者足戒　詩大序：「上以風化下，下以風刺上，主文而譎諫，言之者無罪，聞之者足以戒。」

㉔洎　音ㄐㄧˋ，及也。

㉕採詩官　漢書藝文志：「古有采詩之官，王者所以觀風俗，知得失，自攷正也。」

㉖刓　音ㄨㄢˊ，削也，不全也。

㉗國風　詩經收十五國風，皆各國之民間歌謠，見采而列於樂官者。

㉘騷辭　謂離騷、楚辭。

㉙五言始於蘇、李　蘇，蘇武。李，李陵。梁鍾嶸詩品以蘇武、李陵爲五言詩鼻祖。

㉚河梁之句　河梁，河橋，指送別之地。李陵與蘇武詩：「攜手上河梁，遊子暮何之？」

㉛澤畔之吟　楚辭漁父篇：「屈原既放，遊于江潭，行吟澤畔，顏色憔悴，形容枯槁。」

㉜雙鳧一鴈　鳧，俗稱野鴨。古文苑載蘇武別李陵詩，有「雙鳧俱北飛，一鳧獨南翔」之句。

㉝香草惡鳥　王逸離騷序：「離騷之文，依詩取興，引類比喻。故善鳥香草以配忠貞，惡禽臭物以比讒佞。」

㉞康樂　即謝靈運，以襲封爲康樂公，故稱，宋陽夏（今安徽合肥）人。

㉟多溺於山水　靈運放情山水，多紀以詩，至爲工妙。清王士禛云：「迨元嘉間，謝康樂出，始創爲刻畫山水之詞，務窮幽極渺，抉山谷水泉之情狀。」

㊱淵明　陶潛，本名淵明，劉裕篡位，乃改名潛。東晉潯陽柴桑人。志趣高潔，不慕榮利。工詩文，爲田園詩人之宗。今傳有陶淵明集十卷。

㊲江、鮑　江即江淹，字文通，梁攷城人，著有江文通集。鮑即鮑照，字明遠，南北朝宋東海人。著有鮑參軍集。

㊳梁鴻五噫　梁鴻，字伯鸞，後漢扶風平陵人。因東出關過京師，作五噫歌。

㊴寖微　漸漸衰微。

㊵陵夷　低落也。

㊶北風其涼　見詩經邶風北風篇。

㊷雨雪霏霏　霏霏，雪盛貌。見詩經小雅采薇篇。

㊸棠棣之華　棠棣，木名，即郁李。華，花之本字。見詩經小雅常棣篇。

㊹采采芣苢　采同採。芣苢，植物名，即車前子。見詩經周南芣苢篇。

㊺餘霞散成綺，澄江淨如練　綺，斜紋之絲織物。練，潔白之絲織物。見謝朓登三山還望京邑詩。

㊻歸花離花先委露，別葉乍辭風　委，棄也。見鮑照翫月城西門廨中詩。

㊼什　詩之雅頌十篇爲什，後遂轉爲詩篇之稱

㊽陳子昂　字伯玉，唐梓州射洪（今四川縣名）人。著有陳伯玉集。

㊾鮑魴　字子愼，唐襄州襄陽人。所著感興詩已亡，全唐詩載魴八首，無感興詩。

㊿李、杜　李白、杜甫。

(51)覼縷　覼，音ㄌㄨㄛˊ，覶之俗字。覼縷，委曲也。

(52)新安吏　五言古詩。寫郭子儀鄴城戰敗後，徵兵及於十八歲男子，勉以敬主帥如父兄事。

(53)石壕吏　五言古詩。寫軍隊抓夫及於老婦人事。

(54)潼關吏　五言古詩。寫築城防守要塞事。

(55)塞蘆子　五言古詩。蘆子關在陝西安塞縣，寫屯兵蘆子，以防史思明、高秀巖匪兵西竄。

(56)留花門　五言古詩。寫回紇番兵爲害事。

(57)朱門酒肉臭，路有凍死骨　見自京赴奉先縣詠懷五百字。朱門，豪富之家，門塗紅色。

(58)諳識聲韻　諳，熟悉。聲謂四聲平仄，韻指押韻。

(59)胝　皮厚成堅塊。

(60)瞀然　亂貌。

(61)授校書郎　德宗貞元十八年（西元八〇二年）居易任校書郎，時年三十一。

(62)理道　治道。唐高宗名治，諱「治」爲「理」。

(63)皇帝　謂憲宗。

(64)宰府有正人　元和初，宰相如杜黃裳、武元衡、李吉甫、李絳等，皆一時人望。

(65)人　百姓也。避唐太宗世民之諱而作「人」。下文「下人之病苦」同。

(66)宸聽　皇帝之聽聞。

(67)賀雨詩　元和四年閏三月，憲宗以久旱欲降德音。居易陳五事，上悉從之。制下而雨，因作此詩。末云：「臣以直爲忠，敢賀有其始，亦願有其終。」

(68)籍籍　語多而紛亂。

(69)哭孔戡詩　孔戡，字勝始，爲盧從史書記。以諫阻從史不軌之謀，被貶逐，詔授衛尉丞，未調而卒。居易因作詩以哭之。

(70)脈脈　脈，音ㄇㄛˋ，相視貌。

(71)秦中吟　凡十首，原序云：「貞元元和之際，予在長安，聞見之間，有足悲者，因直歌其事，命爲秦中吟。」

(72)樂遊園　樂遊園，即樂遊原，在長安南，地高，可俯視京城。此詩慨孔戡之死，元稹之謫。

(73)扼腕　握持手腕以示憤激之意。

(74)宿紫閣村詩　原題「宿紫閣山北村」。寫禁衛軍十餘暴卒，奪人宴客酒肉，伐人庭樹事。末云：「口稱采造家，身屬神策軍，主人慎勿語，中尉正承恩。」

(75)相與　與，親附也。相與，彼此相交，有情誼也。

(76)詆訐　訐，詆也。訐，音ㄐㄧㄝˊ，攻人之陰私也。

(77)牛僧孺之戒　憲宗元和三年四月制科，舉人牛僧孺對策，條指失政，其言鯁直。宰相怒，遭斥逐，故引以爲戒。

(78)魴死　白氏長慶集有鄧魴張徹落第及讀鄧魴詩二首，其詩類陶潛，死年才三十。

(79)衢死　白氏長慶集有寄唐生及傷唐衢二首。衢舉進士，久而不第，能爲歌詩，多感善哭。不登一而命卒。

(80)十年來困躓若此　躓，顛仆也。元稹元和初爲左拾遺，因直言諫諍，出爲河南尉，五年又貶江陵士曹參軍，十年量移通州司馬。

⑧¹四始　史記孔子世家：「關雎之亂以爲風始，鹿鳴爲小雅始，文王爲大雅始，清廟爲頌始。」

⑧²關東　函谷關以東。居易下邽（今陝西渭南縣）人，在關西。祖籍太原（今山西太原），每自稱「太原人」，此稱關東者，殆指祖籍而言。

⑧³懵然　暗昧不明貌。

⑧⁴緦麻之親　謂五服內之遠親。緦麻，三月喪服，以細麻布爲之。喪服之最輕者。

⑧⁵策蹇步　策，鞭策。蹇步，行走遲鈍。

⑧⁶空弮　弮，音ㄑㄩㄢ，弓也。空弮，有弓而無矢。

⑧⁷三登科第　居易於貞元十六年進士第四人及第，貞元十八年試判拔萃科入等，元和元年又應才識兼茂明於體用科，入四等。

⑧⁸清貫　侍從之官也。

⑧⁹冕旒　冕，古天子禮冠。旒，音ㄌㄧㄡˊ，絲繩貫珠，垂於木板前後，天子十二貫。冕旒，天子之代稱。

⑨⁰禮吏部　古者，舉士與舉官合，士獲選，即入官。至唐，分爲二，以試士屬禮部，試吏屬吏部。選舉之政，由禮吏二部共主之，故曰「禮吏部」。

⑨¹判　判，判狀，公文之一。舊唐書職官志：「擇人以四才。」注：「四才，謂身、言、書、判。」

⑨²恧然　恧，音ㄋㄩˋ。慚愧貌。

⑨³高霞寓　唐幽州范陽人（今河北大興縣）。能讀春秋及兵法，元和中討叛將王承宗有功，累拜振武、邠寧節度使，封感義郡王。

⑨⁴長恨歌　七言古詩。寫唐玄宗寵楊貴妃事，結語謂「天長地久有時盡，此恨緜緜無絕期。」因以名詩。

⑨⁵漢南　今湖北宜城縣。

⑨⁶逆旅　客舍。

⑰孀婦　寡婦。
⑱雕蟲之戲　謂詩賦末藝也。
⑲淵、雲　淵，謂王褒，字子淵，西漢蜀人，宣帝時官至諫大夫，善於作賦。雲，謂揚雄，字子雲，西漢成都人，著有法言、太玄及揚子雲集。
⑳名者公器，不可多取　公器，公家器物。語見莊子天運篇。
(101)造物者　創造事物者，指天。語出莊子大宗師。
(102)蹇　困阨也。
(103)拾遺　唐諫官名。左拾遺屬門下省，右拾遺屬中書省。並從八品上階。
(104)屯剝　屯，音ㄓㄨㄣ，或作迍，難也。剝，剝落，皆易經卦名。屯剝，謂命運乖舛。
(105)李白　字太白，唐隴西成紀（今甘肅秦安縣東）人。有李太白集三十卷。
(106)孟浩然　本名浩，以字行，唐襄陽人。有孟浩然集四卷。

---

(107)一命　周代官秩等級分爲一命至九命。一命爲下士。
(108)孟郊　字東野，唐湖州武康（今浙江縣名）人。著有孟東野集十卷。
(109)協律　協律郎，樂官名，隸太常寺，唐制，協律郎正八品上階。
(110)張籍　字文昌，唐和州烏江（今安徽和縣）人。著有張司業集八卷。
(111)太祝　祀官，唐制，太祝正九品上階。
(112)官品至第五　居易謫江州司馬，唐制，上州司馬列從第五品下階。
(113)自拾遺來　元和三年（西元八〇八年）居易任左拾遺，時年三十七。
(114)武德　唐高祖年號。
(115)元和　憲宗年號。
(116)執事　謂供使令之人。後書札中用爲對人之敬稱。
(117)窮則獨善其身，達則兼濟天下　語見孟子盡心上篇，惟「濟」作「善」。

⑱陳力　出其才力。

⑲詮次　選擇而類敘之也。

⑳韋蘇州　即韋應物，唐京兆長安人。嘗任蘇州刺史，故世稱韋蘇州。著有韋蘇州集。

㉑通　謂得意也。

㉒皇子陂　在長安南，以陂北有秦皇子冢得名。

㉓昭國里　居易在長安時之里居名。

㉔樊　樊宗師，字紹述，唐南陽人。曾官著作佐郎。白氏長慶集中有贈樊著作詩。

㉕李　李杓直，名建，唐趙州人，官至刑部侍郎，以清儉稱。白氏長慶集中有贈杓直詩。

㉖驂　音ㄘㄢ，一車駕三馬也。此處用作駕馭意。

㉗蓬、瀛　蓬萊、瀛州，皆仙山名，傳在渤海中。

㉘軒鼎　軒，大夫以上所乘車。鼎，古代禮器。軒鼎，乘軒鼎食之貴人。

㉙人寰　人世。

㉚張十八　即張籍。

㉛李二十　即李紳，字公垂，唐譙（今安徽亳縣）人。工詩，與李德裕、元稹同時，號三俊。官至同中書門下平章事。著有追昔遊集三卷。

㉜盧　盧坦，字保衡，唐河南洛陽人。累官刑部郎中，戶部侍郎，元和十二年卒，贈禮部尚書。

㉝楊　楊巨源，字景山，唐蒲州人。貞元進士，累拜國子司業，以詩訓後進。七十致仕，以河東少尹終。

㉞竇七　即竇鞏，字友封，唐金城人。元和進士，累佐節度府，與元稹善，性溫雅，能五言詩。

㉟元八　即元宗簡。

㊱左轉　猶言左遷。

㊲心期索然　心期，心所嚮往也。索然，盡貌。

㊳妍媸　美惡。

⑬⑨詩筆　六朝人以文筆對言。文，駢儷之文，筆，散文。詩筆，謂詩與文也。

⑭⓪溘然而至　溘然，忽然。謂死期倏忽而至。

⑭①臘月　臘本祭名，古在十二月行之，後世因稱十二月曰臘月。

〔作　者〕

白居易，字樂天，號醉吟先生，晚年又號香山居士。其先太原人，曾祖溫徙下邽（今陝西渭南縣），爲下邽人。生於唐代宗大曆七年，卒於武宗會昌六年（西元七七二——八四六年），年七十五。

居易幼聰慧，生六七月，乳母抱立書屏下，指「之」、「無」二字認之，百試不差。貞元十六年進士，歷官秘書省校書郎、翰林學士、左拾遺，太子左贊善。以言事觸執事忌，誣以浮華無行，元和十年八月，貶官江州（今江西九江）司馬。在江州三年，極林泉之幽，置草堂廬山，每一獨往，動彌旬日，郡守不之責也。十三年冬，量移忠州（今四川忠縣）刺史。十四年冬，召還京師。穆宗即位，荒縱不法，執政非其人，居易上疏論其事，天子不能用，乃求外任。長慶二年，除杭州刺史，調蘇州刺史。文宗即位，徵拜秘書監，轉刑部侍郎。武宗會昌二年，以刑部尚書致仕。晚年居洛陽，與香山寺（今洛陽龍門山東）僧如滿往來，自稱香山居士，放意文酒，卒於洛陽。

居易文章精切，尤工詩，其詩清新宛麗，平易近人，爲中唐一大家，其所作秦中吟、新樂府，及其他諷諭詩，均以「補察時政，洩導人情」爲職志，周詳明直，娓娓動人，後人稱爲「社會詩派」。與元稹相善，時相唱和，世稱元白。著有白氏長慶集七十一卷行世。

〔說　明〕

本文選自白香山集。體裁屬書說類。元九，即元稹，字微之，河南（今河南洛陽）人。與居易同登科第，交誼最厚。元和十年八月，居易以直言貶江州司馬，時元稹任通州司馬，相去萬里，因作此書以代一夕之話言云。本文主旨在論作詩之大旨，文分十一段：首段言作此書之由。二段言感人心者莫切乎詩。三段敘秦以來歷代詩歌之流變，及作者之得失。四段言自幼學詩，年齒漸長，乃知文章合為時而著，歌詩合為事而作。五段言其詩為權豪所非議，其不我非者，舉世不過三兩人。六段言其詩為時俗所重。七段言類分其詩為諷諭、閑適、感傷、雜律四類，諷諭志在兼濟，閑適義在獨善，感傷、雜律非其所重。八段言近年來每以詩與微之相戒相勉。九段言微之嘗欲編次元白往還詩集，而未竟其事。十段言各纂詩筆，粗為卷第，以終前志。十一段言歲暮鮮歡，相去萬里，聊以此書代一夕之話言。

〔批　評〕

本文詳述詩歌流變，作者得失，條分縷析，體大思精。而明揭歌詩之旨，在補察時政，洩導人情，上承國風之義，力斥嘲風雪，弄花草之唯美文學，於唐宋文風影響至鉅。縱觀全文，辭質而徑，見之者易諭；言直而切，聞之者足誡；事覈而實，采之者足信。自云：「文章合為時而著，歌詩合為事而作。」本文亦為時為事而作也。

四七、答韶州張殿丞書

王安石

某啓：伏蒙再賜書，示及先君韶州之政①，爲吏民稱誦，至今不絕；傷今之士大夫不盡知，又恐史官不能記載，以次前世良吏之後。此皆不肖之孤，言行不足信於天下，不能推揚先人功緒餘烈，使人人得聞知之。所以夙夜愁痛，疚心疾首而不敢息者，以此也。

先人之存，某尚少，不得備聞爲政之迹。然嘗侍左右，尚能記誦教誨之餘。蓋先君所存，嘗欲大潤澤於天下，一物枯槁，以爲身羞。大者既不得試，已試乃其小者耳；小者又將泯沒而無傳，則不肖之孤，罪大釁②厚矣！尚何以自立於天地之間耶？閣下勤勤惻惻③，以不傳爲念，非夫仁人君子樂道人之善，安能以及此？

自三代之時，國各有史，而當時之史，多世其家，往往以身死職④，不負其意，蓋其所傳，皆可考據。後既無諸侯之史，而近世非尊爵盛位，雖雄奇儁⑤烈，道德滿衍⑥，不幸不爲朝廷所稱，輒不得見於史。而執筆者，又雜出一時之貴人，觀其在廷論議之時，人人得講其然不，尙或以忠爲邪，以異爲同；誅當前而不慄⑦，訕⑧在後而不羞；苟⑨以饜其忿好之心而止耳。而況陰挾翰墨，以裁⑩前人之善惡，疑可以貸⑪褒，似可以附毀，往者不能訟當否，生者不能論曲直，賞罰謗譽，又不施其間，以彼其私，獨安能欺於冥昧之間邪？善既不盡傳，而傳者又不可盡信如此，唯能言之君子，有大公至正之道，名實足以信後世者，耳目所遇，一以言載之，則遂以不朽於無窮耳。

伏惟閤下於先人，非有一日之雅⑫，餘論所及，無黨私之嫌。苟以發潛德爲己事，務推所聞，告世之能言而足信者，使得論次以傳焉，則先君之不得列於史官，豈有恨哉！

〔注釋〕

①先君韶州之政　安石父益，於宋仁宗天聖八年（西元一〇三〇年）以殿中丞知韶州，時安石十歲。韶州，在今廣東曲江縣西。

②釁　罪也。

③勤勤惻惻　勤勤，忠款貌。惻惻，懇切貌。

④以身死職　齊崔杼弒莊公，太史書之，爲崔杼所殺，其弟嗣書而死者二人，其弟又書，

乃舍之。此謂其事也。事見左傳襄公二十五年。

⑤儁　同俊。

⑥衍　充滿盈溢。

⑦慄　懼也。

⑧訕　謗也。

⑨苟　苟且。

⑩裁　裁斷。

⑪貸　假也。

⑫雅　故也。

〔作　者〕

王安石，字介甫，號半山，小字獾郎，宋江西臨川人。（今江西南城縣西北）生於宋眞宗天禧五年，卒於哲宗元祐元年（西元一〇二一——一〇八六年），年六十六。

安石少聰慧，好讀書，才思敏捷，運筆如飛，初若不經意，既成，見者皆服其精妙。友人曾鞏攜其文以示歐陽修，修爲之延譽。仁宗慶曆二年擢進士第，修薦爲諫官，辭；復言於朝，用爲羣牧判官，請知常州，移提點江東刑獄。嘉祐三年，入爲度支判官，上萬言書，以變法爲言。神宗時，召爲翰林學士，兼侍講。熙寧二年，參知政事，於是請設置三司條例司，創農田、水利、青苗、均輸、保甲、免役、方田諸新法，以圖富强。三年，拜同中書門下平章事。七年，天下久旱，物議沸騰，衆怨所歸，始罷爲觀文殿大學士，知江陵府。八年，復相，以不爲舊黨所容，九年，罷爲鎭南節度使，判江寧府。元豐元年，進尙書左僕射，封舒國公。三年，改封荆國公。哲宗元祐元年四月，卒於鍾山，謚文配。

安石爲人，傲岸强伎，果於自用，不屑蹈故襲常，慨然有矯世變俗之志。嘗曰：「天變不足畏，人言不足恤，祖宗不足法。」故其議論高奇，雄於辯駁，蘇軾謂之曰：「網羅六藝之遺文，斷以己意；糠粃百家之陳迹，作新斯文」。東坡雖以意見牴牾，反對安石新政，而對其文推服如此，足見公論自在人心。著有周官新議、臨川集。

〔說　明〕

本文選自臨川集。體裁屬書說類。張殿丞，名師錫，宋開封襄邑人，時知韶州。以安石父益亦曾知韶州，有仁政，恐後世不得知，故致書安石，推崇其功；安石則答以為政在賢人，傳名在史官，然後世修史不得其正，唯有得一大公至正之君子，始得傳於不朽。文分四段：首段言先人功業不傳，咎在己身。次段言先人之志，在澤被天下；今所試者，乃其小者耳。三段言後世史官論事不得其正，故善不能盡傳。四段言有師錫之君子，推所聞於天下，則先人雖不列於史官，亦無所恨。

〔批　評〕

名垂青史，固人所企望；然後世史官失職，使善者不盡傳，所傳未必善，則亦志士之所恨。荊公藉師錫所言，直陳後世史官之非，立論剛正，多所啓示。

劉海峯曰：「中間慨古今作史之之不同，曲折淋漓，介甫僅見之作。」

張廉卿曰：「文有風霜之氣，字句亦覺鋒稜隱起。」

茅鹿門曰：「荊公之書，多深思遠識，要之於古之道，而其行文處，往往遒以婉，鑱以刻，譬之入幽谷邃壑，令人神解，而興不窮，中有歐、曾所不及處。」

四八、上田正言書

王安石

正言執事：某五月還家，八月抵官。每欲介①西北之郵，布一書道區區之懷，輒以事廢。揚，東南之吭②也。舟輿至自汴者，日十百數，因得問汴事與執事息耗③甚詳。其間薦紳道執事介然④立朝，無所跛倚⑤，甚盛！甚盛！顧猶有疑執事者，雖某亦然。某之學也，執事誨之；進也，執事獎之。執事知某不爲淺矣，有疑焉不以聞，何以償執事之知哉！

初，執事坐殿廡下，對方正策，指斥天下利害，奮不諱忌，且曰：「願陛下行之，無使天下謂制科爲進取一塗耳。」方此時，窺執事意，豈若今所謂舉方正者獵取名位而已哉！蓋曰⑥行其志云爾。今聯⑦諫官，朝夕耳目⑧天下行事，即一切是非，無不可言者，欲行其志，宜莫若此時。國之疵、民之病亦多矣，執事亦抵職之日久矣，向之所謂疵者，今或痤⑨然若不可治矣；向之所謂病者，今或痼然⑩若不可起矣。曾未聞執事建一言寤主上也，何向者指斥之切而今之疏也？豈向之利於言而今之言不利邪？豈不免若今之所謂擧方正者獵取名位而已邪？人之疑執事者以此。

爲執事解者，或造辟而言，詭辭而出⑪，疏賤之人，奚遽知其微哉？是不然矣，傳所謂造辟而言者，廼其言，則不可得而聞也；其言之效，則天下斯見之矣。今國之疵、民之病，有滋而無損焉，烏所謂言之效邪？復有爲執事解者曰：「蓋造辟而言之矣，如不用何？」是又不然，臣之事君，三諫不從則去之，禮也⑫；執事對策時，常用是著于篇，今言之而不從，亦當不翅⑬三矣；雖惓惓⑭之義，未能自去，孟子不云乎：「有言責者，不得其言則去。」⑮盍亦辭其言責邪？執事不能自免於疑也必矣，雖堅强之辯，不能爲執事解也。

廼如某之愚，則願執事不矜寵利，不憚誅責，一爲天下昌言，以寤主上，起民之病，治國之疵，蹇蹇⑯一心，如對策時，則人之疑不解自判矣！惟執事念之。如其不然，願賜教答，不宣⑰。

〔注　釋〕

①介　因也。

②吭　咽喉也。

③息耗　消息，音訊也。

④介然　守正不阿。
⑤跛倚　行立不正。
⑥曰　語詞，猶以也。
⑦聯　諫官非一，故曰聯，共同處理也。周禮太宰：「三曰官聯。」
⑧耳目　視聽。
⑨痤　音ㄘㄨㄛˊ，小腫也。
⑩痼　音ㄍㄨˋ，說文：「痼，久病也。」
⑪造辟而言，詭辭而出　語見春秋穀梁傳文公六年。范寧注：「辟，君也。詭辭而出，不以實告人。」造，至。
⑫三諫不從則去，禮也　禮記曲禮篇：「爲人臣之禮，不顯諫；三諫不聽，則去之。」
⑬翅　一作啻，止也。
⑭惓惓　或作卷卷，忠謹貌。
⑮有言責者，不得其言則去　語見孟子公孫丑篇。
⑯蹇蹇　或作謇謇，剛正貌。
⑰不宣　猶不盡，不次。

〔作　者〕

見本書第四七篇作者欄。

〔說　明〕

本文選自臨川集。體裁屬書說類。田況，字元均，時任右正言，宋史有傳。宋仁宗慶曆三年（西元一〇四三年），安石年廿二，任淮南路判官，以田況任正言之職，乃不能諷諫君主，治國之疵，起民之病，又居職不去，故爲文責之。文分四段：首段言田況雖介然立朝，猶有疑之者。次段言田況對方正策時，奮不顧忌；而今國政疲敝，乃無一言以悟主上。三段言進諫君主，言可不聞，其言之效，則應見之，今乃不見；言而不用，則應去之，今乃不去。末段勉田況爲天下進言以悟主上。

〔批　評〕

宋仁宗慶曆二年，田況初任右正言，即昌言朝廷任將之不當；三年，趙元昊叛，朝廷方用兵之不暇，奚暇治內政哉！荆公此文，持義剛正，氣勢凌人，足見膽識過人，爲文屬上品。故唐順之曰：「歐公上范司諫書，婉而切；荆公與田正言書，直而勁。」然論事失實，乃少年氣盛，故有此作。司馬溫公與呂昭叔書云：「介甫文章，節義過人處甚多，但性不曉事，而喜遂非。」或即指此。

四九、答陳丞相書

朱熹

熹竊觀古之君子有志於天下者，莫不以致天下之賢爲急，而其所以急於求賢者，非欲使之綴緝①言語，譽道功德，以爲一時觀聽之美而已；蓋將以廣其見聞之所不及，思慮之所不至，且慮夫處己接物之閒，或有未盡善者，而將使之有以正之也。是以其求之不得不博，其禮之不得不厚，其待之不得不誠，必使天下之賢，識與不識，莫不樂自致於吾前，以輔吾過，然後吾之德業，得以無愧乎隱微，而寖②極乎光大耳。

然彼賢者，其明既足以燭事理之微，其守既足以遵聖賢之轍，則其自處必高，而不能同流合汚以求譽；自待必厚，而不能陳詞飾說以自媒③；自信必篤，而不能趨走唯諾以苟容④也。是以王公大人，雖有好賢樂善之誠，而未必得聞其姓名，識其面目，盡其心志之底蘊⑤，又況初無此意，而其所取，特在乎文字言語之閒乎？

恭惟明公以厚德重望，爲海內所宗仰者有年矣！而天下之賢士大夫，似未得盡出於門下也，豈明公所以好之者未至歟？所以求之者未力歟？所以待之者未盡歟？此則必有可得而言之者矣。蓋好士而取之文字言語之閒，則道學德行之士，吾不得而聞之矣；求士而取之投書獻啓⑥之流，則自重有耻之士，吾不得而見之矣；待士而雜之妄庸便佞⑦之伍，則志節慷慨之士，寧有長揖而去耳，而況乎所謂對偶駢儷，諛佞無實以求悅乎！世俗之文，又文字之末流，非徒有志於高遠者鄙之而不爲，若乃文士之有識者，亦未有肯深留意於其閒者也。而閒者竊聽於下風，似聞明公專欲以此評天下之士，若其果然，則熹竊以爲誤矣。

江右舊多文士，而近歲以來，行誼志節之士有聞者，亦彬彬焉，惟明公留意，取其彊明正直者以自輔，而又表其惇厚廉退者以厲俗，毋先文藝以後器識，則陳太傅不得專美於前⑧，而天下之士，亦庶乎不失望於明公矣！衰病屛伏⑨，所欲面論者非一，而不獲前，姑進其大者如此，若蒙采擇，則熹所不及言者，必有輕千里而告於明公者矣。

〔注釋〕

①綴緝　編纂也。
②寖　漸進也。
③媒　謀合。
④苟容　苟且容身。
⑤底蘊　深奧處。
⑥啓　官文書。
⑦便佞　音ㄆㄧㄢˊ　ㄋㄧㄥˋ，辯而巧也。
⑧陳太傅不得專美於前　陳太傅，即陳蕃。東漢靈帝，竇太后臨朝，蕃爲太傅，封高陽侯。與后父竇武共輔朝政，徵用名賢，士多歸之。
⑨屏伏　杜絕人事，猶隱居。

〔作者〕

朱熹，字元晦，號晦庵。宋徽州婺源（今安徽婺源縣）人。生於宋建炎四年，卒於寧宗慶元六年。（西元一一三〇——一二〇〇年）年七十一。

熹幼穎悟，五歲讀孝經，即題曰：「不若是，非人也。」年十八，登進士第，歷同安主簿，知南康軍，提舉浙東常平茶鹽，知漳州、潭州，凡五任，爲時甚暫，而所至有聲。寧宗即位，除煥章閣侍講，才四十餘日，直言極諫，遂落職歸。

熹登第五十年，居官日短，閒居者四十餘年，山林之日長，講學之功深，其著述之富，從遊之盛，爲自昔儒者所不及。門人可考者，五百三十餘人，皆親炙而非私淑。嘗居崇安，築書院於武夷山，牓曰紫陽。晚寓建陽之考亭，建室於蘆峯之巔，曰晦庵。尤溪、崇安、建陽，均在閩江上游，故其學稱閩學。著有易本義、啓蒙、詩集傳、四書章句集註、楚辭集註等。所爲文凡一百卷，生徒問答八十卷，又別錄十卷，皆行於世。

〔說　明〕

本文選自朱子大全。體裁屬書說類。陳丞相，陳俊卿也，字應求，宋史有傳，晦庵文集有俊卿行狀。乾道五年（西元一一六九年）任相，六年即去之。晦翁此文，乃以爲招致天下賢士，應以德行器識爲主，不應專取之以文藝，以此諷勸俊卿。文分四段：首段言招致天下賢士，以廣己見聞、思慮之不足。次段言賢者自待高厚，當以好賢樂善之誠以致之。三段言取士以文藝之不當。四段勉其取士毋先文藝而後器識。

〔批　評〕

晦翁此文，立意直率，造詞委婉，於賢士之出處行止，闡述透闢，復引氣淳厚，乃書牘中不可多得者。

五〇、上丞相書

真德秀

正月吉日，具位眞某再拜上書丞相國公：某竊聞之，禮有出於前代之所無，而後世以侈心爲之者，生日是也。考其源流，蓋昉①於有唐開元之際。方是時，宇內乂安，民物蕃阜，天子方崇燕嬉，侈玩好，以夸示得意，於是千秋之節興，而導諛之臣，相與從臾，以求媚悅，先正太史范公，固嘗譏其非禮矣。然而沿循至今，殆數百祀，其爲說則曰：「臣子所以尊君父也。」是固有不得而廢者。若夫王公大人之生日，門下之士，則爭爲賦頌，以贊詠功德；四方牧守，則競爲瑰奇靡麗之獻，以希容悅而取寵榮；是果何義哉？而近世以來，轉相侈大，莫有悟其非者，此某之所以喟然歎息也。

今者丞相國公初度之臨，竊伏惟念：登門牆，辱顧遇，不爲不久，而躊躇四顧，亡一足獻者。蓋道古今而譽盛德，既非固陋之所能爲；而飾儀物，馳苞苴②，又非事大賢君子之道；用是遲回旬月，以迄於今，未能以自決也。曾子曰：「君子之愛人以德，細人之愛人以姑息。」昔者開元之際，其事侈矣，曲江張公③不以貴臣近戚之所獻者獻其君，而以治亂存亡之鑑獻其君，疑若違衆自異者。由今觀之，彼貴臣近戚之愛其君，與公之愛其君，果孰爲至耶？某嘗竊謂：不獨人臣之愛君，其道當然；凡士之願忠於知己者，亦莫不然。某雖無似，然受丞相之知甚深，而思所以報丞相者甚至，故今也不敢以世人之事知己者事丞相，而願以昔人之報知己者報丞相，庶幾自附於君子之義，而免蹈細人之譏，惟高明垂聽。

今天下之事衆矣，某皆有所未暇及者，獨以爲丞相膺非常之知，居甚重之寄，當以古人之相業自勉，而不當以近世之相業自安。古人之相業，未易以遽④數也，顧嘗反復諸葛武侯行事，而得其用心，竊謂秦漢而下，一人而已，故願爲丞相誦之。蓋自昔人臣居重位、秉大權者，雖或遇知於明君，未必不致疑於庸主；雖取信於君子，或不能不見忌於小人；同類懷其恩，未必無以召異己者之怨；國人欽其行，未必有以服夷狄之情；一時賴其功，或見絀於後世之公議。而侯也不惟先主託以孤幼而弗疑，雖劉禪之庸，亦舉國聽之而弗忌；不惟公琰⑤、文偉⑥諸賢，盡心而爲之用，雖楊儀、魏延之悍戾，亦皆捐軀效命而弗辭；不惟器能受任者，競勸以答其知，雖流徙廢放之徒，亦沒身懷思而弗怨；不惟擧國信之，當時尊之，而瀘夷之約束⑦，沔陽之廟祀⑧，至於今不廢。侯何以得此哉？曰：開誠心，布公道而已。

誠之與公，天地鬼神有不能違者，而況於人乎？今讀侯之傳，而想其爲人，其事君如親，待諸賢如朋友，撫羣下如子弟，襟懷洞然，與物無間，形之表奏，則忠懇足以悟上；發之敎令，則感激足以動人；其所存無一而非誠也。至於生殺廢置，雖出其手，然而爵不濫於罔功，刑不撓⑨於貴勢。盡忠益時者，雖讎必賞；犯法怠慢者，雖親必懲；何祗，小吏也，其材可錄，則越次而陞之；馬謖，上賓也，其辠當誅，則流涕而戮之。持心之平，無異衡石⑩；用法之信，可質神明，其所爲無一而非公也。惟誠惟公，終始一致，故上不求於君，而君信之；下不蘄⑪於人，而人服之。諺曰：「桃李不言，下自成蹊。斯言雖小，可以喻大」。詎⑫不信哉！

侯之開府也，發敎羣下，懇懇焉以集衆思、廣忠益爲心，而自謂聞得失於州平⑬，見啓誨於元直⑭，受盡言於幼宰⑮，賴諫止於偉度⑯，退然自託於不能之地，若無一事之不資諸人者。蓋智慮之所及者易窮，而是非利害之錯出者難見，吾惟集衆人之智以爲智，合衆人之慮以爲慮，則天下之善，無不在我矣，何必揚眉瞬目⑰，矜⑱自我出哉！自昔秉權用事者，鮮不悅人之讚己，而惡人之議己。夫以讚己者爲忠，則忠言不得進矣；以議己者爲罪，則己過不得聞矣。而侯獨不然，觀其諄諭告戒，一則曰；「有忠於國，則亮可以少過矣。」二則曰：「諸有忠慮於國者，但勤攻吾之闕，則事可定，賊可死，功可蹻足而待矣。」蓋侯之用心，主於爲國而不爲己私，求於濟事而不求己勝，然國既安，則己未有不豫其利者。彼怙權諱過之人，惡人之議己，而不知其愛己也；悅人之讚己，而不知其誤己也；以阿意爲忠，而不知其大不忠也；以不聞過爲幸，而不知其大不幸也。吁！此侯之所以爲不可及歟？

恭惟丞相國公，本以安宗廟、定社稷之功，結知聖明，進位鼎鉉⑲，迨今十有一年，魚水之逢，歡然無間，有非武侯所敢望者。然勤身以輔政，內外之心，猶或未盡乎；屈己以受言，而士大夫之情，猶或不得以自竭；意者，至誠盡公，兼聽忘我，如侯之所爲，尙有當勉者乎？

某之不材，視曲江公無能爲役，然自少小卽慕其爲人，歲在作噩⑳，備數右螭㉑，屬聖上誕彌之月，竊伏自念，誦天保歸美之詩，不若陳敬之畏天之戒。故先奉觴㉒之數日，冒昧直前，以祈天永命之書，進徹宸扆。聖上亮其忠，不以爲辠，至聞力行好事之語，則首肯再三。某之迂愚，丞相察之素矣，故於維嶽降神之日，不復以諛辭溷聽覽，而獨誦其所聞如此。蓋今區區效忠丞相之心，卽昔者效忠主上之心也。

丞相誠能因某之言，考侯之行事，而勉其所未至者，則將天心格於上，人心說於下，功業日盛，而福祿日隆，然後知某之規，乃所以爲頌，而愛人以德，非姑息者所可同日語矣！某近嘗以武侯之十二字，鋟㉓木於州治之思賢堂，且推本侯平生功業之所自出者爲之跋，謹摹本以獻於執事。如賜覽觀，亦足以知其志之所存。干瀆嚴尊，無任震懼之至。

〔注釋〕

①昉　音ㄈㄤˇ，始也。

②苞苴　土產。

③曲江張公　張九齡，唐曲江（今廣東曲江縣）人。

④遽　倉卒。

⑤公琰　蔣琬，字公琰，從劉備入蜀，諸葛亮雅器之。

⑥文偉　費禕，字文偉，識悟過人，甚得劉備器重。

⑦瀘夷之約束　諸葛亮在南中，渡瀘水，七擒孟獲，而亮猶遣之，獲止不去，曰：「公，天威也，南人不復反矣。」

⑧沔陽之廟祀　沔陽，諸葛亮屯兵處，在今陝西沔陽縣東南。後主景耀六年，立廟於沔陽，以祀武侯。

⑨撓　屈也。

⑩衡石　衡，稱桿。石，稱錘。

⑪蘄　祈之借字，求也。

⑫詎　豈也。

⑬州平　崔州平，史失其名，與諸葛亮友善。

⑭元直　徐庶，字元直，與諸葛亮善，薦亮於劉備。

⑮幼宰　董和，字幼宰。

⑯偉度　胡濟，字偉度。

⑰揚眉瞬目　自得貌。

⑱矜　誇耀。

⑲鼎鉉　鉉，音ㄒㄩㄢˋ，舉鼎具。鼎鉉，謂大臣宰相之位。

⑳作噩　爾雅釋天：「太歲在酉曰作噩。」宋寧宗嘉定六年，歲在癸酉。

㉑右螭　德秀任起居舍人，立於右柱螭頭下記事也。

㉒奉觴　舉酒上壽。

㉓鋟　音ㄑㄧㄢ，刻也。

〔作　者〕

眞德秀，字景元，後改景希。宋浦城（今福建松溪縣北）人。生於孝宗淳熙五年，卒於理宗端平二年（西元一一七八——一二三五年），年五十八。

德秀慶元進士，官至參知政事，有直聲。立朝十年，奏疏數十萬言，皆切中要務。其學以朱熹爲宗，學者稱西山先生。書室名戲綵堂。卒謚文忠。著有大學衍義、讀書記、西山甲乙稿、西山文集等

〔說　明〕

本文選自西山文集。體裁屬書說類。丞相史彌遠，封開國公。嘉定十一年正月，史彌遠生日，德秀乃以效法諸葛武侯之開誠心、布公道，治平天下以爲壽。文分八段：首段言今之獻壽，多餽財物，無所取義。次段言以治亂存亡之鑑以爲壽。三段欲史彌遠效法諸葛武侯之開誠心、布公道。四段言武侯能開誠心、布公道，故能取信於天下。五段言武侯之所不及，在喜聞己過，虛心求益。六段望史彌遠虛心爲武侯之所爲。七段言己以諫君主之道以進獻之。八段言能聽己言，乃能福祿日隆。

〔批　評〕

權高位重，人所攀附；每有佳辰，莫不諛辭獻頌，以求媚悅。本篇乃能犯衆意，秉正義，以治國爲先務，修德爲獻頌，非正直賢德者，焉得及此。

五一、與趙甬江司空書

唐順之

承欲爲鄙人修葺先墓，且感且愧，有深不自安者，不敢不徑情達於左右也。

先墓之葬久矣，苟有崩齧①圮毀，在所必葺，子孫非有貧乏不能自存也，乃不能自葺，而至重煩上官葺之，其爲忘本而不孝甚矣！子孫非甚貧乏而不爲先人葺墓，則是先墓可不必葺也；可不必葺，而至重煩上官葺之，其爲瀆②尊而妄費亦甚矣！

夫葬者，藏也；期於人之不見而已。上古不封不樹，非以爲薄也，其用意深且遠矣；中古封之樹之，已寖失此意矣。今先人之墓，問其封，則既穹如③矣；問其樹，則既拱如④矣；若欲過爲之制，繚⑤以石垣，崇以巨屋，儼然象生人之居，明於始終之義者，猶以爲踰禮示侈而莫之爲也。漢劉更生氏言之詳矣⑥，彼特爲王侯言之也，況匹夫乎！然則子孫自爲之，猶病其踰禮而示侈，乃以重煩上官，其謂之何？

且公之勞苦兵間，傾公庫，竭私財，以激賞戰士，常苦不給。蓋一壺醪足以廣恩⑦，則一敝袴足以爲惜⑧也。今爲先人葺墓，其費豈特一壺醪、一敝袴哉！乃至使公輟賞戰士之財，爲故人葺私墓，在公謂之過厚可也；鄙人乃以先人私墓之故，至饕餮⑨，公之所以賞戰士之財，其又謂之何？

然則有費於公而有益於僕，猶不可爲也；今有費於公，而顧以彰僕不孝、妄費、示侈之三罪，亦安用之？然而公之爲此，則有說矣，不過以鄙人辱交於公之故，必欲捐金以厚之。然畀之以金，則鄙人素不敢受，惟以葺先墓爲說，則鄙人義不可辭而已，此公之用意至厚也。夫人之相知，貴相知心，故曰：「或與人以千金，而人未必感；或與人以一飯，而人終身德之。」此知心與不知心之說也。僕之與公，竊敢附于心相知也久矣，豈待於外物爲厚薄者哉！

向已託龍溪懇切轉辭，尚恐公之不信我也，故復喋喋⑩，萬望卽賜停罷，庶使僕異日尙可以奉教耳；不然，是公非以厚之，乃絕之也。徑情干瀆，不勝悚仄⑪。

〔注釋〕

①罊　音ㄑ一ㄝˋ，缺也。
②瀆　嬻之假字，輕慢也。
③穹如　崇高貌。
④拱如　二手合抱曰拱。如，語詞。
⑤繚　繞也。
⑥漢劉更生氏言之詳矣　劉向，字子政，本名更生。成帝起坆陵，向上言諫之。事見漢書本傳。
⑦一壺醪以廣恩　醪，音ㄌㄠˊ，酒也。此指秦繆公賜酒而赦食馬者三百人。事見史記秦本紀。
⑧一敝袴足以爲惜　韓昭侯藏敝袴，不以賜人，不賞無功也。事見韓非子內儲說上篇。
⑨饕餮　貪也。
⑩喋喋　多言貌。
⑪悚仄　悚，懼之俗字，懼也。仄，仄身，仄足而立，言懼也。

〔作者〕

唐順之，字應德，明武進（今江蘇武進縣）人。生於明武宗正德二年，卒於世宗嘉靖三十九年。（西元一五〇七——一五六〇年），年五十四。

順之嘉靖八年會試第一，官編修。倭寇內侵，以郎中視師浙江，泛海破倭，擢右僉都御史。巡撫鳳陽，力疾渡焦山，至通川卒。謚文襄。

順之學問淵博士，留心經濟，自天文、地理、樂律、兵法、以至句股、壬奇之術，無不精研。所爲古文，汪洋紆折，屹然爲一代之宗，學者稱荆川先生。著有句股測望論、句股容方圓論、弧矢論、分法論、六分論，及荆川集十二卷等行世。

〔說　明〕

本文選自荆川集。體裁屬書說類。趙甬江爲司空，欲爲順之修葺先人之墓，順之以費公帑修私墓，不可，作書拒之。文分六段：首段言甬江代修先人之墓，心中感愧。次段言先人之墓圮毁，宜由子孫修葺。三段言今不修祖先之墓，在遵古誼，不敢示侈。四段言甬江應以修墓之費賞戰士。五段言人之相交，宜在知心，不在外物之厚薄。末段懇辭修墓。

〔批　評〕

修葺先塋，所費無多，而彰己不孝、妄費、示侈三罪，則不可爲也。順之於辭受之道，辨之明矣。

五二、與友人論學書

顧炎武

比①往來南北，頗承友朋推一日之長②，問道於盲。竊歎夫百餘年以來之為學者，往往言心言性③，而茫乎不得其解也。

命與仁，夫子之所罕言也④；性與天道，子貢之所未得聞也⑤。性命之理，著之易傳⑥，未嘗數以語人。其答問士也，則曰：「行己有恥⑦」；其為學，則曰：「好古敏求⑧」。其與門弟子言，舉堯、舜相傳所謂「危微精一」⑨之說，一切不道，而但曰：「允執其中，四海困窮，天祿永終。」⑩嗚呼！聖人之所以為學者，何其平易而可循也！故曰：「下學而上達⑪。」顏子之幾乎聖也⑫，猶曰：「博我以文⑬」；其告哀公也，明善之功，先之以博學⑭。自曾子而下，篤實無若子夏，而其言仁也，則曰：「博學而篤志，切問而近思。」⑮

今之君子則不然。聚賓客門人之學者數十百人，譬諸草木，區以別矣⑯，而一皆與之言心言性。舍多學而識，以求一貫之方⑰；置四海之困窮不言，而終日講危微精一之說。是必其道之高於夫子，而其門弟子之賢於子貢，祧東魯而直接二帝之心傳[18]者也。我弗敢知也。

孟子一書，言心言性，亦諄諄矣[19]。乃至萬章、公孫丑、陳代、陳臻、周霄、彭更[20]之所問，與孟子之所答者，常在乎出處、去就、辭受、取與之間。以伊尹之元聖[21]，堯、舜其君其民之盛德大功，而其本乃在乎千駟一介之不視不取[22]；伯夷、伊尹之不同於孔子也，而其同者，則以行一不義，殺一不辜而得天下不為[23]。

是故性也，命也，天也，夫子之所罕言，而今之君子之所恆言也；出處，去就，辭受，取與之辨，孔子、孟子之所恆言，而今之君子所罕言也。謂忠與清之未至於仁[24]，而不知不忠與清而可以言仁者，未之有也；謂不忮不求[25]之不足以盡道，而不知終身於忮且求而可以言道者，未之有也。我弗敢知也。

愚所謂聖人之道者如之何？曰：「博學於文[26]」，曰：「行己有恥」。自一身以至於天下國家，皆學之事也；自子臣弟友，以至出入、往來、辭受、取與之間，皆有恥之事也。恥之於人大矣㉗。不恥惡衣惡食㉘，而恥匹夫匹婦之不被其澤㉙，故曰：「萬物皆備於我矣，反身而誠」㉚。

嗚呼！士而不先言恥，則爲無本之人；非好古而多聞，則爲空虛之學。以無本之人，而講空虛之學，吾見其日從事於聖人，而去之彌遠也。雖然，非愚之所敢言也。且以區區之見，私諸同志，而求起予㉛。

〔注釋〕

①比　近來。

②一日之長　謂年歲稍長。論語先進篇：「以吾一日長乎爾。」

③百餘年以來之爲學者，往往言心言性　宋明理學，程朱言性，陸王言心。此指王陽明之門人王畿、王艮、顏鈞、梁汝元等，及清初之好言王學者而言。

④命與仁，夫子之所罕言也　論語子罕篇：「子罕言利與命與仁。」

⑤性與天道，子貢所未得聞也　論語公冶長篇：「子貢曰：夫子之文章，可得而聞也；夫子之言性與天道，不可得而聞也。」

⑥易傳　指十翼。卦辭、爻辭爲易之經，十翼爲易之傳。十翼：彖辭上下、象辭上下、繫辭上下、文言、說卦、序卦、雜卦。

⑦其答問士也，則曰：「行己有恥」　論語子路篇：「子貢問曰：何如斯可謂之士矣？子曰：行己有恥，使於四方，不辱君命，可謂士矣。」

⑧其爲學，則曰：「好古敏求」　論語述而篇：「子曰：我非生而知之者；好古敏以求之者也。」

⑨危微精一　書經大禹謨篇：「人心惟危，道

心惟微，惟精惟一。」

⑩允執厥中，四之困窮，天祿永終　允，信也。天祿，指君祿。此二句見於書經大禹謨篇，論語堯曰篇引之。

⑪下學而上達　謂下學人事，上達天理。語見論語憲問篇。

⑫顏子之幾乎聖　顏子，顏回。幾，近也。

⑬博我以文　文，古人之所遺。論語子罕篇：「顏淵喟然歎曰：仰之彌高，鑽之彌堅，瞻之在前，忽焉在後。夫子循循然，善誘人，博我以文，約我以禮。」

⑭其告哀公也，明善之功，先之以博學　哀公，魯君，名蔣。明善，明乎人心本然之善。禮記中庸篇：「哀公問政。子曰：……誠身有道，不明乎善，不誠乎身矣。……博學之，審問之，愼思之，明辨之，篤行之。」

⑮其言仁也，則曰：「博學而篤志，切問而近思」　論語子張篇：「子夏曰：博學而篤志，切問而近思，仁在其中矣。」

⑯譬諸草木，區以別矣　言以草木爲譬，當有區別。語見論語子張篇。

⑰舍多學而識，以求一貫之方論　語衞靈公篇：「子曰：賜也，女以予爲多學而識之者與？對曰：然，非與？曰：非也，予一以貫之。」夫子之道一貫，然其到達此一貫之方，則猶在「多學而識之」也。

⑱祧東魯而直接二帝之心傳　祧，音ㄊㄧㄠ，超也。東魯，指孔子。二帝，堯舜。心傳，道統授受。二帝之心傳，即指「人心惟危」四句。

⑲孟子一書，言心言性，亦諄諄矣　諄諄，丁寧教戒。孟子論性之言，詳孟子告子篇。

⑳萬章、公孫丑、陳代、陳臻、周霄、彭更　皆孟子弟子。

㉑元聖　大聖。書經湯誥篇：「聿求元聖。」元聖即指伊尹。

㉒堯舜其君其民之盛德大功，而其本乃在乎千駟一介之不視不取　堯舜其君其民，謂使其

君爲堯舜之君，使其民爲堯舜之民。孟子萬章篇：「伊尹耕於有莘氏之野，而樂堯舜之道焉。非其義也，非其道也，祿之以天下，弗顧也；繫馬千駟，弗視也。非其義也，非其道也。一介不以與人，一介不以取諸人。……曰：與我處畎畝之中，由是以樂堯舜之道，吾豈若使是君爲堯舜之君哉！吾豈若使斯民爲堯舜之民哉！」

㉓伯夷、伊尹之不同於孔子也，而其同者，則以行一不義，殺一不辜而得天下不爲　不辜，無罪之人。孟子公孫丑篇：「(公孫丑)曰：伯夷伊尹何如？曰：不同道。……然則有同與？曰：有。得百里之地而君之，皆能以朝諸侯，有天下；行一不義，殺一不辜而得天下，皆不爲也。是則同。」

㉔忠與清之未至於仁　論語公冶長篇：「子張問曰：令尹子文，……何如？子曰：忠矣！曰：仁矣乎？曰：未知，焉得仁？崔子弒其君，……何如？子曰：清矣！曰：仁矣乎？曰：未知，焉得仁？」

㉕不忮不求之不足以盡道　忮，忌也。求，貪也。論語子罕篇：「子曰：不忮不求，何用不臧？子路終身誦之。子曰：是道也，何足以臧！」

㉖博學於文　論語雍也篇：「子曰：君子博學於文，約之以禮，亦可以弗畔矣夫！」

㉗恥之於人大矣　語見孟子盡心篇。

㉘不恥惡衣惡食　論語里仁篇：「子曰：士志於道，而恥惡衣惡食者，未足與議也。」

㉙恥匹夫匹婦之不被其澤　孟子萬章篇：「伊尹曰：予將以此道覺此民也。思天下之民，匹夫匹婦，有不與被堯、舜之澤者，若己推而內之溝中。」

㉚萬物皆備於我，反身而誠　語見孟子萬章篇。言萬物之理，皆具於各人性分之中，惟當自反而實踐之耳。

㉛起予　起發我之思想。論語八佾篇：「起予者商也。」

〔作　者〕

顧炎武，字寧人，初名絳，改名炎武。居亭林鎭，學者稱亭林先生。江蘇崑山人。明神宗萬曆四十一年生，淸康熙二十一年卒（西元一六一三—一六八二年），年七十。

炎武爲明朝諸生，性耿介絕俗，而聰穎絕倫，家中藏書素富，因得博覽載籍。鑒於國事日非，乃留心經世之學。淸兵南下，與吳其沆、歸莊起兵抗淸。事敗，其沆死亡，炎武與莊脫走。明亡，母王氏絕食殉國，遺言後人勿事異姓。炎武陰結遺民，與臺灣鄭成功交通，爲奸倿所讒，屢瀕於死。四十以後，浩然北遊，往來魯、燕、晉、陝、豫諸省，載書自隨，所至輒勘察山川形勢，墾田度地，以備有事。康熙時徵博學鴻儒，不就；又薦修明史，亦不往。晚年卜居陝西華陰，年七十，出遊，客死於山西曲沃。無子，門人奉喪歸葬。炎武才高學博，其學主博學有恥，歛華就實。凡國家典制，郡邑掌故，天文儀象，河漕兵農之屬，莫不窮究委原。晚益篤志六經，精研考證，遂開淸代樸學之風。著述甚夥，而以日知錄最爲精詣，嘗自言：「平生之志與業，皆在其中。」他如音學五書，天下郡國利病書，詩文集等，亦皆傳世之作。

〔說　明〕

本文選自亭林詩文集。體裁屬書說類。題中「友人」，蓋指湯斌。湯斌有與顧亭林書，略謂：「承論近日言學者，溺於空虛無當，最中今日流弊。竊謂孔門七十子，稱顏子最爲好學，孔子所與終日言而不違者。今論語所載，不過問仁、問爲邦而已。言仁，以視、聽、言、動合禮爲目；爲邦，以虞、夏、商、周制度爲準。喟然一嘆，亦以博文、約禮爲夫子之善誘。則聖賢之學，非空虛無當也明矣。至曰「一貫」，曰「無言」，總見聖賢全體大用，內外合一，動靜無非道妙，亦非虛空之說所可假借」云云。湯斌，字孔伯，號潛菴，淸睢州人。順治進士，入翰林，累擢江寧巡撫，官至工部尙書。卒諡文正。其學源出孫奇逢，而能持朱陸之平。大旨主刻勵實行，講求日用。著有洛學篇、睢州志、湯子遺書等。

本篇主旨在以孔子「博學於文」、「約之以禮」二語，力矯當時學者空言心性而行爲狂放無守之弊病。全文可分七段：首段以友朋見問發其端，二段標出孔子「行己有恥」、「博學於文」二語，以顯己旨之有源。三段對時人空言心性，反於「博學於文」，深致責備。四段舉孟子重出處、去就、辭受、取與爲例，以申「行己有恥」之說。五段批評時人之違於孔、孟。六段重申己見，以爲聖人之道，不外此二語。末段以批評反此二語之學者爲無本之人，空虛之學作結。

〔批　評〕

全文結構嚴密，主旨鮮明。屢擧論、孟之言，顯示語語有本。而於「博學於文」之外，特提出「行己有恥」一語，對當時爲獵取富貴而不顧廉恥節操者，無異當頭棒喝，而其個人之淸風勁節，亦於此畢現矣。

五三、與友人論門人書

顧炎武

伏承來教，勤勤懇懇，閔①其年之衰暮，而悼其學之無傳，其爲意甚盛。然欲使之效曩者二三先生，招門徒、立名譽，以光顯於世，則私心有所不願也。

若乃西漢之傳經，弟子常千餘人，而位高者至公卿，下者亦爲博士。以名②其學，可不謂榮與？而班史乃斷之曰：「蓋祿利之路然也③。」故以夫子之門人，且學干祿。子曰：「三年學，不至於穀，不易得也。」④而況於今日乎？今之爲祿利者，其無藉於經術也審矣。窮年所習，不過應試之文，而問以本經，猶茫然不知爲何語。蓋舉唐以來，帖括⑤之淺，而又廢之，其無意於學也，傳之非一世矣。矧納貲之例⑥行，而目不識字者，可爲郡邑博士。惟貧而不能徙業者，百人之中，尚有一二讀書，而又皆躁競之徒，欲速成以名於世。語之以五經則不願學，語之以白沙⑦、陽明之語錄，則欣然矣。以其襲而取之易也。其中小有才華者，頗好爲詩，而今日之詩，亦可以不學而作。吾行天下，見詩與語錄之刻，堆几積案⑧，殆⑨於瓦釜雷鳴⑩，而叩以二南⑪雅頌之義，不能說也。於此時而將行吾之道，其誰從之？「大匠不爲拙工改廢繩墨，羿不爲拙射變其彀率。」⑫若狥⑬衆人之好，而自貶其學，以求天下之人，而廣其名譽，則是枉道以從人，而我亦將有所不暇。

惟是斯道之在天下，必有時而興，而君子之教人，有私淑艾⑭者，雖去之百世而猶若同堂也。所著日知錄三十餘卷，平生之志與業皆在其中，惟多寫數本，以貽之同好，庶不爲惡其害己者之所去⑮，而有王者起，得以酌取焉，其亦可以畢區區之願矣。

夫道之汚隆，各以其時，若爲己而不求名，則無不可以自勉。「鄙哉硜硜」⑯，所以異於今之先生者如此，高明何以教之？

〔注釋〕

①閔　同憫。

②名　發揚也。

③蓋祿利之路然也　漢書儒林傳：「贊曰：自武帝立五經博士，開弟子員，設科射策，勸以官祿，訖於元始，百有餘年。傳業者寖盛

，支葉蕃滋。一經說至百餘萬言，大師衆至千餘人，蓋祿利之路然也。」

④子曰：「三年學，不至於穀，不易得也。」語見論語泰伯篇。

⑤帖括　唐制，帖經試士，應試者總括經文，編爲歌訣，以便記憶，謂之帖括。

⑥納貲之例　明景帝景泰元年，下令天下納粟、納馬，以入監讀書，而以千人爲限。行之四年，其後年荒兵亂，輒行納貲之例。事見明史選擧志。

⑦白沙　陳獻章，字公甫，明新會人，居白沙里，學者稱白沙先生。其學以靜爲主，著有白沙集。

⑧堆几積案　喩其多也。

⑨殆　近也。

⑩瓦釜雷鳴　楚辭卜居：「黃鐘毀棄，瓦釜雷鳴。」瓦釜，喩庸下之人。雷鳴，謂驚衆也。

⑪二南　詩經國風周南、召南。

⑫大匠不爲拙工改廢繩墨，羿不爲拙射變其彀率　語見孟子盡心篇。羿，夏時有窮之君，善射，篡夏相之位而自立，不修民事，後爲寒浞所殺。彀率，彎弓之限也。

⑬狥　徇之俗字，順從也。

⑭私淑艾　孟子盡心篇：「君子之所以教者五：有如時雨化之者，有成德者，有達材者，有答問者，有私淑艾者。」朱注：「私，竊也。淑，善也。艾，治也。人或不能及門受業，但聞君子之道於人，而竊以善治其身，是亦君子教誨之所及。」

⑮去　棄也。

⑯鄙哉硜硜　鄙，陋也。硜硜，堅確不移貌。論語憲問篇：「子擊磬於衞。有荷蕢而過孔氏之門者，曰：有心哉，擊磬乎！既而曰：鄙哉，硜硜乎！」

〔作　者〕

見本書第五二篇作者欄。

〔說　明〕

本文選自亭林文集。體裁屬書說類。主旨在說明道之隆汚有時，學者當著書以傳其學，不宜招門徒，立虛名，以顯於世也。全文分四段：首段言不欲聚徒廣譽。次段言不欲枉道從人。三段言託之著述，則庶幾有私淑艾之弟子，而其學得傳。末段總述己之志行，以結全篇。

〔批　評〕

本文指出時下招門徒，立虛譽之風氣之失，明己不聚徒廣譽，不枉道從人之志行，二段言當日士人習應試之文，語錄之體，而不知本經，可謂切中時弊，一針見血。文雖短而言多中肯，與柳宗元答韋中立論師道書，錢大昕與友人論師書，意並更相發明。

五四、與當事論出處書

李顒

伏念某以韋布①之微，有此遭逢，欣感無既，尙可濡遲②？惟是捫心慚懼，有不敢冒昧者四，不得不覼縷③陳之。

某幼孤失學，庸謬罔似，祇緣浮慕曩哲，以致浪④招逐臭⑤，誠所謂純盜虛聲，毫無實詣⑥者也。前督臺體朝廷旁求盛懷，誤加物色，遂塵宸聰⑦蓋以某或有微長，可充葑菲，而不知某學不通古今，識不達世務，上之既不足以備顧問，次之又不足以備器使，儻不審己量力，何以仰副當宁⑧，不亦辱朝廷而羞天下之士哉！此其不敢一也。

某父喪時，遺某隻身，再無次丁。某母彭氏，守寡鞠某，艱厄殊常，饑寒坎壈⑨，蓋不啻出萬死而得一生。某後雖成立，然無一椽寸土之產，資生罔藉，赤貧如故，三旬九食⑩，衣不蔽形。某母形影相弔，未嘗有一日之溫飽，竟艱難病亡。亡之日，無以爲殮，縣令駱鍾麟聞而傷之，捐俸具棺，始獲襄事，皆某不能治生之所致也。使彼時稍有意外之遇，某當如毛義之捧檄而喜⑪；某母之苦，豈遂如此其悽慘，某風木之憾⑫，豈遂永抱於終天？今九原⑬不可作矣，昔賢有言：「祭之豐，不如養之薄也；殺牛而祭，不若雞豚之逮親存也。」某每念及此，未嘗不涕泣自傷。今養不逮親，不孝之罪，終身莫贖。今上方以孝治天下，豈可使不孝之人，妄膺特典，以玷今上之化理耶？昔朱百年之母，以冬月亡，亡之時，身無綿衣，百年每以爲痛，遂終身不復衣綿。孫倖早孤事母，志於祿養未遂，及母病革⑭，自誓終身不仕；後客江淮間，劉敞知揚州，特疏薦聞，召之不赴；既而沈遘、王陶、韓維又連薦之，詔地方起送，終不赴，當時朝廷亦憐其情而曲全之，史策至今傳爲美談。某雖無二子之孝，而心則二子之心。今日之事，某母既不及見，某亦何忍遠離墳墓，獨冒其榮，此其不敢二也。

先儒謂士人之辭受出處，非獨其一身之事而已；其出處之得失，乃關風俗之盛衰，故尤不可以不審也。今既以某爲隱逸矣，若以隱而叨⑮榮，則是美官要職，可以隱而坐致也，開天下以飾僞之端，其不得志於科目者，必將退而外假高尚之名，內濟梯榮⑯之實，人人爭以終南作捷徑⑰矣！

某雖不肖，實不忍以身作俑，使風俗由某而壞，此其不敢三也。

某雖病廢草野，實蔭息⑱今上化育之中，踐土食毛⑲，莫非今上之恩；居恒念可以稱報於萬一者，惟有提撕⑳人心，勸人改過遷善耳，以故謬不自揆，逢人開導。人見某寒素是甘㉑，以爲超然於名利之外，多以信嚮。今若一旦變操，人必以某平日講勸，藉以爲立名之地、媒利之階，轉相嗤鄙，灰其向善之念，將來縱千講萬勸，人亦不復信矣！某亦何由而藉以默贊今上之化育耶？此其不敢四也。

其他曲折，難以徧舉。方今高賢大良，濟濟㉒盈廷，亦何需於某一人？而使之內違素心，外滋罪戾，恐非所以保全之也。況自古聖帝明王，莫不嘉幽隱，奬恬退，故堯、舜之於巢、許㉓，湯、武之於隨、光㉔，西漢之於四皓㉕，東漢之於嚴光，及周黨、徐穉，以至宋之陳摶、邵雍、林逋、魏野，元之許謙、劉因、杜本、蕭𣂏，皆安車蒲輪㉖，屢徵不起，從而褒之，以端風化。蓋以其道雖未宏，志不可奪，足以立懦夫之骨，息貪競之風，所謂以無用爲用，乃激勵廉耻之一大機也。某昏愚庸陋，懿修㉗

固不敢望古人，而絕跡紛華，亦不敢自外於古人。若隱居復出，杜門復開，是負朝廷之深知，翻辱闡幽㉘之盛擧，則其爲罪大矣。且今上比隆三五，超越百王，豈可使盛世無一石隱㉙以昭風厲乎？某是以反覆思維，瀝血剖心，不厭諄懇之瀆，非直爲身謀，實所以爲國謀也。

伏望執事矜某之苦衷，諒某之非矯，俯賜保全，力爲轉覆，則曲成之仁，賢於推轂㉚，而某之頂戴㉛洪慈，更萬萬矣！

〔注釋〕

①韋布　韋帶布衣，寒素之服。

②濡遲　遲疑不進。

③覼縷　音ㄌㄨㄛˊ ㄌㄩˇ，委曲詳盡。

④浪　通「亂」，妄也。

⑤逐臭　呂代春秋過合篇：「人有大臭者，其親戚、兄弟、妻妾、知識無能與居者，自苦而居海上。人有悅其臭者，晝夜隨而不能去。」

⑥詣　造詣。

⑦宸聽　宸，音ㄔㄣˊ，君聽。

⑧當宁　宁，音ㄓㄨˋ，門屏之間也。當宁，人君視朝所立處。此指天子而言。

⑨坎壈　音ㄎㄢˇ ㄌㄢˇ，猶坎坷。

⑩三旬九食　言其食少也。說苑立節篇：「子思居衞，三旬九食。」

⑪毛義之捧檄而喜　後漢毛義，家貧，母老。忽奉府檄爲守令，義喜，人皆賤之。後母死，擧爲孝廉，不應。人始知其奉檄而喜者，爲親屈也。事見太平御覽四一四卷引後漢

書。

⑫風木之憾　韓詩外傳：「皋魚曰：樹欲靜而風不止，子欲養而親不待。」

⑬九原　已死之人，指其母而言。

⑭革　急也。

⑮叨　貪也。

⑯梯榮　躋登榮耀。

⑰以終南作捷徑　謂以隱居爲入仕之道。事見新唐書盧藏用傳。

⑱蔭息　覆蔽生長。

⑲踐土食毛　毛，五穀也。謂踐君之土，食君之毛。語見左傳昭公七年。

⑳提撕　提醒。

㉑寒素是甘　素，淨也。謂甘心於貧賤。

㉒濟濟　多貌。

㉓巢、許　巢父、許由，堯舜時高士，不受帝位。

㉔隨、光　卞隨、務光，商湯時高士，不願與湯謀桀而投水死。

㉕四皓　秦末，東園公、甪里先生、綺里季、夏黃公，避亂商山。四人皆八十餘，鬚眉皓白，世稱商山四皓。高祖立，欲致之而不得。

㉖蒲輪　以草細輪，減少顛簸。

㉗懿修　美行。

㉘闡幽　表揚隱士。

㉙石隱　無用之隱士。

㉚推轂　推薦。

㉛頂戴　敬禮感激。

〔作　者〕

李顒，字中孚。清盩厔（今陝西盩厔縣）人。生於明熹宗天啓七年，卒於清聖祖康熙四四年（一六二七——一七〇五年）年七十九。

顒性至孝，年十九，隻身赴襄城訪父遺骸，顧炎武爲作襄城紀異詩，名動海內。其學無師自通，於經史百家，無不周覽，而大致主象山，以靜坐爲始，悔過自新爲宗。嘗主講關中書院，學者日至。康熙中，以隱逸眞儒薦，至拔刀自刺乃免。因署曰二曲土室病夫，杜門不出以終。學者稱二曲先生。有四書反身錄、堊室錄感、二曲集等。

〔說　明〕

本文選自二曲集。體裁屬書說類。當事者欲薦舉顒，顒乃作書拒之。文分七段：首段言執事薦舉，不敢應徵。次段言學識不够，不敢應徵。三段言父母不在，爲官無益。四段言不敢以隱士爲求官捷徑。五段言已受朝廷化育，多所勸善，若復出爲官，以求名利，則人必不信往言，不再向善。六段言己願爲當今朝廷盛世之隱士。末段望執事曲爲保全，不必推薦。

〔批　評〕

顒之隱逸，出自內心，非欲藉隱逸以自高，自非志在終南者可比。故發爲文章，諄懇眞摯，至誠足以動人。

五五、與友人論師書

錢大昕

日者足下枉過僕，僕以事他出，未得見。頃遇某舍人①云，足下欲以僕爲師，僕弗敢聞也。

蓋師道之廢久矣。古之所謂師者，曰經師②，曰人師③；今之所謂師者，曰童子之師，曰鄉會試之師，曰投拜④之師。人生五六歲，始能識字。稍長則習舉業之文，父兄皆延師教之。父兄曰：「汝師之。」吾從而師之，非必道德之可師也。巫醫百工之人皆有師。童子之師，猶巫醫百工之師，稱之曰師可也。鄉會試主司同考⑤之于士子，朝廷未嘗許其爲師。而相沿師之者，三百餘年。然令甲⑥又有外官⑦官小者廻避⑧之例，則固明予以師之稱矣。漢人於舉主⑨有爲之制服者。而門生⑩之名，唐宋以來有之。語其輩行⑪，則先達也；語其交誼，則知己也。因其一日之知⑫，而奉之以先生長者之號，稱之曰師，亦可也。

今之最無謂者，其投拜之師乎？外雅而內俗，名公而實私。師之所求于弟子者利也；傳道解惑無有也。束修之問⑬，朝至而夕忘之矣。弟子之所藉于師者勢也；質疑問難無有也。今日得志，而明日背其師矣。是故一命⑭以上，皆可抗顏⑮而爲師。而橫目二足⑯販脂賣漿之子，皆引而爲弟子。士習由此而媮⑰，官方⑱由此而隳⑲，師道由此而壞。孟子曰：「人之患，在好爲人師。」⑳古之好爲師也以名，今之好爲師也以利。好名之心，僕少時不免，迄今方以爲戒。而惟利是視，則僕弗敢出也。足下於僕，非有一日之好，而遽欲師之。僕自量文章道德，不足以爲足下師，而勢力又不足以引拔足下。若欲藉僕以納交一二鉅公，俾少爲援手，則僕之硜硜㉑自守，不干人以私，友朋所共知。僕固不欲自誤，而亦何忍以誤足下乎？

如以僕粗通經史，可備芻蕘㉒之詢，他日以平交往還足矣。直諒多聞㉓，謂之三益。不識僕之戇直㉔，得附足下益友之一否？惟足下裁察。

〔注　釋〕

①舍人　即貴顯子弟，猶言公子。

②經師　經學之師也。漢書平帝紀：「元始三年夏，安漢公奏立學官，郡國曰學，縣道邑侯國曰校。校學置經師一人。鄉曰庠，聚曰序，序庠置孝經師一人。」

③人師　操行可爲人之師表者。荀子儒效篇：「四海之內若一家，通達之屬莫不從服，夫是之謂人師。」

④投拜　投身於地爲拜禮也。

⑤主司同考　主司謂主考官，同考謂副主考官。見元史選舉志。

⑥令甲　猶言法令。如淳曰：「令有前後，故有令甲、令乙、令丙。」師古曰：「甲乙者，若今第一篇第二篇耳。」

⑦外官　與京官相對之稱。

⑧官小者迴避　主司之士子與之同官，則申請他調，不與同官。爲避嫌也。

⑨舉主　薦官於朝，稱推薦者爲舉主。

⑩門生　科學時代及第者對座主稱門生。

⑪輩行　科學之年輩。

⑫一日之知　謂閱卷取錄。

⑬問　遺也，以物與人也。

⑭一命　命，加爵服也。周制，任官自一命至於九命。天子之下士，列國公侯伯之士，子男之大夫，皆一命。後世泛稱官職微末曰一命。

⑮抗顏　嚴正其容色。猶俗言一本正經。語見柳宗元答韋中立論師道書。

⑯橫目二足　謂人也。

⑰媮　巧黠也。

⑱官方　爲官應守之禮法。

⑲隳　隓之俗字，毀壞也。

⑳孟子曰：「人之患，在好爲人師。」　語見離婁篇。患，病也。

㉑硜硜　堅確難移之貌。

㉒芻蕘　樵夫也。刈草曰芻，采薪曰蕘。詩經

大雅板篇：「先民有言，詢于芻蕘。」

㉓直諒多聞 論語季氏篇：「益者三友，友直、友諒、友多聞，益矣。」

㉔戇 音ㄓㄨㄤˋ，又音ㄏㄢˋ，愚也。

〔作者〕

錢大昕，字曉徵，又字辛楣，自號竹汀，江蘇嘉定（今江蘇嘉定縣）人。生於清雍正六年（西元一七二八年），卒於嘉慶九年（西元一八〇四年），享年七十七歲。

大昕初從沈德潛游，頗擅屬辭。既而閱覽羣籍，綜貫六經，勉爲洽熟之儒。乾隆十六年，高宗南巡，獻賦，召試舉人，以內閣中書用。十九年成進士，選庶吉士，授編修。大考，擢贊善，尋遷侍讀學士，充日講起居注官，又遷少詹事。與修熱河志、續文獻通考、續通志、一統志、天球圖。屢充山東、湖南、浙江、河南主考官，會試同考官。典試河南時，即命督學廣東。踰年丁憂歸。上深知其學問，將大用之。而大昕淡於榮利，以識分知足爲懷，遂引疾不復出。歸田三十年，歷主鍾山、婁東、紫陽諸書院。而在紫陽至十六年，門下士積二千人。嘉慶九年卒於紫陽。卒之日尚與諸生講論。

大昕博極羣書，不專治一經，不專攻一藝，而於經藝無不精通。凡經史、文義、音韻、訓詁、歷代典制、官制、氏族、年齒、古今地理沿革、金石、畫像、篆隸，以及古九章算術，中西曆法，無不洞曉。所著有廿二史考異百卷，元詩紀事五十卷，十駕齋養新錄二十卷，潛研堂詩文集七十卷等，共二十二種，三百十餘卷。

〔說明〕

本文選自潛研堂文集。體裁屬書說類。主旨在說明今之所謂師者不同於古人之師，故已不願爲師。文分四段：首段述友欲相師而已不敢聞。次段言師道久廢，古今之師不同，而今之所謂師者，皆無可師之處。三段言投拜之師，以名利相交，最無意義，已不欲爲。四段不欲峻拒，而言願以平交爲友以婉拒之。

〔批　評〕

本文篇首即以「足下欲以僕爲師僕弗敢聞」揭出全篇主旨。其後反復論說，總不外此意。而立意之高超，轉折之自然，尤不易得。詳審全文，似有得於柳子厚答韋中立論師道書者。

五六、與友人論文書

錢大昕

前晤我兄，極稱近日古文家，以桐城方氏①爲最。予常日課誦經史，於近時作者之文，無暇涉獵。因吾兄言，取方氏文讀之，其波瀾意度，頗有韓、歐陽、王②之規橅，視世俗冗蔓獶雜③之作，固不可同日語。惜乎其未喻乎古文之義法④爾！

夫古文之體，奇正濃淡詳略，本無定法。要其爲文之旨有四：曰明道、曰經世、曰闡幽、曰正俗。有是四者，而後以法律約之。夫然後可以羽翼經史，而傳之天下後世。至于親戚故舊聚散存沒之感，一時有所寄託而宣之於文，使其姓名附見集中者，此其人事迹原無足傳，故一切闕而不載，非本有可紀而略之，以爲文之義法如此也。方氏以世人誦歐公王恭武、杜祁公諸誌⑤，不若黃夢升、張子野諸誌⑥之熟，遂謂功德之崇，不若情辭之動人心目。然則使方氏援筆而爲王、杜之誌，亦將舍其勳業之大者，而徒以應酬之空言了之乎。六經三史之文，世人不能盡好。閒有讀之者，僅以供場屋餖飣⑦之用，求通其大義者罕矣。至于傳奇之演繹，優伶之賓白，情詞動人心目。雖里巷小夫婦人，無不爲之歌泣者。所謂曲彌高則和彌寡⑧，讀者之熟與不熟，非文之有優劣也。

文有繁有簡。繁者不可減之使少，猶之簡者不可增之使多。左氏之繁，勝於公、穀之簡。史記、漢書，互有繁簡。謂文未有繁而工者，亦非通論也。

〔注　釋〕

①桐城方氏　桐城，今安徽桐城縣。方氏，方苞（西元一六六八——一七四九年），字鳳九，號靈皋，晚號望溪，安徽桐城人。有望溪文集等傳於世。

②韓、歐陽、王　謂韓愈、歐陽修、王安石。

③獶雜　本謂獮猴相雜爲戲，此處以喻雜亂也。語見禮記樂記篇。

④義法　義理法度。方望溪文集又書貨殖傳後曰：「春秋之制義法，自太史公發之。而後之深於文者亦具焉。義即易之所謂言有物也，法即易之所謂言有序也。義以爲經而法緯之，然後爲成體之文。」

⑤歐公王恭武、杜祁公諸誌　歐陽修集中有忠武軍節度使同中書門下平章事武恭王公神道碑銘並序、太子太師致仕杜祁公墓誌銘。武恭王公名德用，字元輔，武恭其諡也。四部叢刊初編本歐陽公集及宋史王德用傳並作武恭，此作恭武恐有誤。杜祁公名衍，字世昌，封祁國公。二人並有功德。

⑥黃夢升、張子野諸誌　歐陽修集又有黃夢升墓誌銘、張子野墓誌銘。黃夢升名注，張子野名先，二人皆歐公之友。

⑦餖飣　餅餌盛盒累積曰餖飣。世亦謂文辭因襲堆垛而不合於實際者曰餖飣。

⑧曲彌高則和彌寡　謂曲調愈高則能欣賞唱和者愈少。此喻文章格調愈高則能誦習者愈少也。語見文選宋玉對楚王問遺行。

〔作　者〕

見本書第五五篇作者欄。

〔說　明〕

本文節選自潛研堂文集。體裁屬書說類。主旨在說明爲文之大旨在明道、經世、闡幽、正俗，並駁方氏論文之非。文分三段：首段言方氏文雖頗具規模，然未明古文之義法。次段言文無定法，然主旨則不外明道、經世、闡幽、正俗四者。至於寄情之文，則不足傳。三段言文有繁簡，然不以是而分優劣。

〔批　評〕

本篇段落清楚，論說簡明。以爲爲文之旨在明道、經世、闡幽、正俗四者，蓋師韓文公文以載道之意。惟以爲寄情之文不足以傳，恐未盡爲通論也。

五七、復魯絜非書

姚鼐

桐城姚鼐頓首，絜非先生足下：

相知恨少，晚遇先生。接其人，知爲君子矣；讀其文，非君子不能也。往與程魚門①、周書昌②嘗論古今才士，惟爲古文者最少，苟爲之，必傑士也，況爲之專且善如先生乎？

辱書引義謙而見推過當，非所敢任。鼐自幼迄衰，獲侍賢人長者爲師友，剽取見聞，加臆度爲說，非眞知文、能爲文也。奚辱命之哉？蓋虛懷樂取者，君子之心，而誦所得以正於君子，亦鄙陋之志也。

鼐聞天地之道，陰陽剛柔而已③，文者，天地之精英，而陰陽剛柔之發也。惟聖人之言，統二氣之會而弗偏，然而易、詩、書、論語所載，亦間有可以剛柔分矣，値其時其人，告語之體，各有宜也。自諸子而降，其爲文無有弗偏者，其得於陽與剛之美者，則其文如霆，如電，如長風之出谷，如崇山峻崖，如決大川，如奔騏驥；其光也，如杲日④，如火，如金鏐⑤

鐵；其於人也，如馮高視遠，如君而朝萬衆，如鼓萬勇士而戰之。其得於陰與柔之美者，則其文如升初日，如淸風，如雲，如霞，如煙，如幽林曲澗，如淪⑥，如漾，如珠玉之輝，如鴻鵠之鳴而入寥廓；其於人也，漻乎⑦其如歎，邈乎其如有思，暵乎⑧其如喜，愀乎⑨其如悲。觀其文，諷其音，則爲文者之性情形狀，擧以殊焉。

且夫陰陽剛柔，其本二端，造物者糅⑩而氣有多寡進絀，則品次億萬，以至於不可窮，萬物生焉，故曰一陰一陽之爲道⑪。夫文之多變，亦若是已。糅而偏勝可也，偏勝之極，一有一絕無，與夫剛不足爲剛，柔不足爲柔者，皆不可以言文。

今夫野人孺子聞樂，以爲聲歌絃管之會爾，苟善樂者聞之，則五音十二律⑫，必有一當，接於耳而分矣。夫論文者豈異於是乎？宋朝歐陽、曾公之文，其才皆偏於柔之美者也，歐公能取異己者之長而時濟之，曾公能避所短而不犯，觀先生之文，殆近於二公焉。

抑人之學文，其功力所能至者，陳理義必明當，布置取舍，繁簡廉肉⑬不失法，吐辭雅馴不蕪而已，古今至此者，蓋不數數得，然尙非文之至，文之至者，通乎神明，人力不及施也，先生以爲然乎？

惠寄之文，刻本固當見與，鈔本謹封還，然鈔本不能勝刻者，諸體中書疏、贈序爲上，記事之文次之，論辨又次之，鼐亦竊識數語於其間，未必當也。梅崖集⑭果有逾人處，恨不識其人。郎君、令甥皆美才，未易量，聽所好，恣爲之，勿拘其途可也。於所寄文，輒妄評說，勿罪勿罪！秋暑，惟體中安否？千萬自愛，七月朔日。

〔注　釋〕

①程魚門　名晉芳，號蕺園，清安徽歙縣人，著有周易知旨、尙書今文釋義、左傳翼疏、禮記集釋、勉行齋文、蕺園詩等。

②周書昌　名永年，清歷城（今山東濟南）人，乾隆進士。召修四庫全書，改庶吉士，授編修。藏書五萬卷，自謂文拙，不存稿，亦不著書。

③天地之道，陰陽剛柔而已　易經說卦：「是以立天之道，曰陰與陽；立地之道，曰柔與剛。」

④杲日　杲，音ㄍㄠˇ，明貌。杲日，明朗之日光也。詩經衛風伯兮篇：「杲杲出日。」

⑤鏐　音ㄌㄧㄡˊ，黃金之美者。

⑥淪　微波也。

⑦漻乎　漻　音ㄌㄧㄠˊ。漻乎，清貌。莊子天地篇：「夫道淵乎其居也，漻乎其清也。」

⑧㬇乎　㬇，音ㄋㄨㄢˇ，同「暖」，濕也。㬇乎

，溫和貌。

⑨愀乎　愀，音ㄑㄧㄠˇ。愀乎，悲愁貌。

⑩糅　雜也。

⑪一陰一陽之爲道　易經繫辭上：「一陰一陽之謂道。」

⑫五音十二律　五音：宮、商、角、徵、羽。十二律：陽律六，黃鐘、太簇、姑洗、蕤賓、夷則、無射；陰律六，大呂、夾鐘、仲呂、林鐘、南呂、應鐘也。

⑬廉肉　音樂用語，廉謂廉稜，肉謂肥滿也。語見禮記樂記篇。

⑭梅崖集　清朱仕琇，號梅崖，所著文集曰梅崖集，凡三十卷，又有外集八卷。

〔作　者〕

姚鼐，字姬傳，一字夢穀，世稱惜抱先生，清安徽桐城人。生於雍正九年，卒於嘉慶二十年（西元一七三一——一八一五年），年八十五。鼐幼承家學，受經學於伯父範，習古文於同邑劉大櫆，乾隆二十八年進士，改庶吉士、禮部主事，遷刑部郎中。四庫全書館開，任纂修，以病乞假歸。主講揚州梅花、南京鍾山、安徽紫陽諸書院，前後達四十餘年。論學主集義理、考據、詞章之長，不囿於漢宋門戶之見。桐城自方苞、劉大櫆倡爲古文，而鼐繼之，歷城周永年曰：「天下文章，其在桐城乎！」於是有桐城派之稱。所選古文辭類纂，義例謹嚴，學者奉爲圭臬。著有惜抱軒文集、詩集、九經說、三傳補注、老子章義、莊子章義等書。

〔說　明〕

本文選自惜抱軒文集。體裁屬書說類。魯絜非，名仕驥，一作九皐，清江西新城人，乾隆三十六年進士，任山西夏縣知縣，頗有惠政，著有山木集。絜非善爲古文，嘗致書姬傳，談論文章之事，此即姚氏答覆之書信，主旨在以易經陰陽剛柔之義，論文章之美。文分七段：首段讚絜非其人與文，皆有君子之風，並稱其爲古文之專且善，可謂傑士。次段謙言己非眞知文能文，而願虛懷樂取，以所得就教於君子。三段以陽剛陰柔之義，論經籍、諸子之文，莫不各得其美，並擧譬區分之。四段言陰陽剛柔之本雖二，而萬物品次無窮，文之多變亦然。五段又擧聞樂爲喻，以爲論文者亦如是，因言歐陽、曾公以柔美勝，絜非文風近之。六段論人之學文，功力所至，及文之至者，通乎神明。末段謙言於所寄文，評說未當，並稱朱梅崖文集之差，絜非子弟文才之美。

〔批　評〕

陽剛、陰柔二氣，蓋禀自天地，人之爲文，其風格氣勢，亦不外此理，曾滌生聖哲畫像記亦有論，二文可以參互閱讀。

王文濡曰：「陽剛陰柔，千古只此兩派，先生文誠毗於陰柔，間少雄直之氣，然佳處自不可掩，如此等文是也。」

五八、復陳太守寶箴書

曾國藩

四月二十七日接惠書，並寄大文一册；知台從①去歲北行，以途中染疾，就醫歷下②，至正月之杪③，乃達京師。是時鄙人適已出都④，未及相見爲悵！

閣下志節嶙峋⑤，器識⑥宏達，又能虛懷取善⑦，兼攬衆長。來書所稱，自吳侍郎⑧以下，若涂君⑨、張君、方君⑩，皆時賢之卓然能自立者。鄙人器能窳薄⑪，謬蒙崇獎，非所敢承。前以久玷高位⑫，頗思避位讓賢，保全晚節。赴闕⑬以後，欲布斯懷，而未得其方，亦遂不復陳請。來書又盛引古義，力言不可遽萌退志。今已承乏⑭此間，進止殊不自由。第⑮恐精力日頹，無補艱危，祇速謗耳⑯。

大著粗讀一過，駿快激昂，有陳同甫⑰、葉水心⑱諸人之風。僕昔備官朝列，亦嘗好觀古人之文章。竊以自唐以後，善學韓者⑲，莫如王介甫⑳氏；而近世知言君子㉑，惟桐城方氏㉒、姚氏㉓，所得尤多。因就數家之作，而考其風旨㉔，私立禁約，以爲有必不可犯者，而後其法嚴而道始尊。大抵剽竊㉕前言，句摹字擬，是爲戒律之首。稱人之善，依於庸德，不宜褒揚溢量㉖，動稱奇行異徵，鄰於小說誕妄㉗者之所爲。貶人之惡，又加慎焉。一篇之內，端緒不宜繁多，譬如萬山旁薄㉘，必有主峯，龍袞九章㉙，但挈㉚一領；否則首尾衡決㉛，陳義蕪雜，滋㉜足戒也。識度曾㉝不異人，或乃競爲僻字澀句，以駭庸衆，斲㉞自然之元氣；斯又才士之所同蔽，戒律之所必嚴。明玆數者，持守勿失，然後下筆造次皆有法度，乃可專精以理吾之氣，深求韓公所謂與相如、子雲同工㉟者。熟讀而強探，長吟而反覆，使其氣若翔翥㊱於虛無之表㊲，其辭跌宕㊳俊邁㊴，而不可以方物㊵。蓋論其本㊶，則持戒律之說，詞愈簡而道愈進；論其末㊷，則抗吾氣以與古人之氣相翕㊸；有欲求太簡而不得者，兼營乎本末，斟酌乎繁簡。此自昔志士之所爲畢生矻矻㊹，而吾輩所當勉焉者也。

國藩粗識塗徑，所作絕少，在軍日久，舊業益荒，忽忽衰老，百無一成；既承切問，略舉所見，以資參證。

別示種煙之弊，及李編修㊺書。膏腴地畝，舍五稼㊻而種罌粟㊼，不惟民病艱食㊽，亦人心風俗之憂。直隸㊾土壤磽薄，聞種此者尚少；若果漸染㊿此習，自應通飭嚴禁。但非年豐民樂，生聚教訓(51)，亦未易以文告爭(52)耳。

〔注釋〕

①台從　三台爲星名，古以比三公，後轉用爲尊敬之稱，如台端、台甫、台鑒等。台從，指其從者，亦敬稱。

②歷下　故城在今山東省歷城縣治西。今以指山東濟南。

③杪　末也。

④鄙人適已出都　鄙人，自謙之詞。國藩以兩江總督調任直隸總督，同治七年十二月自金陵至北京朝見。八年一月二十日出都赴保定就任。

⑤嶙峋　高超貌。

⑥器識　人之器局及識見。

⑦取善　取人之善也。

⑧吳侍郎　指吳存義，字和甫，清江蘇泰興人，官至吏部左侍郎。著有榴實山莊詩文集。

⑨涂君　疑指涂宗瀛，字閬仙，清安徽六安人，官至湖廣總督。

⑩張君、方君　不詳。

⑪窳薄　低下淺薄也。

⑫久玷高位　玷，辱也。國藩時任大學士一等毅勇侯直隸總督。

⑬闕　天子所居之通稱。

⑭承乏　官員出缺，以己攝代而承之也。今用爲在任之謙詞。

⑮第　祇也。

⑯速　招也。

⑰陳同甫　名亮，南宋婺州永康（今浙江金華縣）人。光宗時策進士第一。著有龍川文集三卷、龍川詞二卷及三國紀年等傳於世。宋史有傳。

⑱葉水心　名適，字正則，南宋永嘉（今浙江永嘉）人。淳熙進士。文章雄贍，才氣奔逸，爲南宋大家。著有水心文集二十九卷行世。宋史有傳。

⑲韓　指韓愈。

⑳王介甫　介甫，王安石之字。

㉑知言君子　謂能文君子也。

㉒方氏　指方苞，字靈皋，號望溪，清安徽桐城人。爲桐城派之鼻祖。有望溪文集十八卷。

㉓姚氏　指姚鼐，字姬傳，清安徽桐城人。輯有古文辭類纂。著有惜抱軒全集。

㉔風旨　風格主旨也。風格，指行氣遣詞也。主旨，謂立論也。

㉕剽竊　竊取他人之文以爲己作。

㉖溢量　過分也。

㉗小說誕妄　如小說之虛誕不實也。

㉘旁薄　廣被也。

㉙龍袞九章　龍袞，天子之法服也。章，猶采也。九章，指龍、山、華蟲、火、宗彝、藻、粉米、黼、黻。其袞衣爲五章，裳爲四章。說見周禮春官司服注。

㉚挈　提也。

㉛衡決　橫斷也。

㉜滋　最也。

㉝曾　乃也。

㉞斲　戕賊也。

㉟相如、子雲同工　相如，司馬長卿之名，漢成都人，長於詞賦。詳見史記本傳。子雲，揚雄之字，漢成都人，詞賦名家。詳見漢書本傳。工，工力也。

㊱翔翥　翔，回飛也。翥音ㄓㄨˋ，高飛也。

㊲虛無之表　太空之外。
㊳跌宕　放縱不羈也。
㊴俊邁　高超雋永也。
㊵方物　方，比也。謂以物相比也。
㊶本　指上述四端。
㊷末　指行氣。
㊸翕　合也。
㊹矻矻　勤勉貌。
㊺李編修　編修，官名。宋置，掌修國史。明、清屬翰林院，位次修撰。李編修未詳。
㊻五稼　即五穀：稻、黍、稷、麥、菽。
㊼罌粟　草名，葉長橢圓形，花大而美豔，為製鴉片之原料。
㊽不惟民病艱食　惟，祇也。病，憂也。艱食，指人民力種所得之食物，以別於自然生長之鮮食也。
㊾直隸　清設直隸省，轄今河北省（京兆二十縣除外）及察哈爾、熱河南部。
㊿漸染　沾染也。
51 生聚教訓　生，孳生也。聚，聚財也。
52 以文告爭　以文書布告爭勝。

〔作　者〕

曾國藩，字伯涵，號滌生，初名子城，中進士後，改名國藩，清湖南省湘鄉縣人。生於嘉慶十六年，卒於同治十一年（西元一八一一—一八七二年），年六十二。

國藩生長農村，刻苦勵學，二十八歲中進士，授檢討。三十九歲，擢升至禮部右侍郎。咸豐二年，丁母憂回籍，遭洪楊之亂，在鄉督辦團練，成立舉世聞名之湘軍。十餘年間，轉戰數省，至同治三年，攻克南京，消滅太平天國。清廷封為一等毅勇侯，為滿清中興第一功臣。卒於南京兩江總督任所，追贈太傅，諡文正。

國藩治學極勤，雖居官治軍，從不廢學。為學宗旨，博採經史百家，破除漢學宋學之門戶，治義理、經濟、考據、詞章於一鑪。文章近桐城，惟內容更充實，意境更闊大，氣魄更雄壯，世有湘鄉派之稱。著有詩文集、奏議、尺牘、家訓、日記。又選編經史百家雜鈔、十八家詩鈔等書，後人合刊爲曾文正公全集。

〔說　明〕

本文選自曾文正公全集。體裁屬書說類。陳寶箴，字右銘，清江西義寧人。咸豐元年舉人，參曾國藩軍幕。以治團練保升至知府。光緒間累官至湖南巡撫，務分官權與民，而尤以開通民智爲急，爲湖南維新運動第一人。後以薦保楊銳、劉光第，爲慈禧太后所惡革職。光緒二十六年卒，年七十。太守，爲漢一郡之長。宋後改郡爲府，時右銘任知府，猶古之太守，故稱之。本書作於清同治八年，國藩時年五十九。全文分五段：首段言作者近況。二段言退避賢路不得，進止殊不自由。三段縱論爲文之道。四段謙言承問而答，以供參證。五段力言種煙之弊。

〔批　評〕

縱論爲文之道一段，詞得理愜，一氣呵成，與曾氏文中所持之論密合，要非深諳個中之道，何得吐此璣珠之語？寫此鍊達之文？莊子曰：「彼節者有閒，而刀刃者無厚；以無厚入有閒，恢恢乎其於遊刃，必有餘地矣。」以此狀之，可謂當矣。

五九、虞師晉師滅夏陽

穀梁傳

「虞師、晉師滅夏陽。」非國而曰滅，重夏陽也①。虞無師，其曰師，何也？以其先晉，不可以不言師也。其先晉，何也？為主乎滅夏陽也②。夏陽者，虞、虢之塞邑也。滅夏陽，而虞、虢舉③矣。虞之為主乎滅夏陽，何也？晉獻公欲伐虢，荀息④曰：「君何不以屈產之乘，垂棘之璧，而借道乎虞也？」公曰：「此晉國之寶也。如受吾幣而不借吾道，則如之何？」荀息曰：「此小國之所以事大國也。彼不借吾道，必不敢受吾幣；如受吾幣而借吾道，則是我取之中府而藏之外府，取之中廄而置之外廄也。」公曰：「宮之奇⑤存焉，必不使受之也。」荀息曰：「宮之奇之為人也，達心而懦，又少長於君⑥。達心，則其言略⑦；懦，則不能彊諫；少長於君，則君輕之。且夫玩好在耳目之前，而患在一國之後。此中知以上乃能慮之，臣料虞君中知以下也。」公遂借道而伐虢。宮之奇諫曰：「晉國之使者，其辭卑而幣重，必不便⑧於虞。」虞公弗聽，遂受其幣而借之道。宮之奇諫曰：「語曰：『脣亡則齒寒。』其斯之謂與?」挈⑨其妻子以奔曹。

獻公亡虢，五年，而後舉虞，荀息牽馬操璧而前，曰：「璧則猶是也，而馬齒加長矣。」

〔注釋〕

①非國而曰滅，重夏陽也　滅國書曰滅，夏陽不過一邑耳，而亦書滅者，何也?夏陽關乎虞、虢之興亡，重此夏陽也。

②爲主乎滅夏陽也　爲，因也。主，意旨所向也，猶今言主動。謂虞慨然假道，晉得長驅而進，則是虞亦主乎滅夏陽者也。

③舉　拔取也。

④荀息　字叔，晉之賢大夫。

⑤宮之奇　虞之賢大夫。

⑥少長於君　謂自少長於君所。

⑦略　簡略。

⑧不便　不利也。

⑨挈　帶領也。

〔作者〕

穀梁傳，春秋三傳之一。舊題穀梁赤撰，楊士勛穀梁傳序疏云：「穀梁子名淑，字元始，魯人，一名赤，受經于子夏，爲經作傳，故曰穀梁傳。」而徐彥公羊傳序疏云：「公羊者，子夏口授公羊高，高五世相授，至漢景帝時，公羊壽共弟子胡毋生乃著竹帛，胡毋生題親師，故曰公羊。……穀梁者，亦是著竹帛者題其親師，故曰穀梁也。」四庫提要舉二氏之說，而從徐彥。大抵穀梁一書，非一時一人之作，自孔子以春秋授子夏後，子夏弟子各有所聞，口授相傳，至秦、漢之際，始由傳其學者，雜取歷來儒者之見解，薈萃成書，著於竹帛。今本十三經注疏中之穀梁傳爲晉范寧集解，唐楊士勛疏。

〔說　明〕

本文選自穀梁傳僖公二年。體裁屬雜記類。虞，春秋國名，地在今山西平陸縣東北。晉，春秋國名，地約有今山西省大部及河北省西南部。夏陽（左傳作下陽），虢邑名，爲虞，虢間要塞，地在今山西解縣東北。虞、虢原爲相依之隣國。本篇主旨在解述春秋經「虞師晉師滅夏陽」句之書法並及其史實。文分三段：首段疏夏陽非國而曰滅，虞無師而曰師之經義。次段敍晉獻公用荀息之計，假道於虞以伐虢。虞君不聽宮之奇之諫，受之幣而借之道。末段言荀息之謀驗，而虞、虢皆擧矣。

〔批　評〕

周聘侯曰：「荀息料事如神，得行其志，晉因以興；宮之奇料事亦如神，不得行其志，虞因以亡，此萬世興亡之鑑也。左氏紀荀息之謀甚略，而穀梁則詳之；左氏紀宮之奇之諫甚詳，穀梁則略之；人詳我略，人略我詳，此即行文之良法也。荀息料事處，獨此篇最爲曲盡，牽馬操璧自戲得妙，俱算上乘文字，尤見結構精神。」

吳楚材曰：「全篇總是寫虞師主滅夏陽，筆端清婉迅快無比。中間玩好在耳目之前一段，尤異樣出色。禍患之成，往往墮此，古今所同慨也。」

過商侯曰：「晉之貪，不劣于虞；息之知，非優于奇，然異事同情，究之一因之興，一因以亡，無他，聽與不聽之間耳。衞靈公無道，康子曰：夫如是，奚而不喪？而夫子歷擧用人各當其才，曰夫如是，奚其喪？然則賢臣亦何負于國哉？」

六〇、捕蛇者說

柳宗元

永州①之野產異蛇，黑質②而白章③，觸草木盡死，以齧④人，無禦之者。然得而腊⑤之以爲餌⑥，可以已⑦大風⑧、攣踠⑨、瘻⑩、癘⑪，去死肌⑫，殺三蟲⑬。其始太醫以王命聚之，歲賦其二；募有能捕之者，當其租入。永之人，爭奔走焉。

有蔣氏者，專其利三世矣。問之，則曰：「吾祖死於是，吾父死於是，今吾嗣爲之十二年，幾死者數矣。」言之，貌若甚慼者。余悲之，且曰：「若毒之⑭乎？余將告於莅事者⑮，更若役，復若賦，則何如？」蔣氏大戚，汪然出涕曰：「君將哀⑯而生之乎？則吾斯役之不幸，未若復吾賦不幸之甚也。嚮吾不爲斯役，則久已病⑰矣。自吾氏三世居是鄉，積於今六十歲矣。而鄉鄰之生日蹙⑱，殫⑲其地之出，竭其廬之入，號呼而轉徙，飢渴而頓踣⑳，觸風雨，犯寒暑，呼噓㉑毒癘㉒，往往而死者相藉㉓也。曩與吾祖居者，今其室十無一焉；與吾父居者，今其室十無二三焉；與吾居十二年者，今其室十無四五焉，非死則徙爾，而吾以捕蛇獨存。悍吏之來吾鄉，叫囂乎東西，隳突㉔乎南北，譁然而駭者，雖雞狗不得寧焉。吾恂恂㉕而起，視其缶，而吾蛇尙存，則弛然㉖而臥；謹食㉗之，時而獻焉。退而甘食其土之有，以盡吾齒㉘。蓋一歲之犯死者二焉，其餘則熙熙㉙而樂，豈若吾鄉鄰之旦旦有是哉！今雖死乎此，比吾鄉鄰之死，則已後矣，又安敢毒邪？」

余聞而愈悲。孔子曰：「苛政猛於虎也㉚！」吾嘗疑乎是，今以蔣氏觀之，尤信。嗚呼！孰知賦斂之毒，有甚是蛇者乎！故爲之說，以俟夫觀人風者得焉。

〔注　釋〕

①永州　府名。今湖南零陵縣。

②黑質　黑身。

③章　紋采。

④齧　噬也。

⑤腊　乾肉。

⑥餌　謂藥餌。

⑦已　謂治癒。

⑧大風　惡疾也。俗稱大痲風。

⑨攣踠　攣，拳曲不能伸也。踠，曲屈也。此謂手足曲不能伸也。

⑩瘻　頸腫疾也。

⑪癘　惡瘡疾也。

⑫死肌　謂血氣不至之死肉。

⑬三蟲　即三尸蟲。道家語，謂人體中之三尸神也。諸眞元奧解三尸之說引中黃經曰：「一者上蟲居腦中，二者中蟲居明堂，三者下蟲居腹胃，名曰彭琚、彭質、彭矯也。」故亦謂之三彭。又酉陽雜俎云：「上尸清姑，伐人眼；中尸白姑，伐人五臟；下尸血姑，伐人胃命。」

⑭若毒之　若，指稱詞，猶汝、爾。毒，動詞，痛恨也。

⑮蒞事者　謂當事之職官也。

⑯哀　憐也。

⑰病　困苦。

⑱蹙　謂窮迫。

⑲殫　盡也。

⑳頓踣　踣，音ㄅㄛˊ，仆也。頓踣，謂勞頓困斃也。

㉑呼噓　呼吸。

㉒毒癘　有毒之癘氣也。

㉓相藉　交橫也。

㉔隳突　隳，音ㄏㄨㄟ，毀也。隳突，謂突入民家，擊毀器物也。

㉕恂恂　徐緩貌。

㉖弛然　放心鬆懈貌。

㉗食　音ㄙˋ，同飼。

㉘盡吾齒　猶言終吾天年。

㉙熙熙　和樂貌。

㉚苛政猛於虎　語見禮記檀弓篇。

〔作者〕

見本書第七篇作者欄。

〔說明〕

本文選自柳河東集。體裁屬雜記類。永州所產之異蛇，性劇毒，以之治風最捷，用以充貢。

子厚謫永州，正值李吉甫撰國計篇上憲宗時。據唐史載：元和間稅戶比天寶四分減三，天下兵仰給者，比天寶三分增一，大率二戶資一兵，其水旱所傷，非時調補，尚不在此數。是賦斂煩苛，民不堪命，而永州有捕蛇當租，歲賦其二之役，故特藉以爲之說。總言賦斂之毒，有甚於蛇。全文分爲三段：首段言異蛇之毒而有用與捕蛇之所以有自。二段敍蔣氏捕蛇之苦，並引其言以見復賦之慘，更有甚於捕蛇。三段引孔子「苛政猛於虎」一語斷之，以結出作說之意。

〔批評〕

林西仲曰：「此篇借題發意，總言賦斂之害，民窮而徙，徙而死，漸歸於盡，淒咽之音，不忍多讀。其言三世，六十歲者，蓋自元和追計六十年以前，乃天寶六七年間，正當盛時，催科無擾，嗣安史亂後，歷肅代德順四宗，皆在六十年之內。其下語俱有斟酌，煞是奇文。」

過商侯曰：「此本借捕蛇以論苛政，故前面設爲之辭，與捕蛇者應答，驚奇詭譎，令人心寒膽慄。後卻明引苛政猛于虎事作證，催科無法，其害往往如此，淒咽之音，不堪朗讀。」

六一、永州八記

柳宗元

㈠ 始得西山宴遊記

自余爲僇人①，居是州②，恆惴慄③；其隟也④，則施施⑤而行。漫漫⑥而遊。日與其徒，上高山，入深林，窮廻溪；幽泉怪石，無遠不到。到則披⑦草而坐，傾壺而醉，醉則更相枕以臥。臥而夢，意有所極，夢亦同趣；覺而起，起而歸。以爲凡是州之山水有異態者，皆我有也；而未始知西山⑧之怪特。

今年九月二十八日，因坐法華西亭⑨，望西山，始指異之。遂命僕人過湘江⑩，緣染溪⑪，斫榛莽⑫，焚茅茷⑬，窮山之高而止。攀援而登，箕踞⑭而遨，則凡數州之土壤，皆在衽⑮席之下。其高下之勢，岈然窪然⑯，若垤⑰若穴，尺寸千里，攢蹙⑱累積，莫得遯隱；縈青繚白⑲，外與天際⑳，四望如一。然後知是山之特出，不與培塿㉑爲類。悠悠乎與灝氣俱㉒，而莫得其涯；洋洋乎與造物者遊㉓，而不知其所窮。引觴滿酌。頹然就醉，不知日之入，蒼然暮色，自遠而至，至無所見，而猶不欲歸。心凝形釋，與萬化冥合㉔。然後知吾嚮之未始遊，遊於是乎始，故爲之文以志。是歲元和㉕四年也。

〔注 釋〕

①僇人 僇，音ㄌㄨˋ，刑戮。僇人，罪人。唐順宗永貞元年（西元八〇五年），宗元因王叔文事被貶爲永州司馬。「僇人」乃指此而言。

②是州 指永州。即今湖南省零陵縣。

③惴慄 憂懼貌。

④隟 同隙。

⑤施施 舒緩貌。

⑥漫漫 無拘束貌。

⑦披 分。

⑧西山 在零陵縣西，瀟水支流染溪之旁。長亙數里。

⑨法華西亭 法華，寺名，在零陵縣城內東山。西亭，在法華寺中。

⑩湘江 即湘水。

⑪染溪 一名冉溪，宗元改名愚溪，在零陵縣西南。

⑫榛莽 榛，叢生樹。莽，叢生草。

⑬茅茷 茅，草名。茷，音ㄈㄟˋ，草葉盛多。

⑭箕踞 伸兩足而坐，其形似箕。

⑮衽 席也。

⑯岈然窪然 岈，音ㄧㄚˇ。岈然，山深貌。窪，音ㄨㄚ，深下貌。

⑰垤 音ㄉㄧㄝˊ，小土阜。

⑱攢蹙 聚積貌。

⑲縈青繚白 縈、繚，皆圍繞之意。青謂山，白謂水。

⑳際 接。

㉑培塿 小山。

㉒悠悠乎與灝氣俱 悠悠乎，久遠貌。灝氣，大氣，指天地。謂西山之久遠，與天地並生。

㉓洋洋乎與造物者遊　洋洋，廣大貌。造物者，天地之主宰。謂西山之廣大，將與天地之主宰共存。

㉔心凝形釋與萬化冥合　謂心靈凝斂，形體消釋，隱與萬物合爲一體而不自知。

㉕元和　唐憲宗年號。

〔作　者〕

見本書第七篇作者欄。

〔說　明〕

本文選自柳河東集。體裁屬雜記類。柳宗元貶永州後，心益苦而境益閒，乃自肆於山水之間，以抒其抑鬱，而作遊記八篇，皆記山水之勝，後世總稱爲永州八記。八記爲一完美之藝術作品，分觀固美，合賞尤佳。每篇著墨不多，而能曲盡其妙。加之意內言外，興寄高遠，允爲柳文之最特出者，故後世寫山水者，莫不以之爲宗。

本文爲永州八記之首篇，據石渠記云：「元和七年正月八日，蠲渠至大石。」則本文當寫於憲宗元和六年。主旨在記始得西山遊覽之勝。文分二段；首段敍平日遊覽無處不到，而未知西山之怪特。次段寫西山之特出，及自身心凝形釋與萬化冥合之境界。

〔批　評〕

林西仲曰：「全在始得二字著筆，語語指畫如畫。千載而下，讀之如置身於其際，非得遊中三昧，不能道隻字。」

陳天定曰：「以幽爲光，以瘦爲潤，作遊記，須壤此等筆。」

(二) 鈷鉧潭記

鈷鉧潭①在西山西，其始蓋冉水②自南奔注，抵山石，屈折東流。其顚委③勢峻，盪擊益暴，齧其涯，故旁廣而中深，畢至石乃止。流沫成輪，然後徐行。其清而平者，且④十畝，有樹環焉，有泉懸焉。

其上有居者，以予之亟⑤游也，且款門⑥來告曰：「不勝官租私券之委積⑦，既芟山⑧而更居，願以潭上田貿⑨財以緩禍。」予樂而如其言。則崇其臺，延其檻⑩；行⑪其泉於高者墜之潭，有聲潨然⑫，尤與⑬中秋觀月爲宜。於以⑭見天之高、氣之迥。孰使予樂居夷⑮而忘故土者，非茲潭也歟！

〔注釋〕

①鈷鉧潭　鈷鉧，熨斗。潭形似之，故名。

②冉水　即染溪，見始得西山宴遊記注釋⑪。

③顚委　首尾。

④且　將，近。

⑤亟　音ㄑㄧˋ，屢也。

⑥款門　叩門。

⑦官租私券之委積　官租，國稅。私券，私債。委積，累積。

⑧芟山　芟，音ㄕㄢ，刈草。芟山，謂開山。

⑨貿　交易。

⑩檻　柵欄。

⑪行　導引。

⑫潨然　小水入大水之聲。

⑬與　於。

⑭於以　於此。

⑮居夷　永州舊爲楚地，唐時猶漢苗雜處，故言居夷也。

〔說　明〕

本文爲永州八記之次篇。體裁屬雜記類。主旨在記得鈷鉧潭之觀感。文分二段：首段寫潭之位置，形狀及周遭泉樹。次段敍得潭築室之始末，並寄感慨。

〔批　評〕

鍾惺曰：「點綴小景，遂成大觀。」

何焯曰：「盪擊益暴四句，寫出鈷鉧形貌。」

林紓曰：「曲寫潭狀，煞費無數力量。非柳州，不復能道。」

(三) 鈷鉧潭西小丘記

得西山後八日①，尋山口西北道二百步，又得鈷鉧潭。西二十五步，當湍而浚②者，爲魚梁③。梁之上有丘焉，生竹樹，其石之突怒偃蹇④，負土而出，爭爲奇狀者，殆不可數。其嶔然⑤相累而下者，若牛馬之飲于溪；其衝然角列⑥而上者，若熊羆⑦之登于山。丘之小不能⑧一畝，可以籠而有之⑨。

問其主，曰：「唐氏之弃地，貨而不售⑩。」問其價，曰：「止四百。」余憐而售之。李深源、元克己⑪時同遊，皆大喜，出自意外。卽更取器用⑫，剷刈穢草⑬。伐去惡木，烈火而焚之。嘉木立，美竹露，奇石顯。由其中以望，則山之高，雲之浮，溪之流，鳥獸魚之遨遊，舉熙熙然廻巧獻技⑭以效⑮茲丘之下。枕席而臥則淸泠之狀與目謀⑯，瀯瀯⑰之聲與耳謀，悠然而虛⑱者與神謀，淵然而靜⑲者與心謀。不匝旬⑳而得異地者二，雖古好事之士，或未能至焉。

噫！以茲丘之勝致之灃鎬鄠杜㉑，則貴游之士爭買者，日增千金而愈不可得。今棄是州也，農夫漁夫過而陋之，賈㉒四百，連歲不能售，而我與深源、克己獨喜得之，是其果有遭乎？

書於石，所以賀茲丘之遭也。

〔注釋〕

①得西山後八日　據始得西山宴遊記，得西山在九月二十八日，則得此小丘當在十月七日。

②湍而浚　急而深。

③魚梁　以石障水而空其中，以便魚往來，名曰魚梁。

④突怒偃蹇　突怒，超拔貌。偃蹇，高貌。

⑤嶔然　嶔，音ㄑㄧㄣ。嶔然，高聳貌。

⑥衝然角列　衝然，向前貌。角列，形如尖角之排列。

⑦羆　大於熊，能直立攫人，俗稱人熊。

⑧不能　不足。

⑨籠而有之　籠，包容。之，指竹樹奇石等。

⑩貨而不售　貨，賣。售，賣出手。謂賣而不能脫手。

⑪李深源、元克己　皆柳宗元遊友。

⑫器用　器具，指斧、鋸等物。

⑬剷刈穢草　剷除雜草。

⑭舉熙熙然迴巧獻技　舉，全。熙熙然，和悅貌。迴巧，迴環而巧妙。獻技，表現各種情態。

⑮效　呈現。

⑯清冷之狀與目謀　清泠，清新涼爽。謀，深相接觸。

⑰瀯瀯　水聲。

⑱悠然而虛　遠而空虛，指天。

⑲淵然而靜　深而寂靜，指水。

⑳匝旬　匝，周。旬，十日。匝旬，謂一旬。

㉑灃、鎬、鄠、杜　灃，水名。在陝西省。鎬，音ㄏㄠˋ，即鎬京，在今陝西省長安縣西。鄠音ㄏㄨˋ，今陝西省鄠縣。杜，即杜陵，在今陝西省長安縣東南。

㉒賈　同價。

〔說　明〕

本文爲永州八記之第三篇，體裁屬雜記類。主旨在寫小丘之勝，並深寄感慨。文分四段：一段寫小丘奇石之情狀。次段寫小丘周遭之景物與耳目心神謀。三段寫小丘之得遇，以慨己之不遇。末段記書於石，賀兹丘，亦所以自弔也。

〔批　評〕

吳楚材曰：「前幅平平寫來，意只尋常；而立名造語，自有別趣。至末，從小丘上發出一段感慨，爲兹丘賀。賀兹丘，所以自弔也。」

孫琮曰：「此篇平平寫來，最有步驟。一段先敍小丘，次敍買丘，又次敍闢蕪刈穢，又次敍遊賞此丘，末從小丘上發出一段感慨，不攙一筆，不倒用一筆。妙！妙！」

四　至小丘西小石潭記

從小丘西行百二十步，隔篁竹①，聞水聲，如鳴佩環②，心樂之。伐竹取道，下見小潭，水尤清冽。泉石以爲底，近岸卷石底以出③，爲坻④爲嶼，爲嵁⑤，爲巖。青樹翠蔓⑥，蒙絡搖綴⑦，參差披拂⑧。

潭中魚可⑨百許頭，皆若空遊⑩無所依。日光下澈⑪，影布石上，佁然⑫不動；俶爾遠逝⑬，往來翕忽⑭，似與遊者相樂。

潭西南而望，斗折蛇行⑮，明滅⑯可見。其岸勢犬牙差互⑰，不可知其源。坐潭上，四面竹樹環合，寂寥無人，淒神寒骨⑱，悄愴幽邃⑲。以其境過清⑳，不可久居，乃記之而去。

同遊者：吳武陵、龔古、余弟宗玄。隸㉑而從者：崔氏二小生㉒，曰恕己，曰奉壹。

〔注釋〕

①篁竹　竹林。

②珮環　珮，瓊琚之屬。環，璧屬。皆衣上飾物。

③近岸卷石底以出　謂近岸處石底邊緣翻捲而出水面。

④坻　音ㄔˊ，水中高地。

⑤嵁　音ㄎㄢ，高低不平巖石。

⑥蔓　名詞，凡植物之莖細長而纏繞或攀附於他物者，統謂之蔓。析言之，木本曰藤，草本曰蔓。

⑦蒙絡搖綴　蒙絡，遮掩纏繞。搖綴，搖盪下垂。

⑧披拂　飄動。

⑨可　約。

⑩空游　在空中游動。

⑪澈　同徹。通也。

⑫佁然　佁，音ㄧˇ。佁然，癡貌。

⑬俶爾遠逝　俶，音ㄔㄨˋ。俶爾，猝然。遠逝，遠遊不見。

⑭翕忽　倏忽。輕快。

⑮斗折蛇行　斗折，如勺狀（北斗七星如勺狀）曲折。蛇行，如蛇行彎曲。

⑯明滅　凸現凹隱。

⑰差互　差，音ㄘ。差互，互相交錯。

⑱淒神寒骨　心神淒涼，寒氣透骨。

⑲悄愴幽邃　悄愴，憂傷。幽邃，幽靜深邃。謂幽深使人憂傷。

⑳清　冷清。

㉑隸　跟隨。

㉒小生　後生。青年。

〔說明〕

本文為永州八記之第四篇，體裁屬雜記類。主旨在記小石潭水竹魚石之景。文分四段：首段寫潭之石底、岸上青樹翠蔓之狀。次段寫潭中魚游息往來之景。三段寫淸靜之景。末段記同遊之人。

〔批評〕

常安曰：「寫魚樂處，於濠梁外，又出一奇。」

孫琮曰：「古人遊記，寫盡妙景，不如不寫盡爲更佳；遊盡妙境，不如不遊盡爲更高。蓋寫盡游盡，早已境味索然；不寫盡不遊盡，便見餘興無窮。篇中遙望潭西南一段，便是不寫盡妙景；潭上不久坐一段，便是不遊盡妙境。筆墨悠長，情興無極。」

林紓曰：「文有詩境，是柳州本色。」

(五) 袁家渴記

由冉溪①西南，水行十里，山水之可取者五，莫若鈷鉧潭②。由溪口而西，陸行，可取者八九，莫若西山③。由朝陽巖④東南，水行至蕪江⑤，可取者三，莫若袁家渴。皆永中幽麗奇處也。

楚越之間方言，謂水之反流⑥者爲「渴」，音若「衣褐」⑦之褐。渴上與南館高嶂⑧合，下與百家瀨⑨合。其中重洲⑩、小溪、澄潭、淺渚⑪，間廁⑫曲折。平者深黑，峻者沸白，舟行若窮，忽又無際。有小山出水中，山皆美石，上生青叢⑬，冬夏常蔚然⑭。其旁多巖洞⑮，其下多白礫⑯，其樹多楓、柟、石楠、楩、櫧、樟、柚⑰，草則蘭芷⑱，又有異卉類合歡⑲而蔓生，轇轕⑳水石。每風自四山而下，振動大木，掩苒㉑衆草，紛紅駭㉒綠，蓊葧㉓香氣。衝濤旋瀨㉔，退貯谿㉕谷。搖颺葳蕤㉖，與時推移㉗。其大都如此，余無以窮其狀。

永之人未嘗遊焉，余得之，不敢專也，出而傳於世。其地主袁氏，故以名焉。

〔注　釋〕

①冉溪　即染溪，見始得西山宴遊記注釋⑪。

②鈷鉧潭　見鈷鉧潭記注釋①。

③西山　見始得西山宴遊記注釋⑧。

④朝陽巖　在零陵縣西瀟水旁。大曆元年，元結以此嶺東向，故名之曰朝陽。

⑤蕪江　在零陵縣東。

⑥反流　倒流。

⑦衣褐　語出孟子滕文公篇。

⑧南館高嶂　南館，地名。高嶂，山峯名。

⑨百家瀨　在零陵縣南。

⑩重洲　洲，水中可居之地。重洲，重疊之洲。

⑪渚　小洲。

⑫廁　雜。

⑬叢　聚生小木。

⑭蔚然　草木茂盛貌。

⑮巖洞　山洞

⑯礫　小石。

⑰楓、柟、石楠、楩、櫧、柚　楓，落葉喬木，葉掌狀三裂，經秋而紅。柟，音ㄋㄢˊ，常綠喬木，葉長橢圓形，經冬不凋。石楠，常綠灌木，葉橢圓而滑，葉背褐色而多毛。楩，音ㄅㄧㄢˋ，即今黃楩木。櫧，音ㄓㄨ，常綠喬木，木質堅細，有香味。柚，常綠喬木，枝有刺，葉長卵形。

⑱芷　即白芷。花白色。可入藥。

⑲合歡　豆科植物，葉爲羽狀複葉，由數多小葉而成，小葉入夜即合，夏月梢頭開小花。有合昏、夜合、馬纓花等異名。

⑳轇轕　音ㄐㄧㄡ　ㄍㄜˊ，參差縱橫。

㉑掩苒　掩映。

㉒駭　亂。

㉓蓊葧　茂盛貌。

㉔瀨　急流。

㉕谽　澗。

㉖葳蕤　音ㄨㄟ　ㄖㄨㄟˊ，草木葉垂貌。

㉗推移　轉變。

〔說　明〕

本文爲永州八記之第五篇，體裁屬雜記類。主旨在記袁家渴山水草木之勝。文分三段：首段記袁家渴於朝陽巖至蕪江一帶風景最爲特出。次段叙寫渴中山水草木盛況。末段敍渴得名之由。

〔批　評〕

孫琮曰：「讀袁家渴記，只如一幅小山水，色色盡到。其間寫水，便覺水有聲；寫山，便覺山有色；寫樹，便覺枝幹扶疎；寫草，便見花葉搖曳。眞是流水飛花，俱成文章者也。」

林紓曰：「此等文字，須含一股靜氣，又須十分畫理，再著一段詩情，方能成此傑構。」

(六) 石渠記

自渴①西南行，不能百步，得石渠。民橋其上，有泉幽幽然②，其鳴乍大乍細。渠之廣，或咫尺，或倍尺，其長可十許步。其流抵大石，伏出其下。踰石而往，有石泓③，昌蒲④被之，青鮮⑤環周。人折⑥西行，旁陷巖石下，北墮小潭。潭幅員減百尺⑦，淸深多儵魚⑧。又北，曲行紆餘⑨，睨⑩若無窮，然卒入于渴。其側皆詭石怪木，奇卉美箭⑪，可列坐而庥⑫焉。風搖其顚，韻動崖谷，視之旣靜，其聽始遠。

予從州牧⑬得之，攬去翳朽⑭，決疏土石⑮，旣崇而焚，旣釃⑯而盈。惜其未始有傳焉者，故累記其所屬，遺之其人，書之其陽，俾後好事者求之得以易。

元和七年正月八日，蠲⑰渠至大石。十月十九日，踰石，得石泓、小潭，渠之美，於是始窮也。

〔注 釋〕

①渴 即袁家渴。

②幽幽然 深遠貌。

③石泓 石渠。

④菖蒲 草名，生水中，高約二、三尺。

⑤鮮 同蘚。隱花植物之一類，叢生於濕地、古木、或岩石之上。

⑥人折 作人字形轉折。

⑦潭幅員減百尺 幅員，廣圓，即面積。減，少。謂潭之面積不足百尺。

⑧鰷魚 鰷，音ㄔㄡ。鰷魚，白鰷魚，即白餐條。

⑨紆餘 屈曲貌。

⑩睨 視。

⑪箭 竹之一種，可以爲箭，故名。

⑫庥 同休。

⑬州牧 州長。

⑭攬去翳朽 翳，蔽。謂除去地上腐草朽木。

⑮決疏土石 謂除去壅塞水中之土石。

⑯釃 音ㄙ，分引也。謂決疏土石分引其水也。

⑰蠲 音ㄐㄩㄢ，去也。

〔說 明〕

本文爲永州八記之第六篇，體裁屬雜記類。主旨在寫石渠之形狀，及其側木石之怪，竹草之美。文分四段：首段寫石渠流經之狀。次段寫渠側風景。三段寫修治之情形。末段寫得石泓、石潭，始窮渠之美

〔批 評〕

孫琮曰：「接袁家渴記讀去，便見妙境無窮。篇中第一段寫石渠，幽然有聲，確是寫出石渠，不是第二段石泓。第二段寫石泓澄然以清，確是寫出石泓，不是第三段石潭。第三段寫石潭，亦不是第一段第二段石渠、石泓，洵是化工肖物之筆。」

(七) 石澗記

石渠之事既窮，上由橋西北，下土山之陰，民又橋焉。其水之大，倍石渠三之①。亘②石爲底，達于兩涯，若牀，若堂，若陳筵席，若限閫奧③。水平布其上，流若織文，響若操琴。

揭跣④而往，折竹，掃陳葉，排腐木。可羅胡牀⑤十八九。居之，交絡⑥之流，觸激之音，皆在牀下；翠羽之木，龍鱗之石，均蔭其上。古之八其⑦有樂乎此耶？後之來者，有能追余之踐履耶？

得意之日，與石渠同⑧。由渴而來者，先石渠，後石澗；由百家瀨上而來者，先石澗，後石渠。澗之可窮者，皆出石城村東南，其間可樂者數焉。其上深山幽林，逾⑨峭險，道狹，不可窮也。

〔注釋〕

①倍石渠三之　謂三倍於石渠。

②亘　音ㄍㄥˋ，聯也。

③閫奧　閫，音ㄎㄨㄣˇ，內室。室之西南隅曰奧。

④揭跣　揭，音ㄑㄧˋ，攝衣渡水。跣，音ㄒㄧㄢˇ

，足親地。揭跣，謂攝衣赤足渡水。

⑤胡牀　坐具，即交椅，又名交牀，校椅。

⑥交絡　交相纏絡。

⑦其　同豈。

⑧得意之日，與石渠同　一本無「意」字。此記得澗之日與得石渠之日同也。

⑨逾　益。

〔說　明〕

本文爲永州八記之第七篇，體裁屬雜記類。主旨在記石澗景色之美，及享受此景色之樂。文分三段：首段寫澗底亘石之景。二段寫其上水流之狀之聲，及享此景色之樂。末段寫石澗與石渠之位置，及澗上深山幽林不可窮盡之故。

〔批　評〕

孫琮曰：「讀袁家渴一篇，已是窮幽選勝，自謂極盡洞天福地之奇觀矣！不意又有石渠記一篇，另闢一個佳塊。讀石渠記一篇，已是搜奇剔怪，洞天之中，又有洞天；福地之內，又有福地。天下之奇觀，更無有踰於此矣！不意又有石澗記一篇，另闢一個佳境。眞是洞天之中，有無窮洞天；福地之內，有無窮福地。不知永州果有此無限妙麗境界？抑是柳州胸中筆底眞有如此無限妙麗結撰？令人坐臥其間，能不移情槩月？從古遊地，未有如石澗之奇者；從古善遊人，亦未有如子厚之好奇者。今觀其泉聲潺潺，入我牀下；翠木怪石，堆蔭枕上，此是何等遊法？」

(八) 小石城山記

自西山道口，徑北①踰黃茅嶺而下，有二道：其一西出，尋之無所得。其一少北而東，不過四十丈，土斷而川分，有積石橫當其垠②。其上，爲睥睨梁欐③之形。其旁，出堡塢④，有若門焉。窺之正黑，投以小石，洞然有水聲，其響之激越⑤，良久乃已。環之可上，望甚遠。無土壤而生嘉樹美箭⑥，益奇而堅。其疏數⑦偃仰，類智者所施設也。

噫！吾疑造物者之有無久矣，及是，愈以爲誠有。又怪其不爲之於中州，而列是夷狄，更千百年，不得一售其伎⑧。是固勞而無用，神者儻⑨不宜如是。則其果無乎？

或曰：「以慰夫賢而辱於此者」。或曰：「其氣之靈不爲偉人，而獨爲是物，故楚之南少人而多石」。是二者，余未信之。

〔注　釋〕

①徑北　直往北。
②垠　界限。
③睥睨粱欐　睥睨，音ㄆㄧˋ　ㄋㄧˊ，同埤堄，城上短牆。欐，棟。
④堡塢　泥土築成之小城。
⑤激越　狀聲音清遠。
⑥箭　見石渠記注釋⑫。
⑦數　音ㄘㄨˋ，細密。
⑧伎　同技。
⑨儻　或。

〔說　明〕

本文為永州八記之第八篇，體裁屬雜記類。主旨在寫小石城山形狀之神奇，藉吐胸中之抑鬱。文分三段：首段記山之形狀，及其上嘉樹美箭設施之奇。次段怪是山不在中州而列於夷狄，以暗喻已身之遭遇。末段藉或曰之口以抒胸中鬱勃之氣。

〔批　評〕

林西仲曰：「柳州諸記，多描寫景態之奇，與遊賞之趣。此篇正略敘數語，便把智者設施一句，生出造物有無兩意疑案。蓋子厚遷謫之後，而楚之南，實無一人可以語者，故借題發意，用寄其以賢而辱於此之慨，不可一例論也。」

吳楚材曰：「借石之瑰瑋，以吐胸中之氣。柳州諸記，奇趣逸情，引人以深。而此篇議論，尤為崛出。」

蔡鑄曰：「子厚謫居楚南，鬱鬱茲土。地僻人稀，無可與語，特借山水以自遣。玩賢而辱於此句，其不平之氣，已溢於毫端。」

六二、畫 記

韓 愈

雜古今人物小畫共一卷。騎而立者五人；騎而被甲載兵立者十人；一人騎執大旗前立；騎而被甲載兵，行且下牽者十人；騎且負者二人；騎執器者二人；騎擁田犬者一人；騎而牽者二人；騎而驅者三人；執羈靮①立者二人；騎而下倚馬，臂隼②而立者一人；騎而驅涉者二人；徒而驅牧者二人；坐而指使者一人；甲冑手弓矢鈇鉞③植④者七人；甲冑執幟植者十人；負者七人；偃寢休者二人；甲冑坐睡者一人；方涉者一人；坐而脫足者一人；寒附火者一人；雜執器物役者八人；奉壺矢⑤者一人；舍而具食者十有一人；挹且注者四人；牛牽者二人；驢驅者四人；一人杖而負者；婦人以孺子載而可見者六人；載而上下者三人；孺子戲者九人。凡人之事，三十有二，爲人大小百二十有三，而莫有同者焉。

馬大者九匹，於馬之中，又有上者、下者、行者、牽者、涉者、陸⑥者、翹⑦者、顧者、鳴者、寢者、訛⑧者、立者、人立者、齕⑨者、飲者、溲⑩者、陟者、降者、痒磨樹者、噓者、嗅者、喜相戲者、怒相踶⑪齧者、秣⑫者、騎者、驟⑬者、走者、載服物者、載狐兔者。凡馬之事，二十有七，爲馬大小八十有三，而莫有同者焉。

牛大小十一頭；橐駝⑭三頭；驢如橐駝之數，而加其一焉；隼一；犬、羊、狐、兔、麋、鹿，共三十；旃車⑮三兩；雜兵器：弓、矢、旌、旗、刀、劍、矛、楯、弓服、矢房、甲冑之屬；缾、盂、簦⑯、笠、筐、筥⑰、錡、釜⑱，飲食服用之器；壺矢博奕之具；二百五十有一，皆曲極其妙。

貞元甲戌⑲年，余在京師，甚無事，同居有獨孤生申叔者，始得此畫，而與余彈棋⑳，余幸勝而獲焉，意甚惜之，以爲非一工人之所能運思，蓋藂㉑集衆工人之所長耳，雖百金不願易也。明年出京師，至河陽㉒，與二三客論畫品格，因出而觀之。座有趙侍御者，君子人也，見之戚然若有感然。少而進曰：「噫！余之手摸㉓也，亡之且二十年矣。余少時，常有志乎茲事，得國本㉔，絕人事而摸得之。遊閩中而喪焉。居閑處獨，時往來余懷也。以其始爲之勞，而夙好之篤也，今雖遇之，力不能爲已，且命工人存其大都㉕焉。」余既甚愛之，又感趙君之事，因以贈之，而記其人物之形狀與數，而時觀之，以自釋焉。

〔注釋〕

①羈靮　羈，馬絡頭也。靮，音ㄉㄧˋ，馬韁也。
②隼　音ㄓㄨㄣˇ，又名鶻，速飛善襲，獵者多飼之。
③鈇鉞　即斧鉞，古時軍中戮人所用。
④植　立也。
⑤壺矢　投壺所用之矢。
⑥陸　跳也。
⑦翹　擧也。
⑧訛　動也。
⑨齕　音ㄏㄜˊ，齧也。
⑩溲　音ㄙㄡ，大小便皆曰溲。
⑪踶　音ㄉㄧˋ，踢也。
⑫秣　飼馬也。
⑬驟　馬急步也。
⑭橐駝　即駱駝。橐駝背肉似囊，故云。
⑮旃車　旃，音ㄓㄢ，旗曲柄也。旃車，樹旃之車。
⑯簦　音ㄉㄥ，笠之有柄者，如今之傘。
⑰筐、筥　筥，音ㄐㄩˇ。盛物竹器，方曰筐，圓曰筥。
⑱錡、釜　錡，音ㄑㄧˊ，釜屬。有足曰錡，無足曰釜。
⑲貞元甲戌年　貞元，唐德宗年號。甲戌，貞元十年（西元七九四年）。
⑳彈棋　古博戲。後漢書梁冀傳注引藝經：「彈棋兩人對局，白黑棋子各六枚，先列棋

相當，更先彈也，其局以石為之。」

㉑藂　同叢。

㉒河陽　今河南孟縣。

㉓摸　同摹，規仿也。

㉔國本　國手所畫本。

㉕大都　大概也。

〔作　者〕

見本書第一〇篇作者欄。

〔說　明〕

本文選自韓昌黎全集。體裁屬雜記類。主旨在記人物小畫之形狀與數，並敍得畫之由。全文分四段：首段記畫中人之事。次段記馬之事。三段記雜物之事。末段記得此畫之經過，及贈還原摹者趙侍御之事。

〔批　評〕

文中記人大小百二十有三，馬大小八十有三，雜物二百五十有一，曲盡其妙，莫有同者。又記人物之狀，條理井然而不見板滯，自非大家手筆，何克臻此？

六三、黃州新建小竹樓記

王禹偁

黃岡①之地多竹，大者如椽②。竹工破之，刳③去其節，用代陶瓦。比④屋皆然，以其價廉而工省也。

子城西北隅，雉堞⑤圮⑥毀，蓁莽⑦荒穢，因作小樓二間，與月波樓⑧通。遠呑山光，平挹江瀨⑨，幽闃⑩遼夐⑪，不可具狀。夏宜急雨，有瀑布聲；冬宜密雪，有碎玉聲。宜鼓琴，琴調虛暢；宜詠詩，詩韻淸絕；宜圍棋，子聲丁丁⑫然；宜投壺⑬，矢聲錚錚⑭然：皆竹樓之所助也。

公退之暇，被鶴氅衣⑮，戴華陽巾⑯，手執周易一卷，焚香默坐，銷遣世慮。江山之外，第見風帆沙鳥，煙雲竹樹而已。待其酒力醒，茶煙歇，送夕陽，迎素月⑰，亦謫居⑱之勝概也。彼齊雲⑲、落星⑳，高則高矣；井幹㉑、麗譙㉒，華則華矣，止於貯妓女，藏歌舞，非騷人之事，吾所不取。

吾聞竹工云：「竹之爲瓦，僅十稔㉓；若重覆之，得二十稔。」噫！

吾以至道㉔乙未㉕歲，自翰林出滁㉖上；丙申，移廣陵㉗；丁酉，又入西掖㉘；戊戌㉙歲除日，有齊安㉚之命；己亥閏三月，到郡。四年之間，奔走不暇；未知明年又在何處，豈懼竹樓之易朽乎？幸後之人與我同志，嗣而葺㉛之，庶斯樓之不朽也！

咸平㉜二年八月十五日記。

〔注釋〕

①黃岡　今湖北省黃岡縣。

②椽　承屋瓦之圓木。

③刳　音ㄎㄨ，剖其中而空之。

④比　音ㄅㄧˋ，並也。

⑤雉堞　雉，城堵也。堞，音ㄉㄧㄝˊ，城上女牆。

⑥圮　音ㄆㄧˇ，毀也。

⑦蓁莽　蓁，同榛，棘叢。莽，衆草。

⑧月波樓　樓名，王禹偁所建，在黃岡城上。王氏曾作古詩一章，嵌於樓壁。

⑨平挹江瀨　挹，引而取之也。瀨，水流沙上也。謂從平地可以挹取江水風光。

⑩幽闃　闃，寂靜。幽闃，幽雅寂靜。

⑪夐　音ㄒㄩㄥˋ，遠也。

⑫丁丁　丁，音ㄓㄥ。丁丁，伐木聲也。此形容棋子聲。

⑬投壺　古賓主燕飲時，相與娛樂之事。設壺一，使賓主依次投矢其中，勝者酌酒飲不勝者。

⑭錚錚　金鐵相擊聲。此形容籌投入壺中發出之聲。

⑮被鶴氅衣　被，同披，穿也。氅，鳥羽也。鶴氅，析鳥羽爲裘也。晉時王恭乘高車，身

披鶴氅裘。涉雪而行，孟昶窺見之，嘆曰：「此眞神仙中人。」見世說企羨篇。

⑯華陽巾　高隱者所戴冠。梁時陶弘景，自號華陽眞人，巾或其遺製。

⑰素月　皎潔明月。

⑱謫居　謫，職官降調也。咸平元年，禹偁與修太祖實錄，直書其事，貶知黃州。

⑲齊雲　樓名，在江蘇吳縣治後子城上。即古月華樓。吳地記：「唐朝恭王所建。今名飛雲閣。」

⑳落星　樓名，在江蘇省江寧縣東北四十里，爲吳大帝孫權所建。

㉑井幹　幹，音ㄏㄢˊ，井上木欄也。井幹，樓名，漢武帝所建，高五十餘丈，以木材積建而成，如井上木欄，因名井幹，成八角形。

㉒麗譙　樓名，魏武帝建。

㉓稔　穀熟曰稔，其間約爲一年，因此引申爲一年之意。

㉔至道　宋太宗年號（西元九九五——九九七年）。

㉕乙未　至道元年（西元九九五年）。

㉖滁　唐時置滁州，在今安徽省滁縣。

㉗廣陵　舊縣名，故城在今江蘇省江都縣東北。

㉘西掖　中書省也。在禁中西掖（右旁），又稱西臺。

㉙戊戌　宋眞宗咸平元年（西元九九八年）。

㉚齊安　舊縣名，隋以後改爲黃岡。

㉛葺　修補也。

㉜咸平　宋眞宗年號（西元九九八—一〇〇三年）。

〔作　者〕

王禹偁，字元之，宋濟州鉅野（今山東省鉅野縣）人。生於周世宗顯德元年，卒於宋眞宗咸平四年（西元九五四——一〇〇一年），年四十八。

禹偁九歲能文，宰相畢士安見而器之。太宗太平興國八年舉進士，時年三十。授成武主簿，從知長洲縣。未幾，改大理評事。端拱初，太宗聞其名，召試，擢爲右拾遺，直史館。時北境契丹騷擾，禹偁獻「禦戎十策」，帝深嘉之。與夏侯嘉正、羅處約、杜鎬、表請同校三史書，多所釐正。太宗至道元年，召入翰林爲學士。孝章皇后崩，羣臣不成服，禹偁與客言后嘗母儀天下，當遵用舊禮，坐謗訕，罷爲工部郎中，知滁州。眞宗即位，遷秩刑部，召求直言，禹偁上疏言五事，疏奏，召還，復知制誥。咸平初，預修太祖實錄，直書其事，時宰相張齊賢、李沆不協意，禹偁議論輕重其間，貶知黃州，嘗作三黜賦以見志。咸平四年，州境二虎鬥，其一死，食之殆半。羣鷄夜鳴，經月不止。多雷暴作。禹偁手疏自劾，帝惜其才，命徙蘄州，禹偁上謝表，有「茂陵封禪之書，止期身後」之語，上異之，果至郡未踰月而卒。

禹偁詞學敏贍，遇事敢言，喜臧否人物，以直躬行道爲己任。其爲文著書，多涉規諷，以是頗爲流俗所不容，故屢見擯斥。所與游必儒雅，後進有詞藝者，極意稱揚之。著有小畜集二十卷、承明集十卷、集議十卷、詩三卷。

〔說　明〕

本文選自小畜集。體裁屬雜記類。禹偁於宋眞宗咸平元年，謫守黃岡，其地多竹，因作竹樓二間於府城之上，爲公退之暇休憩之所。因頻年奔走，行止不定，心有所感，作此記以興懷。本文主旨在記建造竹樓之觀感。文分五段：首段言黃岡之地多竹，居民剖竹代陶瓦。二段寫竹樓內外之勝概。三段寫公餘退居竹樓之佳趣，並舉齊雲、落星、井幹、麗譙四樓相比，以見竹樓雅致。四段從竹瓦上發議作結，言外有隨遇而安之意。末段記作記之年月。

〔批　評〕

信手寫來，而生動有緻，自得之於景象之外。林西仲曰：「以竹瓦起，以竹瓦結，中間撰出六宜，俱在竹瓦聲音相應上描寫，皆非尋常意想所及，至敍登樓對景清致，飄飄出塵，可以上追柳州得意諸作。」

六四、桐廬郡嚴先生祠堂記

范仲淹

先生，漢光武之故人也。相尙①以道。及帝握赤符②，乘六龍③，得聖人之時④，臣妾億兆，天下孰加⑤焉？惟先生以節高之。既而動星象⑥，歸江湖⑦，得聖人之清，泥塗軒冕⑧，天下孰加焉？惟光武以禮下之。在蠱之上九：衆方有爲，而獨「不事王侯，高尙其事。」⑨先生以⑩之。在屯之初九：陽德方亨，而能「以貴下賤，大得民也。」⑪光武以之。蓋先生之心，出乎日月之上；光武之器，包乎天地之外。微先生，不能成光武之大；微光武，豈能遂⑫先生之高哉？而使貪夫廉，懦夫立⑬，是大有功於名教也。

某來守是邦⑭，始構堂而奠⑮焉。廼復⑯爲其後者四家，以奉祠事。又從而歌曰：

雲山蒼蒼⑰，江水泱泱⑱，先生之風⑲，山高水長！

〔注　釋〕

①尚　重也。

②帝握赤符　指光武即天子位。東漢建武元年，天下大半平定，諸將勸光武即位，不從。行軍至鄗，光武舊時同學彊華自關中奉赤符至，謂天有瑞應，劉秀當立。諸將又勸，於是即皇帝位。事見後漢書光武紀。

③乘六龍　謂為天子。馬八尺以上稱龍，天子座車駕六馬，故稱六龍。

④得聖人之時　時，時宜也。孟子萬章篇：「孔子，聖之時者也。」

⑤加　越也。

⑥動星象　嚴光聘至京都，光武引光入宮，夜相臥，光以足加光武腹上。明日，太史入奏，謂有客星犯帝座。光武笑曰：「朕與故人嚴子陵共臥耳。」事見後漢書嚴光傳。

⑦歸江湖　指嚴光歸富春江釣隱。

⑧泥塗軒冕　喻鄙棄富貴尊位。

⑨在蠱之上九：衆方有為，而獨「不事王侯，高尚其事」　蠱，易經卦名。惟蠱卦卦辭無「衆方有為」句。其事，意指己清高之志業。

⑩以　行也。

⑪在屯之初九：陽德方亨，而能「以貴下賤，大得民也」　屯，易經卦名。惟屯卦卦辭無「陽德方亨」句。陽德，意指帝德。亨，通也。

⑫遂　成也。

⑬貪夫廉，懦夫立　見孟子萬章篇。唯原文「貪」作「頑」，其義則無別。

⑭某來守是邦　是邦，指建德府。宋仁宗時，郭皇后廢，范仲淹持異議，罷知睦州。睦州，即建德府（後改嚴州府），下轄建德、桐廬等縣。

⑮奠　祭也。

⑯復　免除賦役也。

⑰蒼蒼　翠綠貌。

⑱泱泱　水闊貌。

⑲先生之風　謝疊山文章規範曰：「范文正公

作嚴先生祠堂記，適李太伯覯在坐，曰：此文一出名世；只一字未妥。公曰：何字？曰：先生之德，不如改先生之風。公欣然改之。蓋太伯因記中有貪夫廉，儒夫立六字，遂思伯夷、柳下之風一段，因得風字也。」

〔作　者〕

范仲淹，字希文。宋蘇州吳縣人。生於太宗端拱二年，卒於仁宗皇祐四年（西元九八九——一〇五二年），年六十四。

仲淹二歲而孤，母更適長山朱氏，從其姓，名說。既長，知其家世，乃感泣辭母去。勵志苦讀，眞宗大中祥符八年舉進士第，迎母歸養，始還姓更名。嘗守邊，號令嚴明，愛撫士卒，西夏人不敢犯，曰：「小范老子，胸中自有數萬甲兵。」累官拜爲副相。平素外柔內剛，考覈嚴峻，爲僥倖者所不悅。奬掖儒學，輒推其俸以食天下俊士，孫復、歐陽修、張載等人皆蒙其裁成。隱然爲當時清流領袖，一時士大夫崇尚風節，自仲淹倡之，後人譽爲「天下第一流人物」。復罷相，出知青州，未幾卒。諡文正。著有范文正公集。

〔說　明〕

本文選自范文正公集。體裁屬雜記類。嚴光，字子陵，東漢會稽人。少與光武同學。及光武登基，光隱遯不見。帝令人訪求，方知光披羊裘，釣某澤中。使者數往，禮聘至京。帝欲任以諫議大夫，光不受，而歸耕富春山（在今浙江省桐廬縣），垂釣富春江，以此終老。宋仁宗天聖年間，范仲淹知睦州，至桐廬，在光垂釣處興建祠堂，以資紀念。本文即撰於斯時。文分二段：

首段言嚴光成光武之大，光武遂先生之高，而有功於名教。二段言仲淹來此構堂祭奠，並歌頌之。

〔批評〕

過商侯曰：「題目只是嚴先生與光武對講，正爲先生占地步，字少意多，筆力老健。昔人題釣臺詩云：卓哉嚴子陵，可惜漢光武！子陵有釣臺，光武無寸土。寄慨特遠。」

六五、相州晝錦堂記

歐陽修

仕宦而至將相，富貴而歸故鄉，此人情之所榮，而今昔之所同也。蓋士方窮時，困阨閭里①，庸人孺子，皆得易②而侮之。若季子不禮於其嫂③，買臣見棄於其妻④。一旦高車駟馬⑤，旗旄導前，而騎卒擁後，夾道之人，相與駢肩累迹⑥，瞻望咨嗟⑦；而所謂庸夫愚婦者，奔走駭汗，羞愧俯伏，以自悔罪於車塵馬足之間。此一介⑧之士，得志於當時，而意氣之盛，昔人比之衣錦之榮⑨者也。

惟大丞相衛國公⑩則不然。公，相⑪人也。世有令德，爲時名卿。自公少時，已擢高科⑫，登顯仕⑬；海內之士，聞下風而望餘光者，蓋亦有年矣。所謂將相而⑭富貴，皆公所宜素有；非如窮阨之人，僥倖得志於一時，出於庸夫愚婦之不意，以驚駭而夸耀之也。然則高牙大纛⑮，不足爲公榮；桓圭袞冕⑯，不足爲公貴；惟德被生民，而功施社稷，勒之金石⑰，播之聲詩，以耀後世而垂無窮；此公之志，而士亦以此望於公也，豈止夸一時而榮一鄉哉！

公在至和⑱中，嘗以武康之節，來治於相⑲。乃作晝錦之堂於後圃；既又刻詩於石，以遺相人。其言以快恩讎、矜⑳名譽爲可薄。蓋不以昔人所夸者爲榮，而以爲戒。於此見公之視富貴爲何如，而其志豈易量哉！故能出入將相，勤勞王家，而夷險一節㉑。至於臨大事，決大議，垂紳正笏㉒，不動聲氣，而措天下於泰山之安，可謂社稷之臣矣。其豐功盛烈㉓，所以銘彝鼎㉔而被弦歌㉕者，乃邦家之光，非閭里之榮也。余雖不獲登公之堂，幸嘗竊誦公之詩；樂公之志有成，而喜爲天下道也，於是乎書。

尙書吏部侍郎參知政事歐陽修記。

〔注　釋〕

①困阨閭里　阨，窮迫。閭，里門。閭里，意同鄉里。

②易　輕視。

③季子不禮於其嫂　蘇秦字季子，戰國洛陽人。嘗以連橫之策說秦惠王，惠王不用。金盡裘敝，去秦而歸，妻不下紝，嫂不爲炊，父母不與言。事見戰國策秦策。

④買臣見棄於其妻　朱買臣，漢武帝時吳郡人。家貧好學，採薪自給，妻子求去，買臣不能留。事見漢書朱買臣傳。

⑤高車駟馬　高車，高蓋車。駟馬，一車駕四馬也。

⑥駢肩累迹　駢肩，並肩；累迹，足跡相重。

喻人之衆多也。

⑦咨嗟　歎息聲。此爲贊歎之意。

⑧一介　一個。

⑨衣錦之榮　衣音一丶，穿着也。錦，有彩色花紋之絲織品。衣錦之榮，喻富貴榮歸鄉里也。漢書項籍傳：「富貴不歸故鄉，如衣錦夜行。」南史劉遴之傳：「武帝謂曰：令卿衣錦還鄉，盡榮養之理。」

⑩大丞相衞國公　韓琦，字稚圭，相州安陽人。仁宗嘉祐三年，拜中書門下平章事集賢殿大學士，即大丞相。英宗嗣位，封衞國公。英宗病，太后垂簾聽政，韓琦輔佐，拜右僕射，封魏國公。

⑪相　相州。今河南省安陽縣。

⑫擢高科　擢，拔取也。韓琦二十歲中進士，名列第二。

⑬登顯仕　居顯官。韓琦弱冠舉進士，授將作監丞，通判淄州，歷開封府推官，三司度支判官，拜右司諫，權知制誥。

⑭而　與也。

⑮高牙大纛　牙，牙旗，旗竿以象牙裝飾之。古時顯貴者出行，以牙旗前導。纛，音ㄉㄠ丶，儀從後之大旗。高牙大纛，喻儀從之盛也。

⑯桓圭袞冕　桓圭，上尖下方之玉板，古時顯貴者所執。周禮春官大宗伯：「公執桓圭。」袞，音ㄍㄨㄣˇ，卷龍衣也。冕，大夫以上冠也。袞冕，古時天子及公卿所服之禮服。

⑰勒之金石　勒，雕刻。金，鐘鼎之屬。石，碑碣之屬。古有大功德者，勒之鐘鼎碑碣，以彰其德。

⑱至和　宋仁宗年號。（西元一〇五四——一〇五六年）

⑲以武康之節，來治於相　韓琦於仁宗慶曆末年，任命爲武康軍節度使，治理幷州。至和二年，治理相州。

⑳矜　自誇。

㉑夷險一節　夷，平也。夷險一節，謂平時、

患難，同一節操。

㉒垂紳正笏　紳，大帶。笏，長方形手版。古時自天子至士人，皆執笏爲禮。垂紳正笏，言大臣之儀態端莊從容。

㉓盛烈　盛，大也。烈，功業。

㉔銘彝鼎　銘，刻記也。彝，酒器。鼎，食器。

㉕被弦歌　被，施也。弦歌，樂歌。

〔作　者〕

見本書第一三篇作者欄。

〔說　明〕

本文選自文忠集。體裁屬雜記類。宋名臣韓琦，榮歸故里相州，建堂於後圃，名曰「晝錦堂」，蓋謂富貴歸故鄉之意也，請歐陽修作爲此記。本文主旨在記韓琦乃社稷之臣，其志在德被生民，功施社稷，不以衣錦榮歸爲夸，而反以爲戒。其豐功盛烈，乃邦家之光，非獨閭里之榮也。全文分三段：首段言世之所謂衣錦之榮，而點出「晝錦」二字。二段敍韓琦之心志，在於心存社稷，德被生民。三段闡明韓琦作「晝錦堂」之用意，不以昔人所夸者爲榮，而以爲戒。

〔批　評〕

全文以「富貴不歸故鄉，如衣錦夜行」爲主題，襯寫韓琦之心志德業，而於晝錦堂之建築、裝設，略無一言及之，此本文之特色。

林西仲曰：「是篇先就晝錦之榮翻起，倒入魏公之志，然後敍其平昔功業，以其榮歸之邦國。斡旋得體，文亦光明正大，與題相稱。」

吳楚材曰：「魏公、永叔，豈皆以晝錦爲榮者，起手便一筆撇開，以後俱從第一層立議，此古人高占地步處。」

六六、豐樂亭記

歐陽修

修既治滁之明年，夏，始飲滁水而甘；問諸滁人，得於州南百步之近。其上豐山①聳然而特立；下則幽谷窈然②而深藏；中有清泉，滃然③而仰出。俯仰左右，顧而樂之，於是疏泉鑿石，闢地以爲亭，而與滁人往遊其間。

滁於五代干戈之際，用武之地也。昔太祖皇帝④，嘗以周⑤師破李景⑥兵十五萬於清流山⑦下，生擒其將皇甫暉、姚鳳於滁東門之外⑧，遂以平滁。修嘗考其山川，按其圖記，升高以望清流之間，欲求暉、鳳就擒之所，而故老皆無在者，蓋天下之平久矣。自唐失其政，海內分裂⑨，豪傑並起而爭，所在爲敵國者，何可勝數？及宋受天命，聖人⑩出而四海一，嚮之憑恃險阻，剗⑪削消磨。百年之間，漠然⑫徒見山高而水清，欲問其事，而遺老盡矣。今滁介於江淮之間，舟車商賈四方賓客之所不至，民生不見外事，而安於畎畝衣食，以樂生送死⑬；而孰知上之功德，休養生息，涵煦⑭百年之深也。

修之來此，樂其地僻而事簡，又愛其俗之安閑。既得斯泉於山谷之間，乃日與滁人仰而望山，俯而聽泉，掇⑮幽芳而蔭喬木，風霜冰雪，刻露清秀，四時之景，無不可愛。又幸其民樂其歲物之豐成，而喜與予遊也。因爲本其山川，道其風俗之美，使民知所以安此豐年之樂者，幸生無事之時也。夫宣上恩德，以與民共樂，刺史之事也。遂書以名其亭焉。慶曆丙戌⑯六月日，右正言⑰知制誥⑱知滁州軍州事歐陽修記。

〔注　釋〕

①豐山　在滁州（今安徽省滁縣）西南。

②窈然　深遠貌。

③滃然　大水貌。

④太祖皇帝　指宋太祖趙匡胤。

⑤周　五代後周。

⑥李景　南唐先主初名景通，後改爲璟，又改爲景。

⑦清流山　在今安徽滁縣西北。山上有關，扼江淮之衝途。

⑧生擒其將皇甫暉、姚鳳於滁東門外　周世宗顯得二年伐唐，唐主命皇甫暉、姚鳳將兵三萬屯定遠，次年退保清流關，時趙匡胤任周殿前都虞侯，領嚴州刺史，奉命突陣而入，大破之，皇甫暉、姚鳳走入滁州，生擒之。

⑨自唐失其改，海內分裂　唐自安史之亂後，藩鎮、宦官、朋黨、黃巢相繼爲禍，天下大亂，五代紛擾，十國割據，故云。

⑩聖人　此尊稱天子之詞，指宋太祖。
⑪剗　或作剷。削滅也。平治也。
⑫漠然　安靜貌。
⑬樂生送死　猶言養生送死。
⑭涵煦　涵，潤澤也。煦，溫暖也。
⑮掇　拾取。
⑯慶曆丙戌　慶曆，宋仁宗年號。慶曆丙戌爲慶曆六年（西元一〇四六年）。
⑰右正言　官名。宋改唐之拾遺爲正言，左屬門下省，右屬中書省。
⑱知制誥　官名。唐置，凡翰林學士入學士院一歲，則遷知制誥，專掌內命，典司詔誥。宋初因之，元豐時罷，仍歸中書舍人。

〔作　者〕

見本書第一三篇作者欄。

〔說　明〕

本文選自文忠集。體裁屬雜記類。言天下之平，實上功德所致。全文分爲三段，首段敍因可樂而作亭。二段撫今思昔，以天下之太平歸於上之功德。末段結出宣上德以與民同樂，所以名亭。

〔批　評〕

林西仲曰：「州南偶作一亭耳，有何關係，若徒記其山川之勝及與民同樂話頭，又是醉翁舊套。此篇忽就滁州想出，原是用武之地，以爲山川猶昔，幸而太平日久，民生無事，所以得遂其樂，非朝廷休養生息之恩，何以至此？迄今讀之，猶見昇平景況躍躍紙上。古人往往於小題目中做出大文字，端非後人所能措手。若文之流動婉秀，雲委波屬，則歐公得意之筆也。」

過商侯曰：「從干戈用武之後，寫出一篇太平景象，中間慨幸交集，無限低徊，記山水卻純說本朝功德，看來此老胸次有大須彌。」

六七、襄州穀城縣夫子廟記

歐陽修

釋奠①、釋菜②，祭之略者也。古者士之見師，以菜爲贄，故始入學者，必釋菜以禮其先師。其學官四時之祭，乃皆釋奠。釋奠有樂無尸③，而釋菜無樂，則其又略也，故其禮亡焉。而今釋奠幸存，然亦無樂，又不徧舉於四時，獨春秋行事而已。

記④曰：「釋奠必有合⑤，有國故則否⑥。」謂凡有國，各自祭其先聖先師。若唐、虞之夔、伯夷⑦，周之周公，魯之孔子，其國之無焉者，則必合於鄰國而祭之。然自孔子沒，後之學者，莫不宗焉，故天下皆尊以爲先聖，而後世無以易。學校廢久矣，學者莫知所師，又取孔子門人之高弟曰顏回者而配⑧焉，以爲先師。隋唐之際，天下州縣皆立學，置學官生員，而釋奠之禮，遂以著令⑨。其後州縣學廢，而釋奠之禮，吏以其著令，故得不廢。學廢矣，無所從祭，則皆廟而祭之。荀卿子曰：「仲尼，聖人之不得勢者也。」然使其得勢，則爲堯舜矣，不幸無時而沒，特以學者之故，享弟子春秋之禮，而後之人不推所謂釋奠者，徒見官爲立祠，而州縣莫不祭之，則以爲夫子之尊，由此而盛。甚者乃謂生雖不得位，而沒有所享，以爲夫子榮，謂有德之報。雖堯舜莫若，何其謬論者歟！

祭之禮以迎尸酌鬯⑩爲盛，釋奠、薦饌，直奠而已，故曰祭之略者。其事有樂舞授器之禮，今又廢，則於其略者又不備焉。然古之所謂吉、凶、鄉射、賓、燕⑪之禮，民得而見焉者，今皆廢失，而州縣幸有社稷釋奠風雨雷師之祭，民猶得以識先王之禮器焉。其牲酒器幣之數，升降俯仰之節，吏又多不能習，至其臨事，舉多不中，而色不莊，使民無所瞻仰，見者怠焉，因以爲古禮不足復用，可勝歎哉！

大宋之興，於今八十年，天下無事，方修禮樂，崇儒術，以文⑫太平之功。以謂王爵未足以尊夫子，又加至聖之號⑬，以褒崇之，講正其禮，下於州縣，而吏或不能諭上意，凡有司簿書之所不責者，謂之不急，非師古好學者，莫肯盡心焉。穀城令狄君栗⑭，爲其邑未逾時，修文宣王廟，易於縣之左，大其正位，爲學舍於其旁，藏九經⑮書，率其邑之子弟興於學，然後考制度，爲俎、豆、籩、篚、罇、爵、簠、簋⑯凡若干，以與其邑人行事。穀城縣政久廢，狄君居之，期月稱治，又能載國典，修禮興學，急其有司所不責者，諰諰⑰然惟恐不及，可謂有志之士矣。

〔注釋〕

①釋奠　設饌爵以祭先聖先師也。禮記文王世子篇：「凡學，春官釋奠于其先師，秋冬亦如之。凡始立學者，必釋奠于先聖先師。」

②釋菜　以芹藻之屬禮先師也。禮記文王世子篇：「始立學者，既興器用幣，然後釋菜。」

③尸　古者祭祀皆有尸以依神，以卑幼者爲之，蓋因祖考遺體，以凝聚祖考之氣。

④記　指禮記文王世子篇。

⑤合　謂國無先聖先師，則所釋奠者，當與鄰國合也。

⑥有國故則否　謂若唐、虞有夔、伯夷，周有周公，魯有孔子，則各自奠之，不合也。

⑦夔、伯夷　夔，舜臣名。書經堯典：「夔，命汝典樂。」伯夷，虞舜時爲秩宗，典三禮，見書經堯典。

⑧配　配享也。祔祭也。

⑨著令　明善之法令也。

⑩鬯　香酒也，以鬱金草釀秬黍爲之。

⑪吉、凶、鄉射、賓、燕　吉謂祭禮。凶謂喪禮。鄉射者，州長於春秋以禮會民，而射於州序。賓謂賓客之禮。燕謂燕禮。賓、燕之禮，亦皆有射。

⑫文　音ㄨㄣˋ，飾也。

⑬加至聖之號　唐開元二十七年，追謚孔子爲文宣王。宋大中祥符元年，加謚至聖文宣

王。

⑭狄君栗　字孟章，長沙人。

⑮九經　易、詩、書、三傳、三禮，共九經。

⑯俎、豆、籩、篚、罇、爵、簠、簋　俎，薦牲之具。豆，以木爲之。籩，編竹爲之。篚，製以竹，其形圖。罇、爵，並酒器。簠，盛稻粱器，以木爲之，其形方。簋，盛黍稷器，以木爲之，其形圓。皆禮器也。

⑰諰諰　諰，音丅一ˇ。諰諰，懼貌。荀子議兵篇：「諰諰然常恐天下之一合而軋己也。」

〔作　者〕

見本書第一三篇作者欄。

〔說　明〕

本文選自文忠集。體裁屬雜記類。襄州穀城縣令狄栗修夫子廟，並學舍，又爲禮器以行禮，歐公爲作記贊美之。本文主旨在說明釋奠之禮，並贊美狄君能修禮興學。文分四段：首段敘釋奠、釋菜之義。二段敘孔子得享後世廟祭之由。三段敘古祭祀之禮，今皆廢失。四段敘宋修禮樂，崇儒術，狄君因修文廟，修禮興學。

〔批　評〕

王文濡曰：「熟於祀典，故能持之有故，言之成理。」

六八、通鑑曹爽之難

司馬光

大將軍爽①，驕奢無度，飲食衣服，擬於乘輿；尚方珍玩，充牣其家；又私取先帝才人，以爲伎樂。作窟室，綺疏②四周，數與其黨何晏等，縱酒其中。弟羲③深以爲憂，數涕泣諫止之，爽不聽。爽兄弟數俱出游，司農沛國桓範④謂曰：「總萬機，典禁兵，不宜並出。若有閉城門，誰復內入者？」爽曰：「誰敢爾邪！」

初，清河、平原⑤爭界，八年不能決。冀州刺史孫禮⑥，請天府⑦所藏烈祖封平原時圖⑧以決之。爽信清河之訴，云：「圖不可用。」禮上疏自辨，辭頗剛切。爽大怒，劾禮怨望，結刑五歲⑨。久而復爲幷州⑩刺史，往見太傅懿⑪，有忿色而無言。懿曰：「卿得幷州，少邪？恚理分界失分乎？」禮曰：「何明公言之乖也！禮雖不德，豈以官位往事爲意邪？本謂明公齊蹤伊、呂⑫，匡輔魏室。上報明帝之託，下建萬世之勳。今社稷將危，天下兇兇，此禮之所以不悅也！」因涕泣橫流。懿曰：「且止，忍不可忍。」

冬，河南尹李勝⑬，出爲荊州刺史，過辭太傅懿。懿令兩婢侍。持衣，衣落；指口言渴。婢進粥。懿不持杯而飲，粥皆流出霑胸。勝曰：「衆情謂明公舊風發動⑭，何意尊體乃爾？」懿使聲氣纔屬，說：「年老枕疾，死在旦夕。君當屈幷州。幷州近胡，好爲之備。恐不復相見，以子師、昭⑮兄弟爲託。」勝曰：「當還忝本州⑯，非幷州。」懿乃錯亂其辭曰：「君方到幷州？」勝復曰：「當忝荊州。」懿曰：「年老意荒，不解君言。今還爲本州，盛德壯烈，好建功勳。」勝退，告爽曰：「司馬公尸居餘氣，形神已離，不足慮矣。」他日，又向爽等垂泣曰：「大傅病不可復濟，令人愴然！」故爽等不復設備。

何晏⑰聞平原管輅⑱，明於術數，請與相見。十二月丙戌，輅往詣晏，晏與之論易。時鄧颺⑲在坐，謂輅曰：「君自謂善易，而語初不及易中辭義，何也？」輅曰：「夫善易者，不言易也。」晏含笑贊之曰：「可謂要言不煩也！」因謂輅曰：「試爲作一卦，知位當至三公不？」又問：

「連夢見青蠅數十，來集鼻上，驅之不去，何也？」輅曰：「昔元、凱⑳輔舜，周公佐周，皆以和惠謙恭，享有多福。此非卜筮所能明也。今君侯位尊勢重，而懷德者鮮，畏威者衆，殆非小心求福之道也。又鼻者，天中之山㉑，『高而不危，所以長守貴。』㉒今青蠅臭惡，而集之，位峻者顛，輕豪者亡，不可不深思也！願君侯裒多益寡，非禮勿履。然後三公可至，青蠅可驅也。」颺曰：「此老生之常譚。」輅曰：「夫老生者見不生，常譚者見不譚㉓。」輅還邑舍㉔，具以語其舅。舅責輅言太切至。輅曰：「與死人語，何所畏邪？」舅大怒，以輅爲狂。

太傅懿，陰與其子中護軍師、散騎常侍昭，謀誅曹爽。嘉平元年㉕，春，正月甲午，帝謁高平陵㉖。大將軍爽，與弟中領軍羲、武衞將軍訓、散騎常侍彥㉗，皆從。太傅懿以皇太后令，閉諸城門，勒兵據武庫，授兵出屯洛水浮橋㉘。召司徒高柔㉙，假節行大將軍事，據爽營；太僕王觀㉚行中領軍事，據羲營。因奏爽罪惡於帝，曰：「臣昔從遼東還㉛，先帝詔陛下、秦王及臣，升御牀，把臣臂，深以後事爲念㉜。臣言：『太祖、高祖亦屬臣以後事㉝，此自陛下所見，無所憂苦。萬一有不如意，臣當以死奉明詔。』今大將軍爽，背棄顧命，敗亂國典。內則僭擬，外則專權。破壞諸營，盡據禁兵。羣官要職，皆置所親。殿中宿衛，易以私人。根據盤互，縱恣日甚。又以黃門張當爲都監，伺察至尊，離閒二宮，傷害骨肉。天下兇兇，人懷危懼。陛下便爲寄坐，豈得久安！此非先帝詔陛下及臣升御牀之本意也。臣雖朽邁㉞，敢忘往言。大尉臣濟㉟等，皆以爽爲有無君之心，兄弟不宜典兵宿衛，奏永寧宮。皇太后令敕臣如奏施行。臣輒㊱敕主者及黃門令『罷爽、羲、訓吏兵，以侯就第，不得逗留，以稽車駕。敢有稽留，便以軍法從事。』臣輒力疾將兵，屯洛水浮橋，伺察非常。」爽得懿奏事，不通，迫窘不知所爲。留車駕宿伊水南，伐木爲鹿角㊲，發屯田兵㊳數千人以爲衞。

懿使侍中高陽許允及尙書陳泰說爽，宜早自歸罪。又使爽所信殿中校尉㊴尹大目謂爽，唯免官而已，以洛水爲誓。泰，羣之子也。

初，爽以桓範鄉里老宿，於九卿中特禮之，然不甚親也。及懿起兵，以太后令召範，欲使行中領軍。範欲應命，其子止之，曰：「車駕在外，不如南出。」範乃出。至平昌城門㊵，城門已閉。門候司蕃，故範舉吏也。範舉手中版示之，矯曰：「有詔召我，卿促開門。」蕃欲求見詔書。範呵之曰：「卿非我故吏邪，何以敢爾？」乃開之。範出城，顧謂蕃曰：「太傅圖逆，卿從我去。」蕃徒行不能及，遂避側㊶。懿謂蔣濟曰：「智囊往矣！」濟曰：「範則智矣。然駑馬戀棧豆㊷，爽必不能用也。」

範至，勸爽兄弟以天子詣許昌㊸，發四方兵以自輔。爽疑未決。範謂義曰：「此事昭然，卿用讀書何爲邪！於今日卿等門戶，求貧賤復可得乎？且匹夫質一人，尚欲望活。卿與天子相隨，令於天下，誰敢不應也？」俱不言。範又謂義曰：「卿別營㊹近在闕南，洛陽典農治在城外，呼召如意。今詣許昌，不過中宿。許昌別庫㊺，足相被假㊻。所憂當在穀食，而大司農印章在我身。」義兄弟默然不從。自甲夜㊼至五鼓，爽乃投刀於地曰：「我亦不失作富家翁！」範哭曰：「曹子丹㊽佳人，生汝兄弟㹠㊾犢耳！何圖今日坐汝等族滅也！」

爽乃通懿奏事，白帝下詔免己官，奉帝還宮。爽兄弟歸家，懿發洛陽吏卒圍守之，四角作高樓，令人在樓上察視爽兄弟舉動。爽挾彈到後園中，樓上便唱言：「故大將軍東南行。」爽愁悶不知為計。戊戌，有司奏：「黃門張當私以所擇才人與爽，疑有姦。」收當付廷尉考實。辭云：「爽與尚書何晏、鄧颺、丁謐[50]，司隸校尉畢軌[51]，荊州刺史李勝等，陰謀反逆，須三月中發。」於是收爽、羲、訓、晏、颺、謐、軌、勝，並桓範，皆下獄。劾以大逆不道，與張當俱夷三族。

〔注　釋〕

①大將軍爽　大將軍，官名，除當征討之任外，亦擅朝權。爽即曹爽，字伯由，三國魏人。明帝即位，累遷都督中外諸軍事、錄尚書事。齊王芳即位，加侍中，封武安侯。後為司馬懿所殺，夷三族。

②綺疏　鏤為綺文。

③羲　爽弟曹羲，官至中領軍，以列侯侍從，出入禁闥。兄爽專政作威，羲深以為憂。數諫止之，不納。爽敗，坐誅。

④司農沛國桓範　司農，官名，漢九卿之一。漢武帝置大司農，掌錢穀之事，魏因之。桓範，字元則，三國魏沛人。正始中，拜大司農，以清省稱。時曹爽輔政，以範鄉里老宿，特敬重之。爽敗，與之同誅。

⑤清河、平原　二郡名。清河有今河北之清河、棗強及山東之清平、高唐、臨清、武城等縣。平原有今山東樂陵、長清、平原諸縣地。

⑥孫禮　字德達，三國魏容城人。

⑦天府　祖廟之藏。又賢能之書及功書皆藏於天府。

⑧烈祖封平原時圖　烈祖，明帝也。封平原王，畫壤分國，有地圖藏於天府。

⑨結刑五歲　胡三省注：「結刑五歲者，但結以徒作五歲之罪，而不使之輸作也。」

⑩并州　魏并州統太原、上黨、西河、雁門、新興。冀州大於諸州，并州遠在荒外。

⑪太傅懿　司馬懿時爲太傅。

⑫伊、呂　伊尹、呂尚也。伊尹輔商湯滅夏而有天下，呂尚輔周武王伐殷而有天下。

⑬李勝　字公昭，三國魏南陽人。有才智，曹爽招爲心腹，官至荆州刺史。後與爽俱被誅。

⑭舊風發動　胡三省注：「魏武之辟懿也，懿辭以風痺。故勝以爲舊風發動。」

⑮師、昭　司馬師，字子元，三國魏溫縣人，懿長子。時爲中護軍。司馬昭，字子上，懿次子。時爲散騎常侍。

⑯本州　李勝南陽人，故謂荆州爲本州。

⑰何晏　字平叔，三國魏宛人，何進之孫。尙魏公主。累官至侍中尙書，爵列侯。後爲司馬懿所殺。晏好老、莊，與夏侯玄等競爲清談。士大夫效之，遂成風氣。著有道德論及諸文賦等數十篇。今傳世者有論語集解。

⑱管輅　字公明，三國魏平原人。於風角占相之道，無不精微。正元初，爲少府丞。年四十八而卒。

⑲鄧颺　字玄茂，三國魏南陽人。明帝時，官尙書郎、洛陽令。後拜中郎兼中書郎。正始初，遷潁川太守、侍中、尙書。坐曹爽黨誅。

⑳元、凱　謂八元、八凱也。胡三省注：「左傳，高陽氏有才子八人：蒼舒、隤敳、檮戭、大臨、尨降、庭堅、仲容、叔達，齊聖廣淵，明允篤誠，天下之民謂之八凱。高辛氏有才子八人：伯奮、仲堪、叔獻、季仲、伯虎、仲熊、叔豹、季狸，忠肅共懿，宣慈惠和

，天下之民謂之八元。」

㉑天中之山　胡三省注：「相書以鼻爲天中，自脣以上爲人中。裴松之曰：相書謂鼻之所在爲天中。鼻有山象，故曰天中之山。」

㉒高而不危，所以長守貴　語出孝經諸侯章。

㉓老生者見不生，常譚者見不譚　胡注：「言必見其死也。」

㉔邑舍　平原邑邸也。

㉕嘉平元年　嘉平，齊王芳年號。元年當西元二四九年

㉖高平陵　魏明帝陵也，去洛城九十里。

㉗武衞將軍訓、散騎常侍彥　訓、彥並曹爽之弟。時訓爲武衞將軍，彥爲散騎常侍。

㉘洛水浮橋　胡注：「水經注，洛城南出西頭第二門曰宣陽門，漢之小苑門也，對閶闔，南直洛水浮桁。」

㉙高柔　字文惠，三國魏之圉人。累封安國侯。後轉太尉，卒謚元。

㉚王觀　字偉臺，三國魏廩丘人。累遷司空，卒謚肅。

㉛從遼東還　征公孫淵還也。景初二年正月，明帝召懿使將兵四萬討遼東公孫淵。

㉜先帝詔陛下、秦王及臣，升御牀，把臣臂，深以後事爲念　事見明帝景初三年。秦王，曹詢也，明帝養子。青龍三年八月，立爲秦王。

㉝太祖、高祖亦屬臣以後事　太祖，魏武帝曹操之廟號。高祖，魏文帝曹丕之廟號。胡注：「按晉紀，懿自爲文帝所信重，太祖未嘗以後事屬之也。若文帝則以明帝屬懿。」

㉞朽邁　謂年老衰朽，日月已過也。

㉟太尉臣濟　三國志九曹爽傳盧弼集解：「趙一清曰：晉書王渾傳，公孫宏曰：昔宣帝廢曹爽，引太尉蔣濟參乘，以增威重。」

㊱輒　專擅也。

㊲鹿角　舊時軍營之防禦物，用帶枝樹木削尖，埋植地上，以阻敵人之行近。形如鹿角，故名。

㊳屯田兵　屯戍墾田之兵也。胡注：「魏武創

業，令州郡例置田官，故洛陽亦有屯田兵。」

㊴殿中校尉　官名。魏晉之制，有殿中將軍、中郎、校尉、司馬。

㊵平昌城門　胡注：「水經註，平昌門故平門也，洛城南出西頭第三門。」

㊶側　道旁。

㊷駑馬戀棧豆　棧，棚也。棧豆，馬房豆料也。句謂爽顧戀室家而慮不及遠，必不能用範計。

㊸許昌　縣名，故城在今河南省許昌縣東。

㊹別營　中領軍營，懿已遣王觀據之，惟別營在耳。

㊺許昌別庫　洛陽武庫，已爲懿所據。許昌別庫，尚貯兵甲。

㊻被假　胡注：「謂授兵也。」被，謂穿著甲冑。假，謂持用武器。

㊼甲夜　初夜也。夜有五更：一更爲甲夜，二更爲乙夜，三更爲丙夜，四更爲丁夜，五更爲戊夜。

㊽曹子丹　爽父曹眞，字子丹。

㊾豘　與豚同，小豕曰豘。

㊿丁謐　字彥靖，三國魏沛國人，斐之子。曹操用爲尚書。

(51)畢軌　字昭先，三國魏東平人。正始中，爲中護軍，轉尚書、司隸校尉。素與爽善，後與同誅。

〔作　者〕

司馬光，字君實，宋陝州夏縣（今山西省夏縣）人。生於眞宗天禧三年，卒於哲宗元祐元年（西元一〇一九——一〇八六年），年六十八。

光生七歲，凜然如成人。聞講左氏春秋，愛之。退爲家人講，即了其大旨。仁宗寶元初，年甫冠，中進士甲科。歷官直秘閣、開封府推官。修起居注，判禮部。未幾，同知參院。英宗立，進龍圖閣直學士。神宗立，擢爲翰林學士。上疏論君德曰仁曰明曰武；論治道曰官人曰信賞曰必罰。嘗患歷代史繁，人主不能遍覽，遂爲通志八卷以獻。英宗悅之。至是神宗名之曰資治通鑑，自治序授之，俾日進讀。王安石行新法，光逆疏其利害。抗章至七八，帝猶未允，遂絕口不論事。帝謂資治通鑑賢於荀悅漢紀，促其終篇。及書成，加資政殿學士。哲宗元祐初，拜尚書左僕射兼門下侍郎，遂罷青苗復常平法。時遼、夏使至，必問光起居。敕邊吏曰：「中國相司馬矣，毋輕生事開邊隙。」光自見言行計從，欲以身殉社稷，爲之益力。卒贈太師、溫國公，諡文正，賜碑曰忠清粹德。京師人罷市往弔，鬻衣致奠，四方皆畫像以祀。其爲民感戴如此。

光孝友忠信，恭儉正直。居處有法，動作有禮。自少至老，語未嘗妄。於物淡然無所好，於學無所不通，惟不喜釋、老。著有資治通鑑三百二十四卷、考異三十卷、通歷八十卷、稽古錄二十卷、家範四卷、文集八十卷等十五種，共五百八十餘卷。

〔說　明〕

本文選自資治通鑑魏紀。體裁屬雜記類。主旨在敍魏大將軍曹爽之驕奢及太傅司馬懿之處心積慮以殺爽。文分十段：首段敍曹爽之驕奢。次段敍司馬懿心機之深。三段敍懿故飾羸病，以使爽不爲預備。四段藉管輅之諫何晏，暗示爽與其黨之將敗。五段敍懿乘機奚收爽之兵權。六段敍懿使人誘爽歸罪。七段敍桓範出就爽。八段敍爽兄弟愚癡而不聽範言。九段敍爽兄弟歸家爲囚。十段敍爽等俱族誅。

資治通鑑爲司馬光等奉詔撰，凡二百九十四卷，上起戰國，下迄五代，計一千三百六十二年之事。其書網羅宏富，舉凡國家興衰之迹，生民休戚之事，並寓善可爲法、惡可爲戒之意。文繁義博，體大思精，越十九年而書始成。神宗製序，賜名資治通鑑。

〔批評〕

本篇人物衆多，頭緒繁雜，而文筆贍而不蕪，亂而能整。自始至終，於司馬懿之陰恨心計及曹爽之狂傲疏愚，敍來簡潔傳神，歷歷如見。

六九、通鑑赤壁之戰

司馬光

初，魯肅①聞劉表②卒，言於孫權③曰：「荆州④與國鄰接，江山險固，沃野萬里，士民殷富。若據而有之，此帝王之資也。今劉表新亡，二子不協⑤，軍中諸將，各有彼此⑥。劉備⑦天下梟雄⑧，與操有隙，寄寓於表。表惡其能而不能用也。若備與彼協心，上下齊同，則宜撫安，與結盟好；如有離違⑨，宜別圖之，以濟大事。肅請得奉命，弔⑩表二子，幷慰勞其軍中用事者，及說備使撫表衆，同心一意，共治曹操。備必喜而從命。如其克諧⑪，天下可定也。今不速往，恐為操所先。」

權卽遣肅行。到夏口⑫，聞操已向荆州。晨夜兼道，比至南郡⑬，而琮已降，備南走。肅徑⑭迎之，與備會於當陽長坂⑮。肅宣權旨，論天下事勢，致殷勤之意。且問備曰：「豫州⑯今欲何至？」備曰：「與蒼梧太守吳巨⑰有舊，欲往投之。」肅曰：「孫討虜⑱聰明仁惠，敬賢禮士；江表⑲英豪，咸歸附之；已據有六郡⑳，兵精糧多，足以立事。今為君計，莫若遣腹心自結於東，以共濟世業㉑。而欲投吳巨！巨是凡人，偏在遠郡，行將爲人所併，豈足託乎！」備甚悅。肅又謂諸葛亮㉒曰：「我，子瑜友也。」即共定交。子瑜者，亮兄瑾也，避亂江東㉓，爲孫權長史㉔。備用肅計，進住鄂縣㉕之樊口㉖。

曹操自江陵㉗將順江東下。諸葛亮謂劉備曰：「事急矣！請奉命求救於孫將軍。」遂與魯肅俱詣㉘孫權。亮見權於柴桑㉙，說權曰：「海內大亂，將軍起兵江東，劉豫州收衆漢南㉚，與曹操共爭天下。今操芟夷㉛大難，略已平矣，遂破荆州，威震四海。英雄無用武之地，故豫州遁逃至此，願將軍量力而處之。若能以吳、越㉜之衆，與中國㉝抗衡，不如早與之絕；若不能，何不按兵束甲，北面而事之㉞？今將軍外託服從之名，而內懷猶豫之計，事急而不斷，禍至無日矣！」權曰：「苟如君言，劉豫州何不遂事之乎？」亮曰：「田橫㉟，齊之壯士耳，猶守義不辱；況劉豫州，王室之胄㊱，英才蓋世，衆士慕仰，若水之歸海。若事之不濟，此乃天也。安能復爲之下乎？」權勃然㊲曰：「吾不能舉全吳之地，十萬之衆，受制於人。吾計決矣。非劉豫州莫可以當曹操者。然豫州新敗之後，安能抗此難乎(？)」亮曰：「豫州軍雖敗於長坂，今戰士還者，及關羽㊳水軍，精甲萬人。劉琦合江夏戰士，亦不下萬人。曹操之衆，遠來疲敝，聞追豫州，輕騎一日一夜行三百餘里，此所謂『强弩之末，勢不能穿魯縞㊴』者也。故兵法忌之，曰：『必蹶上將軍㊵。』且北方之人，不習水戰；又荆州之民附操者，偪㊶兵勢耳，非心服也。今將軍誠能命猛將，統兵數萬，與豫州協規㊷同力，破操軍必矣。操軍破，必北還。如此，則荆、吳之勢强，鼎足之形成矣。成敗之機，在於今日。」權大悅，與其羣下謀之。

是時，曹操遺㊸權書，曰：「近者奉辭伐罪㊹，旌麾㊺南指，劉琮束手。今治水軍八十萬衆，方與將軍會獵㊻於吳。」權以示臣下，莫不響震失色。長史張昭㊼等曰：「曹公，豺虎也。挾天子以征四方，動以朝廷爲辭。今日拒之，事更不順。且將軍大勢可以拒操者，長江也。今操得荆州，奄有㊽其地。劉表治水軍，蒙衝鬬艦㊾乃以千數。操悉浮以沿江，兼有步兵，水陸俱下，此爲長江之險，已與我共之矣。而勢力衆寡，又不可論。愚謂大計，不如迎之。」魯肅獨不言。權起更衣㊿，肅追於宇下；權知其意，執肅手曰：「卿欲何言？」肅曰；「向察衆人之議，專欲誤將軍，不足與圖大事。今肅，可迎操耳；如將軍，不可也。何以言之？今肅迎操，操當以肅還付鄉黨㉛，品其名位㉜，猶不失下曹從事㉝，乘犢車㉞，從吏卒，交游士林，累官故不失州郡㉟也。將軍迎操，欲安所歸乎？願早定大計，莫用衆人之議也。」權歎息曰：「諸人持議，甚失孤望。今卿廓開㊱大計，正與孤同。」

時，周瑜㊲受使至番陽㊳，肅勸權召瑜還。瑜至，謂權曰：「操雖託名漢相，其實漢賊也。將軍以神武雄才，兼仗父兄之烈㊴，割據江東，地方數千里，兵精足用，英雄樂業；當橫行天下，爲漢家除殘去穢㊵。況操自送死，而可迎之邪？請爲將軍籌之：今北土未平，馬超、韓遂，尚在關西㊶，爲操後患；而操舍鞍馬，仗舟楫㊷，與吳、越爭衡；今又盛寒，馬無藁草㊸；驅中國士衆，遠涉江湖之間，不習水土，必生疾病。此數者，用兵之患也，而操皆冒行之。將軍禽操，宜在今日。瑜請得精兵數萬人，進住夏口，保爲將軍破之。」權曰：「老賊欲廢漢自立久矣，徒忌二袁64、呂布65、劉表與孤耳。今數雄已滅，惟孤尙存。孤與老賊，勢不兩立。君言當擊，甚與孤合，此天以君授孤也！」因拔刀斫66前奏案67，曰：「諸將吏敢復有言當迎操者，與此案同！」乃罷會。

是夜，瑜復見權曰：「諸人徒見操書言水步八十萬，而各恐懾，不復料其虛實，便開此議68，甚無謂也。今以實校之：彼所將中國人，不過十五六萬，且已久疲。所得表衆，亦極七八萬耳，尙懷狐疑。夫以疲病之卒，御狐疑之衆，衆數雖多，甚未足畏。瑜得精兵五萬，自足制之。願將軍勿慮。」權撫其背曰：「公瑾，卿言至此，甚合孤心。子布、元表69諸人，各顧妻子，挾持私慮，深失所望；獨卿與子敬，與孤同耳！此天以卿二人贊孤也。五萬兵難卒70合。已選三萬人，船、糧、戰具俱辦。卿與子敬、程公71便在前發；孤當續發人衆，多載資糧，爲卿後援。卿能辦之者誠快72；邂逅不如意73，便還就孤；孤當與孟德決之。」遂以周瑜、程普爲左、右督74，將兵與備并力逆75操。以魯肅爲贊軍校尉76，助畫方略。

劉備在樊口，日遣邏吏於水次⑰，候望權軍。吏望見瑜船，馳往白備。備遣人慰勞之；瑜曰：「有軍任，不可得委署⑱，儻能屈威⑲，誠副⑳其所望。」備乃乘單舸㉑往見瑜，曰：「今拒曹公，深爲得計。戰卒有幾？」瑜曰：「三萬人。」備曰：「恨少。」瑜曰：「此自足用。豫州但觀瑜破之。」備欲呼魯肅等共會語，瑜曰：「受命不得妄委署；若欲見子敬，可別過之。」備深愧喜㉒。

進與操遇於赤壁。時操軍衆已有疾疫；初一交戰，操軍不利，引次㉓江北。瑜等在南岸。瑜部將黃蓋㉔曰：「今寇衆我寡，難與持久；操軍方連船，艦首尾相接，可燒而走也。」乃取蒙衝鬬艦十艘，載燥荻、枯柴，灌油其中，裹以帷幕，上建旌旗，豫備走舸㉕，繫於其尾。先以書遺操，詐云欲降。時東南風急，蓋以十艦最著前，中江舉帆，餘船以次俱進。操軍吏士，皆出營立觀，指言蓋降。去北軍二里餘，同時發火，火烈風猛，船往如箭，燒盡北船，延及岸上營落㉖。頃之，煙炎張天，人馬燒溺死者甚衆。瑜等率輕銳繼其後㉗，雷鼓大震，北軍大壞。操引軍從華容道㉘步走，遇泥濘，道不通，天又大風，悉使羸兵負草塡之，騎乃得過。羸兵爲人馬所蹈藉⑧⑨，陷泥中死者甚衆。劉備、周瑜水陸並進，追操至南郡。時操軍兼以饑疫，死者太半。操乃留征南將軍曹仁⑨⓪、橫野將軍徐晃⑨①守江陵，折衝將軍樂進⑨②守襄陽⑨③；引軍北還。

〔注　解〕

①魯肅　字子敬，臨淮東城（今安徽定遠縣東南）人。由周瑜薦事孫權，官至橫江將軍，瑜卒，代統吳軍。

②劉表　字景升，山陽高平（今安徽盱眙）人，漢魯共王餘之後。獻帝初平中，爲荊州刺史。建安十三年七月，曹操大擧攻表。未至，表疽發背而卒。

③孫權　字仲謀，吳郡富春（今浙江富陽）人，堅次子，策弟。

④荊州　劉表爲荊州刺史時，治襄陽，轄長江以北之襄陽、南陽、南郡、江夏及長江以南之零陵、桂陽、武陵、長沙等八郡地。

⑤二子不協　長子曰琦，次子曰琮。琮娶表後妻蔡氏之姪女，蔡氏遂愛琮而惡琦，使其弟蔡瑁等毀琦譽琮。琦不自安，乃求出任江夏太守。及表卒，瑁等奉琮爲荊州太守。琦怒，欲奔喪作難，因此二人不和。

⑥各有彼此　言諸將各有所附。

⑦劉備　字玄德，涿縣（河北涿縣）人。建安二十六年，在蜀稱帝，都成都。

⑧梟雄　雄豪魁傑也。

⑨離違　離心背意。

⑩弔　弔唁也。

⑪克諧　克，能也。諧，和也。

⑫夏口　今湖北漢口；一說在長江南岸之武

昌。

⑬南郡　今湖北江陵縣北紀南城。當長江北岸，夏口西。

⑭徑　同逕。

⑮當陽長坂　當陽，在襄陽南，南郡北，今湖北當陽縣。長坂，在當陽東北。

⑯豫州　劉備曾任豫州牧，故稱官名，以表尊敬。

⑰蒼梧太守吳巨　後漢蒼梧郡治在今廣西蒼梧縣。吳巨，劉表所任。

⑱孫討虜　指孫權。建安五年，曹操曾表孫權爲討虜將軍。

⑲江表　江外也。指長江以南。

⑳據有六郡　時孫權據有吳郡、丹陽、廬江、會稽、廬陵、豫章六郡。

㉑業　事也。

㉒諸葛亮　字孔明，瑯琊陽都（今山東沂水南）人。自比管仲、樂毅，號稱臥龍先生。後佐備成帝業，官至丞相，卒謚忠武侯。

㉓江東　長江下游之地。

㉔長史　官名，秩千石，掌公文官書，參贊政治。

㉕鄂縣　今湖北鄂城縣。

㉖樊口　在今鄂城縣西北五里。

㉗江陵　今湖北江陵縣。

㉘詣　往也。

㉙柴桑　在今江西九江縣西南。

㉚漢南　指漢水以南地。

㉛芟夷　芟，刈也。夷，殺也。

㉜吳、越　孫權所據江東六郡，春秋時屬吳、越二國。

㉝中國　猶稱中原。

㉞北面而事之　臣服而事人也。

㉟田橫　秦末，齊王田榮弟。漢滅楚，橫與其屬五百餘人，亡入海島。漢高祖使人招之，橫未至，而自殺。其徒聞橫死，亦皆自殺。

㊱胄　後裔也。

㊲勃然　變色貌。

㊳關羽　字雲長，河東解（山西解縣）人，美鬚髯，有膽力。

㊴强弩之末，勢不能穿魯縞　弩，弓也。縞，細絹也。魯國曲阜人所織之縞，尤爲薄細，故以取喻。

㊵必蹶上將軍　蹶，挫也。斃也。上將軍，猶大將也。

㊶偪　同逼。

㊷協規　協同規畫也。

㊸遺　音ㄨㄟˋ，送也。

㊹奉辭伐罪　言奉天子之命，討伐有罪者也。

㊺旌麾　旌旗之屬，所以指揮也。

㊻會獵　謂共擒劉備也。

㊼張昭　字子布，彭城（江蘇銅山）人。孫策臨亡，以權託昭。後拜輔吳將軍，封婁侯。

㊽奄有　擁有也。

㊾蒙衝鬪艦　並戰船也。

㊿更衣　換衣也。

(51)還付鄉黨　萬二千五百家爲鄉，五百家爲黨。謂打發還鄉。

(52)品其名位　謂品評其才德之高下，以定其官名爵位也。

(53)下曹從事　漢制通指州郡中分曹從事吏，爲刺史之佐吏，如別駕、治中等是。

(54)犢車　牛車也。

(55)不失州郡　猶不失爲州郡長官。

(56)廓開　猶敞開。打開。

(57)周瑜　字公瑾，廬江舒（今安徽廬江縣西）人，歷事孫氏兄弟，吳中呼爲周郎，拜偏特軍，領南郡太守，卒年三十六。

(58)番陽　今江西鄱陽縣。

(59)父兄之烈　父，指孫堅。兄，指孫策。烈，功業也。

(60)除殘去穢　殘，暴也。穢，汚穢也。

(61)馬超、韓遂，尚在關西　馬超，字孟起，隴西（甘肅隴西）人。前將軍馬騰子。韓遂，字文約，金城（今甘肅皐蘭縣西南）人。與騰爲異姓兄弟，任鎮西將軍。關西，指函谷關以西。

(62)舍鞍馬，仗舟楫　謂捨陸戰而取水戰也。

(63)藁草　指稻稈和草，爲馬之飼料。

(64)二袁　指袁紹及其從弟袁術。

(65)呂布　字奉先，九原（綏遠五原）人。驍勇能戰，先後事丁原、董卓。建安三年，爲操所縊殺。

(66)斫　擊也。

(67)奏案　長桌也。

(68)此議　指迎降之議。

(69)元表　秦松之字。孫權謀士。

(70)卒　通猝。

(71)程公　程普，字德謀，右北平（今河北豐潤縣東）人，歷事孫堅、孫策，爲東吳元老，故權尊稱「程公」。

(72)誠快　誠屬快事。

(73)邂逅不如意　邂逅，不期而遇也。此謂偶遇戰事不利。

(74)督　將也。

(75)逆　迎也。

(76)贊軍校尉　以校尉官參贊軍務。

(77)水次　江邊也。

(78)委署　委棄職守也。

(79)屈威　猶云屈駕。

(80)副　合也。

(81)舸　音ㄍㄜˇ，大船也。

(82)備深愧喜　備自愧呼肅之非，而喜瑜治軍之嚴。

(83)次　左傳莊公三年：「凡師一宿爲舍，再宿爲信，過信爲次。」

(84)黃蓋　字公覆，泉陵（今湖南零陵縣北）人。東吳老將。

(85)走舸　快船也。

(86)營落　兵營聚居之所。

(87)雷　通擂。

(88)華容道　在今湖北監利縣西北。

(89)蹈藉　踐踏也。

(90)征南將軍曹仁　曹仁，字子孝，操從弟。後累官至大司馬，封陳侯。

㉑橫野將軍徐晃　徐晃，字公明，河東楊郡（今山西洪洞縣東南）人。後累官至右將軍，封陽平侯。

㉒折衝將軍樂進　樂進，字文謙，陽平衛國（今山東觀城縣西）人。後累官至右將軍，封廣昌亭侯。

㉓襄陽：今湖北襄陽縣。

〔作　者〕

見本書第六八篇作者欄。

〔說　明〕

本文選自資治通鑑漢獻帝紀。東漢末年，羣雄並起，一代驍雄曹操，掌握强大武力，迎獻帝於許昌，自任丞相，挾天子，號令天下。先後擊滅袁紹、袁術、呂布等，統一華北。建安十三年（西元二〇八年）七月，襲取荆州。劉備退守樊口，求援孫權。權遂聯備，以數萬人馬，敗操軍於赤壁，形成三國鼎立之勢，本文即寫此一大戰之始末。文分七段：首段言魯肅欲借弔劉表之喪，聯合劉備，同心破曹。二段言劉琮降曹，劉備用魯肅計，進住樊口。三段言諸葛亮定破曹之計。四段言孫權示曹書於衆，皆失色，唯魯肅獨持決戰。五段言周瑜力勸孫權敵曹，權爲之心堅。六段言孫權之調兵遣將。七段言周瑜領兵出戰。八段言孫、劉破曹，曹引軍北還。

〔批　評〕

赤壁之役，乃我歷史名戰。其背景之雜，人物之衆，視之中外諸戰，過無不及，而司馬溫公運其大椽之筆，去其繁，除其猥，使之簡而不陋，明而不俗，史學、史識、史才、史筆，兼而有之，洵史學界之巨匠也。

七〇、宜黃縣縣學記

曾　鞏

古之人，自家至于天子之國，皆有學①；自幼至于長，未嘗去於學之中。學有詩書、六藝、絃歌、洗爵②、俯仰之容③、升降之節④，以習其心體、耳目、手足之舉措；又有祭祀⑤、鄉射⑥、養老之禮⑦，以習恭讓；進材⑧、論獄、出兵授捷之法⑨，以習其從事，師友以解其惑，勸懲以勉其進，戒其不率；其所爲具如此。而其大要，則務使人人學其性，不獨防其邪僻、放肆也。雖有剛柔、緩急之異，皆可以進之中，而無過不及。使其識之明，氣之充於其心，則用之於進退、語默之際，而無不得其宜；臨之以禍福、死生之故，無足動其意者。爲天下之士，爲所以養其身之備如此。則又使知天地事物之變，古今治亂之理；至於損益、廢置、先後、始終之要，無所不知。其在堂戶之上，而四海九州之業，萬世之策皆得；及出而履天下之任，列百官之中，則隨所施爲，無不可者。何則？其素所學問然也。蓋凡人之起居、飲食、動作之小事，至於脩身，爲國家天下之大體，皆自學出，而無斯須去於教也。其動於視聽四肢者，必使其洽於內；其謹於初者，必使其要於終。馴之以自然，而待之以積久。噫！何其至也！故其俗之成，則刑罰措；其材之成，則三公⑩、百官得其士；其為法之永，則中材可以守；其入人之深，則雖更衰世而不亂。為教之極至此，鼓舞天下，而人不知其從之，豈用力也哉？

及三代衰，聖人之制作盡壞。千餘年之間，學有存者，亦非古法。人之體性之舉動，唯其所自肆。而臨政、治人之方，固不素講。士有聰明樸茂之質，而無教養之漸，則其材之不成夫然。蓋以不學未成之材，而為天下之吏；又承衰弊之後，而治不教之民。嗚呼！仁政之所以不行，賊盜刑罰之所以積，其不以此也歟？

宋興幾百年矣。慶曆三年⑪，天子圖當世之務，而以學為先；於是天下之學乃得立。而方此之時，撫州⑫之宜黃猶不能有學。士之學者，皆相率而寓於州，以羣聚講習。其明年，天下之學復廢，士亦皆散去；而春秋釋奠之事，以著於令，則常以廟祀孔氏，廟又不復理。皇祐元年⑬，會令李君詳至，始議立學。而縣之士某某與其徒，皆自以謂得發憤於此，莫不相勵而趨爲之；故其材不賦而羨⑭，匠不發而多⑮。其成也，積屋之區若干，而門序正位，講藝之堂，棲士之舍，皆足；積器之數若干，而祀飲、寢食之用，皆具；其像⑯，孔氏而下，從祭之士，皆備；其書，經史百氏，翰林子墨⑰之文章，無外求者。其相基會作之本末，總爲日若干而已，何其周且速也！當四方學廢之初，有司之議，固以謂學者人情之所不樂；及觀此學之作，在其廢學數年之後，唯其令之一唱，而四境之內，響應而圖之，如恐不及；則夫言人之情不樂於學者，其果然也歟？

宜黃之學者，固多良士；而李君之爲令，威行愛立，訟清事舉，其政又良也。夫及良令之時，而順其慕學發憤之俗，作爲宮室教肆之所，以至圖書器用之需，莫不皆有以養其良材之士。雖古之去今遠矣，然聖人之典籍皆在，其言可考，其法可求；使其相與學而明之，禮樂節文之詳，固有所不得爲者；若夫正心修身，爲國家天下之大務，則在其進之而已。使一人之行脩，移之於一家；一家之行修，移之於鄉鄰、族黨；則一縣之風俗成，人材出矣。教化之行，道德之歸，非遠人也，可不勉歟？

縣之士來請曰：「願有記。」其記之，十二月⑱某日也。

【注釋】

①皆有學　禮記學記篇：「古之教者，家有塾，黨有庠，術有序，國有學。」

②洗爵　古時宴客之禮也。詩經大雅行葦篇：「或獻或酢，洗爵奠斝。」（斝，音ㄐㄧㄚˇ，玉爵也。）注：「主人又洗爵酬客，有威儀也。」

③俯仰之容　主賓揖讓進退之儀容。禮記樂記篇：「習其俯仰屈伸，容貌得莊焉。」

④升降之節　主賓上下臺階之禮儀。詳見儀禮鄉射篇及鄉飲酒禮篇。

⑤祭祀　指祭祀先聖先師之禮也。禮記文王世子篇：「凡學，春官釋奠於其先師；秋冬亦如之。凡始立學者，必釋奠於先聖先師。」又曰：「始立學者，既興器用幣，然後釋菜。」

⑥鄉射　古射禮之一。儀禮有鄉射禮篇。疏引鄭玄目錄云：「州長春秋以禮會民，而射於州序之禮。謂之鄉者，州，鄉之屬，鄉大夫或在焉，不改其禮。射禮於五禮中屬嘉禮。」胡匡衷儀禮釋官：「鄉射有二：一是州長會民習射，一是鄉大夫貢士後，以此射詢衆庶，其禮皆先行鄉飲酒禮。」

⑦養老之禮　古有養老之法，即對年老而賢者，及時享以酒食，而敬禮之。禮記王制篇：「凡養老，有虞氏以燕禮，夏后氏以饗禮，殷人以食禮，周人脩而兼用之。五十養於鄉，六十養於國，七十養於學，達於諸侯。」注：「天子、諸侯養老同也。國，國中小學，在王宮之左。學，大學也，在郊。」

⑧進材　選拔有材能之人舉薦於朝。禮記王制篇：「命鄉論秀士，升之司徒曰選士；司徒

論選士之秀者，而升之學曰俊士；升於司徒者不征於鄉，升於學者不征於司徒曰選士；大樂正論造士之秀者，以告於王，而升諸司馬曰進士；司馬辨論官材，論進士之賢者，以告於王而定其論，論定然後官之。」

⑨出兵授捷之法　學習戎事也。禮記王制篇：「天子將出征，受成於學。出征執有罪，反，釋奠于學，以訊馘告。」

⑩三公　周以太師、太傅、太保爲三公；漢以大司馬（東漢改爲太尉）、大司徒、大司空爲三公。

⑪慶曆三年　慶曆，宋仁宗年號。三年，相當西元一〇四三年。時范仲淹執政，倡議興學校。

⑫撫州　宋爲撫州臨川郡，故治在今江西臨川縣。

⑬皇祐元年　皇祐，宋仁宗年號。元年，相當西元一〇四九年。

⑭材不賦而羨　賦，斂取也。羨，餘也。此謂材料不待斂取，捐獻而來者有餘也。

⑮匠不發而多　發，徵調也。此謂士匠無需徵發，自動而來者甚多也。

⑯像　即畫像。文獻通考學校曰：「宋初增修先聖及亞聖十哲塑像，七十二賢及先儒二十一人，皆畫像於東西廊之板壁，太祖親撰先聖及亞聖贊，從祀賢哲先儒，並命當時文臣爲之贊。」

⑰翰林子墨　言文章辭賦之作家也。揚雄長楊賦序：「雄從至射熊館還，上長楊賦，聊因筆墨之成文章，故藉翰林以爲主人，子墨爲客卿以風。」

⑱十二月　仁宗皇祐元年十二月。

【作　者】

曾鞏，字子固，宋建昌南豐（今江西省南豐縣）人。生於眞宗天禧三年，卒於神宗元豐六年

（西元一〇一九——一〇八三年），年六十五。

子固性孝友，少警敏，讀書數百言，脫口輒誦。年十二，試作六論，援筆而成。甫冠，才名聞四方，歐陽修見其文，大奇之。仁宗嘉祐二年，舉進士。由館閣校勘，集賢校理，實錄檢討官，出爲越州通判。歷知齊、襄、福、明、亳、滄諸州，所在多政績。神宗時，重修五朝正史，子固司其事，加史館修撰，拜中書舍人。數月而卒，追謚文定。

子固久典秘書，博學多通。爲文原本六經，斟酌於司馬遷、韓愈，溫潤淵雅，樸茂厚重；風格頗類劉向、班固。晁公武郡齋讀書志，稱子固獨得歐陽修之傳，故並稱歐、曾。傳其衣鉢者，頗不乏人，朱熹、方苞亦師其作風。學者稱南豐先生，後世列爲唐宋古文八大家之一。著有元豐類稿。

【說　明】

本文選自元豐類稿。體裁屬雜記類。宜黃，縣名，宋屬江南西路撫州臨州郡，故城在今江西宜黃縣東。清一統志：「江西撫州府宜黃縣學，在縣治北。宋皇祐初，始建於社稷壇右。」縣學，舊稱學宮，設有學官，以教縣中子弟。本篇記述宜黃縣學建立之始末，並闡明教育興廢影響世運之盛衰。文分四段：首段言古代教育深入人心，雖更衰世而不亂。次段敘三代以後聖人制作盡壞，學校教法衰敝，仁政所以不行，刑罰所以頻仍。三段述宜黃縣學創立之始末。四段勗勉士子修身進學，敦厚風俗。末段點出作記之由。

【批　評】

方苞曰：「觀此等文，可知子固篤於經學，頗能窺見先王禮樂教化之意，故朱子愛而倣傚之。」

姚鼐曰：「隨筆曲注，而渾雄博厚之氣鬱然紙上。」

七一、喜雨亭記

蘇軾

亭以雨名，志①喜也。古者有喜，則以名物，示不忘也。周公得禾以名其書②，漢武得鼎以名其年③，叔孫勝狄以名其子④。其喜之大小不齊，其示不忘一也。

余至扶風之明年⑤，始治官舍，爲亭於堂之北，而鑿池其南，引流種樹，以爲休息之所。是歲之春，雨麥⑥於岐山之陽⑦，其占爲有年⑧。既而彌月不雨，民方以爲憂；越三月，乙卯⑨乃雨，甲子⑩又雨，民以爲未足；丁卯⑪大雨，三日乃止。官吏相與慶於庭，商賈相與歌於市，農夫相與抃⑫於野；憂者以樂，病者以愈⑬，而吾亭適成。

於是擧酒於亭上，以屬客⑭而告之曰：「五日不雨可乎？」曰：「五日不雨則無麥。」「十日不雨可乎？」曰：「十日不雨則無禾。」「無麥無禾，歲且荐饑⑮。獄訟繁興，而盜賊滋熾；則吾與二三子，雖欲優游⑯以樂於此亭，其可得耶？今天不遺斯民，始旱而賜之以雨，使吾與二三子，得相與優游而樂於此亭者，皆雨之賜也，其又可忘耶？」

既以名亭，又從而歌之曰：「使天而雨珠，寒者不得以爲襦⑰；使天而雨玉，飢者不得以爲粟。一雨三日，緊⑱誰之力？民曰太守，太守不有；歸之天子，天子曰不然；歸之造物，造物不自以爲功；歸之太空⑲，太空冥冥⑳；不可得而名，吾以名吾亭。」

【注釋】

①志　記也。

②周公得禾以名其書　唐叔得禾，二苗同爲一穗。獻於成王。成王命唐叔以贈周公。周公得禾，作嘉禾篇。今尚書無嘉禾篇，已亡佚。

③漢武得鼎以名其年　漢武帝元狩六年，（西元前一一七年），得寶鼎於汾水上，遂改元爲元鼎元年。

④叔孫勝狄以名其子　晉文公十一年，叔孫得臣，敗狄于鹹，獲長狄僑如，乃名其子曰「僑如」，使後世識其功也。

⑤余至扶風之明年　扶風，古郡名，宋時已改爲鳳翔府，故治在今陝西省鳳翔縣。宋仁宗嘉祐六年，蘇東坡出任鳳翔府簽判。明年爲嘉祐七年。

⑥雨麥　雨，音ㄩˋ，下雨。雨麥，謂雨落於麥上。

⑦岐山之陽　岐山，在陝西省岐山縣東北，近鳳翔。陽，山南也。

⑧占爲有年　占，卜卦，此謂預測。有年，豐年。

⑨乙卯　宋仁宗嘉祐七年五月丁未朔。乙卯，

初九。

⑩甲子　五月十八日。

⑪丁卯　五月二十一日。

⑫抃　音ㄅㄧㄢˋ，拍手，示歡欣之意。

⑬愈　通瘉、癒，病好。

⑭屬客　屬，音ㄓㄨˋ，通注，酌酒。屬客，酌酒勸客。

⑮歲且荐饑　且，將。荐，屢次。荐饑，歲屢不熟也。

⑯優游　閒暇自得貌。

⑰襦　短襖。此泛指衣服。

⑱繄　是也。

⑲太空　天空。

⑳冥冥　遙遠空曠貌。

【作　者】

見本書第一七篇作者欄。

【說　明】

本文選自東坡集。體裁屬雜記類。宋仁宗嘉祐六年，東坡任鳳翔府簽判，七年春，久旱不雨，五月乙卯乃雨，時東坡在官舍之北建亭，亭成，適旱而得雨，因以「喜雨」名其亭，並爲作記。本文主旨在說明亭名喜雨之原因。文分四段：首段言古人有喜，則以名物，示不忘之義。二段記鳳翔之民，久旱得雨，相與歡欣之情。三段言天賜甘霖，使斯民得相與優游而樂於此亭。四段以詠歌作結。

【批　評】

起首即將「喜雨亭」三字分拆二句以點題，復敍旱後大雨，百姓歡樂之情，以寓關懷民生之意，行文自然，寄意深遠。

林西仲曰：「居官建興，當言與民同樂，但亭在官舍，爲休息之所，無關民生，髯蘇却借旱後大雨，語語爲民，便覺闊大。若言雨是雨，亭是亭，雨無交涉，則言雖大而近夸也。」

七二、石鐘山記

蘇軾

水經云①：「彭蠡②之口，有石鐘山焉。」酈元③以爲下臨深潭，微風鼓浪，水石相搏，聲如洪鐘。是說也，人常疑之。今以鐘磬置水中，雖大風浪，不能鳴也，而況石乎？至唐李渤④始訪其遺蹤，得雙石於潭上；扣而聆之，南聲函胡⑤，北音清越⑥，枹⑦止響騰，餘韻徐歇；自以爲得之矣。然是說也，余尤疑之。石之鏗然有聲者，所在皆是也，而此獨以鐘名，何哉？

元豐七年⑧六月丁丑，余自齊安⑨舟行適臨汝⑩，而長子邁⑪將赴饒⑫之德興⑬尉，送之至湖口，因得觀所謂石鐘者。寺僧使小童持斧於亂石間，擇其一二，扣之，硿硿⑭焉。余固笑而不信也。至莫夜月明，獨與邁乘小舟至絕壁下。大石側立千尺，如猛獸奇鬼，森然欲搏人；而山上栖鶻⑮聞人聲亦驚起，磔磔⑯雲霄間；又有若老人欬且笑於山谷中者，或曰：「此鸛鶴⑰也。」余方心動欲還，而大聲發於水上，噌吰⑱如鐘鼓不絕，舟人大恐。徐而察之，則山下皆石穴罅⑲，不知其淺深，微波入焉，涵澹⑳澎湃㉑而為此也。舟迴至兩山間，將入港口，有大石當中流，可坐百人，空中而多竅㉒，與風水相吞吐，有窾坎鏜鞳㉓之聲，與向之噌吰者相應，如樂作焉。因笑謂邁曰：「汝識之乎？噌吰者，周景王㉔之無射㉕也；窾坎鏜鞳者，魏獻子之歌鐘㉖也；古之人不余欺也。」

事不目見耳聞，而臆斷其有無可乎？酈元之所見聞，殆與余同，而言之不詳。士大夫終不肯以小舟夜泊絕壁之下，故莫能知；而漁工水師，雖知而不能言；此世所以不傳也。而陋者乃以斧斤考擊㉗而求之，自以為得其實。余是以記之，蓋歎酈元之簡，而笑李渤之陋也。

【注釋】

①水經　書名，漢桑欽撰，載天下水甚詳。晉郭璞注三卷，已佚。今惟北魏酈道元注存，凡四十卷。

②彭蠡　蠡，音ㄌㄧˇ。彭蠡，澤名，即鄱陽湖，位於江西省北境，長江以南。

③酈元　即注水經之酈道元。北魏范陽人，字善長，孝文帝太和中，刺荊州，為政威猛，執法清刻。後為關右大使，雍州刺史蕭寶夤反，道元被執，罵賊而死。道元好學，多覽奇書，所撰水經注，為世所重。

④李渤　字濬之，唐洛陽人。憲宗元和中，遷

江州刺史，治鄱陽湖水，築隄七百步。渤有「辨石鐘山記」。

⑤函胡　模糊不清。

⑥清越　清晰高揚。

⑦枹　音ㄈㄨ，鼓槌也。

⑧元豐七年　元豐，宋神宗年號。七年當西元一〇八四年。

⑨齊安　即黃州，今湖北省黃岡縣。

⑩臨汝　即汝州，今河南省臨汝縣。時子瞻由黃州團練副使，量移汝州。

⑪邁　字伯達。善爲文，子瞻貶惠州，邁求潮之安化令，以便饋親，卒官。

⑫饒　饒州，屬江西省。

⑬德興　今江西省德興縣。

⑭硿硿　硿，音ㄎㄨㄥ。硿硿，石受擊所發之聲。

⑮鶻　音ㄍㄨˇ，鳥名，又名隼，猛禽類，上嘴鉤曲，脚强健，皆有鉤爪。性銳敏，速飛善襲。

⑯磔磔　磔，音ㄓㄜˊ。磔磔，鳥鳴聲。

⑰鸛鶴　鸛，音ㄍㄨㄢˋ。鸛鶴，鳥名，形似鶴，亦如鷺，巢江湖池沼旁高樹上，捕魚介等爲餌。

⑱噌吰　噌，音ㄗㄥ。吰，音ㄏㄨㄥˊ。噌吰，鐘聲。

⑲罅　音ㄒㄧㄚˋ，縫隙。

⑳涵澹　水波動搖。

㉑澎湃　波浪相激。

㉒竅　音ㄑㄧㄠˋ，孔穴。

㉓窾坎鏜鞳　窾，音ㄎㄨㄢˇ。鏜，音ㄊㄤ。鞳，音ㄊㄚˋ。窾坎鏜鞳，鐘鼓聲。

㉔周景王　名貴，靈王子。

㉕無射　射，音ㄧˋ。無射，十二律之一，此乃鐘名，言律中無射也。

㉖魏獻子之歌鐘　魏獻子當作魏莊子魏絳也。歌鐘，節歌之鐘。

㉗考擊　考亦擊也。

【作者】

見本書第十七篇作者欄。

【說明】

本文選自東坡全集。體裁屬雜記類。石鐘山位於江西湖口縣境，鄱陽湖東岸。山有二，一在縣治南，曰上鐘山；一在縣治北，曰下鐘山。各距縣約一里，皆高五六百尺，周約十里。其勢相向，土人稱爲雙鐘。考石鐘山之得名，各說不一，酈元以爲「水石相搏，聲如洪鐘」，而李渤則以爲潭上雙石，扣之鏗然有聲。子瞻月夜泛舟，以探其究竟，而得其實，方知水經之說不誤，故爲此記。本文主旨在藉記石鐘山得名之由，而强調凡事得諸目見耳聞爲眞，不可臆斷其有無。文分三段：首段敍水經注所述石鐘山得名之由，不爲人所信，而李渤之說，更令作者疑惑。次段敍作者身歷其境，始知古人以鐘名石之說不誤。末段泛論凡事必經耳聞目見，方可下斷語，並照應首段，收束全篇。

【批評】

吳楚材曰：「世人不曉石鐘命名之故，始失於舊注之不詳，繼失於淺人之俗見，千古奇勝，埋沒多少？坡公身歷其境，聞之眞，察之詳，從前無數疑案，一一破盡，爽心快目。」

林西仲曰：「此記全爲世俗錯認以鐘名山之義，而止求於考擊之間，致乖酈元舊注。故篇首以兩說兩疑總起，隨以自己親歷確見，參之古樂音節，方知古人以石鐘命名爲不謬。而酈元以簡致疑，雖非無因；但李渤以陋爲得，尤爲可笑耳。篇中辨駁過而敍事，敍事過而議論，議論過而斷制，按節而下，其起落轉換，融成一片，無迹可尋。此等筆力，惟髯蘇能之，以天分最高，非可學而至也。」

劉海峯曰：「以心動欲還，跌出大聲發於水上，才有波折，而興會更覺淋漓。鐘聲二處，必取古鐘二事以實之，具此詼諧，文章妙趣洋溢間行。坡公第一首記文。」

曾滌生曰：「自咸豐四年，楚軍在湖口爲賊所敗，至十一年乃少定。石鐘山之片石寸草諸將士皆能辨識。上鐘巖與下鐘巖皆有洞，可容數百人，深不可窮，形如覆鐘，山以形言之，非以聲言之，道元、子瞻皆失事實也。」

七三、東軒記

蘇轍

余既以罪謫監筠州①鹽酒稅，未至，大雨。筠水泛溢，蔑②南市，登北岸，敗刺史府門，鹽酒稅治舍。俯江之漘③，水患尤甚。既至，敝不可處，乃告於郡。假部使者府以居，郡憐其無歸也，許之。歲十二月④，乃克支其攲斜，補其圮缺⑤，闢聽事堂之東爲軒。種杉二本，竹百箇，以爲宴休之所。

然鹽酒稅舊以三吏共事，余至，其二人者，適皆罷去，事委於一。晝則坐市區，鬻鹽沽酒稅豚魚，與市人爭尋尺以自效。莫歸，筋力疲廢，輒昏然就睡，不知夜之既旦。旦則復出營職，終不能安於所謂東軒者。每旦莫出入其旁，顧之，未嘗不啞然自笑也。

余昔少年讀書，竊嘗怪顏子以簞食瓢飲，居於陋巷，人不堪其憂，顏子不改其樂⑥。私以爲雖不欲仕，然抱關擊柝⑦，尙可自養，而不害於學，何至困辱貧窶自苦如此？及來筠州，勤勞鹽米之間，無一日之休，雖欲棄塵垢，解羈縶，自放於道德之場，而事每劫而留之。然後知顏子之所以甘心貧賤，不肯求斗升之祿以自給者，良以其害於學故也。

嗟夫！士方其未聞大道，沈酣勢利，以玉帛子女自厚，自以爲樂矣。及其循理以求道，落其華而收其實，從容自得，不知夫天地之爲大，與生死之爲變，而況其下者乎！故其樂也，足以易窮餓而不怨，雖南面之王，不能加之，蓋非有德不能任也。

余方區區欲磨洗濁汚，晞⑧聖賢之萬一。自視缺然，而欲庶幾顏氏之樂，宜其不可得哉！若夫孔子周行天下，高爲魯司寇⑨，不爲乘田委吏⑩；惟其所遇，無所不可，彼蓋達者之事，而非學者之所望也。

余既以譴來此，雖知桎梏之害，而勢不得去，獨幸歲月之久，世或哀而憐之，使得歸休田里，治先人之敝廬，爲環堵之室⑪而居之，然後追求顏氏之樂，懷思東軒，優游以忘其老，然而非所敢望也。元豐三年十二月初八日，眉山蘇轍記。

【注釋】

①筠州　即今江西省高安縣。讀史方輿紀要：「唐武德五年置靖州，七年改爲米州，又改筠州，八年省入洪州。南唐保大十年，復置筠州，宋因之，寶慶初改曰瑞州。」

②蔑　毀也。

③俯江之漘　江，指蜀江，在高安縣北，今曰錦江。漘，水涯也。

④歲十二月　指元豐二年（西元一〇七九年）十二月。

⑤圮　毀也。

⑥顏子以簞食瓢飲　論語雍也篇：「子曰：賢哉回也！一簞食，一瓢飲，在陋巷，人不堪其憂，回也不改其樂。賢哉回也！」

⑦抱關擊柝　抱關，謂守關者。擊柝，謂警夜者。謂位卑祿薄之吏也。孟子萬章篇：「辭尊居卑，辭富居貧，惡乎宜乎抱關擊柝。」

⑧睎　慕也。

⑨司寇　古六卿之一。史記孔子世家：「魯定公十四年，孔子爲司寇。」

⑩乘田委吏　乘田，掌牛羊芻牧之吏。委吏，主委積之吏。孔子嘗爲之。

⑪環堵之室　堵，垣也。言室中空無所有也。

【作者】

蘇轍，字子由，晚號潁濱遺老。宋眉州眉山（今四川眉山縣）人。與其父蘇洵，兄蘇軾，並稱三蘇。生於仁宗寶元二年，卒於徽宗政和二年（西元一〇三八——一一一二年），年七十四。

子由幼時聰敏，受經史於母程氏。十九歲，與兄軾同登進士，二十三歲授商州軍事推官。神宗即位，召對延和殿，因反對青苗法，忤於王安石，出爲河南推官。元豐二年（西元一〇七九年），坐兄軾作詩譏評時政，貶監筠州酒稅。廢放五年，移知績溪縣。哲宗元祐元年（西元一〇八六年），司馬光等當國，召入京為司諫，時年四十八。歷任翰林學士，出使契丹，還為御史中丞。六年，拜尚書右丞，晉門下侍郎，參與機要，多所貢獻。紹興元年（西元一〇九四年），新黨復得勢，出知汝州。元符二年（西元一〇九九年），移循州，留嶺南四年。徽宗即位，北徙永州，又移岳州，尋復大中大夫。旋歸隱於許州（今河南許昌），築遺老齋於潁水濱，讀書學禪著述以自娛。

子由志氣恢宏，蓄養深潛，其所為古文，汪洋淡泊，有為東坡所不及者。蘇軾嘗於答張文潛書中曰：「子由之文實勝僕，而世俗不知，乃以為不如。其為人深不願人知之，其文如其為人，故汪洋淡泊，有一唱三歎之聲，而其秀傑之氣，終不可沒，作黃樓賦，乃稍自振厲，欲以警發憒憒者，而或者便謂僕代作，此尤可笑。」東坡之言，當非虛遜之辭。子由之古文，雖素稱沖雅，不事艷麗，然雋逸而雄奇，足可與其父兄相驂靳者也。著有欒城文集、詩集傳、春秋集解、論語拾遺、孟子解、龍川略志等書。

【說　明】

本文選自欒城文集。體裁屬雜記類。宋人孫汝聽蘇潁濱年表曰：「（元豐二年）十二月，軾責授黃州團練副使，轍亦坐貶監筠州酒稅。」此篇當作於是時。本篇主旨在「借題寓意，達其謫居抑塞之悲」。文分七段：首段子由言其以罪謫貶筠州，赴任時筠水泛溢成災，鹽酒稅舍敝不可處，乃假郡使者府以居。次段言闢建東軒以為宴休之所。三段言鹽酒稅吏營職之苦。四段言仕足害學，顏子不求斗升之祿，良有以也。五段言循理求道之樂，足以易窮餓而不怨。六段言顏氏之福，固不可得；孔子之無所不可，尤非學者之所望。七段子由言其期望歸返田里，追求顏氏之樂，懷思東軒，優游以忘其老。

【批 評】

姚鼐曰：「結句雖帶住東軒，而已著痕迹，大蘇自無此病。」

七四、說居庸關

龔自珍

居庸關，古之譚守者之言也。龔子曰：「疑若可守然」。何以「疑若可守然」？曰：出昌平州①，山東西遠相望；俄然而相嶡②、相赴，以至相蹙。居庸寘其間，如因兩山以爲之門。故曰：「疑若可守然」。

關凡四重。南口③者，下關也，爲之城，城南門至北門一里；出北門十五里，曰中關④，又爲之城，城南門至北門一里；出北門又十五里，曰上關，又爲之城，城南門至北門一里；出北門又十五里，曰八達嶺⑤，又爲之城，城南門至北門一里。蓋自南口之南門，至於八達嶺之北門，凡四十八里，關之首尾具制如是，故曰：「疑若可守然」。

下關最下，中關高倍之。上關高又倍之；八達嶺之俛南口也，如窺井形然。故曰：「疑若可守然」。

自入南口，城甃⑥有天竺字⑦、蒙古字。上關之北門，大書曰：「居庸關，景泰二年[8]修」。八達嶺之北門，大書曰：「北門鎖鑰，景泰三年建」。自入南口，流水齧吾馬蹏。涉之，瑽然鳴；弄之，則忽涌忽洑而盡態；迹之，則至乎八達嶺而窮。八達嶺者，古隰餘水[9]之源也。自入南口，木多文杏、蘋婆[10]、棠梨，皆怒華。自入南口，或容十騎，或容兩騎，或容一騎。蒙古自北來，鞭橐駝，與余摩臂行。時時橐駝銜余騎顛；余亦撾蒙古帽，墮於橐駝前。蒙古大笑。余乃私歎曰：「若蒙古，古者建置居庸關之所以然。非以若耶？余江左士也。使余生趙宋世，目尚不得覩燕、趙[11]；安得與反毳[12]者相撾戲乎萬山間？生我聖清中外一家之世，豈不傲古人哉！」蒙古來者，是歲，克西克騰[13]、蘇尼特[14]，皆入京詣理藩院[15]交馬云。自入南口，多霧，若小雨。過中關，見稅亭焉。問其吏曰：「今法網寬大，稅有漏乎？」曰：「大筐小筐，大偷橐駝小偷羊」。余歎曰：「信若是，是有間道矣！」自入南口，四山之陂陀之隙，有護邊牆數十處。問之民，皆言是明時修。微稅吏言，吾固知有間道，出沒於此護邊牆之間。承平之世，漏稅而已，設生昔之世，與凡守關以爲險之世，有不大駭北兵自天而降者哉！

降自八達嶺，地遂平。又五里，曰岔道⑯。

【注釋】

①昌平州　即今河北昌平縣。

②輳　通作湊，聚也。

③南口　居庸關南面之關口。清一統志：「居庸關城之南，有南口城，去昌平州廿五里，亦南北二門。」

④中關　清一統志：「自南口而上，兩山之間，一水流焉。道出其上，十五里，為關城，即中關也。」

⑤八達嶺　在察哈爾延慶縣南，元代所謂居庸北口是也。顧炎武昌平山水記云：「自八達嶺下視居庸關，若建瓴，若窺井；昔人謂居庸之險，不在關城而在八達嶺。」

⑥城甃　甃，本為砌井之磚石，引伸為一切磚石之稱。城甃，砌城之磚石。

⑦天竺字　即印度梵文。

⑧景泰二年　景泰，明景帝年號。景泰二年為西元一四五一年。

⑨濕餘水　即今之榆河，俗名富河，在今河北昌平縣南。

⑩蘋婆　即蘋果。

⑪目尚不得覩燕、趙　五代石敬瑭割幽、薊等十六州（即今河北、山西之地，古稱燕、趙），以賂契丹，迄趙宋之世，未能收復，故云目尚不得覩燕、趙。

⑫反毳　毳，音ㄘㄨㄟˋ，鳥獸之細毛也。蒙古人多反著皮衣，故曰反毳。

⑬克西克騰　旗名，舊屬內蒙古昭烏達盟，今熱河省西北境。

⑭蘇尼特　旗名，舊屬內蒙古錫林郭勒盟，今在察哈爾省西北境。

⑮理藩院　清代管理蒙古、青海、西藏等外藩事物之官署。

⑯岔道　在延慶縣南。北行至延慶、懷來，從此分道；其城爲明嘉靖時所築。

【作　者】

龔自珍，後名鞏祚，字璱人，號定盦，清浙江仁和人。生於高宗乾隆五十七年，卒於宣宗道光二十一年（西元一七九二——一八四一年），年四十九。

自珍八歲讀舊登科錄，即有志爲科名掌故之學。十二歲，從外祖段玉裁受說文。於金石、官制、目錄諸學，尤有特好。道光九年舉進士，授內閣中書，陞宗人府主事。十七年改禮部。因避仇告歸，南下卒於道。

自珍博覽羣書，治經始由訓故，繼好今文之學，其於諸子、道釋、金石、術數，莫不貫通。爲文瑰麗恢詭，詩亦奇境獨闢。著有龔定盦全集。

【說　明】

本文選自定盦續集。體裁屬雜記類。呂氏春秋、淮南子皆曰：「天下九塞，居庸其一也。」居庸關，在今河北省昌平縣西北，關門南北相距四十餘里，兩山夾峙，巨澗中流，懸崖峭壁，地勢絕險，秦漢時已爲要塞矣。本篇主旨在敍述居庸關形勢之險要。文分五段：首段言居庸關形勢，以兩山爲門，故曰疑可防守。次段言關凡四重，各爲之城，自南口之北門至八達嶺，上下相去四十八里，故曰疑可防守。三段言由八達嶺俯視關之南口，如窺井然，故曰疑可防守。四段言南北口間之情景：或言關門修建之年代，或言流水之形態，或言南口之果木，或言蒙古人之橐駝與已馬騎摩肩而過，相捴戲於萬山之間，以見中外一家之可喜；或言南口稅網寬疏，或言有間道出沒護邊牆之間。五段言降自八達嶺，地遂平坦。

【批　評】

本文起首揭出一守字，以作全篇之主眼，具有畫龍點睛之妙。前三段，段段皆以「疑若可守然」一句作結，敍次歷落有致；四段屢用「自入南口」一句以貫聯語脈，敍寫事物纍纍若貫珠：此是斯文佳妙之處。

七五、蘇秦以連橫說秦

蘇秦始將連橫說秦惠王①，曰：「大王之國，西有巴、蜀②、漢中③之利，北有胡貉、代馬④之用，南有巫山、黔中之限⑤，東有殽、函之固⑥；田肥美，民殷富；戰車萬乘，奮擊百萬；沃野千里，蓄積饒多，地勢形便。此所謂天府⑦，天下之雄國也。以大王之賢，士民之衆，車騎之用，兵法之敎，可以幷諸侯，吞天下，稱帝而治。願大王少留意，臣請奏其效！」

秦王曰：「寡人聞之：毛羽不豐滿者，不可以高飛；文章⑧不成者，不可以誅罰；道德不厚者，不可以使民；政敎不順者，不可以煩大臣。今先生儼然不遠千里而庭敎之，願以異日！」

蘇秦曰：「臣固疑大王之不能用也。昔者神農伐補遂⑨，黃帝伐涿鹿而禽蚩尤⑩，堯伐驩兜⑪，舜伐三苗⑫，禹伐共工⑬，湯伐有夏⑭，文王伐崇⑮，武王伐紂⑯，齊桓任戰⑰而霸天下；由此觀之，惡有不戰者乎？

古者使車轂擊馳⑱，言語相結⑲，天下爲一。約從連橫⑳，兵革不藏；文士並飭㉑，諸侯亂惑；萬端俱起，不可勝理；科條既備，民多僞態；書策稠濁㉒，百姓不足；上下相愁，民無所聊；明言章理，兵甲愈起；辯言偉服，戰攻不息；繁稱文辭，天下不治；舌弊耳聾，不見成功；行義約信，天下不親。於是乃廢文任武，厚養死士，綴甲厲兵㉓，效勝於戰場。夫徒處而致利，安坐而廣地，雖古五帝、三王、五伯，明主賢君，常欲坐而致之，其勢不能，故以戰續之；寬則兩軍相攻，迫則杖戟相撞㉔，然後可建大功。是故兵勝於外，義强於內，威立於上，民服於下。今欲並天下，凌萬乘，詘敵國，制海內，子元元㉕，臣諸侯，非兵不可。今之嗣主，忽於至道㉖，皆惛於教，亂於治，迷於言，惑於語，沈於辯，溺於辭。以此論之，王固不能行也。」

說秦王書十上，而說不行。黑貂之裘弊，黃金百斤盡㉗，資用乏缺，去秦而歸；羸縢履蹻㉘，負書擔橐，形容枯槁，面目犂黑，狀有愧色。歸至家，妻不下紝㉙，嫂不爲炊，父母不與言。蘇秦喟然歎曰：「妻不以我爲夫，嫂不以我爲叔，父母不以我爲子，是皆秦之罪也！」乃夜發書，陳篋數十，得太公陰符[30]之謀，伏而誦之，簡練，以爲揣摩[31]。讀書欲睡，引錐自刺其股，血流至足，曰：「安有說人主，不能出其金玉錦繡，取卿相之尊者乎？」

朞年，揣摩成，曰：「此眞可以說當世之君矣。」於是乃摩燕烏集闕，見說趙王[32]於華屋之下，抵掌而談。趙王大悅，封爲武安君，受相印；革車百乘，錦繡千純[33]，白璧百雙，黃金萬鎰，以隨其後。約從散橫，以抑強秦。故蘇秦相於趙，而關不通。當此之時，天下之大，萬民之衆，王侯之威，謀臣之權，皆欲決於蘇秦之策。不費斗糧，未煩一兵，未戰一士，未絕一弦，未折一矢，諸侯相親，賢於兄弟。夫賢人在而天下服，一人用而天下從；故曰：「式[34]於政，不式於勇；式於廊廟之內，不式於四境之外。」當秦之隆，黃金萬鎰爲用，轉轂連騎，炫熿[35]於道；山東之國，從風而服，使趙大重。

且夫蘇秦，特窮巷掘門[36]、桑戶棬樞[37]之士耳。伏軾撙銜[38]，橫歷天下，廷說諸侯之王，杜左右之口，天下莫之能伉㊴。將說楚王㊵，路過洛陽，父母聞之，淸宮除道，張樂設飲，郊迎三十里。妻側目而視，側耳而聽；嫂蛇行匍伏㊶，四拜，自跪而謝。蘇秦曰：「嫂！何前倨而後卑也？」嫂曰：「以季子之位尊而多金。」蘇秦曰：「嗟乎！貧窮則父母不子，富貴則親戚畏懼；人生世上，勢位富厚，蓋㊷可忽乎哉？」

【注釋】

①秦惠王　即惠文王，名駟，孝公子，穆公十七世孫。

②巴、蜀　今四川省地，巴在川東，蜀在川西，本皆小國，秦滅之，改置郡。

③漢中　今陝西南部及湖北西北部，本屬楚，後秦置爲郡。

④胡貉、代馬　胡，北狄之通稱。貉，音ㄏㄜˊ，獸名，皮可製裘。代，今山西代縣一帶，其地產馬。史記會注考證以胡、貉、代、馬皆爲地名。

⑤巫山、黔中之限　巫山，今四川巫山縣以東。黔中，今湖南西北部及貴州東南部地，本屬楚，後爲秦所佔。限，界限，猶屏障。

⑥殽、函之固　殽，即殽山，亦作崤山，在今河南洛寧縣北。函，即函谷關，在今河南靈寶縣西南。固，險固。

⑦天府　財富所聚曰府。天府，言關中物產富庶，如天然府庫。

⑧文章　謂禮儀法度。禮記大傳篇：「考文章。」鄭注：「文章，禮法也。」

⑨神農伐補遂　神農，上古帝王，始製耒耜，

教民稼穡，故稱神農氏。補遂，部落名。

⑩黃帝伐涿鹿而禽蚩尤　涿鹿，山名，在今河北涿鹿縣東南。禽，通擒。蚩尤，九黎部落之酋長。

⑪堯伐驩兜　驩兜，堯臣，與共工朋比爲惡，堯伐之，放逐於崇山。

⑫舜伐三苗　三苗，古部族，在今湖南岳陽、湖北武昌、江西九江一帶。

⑬禹伐共工　共工，古水官名。此即顓頊時共工氏之子孫，爲四凶之一，舜命禹伐之。

⑭湯伐有夏　湯初居亳，爲夏方伯，以夏王桀無道，故興兵伐之，敗之於鳴條，放之於南巢，遂有天下。

⑮文王伐崇　崇，國名，地在今陝西鄠縣。其君崇侯虎爲商紂卿士，助紂爲虐，故文王伐之。

⑯武王伐紂　紂，商君。嗜酒好色，暴虐無道，周武王伐之，敗之於牧野，紂自焚而死。

⑰齊桓任戰　齊桓，春秋五霸之一，齊桓公也。任戰，猶用兵之意。桓公嘗滅郯，敗魯，伐山戎，侵蔡，伐楚。事見史記齊世家。

⑱車轂擊馳　轂，音ㄍㄨˇ，車輪中央凸出部分。此句意謂兵車之多，以致往來奔馳，車轂相碰擊。

⑲言語相結　言各國使者相互往還，以言語締結盟約。

⑳約從連橫　從，通縱。關東地長爲從，六國居之。關西地廣爲橫，秦獨居之。故約從者，六國相約合從以抗秦也。連橫者，秦國與關東諸侯單獨聯合也。

㉑飭　通飾。謂巧飾語言，游說諸侯。

㉒書策稠濁　書策，指文獻典籍。稠濁，謂繁多而雜亂也。

㉓綴甲厲兵　綴，縫綴。甲，鎧甲、軍服也。厲，磨之使銳利也。兵，指兵器。謂縫製戰衣，磨利兵器。

㉔仗戟相撞　仗、戟，皆兵器名。相撞，相互擊刺也。仗戟相撞，猶短兵相接，即所謂白

双戰也。

㉕子元元　天子爲民父母，故視民如己子。子，作動詞用，言愛之如子也。元元，猶百姓也，百姓非一，故稱元元。

㉖至道　猶言要術。指上文所言用武之道。

㉗黑貂之裘敝，黃金百斤盡　貂，鼠類，皮輕暖，爲貴重裘料。敝，壞也。所言貂裘及黃金，舊注以爲乃趙王所贈。

㉘羸縢履蹻　羸，音ㄌㄟˊ，纏裹。縢，音ㄊㄥˊ，綁腿布。履，作動詞用，穿也。蹻，音ㄐㄩㄝˊ，草鞋也。謂裹上綁腿布，穿上草鞋也。

㉙妻不下紝　紝，機縷，此指織布機。妻不下紝，謂妻不下織機而織自若。

㉚太公陰符　陰符，書名，即陰符經。相傳爲姜尚所著兵法書，當係後人僞託。

㉛簡練，以爲揣摩　簡，選擇。練，熟習。揣，度量。摩，研究。謂簡擇熟練，揣度時勢，而後用之。

㉜趙王　趙肅侯，名語。在位二十四年卒。謚曰肅。

㉝純　音ㄊㄨㄣˊ，束也。

㉞式　用也。

㉟炫熿　炫，炫耀。熿，同煌，光顯也。

㊱窮巷掘門　窮巷，狹陋之巷。掘，通窟。掘門，挖墻爲窟以爲門。

㊲桑戶棬樞　桑戶，以桑木爲門戶。棬，彎曲之木。樞，門軸也。門軸當用直木，此用彎曲之木，言其貧窮也。

㊳伏軾撙銜　軾，車前橫木。伏軾，俯伏於車前橫木之上。撙，調節。銜，馬勒。撙銜，謂調節馬之韁繩也。謂蘇秦顯貴之後，出入乘坐車馬。

㊴伉　同抗，匹敵也。

㊵楚王　楚威王，名熊商。在位二十一年卒，謚曰威。

㊶蛇行匍伏　蛇行，如蛇之屈曲而行。匍伏，亦作匍匐，手足伏地而前行也。

㊷蓋　通盍，豈也。

【作　者】

見本書第三三篇作者欄。

【說　明】

本文選自戰國策秦策。體裁屬傳誌類。蘇秦，字季子，東周洛陽人，與張儀同師事鬼谷子。學成後，由趙入秦，勸秦惠王採用連橫之策，以呑滅六國，但不見用，遂貧困而歸。乃取太公陰符之書，簡練揣摩，期年而成，又以合縱之說，游說趙肅侯，勸其合六國以抗秦；身爲合縱之長，並相六國，秦人不敢東窺函谷關者十五年。後秦用張儀，以連橫之方略，瓦解六國之團結。齊、魏伐趙，蘇秦由趙赴燕，復去燕客於齊，齊大夫與之爭寵，使人刺殺之。

全篇主旨，在敍蘇秦以連橫說秦失敗，復以合縱說六國而成功之事。文分六段：首段敍蘇秦說秦惠王，秦具富強之勢，可以幷六國而有天下。次段敍惠王以時機尙未成熟，故謙辭謝絕。三段敍蘇秦歷舉古代帝王必用征伐而得天下，並力斥文士書策之弊，以明不得不戰之故。四段敍蘇秦說秦失敗，困辱而返，及其發憤自修之苦況。五段敍蘇秦說趙成功，以抑強秦，並敍其約縱之功。末段敍蘇秦富貴得志後，與昔日失志時相較，家人態度之冷暖懸殊，遂以蘇秦嗟嘆之語作結。

【批　評】

吳楚材曰：「前幅寫蘇秦之困頓，後幅寫蘇秦之通顯，正爲後幅欲寫其通顯，故前幅先寫其困頓，天道之倚伏如此，文章之抑揚亦如此，至其習俗人品，則世所共知，自不必多爲之說。」

過商侯曰：「寫失意處，何等淒凉！寫得意處，何等熱鬧！分明是一幅勢利圖。然史載此文，僅可爲有志竟成者痛下針砭。」

七六、史記李將軍列傳

司馬遷

李將軍廣者，隴西成紀①人也。其先曰李信②，秦時爲將，逐得燕太子丹③者也。故槐里④，徙成紀。

廣家世世受射⑤。孝文帝⑥十四年，匈奴大入蕭關⑦。而廣以良家子⑧從軍擊胡，用⑨善騎射，殺首虜⑩多，爲漢中郎⑪。廣從弟⑫李蔡亦爲郎⑬，皆爲武騎常侍⑭，秩⑮八百石。嘗從行，有所衝陷折關及格猛獸⑯。而文帝曰：「惜乎！子不遇時，如令子當高帝時，萬戶侯⑰豈足道哉！」

及孝景⑱初立，廣爲隴西都尉⑲，徙爲騎郎將⑳。吳、楚軍時㉑，廣爲驍騎都尉，從太尉亞夫㉒擊吳、楚軍，取旗，顯功名昌邑㉓下，以梁王㉔授廣將軍印，還，賞不行。徙爲上谷㉕太守，匈奴日以合戰㉖，典屬國公孫昆邪㉗爲上泣曰：「李廣才氣，天下無雙，自負其能，數與虜敵戰，恐亡之。」於是乃徙爲上郡㉘太守。後廣轉爲邊郡㉙太守，徙上郡。嘗爲隴西、北地、雁門、代郡、雲中㉚太守，皆以力戰爲名。

匈奴大入上郡㉛，天子使中貴人㉜從廣，勒㉝習兵擊匈奴。中貴人將騎數十，縱㉞，見匈奴三人，與戰，三人還射，傷中貴人，殺其騎且盡。中貴人走㉟廣。廣曰：「是必射雕者㊱也。」廣乃遂從㊲百騎往馳三人。三人亡馬，步行，行數十里，廣令其騎張左右翼，而廣身自射彼三人者。殺其二人，生得一人，果匈奴射雕者也。已縛之，上馬，望匈奴有數千騎，見廣，以爲誘騎，皆驚，上山陳。廣之百騎皆大恐，欲馳還走。廣曰：「吾去大軍數十里，今如此，以百騎走，匈奴追射，我立盡；今我留，匈奴必以我爲大軍誘之，必不敢擊我。」廣令諸騎曰：「前！」前，未到匈奴陳二里所㊳，止；令曰，「皆下馬，解鞍！」其騎曰：「虜多且近，卽㊴有急，奈何？」廣曰：「彼虜以我爲走，今皆解鞍，以示不走，用堅其意。」於是胡騎遂不敢擊。有白馬將出護㊵其兵，李廣上馬，與十餘騎犇，射殺胡白馬將而復還。至其騎中，解鞍，令士皆縱馬臥。是時會暮，胡兵終怪之，不敢擊。夜半時，胡兵亦以爲漢有伏軍於旁，欲夜取之，胡皆引兵而去。平旦㊶，李廣乃歸其大軍。大軍不知廣所之，故弗從。

居久之，孝景崩，武帝㊷立。左右以爲廣名將也，於是廣以上郡太守爲未央衞尉㊸，而程不識亦爲長樂㊹衞尉。程不識故與李廣俱以邊太守將軍屯，及出擊胡，而廣行無部伍行陣㊺，就善水草屯舍止，人人自便，不擊刁斗㊻以自衞，莫府㊼省約文書籍事；然亦遠斥候㊽，未嘗遇害。程不識正部曲行伍營陳，擊刁斗，士吏治軍簿至明㊾，軍不得休息，然亦未嘗遇害。不識曰：「李廣軍極簡易；然虜卒㊿犯之，無以禁也，而其士卒亦佚樂，咸樂爲之死。我軍雖煩擾，然虜亦不得犯我。」是時漢邊郡李廣、程不識皆爲名將；然匈奴畏李廣之略[51]，士卒亦多樂從李廣而苦程不識。程不識孝景時以數直諫爲太中大夫[52]，爲人廉，謹於文法[53]。

後，漢以馬邑城誘單于[54]，使大軍伏馬邑旁谷，而廣爲驍騎將軍，領屬護軍將軍[55]。是時單于覺之去，漢軍皆無功。

其後四歲[56]，廣以衞尉爲將軍，出鴈門，擊匈奴。匈奴兵多，破敗廣軍，生得廣。——單于素聞廣賢，令曰：「得李廣，必生致之。」——胡騎得廣，廣時傷病，置廣兩馬間，絡而盛臥廣57。行十餘里。廣佯死，睨58其旁有一胡兒騎善馬，廣暫59騰而上胡兒馬，因推墮兒，取其弓，鞭馬南馳。數十里，復得其餘軍，因引而入塞。匈奴捕者騎數百追之，廣行取胡兒弓，射殺追騎，以故得脫。於是至漢。漢下廣吏60，吏當61廣所失亡多，爲虜所生得，當斬，贖爲庶人62。

頃之，家居數歲，廣家與故潁陰侯孫屛野居藍田南山中63，射獵。嘗夜從一騎出，從人田間飮，還，至霸陵亭64，霸陵尉醉，呵止廣。廣騎曰：「故李將軍。」尉曰：「今將軍尙不得夜行，何乃65故也？」止廣宿亭下。居無何，匈奴入殺遼西太守66，敗韓將軍67。韓將軍後徙右北平68。於是天子乃召拜廣爲右北平太守。廣卽請69霸陵尉與俱，至軍而斬之。

廣居右北平，匈奴聞之，號曰「漢之飛將軍」，避之數歲，不敢入右北平。廣出獵，見草中石，以爲虎而射之，中石沒鏃70。視之，石也。因復更射之，終不能復入石矣。廣所居郡，聞有虎，嘗自射之。及居右北平，射虎，虎騰傷廣，廣亦竟71射殺之。

廣廉，得賞賜，輒分其麾下，飲食與士共之。終廣之身，爲二千石[72]四十餘年，家無餘財，終不言家產事。廣爲人長，猨臂[73]。其善射，亦天性也。雖其子孫他人學者，莫能及廣。廣訥口[74]少言。與人居，則畫地爲軍陳，射闊狹以飲[75]。專以射爲戲，竟死[76]。廣之將兵，乏絕[77]之處，見水，士卒不盡飲，廣不近水；士卒不盡食，廣不嘗[78]食。寬緩不苛，士以此愛樂爲用。其射，見敵急，非在數十步之內，度不中不發，發卽應弦而倒。用此，其將兵數困辱[79]，其射猛獸，亦爲所傷云。

居頃之，石建[80]卒。於是上召廣代建爲郎中令[81]。元朔六年，廣復爲後將軍[82]，從大將軍[83]軍，出定襄，擊匈奴。諸將多中首虜率[84]，以功爲侯者，而廣軍無功。

後三歲[85]，廣以郎中令將四千騎出右北平，博望侯張騫將萬騎與廣俱，異道。行可數百里，匈奴左賢王[86]將四萬騎圍廣。廣軍士皆恐。廣乃使其子敢往馳之，敢獨[87]與數十騎馳，直貫胡騎，出其左右而還。告廣曰：「胡虜易與[88]耳！」軍士乃安。廣爲圜陳外嚮。胡急擊之，矢下如雨，漢兵死者過半。漢矢且盡，廣乃令士持滿毋發，而廣身自以大黃射其裨將[89]，殺數人，胡虜益[90]解。會日暮，吏士皆無人色，而廣意氣自如[91]，益治軍。軍中自是服其勇也。明日，復力戰，而博望侯軍亦至。匈奴軍乃解去。漢軍罷[92]，弗能追。是時廣軍幾沒。罷歸，漢法，博望侯留遲後期[93]，當死，贖爲庶人。廣軍功自如，無賞。

初，廣之從弟李蔡，與廣俱事孝文帝。景帝時，蔡積功勞至二千石。孝武帝時，至代相[94]。以元朔五年爲輕車將軍，從大將軍擊右賢王，有功，中率，封爲樂安侯。元狩二年中，代公孫弘爲丞相[95]。蔡爲人在下中[96]，名聲出廣下甚遠，然廣不得爵邑，官不過九卿，而蔡爲列侯[97]，位至三公，諸廣之軍吏及士卒或取封侯。廣嘗與望氣王朔燕語[98]曰：「自漢擊匈奴，而廣未嘗不在其中。而諸部校尉以下，才能不及中人，然以擊胡軍功取侯者數十人；而廣不爲後人，然無尺寸之功以得封邑者，何也？豈吾相不當侯邪？且固命也？」朔曰：「將軍自念豈嘗有所恨[99]乎？」廣曰：「吾嘗爲隴西守，羌[100]嘗反，吾誘而降，降者八百餘人，吾詐而同日殺之。至今大恨獨此耳！」朔曰：「禍莫大於殺已降，此乃將軍所以不得侯者也。」

後二歲，大將軍、驃騎將軍[101]大出擊匈奴。廣數自請行，天子以爲老，弗許；良久，乃許之，以爲前將軍。是歲元狩四年也。廣既從大將軍青擊匈奴，既出塞，青捕虜，知單于所居，乃自以精兵走之。而令廣並於右將軍[102]軍，出東道。東道少回遠[103]，而大軍行、水草少，其勢不屯行[104]。廣自請曰：「臣部爲前將軍，今大將軍乃徙令臣出東道。且臣結髮[105]而與匈奴戰，今乃一得當[106]單于，臣願居前，先死單于！」大將軍青亦陰[107]受上誡，以爲李廣老，數奇[108]。毋令當單于，恐不得所欲。而是時公孫敖新失侯[109]，爲中將軍，從大將軍。大將軍亦欲使敖與俱當單于[110]，故徙前將軍廣。廣時知之，固自辭於大將軍。大將軍不聽，令長史[111]封書與廣之莫府曰：「急詣部如書！」廣不謝[112]大將軍而起行，意甚慍怒而就部。引兵與右將軍食其合軍出東道。軍亡導[113]，或[114]失道，後大將軍。大將軍與單于接戰，單于遁走，弗能得而還。南絕幕[115]，遇前將軍、右將軍。廣已見大將軍，還入軍。大將軍使長史持糒醪⑯遺廣，因問廣、食其失道狀，青欲上書報天子軍曲折⑰。廣未對，大將軍使長史急責廣之莫府對簿⑱。廣曰：「諸校尉無罪，乃我自失道，吾今自上簿。」至莫府⑲，廣謂其麾下曰：「廣結髮與匈奴大小七十餘戰，今幸從大將軍出，接單于兵，而大將軍又徙廣部，行回遠，而又迷失道，豈非天哉！且廣年六十餘矣，終不能復對刀筆之吏⑳！」遂引刀自剄。廣軍士大夫一軍皆哭。百姓聞之，知㉑與不知，無老壯，皆爲垂涕。而右將軍獨下吏，當死，贖爲庶人。

廣子三人，曰當戶、椒、敢，爲郎。天子與韓嫣㉒戲，嫣少不遜，當戶擊嫣，嫣走，於是天子以爲勇。當戶早死，拜椒爲代郡太守。皆先廣死。當戶有遺腹子㉓名陵。廣死軍時，敢從驃騎將軍。廣死明年，李蔡以丞相坐侵孝景園壖地㉔，當下吏治，蔡亦自殺，不對獄，國㉕除。李敢以校尉從驃騎將軍擊胡左賢王，力戰，奪左賢王鼓旗，斬首多，賜爵關內侯㉖，食邑二百戶，代廣爲郎中令。頃之，怨大將軍青之恨㉗其父，乃擊傷大將軍。大將軍匿諱之。居無何，敢從上雍㉘，至甘泉宮㉙，獵。驃騎將軍去病與青有親(130)，射殺敢。去病時方貴幸，上諱云鹿觸殺之。居歲餘，去病死。而敢有女爲太子中人(131)，愛幸。敢男禹，有寵於太子；然好利，李氏陵遲衰(132)微矣。

太史公(133)曰：「傳曰：『其身正，不令而行；其身不正，雖令不從(134)。』其李將軍之謂也。余睹李將軍悛悛如鄙人(135)，口不能道辭(136)，及死之日，天下知與不知，皆爲盡哀。彼其忠實心誠信於士大夫也。諺曰：『桃李不言，下自成蹊(137)。』此言雖小，可以諭大也。」

〔注　釋〕

①隴西成紀　隴西，郡名。在今甘肅省東南部。成紀，縣名，在今甘肅省秦安縣北。

②李信　秦將，曾領兵數千伐燕，獲燕太子丹。

③燕太子丹　戰國燕王喜子。

④槐里　縣名。在今陝西省興平縣東南。

⑤受射　傳授射術。

⑥孝文帝　名恆，高祖中子。在位二十三年。漢書惠帝紀師古注曰：「孝子善述父之志，故漢家之諡，自惠帝以下皆稱孝也。」

⑦大入蕭關　大入，大舉入侵。蕭關，在今甘肅省固原縣東南。

⑧良家子　非醫、巫、商賈、百工之子。

⑨用　因。

⑩首虜　首，斬其首。虜，獲其人。

⑪中郎　官名。掌宿衛侍直等事，屬郎中令。

⑫從弟　同祖伯叔之子而年幼於己者。

⑬郎　掌守門戶，出充車騎。
⑭武騎常侍　常侍扈從天子之侍衞。
⑮秩　祿。
⑯衝陷折關及格猛獸　衝陷折關，謂衝鋒陷陣，抵抗防禦。格，擊殺。
⑰萬戶侯　漢制，列侯大者食邑萬戶。
⑱孝景　名啓，文帝子。在位十七年。
⑲都尉　官名。佐郡守，典武事。
⑳騎郎將　爲騎郎之將，主騎郎。
㉑吳、楚軍時　景帝時，吳、楚、趙、膠西、膠東、菑川、濟南七王舉兵反，史稱「七國之亂」。
㉒太尉亞夫　太尉，官名，專掌武事，與丞相、御史大夫合稱三公。亞夫，周勃之子，封條侯。
㉓昌邑　縣名，在今山東省金鄉縣西北。
㉔梁王　名武，文帝次子，景帝之弟。
㉕上谷　郡名，有今河北省西部及中部。
㉖日以合戰　每日與之交戰。

㉗典屬國公孫昆邪　典屬國，官名，掌蠻夷降附。公孫昆邪，人名，公孫賀之父。昆，音ㄏㄨㄣˊ。
㉘上郡　郡名，有今陝西省北部。
㉙邊郡　指下文隴西等五郡。
㉚北地、鴈門、代郡、雲中　北地，有今甘肅省東北部。鴈門，有今陝西省西北部。代郡，有今山西省東北部及河北省一部分。雲中，有今山西省長城外一帶。
㉛匈奴大入上郡　事在景帝中元六年（西元前一四四年）。
㉜中貴人　太監。
㉝勒　令。
㉞縱　縱馬馳驟。
㉟走　赴。
㊱射雕者　雕爲鷙鳥，非善射者不能射得，故稱善射者爲射雕者。
㊲從　帥領。
㊳所　許。

㊴即　假使。

㊵護　監領。

㊶平旦　天平明之時。

㊷武帝　名徹，景帝子。在位五四年。

㊸未央衞尉　未央，宮名。衞尉，禁軍之長。

㊹長樂　宮名。漢初爲羣臣朝會之所，惠帝後爲太后所居。

㊺部伍行陣　指行軍組織及序列。續漢書百官志：「將軍領軍，皆有部曲。大將軍營五部，部校尉一人。部有曲，曲有軍侯一人。」

㊻刁斗　古行軍用具。晝以爲炊具，夜擊以警衆報時。形似鈴，有柄。受一斗，故曰刁斗。

㊼莫府　莫同幕。莫府，指軍營。

㊽遠斥候　斥候，伺望敵兵之人。遠斥候，謂遠遣哨兵也。

㊾至明　極嚴。

㊿卒　同猝。

(51)略　謀略。

(52)太中大夫　官名，掌論議。

(53)文法　文書法令。

(54)漢以馬邑城誘單于　馬邑，今山西省馬邑縣。單于、匈奴首領。其全稱爲撐犂孤塗單于。撐犂謂天，孤塗謂子，單于爲廣大之貌。言其象天單于然也。單于爲其簡稱。武帝元光元年（西元前一三四年），漢兵三十餘萬伏于馬邑，欲誘擒單于。

(55)領屬護軍將軍　時御史大夫韓安國爲護軍將軍，各將皆歸其統轄，故曰「領屬」。

(56)其後四歲　即元光六年。

(57)絡而盛臥廣　以繩結網繫於兩馬間而令廣臥其上。

(58)睨　音ㄋㄧˋ，斜視也。

(59)暫　猝然。

(60)下吏　吏，法官。下吏，謂交法吏鞫治。

(61)當　處斷其罪。

(62)贖爲庶人　以錢拔罪曰贖。庶人，平民。

(63)廣家與故潁陰侯孫屏野居藍田南山中　潁陰

侯，即灌嬰。其孫灌强。屏，隱也。屏野居，謂隱居於野。藍田，今陝西藍田縣。

(64)霸陵亭　霸陵，在今陝西省長安縣。亭，漢時十里一亭，十亭一鄉。

(65)何乃　何但。

(66)匈奴入殺遼西太守　遼西，郡名。有今河北省東北部、熱河省南部、遼寧省遼河以西之地。匈奴入殺遼西太守，事在元朔元年。

(67)韓將軍　即韓安國。

(68)右北平　郡名。有今河北省北部之地。漢書右北平下有一「死」字，似較佳。

(69)請　奏請天子。

(70)鏃　箭頭。

(71)竟　終。

(72)二千石　漢制：內官九卿、外官郡守等祿皆爲二千石。

(73)猨臂　猨，猿之本字。猨臂，謂兩臂特長如猨也。

(74)訥口　不善言辭。

(75)射闊狹以飲　射寬狹以飲酒取樂。

(76)竟死　至死爲止。

(77)乏絕　暫無曰乏，不續曰絕。

(78)嘗　口味之也。

(79)數困辱　數，音ㄕㄨㄛˋ，屢也。數困辱，謂常遭困阨。

(80)石建　石奮子，爲人孝謹，官至郎中令。

(81)郎中令　官名，九卿之一。掌宮殿掖門戶。後改名光祿勳。

(82)復爲後將軍　復，再也。元朔六年二月及四月，李廣兩爲後將軍，隨衞青出擊匈奴。

(83)大將軍　元朔五年，衞青拜爲大將軍。

(84)中首虜率　率謂軍功封賞之科著在法令者。中首虜率，謂合於首功之法條。

(85)後三歲　即元狩二年。

(86)左賢王　匈奴單于下有左右賢王，其地位如中國之丞相。

(87)獨　僅。

(88)與　對付。

(89)以大黃射其裨將　大黃，李廣所用弓弩名。以其色黃而體大，故曰大黃。裨將，副將。

(90)益　漸。

(91)自如　猶云如舊。

(92)罷　通疲。

(93)留遲後期　延遲而後於約期。

(94)代相　代王相。

(95)代公孫弘爲丞相　代，繼也。公孫弘，字季，封平津侯。以元朔五年爲丞相，元狩二年卒。

(96)下中　漢書古今人表，列九等之序，上中下三等又各分上中下三級。下中，謂下等之中級，即第八等。

(97)列侯　漢時同姓曰諸侯，異姓曰列侯。

(98)望氣王朔燕語　望氣，觀望氣色，即今相面。燕語，閒談。

(99)恨　憾恨之事。

(100)羌　古西方異族名。

(101)驃騎將軍　即霍去病。

(102)右將軍　即趙食其（音一丶　ㄐ一）。

(103)回遠　迂曲遙遠。

(104)屯行　羣聚而行。

(105)結髮　初冠時也。

(106)當　敵對。

(107)陰　暗。

(108)數奇　奇，音ㄐ一。數奇，命運不好。

(109)公孫敖新失侯　公孫敖封合騎侯。元狩二年失侯，爲庶人。

(110)大將軍亦欲使敖與俱當單于　衞青賤時，因事繫獄，賴公孫敖之救，而得不死。故青欲使公孫敖與俱當單于，以復其侯爵而報其恩也。

(111)長史　官名，諸史之長，約當於今之秘書長。

(112)謝　辭別。

(113)亡導　無嚮導。

(114)或　同惑。

(115)絕幕　絕，渡也。幕，同漠。

(116) 糒醪　糒，音ㄅㄟˋ，乾飯。醪，音ㄌㄠˊ，汁滓酒。

(117) 軍曲折　軍隊作戰詳細情形。

(118) 對簿　簿，文狀。對簿，據文狀勘合事實。後因謂獄訟受鞫曰對簿。

(119) 莫府　指衞青軍營。

(120) 刀筆之吏　筆所以書，刀所以削書。刀筆之吏，指掌案牘之書吏。

(121) 知　識。

(122) 韓嫣　武帝佞臣。事見史記佞幸傳。

(123) 遺腹子　婦人既孕夫死，生子曰遺腹子。

(124) 坐侵孝景園壖地　入於罪曰坐。壖，音ㄖㄨㄢˇ。壖地，廟或宮殿之內牆及外垣間之空地。謂李蔡因侵占孝景帝墓園之空地而犯罪。

(125) 國　指李蔡之封地樂安。

(126) 關內侯　有侯號而居京畿，無國邑。

(127) 恨　王先謙漢書補注：「恨，讀爲很。很，違也。」

(128) 雍　縣名，屬右扶風郡。在今陝西省鳳翔縣南。

(129) 甘泉宮　宮名。在今陝西省淳化縣甘泉山上。

(130) 驃騎將軍去病與青有親　霍去病，衞青姊之子。二人爲舅甥關係。

(131) 中人　宮人。

(132) 陵遲　頹替。

(133) 太史公　太史令，司馬遷自稱。

(134) 其身正，不令而行；其身不正，雖令不從　語見論語子路篇。

(135) 悛悛如鄙人　悛，音ㄒㄩㄣˊ。悛悛，誠厚貌。鄙人，鄉下人。

(136) 不能道辭　不善言辭。

(137) 蹊　小路。

〔作　者〕

見本書第三七篇作者欄。

〔說　明〕

本文節錄自史記。體裁屬傳誌類。太史公自序曰：「勇於當敵，仁愛士卒，號令不煩，師徒鄉之，作李將軍列傳。」此傳綜敍李廣生平，而特著其勇略才氣，及其數奇之狀，蓋此乃本文之主旨。全文可分十六段：一段述李廣家世。二段述其於文帝時之功績，並引出全篇眼目「不遇時」三字。三段述其於吳楚軍時之戰功，及不得賞之經過。四段述其射術之精，及於緊急時所表現之急智。五段藉程不識治軍之嚴以襯托李廣治軍之寬。六段述李廣參與馬邑城誘單于之役而無功之故。七段述李廣爲匈奴所生得及其逃歸之經過。八段述李廣與霸陵尉事。九段述李廣射石。十段分述李廣對士卒之仁愛，操守之清廉，及其善射之原因。十一段述李廣兩從衞青出擊匈奴而無功。十二段述李廣以四千騎奮戰匈奴四萬騎之英勇。十三段藉李蔡之無能而封侯拜相，以襯托李廣不封之寃屈；並藉其與王朔語以表現其胸中之疾憤。十四段述其因失道而自殺之悲壯。十五段述其三子之英勇及其後代式微之情形。末段爲贊語。

〔批　評〕

吳齊賢曰：「李將軍戰功如此，平序直序，固亦可觀。乃忽分爲千緒萬縷，或入議論，或入感嘆、或入一二閒事，妙矣。又忽於傳外，揷入一李蔡，一程不識，四面照耀，通體皆靈。可稱文章神伎。」

楊愼曰：「此傳綜敍其事實，以著才略意氣之所以然：又旁敍及軍吏士卒之得志，以致其畸世不平之意，讀之使人感慨。」

茅坤曰：「李將軍于漢爲最名將，而卒無功。故太史公極力摹寫，淋漓悲咽可涕！」

七七、郭有道林宗碑并序

蔡　邕

先生諱①泰，字林宗，太原界休②人也。其先出自有周，王季之穆有虢叔者③，實有懿德，文王咨焉。建國命氏④，或謂之郭，即其後也。

先生誕膺天衷⑤，聰睿明哲，孝友溫恭，仁篤慈惠。夫其器量弘深，資度⑥廣大，浩浩焉，汪汪焉，奧乎不可測⑦已。若乃砥節礪行，直道正辭，貞固足以幹事⑧，隱括足以矯時⑨。遂考覽六籍，探綜羣緯⑩，周流華夏⑪，游集帝學⑫。收文、武⑬之將墜，拯微言⑭之未絕。於時纓緌之徒⑮，紳佩之士⑯，望形表⑰而景附⑱，聆嘉聲⑲而響和者，猶百川之歸巨海，鱗介之宗龜龍⑳也！爾乃潛德衡門㉑，收朋勤誨，童蒙賴焉，用祛㉒其蔽㉓。州郡聞德，虛己備禮㉔，莫之能致。羣公休㉕之，遂辟司徒掾，又舉有道㉖，皆以疾辭。將蹈洪崖之遐迹㉗，紹巢由之絕軌㉘，翔區外㉙以舒翼，超天衢㉚而高峙。禀命不融㉛，享年四十有三，以建寧二年㉜正月乙亥卒。凡我四方同好之人，永懷哀悼，靡所寘㉝念。乃相與惟㉞先生之德，以圖不朽之事㉟，僉㊱以爲先民㊲既沒，而德音㊳猶存者，亦賴之於見述也；今其如何而闕斯禮？於是建碑表墓，昭銘景行㊴；俾芳烈奮乎百世，令聞顯乎無窮。

其辭曰：於㊵休先生！明德通玄㊶；純懿淑靈㊷，受之自天。崇壯幽浚㊸，如山如淵。禮樂是悅，詩書是敦㊹；匪惟摭華，乃尋其根㊺。宮牆重仞，允得其門㊻。懿乎其純，確乎其操㊼。洋洋搢紳㊽，言㊾觀其高。棲遲泌丘㊿，善誘能教。赫赫三事(51)，幾行其招。委辭召貢(52)，保此清妙。降年(53)不永，民斯悲悼。爰勒(54)茲銘，摛(55)其光耀。嗟爾來世，是則是效。

〔注　釋〕

①諱　禮記曲禮篇：「生曰名，死曰諱。」

②太原界休　漢太原郡界休縣，在今山西介休縣南十五里。

③王季之穆有虢叔者　王季，周太王三子，文王父，名季歷，武王有天下，追尊爲王季。穆，周禮小宗伯：「辨廟祧之昭穆。」注：「自始祖之後，父曰昭，子曰穆。」王季之穆，即謂王季之子。虢叔，周文王幼弟，封於東虢，故城在今河南省滎澤縣虢亭。

④建國命氏　通志世族略：「天子諸侯建國，以國爲氏。」

⑤天衷　猶言天心，天命。

⑥資度　資質丰度。

⑦奧乎不可測　深不可測。

⑧貞固足以幹事　語見易經乾卦文言。謂堅貞篤厚，堪以任重。

⑨隱括足以矯時　隱括，矯制邪曲之器也。謂行有法度，足以矯正時俗。

⑩探綜羣緯　探綜，探討綜合。緯乃依託經義以言符籙瑞應之書。

⑪周流華夏　周遊全國。

⑫帝學　太學。

⑬文、武　指文武之道，謂周文王、武王所定之禮樂制度也。

⑭微言　指孔子精微要妙之學說。

⑮纓緌之徒　纓，冠系也。緌，纓之餘而下垂者謂之緌。纓緌之徒，謂貴人也。

⑯紳佩之士　紳，大帶也。佩謂佩玉。紳佩之士，謂仕子也。

⑰形表　形貌儀表。

---

⑱景附　景，影之本字。景附，言如影附形。

⑲嘉聲　善言也。

⑳鱗介之宗龜龍　鱗蟲以龍爲尊，介蟲以龜爲精。宗，尊也。

㉑爾乃潛德衡門　衡門，橫木爲門，形容卑陋。謂而竟隱居陋室。

㉒祛　去也。

㉓蔽　闇也。

㉔虛己備禮　謂謙下備禮以聘。

㉕休　贊美。

㉖遂辟司徒掾，又舉有道　辟，召也。掾，音ㄩㄢˋ，佐治之吏，正曰掾，副曰屬。有道，東漢選士科目之一。後漢書郭泰傳：「司徒黃瓊辟泰太常，趙典舉泰有道，並不應。」

㉗將蹈洪崖之遐迹　蹈，踐也。洪崖，古之高士。遐迹，遠踪也。

㉘紹巢、由之絕軌　紹，繼承也。巢、由，巢父，許由也。絕軌，卓絕高遠之風範。堯以天下讓巢、由，皆不受。

㉙區外　世外。

㉚天衢　天路。

㉛稟命不融　稟命，受命，命謂壽命。融，長也。

㉜建寧二年　時當西元一六九年。建寧，漢靈帝年號。

㉝寘　同置。

㉞惟　思也。

㉟以圖不朽之事　謂計畫永久之紀念。

㊱僉　皆也。

㊲先民　指古之賢者。

㊳德音　猶言令聞，美譽。

㊴景行　高明之德行。

㊵於　音ㄨ，歎美之詞。

㊶玄　道也。

㊷純懿淑靈　純，大也。懿，美也。淑，善也。靈，明也。

㊸浚　深也。

㊹敦　治也。

㊺匪惟摭華，乃尋其根　匪惟，猶言不但。摭，拾取也。摭華謂尋章摘句，尋根謂探究義理。

㊻宮牆重仞，允得其門　允，信也。誠也。謂躋入聖門，深造有得。

㊼確乎其操　操守堅確不移。

㊽洋洋搢紳　洋洋，衆多貌。搢，插也。古仕者插笏垂紳，因稱仕官爲搢紳。

㊾言　語首助詞。

㊿棲遲泌丘　棲遲，遊息也。泌，泉水。丘，小山。

(51)赫赫三事　赫赫，顯盛貌。三事，三公。

(52)委辭召貢　委辭，委婉辭謝。貢，舉也。

(53)降年不永　享年不久。

(54)勒　刻也。

(55)摛　傳布也。

〔作　者〕

蔡邕，字伯喈，東漢陳留圉（今河南杞縣南）人，生於順帝陽嘉二年，卒於獻帝初平三年（西元一三二—一九二年），年六十一。

邕性篤孝，少博學，好辭章，數術，天文，工書畫，善鼓琴。靈帝時，召拜郎中，校書東觀，遷議郎。

邕以經籍去聖久遠，文字多謬，俗儒穿鑿，貽誤後學，熹平四年，乃奏請正訂六經文字，靈帝許之。邕乃自書丹於碑，使工鐫刻，立於太學門外，稱爲熹平石經，後儒晚學，咸取正焉。

後以應詔言事，語涉宦官，爲中常侍程璜所構，坐鉗髡，徙朔方者九月，赦還，以避怨家，流浪吳中凡十二年。獻帝朝，董卓擅政，强辟之，被迫至京，任祭酒，甚見敬重，累遷至侍書御同、尚書、侍中、左中郎將，封高陽鄉侯。獻帝初平三年，王允誅董卓，邕坐黨下獄死。著作傳世者，有獨斷及蔡中郎集。

〔說　明〕

本文選自蔡中郎集。體裁屬傳誌類。郭泰，東漢人，嘗被擧有道科，故稱郭有道。從成皐屈伯彥學，博通典籍。及遊於洛陽，名震一時，衣冠諸儒咸仰慕之。歸鄉之日，送之者數千輛。隱居鄉里，敎授弟子以千數。范滂嘗贊之爲「隱不違親，貞不絕俗，天子不得臣，諸侯不得友」之高士。卒時，四方之士會葬者千餘人。碑或曰銘，鐫誌先人功美，立石墓上。爲之銘者，所以誌之之辭也，然恐人觀之不詳，故又爲序於前。蔡邕此文，述郭泰生平，重在揚其德操。文分三段：

前二段爲序文，末段爲銘文。首段敍其名籍世族，亦以述其祖德。二段記其行誼功德，末段頌贊其明德。

〔批　評〕

全篇以德字通貫首尾，結構嚴謹，立意至高。蔡邕作此文，嘗謂盧植曰：「吾爲碑銘多矣，皆有慙德，惟於郭有道碑無愧色耳。」應是徵實之論。

七八、五柳先生傳

陶潛

先生不知何許人也，亦不詳其姓字。宅邊有五柳樹，因以爲號焉。閒靜少言，不慕榮利。好讀書，不求甚解；每有會意，便欣然忘食。性嗜酒，家貧不能常得。親舊知其如此，或置酒而招之；造①飲輒盡，期在必醉。既醉而退，曾不吝情去留。

環堵蕭然②，不蔽風日；裋褐穿結③，簞瓢屢空，晏如④也。常著文章自娛，頗示己志；忘懷得失，以此自終。

贊曰：「黔婁⑤有言：『不戚戚于貧賤，不汲汲于富貴。』其言茲若人之儔⑥乎？酣觴賦詩，以樂其志。無懷氏⑦之民歟！葛天氏⑧之民歟！」

〔注釋〕

①造　往也。

②環堵蕭然　謂室中空無所有，貧乏之至。

③裋褐穿結　裋，音ㄕㄨˋ，僮豎所著布長襦也。褐，毛布之衣。裋褐，粗服也。穿結，狀衣之破舊。

④晏如　安然也。

⑤黔婁　春秋齊之高士。修身清節，不求仕進

。魯恭公欲以爲相，齊威王聘爲卿，並不就。

⑥儔　類也。

⑦無懷氏　古帝號。帝太昊之先。其撫世也，以道存生，以德安刑，人皆樂之。典見路史禪通紀。

⑧葛天氏　古帝號。其爲治也，不言而自信，不化而自行。典與前同。

〔作　者〕

陶潛，字淵明。或云：名淵明，字元亮。世稱靖節先生，晉潯陽柴桑（今江西省九江縣）人。生於東晉哀帝興寧三年，卒於宋文帝元嘉四年（西元三六五—四二七年），年六十三。

潛爲晉名將侃之曾孫，性高潔，博學，工詩文。以親老家貧，起爲州祭酒，不堪吏職，少日自解歸。後爲鎮軍建威參軍，出任彭澤令，凡八十餘日。郡遣督郵至，縣吏曰：「應束帶見之。」潛歎曰：「吾不能爲五斗米折腰，拳拳事鄉里小人！」即日解印綬去，賦歸去來辭以見志。後徵著作郎，不就。江州刺史王弘欲識之，不能致也。潛不解音聲，而蓄素琴一張，無弦，每酒適，輒撫弄以寄其意。貴賤造之者，有酒輒設，潛若先醉，便語客：「我醉欲眠，卿可去！」其眞率如此。潛自以曾祖晉世宰輔，恥復屈身異代。自劉裕擅權，不復肯仕。所爲詩恬淡眞醇，以田園詩著稱。著有陶淵明集十卷。注本以清陶澍所編靖節先生集最著。

〔說　明〕

本文選自陶淵明集。體裁屬傳誌類。淵明品節高潔，不樂爲吏，此篇名爲五柳先生傳，實即一己之自述也。文分五段：首段寫先生之性情。二段寫先生之嗜好。三段寫先生之安貧。四段寫先生之自適。五段評先生之不同流俗。

〔批　評〕

過商侯曰：「此傳即先生自述，試把先生行履與此傳相印證，其一種蕭灑奇邁風度，宛然恰合。」

七九、范滂傳

范曄

范滂字孟博，汝南征羌①人也。少厲②清節，爲州里所服，舉孝廉，光祿四行③。時冀州④饑荒，盜賊羣起，乃以滂爲清，詔使案察⑤之。滂登車攬轡，慨然有澄清天下之志⑥。及至州境，守令自知臧汙⑦，望風⑧解印綬去。其所舉奏，莫不厭塞衆議⑨。遷光祿勳主事⑩。時陳蕃⑪爲光祿勳，滂執公儀詣蕃⑫，蕃不止之，滂懷恨，投版⑬棄官而去。郭林宗⑭聞而讓⑮蕃曰：「若范孟博者，豈宜以公禮格之⑯，今成其去就⑰之名，得無自取不優之譏邪⑱？」蕃乃謝⑲焉。

復爲太守黃瓊⑳所辟㉑。後詔三府掾屬㉒舉謠言，滂奏刺史，二千石㉓、權豪之黨二十餘人。尙書㉔責滂所劾猥多㉕，疑有私故。滂對曰：「臣之所舉，自非叨穢姦暴㉖，深爲民害，豈以汙簡札㉗哉？間㉘以會日迫促，故先舉所急。其未審者，方更參㉙實。臣聞農夫去草，嘉穀必茂㉚；忠臣除姦，王道以清。若臣言有貳㉛，甘受顯戮㉜。」吏不能詰。滂覩時方艱，知意不行，因投劾去㉝。

太守宗資㉞先聞其名，請署功曹㉟，委任政事。滂在職，嚴整疾惡，其㊱有行違孝悌、不軌仁義者，皆埽迹斥逐，不與共朝。顯薦異節㊲，抽拔幽陋㊳。滂外甥西平㊴李頌，公族子孫㊵，而爲鄉曲㊶所棄。中常侍㊷唐衡以頌請資，資用爲吏。滂以非其人，寢㊸而不召。資遷怒，捶書佐朱零㊹。零仰曰：「范滂清裁，猶以利刃齒腐朽㊺，今日寧受笞㊻死，而滂不可違。」資乃止。郡中中人以下㊼，莫不歸怨。乃指滂之所用，以爲范黨。

後牢修誣言鉤黨㊽，滂坐繫黃門北寺獄㊾。獄吏謂曰：「凡坐繫皆祭皋陶㊿。」滂曰：「皋陶賢者，古之直臣，知滂無罪，將理之於帝(51)；如其有罪，祭之何益？」衆人由此亦止。獄吏將加掠考(52)，滂以同囚多嬰(53)病，乃請先就格(54)。遂與同郡袁忠爭受楚毒(55)。桓帝(56)使中常侍王甫(57)以次辨詰(58)。滂等皆三木囊頭(59)，暴於堦下。餘人在前，或對或否。滂、忠於後，越次而進。王甫詰曰：「君爲人臣，不推忠國(60)，而共造部黨，自相褒舉，評論朝廷，虛構無端，諸所謀結，並欲何爲？皆以情對，不得隱飾。」滂對曰：「臣聞仲尼之言：『見善如不及，見惡如探湯[61]。』欲使善善同其清，惡惡同其汙[62]，謂王政之所願聞，不悟[63]更以爲黨。」甫曰：「卿更相[64]拔舉，迭爲唇齒[65]，有不合者，見則排斥。其意如何？」滂乃慷慨仰天曰：「古之循善，自求多福；今之循善，身陷大戮[66]。身死之日，願埋滂於首陽山[67]側，上不負皇天，下不愧夷、齊。」甫愍然[68]爲之改容，乃得並解桎梏。

滂後事釋南歸，始發京師，汝南、南陽[69]士大夫迎之者數千兩[70]。同囚鄉人殷陶、黃穆[71]亦免俱歸，並衞侍於傍，應對賓客。滂顧陶等曰：「今子相隨，是重吾禍也！」遂遁還鄉里。

初，滂等繫獄，尚書霍諝[72]理之。及得免，到京師，往候諝而不爲謝。或有讓滂者。對曰：「昔叔向嬰罪，祁奚救之，未聞羊舌有謝恩之辭，祁老有自伐之色[73]。」竟無所言。

建寧[74]二年，遂大誅黨人[75]，詔下急捕滂等。督郵[76]吳導至縣[77]，抱詔書，閉傳舍[78]，伏牀而泣。滂聞之，曰：「必爲我也！」卽自詣獄。縣令郭揖大驚，出解印綬，引(79)與俱亡，曰：「天下大矣，子何爲在此？」滂曰：「滂死則禍塞，何敢以罪累君，又令老母流離乎？」其母就與之訣(80)。滂白母曰：「仲博(81)孝敬，足以供養。滂從龍舒君(82)歸黃泉(83)，存亡各得其所。惟(84)大人割不可忍之恩，勿增感戚。」母曰：「汝今得與李、杜(85)齊名，死亦何恨？既有令(86)名，復求壽考(87)，可兼得乎？」滂跪受教，再拜而辭。顧謂其子曰：「吾欲使汝爲惡，則惡不可爲；使汝爲善，則我不爲惡！」行路聞之，莫不流涕，時年三十三。

〔注　釋〕

①汝南征羌　汝南，郡名，漢置，含今河南省東南及安徽省西部等地。征羌，漢之侯國，即汝南郡之當鄉縣，故城在今河南省郾城縣東南七十里。

②厲　奮勉也。

③擧孝廉、光祿四行　：古有推擧制度，凡鄉里有孝行高節者，由各郡縣吏考察而推擧之，謂之擧孝廉。又漢代九卿之一光祿勳，亦掌選擧事務，凡民有敦厚、質樸、遜讓、節儉四德者，由其推擧於朝，謂之光祿四行。

④冀州　古九州之一，含今河北、山西、河南之黃河以北及遼寧以西各地。

⑤案察　察，驗也。謂考實其事也。

⑥登車攬轡　轡，御馬之索也。喻就官之始。

⑦臧汙　受贓貪汙也。

⑧望風　聽聞消息也。

⑨厭塞衆議　厭，服也。塞，止也。句可調整

作厭衆塞議。謂能使衆人心服，平息議論。

⑩光祿勳主事　光祿勳，官名，漢九卿之一。掌宮殿掖門，並考選宿衛人員，其屬官有主事。

⑪陳蕃　汝南平輿（今河南省汝南縣東南）人。爲人正直，而有節操。桓帝時歷樂安太守竇、祿勳、太尉。靈帝立，拜太傅。與后父光武同心致力於朝政，徵用名賢，天下之士爭歸之。後與武共策謀誅宦官曹節、王甫等。事泄，曹着矯詔殺之。詳見後漢書本傳。

⑫執公儀詣蕃　公儀，官禮也。詣，往也。謂持卑職進謁尊長之官禮，往見陳蕃。

⑬版　笏也。

⑭郭林宗　郭泰，字林宗，（後漢書本傳，泰作太。以范曄父名泰，故改之。）太原界休（今山西介休）人。博通墳籍，善談論，美音制。游於洛陽，與李膺相友善，名震京師。舉有道，堅辭不受，歸鄉里，閉門教授，弟子以千數。故黨錮發生，獨免於難。詳見後漢書本傳。

⑮讓　責也。下同。

⑯以公禮格之　格，正也。謂以官禮拘束之也。

⑰去就　去留也。

⑱得無自取不優之譏邪　得無，能不也。譏，譏評也。

⑲謝　引以爲過也。

⑳太尉黃瓊　太尉，漢三公之一，掌軍事。黃瓊，字世英，江夏安陸（今湖北應山縣南）人。歷官司徒，太尉、司空。詳見後漢書本傳。

㉑辟　徵召也。

㉒後詔三府掾屬　東漢以太尉、司徒、司空爲三公。三公各掾屬二三十人不等。此三府當指屬三公府。掾屬，佐治之吏。正曰掾，副曰屬。

㉓刺史、二千石　刺史，官名。爲一州之行政首長。二千石，月俸百二十斛，刺史、郡守，諸侯傅相等屬之。此指高官。

㉔尚書　官名。後漢設尚書六人，屬少府。常侍曹尚書主公卿事；二千石曹尚書主郡國二千石事，民曹尚書主凡吏上書事，客曹尚書主外國夷狄事。後分二千石曹及客曹各爲二，共六曹。此當指二千石曹尚書。
㉕猥多　二字義同，並作多解。
㉖自非叨穢姦暴　自，如也。叨，貪也。
㉗簡札　簡，竹簡也。札，木簡之薄小者也。此指公文。
㉘間　猶言頃者。
㉙參　驗也。
㉚農夫去草，嘉穀必茂　嘉穀，禾也。事見左傳隱公六年。
㉛貳　疑也。
㉜顯戮　殺以示衆也。
㉝投劾去　自劾罪狀而去官也。
㉞宗資　字叔都，南陽安衆（今河南省南陽縣西北）人。官至御史中丞，此時任汝南太守。

㉟請署功曹　署，代理也。功曹，官名，漢郡有功曹史，主選署功勞。
㊱其　猶若也。
㊲顯薦異節　顯，達也。異節，名節特異，超乎常人者。
㊳抽拔幽陋　抽拔，拔擢也。幽陋，幽隱於陋巷者。
㊴西平　縣名，故城在今河南省西平縣西。
㊵公族子孫　仕宦之後裔也。
㊶鄉曲　曲，僻也。謂僻鄉也。
㊷中常侍　宦者。掌侍左右，從入內宮，贊導內衆事，顧問應對給事。
㊸寢　止也。
㊹捶書佐朱零　捶，以杖擊也。書佐，官名。郡太守下諸曹各有書佐，主管文書。朱零，人名。
㊺利刃齒腐朽　齒，當也。謂利刃所至，腐朽無以當其鋒也。
㊻笞　擊也。

㊼中人以下　謂小人也。

㊽牢修誣言鉤黨　牢修，張成之弟子。鉤，引也。張成善說風角，推占時當有赦命，乃教子殺人。李膺爲河南尹，收捕之。既而果逢赦，膺仍依法處死。張成初以方伎交通宦官。弟子牢修因上書誣告膺等養太學遊士，交結諸郡生徒，共爲部黨，誹訕朝廷。桓帝震怒，下郡國，逮捕黨人。

㊻黃門北寺獄　東漢有黃門令、小黃門、中黃門、黃門署長諸官，皆宦者，屬少府。黃門北寺獄爲宦者執法之獄。

㊿皐陶　舜臣，作律立獄。後世以爲獄神。陶，音一幺。

㉛帝　天也。

㉜掠考　二字義同，並作擊解。

㉝嬰　繞也。

㉞就格　就，往也。格，搒牀也。

㉟楚毒　楚，扑撻之具。毒，痛也。

㊱桓帝　後漢第十帝，名志，在位二十一年。

㊲王甫　桓帝時宦者。

㊳辨詰　辨，詳也。詰，問也。

㊴三木囊頭　三木，刑具也。即枷、梏、桎。囊頭，以物蒙其頭也。

㊵不推忠國　推，江寧顧氏本作「惟」，義較此長。

㊶見善如不及，見惡如探湯　語見論語季氏篇。

㊷善善同其清，惡惡同其汙　兩句首之善、惡皆爲動詞。謂稱揚善者，使已能與其同有清節；厭惡惡者，使已能與其同去惡行。

㊸不悟　不料也。

㊹更相　互相也。

㊺迭爲脣齒　迭，互也。脣齒，喻彼此倚助庇護也。事見左傳僖公五年。

㊻大戮　死罪也。

㊼首陽山　伯夷、叔齊隱居之地。該地所在，傳說紛紜，此略。

㊽愍然　感動貌。

⑲南陽　郡名。含今河南省西南部及湖北省北部地。

⑳兩　通輛。

㉑殷陶、黃穆　殷陶，字仲才，舉孝廉。黃穆，字子敬，安成人，爲郡主簿。

㉒霍諝　字叔智。鄴（今河南省臨漳縣西）人，舉孝廉，官至廷尉。詳見後漢書本傳。

㉓昔叔向嬰罪……祁老有自伐之色　叔向，春秋晉賢大夫羊舌肹之字。祁老，指祁奚。晉大夫欒盈謀害范宣子不成，奔楚。宣子誅殺其同黨，叔向弟羊舌虎在其黨內，叔向亦受累下獄。祁奚聞之，往勸宣子，宣子說而從之，遂赦叔向之罪。事見左傳襄公二十一年。

㉔建寧　漢靈帝年號。

㉕大誅黨人　建寧二年十月，中常侍侯覽諷有司奏前司空虞放、太僕杜密、長樂少府李膺等皆爲鉤黨，大肆搜捕下獄，死者百餘人。詳見後漢書靈帝紀及黨錮傳。

㉖督郵　官名，漢置，爲郡之佐吏，掌監屬縣，考品成績，唐以後廢。

㉗縣　當鄉縣，即征羌國。見前征羌注。

㉘傳舍　驛站之房舍也。

㉙引　牽也。

㉚就與之訣　就，往也。訣，別也。

㉛仲博　滂弟之字。

㉜龍舒君　滂父名顯，曾爲龍舒侯相，故稱龍舒君。

㉝黃泉　地下也。

㉞惟　希望之詞。

㉟李、杜　李膺、杜密也。李膺，字元禮，潁川襄城（今河南省許昌縣西南）人，有聲於時，黨錮之禍起，死於獄中。杜密，字周輔，潁川陽城（今河南省登封縣東西之告成鎮）人，與李膺齊名，因黨錮之禍而自殺。

㊱令　美也。

㊲壽考　考，老也。謂高壽也。

〔作者〕

見本書第五篇作者欄。

〔說明〕

本文選自後漢書黨錮列傳。體裁屬傳誌類。後漢桓、靈二帝，庸愚寡斷，寵任宦官，殘害人民。士族清流，疾其不法，揭發其惡，至爲嚴峻。桓帝延熹九年，以宦官誣陷，拘捕黨人李膺、杜密等二百餘人，下獄拷問，並事殺戮。靈帝建寧二年十月，再詔捕治黨人，范滂與焉，皆死囹圄。黨錮列傳凡蒐二十餘人，皆名迹較著者，滂即其一。文分八段：首段言范滂少厲清節，試於冀州，羣小畏憚。次段言滂再次出仕及棄官。三段言滂斷事至請，爲小人所怨。四段言滂下獄，不畏權勢。五段言滂見釋南歸。六段言滂不謝私恩。七段言滂再罹黨禍，毅然詣獄。八段言滂與之訣別，及滂告戒乃子。

〔批評〕

全文以一清字爲主眼。滂少厲清節，出仕有澄清天下之志，案察則期除姦去暴，王道以清；其僚朱零，以其清裁，甘願受笞而死；滂在獄中，善善惡惡之情，不加少移；滂見釋南歸，殷陶、黃穆之衞侍於傍；滂侯尚書霍諝，不謝一辭。又督郵吳導之抱詔而泣，縣令郭揖之出解印綬，均在一清字籠罩下而出，何等動人肺腑！末結以「時年三十三」，悽慘之至，千載下讀之，能不唏噓痛惜？

八〇、梓人傳

柳宗元

裴封叔①之第，在光德里②。有梓人款③其門，願傭隙宇④而處焉，所職尋引⑤規矩繩墨，家不居礱斲⑥之器。問其能，曰：「吾善度材，視棟宇之制，高深圓方短長之宜，吾指使而羣工役焉，捨我衆莫能就一宇，故食於官府⑦，吾受祿三倍；作於私家，吾收其直⑧大半焉。」他日，入其室，其牀闕足而不能理。曰：「將求他工。」余甚笑之，謂其無能而貪祿嗜貨者。

其後京兆尹⑨將飾官署，余往過焉；委⑩羣材，會衆工，或執斧斤，或執刀鋸，皆環立嚮之，梓人左持引，右執杖，而中處焉；量棟宇之任⑪，視木之能舉⑫，揮其杖曰：「斧！」彼執斧者，奔而右。顧而指曰：「鋸！」彼執鋸者，趨而左。俄而斤者斲，刀者削，皆視其色，俟其言，莫敢自斷者。其不勝任者，怒而退之，亦莫敢慍焉。畫宮於堵⑬，盈尺，而曲盡其制，計其毫釐而構大厦，無進退⑭焉。既成，書於上棟曰：「某年某月某日某建。」則其姓氏也；凡執用之工不在列。余圜⑮視大駭，然後知其術之工大矣。

繼而歎曰：「彼將捨其手藝，專其心智，而能知體要者歟？吾聞『勞心者役人，勞力者役於人⑯』，彼其勞心者歟？能者用，而智者謀，彼其智者歟？是足爲佐天子，相天下⑰法矣，物⑱莫近乎此也。」

彼爲天下者，本於人；其執役者，爲徒隸⑲，爲鄉師⑳、里胥㉑；其上爲下士；又其上爲中士，爲上士；又其上爲大夫，爲卿，爲公；離而爲六職㉒，判而爲百役，外薄四海㉓，有方伯連率㉔；郡有守，邑有宰，皆有佐政㉕；其下有胥吏㉖，又其下皆有嗇夫㉗版尹㉘，以就役焉；猶衆工之各有執技以食力也。彼佐天子相天下者，舉而加焉，指而使焉，條其綱紀而盈縮㉙焉，齊其法制而整頓焉；猶梓人之有規矩繩墨以定制也。擇天下之士，使稱其職；居天下之人，使安其業；視都知野㉚，視野知國，視國知天下，其遠邇細大，可手據其圖而究焉；猶梓人畫宮於堵而績於成也。能者進而由之，使無所德㉛；不能者退而休之，亦莫敢慍；不衒能㉜，不矜名，不親小勞，不侵衆官，日與天下之英才，討論其大經㉝；猶梓人之善運衆工而不伐藝㉞也。夫然後相道得而萬國理矣。相道既得，萬國既理，天下擧首而望曰：「吾相之功也。」後之人循跡而慕曰：「彼相之才也。」士或譚殷周之理者，曰：伊、傅、周、召㉟；其百執事之勤勞，而不得紀焉；猶梓人自名其功，而執用者不列也。大哉相乎！通是道者，所謂相而已矣。其不知體要者反此，以恪㊱勤爲公，以簿書爲尊，衒能矜名，親小勞，侵衆官，竊取六職百役之事，听听㊲於府庭，而遺其大者遠者焉；所謂不通是道者也。猶梓人而不知繩墨之曲直，規矩之方圓，尋引之短長，姑奪衆工之斧斤刀鋸，以佐其藝；又不能備其工，以至敗績用而無所成也，不亦謬歟！

或曰：「彼主爲室者，儻或發其私智，牽制梓人之慮，奪其世守㊳，而道謀是用㊴，雖不能成功，豈其㊵罪邪？亦在任之而已。」余曰：「不然，夫繩墨誠陳，規矩誠設，高者不可抑而下也，狹者不可張而廣也；由我則固，不由我則圮㊶。彼將樂去固而就圮也，則卷㊷其術，默其智，悠爾而去，不屈吾道，是誠良梓人耳。其或嗜其貨利，忍而不能捨也；喪其制量，屈而不能守也；棟撓㊸屋壞，則曰：『非我罪也，』可乎哉！可乎哉！余謂梓人之道類於相，故書而藏之。梓人蓋古之審曲面勢㊹者，今謂之都料匠㊺云。余所遇者楊氏，潛其名。

〔注釋〕

①裴封叔　名瑾，子厚之二姐夫。

②光德里　唐都長安一里名。

③款　叩也。

④傭隟宇　傭，租也。隟，音ㄒㄧˋ，同隙。隟宇，空房也。

⑤尋引　八尺曰尋，十丈曰引。尋引所以度長短。

⑥礱斲　礱，音ㄌㄨㄥˊ，鉋銼使木光滑之器也。斲，刀鋸斧斤之屬。

⑦食於官府　食，音ㄙˋ。謂爲官府所傭用。

⑧直　同值。指工資。

⑨京兆尹　官名，掌治京師。

⑩委　積也。

⑪任　音ㄖㄣˊ，用也。

⑫能舉　言大小長短之用。

⑬畫宮於堵　堵，牆也。言畫宮室建築圖樣於牆垣也。

⑭進退　猶言出入。

⑮圜　猶環也。

⑯勞心二句　見孟子滕文公篇。

⑰相天下　相，治也。相天下指宰相。

⑱物　事也。

⑲徒隸　給徭役者。

⑳鄉師　一鄉之長。

㉑里胥　胥，庶人在官者。里胥，即一里之

長。

㉒六職　謂六官之職也。周禮天官小宰：「以官府之六職辨邦治。」書經周官篇：「冢宰掌邦治，統百官，均四海；司徒掌邦教，敷五典，擾兆民；宗伯掌邦禮，治神人，和上下；司馬掌邦政，統六師，平邦國；司寇掌邦禁，詰姦慝，刑暴亂；司空掌邦土，居四民，時地利。六卿分職，各率其屬，以倡九牧，阜成兆民。」

㉓外薄四海　薄，迫也。外薄四海，言從京師而至於四海也。語見書經益稷篇。

㉔方伯連率　率同帥。方伯連帥皆諸侯領袖之稱。禮記王制篇：「千里之外，設方伯。」又：「十國以爲連，連有帥。」

㉕佐政　謂副貳之官，如丞尉等。

㉖胥吏　掌理案牘之吏也。

㉗嗇夫　鄉官，掌聽訟及收賦稅。

㉘版尹　掌戶籍版圖者。

㉙盈縮　同贏縮，猶進退也。

㉚視都知野　都，城也。野，鄉也。

㉛德　感恩也。

㉜衒能　誇耀才幹也。

㉝大經　猶言治國大道。

㉞伐藝　自誇其技藝也。

㉟伊、傅、周、召　伊，伊尹，湯之賢相。傅，傅說，殷高宗賢相。周，周公。召，召公，周成王時與周公同理國政。

㊱恪　音ㄎㄜˋ，敬也。

㊲听听　听，音ㄧㄣˊ。听听，猶齗齗，爭辯貌。

㊳世守　世代相守之業也。

㊴道謀是用　意即謀於外行。詩經小雅小旻篇：「如彼築室于道謀，是用不潰于成。」言築室而與行道之人謀之，不能有成也。

㊵其　指梓人，並指宰相。

㊶圮　音ㄆㄧˇ，毀也。

㊷卷　藏也。

㊸撓　曲也。

㊹審曲面勢　言審察五材曲直方面形勢之宜也。語出周禮考工記。

㊺都料匠　即木匠。

〔作　者〕

見本書第七篇作者欄。

〔說　明〕

本文選自柳河東集。體裁屬傳誌類。梓人即木工。周禮考工記載，攻木之工凡七，其一曰梓人。主造筍虡，飲器及射侯者。後世亦稱從事建築者爲梓人。本文所記梓人即此類也。作者借述梓人楊潛事迹，而發揮其政治主張，與種樹郭槖駝傳同一體製。本文主旨在强調「勞心者治人，勞力者治於人」之主張與爲相自處之道。文分六段：首段敍梓人自述其能，而作者笑之。二段述作者目見梓人之能而大駭。三段贊嘆梓人知體要，爲勞心者，爲知者。四段言梓人之道與爲相相同。五段以梓人喻爲相者，合則留，不合則去，不宜屈己從人。六段述作傳之意，並解梓人二字，點出姓名作結。

〔批　評〕

鄒東廓曰：「梓人特技藝之末，而柳州通於相道之大，是至微之事，關至大之理也，非有識不能作此文字。」

王荆石曰：「此借梓人之作室，以規相天下者，蓋隨材授任，宰相之職也。梓人則能隨材之大小以爲作室之用。爲宰相乃不能隨材器使，以爲國家之用，不厚愧乎！是立言之意也，可謂垂世之文。」

八一、種樹郭橐駝傳

柳　宗　元

郭橐駝①，不知始何名。病僂②，隆然伏行③，有類橐駝者，故鄉人號之駝。駝聞之曰：「甚善！名我固當。」因捨其名，亦自謂橐駝云。

其鄉曰豐樂鄉，在長安④西。駝業種樹，凡長安豪富人爲觀遊⑤及賣果者，皆爭迎取養。視駝所種樹，或遷徙，無不活，且碩⑥茂，蚤實以蕃⑦；他植者雖窺伺傚慕，莫能如也。

有問之。對曰：「橐駝非能使木壽且孳也，能順木之天⑧以致其性焉爾。凡植木之性，其本欲舒⑨，其培欲平⑩，其土欲故，其築⑪欲密。既然已，勿動勿慮，去不復顧。其蒔⑫也若子，其置也若棄，則其天者全，而其性得矣。故吾不害其長而已，非有能碩茂之也；不抑耗⑬其實而已，非有能蚤而蕃之也。他植者則不然：根拳⑭而土易。其培之也，若不過焉則不及；苟有能反是者，則又愛之太殷，憂之太勤，旦視而暮撫，已去而復顧；甚者爪其膚以驗其生枯，搖其本以觀其疏密，而木之性日以離矣。雖曰愛之，其實害之；雖曰憂之，其實讎之，故不我若⑮也。吾又何能爲哉?」

問者曰：「以子之道，移之官理，可乎?」駝曰：「我知種樹而已，官理，非吾業也。然吾居鄉，見長人者⑯，好煩其令，若甚憐焉，而卒以禍。旦暮吏來而呼曰：『官命促爾耕，勗⑰爾植，督爾穫；蚤繅而緒⑱，蚤織而縷，字⑲而幼孩，遂⑳而雞豚!』鳴鼓而聚之，擊木而召之。吾小人輟飧饔㉑以勞吏者，且不得暇，又何以蕃㉒吾生而安吾性邪?故病且怠。若是，則與吾業者，其亦有類乎?」問者嘻㉓曰：「不亦善夫!吾問養樹，得養人術。」傳其事以爲官戒。

〔注釋〕

①槖駝　槖，音ㄊㄨㄛˊ，囊也。槖駝，即駱駝，駱駝背部隆起，若囊槖然，故名槖駝。

②病僂　僂，音ㄌㄡˊ，曲背。病僂，駝背。

③隆然伏行　隆然，高起貌。伏行，低頭而行。

④長安　唐朝京都，今陝西省長安縣，

⑤觀遊　觀賞遊玩。

⑥碩　大也。

⑦蚤實以蕃　蚤同早。蕃，多也。

⑧天　天性。

⑨本欲舒　根欲得舒展。

⑩其培欲平　培，培土。謂培土欲得均勻。

⑪築　擣土使堅實也。
⑫蒔　音尸，種也。
⑬抑耗　抑，抑制。耗，損害。
⑭拳　曲也。
⑮不我若　即不若我也。
⑯長人者　爲人長者，謂官吏也。
⑰勗　勉勵。
⑱繅而緒　繅，同繰，抽繭出絲。而，汝也。緒，絲端。
⑲字　撫養也。
⑳遂　長成。
㉑饔飧　飧饔，熟食也。朝曰饔，夕曰飧。
㉒蕃　昌盛。
㉓嘻　笑貌。

〔作　者〕

是本書第七篇作者欄。

〔說　明〕

本文選自柳河東集。體裁屬傳誌類。全文主旨在借種樹以明爲政不可擾民之理。文分四段；首段記郭橐駝得名之由來。二段言郭橐駝善於種樹。三段言種樹之道，貴在順木之天以致其性。四段言養民與養樹，其理相類，好煩其令，則民無以蕃其生而安其性。

〔批　評〕

本文乃寓言體，所以演繹老子「無爲而治」之政治哲學，前半敍種樹之事，似主而實賓；後半述養民之道，似賓而實主，此文家變化綜之法。吳楚材曰：「前寫橐駝種樹之法，瑣瑣述來，涉筆應趣，純是上聖至理，不得看爲山家種樹方。末入官理一段，發出絕大議論，以規諷世道，守官者當深體此文。」

八二、箕子碑

柳宗元

凡大人①之道有三：一曰正蒙難②，二曰法授聖③，三曰化及民④。殷有仁人曰箕子，實具茲道，以立於世，故孔子述六經之旨，尤殷勤⑤焉。當紂之時，大道悖亂。天威之動不能戒，聖人之言無所用。進死以併命⑥，誠仁矣；無益吾祀，故不爲。委身以存祀⑦，誠仁矣；與亡吾國，故不忍。具是二道有行之者矣。

是用保其明哲，與之俯仰⑧。晦是謨範⑨，辱於囚奴⑩。昏而無邪，隤而不息⑪。故在易曰：「箕子之明夷⑫。」正蒙難也。及天命既改⑬，生人以正⑭。乃出大法，用爲聖師⑮，周人得以序彝倫⑯而立大典。故在書曰：「以箕子歸作洪範⑰。」法授聖也。及封朝鮮，推道訓俗⑱，惟德無陋⑲，惟人無遠⑳，用廣殷祀，俾夷爲華㉑，化及民也。率是大道，藂㉒於厥躬；天地變化，我得其正㉓，其大人歟！

於虖㉔！當其周時未至，殷祀未殄㉕；比干㉖已死，微子㉗已去；向使紂惡未稔㉘而自斃，武庚㉙念亂以圖存；國無其人，誰與興理，是固人事之或然。先生隱忍而爲此，其有志於斯乎？

唐某年，作廟汲郡㉚，歲時致祀。嘉先生獨列於易象㉛，作是頌云。

〔注釋〕

①大人　指有德之人。

②正蒙難　以正蒙難。正，貞正之德。蒙難，犯難。能守其貞正之德以犯難者。如箕子諫紂王之被囚是也。

③法受聖　以法授聖。聖，聖人。能以大法授之於聖人者，如武王勝殷，以箕子歸，作洪範是也。

④化及民　以化及民。化，敎化。能博施敎化於民者，如箕子之封朝鮮，推道訓俗，俾夷爲華是也。

⑤殷勤　委曲周到。

⑥進死以併命　冒死進諫，置生命於度外。此指比干諫紂，爲紂所殺。

⑦委身以存祀　指微子諫紂不聽，去以存殷祀。

⑧保其明哲，與之俯仰　指箕子之保其明哲之身，與世浮沈。

⑨晦其謨範　範，法。隱藏其謀略。

⑩辱於囚奴　屈辱爲囚奴。

⑪昏而無邪，隤而不息　昏，昧亂。邪，謂意旨行爲等之不正。隤，音ㄊㄨㄟˊ，頹也。息，休止。謂箕子之諫紂被囚，佯狂爲奴，雖昏而不邪，雖隤而不息。

⑫箕子之明夷　明夷，易經卦名。以言人事，則闇主在上，明臣在下，不敢顯其明智，故

宜艱難堅固，守其貞正之德也。其六五之爻辭曰：「箕子之明夷。」言箕子之近殷紂，最近於晦，與難爲比，險莫如玆。

⑬天命既改　指周滅殷朝。

⑭生人以正　世人起居又都歸於正軌。

⑮乃出大法，用爲聖師　指箕子之以洪範陳之武王。書謂武王勝殷，以箕子歸，作洪範是也。

⑯彝倫　常倫。

⑰洪範　書經篇名。

⑱推道訓俗　推廣大道，敎化民俗。指箕子之敎其民以禮義田蠶織作，而成仁賢之化也。

⑲惟德無陋　惟德是尙，無分賢劣。

⑳惟人無遠　惟人是敎，無分親疏。

㉑俾夷爲華　化夷狄使爲華夏。

〔作　者〕

見本書第七篇作者欄。

㉒藂　音ㄘㄨㄥˊ，同叢。聚集。

㉓天地變化，我得其正　無論天地如何變化，我皆能得其正。

㉔於虖　音ㄨ　ㄏㄨ，嘆詞。

㉕殄　音ㄊㄧㄢˇ，滅絕。

㉖比干　殷紂諸父，諫紂而死。

㉗微子　名啓，紂之庶兄。見紂無道，去之存宗祀。

㉘稔　音ㄖㄣˇ，積久。

㉙武庚　殷紂之子，周公封爲殷後。

㉚作廟汲郡　建箕子廟於汲郡。汲郡，今河南汲縣。

㉛嘉先生獨列於易象　嘉美先生之能獨列名於易經之象辭中。按箕子能保其貞德，卒以全身，而爲武王之師，象辭嘗美之矣。

〔說　明〕

本文選自柳河東集。體裁屬傳誌類。箕子，商紂王之叔父，名胥餘，封子爵，國於箕。紂無道，箕子諫而不聽，佯狂爲奴。周武王克殷，釋其囚，訪以天道，作洪範，乃封之朝鮮而不臣。後朝周，過商故墟，作麥秀之詩，聞者皆爲流涕。今北韓平壤有箕子陵，是其遺跡。唐作廟汲郡，柳宗元因爲此文，旨在歌頌箕子之德行。全文凡分七段：首段提大人之道有三。次段言箕子實具斯道。三段敍箕子之正蒙難。四段述箕之子法授聖。五段稱箕子之化及民。六段謂箕子之隱忍，蓋有志矣。末段明作頌緣由。

〔批　評〕

論語微子篇曰：「微子去之，箕子爲之奴，比干諫而死。孔子曰：『殷有三仁焉。』」知箕子與比干、微子皆仁人也。當西伯既卒，周武王東伐至盟津，諸侯叛殷，會周者八百諸侯，皆曰：「紂可伐矣。」武王曰：「爾未知天命。」乃復歸，紂愈淫亂，微子數諫不聽，乃與太師謀，遂去。比干曰：「爲人臣者，不得不以死爭。」乃強諫紂。紂怒曰：「吾聞聖人心有七竅。」剖比干，觀其心。箕子懼，乃佯狂爲奴，紂又囚之。是天命既改，箕子得用爲聖師，當非逆料所及。柳宗元以汲郡作廟，因其獨列名於易象，遂美其有大人之道，凡三致意焉。筆筆皆自實處發論，詞簡而明。至於虖以下，文意一轉，以爲使紂惡未稔而自斃，武庚念亂以圖存，則與共興理者，固箕子也，然則其所以正蒙難，是有志於斯。此雖理有或然，亦未必然，柳氏所以爲之設想者，蓋有深意存焉。

八三、平淮西碑并序

韓　愈

天以唐克肖其德，聖子神孫，繼繼承承，於千萬年！敬戒不怠，全付所覆；四海九州，罔有內外，悉主悉臣。高祖、太宗①，既除既治。高宗、中、睿②，休養生息。至于玄宗③，受報收功，極熾而豐；物衆地大，孽牙④其閒。肅宗、代宗⑤，德祖順考，以勤以容。大慝適去⑥，稂莠不薅⑦。相臣將臣，文恬武嬉。習熟見聞，以爲當然。

睿聖文武皇帝⑧既受羣臣朝，乃考圖數貢曰：「嗚呼！天既全付予有家，今傳次在予；予不能事事，其何以見于郊廟！」羣臣震慴，奔走率職。明年平夏⑨，又明年平蜀⑩。又明年平江東⑪。又明年，平澤、潞⑫，遂定易、定⑬。致魏、博、貝、衞、澶、相⑭，無不從志。皇帝曰：「不可究武，予其少息。」

九年，蔡將死，蔡人立其子元濟以請⑮。不許。遂燒舞陽⑯，犯葉、襄城⑰，以動東都，放兵四劫。皇帝歷問于朝，一二臣外，皆曰：「蔡帥之不廷授⑱，于今五十年，傳三姓四將⑲。其樹本堅，兵利卒頑，不與他等。因撫而有，順且無事。」大官臆決唱聲，萬口和附，并爲一談，牢不可破。皇帝曰：「惟天惟祖宗，所以付任予者，庶其在此，予何敢不力！況一二臣同，不爲無助。」曰：「光顏⑳！汝爲陳、許㉑帥。維是河東、魏博、郃陽㉒三軍之在行者，汝皆將之！」曰：「重胤！汝故有河陽、懷，今益以汝㉓。維是朔方、義成、陝、益、鳳翔、延、慶㉔七軍之在行者，汝皆將之！」曰：「弘㉕！汝以卒萬二千屬而子公武往討之！」曰：「文通！汝守壽㉖。維是宣武、淮南、宣歙、浙西㉗四軍之行于壽者，汝皆將之！」曰：「道古！汝其觀察鄂、岳㉘。」曰：「愬！汝帥唐、鄧、隨㉙，各以其兵進戰！」曰：「度！汝長御史，其往視師！」曰：「度！惟汝予同，汝遂相予，以賞罰用命不用命㉚！」曰：「弘！汝其以節都統諸軍！」曰：「守謙！汝出入左右，汝惟近臣，其往撫師㉛！」曰：「度！汝其往衣服飲食予士，無寒無飢，以既厥事，遂生蔡人！賜汝節斧、通天御帶、衛卒三百。凡茲廷臣，汝擇自從。惟其賢能，無憚大吏！庚申，予其臨門送汝㉜。」曰：「御史！予閔士大夫戰甚苦，自今以往，非郊廟祠祀，其無用樂！」

顏、胤、武合攻其北，大戰十六，得柵、城、縣二十三，降人卒四萬。道古攻其東南，八戰，降萬三千；再入申，破其外城㉝。文通戰其東，十餘遇，降萬二千。愬入其西，得賊將，輒釋不殺。用其策，戰比有功。十二年八月，丞相度至師。都統弘責戰益急，顏、胤、武合戰益用命。元濟盡并其衆洄曲以備㉞。十月壬申，愬用所得賊將㉟，自文城㊱因天大雪，疾馳百二十里，用夜半到蔡，破其門，取元濟以獻，盡得其屬人卒。辛巳，丞相度入蔡，以皇帝命赦其人，淮西平。大饗賚功。師還之日，因以其食賜蔡人。凡蔡卒三萬五千，其不樂爲兵，願歸爲農者十九，悉縱之。斬元濟京師。

册功，弘加侍中㊲；愬爲左僕射㊳，帥山南東道㊴；顏、胤皆加司空㊵；公武以散騎常侍㊶帥鄜、坊、丹、延㊷；道古進大夫；文通加散騎常侍；丞相度朝京師，道封晉國公，進階金紫光祿大夫㊸，以舊官相；而以其副總㊹爲工部尙書，領蔡任。

既還奏，羣臣請紀聖功，被之金石。皇帝以命臣愈，臣愈再拜稽首而獻文曰：

唐承天命，遂臣萬邦。孰居近土，襲盜以狂？往在玄宗，崇極而圮；河北悍驕㊺，河南附起㊻。四聖㊼不宥，屢興師征。有不能剋，益戍以兵。夫耕不食，婦織不裳。輸之以車，爲卒賜糧。外多失朝，曠不嶽狩㊽。百隷怠官，事亡其舊。帝時繼位，顧瞻咨嗟：「惟汝文武，孰恤予家？」既斬吳、蜀，旋取山東。魏將首義，六州降從。淮蔡不順，自以爲强。提兵叫讙，欲事故常。始命討之，遂連姦鄰㊾，陰遣刺客，來賊相臣㊿。方戰未利，內驚京師。羣公上言：「莫若惠來51。」帝爲不聞，與神爲謀。乃相同德，以訖天誅。乃敕顏、胤，愬、武、古、通：「咸統於弘，各奏汝功！」三方分攻，五萬其師；大軍北乘52，厥數倍之。常兵時曲53，軍士蠢蠢。既翦陵雲54，蔡卒大窘。勝之邵陵55，郾城來降56。自夏入秋，復屯相望。兵頓不勵，告功不時。帝哀征夫，命相往釐。士飽而歌，馬騰於槽。試之新城，賊遇敗逃⑰。盡抽其有，聚以防我。西師躍入，道無留者⑱。頟頟⑲蔡城，其壇千里。既入而有，莫不順俟。帝有恩言，相度來宣：「誅止其魁，釋其下人。」蔡之卒夫，投甲呼舞；蔡之婦女，迎門笑語。蔡人告飢，船粟往哺；蔡人告寒，賜以繒布。始時蔡人，禁不往來；今相從戲，里門夜開。始時蔡人，進戰退戮；今旰而起，左飧右粥。爲之擇人，以收餘憊。選吏賜牛，敎而不稅。蔡人有言：「始迷不知。今乃大覺，羞前之爲。」蔡人有言：「天子明聖。不順族誅，順保性命。汝不吾信，視此蔡方。孰爲不順，往斧其吭。凡叛有數，聲勢相倚，吾強不支，汝弱奚恃？其告而長，而父而兄，奔走偕來，同我太平！」淮、蔡爲亂，天子伐之。既伐而飢，天子活之。始議伐蔡，卿士莫隨。既伐四年，小大並疑。不赦不疑，由天子明。凡此蔡功，惟斷乃成。既定淮蔡，四夷畢來。遂開明堂⑳，坐以治之。

〔注　釋〕

①高祖、太宗　高祖，名淵，為唐之始祖，在位九年。太宗，名世民，高祖之子，在位二十三年。

②高宗、中、睿　高宗名治，太宗之子，在位三十四年。中宗名哲，高宗之子，在位六年。睿宗名旦，中宗弟，在位三年。

③玄宗　名隆基，睿宗之子，在位四十三年。

④孽牙　萌牙也。喻藩鎮始强。

⑤肅宗、代宗　肅宗，名亨，玄宗之子，在位七年。代宗，名豫，肅宗之子，在位十七年。

⑥大慝適去　大慝，指安、史、朱泚、李希烈等之亂。適去，始除滅之也。

⑦稂莠不薅　稂，音ㄌㄤˊ。稂莠，害苗之草。薅音ㄏㄠ，拔草也。

⑧睿聖文武皇帝　唐憲宗之尊號。憲宗名純，順宗之子，在位十五年。

⑨平夏　元和元年三月，夏綏節度使韓全義入朝，令其甥楊惠琳留後。俄有詔除李演為節度，代全義。演赴任，惠琳據城叛。夏州兵馬使張承金斬惠琳首以獻。事見舊唐書卷十四。

⑩平蜀　順帝永貞元年八月，劍南西川節度使韋臯卒，行軍司馬劉闢自稱留後。憲宗元和元年正月，命高崇文、嚴礪等討之。至九月丙午，嚴礪敗劉闢於神泉。辛亥，高崇文克成都。十月，劉闢伏誅。事見唐書卷七。

⑪平江東　元和二年十月鎮海軍節度使李錡反，兵馬使張子良執之，十一月李錡伏誅。

⑫平澤、潞　元和四年九月，成德軍節度使王承宗反。十月，以神策左軍中尉吐突承璀為鎮州行營招討處置等使往討之。昭義節度使盧從史陰與王承宗通謀，五年四月，吐突承璀執盧從史送京師，貶為驩州司馬。以河陽節度使孟元陽為潞州長史昭義軍節度澤潞磁邢洺觀察使。見舊唐書卷十四。

⑬定易、定　元和五年四月，河東節度范希朝

、義武軍節度使張茂昭及王承宗戰于木刀溝，敗之。十月，張茂昭以易定二州歸於有司。

⑭致魏、博、貝、衞、澶、相　元和七年八月，魏博節度使田季安卒，其子懷諫自稱知軍府事。十月，魏博軍以田季安之將田興知軍事。是月，魏博節度使田興以六州歸於有司。十一月，赦魏博貝衞澶相六州，給復一年。

⑮蔡將死句　元和九年閏八月，彰義軍節度使吳少陽卒，其子元濟自稱知軍事。蔡，州名，故治即今河南省汝南縣。

⑯舞陽　今河南舞陽縣。

⑰葉、襄城　今河南葉縣、襄城縣。

⑱廷授　於朝廷授以官爵。

⑲三姓四將　代宗廣德元年十一月，以李忠臣爲淮西節度使。德宗貞元二年四月，以陳奇；十月，以吳少誠，是爲三姓。代宗大曆十四年三月，李忠臣爲其將李希烈所逐，自爲節度。李忠臣、李希烈、吳少誠、吳少陽是爲四將。

⑳光顏　忠武軍節度使李光顏也。忠武管陳、許二州。

㉑陳、許　陳州、許州，屬忠武軍管轄。陳，今河南陳留縣。許，今河南許昌縣。

㉒河東、魏博、郃陽　河東，今山西省黃河以東之地，唐置河東道。魏博見前。郃陽，縣名，唐屬左馮翊，今爲陝西郃陽縣。

㉓重胤三句　元和九年九月，以河陽節度使烏重胤爲汝州刺史，充河陽懷汝節度使。河陽軍在今河南省孟縣西。懷州，今河南省沁陽縣治。汝州，今河南省臨汝縣。

㉔朔方、義成、陝、益、鳳翔、延、慶　朔方軍，治靈州，統今寧夏東北部地。義成管鄭、滑二州。陝即今河南陝縣。益即今四川成都。鳳翔即今陝西鳳翔縣。延、州名，在今四川，屬鄜坊丹延節度使。慶、州名，即今甘肅省慶陽縣治，屬邠寧節度使。

㉕弘　韓弘，原爲宣武節度使，元和十年正月，爲司徒。九月，爲淮西行營兵馬都統。

㉖文通！汝守壽　李文通，爲壽州團練使。壽州，今安徽省壽春縣治。

㉗宣武、淮南、宣歙、浙西　宣武軍治今河南開封縣治。淮南，道名，東至海，西至漢，南至江，北至淮，皆其地，治今江蘇省江都縣治。宣歙，二州名，宣州治今安徽省宣城縣，歙州治今安徽省歙縣。浙西，浙江省境內，浙江之西北部，通稱浙西，唐置浙江西道。

㉘道古二句　元和十一年，以黔州觀察使李道古爲鄂岳觀察使。鄂、岳，二州名，鄂州故治即今湖北省武昌縣，岳州故治即今湖南省岳陽縣。

㉙愬！汝帥唐、鄧、隨　元和十一年十二月，以太子詹事李愬爲唐鄧隨節度使。十二年四月、九月，愬與吳元濟兩戰，皆敗之。唐州故治在今河南省唐河縣治，鄧州故治在今河南省鄧縣，隨州故治在今湖北省隨縣。隨，唐書地理志作隋。

㉚度長御史……不用命　裴度爲御史中丞，故云長。元和十年五月，帝遣度詣行營宣慰，察用兵形勢。六月，以度爲中書侍郎同平章事。

㉛守謙句　元和十一年十一月，帝命奄人知樞密梁守謙宣慰，因監其軍。

㉜度！汝其往……臨門送汝　元和十二年七月，裴度以宰相出爲淮西宣慰處置使。度奏刑部侍郎馬總爲副使，右庶子韓愈爲行軍司馬判官書記。八月，度赴淮西，詔以神策軍三百人衞從，賜以犀帶。度行，帝御通化門送之。天子著用之帶曰御帶，飾有通天犀角之御帶曰通天御帶。

㉝再入申，破其外城　元和十二年，李道古攻申州，克其外郭。申州故治在今河南省信陽縣。

㉞元濟盡并其衆洄曲以備　洄曲一名時曲，在河南省商水縣西南，溵水於此洄曲，故名。元和十二年四月，蔡人董昌齡以郾城降，李光顏引兵入據之。元濟甚懼。時董重質將騎

軍守洄曲，元濟悉發親近及守城卒詣重質以拒官軍。

㉟愬用所得賊將　元和十二年五月，淮西騎將李祐率士卒刈麥於張柴村，李愬令廂虞候史用誠生禽以歸，待以客禮。

㊱文城　即文城柵，在河南遂平縣西南。

㊲侍中　官名。秦置五人，本丞相史也，往來殿內東廂奏事，故曰侍中。唐侍中與中書尚書二令，並爲眞宰相。

㊳左僕射　僕射，秦官，漢因之。後漢獻帝建安四年，始分左右。隋文帝開皇三年，詔左右僕射從二品，左掌判吏部禮部兵部三尚書，御史糾不當者，兼糾彈之。唐因前代。德宗興元以後，率以左右僕射爲宰相。

㊴山南東道　山南，唐道名，以在終南、太華二山之南，故名。治襄州，即今湖北省襄陽。後分爲山南東、山南西兩道，東道仍治襄州，領荆、襄、鄧、唐、隨、郢、復、均、房、峽、歸、夔、萬等州，即今湖北省江以北西部，河南省西南部，及四川省東部之地。

㊵司空　官名，掌邦事。凡營城、起邑、復溝洫、修墳防之事，則議其利建其功；四方水土功課歲課盡，則奏其殿最而行賞罰。凡國有大造大疑，諫諍與太尉同。

㊶散騎常侍　官名，掌規諫，不典事，屬門下省，唐爲從三品。

㊷鄜、坊、丹、延　並州名。鄜州故治即今陝西省鄜縣治。坊州故治即今陝西中部縣治。丹州故治在陝西省宜川縣東北。延州故治在陝西省膚施縣東南。

㊸金紫光祿大夫　光祿大夫皆銀印青綬，重者詔加金章紫綬，因稱金紫光祿大夫。

㊹總　馬總也，原爲刑部侍郎。著有意林。

㊺河北悍驕　安、史平後，燕、趙相繼而起。

㊻河南附起　汴、蔡之屬居河南者。

㊼四聖　肅宗、代宗、德宗、順宗。

㊽嶽狩　巡狩四嶽。

㊾姦鄰　指李師道。

㊿刺客二句　元和十年六月，宰相武元衡入朝，東平李師道遣刺客突出刺之，又擊裴度傷首。

(51)羣公上言二句　元和十一年六月，唐鄧節度使高霞寓與吳元濟戰於鐵城，敗績，宰相將言罷兵。

(52)乘　逐也。

(53)常兵時曲　常，守也。時曲，即洄曲。參見注㉞。

(54)陵雲　在今河南商水縣，故溵水城西南，當郾城之東。元和十一年九月，李光顏烏重胤拔淮西陵雲柵。

(55)邵陵　今河南郾城縣東有邵陵故城。

(56)郾城來降　吳元濟以董昌齡爲郾城令而質其母楊。楊謂昌齡曰：「順死賢於逆生。汝去逆而吾死，是孝子也；從逆而吾生，是戮吾也。」會官軍進逼郾城，昌齡乃舉城降，李光顏入據之。

(57)試之新城二句　裴度至軍，以郾城爲治所，擊却淮西驍騎。

(58)西師躍入二句　蔡精兵皆在洄曲，李愬乘虛，直抵其城。

(59)頟頟　肆惡無休也。

(60)明堂　天子施政教、朝諸侯之宮室。

〔作　者〕

見本書第一〇篇作者欄。

〔說　明〕

本文選自韓昌黎全集。體裁屬傳誌類。唐憲宗元和九年閏八月，彰義軍節度使吳少陽卒，其子元濟自請知軍事，朝廷不許，元濟遂反。九月山南東道節度使嚴綬，忠武軍都知兵馬使李光顏、壽州團練使李文通、河陽節度使烏重胤討之。十年正月宣武軍節度使韓弘爲司徒。諸軍並進，屢敗元濟之師。十二年四月唐鄧隨節度使李愬敗之於嵖岈山，李光顏敗之於郾城，五月李愬又敗之張柴。七月裴度爲淮西宣慰處置使。九月李愬又敗元濟於吳房。十月李愬克蔡州，擒吳元濟，淮西平。十一月吳元濟伏誅。首尾共歷四年。淮西平後，朝臣請刻石紀功，憲宗乃命韓愈撰寫碑文。愈於元和十三年正月十四奉令，經七十餘日，至三月二十五日始寫定碑文，呈獻朝廷。唐書方鎮傳：「韓愈平淮西碑，多歸功裴度。而李愬時以入蔡，居功第一。愬妻唐安公主女也，出入禁中，訴愈文不實。帝亦重牾武臣意，然詔斵其文，更命翰林學士段文昌爲之。」愈所作雖損，至今仍膾炙人口，而文昌所改作者，則向無人注意。全篇主旨在頌揚平淮西功，在於憲宗聖明能斷。文分六段：首段敍唐受天命，至肅宗代宗而文恬武嬉事。次段敍憲宗即位，羣臣率職，而平定諸地叛臣事。三段述吳元濟反，天子遣將進討事。四段述諸將平定淮西之作戰經過。五段敍天子之册功。六段爲碑文。碑文乃總括序文之大意而以韻文出之。

〔批評〕

文字質樸渾厚，生氣橫生。而敍事井然，能把握要旨，多歸上功，以振揚唐之威德。

林西仲曰：「此昌黎奉天子命所作，乃全集中第一用意文字，語語歸功於天子之明斷。莊重有體，古雅絕倫。其敍事段落井井，昔人（李商隱）所謂『點竄堯典舜典字，塗改清廟明堂詩』也。」

方苞書韓退之平淮西碑後曰：「碑記墓誌之有銘，猶史有贊論。義法創自太史公。其指義辭事，必取之本文之外。班史以下，有括終始事跡以爲贊論者，則於本文爲複矣。此意惟韓子識之。故其銘辭，未有義具於碑誌者。或體制所宜，事有覆舉，則必以補本文之閒缺。如此篇兵謀戰功詳於序，而既平後情事，則以銘出之，其大指然也。前幅蓋隱括序文。然序迻比數世亂，而銘原亂之所生；序言官怠，而銘兼民困；序載戰降之數，銘具出兵之數；序標洄曲文城收功之由，而銘備時曲、陵雲、邵陵、郾城、新城比勝之迹。至於師道之刺，元衡之傷，兵頓於久屯，相度之後至，皆前序所未及也。」

八四、圬者王承福傳

韓　愈

圬①之爲技，賤且勞者也。有業之，其色若自得者；聽其言，約而盡。問之，王其姓，承福其名，世爲京兆長安②農夫。天寶之亂③，發④人爲兵；持弓矢十三年，有官勳。棄之來歸，喪其土田，手鏝衣食，餘三十年。舍⑤於市之主人，而歸⑥其屋食之當焉。視時屋食之貴賤，而上下其圬之傭⑦以償⑧之；有餘，則以與道路之廢疾餓者焉。

又曰：「粟，稼⑨而生者也；若布與帛，必蠶績⑩而後成者也；其他所以養生之具，皆待人力而後完也。吾皆賴之，然人不可徧爲，宜乎各致其能以相生也。故君者，理我所以生者；而百官者，承君之化者也。任有大小，惟其所能，若器皿焉。食焉而怠其事，必有天殃，故吾不敢一日捨鏝以嬉。夫鏝易能可力焉，又誠有功；取其直⑪，雖勞無愧，吾心安焉。夫力，易强⑫而有功也；心，難强而有智也。用力者使於人，用心者使人，亦其宜也。吾特擇其易爲而無愧者取焉。嘻！吾操鏝以入富貴之家有年矣。有一至焉，又往過之，則爲墟矣。有再至、三至者焉，而往過之，則爲墟矣。問之其鄰，或曰：『噫！刑戮⑬也。』或曰：『身既死而其子孫不能有⑭也。』或曰：『死而歸之官也。』吾以是觀之，非所謂食焉怠其事而得天殃者邪？非强心以智而不足，不擇其才之稱否而冒⑮之者邪？非多行可愧，知其不可而强爲之者邪？將⑯富貴難守，薄功而厚饗之者邪？抑豐悴有時，一去一來，而不可常者邪？吾之心憫焉，是故擇其力之可能者行焉。樂富貴而悲貧賤，我豈異於人哉？」又曰：「功大者，其所以自奉也博⑰。妻與子，皆養於我者也；吾能薄而功小，不有之可也。又吾所謂勞力者，若立吾家而力不足，則心又勞也。一身而二任焉，雖聖者不可能也。」

愈始聞而惑之，又從而思之：蓋賢者也，蓋所謂獨善其身者也。然吾有譏焉，謂其自爲也過多，其爲人也過少。其學楊朱之道⑱者邪？楊之道：不肯拔我一毛而利天下。而夫人以有家爲勞心，不肯一動其心以畜其妻子。其肯勞其心以爲人乎哉？雖然，其賢於世之患不得之而患失之者，以濟其生之欲，貪邪⑲而亡道以喪其身者，其亦遠矣！又其言有可以警余者，故余為之傳而自鑒焉。

〔注　釋〕

①圬　音ㄨ，所以塗也。秦謂之圬，關東謂之鏝。塗鏝之亦曰圬。

②京兆長安　唐於首都長安設京兆府。

③天寶之亂　唐玄宗天寶十四年，范陽節度使安祿山反，陷洛陽。明年，又陷長安。玄宗奔蜀，太子即位靈武，史稱天寶之亂。

④發　徵調。

⑤舍　居住。

⑥歸　音ㄎㄨㄟˋ，通饋，致送也。

⑦傭　工資。

⑧償　酬報也。

⑨稼　種穀曰稼。

⑩蠶績　養蠶治麻。

⑪直　通値，工資。

⑫强　音ㄑㄧㄤˇ，勉强。

⑬刑戮　刑罰殺戮。謂因罪被殺。

⑭有　保守。

⑮冒　謂假冒。冒充。

⑯將　意同抑。或是之意。

⑰博　多。

⑱楊朱之道　楊朱，字子居，戰國時人。倡為我自利之說。其書今不傳，其學說散見孟子、呂氏春秋、列子諸書。

⑲貪邪　貪財利不循正道。

〔作　者〕

見本書第一〇篇作者欄。

〔說　明〕

本文選自韓昌黎全集。體裁屬傳誌類。是乃寓言性之傳記。全文分爲三段：第一段敍王承福之家世、職業及其爲人。第二段假王承福之言勉世人應竭力工作，自食其力，安於本分；倘不程德量能，坐享富貴，徒致自取敗亡而已，是以自奉厚薄，亦宜有當。第三段是乃作者對王承福之評論，嘉其獨善其身，而諷其自爲過多，惟是篇主旨仍在褒王承福以諷世。蓋唐代中葉，名門世家子弟，坐食成風，驕奢淫佚而無所事事，又政府用人不能選拔賢才，貪邪無道者，滿佈要津。昌黎痛心疾首，不敢顯言以取禍，因託體於傳王承福以發其意。文婉而義正，事微而旨遠。

〔批　評〕

林西仲曰：「王承福本有官勳，不難身致富貴，其所以棄之而業圬者，自度其能不足以任其事，故寧爲賤且勞，自食其力，博得一個心安無媿而已。此即不處富貴，不去貧賤，一副大本領也。若任官人肯存是念，必能爲清官，必能爲勞臣，致君澤民之道，盡於此矣。」

陸雲士曰：「一小品也，理何長也！意何博也！章法何廣大也！句法何精嚴也！此豈可作小品觀？大家之出筆，無不大家也！」

過商侯曰：「天下之無功食祿者，往往托于食志以自文其貪其鄙，則有不可訓者矣。讀此傳覺人人有愧于圬者，使世人再托言食志不得。」

八五、柳州羅池廟碑

韓　愈

羅池廟者，故刺史柳侯①廟也。柳侯爲州②，不鄙夷其民，動以禮法；三年，民各自矜奮③：「茲土雖遠京師，吾等亦天氓④，今天幸惠仁侯，若不化服，我則非人。」於是老少相教語，莫違侯令。凡有所爲於其鄉閭及其家，皆曰：「吾侯聞之，得無不可於意否？」莫不忖度而後從事。凡令之期，民勸趨之，無有後先，必以其時。於是民業有經，公無負租，流逋四歸⑤，樂生興事；宅有新屋，步⑥有新船，池園潔修，豬牛鴨鷄，肥大蕃息；子嚴父詔，婦順夫指⑦，嫁娶葬送，各有條法，出相弟長⑧，入相慈孝。先時民貧，以男女相質⑨，久不得贖，盡沒爲隸；我侯之至，按國之故，以傭除本，悉奪歸之。大修孔子廟，城郭巷道，皆治使端正，樹以名木，柳民既皆悅喜。

嘗與其部將魏忠、謝寧、歐陽翼飲酒驛亭，謂曰：「吾棄於時而寄於此，與若等好也。明年，吾將死，死而爲神；後三年，爲廟祀我。」及期而死。三年⑩孟秋辛卯，侯降於州之後堂，歐陽翼等見而拜之。其夕，夢翼而告曰：「館我於羅池。」其月景辰⑪，廟成，大祭。過客李儀醉酒，慢侮堂上，得疾，扶出廟門，即死。明年春，魏忠、歐陽翼使謝寧來京師，請書其事於石。

余謂柳侯生能澤其民，死能驚動禍福之，以食⑫其土，可謂靈也。已作迎享送神詩，遺柳民，俾歌以祀焉，而幷刻之。柳侯，河東⑬人，諱宗元，字子厚，賢而有文章。嘗位於朝⑭，光顯矣！已而擯不用⑮。其辭曰：

荔子丹兮蕉黃，雜肴蔬兮進侯堂。侯之船兮兩旗，度中流兮風泊之，待侯不來兮不知我悲。侯乘駒兮入廟，慰我民兮不嚬⑯以笑。鵝之山⑰兮柳之水⑱，桂樹團團⑲兮白石齒齒⑳，侯朝出游兮暮來歸，春與猨㉑吟兮秋鶴與飛。北方之人㉒兮爲侯是非，千秋萬歲兮侯無我違。福我兮壽我，驅厲鬼兮山之左，下無苦濕兮高無乾，秔稌充羨㉓兮蛇蛟結蟠。我民報事兮無怠，其始自今兮欽於世世。

〔注　釋〕

①故刺史柳侯　指柳宗元。宗元於唐憲宗元和十年，由永州司馬徙柳州刺史，十四年十月卒。古州牧亦稱侯，故稱柳侯。

②爲州　謂治理柳州也。

③矜奮　謹持奮勉也。

④天氓　氓，民也。謂天生之民也。

⑤流逋四歸　逋，音ㄅㄨ，逃也。謂流亡逋逃之民，皆自四方歸來。

⑥步　水際曰步。

⑦指　通旨。意旨也。

⑧弟長　弟，音ㄊㄧˋ，同悌。長，音ㄓㄤˇ，尊敬之意。

⑨質　音ㄓˋ，抵押也。

⑩三年　穆宗長慶二年。

⑪景辰　即丙辰，以諱改。

⑫食　音ㄙˋ，養也。

⑬河東　今山西省在黃河以東，故稱河東。

⑭嘗位於朝　宗元嘗官禮部員外郎、監察御史，是嘗位於朝也。

⑮已而擯不用　擯，音ㄅㄧㄣˋ，排斥也，棄逐也。憲宗即位後，宗元坐王叔文黨被貶，是朝廷又擯斥而不用也。

⑯嚬　同「顰」，蹙眉也。

⑰鵝之山　鵝山也，在廣西馬平縣西，據明一統志，謂山巔有石如鵝，故曰鵝山。

⑱柳之水　即柳江，在馬平縣南。

⑲團團　團聚貌。

⑳齒齒　排列貌。

㉑猨　音ㄩㄢˊ，猴屬，長臂善嘯之猿也。

㉒北方之人　宗元家於河東，故曰北方之人。

㉓秔稌　秔，音ㄍㄥ，俗作粳，稻之不黏而晚熟者。稌音ㄊㄨˊ，稻之黏者也。

㉔充羨　猶言盈溢也。

〔作　者〕

見本書第一〇篇作者欄。

〔說　明〕

本文選自韓昌黎全集。體裁屬傳誌類。羅池，池名，在廣西省馬平縣東，舊屬柳州府。池上有廟，祀唐柳州刺史柳宗元。宗元治柳州，，頗有德政，民皆感化，至死後而爲神，且甚見神蹟，其部將請愈書其事於石，即此碑文也。本文主旨在闡揚柳氏生能澤其民，死能驚動禍福之，以食其土。文分四段：首段自民口中稱揚其德化。次段歷敍其治柳州之政績。三段描寫其死後之神蹟。四段略發議論，揭示主旨。末附歌辭以頌揚之。

〔批　評〕

方望溪曰：「詳著治蹟，所以著柳民之戴侯，與侯之神所以安於柳也。」

曾滌生曰：「此文情韻不匱，聲調鏗鏘，乃文章第一妙境。情以生文，文亦足以生情；文以引聲，聲亦足以引文；循環互發，油然不能已，庶可漸入佳境。」

八六、柳子厚墓誌銘

韓　愈

子厚諱宗元。七世祖慶爲拓跋魏侍中，封濟陰①公。曾伯祖奭②，爲唐宰相，與褚遂良③、韓瑗④，俱得罪武后，死高宗朝。皇考諱鎭，以事母棄太常博士，求爲縣令江南；其後以不能媚權貴，失御史。權貴人死，乃復拜侍御史，號爲剛直，所與游，皆當世名人⑤。

子厚少精敏，無不通達。逮其父時，雖少年，已自成人，能取進士第⑥，嶄然見頭角⑦，衆謂柳氏有子矣。其後以博學宏詞⑧，授集賢殿正字⑨，儁傑廉悍，議論證據今古，出入經史百子，踔厲風發⑩，率常屈其座人，名聲大振，一時皆慕與之交；諸公要人爭欲令出我門下，交口薦譽之。

貞元十九年，由藍田⑪尉拜監察御史。順宗卽位，拜禮部員外郞。遇用事者得罪，例出爲刺史⑫；未至，又例貶永州司馬⑬。居閑，益自刻苦，務記覽爲詞章，汎濫停蓄，爲深博無涯涘，而自肆於山水閒。元和中，嘗例召至京師，又偕出爲刺史；而子厚得柳州⑭。既至，歎曰：「是豈不足爲政邪？」因其土俗，爲設教禁，州人順賴。其俗以男女質錢⑮，約不時贖，子本相侔，則沒爲奴婢。子厚與設方計，悉令贖歸；其尤貧力不能者，令書其傭，足相當，則使歸其質。觀察使⑯下其法於他州，比一歲，免而歸者且千人。衡、湘以南爲進士者，皆以子厚爲師。其經承子厚口講指畫爲文詞者，悉有法度可觀。

其召至京師而復爲刺史也，中山劉夢得禹錫⑰，亦在遣中，當詣播州⑱。子厚泣曰：「播州非人所居，而夢得親在堂，吾不忍夢得之窮，無辭以白其大人；且萬無母子俱往理。」請於朝，將拜疏，願以柳易播，雖重得罪，死不恨；遇有以夢得事白上者，夢得於是改刺連州⑲。嗚呼！士窮乃見節義。今夫平居里巷相慕悅，酒食游戲相徵逐⑳，詡詡㉑强笑語以相取下，握手出肺肝相示，指天日涕泣，誓生死不相背負，眞若可信；一旦臨小利害，僅如毛髮比，反眼若不相識，落陷穽不一引手救，反擠之，又下石焉者，皆是也。此宜禽獸夷狄所不忍爲，而其人自視以爲得計；聞子厚之風，亦可以少媿矣！

子厚前時少年，勇於爲人，不自貴重顧藉[22]，謂功業可立就，故坐廢退；既退，又無相知有氣力得位者推挽[23]，故卒死於窮裔[24]，材不爲世用，道不行於時也。使子厚在臺省[25]時，自持其身，已能如司馬刺史時，亦自不斥；斥時有人力能舉之，且必復用不窮。然子厚斥不久，窮不極，雖有出於人，其文學辭章，必不能自力以致必傳於後如今，無疑也。雖使子厚得所願，爲將相於一時；以彼易此，孰得孰失，必有能辨之者。

子厚以元和十四年十一月八日卒，年四十七。以十五年七月十日，歸葬萬年[26]先人墓側。子厚有子男二人，長曰周六，始四歲；季曰周七，子厚卒乃生。女子二人，皆幼。其得歸葬也，費皆出觀察使河東裴君行立[27]。行立有節槩，重然諾，與子厚結交。子厚亦爲之盡，竟賴其力。葬子厚於萬年之墓者，舅弟盧遵[28]。遵，涿人[29]，性謹順，學問不厭，自子厚之斥，遵從而家焉，逮其死，不去；既往葬子厚，又將經紀[30]其家，庶幾有始終者。

銘曰：「是惟子厚之室㉛，既固既安，以利其嗣人。」

〔注釋〕

①七世祖慶爲拓拔魏侍中，封濟陰公　高步瀛唐宋文學要曰：「柳子厚先侍御史府君神道表曰：『六代祖諱慶，後魏侍中平齊公；五代祖諱旦，周中書侍郎濟陰公。』周書柳慶傳曰：『字更興，解人也。孝閔帝踐阼，進爵平齊公。』不言封濟陰；北史柳慶傳（附兄虯傳）、新書宰相世表、元和姓纂皆無封濟陰之文。然退之與子厚至交，敍其先世，不應有誤。或此文侍中下，本有『封平齊公，六世祖旦，爲周中書侍郎』等字，傳寫脫去。抑或慶嘗改封濟陰，而史不具，皆未可知也。」按子厚所謂「六代」、「五代」，係自其先君鎭言之；退之此文所謂「七世」、「六世」，係自子厚言之耳。此文或有傳寫脫漏，當據高步瀛之說，在「七世祖慶爲拓跋魏侍中」下，補入「封平齊公。六世祖旦，爲周中書侍郎」等十四字。旦，字匡德，慶之子，機之弟。工騎射，頗涉書籍。仕周，以討平王謙功授儀同三司。隋開皇中歷羅、浙、魯三州刺史，並有能名。大業初爲龍州太守，民居山洞，好相攻擊，旦爲設學校，其風大變。終黃門侍郎，封濟陰公。

②曾伯祖奭　奭，字子燕，一說字子邵。貞觀中，累遷中書舍人，後以外甥女爲高宗皇后，又遷中書侍郎。永徽三年，代褚遂良爲中書令。及后廢，貶愛州刺史。尋爲許敬宗、李義府所構，云奭潛通宮掖，謀行鴆毒，又與褚遂良等朋黨構扇，罪當大逆，高宗遣使就愛州殺之。案神道表，奭爲子厚之高伯祖。高步瀛曰：「曾字疑傳寫之誤。然詩維天之命曰：『曾孫篤之。』鄭箋曰：『曾，猶重也，自孫之子而下，享先祖皆稱曾孫。』或祖之父以上，亦可通稱曾祖歟？」

③褚遂良　字登善，唐錢塘人。博涉文史，工楷隸。太宗貞觀中歷官諫議大夫，累遷黃門侍郎。參綜朝政，尋與長孫無忌同受顧命。高宗永徽四年，爲尚書左僕射，依舊知政事。六年，高宗將廢皇后王氏，立昭儀武氏爲皇后，遂良力諫不納。帝立昭儀爲皇后，左遷遂良潭州都督。顯慶二年，轉桂州都督。未幾，又貶爲愛州刺史。明年卒官。

④韓瑗　字伯玉，雍州三原人。博學曉史事，貞觀中，以兵部侍郎襲爵。永徽中，官侍中。高宗廢王皇后，瑗涕泣諫，帝不納。翌日瑗又諫，悲泣不能自勝，帝大怒，促令引出。顯慶二年，許敬宗李義府誣瑗通遂良謀不軌，貶振州刺史。四年，卒官。

⑤皇考諱鎭……皆當世名人　父死曰考。禮記曲禮：「父曰皇考。」鎭，天寶末遇亂，奉母隱王屋山。肅宗平賊，鎭上書言事，擢左衛率府兵曹參軍，佐郭子儀朔方府，表爲晉州錄事參軍，調長安主簿。常吏部命爲太常博士，辭，徙爲宣城令。尋遷殿中侍御史。忤宰相竇參貶夔州司馬。及參得罪，復拜侍御史。子厚先友記謂鎭所善六十六人，有杜黃裳，鄭餘慶，許孟容等，皆天下賢士。

⑥能取進士第　子厚於貞元九年登進士第，時年二十一。

⑦嶄然見頭角　嶄，高峻貌。嶄然見頭角，喻少年出衆之貌。

⑧博學宏詞　制科名，唐開元十九年始開，以考拔淹博能文之士。貞元十四年，子厚中博學宏詞科，時年二十六。

⑨集賢殿正字　唐有集仙殿。開元中，改名集賢，以五品以上爲學士，掌刋輯經籍，搜求佚書，宋改爲集賢院。正字，官名，從九品上，掌刋正文字。

⑩踔厲風發　謂文氣奮揚，如風勢之振起也。

⑪藍田　縣名，唐屬京兆，今屬陝西省。

⑫遇用事者得罪，例出爲刺史　用事者，指王叔文及韋執誼。王叔文，越州山陰人。德宗

時，侍讀順宗於東宮，宮中事咸與參計。順宗立，拜起居郎，翰林學士，遷戶部侍郎。時韋執誼爲尚書左丞同中書門下平章事。順宗有疾不親政，叔文用事，拜宗元禮部員外郎，且將大用。永貞元年八月，憲宗即位，貶叔文爲渝州司戶參軍。九月，子厚坐王叔文黨，貶邵州刺史。

⑬又例貶永州司馬　永州，今湖南零陵縣。永貞元年十一月，子厚赴邵州途中，又貶永州司馬。

⑭元和中……得柳州　柳州，今廣西柳城縣。憲宗元和九年多，又召子厚至京師。翌年春，出爲柳州刺史。

⑮質錢　質，押物以取信也。謂押錢也。

⑯觀察使　唐世於諸道置按察使，後改爲採訪處置使，又改爲觀察處置使，掌察所部善惡，擧其大綱。桂管經略觀察使，轄州十二，柳州其一也。

⑰劉夢得禹錫　劉禹錫，字夢得，中山人。登貞元進士、宏詞科。王叔文於東宮用事，禹錫爲叔文所知，轉屯田員外郎，判度支鹽鐵案。叔文敗，坐貶通州刺史，在道貶朗州司馬。元和十年，召還，宰相欲置之郎署，時禹錫作遊玄都觀看君子詩，語涉譏刺，執政不悅，復出爲播州刺史。

⑱播州　在今貴州遵義縣西。

⑲改刺連州　連州，今廣東連縣。時御史中丞裴度爲劉禹錫言之，乃改連州刺史。

⑳徵逐　徵，招請也。逐，追逐也。言友朋彼此過從之密也。

㉑詡詡　媚好貌。

㉒不自貴重顧藉　藉，繫也。顧藉，顧惜繫戀也。言不知珍重顧惜繫戀也。

㉓推挽　引進也。

㉔窮裔　窮裔，謂荒遠偏僻之地也。

㉕臺省　漢稱尚書曰中臺，在禁省中，故稱臺省。唐時中臺爲尚書省，東臺爲門下省，西臺爲中書省，總稱臺省。子厚嘗爲集賢殿正

字及監察御史，而集賢殿屬中書省，御史屬御史臺，故云臺省。

㉖萬年　在今陝西長安縣東。

㉗河東裴君行立　行立，絳州稷山人，時爲桂管觀察使。稷山，今屬山西省，唐時屬河東道。

㉘盧遵　子厚之內弟。

㉙涿　州名。今河北涿縣。

㉚經紀　經理其事也。

㉛室　謂墓壙也。

〔作　者〕

見本書第一〇篇作者欄。

〔說　明〕

本文選自韓昌黎全集。體裁屬傳誌類。此篇文題，諸書皆與韓集不同。高步瀛唐宋文舉要云：「韓集各本皆然，可知退之正以不書官位見義，而文苑（文苑英華）作柳州刺史柳君墓誌銘，文粹（唐文粹）作唐柳州刺史柳子厚墓誌，觀瀾文乙集同，唯無唐字，疑各以意署，非韓集有此也。」高氏之說甚是，各書當係各以其己意而妄加竄改。退之於憲宗元和十五年九月二十二日，始自袁州召還，此誌作於袁州。本篇主旨在敍子厚文章深博必傳於後，而其才行卓異不遇於時，故爲之欷歔太息。文分七段：首段敍子厚先世之節槩。次段言子厚少時之名聲。三段敍子厚謫遷永州與柳州時，其文章與政績，皆有可觀。四段言子厚願以柳易播，感歎世態炎涼。五段感慨子厚不爲世用，卒死窮裔；而其文章必傳於後，爲之欣幸。六段敍子厚之子女及裴盧二人歸葬子厚於萬年之事。七段綴附銘辭，表明爲子厚痛惜。

〔批　評〕

吳楚材曰：「子厚不克持身處，公亦不能爲之諱，故措詞隱躍，使人自領；只就文章一節，斷其必傳，下筆自有輕重。」

過商侯曰：「于敍事中，夾入議論，曲折淋漓，絕類史公伯夷屈原二傳。」

八七、毛穎傳

韓　愈

毛穎，中山①人也。其先明眎②，佐禹治東方土③，養萬物有功，因封於卯地④，死爲十二神⑤。嘗曰：吾子孫神明之後，不可與物同，當吐而生⑥，已而果然。明眎八世孫䨲⑦，世傳當殷時，居中山，得神仙之術，能匿光使物，竊姮娥騎蟾蜍入月⑧。其後代遂隱不仕云。居東郭者曰㕙⑨，狡而善走，與韓盧爭能⑩，盧不及，盧怒，與宋鵲⑪謀而殺之，醢⑫其家。

秦始皇時，蒙將軍恬⑬南伐楚，次中山，將大獵以懼楚，召左、右庶長與軍尉⑭，以連山筮之⑮，得天與人文之兆，筮者賀曰：今日之獲，不角不牙，衣褐之徒，缺口而長鬚，八竅而趺居⑯，獨取其髦⑰，簡牘是資，天下其同書，秦其遂兼諸侯乎⑱！遂獵，圍毛氏之族，拔其豪，載穎而歸。獻俘於章臺宮，聚其族而加束縛焉，秦皇帝使恬賜之湯沐，而封諸管城⑲，號曰管城子。日見親寵任事。

穎爲人，强記而便敏，自結繩[20]之代以及秦，事無不纂錄，陰陽、卜筮、占相、醫方、族氏、山經、地志、字書、圖畫、九流百家、天人之書，及至浮圖、老子、外國之說，皆所詳悉。又通於當代之務，官府簿書、市井貨錢注記，惟上所使。自秦皇帝及太子扶蘇[21]、胡亥[22]、丞相斯[23]、中車府令高[24]，下及國人，無不愛重。又善隨人意，正直邪曲巧拙，一隨其人，雖見廢棄，終默不洩。惟不喜武士，然見請亦時往。累拜中書令，與上益狎，上嘗呼爲中書君，上親決事，以衡石自程[25]，雖宮人不得立左右，獨穎與執燭者常侍，上休方罷。

穎與絳人陳玄[26]，弘農陶泓[27]，及會稽褚先生[28]友善，相推致，其出處必偕。上召穎三人者不待詔，輒俱往，上未嘗怪焉，後因進見，上將有任使，拂拭之，因免冠謝，上見其髮禿，又所摹畫不能稱上意，上嘻笑曰：「中書君老而禿，不任吾用，吾嘗謂君中書，君今不中書邪！」對曰：「臣所謂盡心[29]者。」因不復召，歸封邑，終於管城。其子孫甚多，散處中國夷狄，皆冒管城，惟居中山者，能繼父祖業。

太史公曰：毛氏有兩族：其一姬姓，文王之子，封於毛，所謂魯衛毛聃者也。戰國時，有毛公、毛遂㉚。獨中山之族，不知其本所出，子孫最爲蕃昌。春秋之成，見絕於孔子㉛，而非其罪。及蒙將軍拔中山之豪，始皇封諸管城，世遂有名。而姬姓之毛無聞。穎始以俘見，卒見任使，秦之滅諸侯，穎與有功，賞不酬勞，以老見疏，秦眞少恩㉜哉！

〔注釋〕

①中山　山名。一名獨山，在今安徽省宣城縣北，江蘇省溧水縣之南，產兔毫，製筆甚佳。

②明眎　眎，音ㄕˋ。亦作明視，兔之別名。

③治東方土　堪輿家二十四方位，東方卯位。

④卯地　即上云東方。

⑤死爲十二神　地支十二，卯居第四，屬兔。

⑥當吐而生　王充論衡怪奇篇：「兔吮毫而懷子，及其子生，從口而出。」韻會：「五月而吐子。」

⑦䨲　音ㄋㄡˊ，又音ㄨㄢˋ，兔也。

⑧竊姮娥騎蟾蜍入月　後漢書天文志注：「月者陰精之宗，積而成獸，象兔。」又曰：「羿請不死之藥於西王母，姮娥竊之以奔月，遂託身於月，是爲蟾蜍。」姮娥，亦作嫦娥，漢人避文帝諱改之。又月中兔，本出離騷天問。

⑨㕙　音ㄐㄩㄣˋ，狡兔也。

⑩與韓盧爭能　韓盧，良犬名。

⑪宋鵲　良犬名。

⑫醢　肉醬也。

⑬蒙將軍恬　蒙恬，齊人，爲秦將。始皇崩，趙高矯詔賜恬死，恬自殺。相傳兔毫竹管之

筆，爲恬所造。
⑭左、右庶長及軍尉　皆爵位名。秦、漢時爵二十級，十，左庶長；十一，右庶長。
⑮以連山筮之　以，猶用也；連山，夏之易。筮，以蓍草占卦也。
⑯八竅而趺居　凡胎生者九竅。獨兎除耳、目、口、鼻七穴外，合陰部穴爲八竅也。趺，音ㄈㄨ。趺居，蹲踞也。
⑰髦　毛中長毫。
⑱天下其同書二句　書同文爲一統之象。
⑲管城　竹管內。
⑳結繩　燧人氏作結繩之政，大事作大結，小事作小結。
㉑扶蘇　秦始皇長子。
㉒胡亥　秦始皇次子，繼始皇，稱二世。
㉓丞相斯　李斯，楚上蔡人。嘗從荀卿學。始皇旣定天下，斯爲丞相。二世立，趙高誣斯子由通盜，並腰斬咸陽市，夷三族。
㉔中車府令高　中車府令，官名。趙高，秦宦者，二世之相。
㉕衡石自程　衡，秤衡也。石，百二十斤。程，期也。言其秤取一石自期。
㉖陳玄　墨也。玄，黑也，或以此命名。
㉗陶泓　硯也。硯有陶製者。泓，下深貌。硯有凹，故曰陶弘。
㉘褚先生　紙也。
㉙盡心　筆心旣盡，則不中寫。
㉚毛公、毛遂　毛公，趙之賢士，藏於博徒。信陵君聞之，乃閒步往，從遊，甚歡。毛遂，亦趙人，爲平原君食客。惠文王九年，秦侵趙，嘗自薦隨平原君至楚求救合縱，平原君與楚王言合縱之利，日出至日中不決，遂按劍劫楚王，說以利害。楚王遂許，並遣春申君救趙，平原君遂以爲上客。
㉛見絕於孔子　孔子作春秋，絕筆魯哀獲麟之歲。
㉜以老見疎，秦眞少恩　以老歸管城，不復召，是爲見疎，亦爲少恩。暗喻秦焚詩書，亦大負於筆矣。

〔作　者〕

見本書第一〇篇作者欄。

〔說　明〕

本文選自韓昌黎全集。體裁屬傳誌類。毛穎者，筆之別名也，一名毛錐子。穎，尖也。筆之用在筆尖，筆尖之製作，必用獸毛，故以毛穎稱之。唯本篇之毛，專指兎毛。本文主旨：敍述毛穎之本源、製作、功用及棄置。且寓有不仁之君於人可用時，親之重之，年老時，疏之廢之之深意焉。文分五段：首段言毛穎之生地、別名、家族及其祖先之主要事迹。二段言蒙恬獲毛之經過，製筆之方法以及其封號。三段言穎之用處，自古至今，無處無時，不可或缺，是以人人愛重。四段言穎之心力盡，不中秦皇意，則被廢置，終不復用。末段假「太史公曰」說明毛氏之支族，而以「以老見疏，秦眞少恩」作結。

〔批　評〕

韓公爲文，無不包育萬象，深厚宏博，狡獪變化，具大神通。本篇雖以遊戲之文，借抒胸中之奇，然洸洋自恣，部勒一絲不亂；而結尾數言猶不脫文以載道之旨。

本文首段，附會奇妙。次段卜筮之詞，極似左氏。且雖不著一兎字，兎自出矣。自逐獵至號管城子，句句精密，字字感人。三段部勒精嚴，無一字散漫。且筆之用，無字不可寫，秦時浮屠之書雖尚未傳入中國，然細思之，又不得不寫，高絕。四段涉筆成趣，諸中有諧。末段一收，逼眞太史公。是以韓公此文，後人無從追步矣。

柳子厚曰：「來南者時言韓愈爲毛穎傳，不能舉其詞，獨大笑以爲怪，吾索而讀之，若捕龍蛇，搏虎豹，急與之角而力不敢暇，信韓子之怪於文也。世之模擬竄竊，取青媲白，肥皮厚肉，柔筋脆骨而以爲詞者之讀之也，其大笑固宜。」

林西仲曰：「以文滑稽敍事處，皆得史遷神髓。柳子厚曰：讀之若捕龍蛇，搏虎豹，急與之角而力不敢暇。想當日亦欲自作一篇，與之較勝，苦於力不逮耳。古今惟知與人角力者，方能服人，亦惟肯服人者，方能勝人。乃近世操觚家，凡遇一器一物，莫不有一傳，濫觴可厭，不知曾與昌黎角力否？若與之角而不知服，反自以爲勝，吾恐子厚笑人當齒冷矣。」

八八、長恨歌傳

陳鴻

開元①中，泰階平②，四海無事。玄宗在位歲久，倦於旰食宵衣③。政無大小，始委於右丞相④。稍深居游宴，以聲色自娛。先是元獻皇后⑤、武淑妃⑥皆有寵，相次即世。宮中雖良家子千數，無可悅目者。上心忽忽不樂。

時每歲十月，駕幸華清宮⑦。內、外命婦⑧，熠燿⑨景從；浴日餘波，賜以湯沐。春風靈液，澹蕩⑩其間。上心油然若有所遇。顧左右前後，粉色如土。詔高力士⑪潛搜外宮，得弘農楊玄琰女於壽邸⑫。既笄⑬矣，鬢髮膩理⑭，纖穠⑮中度，舉止閑冶，如漢武帝李夫人⑯。別疏湯泉，詔賜藻瑩⑰。既出水，體弱力微，若不任羅綺。光彩煥發，轉動照人。上甚悅。進見之日，奏霓裳羽衣曲⑱以導之；定情之夕，授金釵⑲、鈿合⑳以固之。又命戴步搖㉑，垂金璫㉒。明年，冊爲貴妃，半后服用。由是冶其容，敏其詞，婉孌㉓萬態，以中上意。上益嬖焉。

時省風九州㉔，泥金五嶽㉕。驪山雪夜，上陽㉖春朝，與上行同輦，居同室，宴專席，寢專房。雖有三夫人、九嬪、二十七世婦、八十一御妻㉗，暨後宮才人，樂府妓女，使天子無顧盼意。自是六宮無復進幸者。非徒殊豔尤態致是，蓋才智明慧，善巧便佞，先意希旨㉘，有不可形容者。叔父昆弟皆列位清貴，爵爲通侯。姊妹封國夫人㉙，富埒王宮，車服邸第與大長公主㉚侔矣。而恩澤勢力，則又過之。出入禁門不問。京師長吏㉛爲之側目。故當時謠詠有云：「生女勿悲酸，生男勿喜歡。」又曰：「男不封侯女作妃，看女卻爲門上楣㉜。」其爲人心羨慕如此。

天寶㉝末，兄國忠盜丞相位㉞，愚弄國柄。及安祿山引兵嚮闕㉟，以討楊氏爲詞。潼關㊱不守，翠華㊲南幸。出咸陽㊳，道次馬嵬亭㊴，六軍徘徊，持戟不進。從官郎吏伏上馬前，請誅鼂錯以謝天下㊵。國忠奉氂纓盤水㊶，死於道周。左右之意未快。上問之。當時敢言者，請以貴妃塞天下怨。上知不免，而不忍見其死，反袂掩面，使牽之而去。倉皇輾轉，竟就絕於尺組之下。

既而玄宗狩㊷成都，肅宗㊸受禪靈武㊹。明年，大赦改元，大駕還都。尊玄宗爲太上皇，就養南宮㊺；自南宮遷於西內㊻。時移事去，樂盡悲來。每至春之日，冬之夜，池蓮夏開，宮槐秋落，梨園弟子㊼，玉琯發音，聞霓裳羽衣一聲，則天顏不怡，左右歔欷㊽。三載一意，其念不衰。求之夢魂，杳不能得。

適有道士㊾自蜀來，知上皇心念楊妃如是，自言有李少君㊿之術。玄宗大喜，命致其神。方士乃竭其術以索之，不至。又能游神馭氣，出天界，沒地府以求之，不見。又旁求四虛上下，東極大海，跨蓬壺(51)，見最高仙山，上多樓闕。西廂下有洞戶，東嚮，闔其門，署曰：「玉妃太眞院。」方士抽簪叩扉，有雙鬟(52)童女，出應其門。方士造次未及言，而雙鬟復入。俄有碧衣侍女又至，詰其所從。方士因稱唐天子使者，且致其命。碧衣云：「玉妃方寢，請少待之。」於時雲海沉沉(53)，洞天(54)日曉，瓊戶重闔，悄然無聲。方士屏息斂足，拱手門下。久之，而碧衣延入，且曰：「玉妃出。」見一人冠金蓮，披紫綃，珮紅玉，曳鳳舄(55)，左右侍者七、八人，揖方士，問皇帝安否；次問天寶十四載以還事，言訖憫然。指碧衣，取金釵、鈿合，各折其半，授使者曰：「爲我謝太上皇，謹獻是物，尋舊好也。」方士受辭與信，將行，色有不足。玉妃固徵其意。復前跪致詞：「請當時一事，不爲他人聞者，驗於太上皇。不然，恐鈿合、金釵負新垣平56之詐也。」玉妃茫然退立，若有所思，徐而言曰：「昔天寶十載57，侍輦避暑於驪山宮。秋七月，牽牛織女相見之夕，秦人風俗，是夜張錦繡，陳飲食，樹瓜果，焚香於庭，號爲乞巧58，宮掖間尤尙之。時夜殆半，休侍衞於東西廂，獨侍上。上凭肩而立，因仰天感牛女事，密相誓心，願世世爲夫婦。言畢，執手各嗚咽。此獨君王知之耳。」因自悲曰：「由此一念，又不得居此，復墮下界，且結後緣。或爲天，或爲人，決再相見，好合如舊。」因言：「太上皇亦不久人間，幸惟自安，無自苦耳！」使者還奏太上皇，皇心震悼，日日不豫。其年夏四月，南宮晏駕。

元和59元年冬十二月，太原白樂天60自校書郎61尉於盩厔62。鴻與琅邪63王質夫家於是邑。暇日相携遊仙遊寺64，話及此事，相與感歎。質夫擧酒於樂天前曰：「夫希代之事，非遇出世之才潤色之，則與時消沒，不聞於世。樂天深於詩多於情者也；試爲歌之，如何？」樂天因爲長恨歌。意者不但感其事，亦欲懲尤物(65)，窒亂階，垂誡於將來者也。歌既成，使鴻傳焉。世所不聞者，予非開元遺民，不得知；世所知者，有玄宗本紀(66)在；今但傳長恨歌云爾。

〔注釋〕

①開元　唐玄宗年號。

②泰階平　泰階，星名。漢書東方朔傳應劭注：「泰階者，天之三階也。上階爲天子，中階爲諸侯公卿大夫，下階爲士庶人。三階平則陰陽和、風雨時、社稷神祇咸獲其宜，天下大安，是謂太平。」是泰階平即天下太平。

③旰食宵衣　旰，音ㄍㄢˋ，晚也。宵，天未明也。謂早起晚食，勤於政務也。

④委於右丞相　舊唐書職官志：「開元元年十二月，改尚書左右僕射曰左右丞相。」開元二十四年，任李林甫爲右丞相，政事始壞。

⑤元獻皇后　楊氏，弘農華陰人，肅宗生母，開元十七年卒。

⑥武淑妃　武則天族侄女，開元二十五年卒。

⑦華清宮　本名溫泉宮，又名驪宮，唐高宗時建。玄宗天寶六年十月，改名華清宮。在今陝西臨潼縣南驪山上。

⑧內外命婦　婦女受封號者曰命婦。以其受封宮內宮外，而有內、外命婦之別。

⑨熠燿　鮮明貌。

⑩澹蕩　恬靜舒暢。

⑪高力士　本姓馮，後從養父高延福姓。爲人

謹密強悟，玄宗甚任之。累官至驃騎大將軍。

⑫得弘農楊玄琰女於壽邸　弘農，郡名。楊玄琰女，名玉環，原籍弘農華陰。開元二十二年，年十六，歸爲壽王瑁（玄宗子）妃。開元二十八年十月，玄宗幸華清宮，召爲女道士，號太眞，而爲壽王更娶。壽邸，即壽王宅第。

⑬笄　簪也。古時女子十五而笄。見禮記內則。

⑭鬒髮膩理　鬒髮，即黑髮。膩理，謂肌理細膩也。

⑮纖穠　猶言肥瘦。

⑯李夫人　李延年之妹，有傾國傾城之貌。

⑰澡瑩　沐浴修飾玉體。

⑱霓裳羽衣曲　唐代舞曲名。相傳玄宗與道士羅公遠（一作葉法善）遊月宮，見仙女數百著素練霓衣，舞於廣庭，其曲名霓裳羽衣。帝默記之，歸而寫此曲。見樂府詩集與唐逸史。又據唐書禮樂志，曲係河西節度使楊敬忠所獻，開元中，由西凉傳入。原爲婆羅門曲，玄宗改名霓裳羽衣。今已失傳。

⑲釵　本作叉，分爲兩股之簪。

⑳鈿合　鈿，金花也。合，同盒。即飾有金花之盒也。

㉑步搖　以金絲做成花枝狀之首飾，上飾明珠或彩玉，挿於髻上，隨步搖曳，故名。

㉒金鐺　鑲有珠玉的金耳墜。

㉓婉孌　柔順美好貌。

㉔省風九州　巡視天下，觀察民風。

㉕泥金五嶽　謂封祀五嶽。祭時將告天之文，書於玉牒而讀之。祭畢用水銀和金泥而封之。此處泥金作動詞用。

㉖上陽　宮名，唐高宗時建。故址在今河南洛陽縣。

㉗三夫人……八十一御妻　唐後宮后妃制，皇后而下有貴妃、淑妃、德妃、賢妃。開元初，改置惠、麗、華三妃，是爲三夫人。昭儀

、昭容、昭媛、修儀、修容、修媛、充儀、充容、充媛，是爲九嬪。婕妤、美人、才子各九，是爲二十七世婦。寶林、御女、釆女各二十七，是爲八十一御妻。見新唐書后妃傳序。

㉘先意希旨　希，瞻望也。謂先知其意旨而迎合之。

㉙叔父昆弟皆列位清貴……姊妹封國夫人　天寶四年，以楊貴妃叔父玄珪爲光祿卿，從兄銛爲殿中少監，錡爲駙馬都尉，尙太華公主。從祖兄釗（後賜名國忠）授金吾兵曹參軍，出入宮禁。天寶七年，復封貴妃三姊爲韓國、虢國、秦國夫人。

㉚大長公主　唐制，帝之姊妹稱長公主。大長公主爲皇帝之姑。

㉛長吏　謂吏秩之高者。

㉜楣　門戶上橫梁也。

㉝天寶　玄宗年號，在開元之後，始西元七四二年。

㉞國忠盜丞相位　國忠本名釗，後賜名國忠。參看注㉙。天寶十一年，李林甫卒，國忠繼爲右丞相。

㉟安祿山引兵嚮闕　闕爲宮城外門觀，此指京城。安祿山唐營州柳城（今熱河朝陽）胡人，以屢建邊功，授平盧、范陽、河東三鎭節度使。會與楊國忠不和，遂於天寶十四年十一月，以討國忠爲名，反於范陽（今北平），明年六月，遂進逼長安。

㊱潼關　在今陝西潼關縣西南。

㊲翠華　飾有翠羽之旌旗，天子所用。此代稱玄宗。

㊳咸陽　秦故都，本在長安東。此借指唐都長安。

㊴馬嵬亭　即馬嵬驛，今名馬嵬鎭，在今陝西興平縣西二十五里。

㊵請誅鼂錯以謝天下　鼂錯，漢潁川人。景帝時，錯諫削諸侯王封地，激成七國之亂。袁盎請誅錯，以謝七國，景帝從之。此指楊國

忠，因安祿山之亂亦由楊氏而起。按據新唐書二〇六外戚傳，國忠死於亂軍，與此不同。

㊶氂纓盤水　以犛牛毛作冠纓，謂之氂纓。水性平，盤水意取平治其罪。謂請命自殺。

㊷狩　巡狩。諱言出奔，故云狩。

㊸肅宗　名亨，玄宗第三子。在位七年。

㊹靈武　今寧夏省靈武縣。

㊺南宮　即南內，亦稱興慶宮。故址在今長安隆慶坊內。原爲玄宗即位前住宅。

㊻西內　即西宮，又名太極宮。故址在長安縣北。

㊼梨園弟子　梨園本唐禁苑中娛樂場所。開元二年，玄宗選伶人子弟三百，自敎法曲於梨園，號「皇帝梨園子弟。」見唐書禮樂志。

㊽歔欷　悲泣也。

㊾道士　據樂史楊太眞外傳，爲楊通幽。

㊿李少君　漢臨淄人，武帝時方士。以祠竈穀道却老方見上，上尊之。事見史記武帝本紀。無致死者靈魂之事。此處陳鴻或誤以少翁爲李少君。據史記武帝本紀：「齊人少翁以鬼神方見上。上有所幸王夫人（漢書作李夫人），夫人卒，少翁以方術夜致王夫人之貌云。天子自帷中望見焉。」

(51)蓬壺　即蓬萊。方士相傳渤海上有三神山，曰蓬萊、方丈、瀛洲，有金銀宮闕及長生不死之藥。見史記封禪書。

(52)鬟　環形之髻。

(53)沉沉　幽深廣大之貌。

(54)洞天　道家稱神仙所居之地曰洞天。

(55)鳳舄　舄，音ㄒㄧˋ，履也。繡有鳳之鞋曰鳳舄。

(56)新垣平　趙人，以善望氣事漢文帝，至上大夫。後以詐令人獻玉杯，上刻人主延壽四字。事發，族誅。

(57)載　年也。玄宗天寶三年正月，改「年」曰「載」。

(58)乞巧　王仁裕開元天寶遺事：「帝與貴妃每

至七月七日，在華清宮遊宴時，宮女輩陳瓜果酒饌於庭中，乞恩於牽牛織女星。又各捉蜘蛛於小盒中，至曉開視蛛網稀密，以爲得巧之候。密者言巧多，稀者言巧少。」又云：「宮中以果瓜酒炙設坐具以祀牛女二星。嬪妃各以九孔針五色線向月穿之，過者爲得巧之候。士民之家皆效之。」

(59)元和　唐憲宗年號。

(60)太原白樂天　白居易，字樂天，太原人。

(61)校書郎　掌校勘書籍之官，屬秘書省。

(62)尉於盩厔　尉，縣尉，縣長之佐貳官，掌捕賊盜察奸宄，此處作動詞用。盩厔，今陝西盩厔縣。

(63)琅邪　郡名，治今山東省臨沂縣。

(64)仙遊寺　在盩厔縣南。

(65)懲尤物　懲，戒也。尤物，美色也。

(66)玄宗本紀　謂唐國史館所編修之本紀，非今新、舊唐書之本紀。

〔作　者〕

陳鴻，字大亮，里居及生卒年皆不詳，約當唐憲宗元和中前後在世。鴻少學爲史，貞元二十一年（西元八〇五年），登太常第，始閑居遂志，乃修大統紀，七年書成，絕筆於元和六年（西元八一一年）。在長安時，與白居易爲友。居易作長恨歌，鴻乃爲長恨歌作傳。太和三年（西元八二九年）官尚書主客郎中。

鴻文取材史事，描寫細膩而眞實，文字詼奇雋永寄嘲諷於言外。著有大統紀三十卷、開元昇平源一卷（通鑑考異以爲吳兢作，此從新唐書志）、長恨歌傳、東城父老傳各一篇，及全唐文所錄文三篇，並傳於世。

〔說　明〕

本文選自文苑英華。體裁屬傳誌類。唐朝玄宗與貴妃楊玉環之愛情故事，白居易曾作歌以詠之。因其歌結句有「天長地久有時盡，此恨綿綿無絕期」之語，故名長恨歌。陳鴻即據長恨歌之本事而敍述之，故名長恨歌傳，或名長恨傳。宋樂史之楊太眞外傳、淸洪昇之長生殿，均就本篇衍飾而成。文分七段：首段敍玄宗晚年倦於政事，耽於聲色，而無可悅目者，故忽忽不樂。次段敍得楊妃而寵愛之。三段敍楊妃之專寵。四段敍安祿山之亂而楊妃賜死。五段敍玄宗思念楊妃之情。六段敍道士爲玄宗求楊妃魂魄之事。七段敍作傳之經過。

〔批　評〕

本篇文字細膩，敍事傳神；語調詼諧而不俚俗。雖稍涉詭異，然總不失「懲尤物、窒亂階」之旨也。

八九、虬髯客傳

杜光庭

隋煬帝①之幸江都②也，命司空楊素③守西京④。素驕貴，又以時亂，天下之權重望崇者，莫我若也，奢貴自奉，禮異人臣。每公卿入言，賓客上謁，未嘗不踞牀而見，令美人捧出。侍婢羅列，頗僭於上，末年愈甚。一日，衞公李靖⑤以布衣來謁，獻奇策，素亦踞見之。公前揖曰：「天下方亂，英雄競起。公爲帝室重臣，須以收羅豪傑爲心，不宜踞見賓客。」素斂容而起。與語大悅，收其策而退。

當靖之騁辯也，一妓有殊色，執紅拂，立於前，獨目靖。靖既去，而拂妓臨軒，指吏問曰：「去者處士第幾？住何處？」吏具以對。妓頷而去。

靖歸逆旅，其夜五更初，忽聞叩門而聲低者，靖起問焉。乃紫衣戴帽人，杖揭一囊。靖問：「誰？」曰：「妾楊家之紅拂妓也。」靖遽延入。脫衣去帽，乃十八九佳麗人也。素面華衣而拜。靖驚，答曰：「妾侍楊司空久，閱天下之人多矣，未有如公者。絲蘿非獨生，願託喬木⑥，故來奔耳。」靖曰：「楊司空權重京師，如何？」曰：「彼屍居餘氣⑦，不足畏也。諸妓知其無成，去者衆矣。彼亦不甚逐也，計之詳矣，幸無疑焉。」問其姓，曰：「張。」問其伯中之次，曰：「最長。」觀其肌膚、儀狀、言詞、氣性，眞天人⑧也。靖不自意獲之，益喜懼，瞬息萬慮不安，而窺戶者無停屨⑨。既數日，聞追訪之聲，意亦非峻。乃雄服⑩乘馬，排闥而去，將歸太原⑪。

行⑫次靈石⑬旅舍，既設牀，爐中烹肉且熟。張氏以髮長委地，立梳牀前。靖方刷馬。忽有一人，中形，赤髯而虬，乘蹇驢而來。投革囊於爐前，取枕欹臥，看張梳頭。靖怒甚，未決，猶刷馬。張熟觀其面，一手握髮，一手映身⑭搖示，令勿怒。急急梳頭畢，斂袂⑮前問其姓。臥客答曰：「姓張。」對曰：「妾亦姓張，合是妹。」遽拜之。問第幾。曰：「第三。」因問妹第幾。曰：「最長。」遂喜曰：「今日多幸，遇一妹。」張氏遙呼：「李郎且來拜三兄！」靖驟拜。遂環坐，曰：「煮者何肉？」

曰：「羊肉，計已熟矣。」客曰：「饑甚。」靖出市買胡餅⑯，客抽匕首，切肉共食。食竟，餘肉亂切爐前食之，甚速。客曰：「觀李郎之行，貧士也，何以致斯異人？」曰：「靖雖貧，亦有心者焉。他人見問，固不言。兄之問，則無隱矣。」具言其由。曰：「然則何之？」曰：「將避地太原耳。」客曰：「然吾故謂非君所能致也。」曰：「有酒乎？」靖曰：「主人西則酒肆也。」靖取酒一斗。酒既巡，客曰：「吾有少下酒物，李郎能同之乎？」曰：「不敢。」於是開革囊，取出一人頭幷心肝。却收頭囊中，以匕首切心肝共食之。曰：「此人乃天下負心者心也，銜之十年，今始獲。吾憾釋矣。」又曰：「觀李郎儀形器宇，眞丈夫。亦知太原之異人乎？」曰：「嘗見一人，愚謂之眞人⑰。其餘將相而已。」「其人何姓？」曰：「同姓。」曰：「年幾？」曰：「近二十。」「今何爲？」曰：「州將之愛子⑱也。」曰：「似矣，亦須見之。李郎能致吾一見否？」曰：「靖之友劉文靜⑲者與之狎，因文靜見之可也。兄欲何爲？」曰：「望氣⑳者言太原有奇氣，使吾訪之。李郎明發，何時到太原？」靖計之某日當到。曰：「達之明日，方曙，我於汾陽橋㉑侍耳。」言訖，乘驢而其行若飛，廻顧已遠。靖與張氏且驚懼，久之曰：「烈士不欺人，固無畏。」但促鞭而行。

及期，入太原。候之相見，大喜，偕詣劉氏。詐謂文靜曰：「以善相思見郎君㉒。」迎之。文靜素奇其人㉓，方議論匡輔，一旦聞客有知人者，其心可知。遽致酒延焉。既而太宗至。不衫不履，裼裘而來，神氣揚揚，貌與常異。虬髯默居坐末，見之心死，飲數巡，起招靖曰：「眞天子也！」靖以告劉，劉益喜，自負。既出，而虬髯曰：「吾見之，十八九定矣。亦須道兄見之。李郎宜與一妹復入京，某日午時，訪我於馬行東酒樓下。下有此驢及一瘦騾，卽我與道兄俱在其所也。」

公到卽見二乘，攬衣登樓，卽虬髯與一道士方對飲，見靖驚喜，召坐。環飲十數巡。曰：「樓下櫃中有錢十萬。擇一深隱處，駐一妹畢，某日復會我於汾陽橋。」如期登樓，道士、虬髯已先坐矣。共謁文靜。時方奕棋，揖起而話心焉。文靜飛書迎文皇㉔看棊。道士對奕，虬髯與靖旁侍爲侍者。俄而，文皇來，長揖而坐。神淸氣朗，滿坐風生，顧盼暐如也。道士一見慘然，下棊子曰：「此局輸矣！輸矣！於此失却局，奇哉！救無路矣！知復奚言！」罷奕請去。旣出，謂虬髯曰：「此世界非公世界也，他方可圖。勉之，勿以爲念。」因共入京。虬髯曰：「計李郎之程，某日方到。到之明日，可與一妹同詣某坊曲小宅。媿李郎往復相從，一妹懸然如磬㉕。欲令新婦㉖祗謁㉗，略議從容㉘，無令前却。」言畢，吁嗟而去。

靖亦策馬遄征，俄卽到京，與張氏同往。乃一小板門，叩之，有應者拜曰：「三郎令候一娘子、李郎久矣。」延入重門，門益壯麗。奴婢三十餘人，羅列於前。奴二十人，引靖入東廳，非人間之物。巾櫛妝飾畢，請更衣，衣又珍異。旣畢，傳云三郎來！乃虬髯者，紗帽裼裘，亦有龍虎之姿，相見歡然。催其妻出拜，蓋天人也。遂延中堂，陳設盤筵之盛，雖王公家不侔也。四人對坐，牢饌畢，陳女樂二十人，列奏於前，似從天降，非人間之曲度。食畢，行酒，而家人自西堂舁出二十牀，各以錦繡帕覆之。旣呈，盡去其帕，乃文簿鑰匙耳。虬髯謂曰：「盡是珍寶貨泉㉙之數。吾之所有，悉以充贈。何者？其本欲於此世界求事，或當龍戰㉚三二載，建少功業。今既有主，住亦何爲？太原李氏，眞英主也。三五年內，卽當太平。李郎以英特之才，輔淸平之主，竭心盡善，必極人臣。一妹以天人之姿，蘊不世之略，從夫之貴，榮極軒裳㉛。非一妹不能識李郎，非李郎不能遇一妹。聖賢起陸之漸㉜，際會如期，虎嘯風生㉝，龍騰雲萃，固當然也。持余之贈，以奉眞主，贊功業。勉之哉！此後十餘年，當東南數千里外有異事，是吾得事之秋也。妹與李郎可瀝酒相賀。」顧謂其左右曰：「李郎、一妹，是汝主也！」言畢，與其妻戎裝乘馬，一奴乘馬從後，數步不見。靖據其宅，遂爲豪家，得以助文皇締構之資，遂匡大業。

貞觀㉞中，靖位至僕射、㉟東，東南蠻奏曰：「有海賊以千艘，積甲十萬人，入扶餘國㊱，殺其主自立，國內已定。」公知虬髯成功也。歸告張氏，具禮相賀，瀝酒東南祝拜之。乃知眞人之興，非英雄所冀，況非英雄乎？人臣之謬思亂，乃螳蜋之拒走輪㊲耳。」或曰：「衞公之兵法㊳

，半乃虬髯所傳也。」

〔注　釋〕

①隋煬帝　姓楊名廣，文帝之子。驕奢淫靡，傷財虐民。大業八年，征遼東失敗，天下遂亂。南遊江都，沈湎酒色。唐武德元年，爲宇文化及所弒。

②江都　隋郡名，故治在今江蘇江都縣。

③司空楊素　司空，官名，正一品，與司徒、司馬，並稱三公，主邦國大事。楊素，字處道，華陰人。隋名將，博學多權略，從文帝定天下，以功封越國公。大業元年，拜尚書右僕射，掌理朝政。二年，拜司徒，封楚公。七月，病卒。此作司空，與隋書本傳異。

④西京　即今陝西西安。

⑤衞公李靖　李靖，字藥師，三原（陝西三原）人。姿貌魁秀，通書史兵法。初仕隋文帝，後佐李世民定天下，以功封衞國公，官至尚書右僕射。詳見舊唐書李靖傳。本篇所云，純爲小說家虛構之言也。

⑥絲蘿非獨生，願託喬木　絲蘿，指菟絲及女蘿也。菟絲，枝黃赤如金；女蘿，枝青翠如玉：指蔓生植物，常附生於松柏等樹上。喬木，高大之樹。此喻女子嫁人，但願得所依託。

⑦屍居餘氣　謂其老朽將死，僅餘氣息而已。

⑧天人　天上之人。謂貌美如天仙也。

⑨窺戶者無停屨　無停屨，言屨聲不停也。猶言不停、不斷。此句意謂女貌極美，有人來門外不斷窺看。

⑩雄服　猶今之男裝。

⑪太原　隋郡名，今山西太原縣。

⑫次　舍止、住宿也。

⑬靈石　隋縣名，今山西靈石縣。

⑭一手映身　映，隱也。言一手障蔽身後也。

⑮歛袂　袂，衣袖也。謂整衣歛袖而拜，示肅敬也。後世惟女子行禮謂之歛袖。

⑯市買胡餅　市，亦買也。胡餅，即今之燒餅也。

⑰眞人　道家語。猶儒家所謂「聖人」，後世稱帝王爲眞人。

⑱州將之愛子　指李世民。其父李淵爲隋太原留守，故稱州將之愛子。

⑲劉文靜　字肇仁，武功人。隋末爲晉陽令，與李世民友善。世民起義，文靜爲主要策畫人。高祖即位，擢納言。

⑳望氣　古覘候之術，望雲氣而知未來徵兆。

㉑汾陽橋　在太原城東。

㉒郎君　指李世民。

㉓文靜素奇其人　其人，指李世民。文靜爲晉陽令時，見李世民，驚以爲非常人，謂其豁達神武類漢祖、魏武帝也。事見新唐書劉文靜傳。

㉔文皇　指李世民，其廟號爲太宗文皇帝，故稱文皇。

㉕懸然如磬　磬，同罄，器之中空者。此喻家中貧困，空無所有，如懸一空罄也。

㉖新婦　謂虬髯客妻。

㉗祗謁　祗，敬也。祗謁，猶言拜見。

㉘略議從容　言略爲商議今後之舉動也。

㉙寶珍貨貝　寶珍，可珍之寶物也。貨，古以貝爲貨幣。貨貝，錢幣之別稱。

㉚龍戰　喻羣雄爭戰。

㉛軒裳　古制：大夫之夫人乘軒車披霞帔，因借喻貴顯。

㉜起陸之漸　古說龍蛇平時潛伏水中，一有機會，即起陸飛昇。漸，事之端始也。此喻羣雄乘時並起。

㉝虎嘯風生，龍騰雲萃　萃，聚也。此喻帝王之起，必有佐命之臣，隨之而生。

㉞貞觀　唐太宗年號。

㉟靖位至左僕射　唐制：尚書省置左、右僕射各一人，從二品，爲尚書令之副，令闕，總理省事。尙書省掌領百官，下屬吏戶禮兵刑工六部。李靖於貞觀八年任左僕射。

㊱扶餘國　當在今遼寧省昌圖、洮南以北，至吉林省雙城以南。唐時，扶餘國舊地，已屬高麗。故新、舊唐書均無扶餘國傳，惟高麗有扶餘城，唐薛仁貴從李勣征高麗時，嘗攻下之。此處所云，蓋小說家隨意渲染之言耳。

㊲螳蜋之拒走輪　喩不量力也。典見莊子天地篇。

㊳衛公之兵法　李靖精通兵略，後爲唐之大將，屢建功勳。唐書藝文志兵書類，錄有「李靖六軍鏡三卷」，宋阮逸輯有「李衛公問對三卷」，淸江宗沂輯有「李衛公兵法三篇」。

〔作　者〕

杜光庭，字聖賓，道號東瀛子，處州縉雲（今浙江省縉雲縣）人。生於唐宣宗大中四年，卒於後唐明宗長興四年（西元八五〇——九三三年），年八十五。

聖賓少時潛心經史，工詞章、翰墨之學。懿宗時設萬言科選士，聖賓應試不第，遂入浙江天臺山爲道士。後入蜀。僖宗避黃巢之亂，幸蜀時曾召見，賜紫服，始充麟德殿文章應制。唐亡，王建據蜀，累官戶部侍郎，賜號「廣成先生」。後主王衍立，以爲傳其天師，崇眞觀大學士，封蔡國公。後解官歸隱靑城山白雲溪。

聖賓之著述，多言道教儀則及仙人靈境者。著有道教靈驗記、神仙感遇傳、錄異記、墉城集仙錄、虬髯客傳、廣成集等書。

〔說　明〕

本文選自太平廣記。體裁屬傳誌類。宋洪邁容齋隨筆、宋史藝文志諸書，皆以此篇爲杜光庭所作；惟說郛、唐人說薈諸書，皆載此篇爲張說所撰。孰是孰非，固已難考，而今人多以宋史及洪邁所記爲是也。有角小龍曰虬，頰毛曰髯。虬髯客者，謂鬢髯屈曲如虬之俠客也。本篇主旨在闡明「唐有天下，乃天命之所歸也」。文分九段：首段言楊素留守西京，豪奢傲慢，無復有救亡圖存之心。次段言李靖謁見楊素，勸其不宜踞見賓客。三段言紅拂女見李靖後，臨軒向侍衞探問李靖之住處。四段言紅拂女至逆旅訪見李靖，靖驚喜延入，數日後，與靖同歸太原。五段言在靈石旅舍中，虬髯與李靖相約，前往太原拜見州將之子李世民。六段言在太原果見李世民，貌與常異，是眞天子，虬髯見之心死，乃邀約李靖至馬行東酒樓相見。七段言李靖如期往訪，見虬髯與一道士對飲，虬髯復約李靖同至汾陽橋謁見文皇。道士見文皇，精采驚人，乃勸虬髯往赴他方，虬髯遂與李靖相約共入京師。八段言虬髯以屋宅寶貨悉贈李靖，並勸靖持其所贈以佐眞主，語訖與其妻乘馬而去。九段言南蠻入奏：虬髯入扶餘國殺主自立，李靖與張氏瀝酒祝拜；篇末並以「眞人之興，非英雄所冀」作結，點出題意。

〔批　評〕

本篇爲唐代有名之傳奇小說，影響藝壇甚鉅。明人張鳳翼之「紅拂記」、凌初成之「虬髯翁」、馮夢龍之「女丈夫」、無名氏之「雙紅記」，皆本此篇推演而成。惟此篇所述，殊多不合史實。汪辟疆在「唐人小說」中嘗曰：「唐書靖傳稱『高祖擊突厥於塞外。靖察高祖知有四方之志，因自鏁上變。後高祖定京師。將斬之，以太宗救解得免。』據此，則靖於高祖未定京師之先，似無交通文皇之理。容齋洪氏已辨其妄。此與史實不合者一也。高祖以大業……十二年十二月，留守太原。是時盜賊徧海內，煬帝在江都。楊素以先卒於大業二年七月，相距已十一年，亦無煬帝末年楊素留守長安之事。此與史實不合者又一也。傳中稱『貞觀中，靖位至僕射，適南蠻奏海船千艘入扶餘國，殺其主自立。』按新舊唐書，並無扶餘國。惟高麗百濟，並云扶餘之別種。高麗國有扶餘城。武德七年，高麗王建武，懼伐其國，乃築長城，東北自扶餘城，西南至海，千有餘里。是高麗方據扶餘城以自固，海賊安得而襲取之。且扶餘位中國之東北，更不得云東南。此與史實不合者又一也。」汪氏之說甚是，當可深信。此篇內容固多杜撰，但其敍述生動，描摹入微，自具有不朽之價值。胡適先生在「論短篇小說」一文中嘗曰：「虬髯客傳可算是上品的短篇小說。虬髯客傳的本旨，只是要說『眞人之興，非英雄所冀。』他卻平空造出虬髯客一段故事，挿入李靖紅拂一段情史，寫到正熱鬧處，忽然寫『太原公子裼裘而來』，遂使那位野心豪傑絕心於事國，另去海外開闢新國。這種立意布局，都是小說家的上等工夫。這是第一層長處。這篇是歷史小說，凡做歷史小說，不可全用歷史上的事實，却又不可違背歷史上的事實。虬髯客傳的長處，正在他寫了許多動人的人物事實，把『歷史的』人物（如李靖、劉文靜、唐太宗之類。）和『非歷史』人物（如虬髯客、紅拂是。）穿挿夾混，叫人看了竟像那時眞有這些人物事實。但寫到後來，虬髯客飄然去了，依舊是唐太宗得了天下，一毫不違背歷史的事實。這是『歷史小說』的方法，便是虬髯客傳的第二層長處。此外還有一層好處。唐以前的小說，無論散文韻文，都只能敍事，不能用全副氣力描寫人物。虬髯客傳寫虬髯客極有神氣，自不用說了。就是寫紅拂、李靖等配角，也都有自性的神情態度。這種寫生手段，便是這篇的第三層長處。有這三層長處，所以我敢斷定這篇虬髯客傳是唐代第一篇『短篇小說。』」

九〇、石曼卿墓表

歐陽修

曼卿諱①延年，姓石氏，其上世爲幽州②人。幽州入于契丹，其祖自成，始以其族間走③南歸。天子嘉其來，將祿之，不可，乃家於宋州④之宋城。父諱補之，官至太常博士。幽燕俗勁武，而曼卿少亦以氣自豪，讀書不治章句，獨慕古人奇節偉行、非常之功，視世俗屑屑⑤，無足動其意者。自顧不合於時，乃一混以酒，然好劇飲大醉，頹然自放，由是益於時不合。而人之從其遊者，皆知愛曼卿落落⑥可奇，而不知其才之有以用也。年四十八，康定⑦二年二月四日，以太子中允秘閣校理，卒於京師。

曼卿少舉進士不中，眞宗推恩，三舉進士，皆補奉職⑧，曼卿初不肯就。張文節⑨公素奇之，謂曰：「母老乃擇祿耶？」曼卿矍然⑩起就之。遷殿直，久之，改太常寺太祝，知濟州金鄉縣⑪。嘆曰：「此亦可以爲政也！」縣有治聲。通判乾寧軍⑫，丁母永安縣君李氏憂，服除，通判永靜軍⑬，皆有能名。充館閣校勘，累遷大理寺丞，通判海州⑭，還爲校理。

章獻明肅太后臨朝⑮，曼卿上書請還政天子，其後太后崩，范諷⑯以言見幸，引嘗言太后事者，遽得顯官，欲引曼卿，曼卿固止之，乃已。自契丹通中國，德明⑰盡有河南而臣屬，遂務休兵，養息天下，然內外弛武，三十餘年。曼卿上書言十事，不報，已而元昊⑱反，西方用兵，始思其言，召見，稍用其說，籍河北、河東、陝西之民，得鄉兵數十萬，曼卿奉使籍兵河東，還，稱旨，賜緋衣銀魚⑲。天子方思盡其才，而且病矣。既而聞邊將有欲以鄉兵扞賊者，笑曰：「此得吾粗也。夫不教之兵，勇怯相攙，若怯者見敵而動，則勇者亦牽而潰矣。今或不暇教，不若募其敢行者，則人人皆勝兵也。」其視世事蔑若不足爲，及聽其設施之方，雖精思深慮不能過也。狀貌偉然，喜酒自豪，若不可繩以法度，退而質其平生趣舍大節，無一悖於理者。遇人無賢愚，皆盡忻⑳歡。及可否天下是非善惡，當其意者無幾人。其爲文章，勁健稱㉑其意氣，有子濟滋，天子聞其喪，官其一子，使祿其家。既卒之三十七日，葬於太清㉒之先塋㉓。

其友歐陽修表其墓曰：「嗚呼！曼卿寧自混以爲高，不少屈以合世，可謂自重之士矣。士之所負者愈大，則其自顧也愈重；自顧愈重，則其合愈難。然欲與共大事，立奇功，非得難合自重之士不可爲也。古之魁雄之人，未始不負高世之志，故寧或毀身汚迹，卒困於無聞。或少且死，而幸一遇，猶克少施於世。若曼卿者，非徒與世難合，而不克所施，亦其不幸不得至乎中壽，其命也夫！其可哀也夫！」

〔注釋〕

①諱　死者之名曰諱。

②幽州　即今河北省一部分，及遼寧省地。治今河北省薊縣。自後晉石敬瑭以燕雲十六州之地賂契丹，於是幽州遂爲契丹所有。

③間走　微行也。

④宋州　故治在今河南省商丘縣南。

⑤屑屑　瑣碎勤勞之意。

⑥落落　不苟合也。

⑦康定　宋仁宗年號。

⑧眞宗推恩，三舉進士，皆補奉職　眞宗時，錄三舉進士，以爲三班奉職。曼卿爲右班殿直。

⑨張文節　名知白，字用晦，宋滄州清池（今河北省滄縣東南）人。在相位，愼名器，無毫髮私，雖顯貴，清約如寒士，卒諡文節。

⑩矍然　矍，音ㄐㄩㄝˊ。矍然，驚視貌。

⑪濟州金鄉縣　今山東省金鄉縣。

⑫乾寧軍　軍，行政區域之名，宋分全國爲十八路，有軍三十九。乾寧軍，屬河北路。故城在今河北省青縣。

⑬永靜軍　屬河北路，故城在今河北省東光縣。

⑭海州　故治在今江省蘇東海縣南。

⑮章獻明肅太后臨朝　章獻明肅太后，眞宗皇后。李宸妃生仁宗，后以爲己子。仁宗初即位，尙少，后垂簾決事，號令嚴明，恩威加天下，卒諡章獻明肅。

⑯范諷　字補之，宋齊州（今山東歷城縣）人，仁宗時，累官龍圖閣學士。

⑰德明　西夏主，眞宗時歸服於宋，封西平王，三十年不窺宋邊。

⑱元昊　西夏主，仁宗時嗣位，不甘臣宋，依賀蘭山爲固，遂稱帝，國號大夏，都興州。

⑲賜緋衣銀魚　緋，赤色帛也。緋衣，紅衣，宋制，四品以上服紫，六品以上服緋，九品以上服綠。銀魚，佩飾也。唐制，三品以上佩金魚，五品以上佩銀魚，宋沿用之。

⑳忻　音ㄒㄧㄣ，喜也。

㉑稱　音ㄔㄣˋ，合也。

㉒太清　縣名，故治在今山西省壽陽縣北。

㉓先塋　祖墳。

〔作　者〕

見本書第一三篇作者欄。

〔說　明〕

本文選自文忠集。體裁屬傳誌類。主旨在敍石曼卿之家系、身世、及其性行。而於曼卿與世難合，不克所施，不得中壽而卒，深致哀慟惋惜之意。文分三段：首段敍其世族及其爲人，深嘆世人不識其才。二段敍曼卿生平，及其卓識明見。三段贊其爲難合自重之士，而哀其早逝，以應篇首。

〔批評〕

世有伯樂，而後有千里馬。曼卿才高自重，不少屈以合世，宜乎難爲世用，此歐陽文忠公所以深惜者也。感嘆成文，淋漓鬱勃，章法極富變化，首尾呼應，綿密無間。

九一、方山子傳

蘇　軾

方山子，光、黃①閒隱人也。少時慕朱家、郭解②爲人，閭里之俠皆宗之。稍壯，折節③讀書，欲以此馳騁當世，然終不遇。晚乃遯於光、黃閒曰岐亭④，庵⑤居蔬食，不與世相聞。棄車馬，毀冠服，徒步往來山中，人莫識也；見其所著帽方屋而高，曰：「此豈古方山冠⑥之遺像乎？」因謂之方山子。

余謫居于黃，過岐亭，適見焉，曰：「嗚呼！此吾故人陳慥季常也，何爲而在此？」方山子亦矍然⑦問余所以至此者。余告之故，俯而不答，仰而笑。呼余宿其家，環堵蕭然⑧，而妻子奴婢，皆有自得之意，余既聳然⑨異之。獨念方山子少時，使酒好劍，用財如糞土。前十有九年，余在岐下，見方山子從兩騎，挾二矢，游西山。鵲起于前，使騎逐而射之，不獲，方山子怒馬獨出，一發得之。因與余馬上論用兵及古今成敗，自謂一世豪士。今幾日耳，精悍之色，猶見於眉閒，而豈山中之人哉？

然方山子世有勳閥⑩，當得官，使從事於其閒，今已顯聞。而其家在洛陽，園宅壯麗，與公侯等；河北有田，歲得帛千匹，亦足以富樂。皆棄不取，獨來窮山中，此豈無得而然哉？

余聞光、黃閒多異人，往往陽狂⑪垢汙，不可得而見，方山子儻見之與？

〔注釋〕

①光、黃　光，宋光州治定城縣，今河南潢川縣治。黃，宋黃州治黃岡縣，今湖北黃岡縣治。

②朱家、郭解　史記游俠列傳：「魯朱家者，與高祖同時。魯人皆以儒教，而朱家用俠聞。郭解，軹人也。少時以軀借交報仇；年長更折節爲儉，以德報怨，厚施而薄望；然其自喜爲俠益甚。」

③折節　謂改變平日志向也。

④岐亭　湖北黃州府岐亭鎮。

⑤庵　茅舍也。

⑥方山冠　似進賢冠，以五彩縠爲之。

⑦矍然　驚視貌。

⑧環堵蕭然　猶言四壁蕭然。

⑨聳然　聳，通慫。慫然，驚貌。

⑩世有勳閥　勳，功也。閥，積功也。季常父希亮官至太常少卿，卒贈工部侍郎，宋史有傳。

⑪陽狂　佯裝瘋狂也。

〔作　者〕

見本書第一七篇作者欄。

〔說　明〕

本文選自東坡文集。體裁屬於傳誌類。惟爲生人作傳，與尋常體例不同，但寫其少年豪俊與晚年澹泊，而不詳其世系與生平行事，此傳中變體也。文分四段：首段撮擧其生平及別號之來由。二段記岐亭之遇，追述其少年豪氣。三段論敍舍富貴而甘隱遯，爲有得而然。末段以隱人不可得而見爲問，深隱歎惋之意。

〔批　評〕

林西仲曰：「妙在步步均用虛筆，始疑其何以在岐亭，繼見其窮，又疑何以自得若此，因追念其平日慕俠讀書，向非隱人本色，且歷數其家世，富貴可就，必不至於以窮而隱者。總之種種以不當隱而隱，方驗其非無得而爲之，所以爲可傳也。末以隱人不可得見爲問，正見方山子不爲人所識，是其爲異人處。議論中帶出敍事，筆致橫溢，自成一格，不可以常傳之格論之。」

吳楚材曰：「前幅自其少而壯而晚，一一順敍出來，中間獨念方山子一轉，由後追前，寫得十分豪縱，並不見與前重復，筆墨高絕。本言舍富貴而甘隱遯，爲有得而然，乃可稱爲眞隱人。」

過商侯曰：「篇法全學史記，然其詞氣淋漓跌宕，機勢沛然，自是長公本色。」

九二、秦士錄

宋濂

鄧弼，字伯翊，秦人也。身長七尺，雙目有紫稜①，開闔閃閃如電，能以力雄人。鄰牛方鬭，不可擘②；拳其背，折仆地。市門石鼓，十人舁③弗能舉，兩手持之行。然好使酒④，怒視人，人見輒避曰：「狂生不可近，近則必得奇辱。」

一日，獨飲娼樓，蕭、馮兩書生過其下，急牽入共飲；兩生素賤其人，力拒之。弼怒曰：「君終不我從，必殺君！亡命走山澤耳，不能忍君苦也。」兩生不得已，從之。弼自據中筵，指左右，揖兩生坐，呼酒歌嘯以爲樂；酒酣，解衣箕踞⑤，拔刀置案上，鏗然鳴。兩生雅聞⑥其酒狂，欲起走，弼止之曰：「勿走也！弼亦粗知書，君何至相視如涕唾？今日非速⑦君飲，欲少吐胸中不平氣耳。四庫書⑧從君問，卽⑨不能答，當血是刃！」兩生曰：「有是哉！」遽摘七經⑩數十義叩⑪之，弼歷舉傳疏，不遺一言；復詢歷代史，上下三千年，纚纚⑫如貫珠。弼笑曰：「君等伏⑬

乎未也？」兩生相顧慘沮⑭，不敢再有問。弼索酒被髮跳叫曰：「吾今日壓倒老生矣！古者學在養氣，今人一服儒衣，反奄奄⑮欲絕；徒欲馳騁文墨，兒撫⑯一世豪傑，此何可哉？此何可哉？君等休矣！」兩生素負多才藝，聞弼言大愧，下樓，足不得成步；歸，詢其所與游，亦未嘗見其挾册呻吟也。泰定⑰末，德王執法西御史臺⑱。弼造書數千言，袖謁之，閽卒不爲通。弼曰：「若不知關中有鄧伯翊耶！」連擊踣數人。聲聞於王，王令隸人捽⑲入，欲鞭之。弼盛氣曰：「公奈何不禮壯士？今天下雖號無事，東海島夷，尙未臣順⑳，間者駕海艫互市於鄞，即不滿所欲，出火刀㉑斫柱，殺傷我中國民，諸將軍控弦引矢，追至大洋，且戰且却，其虧國體爲已甚。西南諸蠻㉒，雖曰稱臣奉貢，乘黃屋左纛㉓，稱制㉔與中國等，尤志士所同憤。誠得如弼者一二輩，驅十萬人，磨劒伐之，則東西止日所出入，莫非王土矣！公奈何不禮壯士？」庭中人聞之，皆縮頸吐舌，久不能收。王曰：「爾自號壯士，解持矛鼓譟，前登堅城乎？」曰：「能！」「百萬軍中可刺大將乎？」曰：「能！」「突圍潰陣得保首領乎？」曰：「能！」王顧左右曰：「姑試之。」問所須，曰：「鐵鎧良馬各一，雌雄劍㉕二。」王即命給與，陰戒善槊者五十人，馳馬出東門外，然後遣弼往。王自臨觀，空一府隨之。暨弼至，衆槊並進，弼虎吼而奔，人馬辟易㉖五十步，面目無色；已而煙塵漲天，但見雙劍飛舞雲霧中，連斫馬首墮地，血涔涔滴。王拊髀懽曰：「誠壯士！誠壯士！」命酌酒勞弼，弼立飲不拜，由是狂名振一時，至比之王鐵槍㉗云。王上章薦諸天子，會丞相與王有隙，格其事不下。弼環視四體，歎曰：「天生一具銅筋鐵肋，不使立勳萬里外，乃槁死三尺蒿下！命也！亦時也！尙何言！」遂入王屋山㉘爲道士，後十年終。

史官㉙曰：「弼死未二十年，天下大亂，中原數千里人影殆絕，玄鳥㉚來降，失家，競棲林木間。使弼在，必當有以自見，惜哉！弼鬼不靈則已，若有靈，吾知其怒髮上衝也。

〔注釋〕

①雙目有紫稜　語見晉書桓溫傳。謂眼中有若紫石稜角之光。

②擘　以手分剖也。

③舁　音ㄩˊ，舉也。

④使酒　酒後使性。

⑤箕踞　坐伸兩足，其形如箕。

⑥雅聞　猶言素聞。

⑦速　邀請也。

⑧四庫書　唐玄宗時，於兩都聚書四部，以甲乙丙丁為次，列經史子集四庫。後通以四庫書稱經史子集。

⑨即　假如。

⑩七經　後漢書張純傳注以詩、書、禮、易、樂、春秋、論語為七經。宋劉敞七經小傳以尚書、毛詩、周禮、儀禮、禮記、公羊傳、論語為七經。

⑪叩　問也。

⑫纚纚　纚，音ㄒㄧˇ。纚纚，連屬貌。

⑬伏　同服。

⑭慘沮　容色變而意沮喪也。

⑮奄奄　無生氣貌。

⑯兒撫　言如撫弄小兒也。

⑰泰定　元泰定帝年號。

⑱德王執法西御史臺　德王名馬札兒臺，泰定四年（西元一三二七年）為陝西行臺侍御史。西御史臺，即陝西諸道行御史臺。

⑲捽　音ㄗㄨˊ，持人髮也。

⑳東海島夷，尚未臣順　島夷，指日本。自元世祖征日失敗後，終元之世，日本未嘗臣服也。

㉑火刀　即倭刀，日製之佩刀。

㉒西南諸蠻　指安南、緬甸、占城、爪哇等國。

㉓黃屋左纛　天子之車，以黃繒為蓋裏，故曰黃屋；纛為毛羽幢，置天子車左，故曰左纛。

㉔制　天子文誥謂之制書。

㉕雌雄劍　吳干將鑄劍不成，其妻莫邪斷髮剪爪投於爐中，劍遂成，陽曰干將，陰曰莫邪，是謂雌雄劍。

㉖辟易　驚避也。

㉗王鐵槍　後梁王彥章，字子明，驍勇絕倫，每戰用兩鐵槍，皆重百斤，所向無前，時人

謂之王鐵槍。

㉘王屋山　在山西陽城縣西南，山狀如屋，故名。

㉙史官　作者曾預修元史，故自稱史官。

㉚玄鳥　燕也。

〔作　者〕

宋濂，字景濂，明浦江人。生於元武宗至大元年，卒於明太祖洪武十四年（西元一三一〇——一三八一年），年七十二歲。

濂英敏强記，博極羣書，通五經，工詩文，元至正中，薦授翰林院編修，以親老辭不就。居龍門山，著書十餘年。明初，以書幣徵，除江南儒學提擧，命授太子經，修元史，累官至翰林學士，承旨知制誥，以老致仕。後以長孫愼坐法，擧家謫遷茂山，道中遇疾卒。諡文憲，著有元史，潛溪集等行世。

濂初學於吳萊，又學於柳貫、黃溍。自少至老，未嘗一日去書卷，於學無所不通。爲文以唐宋爲宗，醇深而富情致。明史以與劉基並稱，許爲一代文宗。四庫提要云：「濂文雍容渾穆，如天閑良驥，魚魚雅雅，自中節度。」

〔說　明〕

本文選自宋景濂未刻集。體裁屬傳誌類。寫鄧弼奇士一生不遇行徑。文分三段：首段敍其平日恃力雄人。二段敍其讀書博且精，武藉絕世，而終不遇，乃隱爲道士。末段以史官贊言作結。

〔批　評〕

林西仲曰：「文武兼長，且擅絕藝，至使爲道士，則元之用人可知矣。篇中以力雄人四字作骨，其讀書精博即于使酒拔刀時寫出，不待另提。至說出養氣語，皆前人所未發，應上不平氣，伏下盛氣，備極擒挖之妙，班、馬當分一席矣。」

過商侯曰：「英雄豪傑，老死蓬蒿，時不遇也！伯翊固英雄而不遇者，今幸得宋公之文以傳，使千百世後，英氣逼人，凜乎如在。誠所謂附驥尾而名益顯，不遇而遇者矣。

九三、徐文長傳

袁宏道

徐渭，字文長，爲山陰諸生①，聲名籍甚②。薛公蕙校越③時，奇其才，有國士④之目；然數奇⑤，屢試輒蹶。中丞⑥胡公宗憲⑦聞之，客諸幕。文長每見，則葛衣烏巾，縱談天下事；胡公大喜。是時，公督數⑧邊兵，威鎮東南；介冑⑨之士，膝語蛇行⑩，不敢擧頭，而文長以部下一諸生傲之；議者方之劉眞長⑪、杜少陵⑫云。會得白鹿，屬⑬文長作表。表上，永陵⑭喜。公以是益奇之，一切疏計⑮，皆出其手。文長自負才略，好奇計，談兵多中⑯。視一世事無可當意者；然竟不偶⑰。

文長旣已不得志於有司，遂乃放浪麴蘖，⑱恣情山水，走齊、魯、燕、趙⑲之地，窮覽朔漠⑳。其所見山奔海立，沙起雷行，雨鳴樹偃，幽谷大都，人物魚鳥，一切可驚可愕之狀，一一皆達之於詩。其胸中又有勃然不可磨滅之氣，英雄失路，托足無門之悲；故其爲詩，如嗔如笑，如水鳴峽，如種出土，如寡婦之夜哭，羇人㉑之寒起。雖其體格時有卑者；然匠心獨出，有王者氣，非彼巾幗㉒而事人者所敢望也。文有卓識，氣沈而法嚴，不以模擬損才，不以議論傷格，韓、曾之流亞㉓也。文長既雅㉔不與時調合，當時所謂騷壇主盟㉕者，文長皆叱而奴之，故其名不出於越。悲夫！

喜作書，筆意奔放如其詩，蒼勁中，姿媚躍出；歐陽公所謂妖韶㉖女老，自有餘態者也。間以其餘，旁溢爲花鳥㉗，皆超逸有致。

卒以疑殺其繼室㉘，下獄論死；張太史元汴㉙力解，乃得出。晚年，憤益深，佯狂益甚；顯者至門，或拒不納。時携錢至酒肆，呼下隸與飲；或自持斧，擊破其頭，血流被面，頭骨皆折，揉之有聲；或以利錐錐其兩耳，深入寸餘，竟不得死。

周望㉚言：晚歲詩文益奇，無刻本，集藏於家。余同年㉛有官越者，托以鈔錄，今未至。余所見者，徐文長集闕編二種㉜而已。然文長竟以不得志於時，抱憤而卒。

石公㉝曰：先生數奇不已，遂爲狂疾；狂疾不已，遂爲囹圄㉞。古今文人，牢騷困苦，未有若先生者也！雖然，胡公間世㉟豪傑，永陵英主，幕中禮數㊱異等，是胡公知有先生矣；表上，人主悅，是人主知有先生矣；獨身未貴耳。先生詩文崛起，一掃近代蕪穢之習；百世而下，自有定論，胡為不遇哉？梅克生㊲嘗寄予書曰：「文長吾老友，病奇於人，人奇於詩。」余謂：「文長無之而不奇者也；無之而不奇，斯無之而不奇㊳也！悲夫！」

〔注釋〕

①山陰諸生　山陰，舊縣名，今與會稽合併為紹興縣。諸生，秀才。

②籍甚　名氣很大。漢書陸賈傳：「名聲籍甚」。王先謙補注：「言聲名得所藉而益甚。」

③薛公蕙校越　薛蕙，字君采，明亳州人。正德進士。官至吏部考功司郎中，學者稱西原先生。著有西原遺書。校越，主持越地考試。

④國士　一國推崇仰望之人。

⑤數奇　奇，音ㄐㄧ。數奇，命運不好。

⑥中丞　明清時俗稱巡撫為中丞。

⑦胡宗憲　字汝貞，安徽績溪人。嘉靖進士。以御史巡按浙江，平海寇徐海、汪直，累官至兵部尚書。

⑧督數　督責。

⑨介冑　甲冑。

⑩膝語蛇行　跪地說話，匍匐前行。

⑪劉眞長　名惔，東晉相人。風度清遠，為梁

簡文帝談客。

⑫杜少陵　杜甫，宅於少陵，故世又稱之爲杜少陵。

⑬屬　同囑。

⑭永陵　明世宗墓名，故以爲世宗代稱。

⑮疏計　奏章文書。

⑯談兵多中　胡宗憲擒徐海，平汪直，文長皆預其計。

⑰不偶　不遇。

⑱麴蘖　製酒用酵母，因以指酒。

⑲齊、魯、燕、趙　齊、魯即今之山東，燕、趙即今之河北山西一帶。

⑳朔漠　北方沙漠。

㉑羈人　客居異鄉之人。

㉒巾幗　婦人首飾，因以指女子。

㉓韓曾之流亞　韓曾，韓愈與曾鞏。流亞，同一流人物。

㉔雅　素。

㉕騷壇主盟　文壇領袖，指李攀龍、王世貞等。

㉖妖韶　妍美。

㉗花鳥　指繪事之花卉禽鳥。

㉘以疑殺其繼室　據顧公燮消夏閒記摘錄言：文長夜歸，瞥見其妻與僧私通，手刃之。然其妻無他染，其中殆由錯覺構成。繼室，續娶之妻。

㉙張太史元汴　張元汴，字子藎，別號陽和，山陰人。隆慶進士，官至翰林侍讀，謚文恭。明代修史屬翰苑諸臣，故翰林亦稱太史。

㉚周望　陶望齡，字周望，號石簣，會稽人。萬曆進士。

㉛同年　同年登科者。

㉜闕編二種　指徐文長集殘缺不完之編二種。

㉝石公　袁宏道，號石公。

㉞囹圄　牢獄。

㉟間世　不世出。

㊱禮數　禮遇之等級。

㊲梅克生　名國楨，字克生，麻城人。萬曆進士。累官兵部右侍郎。

㊳無之而不奇　之，往也。奇爲數奇之奇。

〔作　者〕

袁宏道（西元一五六八——一六一〇年），字中郎，號石公。明公安（今湖北省公安縣）人。年十六中秀才，當結社城南，自爲社長。萬曆廿年中進士，累官稽勳郎中。與兄宗道、弟中道，並有才名。時稱三袁。爲詩文主妙悟，尙清眞，反對王世貞、李攀龍等模擬塗飾之文風。時人稱其體爲「公安體」。著有袁中郎集、觴政及明文雋等。

〔說　明〕

本文選自袁中郎集。體裁屬傳誌類。徐文長，名渭，一字天池，晚號青籐山人。明浙江山陰人。生於武宗正德十六年，卒於神宗萬曆二十一年（一五二一——一五九三年），年七十三歲。天才超逸，詩文書畫戲曲皆工。常自言：「吾書第一，詩次之、文又次之、畫又次之。」著有路史分釋及徐文長集等。

本文主旨在寫徐文長才高識遠而竟數奇不遇，抱憤而卒。全文可分六段：首段述文長才高名盛，知兵能謀，而竟不得志於科場仕途。二段述其詩文卓絕，而竟不見知於騷壇。三段述其書畫之致。四段述其憤世自狀之狂態。五段述其晚年詩文益奇。末段爲作者對徐文長之評論，並引梅國楨之語爲證，以見文長無之而不奇，無往而不奇也。

〔批　評〕

全篇以一「奇」字爲眼目，而作兩面敍述：一述其詩奇、文奇、書奇、畫奇、行奇；一述其數奇，未復合爲一道。構思細密，運筆靈活，足可與史家媲美。

過商侯曰：「古人以數奇不得志而死者多有，未有若文長憤極而自戕者。篇中寫詩奇、文奇、以至抱恨而死之奇，總由數奇二字寫來，悲壯淋漓，情事團結，亦是奇筆。」

九四、五人墓碑記

張溥

五人者，蓋當蓼洲周公①之被逮，激於義而死焉者也。至於今，郡之賢士大夫，請於當道，卽除魏閹廢祠之址以葬之②；且立石於其墓之門，以旌其所爲。嗚呼！亦盛矣哉！夫五人之死，去今之墓而葬焉，其爲時止十有一月耳。夫十有一月之中，凡富貴之子，慷慨得志之徒，其疾病而死，死而湮沒不足道者，亦已衆矣，況草野之無聞者歟！獨五人之皦皦③何也？

予猶記周公之被逮，在丁卯④三月之望。吾社⑤之行爲士先者，爲之聲義⑥，斂貲財以送其行；哭聲震動天地。緹騎⑦按劍而前，問「誰爲哀者？」衆不能堪，抶而仆之⑧。是時以大中丞撫吳者，爲魏之私人⑨，周公之逮所由使也，吳之民方痛心焉，於是乘其厲聲以呵，則譟而相逐，中丞匿於溷藩⑩以免。既而以吳民之亂請於朝，按誅五人，曰顏佩韋、楊念如、馬杰、沈揚、周文元，卽今之傫然⑪在墓者也。然五人之當刑也，意氣揚揚，呼中丞之名而詈之，談笑以死。斷頭置城上，顏色不少變。有賢士大夫發五十金，買五人之脰而函之⑫，卒與屍合。故今之墓中，全乎爲五人也。嗟乎！大閹之亂，縉紳而能不易其志者，四海之大，有幾人歟？而五人生於編伍⑬之間，素不聞詩書之訓，激昂大義，蹈死不顧，亦曷故哉？且矯詔紛出，鉤黨⑭之捕，徧於天下，卒以吾郡發憤一擊，不敢復有株治⑮；大閹亦逡巡⑯畏義，非常之謀⑰，難於猝發；待聖人⑱之出，而投繯⑲道路，不可謂非五人之力也。

由是觀之：則今之高爵顯位，一旦抵罪，或脫身以逃，不能容於遠近；而又有翦髮杜門，佯狂不知所之者；其辱人賤行，視五人之死，輕重固何如哉！是以蓼洲周公，忠義暴於朝廷，贈諡⑳美顯，榮於身後；而五人亦得以加其土封，列其姓名於大隄之上；凡四方之士，無有不過而拜且泣者，斯固百世之遇也。不然，令五人者，保其首領，以老於戶牖之下，則盡其天年，人皆得以隸使之；安能屈豪傑之流，扼腕㉑墓道，發其志士之悲哉！故予與同社諸君子，哀斯墓之徒有其石也，而爲之記；亦以明死生之大，四夫之有重於社稷也。賢士大夫者，冏卿因之吳公㉒、太史文起文公㉓、孟長姚公也㉔。

〔注　釋〕

①蓼洲周公　周順昌，字景文，號蓼洲，明吳縣人。萬曆癸丑進士，授福州推官。天啓中，歷官吏部文選司郎中，乞假歸。時太監魏忠賢亂政，給事中嘉善魏大中忤忠賢被逮，道吳門，順昌出餞，與之飲酒三日，並於旂尉前戟手呼忠賢名，罵不絕口。旂尉歸告，因被逮，殺之獄中。

②除魏閹廢祠之址以葬之　魏閹忠賢，熹宗時恃寵擅權，大戮東林黨人，黨羽滿朝廷，生祠徧全國。毛一鷺爲建生祠於虎邱山塘，名普惠祠，至是除去，即以其地爲五人之墓。

③皦皦　光明不滅貌。

④丁卯　明熹宗天啓七年。

⑤吾社　指復社。

⑥聲義　聲揚其義也。

⑦緹騎　逮捕犯人之官役。

⑧衆不能堪，抶而仆之　抶，音ㄔˋ，撻也。蓼洲被逮時，怡然不爲動。比宣旨公廨，巡撫都御史毛一鷺、巡按御史徐吉及道府以下皆在列。小民聚觀者數千人，爭爲公呼冤。諸生文震亨、楊廷樞等直前詰責一鷺，謂：「衆怒不可犯，明公何不緩宣詔書，據實以聞於朝？」一鷺實無意聽諸生，姑好言謝之。巡按御史亦曰：「第無譁，當商所以善後者。」衆方環聽如堵，官旗見議久不決，又訶撫按官不以法繩諸生，輒手擲銀鐺於地有聲，大呼：「囚安在？」且曰：「此魏公命，可緩耶？」衆遂怒曰：「然則僞旨也。」爭折欄楯，奮擊官旗。斃一人，餘負重傷，抱頭東西竄，或升木登屋，或匿厠中，皆戰栗乞命。

⑨是時以大中丞撫吳者，爲魏之私人　大中丞，巡撫也。即巡撫毛一鷺，忠賢黨。

⑩溷藩　厠也。

⑪傫然　憑高衆立貌。

⑫買五人之脰而函之　脰，頸項。函，封合。謂縫合之使頸皮相接也。

⑬編伍　謂平民編入戶口冊者。

⑭鉤黨　相牽引爲同黨也。

⑮株治　株連而逮治也。

⑯逡巡　却退貌。

⑰非常之謀　謀篡竊之謀。

⑱聖人　指明思宗。

⑲投繯　言自縊也。思宗即位，貶魏閹於鳳陽，尋命錦衣衞逮治，行至阜城，賜死，詔磔其屍。

⑳贈諡　崇禎元年，忠賢敗，周公之長子茂蘭，刺血上疏白公寃，詔贈順昌太常寺正卿，諡忠介，予特祠。

㉑扼腕　悲憤之狀。

㉒冏卿因之吳公　書序：「穆王命伯冏爲周太僕正。」後因稱太僕爲冏卿。因之，吳默字，明吳江人。萬曆時，官太僕少卿。

㉓文起文公　名震孟，明吳縣人，徵明之曾孫。以進士授修撰，上疏語侵魏忠賢，廷杖貶秩。崇禎時充日講官，遇事箴規，時稱眞講官。卒諡文肅。

㉔孟長姚公　名希孟，震孟之甥。萬曆進士，與震孟同持淸義，爲閹黨所排。

〔作　者〕

張溥，字天如，明太倉人。生於神宗萬曆三十年，卒於思宗崇禎十四年（西元一六〇二——一六四一年），年四十。幼嗜學，所讀必手抄。與同里張采齊名，號婁東二張。崇禎四年，第進士，改庶吉士。以葬親乞歸，讀書不復出。後集四方名士，倡復社以繼東林，聲勢大盛，執政惡之，幾得禍。輯有漢魏六朝百三名家集，著有七錄齋集十二卷，詩三卷，史論等書。

〔說　明〕

本文選自古今文鈔。體裁屬傳誌類。明末魏閹亂政，興黨錮之禍，天下忠義，死於賊手者，不可勝數。及東林事發，誅戮殆盡。其後吳中諸君子繼之而起，取復興絕學之議，組織復社，聲勢甚盛，招奸人之忌，致有周蓼洲被捕之事。時民情激昂，憤而辱侮奸吏，有司按誅五人。至魏閹投環，郡人請於當道，改葬五義士於魏閹廢祠之址，並立石以旌其所爲。作者爲復社諸君子之一，因爲文記之。碑記乃碑後之無韻語者，然古無此稱，但謂之碑而已。亦有名爲碑記而後復繫以詩銘者，是爲變體也。全文分爲三段：首段敍五人來歷，贊其激於義而死，皦皦如日月，光耀後世。二段言五人死義，視死如歸，功在社稷。末段將魏黨敗辱與五人身後之榮顯，兩相比照，以見死生之大，匹夫之有重於社稷，並點出請於當道者姓字，應起作結。

〔批　評〕

林西仲曰：「拏定激義而死一意，說得有賴於社稷，且有益於人心，何等關係！令一時附閹縉紳，無處生活。文中有原委，有曲折，有發揮，有收拾，華衮中帶斧鉞，眞妙篇也。」

過商侯曰：「句句皆忠義眼淚，讀者那得不感動。」

九五、費宮人傳

陸次雲

費宮人，年十六，未詳其何地人。德容莊麗①。懷宗語周后命侍公主②，主絕憐之③。

宮人見上④憂寇氛昌熾⑤，未嘗不竊抱杞人憂⑥也。王承恩⑦者，懷宗之近侍也，宮人私向之問寇警，承恩曰：「若居深禁⑧，何用知此！」宮人曰：「惟居深禁，不可不知而豫⑨為計也。」承恩奇之。寇愈熾，懷宗憂愈深，宮人之問承恩者愈數⑩。承恩曰：「若何不詢諸他人，而惟予數數也？」宮人曰：「人皆泄泄⑪，孰是以君國為意者！吾見公忠誠，故相問耳！」承恩益奇之，曰：「若云豫為計，計安出？」宮人曰「設不幸，計惟有死；要⑫不可徒死耳！」承恩曰：「古人云：『使生者死，死者復生，生者不食其言，可謂信矣⑬。』若能之乎？」宮人曰：「請驗⑭之異日！」有魏宮人者，年差長⑮於費，亦端麗，素與費善，聞其言，曰：「卿計甚難。吾不能為難者，當其時，惟一死以伸吾志耳！」承恩並奇之。

甲申⑯三月十九日，李自成破都城。王承恩走報帝，帝與后泣別，宮中之人皆環⑰泣。后自縊，袁貴妃亦自縊⑱。帝拔劍，刃嬪妃⑲數人。召公主至，曰：「爾年十五矣，何不幸生我家！」左袖掩面，右手揮刃，斷左臂，未死，手慄而止。隨與承恩至南宮，登萬歲山之壽皇亭⑳自縊；帝居中而承恩右。承恩且從容拜命而相隨於鼎湖㉑也。時尚衣監㉒何新者，趨入宮見帝，不得；見公主仆地，他宮人悉散走，惟費宮人哭侍其側；相與救之而甦。公主曰：「父皇賜我死，我何敢偷生？且賊至，必索宮眷，我終難匿也。」宮人曰：「請以主服賜婢，婢當誑賊以脫主；顧㉓安所往乎？」何新曰：「國丈第㉔可也。」主授衣與婢，泣而與之別。新負主出。李自成射承天門㉕，將入宮，魏宮人大呼曰：「賊人入大內㉖，我輩必受辱，有志者早爲計！」奮身躍入御河㉗。須臾，從之者盈三百。翠積脂凝㉘，河水爲之不流，而香且數日也。

費宮人目送其死而還，服主服，匿眢井㉙中。賊鉤而出，見李自成，曰：「我，長公主也，若不得無禮！」自成見其豐豔，心欲納之，而每陞御座，輒神搖目眩，見白衣人長數丈者在前立，又恍如帝之辟易㉚於其左右也，心畏之而不敢，以賜其愛將羅姓者。羅於闖衝陷攻取，居首功，故自成賜之以酬勳。羅甚喜。宮人曰：「闖命，吾不敢違矣！然我，帝子㉛也。爾能設祭祭先帝，而祔㉜從難太監王承恩於其側，從容盡禮，則從子矣。」羅更喜甚，從其請。宮人泣拜先帝畢，併拜承恩，曰：「王公！王公！爾能死而復生，以驗吾言乎？吾將踐平生言矣！」

諸賊大張樂，爲羅賀。羅痛飲，大醉；入內，宮人亦具酒，爲同牢巹酌㉝，又以大觥㉞連飲羅。羅曰：「吾得子，欲草一疏㉟謝闖王，而愧無文。」宮人曰：「是何難！我能之。君盍寢，俟我撰就語君也。」羅愈喜，陶然㊱就臥，鼾㊲如雷。宮人屏去㊳侍女，挑燈獨坐。聞中外之籟㊴俱靜，於是以纖指挾匕首，睨㊵羅賊之喉力刺之。羅頸裂，負痛躍起，屢仆屢躍而始僵。賊衆驚起，排闥㊶救之，已無及。時華燭㊷尚明，衆見宮人盛妝端坐而無語，審視之，則已剄粉項㊸而悠然逝矣！聞於自成，自成駭歎而禮葬之。遂以爲公主已死而不復索。

〔注釋〕

①德容莊麗　即「德莊容麗」。

②懷宗語周后命侍公主　懷宗，即明崇禎帝。崇禎乃其年號。清兵入關，改葬崇禎帝，尊爲懷宗，謚爲莊烈帝。作者撰此文，時已入清，故稱懷宗。周后，崇禎帝之后。公主，崇禎帝之長女長平公主。

③絕憐之　絕，甚也。憐，愛也。

④上　皇上，指崇禎帝。

⑤寇氛昌熾　寇，指當時流寇李自成、張獻忠等。氛，氣勢也。昌熾，盛大也。

⑥竊抱杞人憂　竊，私也。杞人憂，喻無謂之憂慮也。典見列子天瑞篇。

⑦王承恩　崇禎帝之宦官，官至司禮秉筆太監。詳見明史。

⑧若居深禁　若，猶汝也。深禁，深宮也。

⑨豫　通預。

⑩數　音ㄕㄨㄛˋ，屢也。下「數數」，與此同。

⑪泄泄　怠緩悅從貌。

⑫要　音一ㄠ，總也。

⑬古人云：「使生者死，死者復生，生者不食其言，可謂信矣。」　食，僞也。謂假使二人之中一人死而復活，別一生者仍能信守先前對復活者之諾言，則可謂有信也。典見公羊傳僖公十年。

⑭驗　證也。

⑮差長　差，音ㄘ，略也。長，音ㄓㄤˇ，大也。

⑯甲申　年次。即明懷宗崇禎十七年，清順治元年。

⑰環　圍也。

⑱袁貴妃亦自縊　北京城破，懷宗命袁貴妃自

縊，繩斷，復活；懷宗拔劍砍其肩，仍未死。清人入關，命有司給其錢穀，贍養終身。詳見明史卷一一四。

⑲刃嬪妃　刃，動詞，殺也。嬪妃，宮中之婦女也。

⑳萬歲山之壽星亭　萬壽山，即今北平景山，俗稱煤山，在舊紫禁城神武門外。壽星亭，即今景山之壽星殿。

㉑鼎湖　指去世之帝王。史記封禪書：「黃帝鑄鼎於荊山下，鼎成，乘龍上昇。後人因名其處曰鼎湖。」

㉒尚衣監　官名。明代所設，掌供天子衣服，由宦官任之。

㉓願　祇也。

㉔國丈第　國丈，即周后父奎。第，住宅也。

㉕李自成射承天門　承天門，在北京舊紫禁城內，即今天安門，明時爲皇極殿之正門。時李自成入承天門，張弓指門匾曰：「設矢中天字，必能一統天下。」矢發，中天字下，自成不悅，僞相牛金星曰：「中天字之下，即中今天下。」自成始喜。詳見綱鑑易知錄第十卷。

㉖大內　天子之內宮也。

㉗御河　紫金城之護城河也。

㉘翠積脂凝　翠，指宮人珠翠之首飾。脂，指宮人之脂粉。翠積脂凝，狀宮人投河而死之多也。

㉙眢井　眢，ㄩㄢ，目無明也。眢井，廢井也。

㉚辟易　辟，通避。辟易，退避也。

㉛子　猶女也。

㉜祔　祭名，後死者附祭於祖先曰祔。

㉝同牢巹酌　牢，古供祭祀或享賓客所用牛、羊、豕等牲也。巹，音ㄐㄧㄣˇ，剖瓠爲之，所以盛酒也。古夫婦於新婚之夜，有同牢而食、合巹而飲之禮。

㉞觥　音ㄍㄨㄥ，酒杯，容七升。

㉟欲草一疏　草，起草也。疏，音ㄕㄨˋ，臣下

書於君主之文書也。

㊱陶然　樂貌。

㊲齁　音ㄏㄡ，鼻息聲。

㊳屏去　遣走也。

㊴籟　本指孔竅所發之聲，此泛指一切聲音也。

㊵睨　斜視也。此有看準之意。

㊶排闥　闥，音ㄊㄚˋ，門也。排闥，開門也。

㊷華燭　華，音ㄏㄨㄚ，花之古字。華燭，即花燭。

㊸已剄粉項　剄，以刀割頸也。粉項，狀女子頸項之柔白。

〔作　者〕

陸次雲，字雲士，清浙江錢塘（今浙江省杭州市）人。生卒年不詳。聖祖康熙十八年，首開博學鴻儒科，次雲奉召應試，未遇，歸古里。後知河南陜縣，丁憂歸里。復起爲江陰知縣，頗有政績。

次雲長史學，工詩文。志節高潔，愛收明季忠義節烈之逸聞。著有八紘譯史、荒史、湖壖雜記、澄江集、玉山詞多種，後人輯爲陸雲士雜著。

〔說　明〕

本文選自鄭澍若所編虞初續志。體裁屬傳誌類。費，姓。宮人，宮女。費宮人以一弱女子，壯烈殉國，而不讓鬚眉，何其可貴！陸次雲入清之後，爲之立傳，當具深意焉。文分五段：首段言費宮人之生平。次段言宮人身居宮中，時思國難。三段言闖賊破京，宮人設計使公主逃生。四段言闖賊賞宮人於羅，而宮人蓄志殺羅。末段言宮人刺羅及其自殉之經過。

〔批　評〕

傳記之難，難在傳神，而此篇之難，業爲雲士所双解。觀其記費宮人刺羅之從容，誠恬靜也；羅見刺後之屢躍，誠振動也；而一靜一動，强烈對照，益使閱者心驚魄動，而顯費宮人之奇特不凡也。

九六、史記項羽本紀贊

司馬遷

太史公曰：「吾聞之周生①曰：『舜目蓋重瞳子②。』又聞項羽③亦重瞳子，羽豈其苗裔④邪？何興之暴也？夫秦失其政，陳涉首難⑤，豪傑蠭起⑥，相與並爭，不可勝數。然羽非有尺寸，乘勢起隴畝之中，三年，遂將五諸侯⑦滅秦，分裂天下而封王侯，政由羽出，號爲霸王。位雖不終，近古以來，未嘗有也。

及羽背關懷楚⑧，放逐義帝⑨而自立，怨王侯⑩叛己，難矣！自矜功伐⑪，奮其私智而不師古，謂霸王之業，欲以力征，經營天下。五年，卒亡其國。身死東城⑫，尚不覺寤，而不自責，過矣！乃引『天亡我，非用兵之罪也』，豈不謬哉？」

〔注　釋〕

①周生　漢時儒者。

②重瞳子　目中有兩眸子。

③項羽　名籍，秦末下相（今江蘇省宿遷縣西）人。楚將項燕之後，隨項梁起兵，自封西楚霸王，後爲高祖所敗。

④苗裔　後嗣也。

⑤陳涉首難　陳涉名勝，秦陽城（今河南省登封縣東南）人。秦二世元年，與吳廣起兵反秦。自立爲王，後爲其御莊賈所殺。首難，首先發難。

⑥蠭起　蠭，同蜂。謂交錯雜沓也。

⑦五諸侯　燕、齊、韓、魏、趙等五國諸侯。

⑧背關懷楚　背關，棄關中形勝之地。懷楚，思東歸楚而都彭城。

⑨義帝　即楚懷王孫心，項梁所立，項羽尊爲義帝。後徙之長沙，陰令吳芮、共敖擊殺於江中。

⑩王侯　指燕王韓廣、齊王田榮、漢王劉邦等。

⑪伐　功也。

⑫東城　縣名，在今安徽定遠縣東南。

〔作　者〕

見本書第三七篇作者欄。

〔說　明〕

本文選自史記。體裁屬序跋類。紀者，記也。本其事而記之，故曰本紀。項羽入咸陽，殺子嬰，燔秦宮室，於是分裂天下而封王侯，政自己出，號爲霸王，代秦而號令天下者，五年於茲。史遷敍項羽之事，以其人係天下之本，故列爲本紀也。既敍其事之始末，復以己意贊之。本文主旨在評論項羽一生之成敗。文分三段：首段言舜與羽皆重瞳子，羽殆舜之後嗣。二段敍羽之興，入關滅秦，號令天下。明所以列入本紀之意。三段言羽自矜功伐，奮其私智而不師古，以暴興，即以暴亡。

〔批評〕

「何與之暴」係一篇綱類，全文皆就此下筆。

林西仲曰：「開首喝出暴字，是項羽一生定評。通篇以此字作骨。其引舜目重瞳，亦非閒話，乃借一至仁之主，與至暴者相形耳。」

吳楚材曰：「一贊中五層轉折，唱歎不窮，而一紀之神情已盡。」

九七、史記游俠列傳序

司馬遷

韓子①曰：「儒以文亂法，而俠以武犯禁②。」二者皆譏，而學士多稱於世云。至如以術取宰相卿大夫，輔翼其世主，功名俱著於春秋，固無可言者。及若季次③、原憲④，閭巷人也，讀書懷獨行君子之德，義不苟合當世，當世亦笑之。故季次、原憲，終身空室蓬戶，褐衣疏食不厭，死而已⑤四百餘年，而弟子志之不倦。今游俠，其行雖不軌⑥於正義，然其言必信，其行必果，已諾必誠，不愛其軀，赴士之阨困，既已存亡死生矣⑦，而不矜其能，羞伐其德，蓋亦有足多⑧者焉。

且緩急人之所時有也。太史公曰：「昔者虞舜窘於井廩⑨，伊尹負於鼎俎⑩，傅說匿於傅險⑪，呂尙困於棘津⑫，夷吾桎梏⑬，百里飯牛⑭，仲尼畏匡⑮，菜色陳蔡⑯。此皆學士所謂有道仁人也，猶然遭此菑，況以中材而涉亂世之末流乎？其遇害何可勝道哉！」鄙人有言曰：「何知仁義，已饗其利者爲有德。」故伯夷醜周⑰，餓死首陽山，而文武不以其故貶王。跖、蹻[18]暴戾，其徒誦義無窮。由此觀之，「竊鉤者誅，竊國者侯，侯之門，仁義存[19]。」非虛言也。今拘學或抱咫尺之義[20]，久孤於世，豈若卑論儕俗[21]，與世沈浮，而取榮名哉？而布衣之徒，設取予然諾，千里誦義，爲死不顧世，此亦有所長，非苟而已也。故士窮窘而得委命，此豈非人之所謂賢豪間[22]者邪！誠使鄉曲[23]之俠[24]，予季次、原憲比權量力，效功於當世，不同日而論矣。要以功見言信，俠客之義，又曷可少哉？

古布衣之俠，靡得而聞已。近世延陵[25]、孟嘗[26]、春申[27]、平原[28]、信陵[29]之徒，皆因王者親屬，藉於有土卿相之富厚，招天下賢者，顯名諸侯，不可謂不賢者矣。此如「順風而呼，聲非加疾」[30]，其勢激也。至如閭巷之俠，脩行砥名，聲施於天下，莫不稱賢，是爲難耳。然儒墨皆排擯不載，自秦以前，匹夫之俠，湮滅不見，余甚恨之。以余所聞，漢興有朱家[31]、田仲[32]、王公[33]、劇孟[34]，郭解[35]之徒，雖時扞當世之文罔[36]，然其私義廉潔退讓，有足稱者。名不虛立，士不虛附。至如朋黨[37]，宗彊[38]比周[39]，設財役貧；豪暴侵凌孤弱，恣欲自快，游俠亦醜之。余悲世俗不察其意，而猥㊵以朱家、郭解等，令與暴豪之徒同類而共笑之也。

〔注釋〕

①韓子　即韓非，戰國時人，喜刑名法術之學，使秦，爲李斯所害。

②儒以文亂法而俠以武犯禁　語見韓非子五蠹篇。

③季次　公晳哀，字季次，未嘗仕，孔子稱之。事見史記仲尼弟子列傳。

④原憲　字子思，孔子弟子，性狷介。見史記仲尼弟子列傳。

⑤已　止也。至也。

⑥軌　合也。

⑦存亡死生　李笠史記訂補：「案存亡死生，當作存亡生死。謂亡者存之，死者生之也。」

⑧多　稱道也。

⑨虞舜窘於井廩　謂瞽叟使舜塗廩，而以火焚之。又使舜浚井，而以土實之。事見史記五帝本紀。

⑩伊尹負於鼎俎　鼎俎，割烹之器。謂伊尹負鼎俎，以滋味說湯也。事見史記殷本紀。

⑪傅說匿於傅險　傅險，即傅巖，在今山西平陸縣東。謂傅說匿於傅險之下，而爲版築。事見史記殷本紀。

⑫呂尙困於棘津　呂尙，本姓姜，其先祖封於呂，從其封姓。名尙，字子牙，號太公望。棘津，在河南延津縣東北，又名石濟津，今湮。尉繚子：「太公望行年七十，賣食棘津。」

⑬夷吾桎梏　夷吾，管仲名夷吾。桎梏，刑具。公子糾敗，管仲請囚，及堂阜而脫桎梏，得見桓公焉。事見左傳莊公九年。

⑭百里飯牛　百里名奚，春秋虞人。嘗飯牛車下，以干秦穆公，穆公委之以政。

⑮仲尼畏匡　畏，有戒心也。匡，地名，在今

河南扶溝縣西。魯定公十四年，孔子經匡地，匡人誤以爲陽虎，圍而欲殺之，五日始得脫。事見史記孔子世家。

⑯菜色陳蔡　魯哀公四年，孔子在陳蔡之間，楚欲聘之，陳蔡大夫懼孔子爲楚所用，圍之於野，孔子等絕糧，後使子貢至楚，昭王興師迎之，始得脫。

⑰伯夷醜周　醜，恥也。謂伯夷以武王伐紂爲可恥。

⑱跖蹻　跖，柳下惠之弟盜跖。蹻，楚莊王之弟莊蹻。

⑲竊鉤者誅四句　語出莊子胠篋篇。方苞曰：「竊鉤者誅，喩俠客之捍文網也；竊國者侯，喩弘湯誣上殘民，以竊高位也。侯之門仁義存，譏世人不知弘湯之醜而稱美之也。」

⑳咫尺之義　咫，八寸也。言片段拘束之義。

㉑儕俗　儕，合也。謂合於世俗。

㉒間　音ㄐㄧㄢˋ，特出。

㉓鄉曲　窮鄉僻壤。

㉔予　與也。

㉕延陵　吳公子季札，封於延陵，號延陵季子，見史記吳世家。

㉖孟嘗　齊公子孟嘗君田文。

㉗春申　楚公子春申君黃歇。

㉘平原　趙公子平原君趙勝。

㉙信陵　魏公子信陵君無忌。

㉚順風而呼，聲非加疾　語出荀子勸學篇。

㉛朱家　漢初魯人，以俠聞，所藏活豪士以百數。

㉜田仲　漢初楚人。喜劍術，以俠聞，父事朱家。

㉝王公　即王孟，漢符離（今安徽宿縣）人，俠名聞於江淮。

㉞劇孟　漢洛陽人，俠名顯於當世。

㉟郭解　漢軹（今河南濟源縣）人。漢之游俠，朱家後首推郭解，後爲公孫弘所殺。

㊱文罔　罔，同網。文罔，法網。

㊲朋黨　引朋爲黨，相互依附者。

㊳宗疆　强族大戶。
㊴比周　相互朋比結納。
㊵猥　苟也。濫也。

〔作　者〕

見本書第三七篇作者欄。

〔說　明〕

本文選自史記。體裁屬序跋類。立氣齊，作威福，結私交，以立彊於世者，謂之游俠。本文乃史記游俠列傳前之總序，主旨在說明游俠雖時捍當世文網，然其私義廉潔退讓，有足稱者，不可輕視之也。文分三段：首段言游俠雖不軌於正義，然其言必信，行必果，赴士之困厄而不矜功伐德，誠屬難能可貴。二段言緩急人之所時有，游俠濟人之困厄，實不可無。三段言秦前游俠，以儒墨排擯不載，湮沒不見。而漢興有朱家郭解之徒，其私義廉潔退讓，與豪暴之徒實大異其趣。

〔批　評〕

全文諮嗟慷慨，感嘆宛轉，反覆排比，層層推進，允爲絕妙好文。

吳楚材曰：「凡六贊游俠，多少抑揚，多少往復，胸中犖落，筆底攄寫，極文心之妙。」

過商侯曰：「不矜其功，不伐其德，此是儒者絕大本領，俠而有之，俠而儒矣。今劈頭先將行不軌於正義斷倒，然後層層說入，曰有足多，曰非苟而已，曰賢豪間，曰曷可少，曰是爲難，曰有足稱，若爲慕義無窮，非眞重俠而輕儒也。只爲緩急人所時有，胸中自有感觸耳。故讀伯夷、晏嬰、貨殖等篇，作太史公文看，便有理會，作列傳看，便沒分曉。班固譏其崇勢利，而羞貧賤，亦未諒及此也。」

九八、史記貨殖列傳序

司馬遷

老子曰：「至治之極，鄰國相望，鷄狗之聲相聞，民各甘其食，美其服，安其俗，樂其業，至老死不相往來①。」必用此爲務，輓近世②，塗民耳目，則幾無行矣。

太史公曰：「夫神農以前，吾不知已。至若詩書所述，虞夏以來，耳目欲極聲色之好，口欲窮芻豢③之味，身安逸樂，而心誇矜勢能之榮，使俗之漸④民久矣。雖戶說以眇論⑤，終不能化。故善者因之⑥，其次利道之⑦，其次教誨之，其次整齊之，最下者與之爭⑧。」夫山西⑨饒材、竹、穀⑩、纑⑪、旄⑫、玉石，山東⑬多魚、鹽、漆、絲、聲色；江南出枏⑭、梓、薑、桂、金、錫、連⑮、丹沙、犀、瑇瑁、珠璣⑯、齒、革；龍門⑰碣石⑱北多馬、牛、羊、旃裘⑲、筋、角，銅鐵則千里往往山出棊置⑳，此其大較也㉑。皆中國人民所喜好，謠俗被服飲食奉生送死之具也。故待農而食之，虞㉒而出之，工而成之，商而通之。此寧有政教發徵期會哉？人各任其能，竭其力，以得所欲。故物賤之徵貴，貴之徵賤㉓。各勸其業，樂其事，若水之趨下，日夜無休時。不召而自來，不求而民出之，豈非道之所符，而自然之驗邪？

周書㉔曰：「農不出，則乏其食；工不出，則乏其事；商不出，則三寶㉕絕；虞不出，則財匱少，財匱少，而山澤不辟㉖矣。」此四者，民所衣食之原也。原大則饒，原小則鮮㉗。上則富國，下則富家。貧富之道，莫之奪予，而巧者有餘，拙者不足。故太公望㉘封於營丘㉙，地潟鹵㉚，人民寡。於是太公勸其女功，極技巧，通魚鹽，則人物歸之，繦至㉛而輻湊㉜。故齊冠帶衣履天下，海岱之間㉝，斂袂而往朝焉。其後齊中衰，管子修之。設輕重㉞九府㉟，則桓公以霸，九合諸侯，一匡天下。而管氏亦有三歸㊱，位在陪臣㊲，富於列國之君，是以齊富彊至於威宣㊳也。

故曰：「倉廩實而知禮節，衣食足而知榮辱㊴。」禮生於有而廢於無。故君子富，好行其德；小人富，以適其力。淵深而魚生之，山深而獸往之，人富而仁義附焉。富者得勢益彰，失勢則客無所之㊵。以而㊶不樂，夷狄益甚。諺曰：「千金之子，不死於市。」此非空言也。故曰：「天下熙熙㊷，皆為利來；天下壤壤㊸，皆為利往。」夫千乘之王，萬家之侯，百室之君，尚猶患貧，而況匹夫編戶之民㊹乎？

〔注釋〕

①老子曰八句　見老子第八十章，而文字略異。

②輓近世　輓，與挽通。謂挽回近世習俗。

③芻豢　芻，草食之獸類。豢，穀食之獸類。

④漸　音ㄐㄧㄢ，染也。習而徐變也。

⑤眇論　眇，同妙。眇論，微妙之論，指老子清靜無為之說。

⑥善者因之　因，循也，順應自然。謂治民之術，最善者順應自然，指神農以前人而言。

⑦其次利道之　道，同導。其次因勢利導，指太公一流而言。

⑧最下者與之爭　最下者與民爭利，指武帝行鹽鐵平準之制。

⑨山西　太行山以西。

⑩穀　木名，即楮也，皮可以造紙。

⑪纑　紵屬，可為夏布。

⑫旄　犛牛尾也。

⑬山東　太行山以東。

⑭柟　俗作楠。

⑮連　與鏈通，鉛之未鍊者。

⑯璣　珠不圜者。

⑰龍門　山名，在今山西龍門縣。

⑱碣石　山名，在今河北樂亭縣。

⑲旃裘　旃與氈通。氈裘，以毛織製之衣，胡人所服。

⑳棊置　如圍棋之置於棋盤，處處皆有也。

㉑大較　大略。

㉒虞　掌山澤苑囿之官。

㉓物賤之徵貴，貴之徵賤　徵，驗也。謂物賤極則人棄之，可驗其必將貴也。貴極則人取之，可驗其必將賤也。

㉔周書　書經周書逸文。

㉕三寶　謂食、事、財也。

㉖辟　與闢通，開發也。

㉗鮮　音ㄒㄧㄢˇ，匱乏也。

㉘太公望　即呂尚，本姓姜，呂其氏也。名尚，字子牙，號太公望，輔武王伐紂而有天下，封於齊。見史記齊世家。

㉙營丘　齊地，在今山東省昌樂縣東南。

㉚潟鹵　潟，音ㄒㄧˋ。鹵，音ㄌㄨˇ。瀕海鹹鹵之地。

㉛繈至　繈，或作襁，織縷爲之，以約小兒於背者。論語子路篇：「夫如是，則四方之民襁負其子而至矣。」謂四方之民繈負其子而至齊也。

㉜輻湊　湊，或作輳，聚也。謂四方之物聚於齊，如車輻之聚於轂也。

㉝海岱之間　海，東海。岱，泰山。海岱之間，即齊國也。

㉞輕重　謂錢也。管子書有輕重七篇。

㉟九府　周時掌財幣之官：大府、玉府、內府、外府、職內、職幣（以上見周禮天官）、泉府（地官）、天府（春官）、職金（夏官）。

㊱三歸　即三歸之家，謂離宮別墅也。韓非子外儲說左下：「（管仲）曰：臣貴矣，然而臣貧。桓公曰：使子有三歸之家。」

㊲陪臣　陪，重也。諸侯之大夫，對天子自稱陪臣。

㊳威宣　齊威王、宣王。

㊴倉廩食而知禮節二句　語見管子牧民篇。

㊵失勢則客無所之　之，往也。謂一朝失勢，則趨炎附勢之徒，皆無容身之地。

㊶以而　同「已而」，旋即也。

㊷熙熙　煩囂之貌。

㊸壤壤　衆多之貌。

㊹編戶之民　謂平民也。民戶編列於册籍，謂之編戶。

〔作　者〕

見本書第三七篇作者欄。

〔說　明〕

本文選自史記。體裁屬序跋類。貨，財貨也。殖，生也。生資貨財利者，謂之貨殖，即商賈之屬也。本文爲史記貨殖列傳前之總序，主旨在說明商賈貨殖爲四民之一，亦民所衣食之原也，不可或缺，且有助於道德仁義之行，不可等閑視之也。文分四段：首段引老子之言，斷其不行於今，此見貨殖之興，出乎自然。二段言商賈通有無，與農工虞各勸其業，各遂其生，皆道之所符而自然之驗也。三段言齊通商賈之利而國富民裕，朝諸侯，霸天下。四段言富利之效，商賈之功不可沒，以明作傳之由。

〔批　評〕

全文夾議夾敍，出入變化不可捉摸，史遷爲文之奇，於此可見一斑。

王鏊曰：「貨殖傳議論未了，忽出敍事；敍事未了，又出議論；作文奇亦甚矣。」

吳楚材曰：「天地之利本是有餘，何至于貧？貧始于患之一念，而弊極于爭之一途，故起處全寄想夫至治之風也。史公豈眞豔貨殖者哉？」

九九、史記酷吏列傳序

司馬遷

孔子曰：「導之以政，齊之以刑，民免而無恥。導之以德，齊之以禮，有恥且格①。」老氏稱：「上德不德，是以有德；下德不失德，是以無德②。」「法令滋章，盜賊多有③。」太史公曰：信哉是言也。法令者，治之具，而非制治清濁之源也。昔天下之網嘗密矣，然姦僞萌起。其極也，上下相遁，至於不振。當是之時，吏治若救火揚沸，非武健嚴酷，惡能勝其任而愉快乎？言道德者，溺其職矣。故曰：「聽訟，吾猶人也，必也使無訟乎④？」「下士聞道，大笑之⑤。」非虛言也。漢興，破觚而爲圜⑥，斲雕而爲朴⑦，網漏於吞舟之魚，而吏治烝烝⑧，不至於姦，黎民艾安⑨。由是觀之，在彼不在此⑩。高后時，酷吏獨有侯封，刻轢宗室，侵辱功臣。呂氏已敗，遂禽侯封之家。孝景時，鼂錯以刻深，頗用術輔其資，而七國之亂⑪，發怒於錯，錯卒以被戮。其後有郅都，甯成⑫之屬。

〔注釋〕

① 導之以政，齊之以刑，民免而無恥。導之以德，齊之以禮，有恥且格　語見論語爲政篇。齊，整飭也。格，至也。正也。

② 上德不德四句　語見老子第三十八章。

③ 法令滋章，盜賊多有　語見老子第五十七章。章，通彰。

④ 聽訟三句　語見論語顏淵篇。

⑤ 下士聞道，大笑之　語見老子第四十一章。

⑥ 破觚而爲圜　觚，方也。謂除秦嚴法，而與民約法三章也。

⑦ 斲雕而爲朴　雕，通琱。朴，通樸。謂去華美而爲質樸也。

⑧ 烝烝　興起貌。

⑨ 艾　通嬖，治也。

⑩ 在彼不在此　謂在道德而不在酷刑也。

⑪ 七國之亂　吳、楚、趙、膠西、濟南、菑川、膠東作亂，時在景帝三年。

⑫ 郅都、甯成　郅都，楊人，施法嚴酷，不避貴戚，列侯宗室，側目而視，號曰蒼鷹。景帝時，中以漢法，坐斬。甯成，穰人，治效郅都，廉則弗如，後歸家置產，威重於郡守。

〔作者〕

見本書第三七篇作者欄。

〔說明〕

本文選自史記。體裁屬序跋類。該文所傳酷吏，計有郅都、甯成、周陽由、趙禹、張湯、義縱、王溫舒、尹齊、楊僕、減宣、杜周，全爲漢人，與該書循吏傳所載無一漢人，遙相呼應，實已暴露是時政刑之嚴酷。史公於文中亟言施法嚴酷，但可收效一時，而正本清源，則捨道德莫由；不然，勢必法令滋章，盜賊多有，故慨乎言之：「在彼不在此」，實堪人深思體會也。

〔批　評〕

林西仲曰：「道德不足以化民，然後不得已而用酷吏；但傳內郅都等十人，皆漢臣也。豈可直言漢德之衰？故序中只兩引孔、老，而以秦法繁苛，漢初寬簡，其治效相形一番，輕重自見。玩法令者，治之具二句，可謂要言不煩。」

一〇〇、史記孔子世家贊

司馬遷

太史公曰：「詩有之：『高山仰止，景行行止①。』雖不能至，然心鄉往之。余讀孔氏書，想見其爲人。適魯，觀仲尼廟堂，車服禮器，諸生以時習禮其家，余祗回留之，不能去云②。天下君王，至于賢人，衆矣。當時則榮，沒則已焉。孔子布衣，傳十餘世，學者宗③之。自天子王侯，中國言文藝者，折中於夫子④，可謂至聖矣。」

〔注釋〕

①高山仰止，景行行止　語見詩經小雅車舝篇。景，大也。上「行」音ㄒㄧㄥˊ，下「行」音ㄒㄧㄥˋ。二「止」並語詞，無義。

②祗回留之，不能去云　「祗」，一本作「低」。祗，敬也。云，語詞，無義。謂祗敬遲迴，不能去之。作「低回」，義亦通。

③宗　主也。

④折中於夫子　折，斷也。中，當也。謂皆據孔子之言，調節過與不及，使合乎中道也。

〔作者〕

見本書第三七篇作者欄。

〔說　明〕

本文選自史記。體裁屬序跋類。世家，乃史記體裁之一，專記諸侯之事，而孔子布衣，史公載以世家，蓋孔子雖無諸侯之名，君王之位，而其學術思想，卓然成家，當之而無愧，宜乎世有素王之稱；不然，出以列傳，則與其門弟子之傳（仲尼弟子列傳），全然無別，史公隻眼別具，誠識見超邁之良史也。

〔批　評〕

林西仲曰：「爲夫子作贊，若提起道德來，請問從何處說起？此惟綏綏引詩自述，莫測高深，僅有嚮往之誠。故讀其書也，以想見其人爲嚮往；觀其廟堂也，以低囘不去爲嚮往，總未道著夫子一字也，然後以天下有位而貴，有德而賢者，互較一番，見他人不過一時之榮，而夫子乃萬世之宗，末言六藝折中，亦就人之嚮往上說。忽以至聖兩字作結，而道德之尊，已在其內，何等省力！此極輕極鬆之筆。」

一〇一、蘭亭集序

王羲之

永和九年①，歲在癸丑，暮春之初，會于會稽山陰②之蘭亭③，脩禊④事也。羣賢畢至，少長咸集。此地有崇山峻嶺，茂林脩竹，又有清流激湍，映帶左右。引以爲流觴曲水⑤，列坐其次。雖無絲竹管絃之盛，一觴一詠，亦足以暢敘幽情。

是日也，天朗氣清，惠風和暢，仰觀宇宙之大，俯察品類之盛，所以游目騁懷，足以極視聽之娛，信可樂也。

夫人之相與，俯仰一世，或取諸懷抱，晤言一室之內；或因寄所託，放浪形骸之外。雖趣舍萬殊，靜躁不同，當其欣於所遇，蹔得於己，快然自足，不知老之將至。及其所之既倦，情隨事遷，感慨係之矣！向之所欣，俛仰之間，已爲陳跡，猶不能不以之興懷；況脩短隨化⑥，終期於盡。古人云：「死生亦大矣⑦。」豈不痛哉！

每覽昔人興感之由，若合一契，未嘗不臨文嗟悼，不能喻之於懷。固知一死生⑧爲虛誕，齊彭殤⑨爲妄作。後之視今，亦猶今之視昔，悲夫！故列敍時人⑩，錄其所述⑪，雖世殊事異，所以興懷，其致一也。後之覽者，亦將有感於斯文。

〔注釋〕

①永和九年　永和，東晉穆帝年號。九年，當西元三五三年。

②會稽山陰　會稽，郡名（今江蘇省東南部及浙江省東部南部皆其地）。山陰，縣名，即今浙江紹興縣。爲郡治所在。

③蘭亭　今浙江紹興縣西南二十七里有蘭渚，渚有亭，即蘭亭。今亭已廢。

④脩禊　脩，通修。禊，音丁一ˋ，祓除不祥也。三月上巳日，臨水洗濯，以祓除不祥，謂之修禊。

⑤流觴曲水　古人修禊之日，與會者列坐曲水之旁，以漆製羽觴盛酒置水上游，任其順流而下，止則取而飮之。荊楚歲時記：「三月三日，四民並出水渚，爲流觴曲水之飮。」

⑥脩短隨化　言生命長短，隨造化之安排也。

⑦死生亦大矣　莊子德充符篇：「仲尼曰：死生亦大矣。」

⑧一死生　謂視死生如一也。

⑨齊彭殤　彭，彭祖，年八百歲。殤，未成人夭折也。齊彭殤謂視彭祖與殤子如一而無別也。莊子齊物論：「莫壽於殤子，而彭祖爲夭。」

⑩時人　指與會之人。

⑪所述　指與會者所作之詩。

〔作　者〕

王羲之，字逸少，原籍臨沂（今山東臨沂縣）。西晉亡，遷居會稽。生於元帝大興四年，卒於孝武帝太元四年（西元三二一——三七九年），年五十九。

羲之幼訥於言，人未之奇，年十三，謁周顗，顗察而異之，時重牛心炙，坐客未啗，顗先割啗羲之，於是始知名。及長辯贍，以骨鯁稱。起家秘書郎，征西將軍庾亮請爲參軍，累遷長史。亮臨薨，上疏稱羲之清貴有鑒裁，遷寧遠將軍，江州刺史。復拜右軍將軍，會稽內史，世稱王右軍。永和十一年，以與揚州刺史王述不協，辭官歸隱。既去官，與東土人士盡山水之游，弋釣爲娛。又與道士許邁共修服食，採藥石不遠千里，徧遊東中諸郡，窮諸名山，泛滄海。

羲之擅長書法，其草隸爲古今冠，論者稱其筆勢飄若游雲，矯若驚龍。其最爲蘭亭集序、樂毅論、黃庭經。其子獻之，與羲之共稱二王。

〔說　明〕

本文選自晉書王羲之傳。體裁屬序跋類。東晉穆帝永和九年（西元三五三年）三月三日，王羲之與謝安、孫綽、郗曇、魏滂等名士三十二人，及凝之、渙之、元之、獻之等九人，修祓禊之會於蘭亭，因作此序。本文主旨因記蘭亭之會，而嘆人生無常，並斥一死生，齊彭殤之說爲虛妄。文分四段：首段敘集會之時間、地點、人物，及集會之由。次段敍是日天氣足以仰觀俯察，點出一樂字。三段敍人有靜躁之不同，而得意感慨則一，引出一悲字。四段敘古今人情無不同，皆與感於死生之際，因斥一死生齊彭殤之繆。並敍作序之由。

〔批　評〕

林西仲曰：「晉尚清談，當時士大夫，無不從風而靡，剽竊老莊唾餘，漠然無情，外其形骸，以仁義爲土梗，名敎爲桎梏，遂致風俗頹敝，國步改移。右軍有心人也，雖欲力肆觝排，而狂瀾難挽，不得不於勝會之時，忽然以死生之痛，感慨傷懷，而長歌當哭，以爲感動。其曰一死生爲虛誕，齊彭殤爲妄作，明明力肆觝排，則砥柱中流，主持世敎之意，尤爲大著。古人遊覽之文，亦不苟作如此。其筆意疏曠淡宕，漸近自然，如雲氣空濛，往來紙上。後來惟陶靖節文，庶幾近之，餘遠不及也。」

吳楚材曰：「通篇著眼在死生二字；只爲當時士大夫務淸談，鮮實效，一死生，而齊彭殤，無經濟大略；故觸景興懷，俯仰若有餘痛。但逸少曠達人，故雖蒼涼感嘆之中，自有無窮逸趣。」

一〇二、春夜宴從弟桃花園序

李　白

夫天地者，萬物之逆旅①也；光陰者，百代之過客也。而浮生若夢，爲歡幾何？古人秉燭夜遊，良有以也。況陽春召我以煙景，大塊②假我以文章。會桃花之芳園，序天倫之樂事。羣季③俊秀，皆爲惠連④；吾人詠歌，獨慚康樂⑤。幽賞未已，高談轉淸。開瓊筵以坐花，飛羽觴而醉月。不有佳詠，何伸雅懷？如詩不成，罰依金谷酒數⑥。

〔注　釋〕

①逆旅　客舍也。

②大塊　天地也。

③羣季　謂諸弟

④惠連　謝惠連有文才，爲族兄靈運所稱賞，後因以爲美弟之稱。

⑤康樂　即謝靈運，謝玄之孫，南朝宋夏陽人。少博學，工書畫，詩文俊發。後襲祖爵爲康樂侯，故世稱謝康樂。

⑥金谷酒數　晉石崇有金谷園，宴賓園中，賦詩不成者，罰酒三斗。

〔作　者〕

見本書第四二篇作者欄。

〔說　明〕

本文選自李太白集。體裁屬序跋類。桃花園爲長安名園，太白與諸弟春夜燕飲其中，賦詩連吟，因作此序。全文分爲二段：首段言浮生若夢，宜乎及時行樂。次段言諸弟俊秀，不可無詩以助雅興。

〔批　評〕

吳楚材曰：「發端數語，已見瀟灑風塵之外；而轉落層次，語無泛設，幽懷逸趣，辭短韻長，讀之增人許多情思。」

過商侯曰：「只起首二句，便是天仙化人語。胸中有此曠達，何日不堪宴！春夜桃李，特其寄焉耳。」

一〇三、愚溪詩序

柳宗元

灌水之陽①有溪焉，東流入於瀟水②。或曰：「冉氏嘗居也，故姓是溪爲冉溪。」或曰：「可以染也，名之以其能③，故謂之染溪。」余以愚觸罪④，謫瀟水上，愛是溪，入二三里，得其尤絕者家焉。古有愚公谷⑤，今予家是溪，而名莫定，土之居者猶齗齗然⑥；不可以不更也，故更之爲愚溪。

愚溪之上，買小丘，爲愚丘。自愚丘東北行六十步，得泉焉，又買居之，爲愚泉。愚泉凡六穴，皆出山下平地，蓋上出也。合流屈曲而南，爲愚溝。遂負土累石，塞其隘⑦，爲愚池。愚池之東，爲愚堂。其南，爲愚亭。池之中，爲愚島。嘉木異石錯置，皆山水之奇者，以余故，咸以愚辱焉。

夫水，智者樂也⑧；今是溪獨見辱於愚，何哉？蓋其流甚下，不可以灌溉；又峻急，多坻石⑨，大舟不可入也；幽邃淺狹，蛟龍不屑，不能興雲雨，無以利世，而適類於余，然則雖辱而愚之，可也。

甯武子邦無道則愚⑩，智而爲愚者也；顏子終日不違如愚⑪，睿而爲愚者也；皆不得爲眞愚。今余遭有道，而違於理，悖於事，故凡爲愚者，莫我若也。夫然，則天下莫能爭是溪，余得專而名焉。

溪雖莫利於世，而善鑒萬類；淸瑩秀澈，鏘鳴金石；能使愚者喜笑眷慕，樂而不能去也。余雖不合於俗，亦頗以文墨自慰，漱滌萬物，牢籠⑫百態，而無所避之。以愚辭歌愚溪，則茫然而不違，昏然而同歸，超鴻蒙⑬，混希夷⑭，寂寥而莫我知也。於是作八愚詩于溪石上。

〔注釋〕

①灌水之陽　灌水，瀟水支流，在今湖南零陵縣。陽，水北曰陽。

②瀟水　源出湖南寧遠縣南九疑山，北流至零陵縣西北而入湘水，故自古並稱瀟湘。

③能　謂功能，作用。

④余以愚觸罪　觸罪，猶犯罪。憲宗時，子厚坐王叔文黨，得罪朝廷，貶爲永州司馬。以不便直言，故直承愚陋也。

⑤愚公谷　在今山東臨淄縣西。齊桓公出獵，入山谷中，一老者謂是谷爲愚公谷，語見劉向說苑政理篇。

⑥斷斷然　斷，音ㄧㄣˊ。斷斷然，爭辯貌。

⑦隘　謂水外流所經狹隘之出口處。

⑧夫水，智者樂也　樂，音一幺丶，愛好也。論語雍也篇：「子曰：智者樂水，仁者樂山。」

⑨坻石　坻，音彳ˊ，高也。坻石，水中之浮石也。

⑩甯武子邦無道則愚　甯武子，名俞，謚曰武子，春秋衞大夫。論語公冶長：「甯武子邦有道則知，邦無道則愚。其知可及也，其愚不可及也。」

⑪顏子終日不違如愚　顏子，指孔子弟子顏淵。論語爲政：「子曰：吾與回言終日，不違如愚。退而省其私，亦足以發，回也不愚。」

⑫牢籠　猶包含也。

⑬鴻蒙　或作鴻濛，謂天地間渾然之元氣也。

⑭希夷　謂混茫冥漠之境。老子：「聽之不聞名曰希，視之不見，名曰夷。」

〔作　者〕

見本書第七篇作者欄。

〔說　明〕

本文選自柳河東集。體裁屬序跋類。唐憲宗元和元年（西元八〇六年），子厚坐王叔文黨獲罪，貶永州司馬。因有所感，遂名永州之冉溪爲愚溪，其地風光秀麗，更加修葺，得丘、泉、溝、池、堂、亭、島等各一，悉以「愚」名之，並作八愚詩題詠其事，惜詩已早佚。本文即八愚詩序文，全篇主旨在隱喻己因「愚」而獲罪，全由「愚」字以抒發感慨。文分五段：首段歷敍以「愚」名溪之由。次段由愚溪生出許多「愚」來點綴，合爲八愚。三段言是溪獨見辱於愚之故，明其應得愚名。四段言己雖遭有道，而違理悖事，應得專而名愚。末段仍收轉八愚作結。

〔批　評〕

林西仲曰：「本是一篇詩序，正因胸中許多鬱抑，忽尋出一個愚字，自嘲不已，無故將所居山水，盡數拖入渾水中，一齊嘲殺，而且以是溪當得是嘲，已所當嘲，人莫能與，反覆推駁，令其無處再尋出路。然後以溪不失其爲溪者，代溪解嘲；又以己不失其爲己者，自爲解嘲；轉入作詩處，覺詩與己同歸化境，其轉換變化，匪夷所思。」

過商侯曰：「不過借一愚字，發洩胸中之鬱抑。故將山水亭堂，咸以愚辱焉，詞委曲而意深長。」

吳楚材曰：「通篇就一愚字點次成文，借愚溪自寫照，愚溪之風景宛然，自己之行事亦宛然，前後關合照應，異趣沓來，描寫最爲出色。」

一〇四、五代史伶官傳序

歐陽修

嗚呼！盛衰之理，雖曰天命，豈非人事哉！原①莊宗②之所以得天下，與其所以失之者，可以知之矣。

世言晉王之將終也，以三矢賜莊宗，而告之曰：「梁，吾仇也③；燕王④吾所立；契丹與吾約爲兄弟⑤，而皆背晉以歸梁；此三者，吾遺恨也。與爾三矢，爾其無忘乃父之志！」莊宗受而藏之于廟。其後用兵，則遣從事以一少牢⑥告廟，請其矢，盛以錦囊，負而前驅，及凱旋而納之⑦。

方其係燕父子⑧以組，函⑨梁君臣⑩之首，入于太廟，還矢先王而告以成功，其意氣之盛，可謂壯哉！及仇讎已滅，天下已定；一夫⑪夜呼，亂者四應；倉皇東出，未及見賊而士卒離散，君臣相顧，不知所歸；至於誓天斷髮⑫，泣下沾襟，何其衰也？豈得之難，而失之易歟？抑本其成敗之迹，而皆自於人歟？書曰：「滿招損，謙得益⑬。」憂勞可以興國，逸豫⑭可以亡身，自然之理也。故方其盛也，舉天下之豪傑，莫能與之爭。及其衰也，數十伶人困之⑮，而身死國滅，爲天下笑。夫禍患常積於忽微⑯，而智勇多困於所溺，豈獨伶人也哉！

〔注釋〕

①原　窮原也。察也。

②莊宗　後唐開國之君也。姓朱耶，名存勗。其祖父事唐有功，賜姓李。其父名克用，唐僖宗時，以平黃巢有功，封晉王，擁兵太原。西元九二三年，存勗滅後梁自立，國號唐，史稱後唐。在位三年，爲伶人所殺。

③梁，吾仇也　朱溫從黃巢爲盜，後降唐，賜名全忠，未幾，封梁王，擁兵開封。與晉王李克用不睦，連年交戰。後篡唐自立，國號梁，史稱後梁。

④燕王　指劉仁恭，唐時爲盧龍節度使，以幽州叛李克用，又約朱全忠共攻之，克用深恨之。

⑤契丹與吾約爲兄弟　契丹，國名，東胡族。後梁開平元年，其王耶律阿保機率衆三十萬入寇，晉王與之連和，約爲兄弟，約共擊梁。晉王贈以金繒數萬。阿保機歸而背盟，更附于梁。晉王由是恨之。

⑥少牢　古天子祭祀用太牢（牛羊豕三牲俱備），諸侯用少牢（羊豕二牲）。此曰一少牢，即或羊或豕，僅用其一。

⑦納之　言繳箭入太廟。

⑧燕父子　燕王劉守光及其父仁恭。

⑨函　以木匣盛之。

⑩梁君臣　梁末帝龍德三年（西元九二三年），李存勗伐梁，梁主友貞謂皇甫麟曰：「李氏吾世讎，理難降首，不可俟彼刀鋸。吾不

能自裁，卿可斷吾首。」麟遂泣弒梁主，因自殺。梁主本名友貞，即位後更名瑱。

⑪一夫　謂李嗣源，克用之養子也。

⑫誓天斷髮　謂斷髮指天發誓，誓以死相報也。通鑑：「帝至石橋西，置酒悲涕，謂李紹榮等諸將曰：卿輩事吾以來，急難富貴靡不同之，今致吾至此，皆無一策以相救乎？諸將百餘人皆截髮置地，誓以死相報，因相與號泣。」

⑬書曰：「滿招損，謙得益」　見書經大禹謨篇。

⑭逸豫　安樂也。

⑮數十伶人　謂郭從謙等。郭率部反，莊宗爲流矢所中，須臾而殂。伶人斂廡下樂器覆帝尸而焚之。

⑯忽微　忽，小數名，十微爲忽，十忽爲絲。猶言微細也。

〔作　者〕

見本書第一三篇作者欄。

〔說　明〕

本文選自新五代史。體裁屬序跋類。伶官，樂官也。伶官傳所記，乃敬新磨，景進，史彥瓊，郭門高四人之生平事蹟，皆後唐莊宗之伶官也。莊宗初乃一英主，能以柔晉勝强梁，武功顯赫，於五代諸帝中，翹然出其類。即位後，志驕意滿，耽於逸樂。善音律，故伶人多有寵，常侍左右。帝或自傅粉墨與優人共戲於庭，以悅劉夫人（莊宗夫人）。諸伶出入宮掖，侮弄縉紳，羣臣憤嫉，莫之敢言，亦反有相附託以希恩澤者。以致衆叛親離，在位三年，終爲伶人所弒。本文主旨在藉莊宗事，以明國家興衰之由，以為後世鑒戒。文分三段：首段總挈全篇，言盛衰得失，皆關乎人事。次段敍莊宗受矢立功事。三段論述莊宗之成敗皆原於人事，並以警戒語作結。

〔批　評〕

林西仲曰：「篇中以盛衰二字作線，步步發出感慨，而歸本於人事。蓋以莊宗本英主，乃一旦為數十伶人所困，以至滅亡者，其始以此輩為不足慮，而平昔之溺情不能自克，及禍患之來，畢生智勇，至此舉不可用。因思千古覆轍，大抵如此，何可勝慨！其行文悲壯淋漓，可與子長孟堅頡頏。五代史中有數文字也。」

鄒東廓曰：「此篇為伶官而作，篇末數句方纔說出，愈見此等種類亡國滅身之易易也。學者熟之而作史評，必得大名於天下。」

一〇五、五代史宦者傳論

歐陽修

自古宦者亂人之國，其源深於女禍。女，色而已；宦者之害，非一端也。

蓋其用事也近而習，其爲心也專而忍。能以小善中人之意，小信固人之心，使人主必信而親之。待其已信，然後懼以禍福而把持之。雖有忠臣碩士，列於朝廷，而人主以爲去己疎遠，不若起居飲食、前後左右之親爲可恃也。故前後左右者日益親，則忠臣碩士日益疎，而人主之勢日益孤。勢孤則懼禍之心日益切，而把持者日益牢。安危出其喜怒，禍患伏於帷闥，則嚮之所謂可恃者，乃所以爲患也。患已深而覺之，欲與疎遠之臣圖左右之親近；緩之則養禍而益深，急之則挾人主以爲質。雖有聖智，不能與謀。謀之而不可爲，爲之而不可成，至其甚則俱傷而兩敗。故其大者亡國，其次亡身；而使姦豪得借以爲資而起，至抉① 其種類，盡殺以快天下之心而後已。此前史所載宦者之禍常如此者，非一世也。夫爲人主者，非欲養禍於內，而疏忠臣碩士於外，蓋其漸積而勢使之然也。夫女色之惑，不幸而不悟，則禍斯及矣。使其一悟，捽②而去之可也。宦者之爲禍，雖欲悔悟，而勢有不得而去也。唐昭宗之事③是已。故曰：深於女禍者，謂此也。可不戒哉！

〔注釋〕

①抉　挑取也。

②捽　持頭髮也。

③唐昭宗之事　唐昭宗，姓李，名曄。昭宗信狎宦者，由是爲宦者劉季述、王仲先幽於東宮，而立太子裕。既反正，而與宰相崔胤圖之。胤乃召兵於梁王朱溫。溫兵至，殺宦者第五可範等七百餘人。而昭宗亦卒爲朱溫所弒。

〔作者〕

見本書第一一三篇作者欄。

〔說明〕

本文節錄自新五代史。體裁屬序跋類。論前敘張承業、張居翰事。論首自「五代文章陋矣」至「非宦者之言也」一百十四字節去。此論之後，更敘唐昭宗被幽既出，招兵於梁，以致禍亂等事，凡七百餘言，亦節去。通篇在論宦者之害，以「宦者之亂人國其源深於女禍」爲主旨，而貫穿全篇。文分三段：首段揭示宦者之害深於女禍，爲全篇之大旨。次段詳論宦者之禍，凡爲五轉，層層深入。末段以「故曰深於女禍」作收，以結全文。

〔批　評〕

林西仲曰：「此論以宦者之害非一端句作骨，描寫歷代禍亂。自始至終，無一字不曲盡。然層層說來，却以一氣呵成。筆力雄大，千古無兩矣！」

吳楚材曰：「宦者之禍，至漢唐而極。篇中詳悉寫盡，凡作無數層次，轉折不窮，只是深於女禍一句意。名論卓然，可爲千古龜鑑！」

一〇六、梅聖俞詩集序

歐陽修

予聞世謂詩人少達而多窮，夫豈然哉？蓋世所傳詩者，多出於古窮人之辭也。凡士之蘊①其所有，而不得施於世者，多喜自放②於山巔水涯之外，見蟲魚草木風雲鳥獸之狀類，往往探其奇怪；內有憂思感憤之鬱積，其興於怨刺，以道羈臣③寡婦之所歎，而寫人情之難言，蓋愈窮則愈工。然則非詩之能窮人，殆窮者而後工也。

予友梅聖俞，少以蔭補爲吏。累舉④進士，輒抑於有司⑤。困於州縣，凡十餘年⑥。年今五十，猶從辟書⑦，爲人之佐⑧，鬱其所畜，不得奮見於事業。

其家宛陵⑨，幼習於詩，自爲童子，出語已驚其長老。既長，學乎六經仁義之說。其爲文章，簡古純粹⑩，不求苟說⑪於世，世之人徒知其詩而已。然時無賢愚，語詩者必求之聖俞，聖俞亦自以其不得志者，樂於詩而發之，故其平生所作，於詩尤多。世既知之矣，而未有薦于上者⑫。昔王文康公⑬嘗見而歎曰：「二百年無此作矣！」雖知之深，亦不果薦也。若使其幸得用於朝廷，作爲雅頌⑭，以歌詠大宋之功德，薦之清廟⑮，而追商、周、魯頌之作者，豈不偉歟？奈何使其老不得志，而爲窮者之詩，乃徒發於蟲魚物類，羈愁感歎之言？世徒喜其工，不知其窮之久而將老也，可不惜哉！

聖俞詩既多，不自收拾，其妻之兄子謝景初⑯，懼其多而易失也，取其自洛陽至於吳興以來所作，次爲十卷。予嘗嗜聖俞詩，而患不能盡得之，遽喜謝氏之能類次也，輒序而藏之。

其後十五年，聖俞以疾卒于京師，余既哭而銘之⑰，因索于其家，得其遺藁千餘篇，並舊所藏，掇其尤者六百七十七篇，爲一十五卷。嗚呼！吾於聖俞詩，論之詳矣，故不復云。廬陵歐陽修序。

〔注　釋〕

①蘊　蓄積也。
②放　縱情。
③羈臣　因貶謫羈留外鄉之臣。
④舉　應試。
⑤有司　此指主試官。宋時進士試於禮部。

⑥困於州縣，凡十餘年　聖俞曾任桐城、河南、河陽等縣主簿，德興、建德、襄城等縣令，湖州監稅，忠武、鎭安兩軍節度判官，永濟監倉等職。至仁宗嘉祐元年（西元一〇五六年），歐陽修等十餘人薦之於朝，始用爲國子監直講，時聖俞年已五十四。

⑦辟書　徵召之書，猶今言聘書也。

⑧佐　僚屬。

⑨宛陵　今安徽宣城縣。

⑩簡古純粹　簡潔、古樸、純正、精一。

⑪說　同悅。

⑫未有薦於上者　嘉祐元年，聖俞始被薦於朝，以作序時尚未得官，故云。

⑬王文康公　指王曙，字晦叔，宋河南人，官至樞密使、同中書門下平章事，卒謚文康。

〔作者〕

見本書第一三篇作者欄。著有詩文集四十卷。

⑭雅頌　詩有雅、頌，多宴饗朝會或祭神祀祖之樂詩，以歌詠功德爲主。此則用以指廟堂之歌詩。

⑮薦之清廟　薦，進獻。清廟，天子供奉祖先之廟。

⑯其妻之兄子謝景初　聖俞妻謝氏，富春人，太子賓客謝濤之女，翰林學士絳之妹。景初，絳子，字師厚，慶曆進士，博學能文，尤長於詩。慶曆六年（西元一〇四六年）編次聖俞詩集成，乞序於歐陽修。

⑰余既哭而銘之　歐陽修於嘉祐六年（西元一〇六一年），爲梅聖俞作有墓誌銘，存於文忠集及宛陵先生集附錄中。

〔說　明〕

本文選自文忠集。體裁屬序跋類。梅聖俞，名堯臣，宋宣城（今安徽宣城）人，生於眞宗咸平五年，卒於仁宗嘉祐五年（西元一〇〇二——一〇六〇年），年五十九。宋史卷四四三有傳。聖俞與歐陽修一見如故，旣爲詩友，且爲倡導古文之同志。早年頗不得志，困於州縣，凡十餘年，嘉祐元年，以歐陽修等十餘人之薦擧，始用爲國子監直講，後遷尚書都官員外郎。領導詩壇，名滿東京，達官顯貴，多從之遊，於宋詩之影響極大，時人有得一篇一什即以爲寶者。卒後歐陽修曾哭之以詩，祭之以文，銘其墓，撫恤其後，梅詩亦因其推許，而更流行。著有宛陵集六十卷、唐載記二十六卷、毛詩小傳二十卷等。聖俞詩頗多，然不自拾，其妻之兄子謝景初，取以類次爲詩集十卷，乞序於歐陽修，即此文也。本文旨在序其詩而傷其窮。凡可分爲五段：首段泛論詩之窮而後工。次段略述梅聖俞之鬱其所蓄，不得奮見於事業。三段痛惜世人徒知其工詩，不知其窮之久而將老也。四段喜謝氏之能類次其詩，輒序而藏之。末段敍聖俞卒後，作者復得其遺稿而爲之董理云。

〔批　評〕

林西仲曰：「以窮而後工四字作骨，中間先寫其窮，次寫其詩之工，俱在世人不知上見之，又趁筆從知上轉入不遇薦用，痛惜其以窮而老，婉曲淋漓，感歎欲絕，末以論次直敍作結，非聖俞不足當此。」

過商侯曰：「一篇雖序其詩，終傷其窮，蓋詩旣窮而後工，寫其窮，正是寫其詩，鬱勃頓挫，須看其終始一片憐才至意處。」洵爲知言。

一〇七、戰國策目錄序

曾　鞏

劉向①所定戰國策三十三篇②，崇文總目③稱十一篇者闕。臣訪之士大夫家，始盡得其書，正其誤謬，而疑其不可考者，然後戰國策三十三篇復完。

敍曰：向敍此書，言周之先，明教化，脩法度，所以大治；及其後謀詐用，而仁義之路塞，所以大亂。其說旣美矣。卒以謂此書戰國之謀士，度時君之所能行，不得不然，則可謂惑於流俗，而不篤於自信者也。

夫孔、孟之時，去周之初已數百歲④，其舊法已亡，舊俗已熄久矣；二子乃獨明先王之道，以謂不可改者；豈將强天下之主以後世之不可爲哉？亦將因其所遇之時，所遭之變，而爲當世之法，使不失乎先王之意而已。

二帝、三王⑤之治，其變固殊，其法固異，而其爲國家天下之意，本末先後，未嘗不同也。二子之道，如是而已。蓋法者，所以適變也，不必盡同；道者，所以立本也，不可不一；此理之不易者也。故二子者守此，豈好爲異論哉？能勿苟而已矣。可謂不惑乎流俗，而篤於自信者也。

戰國之游士則不然。不知道之可信，而樂於說之易合，其設心、注意，偷爲一切之計而已。故論詐之便而諱其敗，言戰之善而蔽其患。其相率而爲之者，莫不有利焉，而不勝其害也，有得焉，而不勝其失也。卒至蘇秦[6]、商鞅[7]、孫臏[8]、吳起[9]、李斯[10]之徒，以亡其身，而諸侯及秦用之者，亦滅其國。其爲世之大禍明矣，而俗猶莫之寤[11]也。

惟先王之道，因時適變，爲法不同，而考之無疵，用之無弊。故古之聖賢，未有以此而易彼也。

或曰：「邪說之害正也，宜放而絕之，此書之不泯，其可乎？」對曰：「君子之禁邪說也，固將明其說於天下，使當世之人皆知其說之不可從，然後以禁則齊；使後世之人皆知其說之不可爲，然後以戒則明；豈必滅其籍哉？放而絕之，莫善於是。是以孟子之書，有爲神農之言者[12]，有爲墨子之言者[13]，皆著而非之。至於此書之作，則上繼春秋，下至楚、漢之起，二百四十五年之間，載其行事，固不可得而廢也。」

此書有高誘⑭注者二十一篇，或曰三十二篇。崇文總目存者八篇，今存者十篇。校編史館書籍臣曾鞏序。

〔注　釋〕

①劉向　字子政，本名更生，西漢宗室。成帝時，領校秘書，成七略別錄，爲我國目錄學之祖。著有列女傳、新序、說苑等書。

②戰國策三十三篇　劉向集先秦諸國所記戰國時事，計東周一篇、西周一篇、秦五篇、齊六篇、楚四篇、趙四篇、魏四篇、韓三篇、燕三篇、宋、衞一篇、中山一篇，共十二國，三十三篇。

③崇文總目　宋仁宗景祐二年，以昭文、史館、集賢、秘閣四館所藏書，命張觀等定其存廢，而詔王堯臣等校勘，分類編目，總成六十六卷，於慶曆元年上之，賜名崇文總目。

④去周之初已數百歲　孔子生於周靈王二十一年（西元前五五一年），距周武王元年（西元前一一三四年）爲五百八十三年。孟子生於周烈王四年（西元前三七二年），距周武王元年爲七百六十二年。

⑤二帝、三王　二帝，唐堯、虞舜也。三王，夏禹、商湯、周文、武也。

⑥蘇秦　字季子，戰國洛陽人。師事鬼谷子，習縱橫家言。創合縱，相六國。後客於齊，齊大夫與之爭寵，使人刺殺之。詳見史記本傳。

⑦商鞅　戰國衞之庶孽公子，姓公孫氏。好刑名法術之學。相秦孝公，定變法之令，立富强之策。封於商，號商君。孝公死，被車裂之刑。詳見史記本傳。

⑧孫臏　戰國齊人。孫武之後。與龐涓俱學兵法於鬼谷子。後涓爲魏將，嫉臏之能，陰使召臏至，藉法臏其足，黥其面，欲使隱勿見；會齊使者至魏，載與俱歸，威王以爲師。其後齊與魏戰，臏設計困涓於馬陵，萬弩俱發，涓智窮自剄。臏以此名顯天下，雖未亡身，而足則斷。詳見史記本傳。

⑨吳起　戰國衞人。善用兵。初爲魯將，攻齊破之。聞魏文侯賢，往歸之，爲魏將，擊秦，拔五城，拜西河守，以拒秦、韓。文侯卒，起事其子武侯。後爲魏相公叔所譖，奔楚。楚悼王任爲相，南平百越，北併陳、蔡，卻三晉，西伐秦，諸侯皆患楚之強。悼王死，楚之貴戚大臣多怨而攻之，起伏王尸，被射而死。詳見史記本傳。

〔作　者〕

見本書第七〇篇作者欄。

⑩李斯　楚上蔡人。入秦事始皇，言聽計從，併天下，位至丞相。始皇崩，斯矯詔殺扶蘇，立二世。後趙高誣斯通盜謀反，腰斬咸陽市，夷三族。詳見史記本傳。

⑪寤　同悟。

⑫有爲神農之言者　指許行。許行，楚人，主張君民並耕而食之說。詳見孟子滕文公篇。

⑬有爲墨子之言者　墨者夷之，曾因孟子弟子徐辟求見孟子。事見孟子滕文公篇。

⑭高誘　東漢涿郡人。建安間辟司空掾，除濮陽令，遷監河東。曾注戰國策、呂氏春秋、淮南子等。隋書經籍志載戰國策高誘注二十一卷，新唐書藝文志作三十二卷。

〔說　明〕

本文選自元豐類稿。體裁屬序跋類。曾氏校編史館藏書，重訂劉向所集戰國策，因敍其始末，並據其所感，而爲此序。全文分八段：首段敍述校訂之經過。次段言劉向之說，乃惑於流俗，而不篤於自信。三段舉孔、孟力行先生之道，以折戰國謀士之失。四段言法所以適變而不必盡同，道所以立本而不可不一。五段言戰國游士之說辭，乃世之大禍。六段言先王之道，因時適變，無疵無弊。七段言邪說宜禁，而其書則不可廢。八段言高誘注之存者。

〔批　評〕

曾氏之意，謂戰國游士之說不可信而其書不可廢。在此主旨下，正反兼顧，一再議論，淳古明潔，英爽軼宕。蓋其長於道古，故序古書尤佳也。

一〇八、讀孟嘗君傳

王安石

世皆稱孟嘗君能得士，士以故歸之，而卒賴其力以脫於虎豹之秦。嗟乎！孟嘗君特鷄鳴狗盜①之雄耳，豈足以言得士！不然，擅②齊之强，得一士焉，宜可以南面而制秦，尙何取鷄鳴狗盜之力哉？夫鷄鳴狗盜之出其門，此士之所以不至也。

〔注　釋〕

①鷄鳴狗盜　齊湣王二十五年，孟嘗君入秦爲昭王相，旋被囚，欲殺之。孟嘗君使人抵昭王幸姬求解。姬欲得孟嘗君狐白裘。特已獻於秦王，更無他裘，孟嘗君患之。客有能爲狗盜者，乃夜爲狗以入秦宮藏中取以獻姬。姬言於王，釋之。既而王悔，使人馳逐。孟嘗君更封傳，變姓名，夜半至函谷關。關法：鷄鳴出客。孟嘗君恐追至，客有能爲鷄鳴，而鷄盡鳴，遂發傳出關。鷄鳴狗盜即指此。事詳史記孟嘗君傳。

②擅　據有也。

〔作　者〕

見本書第四七篇作者欄。

〔說　明〕

本文選自臨川集。體裁屬序跋類。孟嘗君，姓田名文，父靖郭君田嬰，齊威王之少子也。嬰卒，代立於薛。史記本傳稱：「孟嘗君在薛，招致諸侯賓客，及亡人有罪者，皆歸孟嘗君。孟嘗君舍業厚遇之，以故傾天下之士，食客數千人，無貴賤，一與文等。……士以此多歸孟嘗君。」世人乃稱孟嘗君能得士，荆公因作斯文以駁難之。全文分爲三段：首段以「能得士」三字立案，世皆謂孟嘗君卒賴於士之力，得脫於虎豹之秦。次段斷其所得乃鷄鳴狗盜之徒耳，而不足以稱得士，正反相生，警策不破。末段結言鷄鳴狗盜出其門，此賢士之所以不至也。

〔批評〕

林西仲曰：「史記稱孟嘗君招致任俠姦人入薛，其所得本不是士，即第一等市義之馮驩，亦不過代鑿三窟，效鷄鳴狗盜脫難之力，何嘗有謀國制敵之慮？龍門好客自喜一語，早已斷煞，而世人不知，動稱爲能得士，故荆公作此以破其說。篇首唱起世皆稱三字，是與龍門贊語相表裏，非翻案也。百餘字中，有起承轉合在內，警策奇筆，不可多得。」

吳楚材曰：「文不滿百字，而抑揚吞吐，曲盡其妙。」

過商侯曰：「太史公作列傳，以緩急人所時有，獨有取于遊俠。予謂鷄鳴狗盜之徒，去遊俠不遠，謂之士固不可，謂之無緩急于孟嘗亦不可。不然，孟嘗幾客死秦關，如懷王之不返矣。使當金人邀二帝時，倘得一二鷄鳴狗盜之力而緩急之，必能脫翠華而宵遁，何至北轅哉！嗚呼！以宋養士之盛，坐視君難，無奇策焉，則鷄鳴狗盜之徒又曷可少乎？」

一〇九、叔向賀貧

叔向①見韓宣子②，宣子憂貧，叔向賀之。宣子曰：「吾有卿之名，而無其實③，無以從二三子④，吾是以憂。子賀我何故？」

對曰：「昔欒武子⑤無一卒之田⑥，其宮不備其宗器⑦；宣其德行，順其憲則⑧，使越⑨于諸侯，諸侯親之，戎狄懷之；以正晉國，行刑不疚⑩，以免於難。及桓子⑪驕泰奢侈，貪欲無藝⑫，略則⑬行志，假貸居賄⑭，宜及於難，而賴武之德，以沒其身。及懷子⑮改桓之行，而脩武之德，可以免於難，而離⑯桓之罪，以亡⑰于楚。夫郤昭子⑱其富半公室，其家半三軍，恃其富寵，以泰⑲于國，其身尸於朝⑳，其宗滅于絳㉑。不然，夫八郤，五大夫㉒、三卿⑬，其寵大矣，一朝而滅，莫之哀也，唯無德也。今吾子有欒武子之貧，吾以爲能其德矣，是以賀。若不憂德之不建，而患貨之不足，將弔不暇，何賀之有？」

宣子拜，稽首焉，曰：「起也將亡，賴子存之。非起也敢專承㉔之，其自桓叔㉕以下，嘉吾子之賜。」

〔注　釋〕

①叔向　晉之賢大夫，姓羊舌，名肸，字叔向。

②韓宣子　即韓起，晉卿，卒謚宣子。

③實　財也。

④無以從二三子　二三子，指晉之卿大夫。謂無以從隨其聘贈之屬。

⑤欒武子　即欒書，晉卿，厲公失政，與中行偃使程滑弒之，而立悼公（事見左傳成公十八年），卒謚武子。

⑥無一卒之田　上大夫之祿一卒之田。百人爲卒，爲田百頃。欒書爲晉上卿，而祿不及上大夫。

⑦宗器　祭器。

⑧憲則　法律也。

⑨越　發聞也。傳布也。

⑩疚　病也。憂苦也。

⑪桓子　欒書之子，名黶，卒謚桓子。

⑫蓺　極也。

⑬略則　略，犯也。則，法也。

⑭居賄　居，蓄積。賄，財也。

⑮懷子　桓子之子欒盈，卒謚懷子。

⑯離　通罹，遭也。

⑰亡　奔也。逃亡。

⑱郤昭子　即郤至，晉卿，卒謚昭子。

⑲泰　侈也。驕慢也。

⑳尸於朝　尸，陳也。謂陳尸於朝也。

㉑絳　晉人舊都，在今山西新絳縣北。

㉒五大夫　謂郤文、郤豹、郤芮、郤縠、郤溱五人，皆晉大夫。

㉓三卿　謂郤錡、郤至、郤犨三人，皆爲晉卿。

㉔專承　專，獨也。承，受也。

㉕桓叔　韓氏之祖，晉文侯弟，名成師，生子萬，受韓地爲大夫，其後遂以韓爲氏。

〔作　者〕

見本書第一篇作者欄。

〔說　明〕

本文選自國語晉語。體裁屬贈序類。韓宣子爲晉卿而憂貧，叔向賀之。本文主旨在說明叔向以韓宣子貧而能行其德，故賀之。文分三段：首段爲史官敍筆，言韓宣子憂貧，叔向賀之。二段敍叔向答宣子賀貧之由，舉欒武子爲例，以見貧而有德可賀。復舉欒桓子爲例，以見不貧而無德者可憂。又舉郤昭子爲例，以見貧之不必憂。三段亦史官敍筆，言韓宣子謝叔向之賀。

〔批　評〕

吳楚材曰：「不先說所以賀之之意，直舉欒郤作一榜樣，以見貧之可賀，與不貧之可憂。貧之可賀，全在有德，有德自不憂貧。後竟說出憂貧之可弔來，可見徒貧原不足賀也。」

一一〇、送董邵南序

韓　愈

燕、趙古稱多感慨悲歌之士①。董生舉進士②，連不得志於有司，懷抱利器③，鬱鬱適茲土。吾知其必有合也。董生勉乎哉！

夫以子之不遇時，苟慕義彊仁④者，皆愛惜焉；矧⑤燕、趙之士，出乎其性者哉！然吾嘗聞風俗與化移易，吾惡⑥知其今不異於古所云邪？聊以吾子之行卜之也。董生勉乎哉！

吾因子有所感矣。爲我弔望諸君⑦之墓，而觀於其市，復有昔時屠狗者⑧乎？爲我謝曰：「明天子在上，可以出而仕矣！」

〔注釋〕

①感慨悲歌之士　謂不得志之士。

②舉進士　舉，薦舉。隋設進士科以取士，唐因之，其時凡試於禮部者，皆稱進士。舉進士，謂應進士試也。

③利器　喻英才。

④彊仁　彊，音ㄑ一ㄤˇ，勉力也。彊仁，勉力行仁也。

⑤矧　何況。

⑥惡　音ㄨ，何也。

⑦望諸君　樂毅，戰國靈壽（今河北靈壽）人。燕昭王時爲上將軍，率諸侯兵，大敗齊軍

，下七十餘城，封昌國君。燕惠王立，中反間計，毅奔趙。趙封之觀津（山東觀城西），號曰望諸君。

⑧屠狗者　以屠狗爲業者，謂不得志，感慨悲歌之士也。史記刺客列傳：「荊軻既至燕，愛燕之狗屠及善擊筑者高漸離。荊軻嗜酒，日與狗屠及高漸離飲於燕市。」

〔作者〕

見本書第一〇篇作者欄。

〔說明〕

本文選自韓昌黎全集。體裁屬贈序類。董邵南，唐壽州安豐人，不得志於當時，憤而去之，遊河北。唐自天寶以後，河北藩鎮常自招賢士，而不秉命朝廷。董生欲往，有求用藩鎮之意，故愈作序以送之。本文主旨在以慕義彊仁勸勉董生，並示其自處之道。文分三段：首段言邵南不遇而適燕趙，或有所合。二段言風化不同，古今亦異，難期其必有合。三段言爲弔望諸君墓，並勸燕趙之不得志者，出仕王廷，隱諷邵南不當適燕趙，效命藩鎮也。

〔批評〕

全篇以古今二字相呼應，而以風俗與化移易句爲過節，文字委宛含蓄，曲盡吞吐之妙。

林西仲曰：「董生之往河北，無非憤己之不得志，欲求合於不奉朝命之藩鎮。送之者，斷無言其當往之理。若明言其不當往，則又多此一送也。細思此等題目，如何落筆。乃韓公開口不謂董生到彼，止言燕趙不得志之士。止言燕趙有爵位之人，止言昔日之燕趙；併不言燕趙有爵位之人，言今日之河北，自與此等意氣投合，若不知其此行有干用之意者。然次段復言感慨悲歌之士，仁義出乎天性，同調相憐，決其不合，是明明以仁義二字，硬坐在董生身上，何等勸勉。三段暗指藩鎭拒命，風俗漸改，恐非昔日之燕趙，未必有感慨悲歌其人者，止在董生之合不合處決之，則董生此行，自不可少。末段令弔古人而勸今人來仕，正欲其知自處意。」

一一、送孟東野序

韓　愈

大凡物不得其平則鳴①：草木之無聲，風撓②之鳴；水之無聲，風蕩之鳴。其躍也，或激之；其趨也，或梗③之；其沸④也，或炙⑤之。金石之無聲，或擊之鳴；人之於言也亦然。有不得已者而后言，其謌也有思，其哭也有懷。凡出乎口而爲聲者，其皆有弗平者乎！

樂也者，鬱於中而泄於外者也，擇其善鳴者，而假之鳴：金、石、絲、竹、匏、土、革、木⑥八者，物之善鳴者也。維天之於時也亦然，擇其善鳴者而假之鳴：是故以鳥鳴春，以雷鳴夏，以蟲鳴秋，以風鳴冬。四時之相推敓⑦，其必有不得其平者乎？其於人也亦然。人聲之精者爲言，文辭之於言，又其精也，尤擇其善鳴者，而假之鳴。

其在唐、虞⑧，咎陶⑨、禹⑩其善鳴者也，而假以鳴。夔⑪弗能以文辭鳴，又自假於韶⑫以鳴。夏之時，五子⑬以其歌鳴。伊尹⑭鳴殷，周公⑮鳴周。凡載於詩書六藝⑯，皆鳴之善者也。

周之衰，孔子之徒鳴之，其聲大而遠。傳曰：「天將以夫子爲木鐸⑰。」其弗信矣乎！其末也，莊周⑱以其荒唐之辭⑲鳴。楚，大國也，其亡也，以屈原⑳鳴。臧孫辰㉑、孟軻㉒、荀卿㉓、以道鳴者也。楊朱㉔、墨翟㉕、管夷吾㉖、晏嬰㉗、老聃㉘、申不害㉙、韓非㉚、眘到㉛、田駢㉜、鄒衍㉝、尸佼㉞、孫武㉟、張儀㊱、蘇秦㊲之屬，皆以其術鳴。

秦之興，李斯㊳鳴之。漢之時，司馬遷㊴、相如㊵、揚雄㊶，最其善鳴者也。其下魏晉氏，鳴者不及於古，然亦未嘗絕也。就其善者：其聲清以浮，其節數㊷以急，其辭淫以哀，其志弛以肆；其爲言也，亂雜而無章。將天醜㊸其德，莫之顧耶？何爲乎不鳴其善鳴者也？

唐之有天下，陳之昂㊹、蘇源明㊺、元結㊻、李白㊼、杜甫㊽、李觀㊾，皆以其所能鳴。其存而在下者，孟郊東野始以其詩鳴。其高出魏晉，不懈而及於古，其他浸淫乎漢氏矣。從吾遊者，李翺㊿、張籍(51)其尤也。三子者之鳴，信善矣！抑不知天將和其聲，而使鳴國家之盛耶？抑將窮餓其身，思愁其心腸，而使自鳴其不幸耶？三子者之命，則懸乎天矣。其在上也，奚以喜？其在下也，奚以悲？

東野之役於江南也，有若不釋然者，故吾道其命於天者以解之。

〔注釋〕

①鳴　發聲。
②撓　擾動。
③梗　阻遇。
④沸　水滾。
⑤炙　燒。
⑥金、石、絲、竹、匏、土、革、木　金，鐘之屬。石，磬之屬。絲，琴瑟之屬。竹，簫管之屬。匏，笙之屬。土，塤（音ㄒㄩㄣ）之屬。革，鼓之屬。木，柷敔（音ㄓㄨˋㄩˇ）之屬。總稱八音。
⑦推敓　，敓，音ㄉㄨㄛˊ。推敓，推移。
⑧唐、虞　唐，堯之國號。虞，舜之國號。
⑨咎陶　即臯陶，唐虞時獄官之長。書經有臯陶謨篇。
⑩禹　夏禹，夏代開國之君。書經有大禹謨篇。
⑪夔　舜樂官。
⑫韶　舜樂名，夔作。
⑬五子　殷太康溺獵無度，其弟五人作歌以諷之。書經有五子之歌篇。
⑭伊尹　名摯，湯相。書經有咸有一德篇。
⑮周公　名旦，武王弟。封於周，故曰周公。書經有金縢、無逸等篇。
⑯六藝　六經。
⑰天將以夫子爲木鐸　木鐸，金口木舌之鈴。古時施政敎時用以警衆。語出論語八佾篇。
⑱莊周　楚人，著有莊子。
⑲荒唐之辭　荒，大。唐，空。荒唐、形容文字誇大豪放。語出莊子天下篇。
⑳屈原　名平，戰國楚人。著有離騷等。
㉑臧孫辰　即臧文仲，魯大夫。著有爰居。

㉒孟軻　即孟子，鄒人。著有孟子。

㉓荀卿　名況，趙人。著有荀子。

㉔楊朱　戰國時人，倡爲我之說。

㉕墨翟　即墨子，春秋宋大夫。著有墨子。

㉖管夷吾　字仲，齊桓公相。著有管子。

㉗晏嬰　字平仲，齊人。著有晏子春秋。

㉘老聃　姓李，名耳，字聃。著有老子。

㉙申不害　戰國韓人。著有申子。

㉚韓非　戰國韓諸公子，荀卿弟子。著有韓非子。

㉛昚到　昚、古慎字。慎到，戰國趙人。著有慎子。

㉜田駢　戰國齊人，著有田子。

㉝鄒衍　戰國齊人，陰陽家之祖。倡大九州及五德終始之說。

㉞尸佼　戰國魯人。著有尸子。

㉟孫武　春秋齊人。著有孫子兵法十三篇。

㊱張儀　戰國魏人，相秦惠王。倡連横以散六國合縱。

㊲蘇秦　戰國洛陽人，主合縱抗秦。

㊳李斯　戰國楚上蔡人，荀卿弟子，後爲秦相。

㊴司馬遷　字子長，西漢左馮翊夏陽人。撰有史記。

㊵相如　即司馬相如，字長卿，漢成都人。爲大賦家。

㊶揚雄　字子雲，漢成都人。著有太玄、法言。

㊷數　頻數。

㊸醜　惡。

㊹陳之昂　字伯玉，唐射洪人。有陳拾遺集。

㊺蘇源明　字弱夫，唐武功人。詩人。

㊻元結　字次山，唐河南人，有元次山集。

㊼李白　字太白，有李太白集。

㊽杜甫　字子美，有杜工部集。

㊾李觀　字元賓，唐贊皇人。有李元賓集。

㊿李翺　字習之，唐趙郡人。有李文公集十卷。

51張籍　字文昌，唐烏江人。有張司業集八卷。

〔作　者〕

見本書第一〇篇作者欄。

〔說　明〕

本篇選自韓昌黎全集。體裁屬贈序類。孟東野（西元七五一——八一四年），名郊，唐湖州武康人，少隱嵩山。性耿介，少諧合。善爲詩，多奇澀不可讀。與賈島齊名，有「郊寒島瘦」之稱。年五十，始登進士。間四年，選溧陽尉。「有若不釋然者」，故韓愈作此序以解之。

本文主旨在述明「不平則鳴」之理，以贊孟郊之能以詩鳴，並藉此以慰解之。全文分四段：一段述萬物不平則鳴，人言亦然。二段述八音四時之鳴。三段歷述唐虞三代以至魏晉之善鳴與不善鳴者，並指示天命盛衰之理。四段歷述唐代之善鳴者，點出東野以詩作不平之鳴。並告之以順天安命，以表明作此文之主旨。

〔批　評〕

本文闡發不平則鳴之理，歷述古今善鳴與不善鳴者，皆極懇切。文尤謹嚴雄暢；全文以鳴字爲骨，連用四十次，而轉折變化無窮。

吳楚材曰：「此文得之悲歌慷慨者爲多。謂凡形之聲者，皆不得已，不得已中又有善不善，所謂善者又有幸不幸之分。只是從一鳴中發出許多議論。句法變換凡二十九樣，如龍變化，屈伸於天，更不能逐鱗逐爪觀之。」

劉海峯曰：「文以天字爲主，而用鳴字縱橫組織，其間奇絕變化。」

一一二、送李愿歸盤谷序

韓　愈

太行之陽①有盤谷②。盤谷之間，泉甘而土肥，草木藂③茂，居民鮮少。或曰：『謂其環兩山之間，故曰盤。』或曰：『是谷也，宅④幽而勢阻，隱者之所盤旋⑤。』友人李愿居之。

愿之言曰：『人之稱大丈夫者，我知之矣。利澤⑥施于人，名聲昭于旹⑦；坐于廟朝⑧，進退⑨百官，而佐天子出令。其在外，則樹旗旄⑩，羅弓矢，武夫前呵⑪，從者塞途，供給之人，各執其物，夾道而疾馳。喜有賞，怒有刑。才畯⑫滿前，道古今而譽盛德⑬，入耳而不煩。曲眉豐頰，清聲而便體⑭，秀外而惠中⑮，飄輕裾⑯，翳⑰長袖。粉白黛綠⑱者，列屋而閑居，妬寵而負恃⑲，爭妍而取憐⑳。大丈夫之遇知㉑於天子，用力於當世者之所爲也。吾非惡此而逃之，是有命焉，不可幸㉒而致也。窮居而野處，升高而望遠，坐茂樹以終日，濯㉓清泉以自潔。採於山，美可茹㉔；釣於水，鮮㉕可食。起居無時，惟適之安。與其有譽於前，孰若無毀於其後？與其有樂於身，孰若無憂於其心？車服不維㉖，刀鋸㉗不加，理亂不知，黜陟不聞。大丈夫不遇於時者之所為也，我則行之。伺候於公卿之門，奔走於形勢之途，足將進而趦趄㉘，口將言而囁嚅㉙，處穢汙而不羞，觸刑辟㉚而誅戮，徼倖於萬一，老死而後止者，其於為人賢不肖何如也？」

昌黎㉛韓愈聞其言而壯之，與之酒，而為之歌曰：『盤之中，維子之宮㉜；盤之土，可以稼；盤之泉，可濯可沿；盤之阻，誰爭子所。窈而深，廓其有容㉝；繚㉞而曲，如往而復。嗟盤之樂兮，樂且無殃㉟；虎豹遠跡兮，蛟龍遁藏；鬼神守護兮，呵禁不祥㊱；飲且食兮壽而康；無不足兮奚所望？膏㊲吾車兮秣吾馬，從子于盤兮，終吾生以徜徉㊳！』

〔注　釋〕

①太行之陽　太行，山名。起自河南濟源縣，連亙於河南、山西、河北之間。山南曰陽，山北曰陰。

②盤谷　在河南省濟源縣北二十里。

③藂　同「叢」。

④宅　位也。

⑤盤旋　留連徘徊也。

⑥澤　恩也。

⑦旨　古時字。

⑧廟朝　宗廟朝廷也。

⑨進退　猶任免也。

⑩旄　旗竿飾有犛牛尾之旗也。
⑪前呵　呼喝前導也。
⑫畯　通俊。才能出衆之士。
⑬道古今而譽盛德　引述古今之事，以稱譽其美德也。
⑭便體　便，音ㄆㄧㄢˊ。便體，體態輕盈也。
⑮惠　通慧。
⑯裾　前襟也。
⑰翳　蔽也。
⑱粉白黛綠　喻美女也。
⑲負恃　恃己貌美而負氣。
⑳爭妍而取憐　妍，美也。憐，愛也。
㉑遇知　際遇賞識也。
㉒幸　僥倖也。
㉓濯　洗也。
㉔茹　食也。
㉕鮮　指魚鮮。
㉖維　計也。限也。
㉗刀鋸　指刑罰。
㉘趑趄　音ㄗ ㄐㄩ，裹足不進也。
㉙囁嚅　音ㄓㄜˋ ㄖㄨˊ，欲言復止也。
㉚辟　法也。
㉛昌黎　韓愈之先世，住於昌黎，故率冠於名上。
㉜宮　室也。
㉝窈而深，廓其有容　窈，深遠也。廓，大也。
㉞繚　繞也。
㉟殃　禍也。
㊱呵禁不祥　呵禁，斥責禁止也。不祥，不祥之物也。
㊲膏　潤澤也。
㊳徜徉　遊也。

〔作　者〕

見本書第一〇篇作者欄。

〔說　明〕

本文選自韓昌黎全集。體裁屬贈序類。李愿，西平王晟之子，左僕射愬之弟，向居盤谷，後爲武寧節度使，以罪去職，不樂仕進，歸隱盤谷，文公乃作此序以贈。文分三段：首段釋盤谷之名，其友李愿居之。二段借李愿之言，大丈夫達佐天子，窮則隱山川，不可厚顏鑽營，老死方已。三段歌居盤谷之樂。

〔批　評〕

蘇軾曰：「唐無文章，惟昌黎李愿歸盤谷序而已。」

過商侯曰：「此文極似六朝，然骨格自健，非六朝所及。」

一一三、送浮屠文暢師序

韓　愈

人固有儒名而墨行者，問其名則是，校①其行則非，可以與之游乎？如有墨名而儒行者，問其名則非，校其行則是，可以與之游乎？揚子雲②稱：在門牆則揮之③，在夷狄則進之，吾取以爲法焉。

浮屠師文暢，喜文章；其周遊天下，凡有行，必請於搢紳先生④，以求咏謌其所志。貞元⑤十九年春，將行東南，柳君宗元爲之請，解其裝，得所得敘詩累百餘篇，非至篤好，其何能致多如是耶？惜其無以聖人之道告之者，而徒舉浮屠之說贈焉。

夫文暢，浮屠也。如欲聞浮屠之說，當自就其師而問之，何故謁吾徒而來請也？彼見吾君臣父子之懿⑥，文物事爲之盛，其心有慕焉，拘其法而未能入，故樂聞其說而請之。如吾徒者，宜當告之以二帝、三王⑦之道，日月星辰之行，天地之所以著，鬼神之所以幽，人物之所以蕃，江河之所以流而語之，不當又爲浮屠之說，而瀆告⑧之也。

民之初生，固若禽獸夷狄然。有聖人者立，然后知宮居而粒食，親親而尊尊；生者養而死者藏。是故道莫大乎仁義，敎莫正乎禮樂刑政；施之於天下，萬物得其宜；措之於其躬，禮安而氣平。堯以是傳之舜，舜以是傳之禹，禹以是傳之湯，湯以是傳之文武，文武以是傳之周公、孔子，書之於册，中國之人，世守之。今浮屠者，孰爲而孰傳之耶？

夫鳥俛⑨而啄，仰而四顧；夫獸深居而簡出，懼物之爲己害也，猶且不脫⑩焉。弱之肉，彊之食。今吾與文暢安居而暇食，優游以生死，與禽獸異者，寧可不知其所自耶？夫不知者，非其人之罪也；知而不爲者，惑也；悅乎故，不能卽乎新者，弱也；知而不以告人者，不仁也；告而不以實者，不信也。余既重柳請，又嘉浮屠能喜文辭，於是乎言。

〔注　釋〕

①校　音ㄐㄧㄠˋ，考核也。

②揚子雲　揚雄，字子雲，蜀郡成都（今四川成都）人，漢代學者兼辭賦家。

③揮之　擯而斥之。

④搢紳先生　搢，插也。紳，大帶。古之仕者，插笏於紳帶間，因謂仕宦曰搢紳先生。

⑤貞元　唐德宗年號。

⑥懿　美也。

⑦二帝、三王　二帝，指唐堯、虞舜。三王，指夏禹、商湯、周文武等三代開國君王。
⑧瀆告　謂重複告說也。
⑨俛　同俯，俯首也。
⑩不脫　猶不免也。

〔作　者〕

見本書第一〇篇作者欄。

〔說　明〕

本文選自韓昌黎全集。體裁屬贈序類。浮屠，佛家語，謂僧侶也。文暢，唐貞元間僧名，吳人，善爲文章。其周遊天下，凡有所行，必請於縉紳先生，以求詠歌其志。與柳宗元友善，貞元十九年春，文暢將東南行，宗元爲之請序，韓愈以其好文辭，慕儒道，故作此序贈之。全篇主旨在藉此贈序，以申述聖人之道不可易之理。文分五段：首段言所以不絕浮屠之意。次段惜送行者不以聖人之道告之。三段言文暢慕儒道之美，當告以聖人正經大道。四段言儒道歷聖相傳，實大中至正之文化道統。末段由弱肉強食之理，以人與禽獸相比，見聖人之道不可忘，尤不可易。

〔批　評〕

林西仲曰：「文暢，浮屠也，其周遊天下，本欲倡明其教，如今日所謂大和尚，使天下人崇信皈依耳。即請諸縉紳先生詠歌，亦不過取重於宰官文人，爲之護法標榜，使天下人堅其崇信皈依之念耳。柳州喜與僧遊，宜爲之請，然昌黎一生大本領，全在闢佛，豈能作此等委曲文字？故開口分出儒墨是非，而以名行之異，虛虛發出不輕絕人之意，轉入文暢身上，硬坐他喜文章、慕聖迹，吾儒不當以浮屠之說贈送，當以聖人之道開示，鋪張臚列，說出聖人無數好處，皆文暢所不樂聞，但說到禽獸之弱肉強食，而人得以養生送死，伊誰之功，實皆世俗未曾想到之語。」又曰：「是篇較原道篇尤爲警策，皆從孟子好辯章，無父無君、率獸食人等語脫化出來，眞有功世道之文也。」

過商侯曰：「昌黎一生闢佛，然往往與浮屠遊，且爲浮屠作序，此最難落筆者。看此文起首兩行，便爲文暢出脫，便爲自己留地。中間與墨談儒處，語極光明正大，便見提撕警覺意。此是因文暢喜文章，而進之以聖人之道也。掃盡浮言，獨伸己說，見地最高，而結構亦密。」

曾滌生曰：「闢佛者從治心與之辨毫芒，是抱薪救火矣！韓公言若無中國聖人，則彼佛者亦入禽獸，爲物所害，莫能自脫，如此立說，彼教何以置喙？」又曰：「立言有本，故眞氣充溢，歷久常新。」

一一四、送徐無黨南歸序

歐陽修

草木、鳥獸之爲物，衆人之爲人，其爲生雖異，而爲死則同，一歸於腐壞澌盡泯滅①而已。而衆人之中，有聖賢者，固亦生且死於其間，而獨異於草木、鳥獸、衆人者，雖死而不朽，逾遠而彌存②也。其所以爲聖賢者，修之於身，施之於事，見之於言，是三者所以能不朽③而存也。修於身者，無所不獲；施於事者，有得有不得焉；其見於言者，則又有能有不能也。施於事矣，不見於言可也。自詩、書、史記④所傳，其人豈必皆能言之士哉？修於身矣，而不施於事，不見於言，亦可也。孔子弟子，有能政事者矣，有能言語者矣⑤。若顏回⑥者，在陋巷⑦，曲肱⑧飢臥而已；其羣居，則默然終日如愚人⑨。然自當時羣弟子皆推尊之，以爲不敢望而及⑩。而後世更百千歲，亦未有能及之者。其不朽而存者，固不待施於事，況於言乎？

予讀班固藝文志⑪、唐四庫書目⑫，見其所列，自三代⑬、秦、漢以來，著書之士，多者至百餘篇，少者猶三、四十篇，其人不可勝數；而散亡磨滅，百不一、二存焉。予竊悲其人，文章麗矣，言語工矣，無異草木榮華⑭之飄風，鳥獸好音⑮之過耳也。方其用心與力之勞，亦何異衆人之汲汲營營⑯？而忽焉以死者，雖有遲有速，而卒與三者⑰同歸於泯滅，夫言之不可恃也蓋如此。今之學者，莫不慕古聖賢之不朽，而勤一世以盡心於文字間者，皆可悲也。

東陽徐生⑱，少從予學爲文章，稍稍見稱於人。既去，而與羣士試於禮部⑲，得高第⑳，由是知名。其文辭日進，如水涌而山出。予欲摧㉑其盛氣而勉其思也，故於其歸，告以是言。然予固亦喜爲文辭者，亦因以自警焉。

〔注釋〕

①一歸於腐壞澌盡泯滅　一，全也。澌，音ㄙ，盡也。

②逾遠而彌存　逾，益也。彌，益也。

③是三者所以能不朽　三者，指立德、立功、立言。不朽，久而不廢也。事見左傳襄公二十四年。

④詩、書、史記　詩，指詩經。書，指書經。史記，泛指古史。史記初非太史公史書之專稱，說見王國維觀堂集林第十一卷太史公行年考。

⑤孔子弟子，有能政事者矣，有能言語者矣　論語先進篇：「德行：顏淵、閔子騫、冉伯牛、仲弓；言語：宰我、子貢；政事：冉有、季路；文學：子游、子夏。」

⑥顏回　字子淵，魯人，孔子弟子。詳見史記仲尼弟子列傳。

⑦在陋巷　事見論語雍也篇。

⑧肱　音ㄍㄨㄥ，臂自肘至腕曰肱。

⑨默然終日如愚人　默然：緘默貌。終日如愚人，事見論語爲政篇。

⑩不敢望而及　論語公冶長篇：「子謂子貢曰：女與回也，孰愈？對曰：賜也何敢望回？回也，聞一以知十；賜也，聞一以知二。」又雍也篇：「哀公問：弟子孰爲好學？孔子對曰：有顏回者好學，不遷怒，不貳過，不幸短命死矣。今也則亡，未聞好學者也。」

⑪班固藝文志　班固，字孟堅，東漢扶風安陵人，明帝時爲郎，繼父彪撰漢書。藝文志，漢書十志之一。

⑫唐四庫書目　新唐書藝文志曰：「至唐始分爲四類，曰經、史、子、集。而藏書之盛，莫盛於開元。其著錄者，五萬三千九百一十五卷；而唐之學者自爲之書，又二萬八千四百六十九卷。」

⑬三代　夏、商、周也。

⑭榮華　華，音ㄏㄨㄚ，古花字，經典花多作華。木謂之華，草謂之榮。

⑮好音　美好之啼聲也。

⑯汲汲營營　汲汲，不息貌。營營，往來貌。謂急求名利也。

⑰三者　指草木、鳥獸、衆人。

⑱東陽徐生　徐無黨，永康人，從歐陽修學古文詞，嘗注五代史，深得良史筆意。皇祐中，以南省第一人登進士第；仕止郡教授而卒。見兩浙名賢錄文苑傳。宋永康縣屬兩浙路婺州東陽郡，今浙江永康縣治；此東陽指其所屬之郡，非指今之東陽縣也。

⑲試於禮部　唐以來科舉之制，會試由禮部主之，謂之禮部試。

⑳高第　猶言高等。

㉑摧　挫也。

〔作　者〕

見本書第一三篇作者欄。

〔說　明〕

本文選自文忠集。體裁屬贈序類。徐無黨，永康人，曾從歐陽公學古文詞，注五代史，深得良史筆意。徐生既禮部及第，文辭日進，故其南歸時，歐陽公特贈言，以致其關愛忠告之義。文分三段：首段力言修身之要。次段申論立言之不足恃。三段欲摧徐生之盛氣而勉其思，乃贈此言。

〔批　評〕

立言，人之所重，而終不可恃；修身，人之所忽，而無所不獲。文忠公以孔門弟子爲說，加以剖析，廖廖數筆，使二者利害得失的然分明，誠簡明而有力也。

一一五、送石昌言使北引

蘇洵

昌言舉進士時，吾始數歲，未學也。憶與羣兒戲先府君①側，昌言從旁取棗、栗啖②我。家居相近，又以親戚故甚狎③。昌言舉進士，日有名。吾後漸長，亦稍知讀書，學句讀、屬對④、聲律，未成而廢。昌言聞吾廢學，雖不言，察其意甚恨。

後十餘年，昌言及第第四人，守官四方，不相聞。吾以壯大，乃能感悔，摧折⑤復學。又數年，游京師；見昌言長安，相與勞若，如平生歡；出文十數首，昌言甚喜稱善。吾晚學無師，雖日爲文，中甚自慚，及聞昌言說，乃頗自喜。

今十餘年，又來京師，而昌言官兩制⑥，乃爲天子出使萬里外强悍不屈之虜庭⑦；建大旆⑧，從騎數百，送車千乘，出都門，意氣慨然！自思爲兒時，見昌言先府君旁，安知其至此？富貴不足怪，吾於昌言獨有感也：大丈夫生不爲將，得爲使，折衝⑨口舌之間足矣！

往年，彭任⑩從富公⑪使還，爲我言：「既出境，宿驛亭，聞介馬數萬騎馳過，劍槊⑫相摩，終夜有聲，從者怛然⑬失色。及明，視道上馬跡，尙心掉不自禁⑭。」凡虜所以夸耀中國者，多此類，中國之人不測也，故或至於震懼而失辭，以爲夷狄笑。嗚呼！何其不思之甚也！昔者，奉春君使冒頓，壯士健馬，皆匿不見，是以有平城之役⑮。今之匈奴，吾知其無能爲也。孟子曰：「說大人，則藐之。」況於夷狄？請以爲贈。

〔注釋〕

①府君　本漢郡守之稱，魏晉以下猶然，後沿爲子孫尊稱其先人之辭。此指作者之父，名序，字仲先。

②啖　使之食也。

③狎　親近也。

④屬對　屬，連也。連綴文辭使成對偶，謂之屬對。

⑤摧折　猶言折節，改變平日志向。

⑥官兩制　宋代以翰林學士掌內制，知制誥掌外制，是謂內外兩制。昌言時以刑部員外郎知制誥，故云官兩制也。

⑦虜庭　稱敵人曰虜，此指契丹。庭，通廷。

⑧旆　大旗也。

⑨折衝　禦敵也。

⑩彭任　字有道，蜀人。仁宗慶曆二年（西元一〇四二年），富弼報使契丹，任自請從行。

⑪富公　富弼，字彥國，宋河南人。慶曆二年，知制誥，奉使報聘契丹，還拜樞密副使。

至和初，與文彥博並相，世稱「富、文」。英宗時，為樞密使，封鄭國公，來封韓國公，卒諡文忠。

⑫槊　長矛也。

⑬怛然　驚懼貌。

⑭心掉不自禁　掉，搖也。謂因恐懼心驚跳不能自已，猶心有餘悸之意也。

⑮奉春君使冒頓，壯士大馬，皆匿不見，是以有平城之役　冒頓，音ㄇㄛˋ　ㄉㄨˋ，匈奴單于之名。平城，在今山西省大同縣東。史記劉敬傳云：「婁敬，賜姓劉氏，拜為郎中，號為奉春君。漢七年，韓王信反，高帝自往擊之；至晉陽，聞信與匈奴欲共擊漢。上大怒，使人使匈奴。匈奴匿其壯士肥牛馬，但見考弱及羸畜，使者十輩來，皆言匈奴可擊。上使劉敬復往使匈奴，還報曰：兩國相擊，此宜夸矜見所長。今臣往，徒見羸瘠老弱，此必欲見短，伏奇兵以爭利，愚以為匈奴不可擊也。上怒，械繫敬廣武。遂往，至平城。匈奴果出奇兵，圍高帝白登，七日然來得解。」

〔作　者〕

見本書第一四篇作者欄。

〔說　明〕

本文選自嘉祐集。體裁屬贈序類。石楊休，字昌言，其先江都人，後徙眉州，遂與蘇洵為同鄉。少孤，力學，登進士，善為詩，有名當時。宋仁宗嘉祐元年（西元一〇五六年）八月，以刑部員外郎知制誥為賀契丹國母生辰使，出使契丹。蘇洵作此文相贈，寄相勉之意。引亦贈序，以洵父名序，爲避家諱而改曰引。全文分爲四段：首段敍幼時與昌言交遊歡好之跡。二段言感悔復學，頗受昌言之影響與勉勵。三段敍十餘年來重晤京師及昌言北使行色之壯。四段以不辱君命勉昌言。

〔批　評〕

林西仲曰：「出使不辱君命，本是一椿大難事。時南北雖弭兵，然增幣後，契丹未必不以宋爲弱，若使者失辭，必至辱國矣。篇中前段瑣瑣敍來，止借來作冒言，得爲使的引子。把爲使一節，算作大丈夫第一等功業，其正意總在後段。中間折衝口舌四字是一篇主腦。蓋不失辭，由於不震懼，不震懼由於勘破契丹伎倆原不足畏。妙在欲言今事，却引富公舊事；言時事却引漢朝故事，且不斥言契丹，而曰今之匈奴。下語均有斟酌，千古奇構。」

一一六、日喻

蘇軾

生而眇①者不識日。問之有目者，或告之曰：「日之狀如銅槃②。」扣槃而得其聲。他日聞鐘，以爲日也。或告之曰：「日之光如燭。」捫燭而得其形。他日揣籥③，以爲日也。日之與鐘、籥，亦遠矣，而眇者不知其異！以其未嘗見而求之人也。

道之難見也甚於日，而人之未達也無以異於眇。達者告之，雖有巧譬善導，亦無以過於槃與燭也。自槃而之鐘，自燭而之籥：轉而相之，豈有既乎？故世之言道者，或卽其所見而名之，或莫之見而意之，皆求道之過也。然則道卒不可求歟？蘇子曰：「道可致而不可求。」何謂致？孫武④曰：「善戰者致人，不致於人⑤。」子夏曰：「百工居肆以成其事，君子學以致其道⑥。」莫之求而自至，斯以爲致也歟？南方多沒人，日與水居也，七歲而能涉，十歲而能浮，十五而能沒矣。夫沒者豈苟然哉？必將有得於水之道者。日與水居，則十五而得其道。生而不識水，則雖壯，見舟而畏之。故北方之勇者問於沒人，而求其所以沒；以其言試之河，未有不溺者也。故凡不學而務求道，皆北方之學沒者也。

昔者以聲律取士，士雜學而不志於道。今者以經術取士，士求道而不務學。渤海⑦吳君彥律，有志於學者也。方求舉於禮部⑧，作日喻以告之。

〔注釋〕

①眇　一目盲也。引伸以爲凡盲之稱。

②槃　同盤，盛水之盥器。

③籥　樂器，形似笛。

④孫武　春秋齊人，知兵法。吳王闔閭用爲將，破楚而霸諸侯。著有孫子兵法，今存者十三篇。

⑤善戰者致人，不致於人　語見孫子兵法虛實第六。

⑥百工……其道　語出論語子張篇。

⑦渤海　縣名，宋屬河北路濱州。在今山東省濱縣。

⑧禮部　官署名。掌典禮及學校科舉。

〔作者〕

見本書第一七篇作者欄。

〔說明〕

本文選自東坡全集。體裁屬贈序類。宋神宗時王安石爲相，科舉改試經義，並頒詩、書、周禮三經新義於學校，自爲經義論文以爲示範。學者墨守新義，而不務博覽。鈔說陳篇，以求速成。東坡有感於此，故借盲人說日爲喻，說明學問貴於自得，經世在於練達，用以勉吳彥律，亦所以勉一般學子也。文分三段：首段言眇者不知日，以其未嘗見而求之人也。次段言求道之方在積學，不在强求。末段說明以經義取士與聲律取士相同，學者皆不務求眞道，並說明作此文之故，兼以勉一般學者。

〔批　評〕

全文以道與學並重。而文字淺明，譬喻精妙。如白香山詩，能令老嫗都解。

一一七、送姚姬傳南歸序

劉大櫆

古之賢人，其所以得之於天①者獨全，故生而向學，不待壯而其道已成。既老而後從事，則雖其極日夜之勤劬②，亦將徒勞而鮮獲。

姚君姬傳，甫弱冠③，而學已無所不窺，余甚畏之。姬傳，吾友季和④之子，其世父⑤則南青⑥也。憶少時與南青遊，南青年纔二十，姬傳之尊府⑦方垂髫⑧未娶，太夫人仁恭有禮，余至其家，則太夫人必命酒⑨，飲至夜分，乃罷。其後，余漂流在外，倏⑩忽三十年，歸與姬傳相見，則姬傳之齒，已過其尊府與余遊之歲矣。明年，余以經學應舉，復至京師，無何⑪，則聞姬傳已舉於鄉而來，猶未娶也。讀其所爲詩賦古文，殆欲壓余輩而上之。姬傳之顯名當世，固可前知，獨余之窮⑫如曩時⑬，而學殖將落⑭，對姬傳不能不慨然而歎也。

昔王文成公⑮童子時，其父攜至京師，諸貴人⑯見之，謂宜以第一流自待。文成問何爲第一流？諸貴人皆曰：「射策⑰甲科爲顯官。」文成莞爾⑱而笑，恐第一流當爲聖賢，諸貴人乃皆大慚。今天既賦姬傳以不世之才⑲，而姬傳又深有志於古人之不朽，其射策甲科爲顯官，不足爲姬傳道，即其區區⑳以文章名於後世，亦非余之所望於姬傳。

孟子曰：人皆可以爲堯、舜㉑。以堯、舜爲不足爲，謂之悖天；有能爲堯舜之資而自謂不能，謂之慢天。若夫擁旄仗鉞㉒，立功青海㉓萬里之外，此英雄豪傑之所爲，而余以爲抑其次也。姬傳試於禮部，不售㉔而歸，遂書之以爲姬傳贈。

〔注　釋〕

①天　謂天之稟賦。
②劬　音くㄩ，勤勞。
③甫弱冠　謂始成年也。男子二十而冠。
④季和　姚淑字。姚鼐之父。
⑤世父　伯父。
⑥南青　姚範字，號薑塢。乾隆進士，官編修，有援鶉堂文集。
⑦尊府　尊稱人父。
⑧垂髫　小兒垂髮爲飾，故謂童子曰垂髫。
⑨命酒　令置酒。
⑩儵　同倏，急速貌。
⑪無何　無多時。
⑫窮　困阨。
⑬曩時　昔時。
⑭學殖將落　落，衰敗。言學如殖苗，不殖將落。
⑮王文成公　即王守仁。字伯安，明浙江餘姚

人。弘治十二年進士。武宗時，以都察院左僉都御史巡撫南贛，平漳南、橫水、桶岡、大帽、浰頭諸寇，又討平寧王宸濠之亂。年五十七卒。穆宗初，詔贈新建侯，諡文成。其學以致良知為主，嘗築室陽明洞中，世稱陽明先生。其門弟子編訂有王文成全書三十八卷傳世。

⑯貴人　顯貴之人。

⑰射策　謂為難問疑義，書之於策，量其大小，署為甲乙之科，列而置之，不使彰顯，有欲射者，隨其所取得而釋之，以知優劣，為古試士之一法也。

⑱莞爾　微笑貌。

⑲不世之才　不世，非代之所常有。謂稀世罕有之才也。

⑳區區　小貌。

㉑孟子曰：人皆可以為堯、舜　語出孟子告子篇。

㉒擁旄仗鉞　旄，音ㄇㄠˊ，此指帥旗。仗，持也。鉞，大斧。

㉓青海　地名，在我國西部。

㉔售　成功。

〔作　者〕

劉大櫆，字才甫，又字耕南，號海峯，清安徽桐城人。生於康熙三十七年，卒於乾隆四十四年（西元一六九八——一七七九年），年八十二。

海峯嘗屢試不第，晚以貢生官黟縣教諭。工古文，詩亦高，有海峯詩文集。

當方苞望溪以古文巨擘名重於京師時，海峯上其文於方氏。方氏大奇之，謂已何足算，邑士劉生乃韓、歐才爾。聞者始駭不信，久乃天下皆聞知劉海峯。其後姚鼐姬傳從之遊，聞古文義法，推究閫奧，大張戶牖，流風所播，被於一代，桐城宗派，於焉形成，而方、劉、姚乃並稱為桐城三祖矣。

海峯於三祖之中，才氣獨盛，故方望溪一見而許爲國士。雖遊於方氏之門，而所爲文，則造就各殊；所講義法，乃並得古人之神氣音節。論文雖先於文事，然亦不離義理。故其論文偶記曰：「作文本以明義理、適世用，而明義理、適世用，必有待於文人之能事。」其文兼莊、騷、左、史及韓、柳、歐、蘇之長，波濤壯闊，實可謂才雄而氣肆矣。世或以爲其經術尙淺，有不及方、姚者，然其承上啓下之功，不可沒矣。

〔說　明〕

本文選自海峯詩文集。體裁屬贈序類。姬傳，姚鼐字，學者稱惜抱先生，清安徽桐城人。幼受經學於伯父範，學古文於同邑劉大櫆。乾隆二十八年進士，累官至刑部郎中。四庫全書館開，曾任纂修官，年餘乞病歸里，主講揚州梅花、南京鍾山、安徽紫陽各書院，凡四十年。秉性恬淡，待人和藹，啓迪後進，諄諄不倦。論學主集義理、考據、詞章之長，不拘漢宋門戶。繼方、劉之後，創爲古文之學，世以爲文勝於望溪，學深於海峯。著有惜抱軒文集等，又選有古文辭類纂。

姬傳試禮部不第將歸，海峯爲此文以贈，旨在勉其當以聖、賢自期，言外之意，固在誡其勿因不第而灰心喪志也。全文凡分四段：首段舉古賢人之能生而向學，不待老而後從事也。次段敍與姬傳家族之往事，及稱姬傳之固將名顯當世。三段勉其當希聖、希聖，勿徒事射策爲官，或區區以文章名於後世。末段明作序之由，應前作結。

〔批　評〕

老子曰：「吾聞：富貴者，贈人以財；君子者，贈人以言。」人之相違，所以贈以言者，蓋陳忠告，致敬愛也。劉大櫆以長輩之尊，於姚鼐不得意之時，首勉之以古賢人之所爲，次敍與姚氏家族之交情，而美其所爲詩賦古文，實可謂歷落有致，對晚輩之一片慰藉憐惜盡在不言中矣。三段舉王守仁童子時所謂第一流當爲聖賢，以勉勵姬傳之不必慕英雄豪傑之所爲，則所見者大，於考生落第之時，誠勝過千言萬語矣。末以不售數語作結，簡明高古。海峯論文，最重文事，以爲「字句短長，抑揚高下，無一定之律，而有一定之妙。」又謂：「文必虛字備，而後神態出。」（語見劉氏論文偶記）觀乎此文，蓋可知矣。

一一八、弔古戰場文

李華

浩浩乎平沙無垠，敻①不見人。河水縈帶②，羣山糾紛③。黯兮慘悴，風悲日曛④。蓬斷草枯，凜若霜晨，鳥飛不下，獸鋌⑤亡羣。亭長⑥告予曰：「此古戰場也，嘗覆三軍。往往鬼哭，天陰則聞。」

傷心哉！秦歟？漢歟？將近代歟？吾聞夫齊、魏徭戍⑦，荊、韓召募；萬里奔走，連年暴露。沙草晨牧，河冰夜渡。地闊天長，不知歸路。寄身鋒刃，腷臆⑧誰愬？秦漢而還，多事四夷；中州耗斁⑨，無世無之。古稱戎夏，不抗王師⑩。文教失宣，武臣用奇。奇兵有異於仁義，王道迂闊而莫爲！

嗚呼噫嘻！吾想夫北風振漠，敵兵伺便；主將驕敵，期門⑪受戰。野豎旄旗，川迴組練⑫。法重心駭，威尊命賤。利鏃穿骨，驚沙入面。主客相搏，山川震眩。聲析江河，勢崩雷電。至若窮陰凝閉⑬，凜冽海隅。積雪沒脛，堅冰在鬚。鷙鳥⑭休巢，征馬踟躕。繒纊⑮無溫，墮指裂膚。當此苦寒，天假强胡，憑淩殺氣，以相翦屠。徑截輜重，橫攻士卒；都尉新降⑯，將軍覆沒。屍塡巨港之岸，血滿長城之窟。無貴無賤，同爲枯骨，可勝言哉？鼓衰兮力盡，矢竭兮弦絕，白刃交兮寶刀折，兩軍蹙兮生死決。降矣哉？終身夷狄！戰矣哉？骨暴沙礫！鳥無聲兮山寂寂，夜正長兮風淅淅。魂魄結兮天沈沈，鬼神聚兮雲冪冪⑰。日光寒兮草短，月色苦兮霜白。傷心慘目，有如是耶？

吾聞之：牧用趙卒，大破林胡，開地千里，遁逃匈奴。漢傾天下，財殫力痡⑱。任人而已，其在多乎？周逐獫狁⑲，北至太原，既城朔方⑳，全師而還，飲至㉑策勳㉒，和樂且閒，穆穆棣棣㉓，君臣之間。秦起長城，竟海爲關，荼毒生靈，萬里朱殷。漢擊匈奴，雖得陰山，枕骸徧野，功不補患。

蒼蒼蒸民，誰無父母，提攜捧負，畏其不壽？誰無兄弟，如足如手？誰無夫婦，如賓如友？生也何恩，死之何咎？其存其沒，家莫聞知；人或有言，將信將疑；悁悁㉔心目，寢寐見之。布奠傾觴，哭望天涯，天地爲愁，草木凄悲。弔祭不至，精魂何依？必有凶年㉕，人其流離！嗚呼噫嘻！時耶？命耶？從古如斯。爲之奈何？守在四夷。

〔注釋〕

①敻　音ㄒㄩㄥˊ，與迥同，遠也。
②縈帶　猶縈繞也。
③糾紛　糾結紛亂。
④曛　音ㄒㄩㄣ，日落餘光也。
⑤獸鋌　野獸疾走。
⑥亭長　秦漢之制，每十里一亭，亭有長，掌捕劾盜賊。
⑦徭戍　徭，役也。戍，守也。指徵兵守邊。
⑧腷臆　腷，音ㄅㄧˋ。腷臆，意不泄貌。喻怒氣塡滿胸臆。
⑨耗斁　斁，音ㄉㄨˋ，敗也。
⑩古稱戎夏，不抗王師　戎，泛指外國，夏，指中國。古時仁者之師起，不論本國外國，皆簞食壺漿以迎，不與相抗。
⑪期門　官名，漢武帝建元中置，掌執兵扈從，其長曰僕射，元帝元始元年更名虎賁郎。
⑫川廻組練　組練，指戰服。謂河川廻流，縈繞死者之戰袍也。
⑬窮陰凝閉　窮多陰冷天氣，大氣凝固閉塞。
⑭鷙鳥　鷙，鷹鸇之屬，猛禽也。
⑮繒纊　繒，帛屬。纊，綿屬。皆指戰袍。
⑯都尉新降　都尉，官名。秦於三十六郡各置尉，掌佐守，典武事。漢景帝更名都尉而不偏設，惟於邊陲之郡置之，秩比太守。漢李陵爲騎都尉，爲貳師將軍李廣利先鋒，率兵伐匈奴，後以彈盡援絕，投降匈奴，此暗指其事。
⑰冪冪　冪，音ㄇㄧˋ，覆也。冪冪，喻雲山密佈。

⑱痡　音ㄆㄨ，疲也。
⑲玁狁　音ㄒㄧㄢˇ ㄩㄣˇ，匈奴之別名，一作獫狁。
⑳朔方　漢武帝置朔方郡，在今內蒙古鄂爾多斯之地。
㉑飲至　古時凱旋歸來，飲於廟，謂之飲至。

㉒策勳　書功勳簡策而定其次第也。
㉓棣棣　威儀自然貌。詩經邶風柏舟篇：「威儀棣棣，不可選也。」
㉔悁悁　心憂貌。
㉕必有凶年　老子：「大軍之後，必有凶年。」

〔作　者〕

李華，字遐叔，生年不詳（西元？－七六〇年），唐趙州贊皇（今河北趙縣）人。少曠達，外若坦蕩，內謹重，尚然許，慕汲黯爲人，屢中進士宏辭科。天寶十一，遷監察御史，累轉侍御史、禮吏二部員外郎。安祿山亂，陷賊中，受僞職爲鳳閣舍人。事平，貶爲杭州司戶參軍。母亡，屏居江南，屢召不拜。晚事浮圖法，不甚著書，太曆初卒。有李遐叔集。

〔說　明〕

本文選自李遐叔集。體裁屬哀祭類。華與當時名士蕭穎士友善，嘗作含元殿賦以示穎士，穎士評爲何晏景福殿賦之上，王延壽魯靈光殿賦之下。華文辭緜麗，少宏傑氣，穎士健爽自肆，時皆謂華不及穎士，而華不服，乃極思研榷，作弔古戰場文，雜置梵書之閒，它日穎士讀之，大加讚賞。本文主旨在描繪戰爭之慘狀，弔古以警今。文分五段：首段敍所見古戰場之悽慘景色，以明題旨，並啓下文之感慨及想像。二段追溯戰國秦漢時代，棄王道仁義不爲，連年征戰，民生困苦。三段想像北漠及海隅等戰場戰爭之慘烈。四段承二段，敍西周、戰國、秦漢等朝，如用人得當，開地千里；如不得當，徒使生靈塗炭，功不補過。五段承三段戰爭之慘烈，言死者已矣，生者何堪？戢止之道，唯在實行仁義，感化四夷而已。

〔批評〕

本文描繪戰爭之慘狀，人命之可憐，生動逼眞，如現眼前，悽慘處令人毛骨竦然；傷心處，令人一掬同情之淚，洵爲古今難見之反戰傑作也。全篇佈局，以「古」爲時間，以「戰場」爲空間，緊密貼合，謹嚴無隙。又以戰爭之可怖，襯托仁義之可貴，亦深得風人之旨。

林西仲曰：「篇中以常覆三軍四字作骨，其大旨歸重多事四夷一語，惟多事四夷，所以常覆三軍也。文中初寫戰場景色，因弔歷代，又從陣而戰，從戰而覆，從旣覆而追想未覆時，層層摹寫，備極悲慘。再以周、趙、秦、漢，錯綜互較一番，轉入驅無罪之民而就死地，流毒無窮，結出正意，以爲黷武之戒。」

一一九、祭田橫墓文

韓愈

貞元十一年①九月，愈如東京②，道出田橫墓下，感橫義高能得士，因取酒以祭，爲文而弔之。其辭曰：

事有曠③百世而相感者，余不自知其何心；非今世之所稀，孰爲使余歔欷而不可禁？

余既博觀乎天下，曷有庶幾④乎夫子⑤之所爲！死者不復生，嗟余去此其從誰？

當秦氏之敗亂，得一士而可王，何五百人之擾擾⑥，而不能脫夫子於劍鋩⑦？抑所寶之非賢，亦天命之有常？

昔闕里⑧之多士，孔聖亦云其遑遑⑨；苟余行之不迷，雖顚沛⑩其何傷！

自古死者非一，夫子至今有耿光⑪。跽⑫陳辭而薦酒⑬，魂髣髴⑭而來享！

〔注釋〕

①貞元十一年　貞元，唐德宗年號。貞元十一年爲西元七九五年。

②東京　今河南洛陽。漢高祖都長安，光武帝都洛陽，世因稱洛陽爲東京。

③曠　遠也。

④庶幾　猶言相近也。

⑤夫子　指田橫。

⑥擾擾　擾亂貌。此形容人多。

⑦鋩　音ㄇㄤˊ，刃端。

⑧闕里　孔子故居，在山東曲阜縣城中。

⑨遑遑　匆遽貌。

⑩顚沛　謂人事困頓，遭遇挫折。

⑪耿光　耿，光也。明也。耿光，亮光也。

⑫跽　音ㄐㄧˋ，跪也。

⑬薦酒　薦，進也。薦酒，祭時獻酒也。

⑭髣髴　猶依稀也。

〔作者〕

見本書第一〇篇作者欄。

〔說明〕

本文選自韓昌黎全集。體裁屬哀祭類。田橫，齊王田榮之弟。齊國敗亡，田榮死，田橫因代領其衆，擊敗項羽，收復故土，立田榮之子田廣爲齊王，自爲相。三年之後，漢派韓信來攻，田廣被擄，田橫乃自立爲齊王。後與漢將灌嬰戰，敗亡走梁，歸彭越。高祖即位，田橫知大勢已去，與徒屬五百餘人，逃往海島。高祖聞齊人賢者多附田橫，恐復有亂，乃遣使者往召田橫，曰：「田橫來，大者王，小者迺侯耳。不來，且擧兵加誅焉。」田橫乃與其二客乘傳至洛陽，至距洛陽三十里之尸鄉（今河南偃師縣境），田橫曰：「橫始與漢王俱南面而稱孤，今漢王爲天子，而橫廼爲亡虜，而北面事之，其恥固已甚矣！」遂自殺而死。高祖即以王者禮葬田橫於尸鄉，拜二客爲都尉，二客拒不受命，亦自殺於田橫冢旁。海島中五百人聞田橫死，亦皆自殺而死。事見史記田儋列傳。韓愈於德宗貞元十一年九月，由河陽至洛陽，路經田橫墓下，對田橫義高能得士，感慨不已，故作此文以弔之。本篇除起首言爲文祭弔田橫之年月及緣由外，文分五段：首段言田橫之事蹟，曠百世而相感，惟今世所稀，令人歔欷不已！次段言今天下未有能及田橫之所爲者，令人不知所從。三段言田橫所得之士，不能爲橫脫死，非士不堪用，乃天命不可力爭耳。四段首引孔聖終日遑遑以作比，繼言已苟能行之不迷，雖遇困頓挫折，亦不足悲傷。五段言田橫之高義，足以炤耀千古；薦酒陳辭宛見英魂蒞臨。

〔批評〕

林西仲曰：「以千百年前喪敗武夫之荒塚，何關於人，乃殷殷陳辭薦酒，豈不扯淡？蓋是時退之試宏詞稱不售，三上宰相書不報。旣歸河陽，又如東都。一副英雄失路，托足無門，眼淚無處揮洒耳，玩今世之所稀的自見。中段以爲橫能得士，而士不能免橫於死，歸之天命。見得有橫之高義，便足炤耀千古，即千古而下，皆樂爲之効命，不得較論成敗之迹也寓意最深。」

過商侯曰：「韓公以命世才，每欲爲知己者用，而世無其人，故有感于世之高義，借此以發胸中之情。玩其文詞，一種敬慕之情，悲傷之意，凄然可掬；不然，橫一木强人耳，又烏足爲公重而薦酒陳辭哉！」

一二〇、祭石曼卿文

歐陽修

維治平四年①七月日，具官②歐陽修，謹遣尚書都省令史③李敭至於太清④，以清酌庶羞之奠，致祭于亡友曼卿之墓下，而弔之以文曰：

嗚呼曼卿！生而爲英，死而爲靈。其同乎萬物生死，而復歸於無物者，暫聚之形；不與萬物俱盡，而卓然其不朽者，後世之名。此自古聖賢，莫不皆然。而著在簡册者，昭如日星。

嗚呼曼卿！吾不見子久矣，猶能髣髴子之平生。其軒昂磊落⑤，突兀崢嶸⑥，而埋藏於地下者，意其不化爲朽壤，而爲金玉之精。不然，生長松之千尺，產靈芝而九莖。奈何荒煙野蔓，荆棘縱橫，風淒露下，走燐飛螢；但見牧童樵叟，歌唫⑦而上下，與夫驚禽駭獸，悲鳴躑躅⑧而咿嚶⑨！今固如此，更千秋而萬歲兮，安知其不穴藏狐貉⑩與鼯鼪⑪？此自古聖賢亦皆然兮，獨不見夫纍纍⑫乎曠野與荒城！

嗚呼曼卿！盛衰之理，吾固知其如此，而感念疇昔，悲涼悽愴，不覺臨風而隕涕者，有媿乎太上⑬之忘情。尙饗！

〔注　釋〕

①治平四年　治平，宋英宗年號。四年當西元一〇六七年。

②具官　備具官爵全銜。

③尙書都省令史　即尙書省令史。掌文書。

④太淸　宋州宋城縣鄉名，在今河南省商邱縣南。

⑤軒昂磊落　意態超凡，胸懷坦蕩。

⑥突兀崢嶸　狀貌特立俊偉。

⑦唫　同吟。

⑧躑躅　行不進貌。

⑨咿嚶　鳥鳴聲。

⑩狐貉　皆穴居山野之走獸。

⑪鼯鼪　鼯，亦稱飛生。鼪，俗稱黃鼠狼。亦皆穴居山野之走獸。

⑫纍纍　重積貌。

⑬太上　最上，猶言聖人。

〔作　者〕

見本書第一三篇作者欄。

〔說　明〕

本文選自文忠集。體裁屬哀祭類。石曼卿（西元九九四——一〇四一年），名延年，宋宋州宋城（今河南省商邱縣南）人。爲人豪邁，重氣節，讀書通大略，文章勁健，尤工詩書。舉進士不第，官至秘閣校理，遷太子中允，卒年四十八。修此文之主旨，在祭悼其亡友，所謂生英死靈，撫今思昔，誠無限哀思也。文分三段：首段歎曼卿雖死，然聲名足以不朽。二段悲亡友既逝，化爲土壤，曠野荒城，不勝欷歔。三段哭曼卿疇昔之情誼，不能自已。

〔批　評〕

篇中三哭曼卿，音節淒清，纏綿悱惻，出乎至情，令人不忍多讀。以非臨喪弔奠，故就墓上着筆，而串入曼卿平生之志意，古人友朋之風義，於此亦可見矣。

通識教育叢書·通識課程叢刊 I032

歷代散文選

編 注 者　李國英等

發 行 人　陳滿銘
總 經 理　梁錦興
總 編 輯　陳滿銘
副總編輯　張晏瑞
編 輯 所　萬卷樓圖書(股)公司
排　　版　浩瀚電腦排版(股)公司
印　　刷　百通科技(股)公司
封面設計　百通科技(股)公司

發　　行　萬卷樓圖書(股)公司
臺北市羅斯福路二段 41 號 6 樓之 3
電話　(02)23216565
傳真　(02)23218698
電郵　SERVICE@WANJUAN.COM.TW
大陸經銷
廈門外圖臺灣書店有限公司
電郵　JKB188@188.COM
香港經銷
香港聯合書刊物流有限公司
電話　(852)21502100
傳真　(852)23560735

ISBN 957-739-172-9
2015 年 10 月初版三刷
1998 年 6 月初版一刷
定價：新臺幣 520 元

如何購買本書：
1. 劃撥購書，請透過以下帳號
　帳號：15624015
　戶名：萬卷樓圖書股份有限公司
2. 轉帳購書，請透過以下帳戶
　合作金庫銀行　古亭分行
　戶名：萬卷樓圖書股份有限公司
　帳號：0877717092596
3. 網路購書，請透過萬卷樓網站
　網址　WWW.WANJUAN.COM.TW
大量購書，請直接聯繫，將有專人為您服務。(02)23216565　分機 10

國家圖書館出版品預行編目資料

歷代散文選 / 李國英等編著. -- 初版. --
臺北市 : 萬卷樓, 民 87
　面 ;　公分
ISBN 957-739-172-9
835　　　87006764